buzz
BOOKS

Cărțile despre care toată lumea vorbește!

O colecție care cuprinde cele mai noi thrillere, cărți polițiste și de suspans – romane aflate în topurile internaționale, ecranizate sau în curs de ecranizare, traduse în zeci de limbi – cărți provocatoare, pe care abia aștepți să le citești

STEFAN AHNHEM

LOVITURA DE GRAȚIE

Traducere din limba engleză și note
DANA-LIGIA ILIN

LITERA
București

Den sista spiken
Stefan Ahnhem

Ediţie publicată pentru prima dată în Suedia de Bokförlaget Forum în 2021
Ediţie publicată pentru prima dată în limba engleză în Marea Britanie în 2022 de Head of Zeus Ltd

Ediţie publicată prin înţelegere cu Salomonsson Agency

Editura Litera
tel.: 0374 82 66 35; 021 319 63 90; 031 425 16 19
e-mail: contact@litera.ro
www.litera.ro

Lovitura de graţie
Stefan Ahnhem

Editor: Vidraşcu şi fiii
Redactor: Mihaela Serea
Corector: Dorina Lipan
Prepress copertă: Flori Zahiu-Popescu
Tehnoredactare şi prepress: Ofelia Coşman

Seria de ficţiune a Editurii Litera este coordonată de Cristina Vidraşcu Sturza.

Descrierea CIP a Bibliotecii Naţionale a României
AHNHEM, STEFAN
Lovitura de graţie / Stefan Ahnhem;
trad. din lb. engleză şi note: Dana-Ligia Ilin. –
Bucureşti: Litera, 2023
ISBN 978-630-319-006-8

I. Ilin, Dana-Ligia (trad.; note)

821.111

În amintirea lui Theodor Risk
** 25 martie 1996*
† 31 iulie 2012

PROLOG

3 august 2012

Ericăi Andersson nu-i plăcuse niciodată prea mult apa. Duşul nu era o problemă. Nici să stea în cadă o oră, două cu o carte bună. Dimpotrivă. Ceea ce nu-i plăcea şi nu i-a plăcut niciodată era să *se bălăcească*. Să stropească în jur, să înoate sau orice altceva îţi dă prin cap să faci în apă când nu ţi-e prea cald sau nu eşti murdar.

Nu că n-ar fi ştiut să înoate, chiar dacă nu se lăuda în gura mare că ştie. Cu siguranţă, nu era în stare să parcurgă patru lungimi de bazin fără să înghită multă apă. Cu atât mai puţin în larg, în apa rece cu valuri, meduze şi peşti scârboşi.

Şi totuşi, se lăsase convinsă să-şi înghesuie toate kilogramele într-un caiac micuţ, atât de îngust şi instabil, încât era de mirare că nu se răsturnase deja. Practic, stătea în apă. Apa rece, neagră, ale cărei valuri bezmetice păreau s-o izbească din toate părţile.

Dacă era să-l crezi pe Mikkel, nu te udai niciodată când vâsleai într-un caiac. A privit-o drept în ochi, foarte serios, şi a zis că, în cel mai rău caz, o să se stropească un pic pe antebraţe.

Se dovedise că nu-i nimic adevărat în asta, ceea ce îl definea perfect pe Mikkel, mai ales când îi venea o idee care i se părea strălucită. În ultima lună n-a făcut altceva decât s-o pisălogească ce fantastic ar fi să se ducă să întâmpine răsăritul pe canalele din Copenhaga și să se contopească cu apa.

Să se contopească cu apa. Isuse Hristoase...

Dar ce nu face omul din dragoste? Nu că ar fi avut o droaie de bărbați doritori dintre care să aleagă și, sincer vorbind, Mikkel era mult peste nivelul său. Nu numai că era chipeș, dar avea și o carieră adevărată, ca programator, cu un salariu la care majoritatea oamenilor nu pot decât să viseze.

Singurul inconvenient a fost că era danez și ea a trebuit să plece din Helsingborg. Dar asta nu era cu adevărat o problemă. Cel puțin, nu în comparație cu încercările ei de a ține caiacul pe linia de plutire.

Părea că până și cea mai mică unduire ar fi putut să-l răstoarne, și o dureau deja mușchii pieptului și spatelui. La brațe și umeri nici nu voia să se gândească. Întrebarea era dacă o să mai aibă așa ceva după ce o să vâslească pe tot traseul mult prea ambițios al lui Mikkel.

– Vezi ce frumos e aici[1]? a strigat el.

Ea a încuviințat din cap. Și, desigur, era frumos. Copenhaga chiar arăta cu totul altfel. Dar tot îi era greu să se bucure de priveliște. Mai ales după ce au lăsat în urmă Canalul Wilder, liniștit și idilic, și au ieșit în port, unde era cu totul altă circulație și, prin urmare, cu totul alte valuri.

Nu putea să priceapă de ce a silit-o să iasă în larg. Însă, desigur, voia să profite de ocazie ca să-i arate totul

---

[1] În toată cartea, cu puține excepții, danezii vorbesc în limba daneză atunci când discută cu un suedez.

acum, că reușise în sfârșit s-o aducă aici. Sau avea în minte cu totul altceva?

Era un fel de a gândi asupra căruia nu voia să zăbovească, dar se părea că nu depinde de ea. Ideea avea o viață independentă și se dezvolta rapid.

În ultima vreme Mikkel a fost neobișnuit de arțăgos, și era aproape o lună de când nu mai făcuseră dragoste. La început, și-a zis că nu-i decât o criză trecătoare, care avea să înceteze curând. Dar situația s-a înrăutățit. Erau la mijlocul concediului și, sincer, niciodată nu fusese atât de rău.

Se săturase de ea? Despre asta era vorba? De aceea o silise să vină în călătoria asta de coșmar? Ca s-o facă atât de nefericită, încât să pună ea însăși capăt, nu el. Pentru că el nu îndrăznea. Fir-ar să fie, ce laș!

Ce-i drept, era prea frumos să fie adevărat. Asta gândise de la bun început. Ce ciudat era că o alesese tocmai pe ea!

Ea putea fi dificilă. Era perfect conștientă de asta. Mai ales atunci când i se punea pata pe ceva. Nu putea să renunțe până nu era prea târziu. Ca atunci când a fost convinsă că el are pe altcineva și cu prima ocazie i-a căutat prin computer și telefon, fără să dea de nimic suspect.

Dacă ar fi putut să renunțe ar fi fost în ordine. Dar nu, sigur că i s-a părut o idee minunată să-l urmărească peste două nopți, ca într-un film de spionaj vechi, cu granulație mare, ca să verifice dacă chiar s-a întâlnit cu acel prieten. Și sigur că el a observat-o, și sigur că s-a enervat. Ba nu, s-a înfuriat. Exact ca atunci când ea a pus prea multe întrebări despre fosta lui iubită, care se părea că a murit într-un accident de mașină.

– Și iată noua clădire a Operei!

Mikkel a arătat cu vâsla spre clădirea splendidă.

– Foarte frumoasă! a strigat ea. Dar, auzi, n-am putea să ne întoarcem acum?

– Nu, nu vezi ce liniștită și plăcută e apa?

– Da, însă poate că e destul de data asta. Încep să-mi obosească brațele.

– Da, așa ți le antrenezi un pic.

– Dar, Mikkel, nu mă simt în siguranță. Nu pricepi? Mi-e frică și m-am săturat. Nu vreau decât să fiu pe uscat.

– Erica, îți jur. N-are de ce să-ți fie frică.

Apoi a apărut acel zâmbet care o făcea să se topească și să accepte orice. Era kriptonită pură împotriva voinței sale, și n-a putut decât să-și continue drumul, oftând, dincolo de clădirea Operei, mai departe prin port.

Exact același zâmbet l-a avut atunci când s-a apropiat de ea și a întrebat-o dacă poate s-o invite să bea ceva. Ea venise cu niște prieteni la Copenhaga să se distreze și s-a îndrăgostit pe dată atât de tare, că după două săptămâni și-a dat demisia și s-a mutat în capitala daneză.

Nu s-a sinchisit de pisălogeala mamei ei că poate a fost un pic prea repede și că nu-l cunoaște aproape deloc pe acel bărbat. În orice caz, nu atunci.

– Vâslim doar până la Reffen și apoi ne întoarcem, a strigat el după alte câteva sute de metri. Bine?

– Dar nu cred că vreau acum să merg mai departe, a zis ea. Zău așa, Mikkel. Chestia asta se poate răsturna în orice clipă și...

– Ba nu. Trebuie doar să te relaxezi și să vâslești mai departe liniștită, cu calm.

De ce nu putea el să rupă relația, pur și simplu, și să-i ceară să plece, dacă asta își dorea atât de tare? Da, ar fi tristă și cu siguranță supărată. Ar începe să strige și să-l acuze de tot soiul de lucruri. Poate chiar ar arunca în el cu ceva.

Dar până la urmă ar accepta și s-ar duce înapoi acasă, în Helsingborg, chiar dacă l-ar mai căuta de câteva ori înainte să renunțe de-a binelea. N-ar fi fost mai rău de atât, dacă voia să se descotorosească de ea.

El pur și simplu nu îndrăznea. Asta era singura explicație. Și ea avea temperament năvalnic, nu putea să nege. Însă nu era nimic pe lângă ce avea el.

În câteva rânduri s-a speriat de-a binelea. Mai ales în momentul acela când l-a amenințat că face plângere de viol dacă n-o lasă să doarmă. Atunci el a dat cu pumnul în perete la câțiva centimetri deasupra capului ei atât de tare, că a făcut o gaură.

Însă asta a fost atunci. Acum el nu mai voia deloc să se culce cu ea.

Și-a dat seama despre ce era vorba peste câteva minute, când a văzut vasul de pasageri care intra port cam la un kilometru de ei. Brusc, a înțeles exact care era planul lui.

Și odată cu asta a venit panica.

– Uite acolo! a strigat el, în timp ce ea încerca să găsească o cale de ieșire din acest coșmar. Departe de el și înapoi în Suedia. Sculpturile albe! a adăugat el, arătând spre câteva sculpturi albe ca zăpada înșirate în capătul cheiului.

Desigur, îi citise gândurile și acum făcea tot ce putea ca să-i abată atenția. Sculpturile erau cu siguranță frumoase, privind în toată splendoarea lor peste apă și înfruntând furtunile și vântul. Însă n-a putut decât să le arunce o privire. Era concentrată pe vasul de pasageri.

Probabil n-avea să intre cu totul în port, ci va acosta la Langelinie. Însă valurile stârnite aveau să ajungă până în port și, chiar dacă acum nu le vedea, era convinsă că în clipa aceea erau în drum spre ea.

Avea să se răstoarne, știa asta, întregul său trup știa asta, și după ce se răsturna nu mai avea nici o șansă. Și, mai ales, el știa asta. Cu ce soi de psihopat se încurcase? Asta făcea de câte ori se plictisea de ele? Le lăsa să dispară într-un accident ciudat.

Desigur, de aceea mergeau în larg, unde n-ar fi în jur nici un martor. Ar părea doar încă un înec accidental. Alt idiot imprudent care nu prea știe să înoate, contribuind cu încă o cifră la statistici.

– Ajutor! a strigat ea și a început să vâslească spre mal. Ajutor!

– Erica, ce faci?

Fără să se oprească din vâslit, s-a uitat în spate și a văzut pentru prima dată valul. Sau valurile. A văzut trei, la intervale de vreo zece metri. De la această distanță nu păreau prea amenințătoare, dar erau iuți și veneau cu o viteză care era în sine înspăimântătoare.

– Erica!

A încercat din răsputeri să vâslească, însă caiacul n-a vrut să se supună. În loc să alunece drept înainte, ținea morțiș s-o ia ba la stânga, ba la dreapta. La dracu', la dracu', la dracu'! De ce n-o fi ascultat de mama? De ce n-o fi văzut toate semnele care acum săreau în ochi? Cum a putut să fie atât de credulă?

Și iată.

Exact la ce se așteptase.

Acum îl simțea, ce mare era de fapt, când ea și toată coada caiacului s-au scufundat, cu botul în aer, și peste o clipă s-au ridicat la loc. *Of, la dracu'*, a fost ultimul lucru la care s-a gândit înainte să se învârtejească totul.

A închis ochii. Ca și cum n-ar fi fost nici o primejdie câtă vreme nu vedea nimic. Însă oricât de strâns și-ar fi închis ochii, acum era sub apă, apa rece și neagră, cu capul în jos, atârnând din caiac. Auzise că te poți ridica printr-o răsucire ca a eschimoșilor, însă n-a trebuit nici măcar să încerce ca să-și dea seama că e imposibil. În plus, i se înțepeniseră genunchii.

Prin urmare, așa avea să se sfârșească. Atârnând cu capul în jos sub apă. Lucru ciudat, se simțea destul de liniștită. Era ca și cum se eliberase de toată panica simțită înainte. Poate că datorită faptului că renunțase la orice speranță și, cumva, își acceptase soarta.

Nu știa de cât timp stătea sub apă, însă nu puteau fi decât câteva secunde, pentru că încă nu simțea că n-are aer. Poate că așa e înainte de sfârșit. Secundele trec mai încet și timpul pare să se lungească.

Și, pentru prima dată în viață, a deschis ochii sub apă. Nu îndrăznise niciodată s-o facă, însă acum n-avea nimic de pierdut. În câteva minute o să moară, și ar putea la fel de bine s-o facă cu ochii deschiși.

N-a durut, așa cum crezuse. Aproape că n-a durut deloc. Nu era nici prea întuneric. Mai degrabă era destul de luminos. Verde-deschis. Și cețos.

Apoi a venit sufocarea. În același moment a întors capul ca să se uite în jos și a văzut un automobil la câțiva metri sub ea, pe diagonală, și, odată cu asta, a revenit panica.

Spatele automobilului era rezemat de un bloc mare de ciment, iar botul era la o jumătate de metru deasupra fundului mării. Geamurile erau lăsate în jos și deasupra banchetei din spate plutea o femeie goală cu păr negru, lung, ca într-un film publicitar, dacă n-ar fi avut gura deschisă și ochii holbați.

În clipa aceea soarele s-a ițit de după un nor deasupra ei, acum se vedea mai bine, și a zărit un bărbat în smoching care stătea aplecat în față, cu capul pe volan.

N-a avut timp să vadă mai mult până să fie readusă la suprafață. Doar că din ceafa bărbatului nu mai rămăsese decât un crater însângerat.

Partea întâi
3-5 august 2012

Suntem mulţi cei care nădăjduim că binele învinge până la urmă. Care nu vrem decât să ne dăm seama că împreună suntem mai puternici. Că, în ciuda faptului că avem culori ale pielii, culturi şi religii diferite, suntem legaţi unii de alţii şi, cu forţele unite, putem să luptăm împotriva marilor nedreptăţi, să salvăm planeta şi, în cele din urmă, putem chiar să aducem pacea pe pământ.

Din păcate, asta e utopie. Lumea, aşa cum o ştim, nu-i clădită pe visul unui sfârşit fericit. Să-i dai o mână de ajutor celui slab este o idee frumoasă. În teorie.

În realitate, sunt în joc cu totul alte forţe. De cum avem ceva de valoare, cineva vrea să ni-l ia. De cum e ceva sănătos, cineva vrea să-l îmbolnăvească. Asta se repetă în toate, de la celulele din trupul nostru până la stelele care se prăbuşesc şi se prefac în găuri negre.

Conform unei echipe de cercetători chinezi, explicaţia comportamentului distructiv al omului se află în mărimea creierului. Pur şi simplu, este destul de mare ca să inventeze bomba atomică. În acelaşi timp, este prea mic ca să priceapă consecinţele acestui lucru.

Altă teorie este că nici vorbă ca binele să fie cel care garantează existenţa şi supravieţuirea. Nu el este ceea ce motivează selecţia naturală, dezvoltarea constantă şi perfecţionarea care, la rândul lor, fac ca leul să supravieţuiască în savană şi copacul să se înalţe un pic mai sus spre lumină.

Cu alte cuvinte, nu binelui trebuie să-i mulţumim că am evoluat de la plancton la peşti şi apoi pe tot drumul până la oameni.

Ci răului.

Lui trebuie să-i mulţumim pentru tot.

Răul în forma cea mai pură.

1

Clădirea de cărămidă veche, părăginită, de pe partea stângă a lacului Sankt Jørgens, în centrul orașului Copenhaga, era plină de contradicții. Pe de o parte, era atât de ștearsă, încât doar câțiva dintre locuitorii care s-au plimbat vreodată în jurul lacului au observat-o. Pe de altă parte, în ciuda dimensiunilor modeste, era magnifică în felul ei și se străduia să atragă atenția.

Printre altele, cu zidul dinspre sud zugrăvit în negru și împodobit cu un pion mare, alb, în relief. Sau cu acoperișul de metal decorat, având și el la fiecare colț câte un pion negru. Nimeni nu știa de ce și ce anume însemnau. Clădirea nu găzduise niciodată vreun club de șah. Nici nu avusese vreun proprietar pasionat de șah. Poate că pionii simbolizau faptul că până și făptura cea mai slabă poate ajunge destul de tare ca într-o bună zi să devină regină.

Până și interiorul casei era plin de contradicții. Pe lângă câteva nișe, o baie și o bucătărioară, nu avea decât o încăpere. O încăpere care, cu podeaua de lemn vopsită în alb, spațiul deschis, tavanul foarte înalt și ferestrele mari ca de atelier, părea mult mai mare decât clădirea însăși.

Însă de o lună încoace crea mai degrabă o senzație de claustrofobie, de când încăperea fusese umplută cu atât de multe echipamente, încât te ducea cu gândul mai degrabă la un studio de înregistrări înghesuit în cabina unui avion decât la atelierul aerisit al unui pictor.

De-a lungul întregului perete din faţă, sub luminatorul cu multe ochiuri, erau câteva mese de lucru lipite una de alta, pline de computere, ecrane, nenumărate stative cu leduri care clipeau şi plăci cu circuite conectate la alte dispozitive prin cabluri subţiri de toate culorile.

Pereţii laterali erau acoperiţi cu table albe uriaşe. Pe una dintre ele scria cu litere mari *Kim Sleizner*. Dedesubt erau mai multe fotografii, toate făcute de la distanţă cu teleobiectivul, ale aceluiaşi bărbat, pe când mergea spre sediul poliţiei din Copenhaga, vorbea la mobil sau stătea în maşina sa, aşteptând ca stopul să se facă verde.

Pe altă tablă era o încâlceală de diagrame, bare şi curbe, precum şi o listă lungă cu numere de telefon, toate marcate cu o literă urmată de diferite indicaţii temporale. Lângă o hartă mare a oraşului erau câteva steguleţe, şi ele marcate cu litere.

Pentru un necunoscător, cu siguranţă părea un haos total. Însă era acolo un sistem, un plan de folosire a tuturor notelor cu săgeţile lor, abrevierilor şi simbolurilor, sau exact unde să fie aşezate şi conectate diferitele dispozitive electronice pentru a oferi cea mai mare posibilitate de supraveghere şi control.

Ca de obicei atât de devreme dimineaţa, domnea un soi de calm controlat. Ca şi cum toate s-ar fi unit într-un trup mare adormit, cu pulsul atât de scăzut, încât aproape că nu putea fi măsurat. E adevărat, câteva dintre sutele de diode pâlpâiau, dar nu prea insistent. Dimpotrivă, nu se grăbeau deloc să-şi mărească sau să-şi scadă luminozitatea, de parcă ar fi fost într-un fel de meditaţie electronică în care, împreună cu *screensaver*-ele, puteau să-și trăiască visele, unul mai fantezist decât altul.

Totul era în așteptare, dar pregătit să se întâmple orice.

Orice, oricând.

În aceeași încăpere, la câțiva metri deasupra unei grămezi de scaune de lemn răsturnate, atârnată de o bară de oțel care se sprijinea pe niște grinzi, Dunja Hougaard se ridica încet cu o singură mână. N-avea nici un rost s-o facă repede doar ca să termine. Rezistența era ceea ce conta. Fără ea ar fi fost pierdută și ar fi renunțat de câteva luni la tot proiectul. Și-ar fi spus că nu există nimic care să ducă la condamnarea lui Kim Sleizner, șeful poliției din Copenhaga.

Însă n-avea de gând să renunțe vreodată. Nu numai pentru că el era exact opusul a tot ce ar trebui să fie un ofițer de poliție de rang înalt. Sau pentru că, de-a lungul timpului, el s-a opus cu încăpățânare tuturor încercărilor ei de a-și face datoria de detectiv din Departamentul Omucideri, indiferent câte vieți nevinovate au plătit pentru asta. Și nici pentru că și-a înfipt în ea degetele murdare și umflate, a încercat s-o violeze, apoi a pus-o pe linie moartă, ceea ce a făcut-o să ardă mocnit. Nu, era vorba despre tot ce nu găsiseră încă. Toate lucrurile care era sigură că existau acolo, așteptând doar să fie descoperite și scoase la lumină.

După ce a ajuns cu bărbia deasupra barei de oțel, s-a lăsat în jos atât de încet cât îi îngăduia acidul lactic din mușchi. Durea, dar era pe drumul cel bun. Pe toată calea până când nouăzeci și opt la sută din ea voiau să dea drumul barei și restul de doi la sută se agățau de gândul că o cădere de la trei metri peste scaunele pliante răsturnate de sub ea ar durea mult mai tare.

S-a prins de bară cu cealaltă mână și a început iar să se ridice cât de încet putea. Mai avea de făcut patru tracțiuni lente, apoi ședința de antrenament de două ore se încheia.

Niciodată nu fusese atât de puternică. Ce-i drept, din primăvara trecută încoace făcuse zilnic două alergări lungi și o oră de yoga pe săptămână. În câteva luni, corpul său a suferit o transformare pe care nu o crezuse posibilă. Luase în greutate câteva kilograme, devenind în același timp mai suplă. Însă, mai presus de toate, devenise mai rezistentă. Își cunoștea exact limitele corpului, și în fiecare zi le împingea un pic mai departe.

Antrenamentul începuse ca un rău necesar. Ca să aibă vreo șansă împotriva lui Sleizner trebuia să fie mai puternică și mai rapidă decât el. Punct pe care probabil îl depășise deja, dacă te luai după fotografiile pe care i le făcuseră lui. Era limpede că își neglijase sănătatea în timp ce o căuta pe ea.

Acum el își reluase ședințele matinale de yoga, dar, oricum, Sleizner era ultimul om pe care să-l subapreciezi. Din acest motiv, pentru ea nu conta că ședințele de antrenament deveniseră ceva de care avea nevoie ca să nu se suie pe pereți din pricina abstinenței.

Lucrurile stăteau altfel cu supravegherea însăși. Până acum nu găsiseră nimic. N-au reușit să găsească nimic interesant. Nimic destul de concret ca să-l doboare o dată pentru totdeauna.

Și totuși, în ultimele săptămâni l-au ținut sub supraveghere aproape constantă. I-au ascultat toate conversațiile telefonice. I-au citit și analizat toate mesajele și e-mailurile trimise sau primite. I-au cercetat situația financiară și, cu ajutorul unui transmițător GPS instalat în telefonul lui, i-au aflat întregul tipar al deplasărilor, astfel încât, cu câteva excepții, au putut să vadă amănunțit ce făcea, unde făcea și, mai ales, când anume făcea ceva. Adesea au putut să prevadă cu precizie toți cei trei factori înainte să se întâmple.

Cu alte cuvinte, viața ticălosului a fost cartografiată rapid și Dunja a fost surprinsă cât de clară și lipsită de interes părea. Cel mai interesant lucru era faptul că se ducea în mod regulat la Jenny Nielsen, sau Jenny *Wet-Pussy*[1] Nielsen, cum își zicea ea, pe Nøjsomhedsvej, numărul 4.

Era aceeași prostituată cu care el fusese pe bancheta din spate a mașinii sale cu aproape trei ani înainte, pe Lille Istedgade. Atunci ieșise un mic scandal, când presa a prins de veste. Mai ales când a ieșit la iveală faptul că era în timpul programului și asta l-a făcut să rateze un telefon important de la poliția suedeză din Helsingborg.

Fareed Cherukuri a fost cel care, din proprie inițiativă, fără să se consulte cu Dunja, le-a pasat informația celor de la *Ekstra Bladet* care, la rândul lor, au stârnit o furtună mediatică în care Sleizner a fost umilit la televiziune în orele de audiență maximă și a apărut pe prima pagină în toate edițiile ziarelor săptămâni în șir. Ceea ce, printre altele, a făcut-o pe soție să-l părăsească, iar pe Henrik Hammersten, șeful poliției naționale, să-i ordone să-și ia concediu fără plată.

Nu-i nevoie să fii Einstein ca să pricepi că asta trebuie să fi fost cumplit pentru cineva care aleargă cu limba scoasă după publicitate ca Sleizner, și, cine știe de ce, a hotărât să dea toată vina pe ea, de aceea și-a folosit toată puterea ca s-o distrugă.

Și acea putere n-a făcut decât să crească de când el, în mod aproape miraculos, a reușit să ajungă înapoi în miezul lucrurilor, unde acum, după câțiva ani,

[1] (aprox.) „Nesătula“ (în limba engleză în original)

părea să aibă prieteni credincioşi în toată elita din Danemarca. Era, din toate punctele de vedere, o revenire cu totul improbabilă, iar pentru ea era încă un mare mister felul în care îi reuşise.

Faptul că se ducea în mod regulat în afara programului la o prostituată care nu mai era trufanda nu era, din păcate, ceva scandalos, remarcabil, dar nici măcar ilegal în această ţară. Poate că era jalnic şi penibil, însă nici pe departe destul ca să-l doboare. Mai degrabă îl umaniza în ochii multora.

Dacă era să fie sinceră, s-ar fi aşteptat la ceva din cu totul altă categorie, mai excentric şi mai pervers. Un soi de viaţă dublă, cu un picior în poliţie şi cu celălalt în... Şi exact aici era problema cea mare. N-avea nici o idee. N-avea decât impresia clară că ceva e dubios. Pentru că, în ciuda întregii energii şi a timpului cheltuit, ca să nu mai vorbim de toată tehnologia pe care au folosit-o, nu reuşiseră decât să zgârie suprafaţa.

În ceea ce o privea, n-avea nici o îndoială că Kim Sleizner este pur şi simplu rău din cap până-n picioare. N-avea decât să se dea drept poliţist cinstit. Ea vedea dincolo de faţada lui poleită şi era deplin conştientă că nu-i decât spectacol.

Prin urmare, nu puteau decât să caute în continuare până găseau ceva. Să asculte în continuare, să urmărească şi să analizeze cea mai mică mişcare pe care o făcea. Pentru că, pe undeva, era un dulap plin cu schelete care n-ar fi rezistat nici o secundă la lumina zilei.

Însă era urgent. Sleizner nu era omul care să se lase pe tânjală. Tot timpul în afara orelor de somn şi-l petrecea construindu-şi apărarea, asigurându-se că devine destul de puternic ca până la urmă să nu-i poată veni de hac nici un scandal din lume şi, din cât vedea ea, ajunsese aproape de succes.

S-a tras din nou în sus, sfidând durerea care îi sfâșia mușchii, fără să-și dea seama ce se petrecea la câțiva metri sub ea.

Începuse cu câteva minute înainte, cu un led de pe unul dintre module. O pâlpâire care s-a schimbat brusc. Nu mult, însă destul ca să se deosebească de toate celelalte. Imperativă și neregulată. Ca și cum ar fi fost trezită din somnul armonios și tocmai și-ar fi dat seama că dormise prea mult.

Și, ca răspândirea unui virus foarte contagios, pâlpâirea neliniștită s-a transmis curând altor cincizeci de leduri, iar puțin după aceea, câteva dintre monitoare s-au trezit din *screensaver* și au afișat programe cu diagrame de sunet, controale și cronometre care au pornit și au început să înregistreze.

Pe unul dintre ecrane era imaginea unui candelabru de cristal imens care atârna deasupra unui pat dublu răvășit. Pe marginea patului stătea Kim Sleizner în pielea goală, cu un început de chelie în creștet, și își întindea oasele.

Dintr-un difuzor de lângă ecran se auzea cum geme și își trosnește gâtul și vertebrele, după care s-a ridicat și a ieșit din cadru.

Sunetul a făcut-o pe Dunja să ciulească urechile și s-a lăsat să cadă, aterizând în patru labe lângă grămada de scaune. În drum spre ecrane a aruncat o privire la ceasul de la mână și a descoperit că nu-i decât cinci și zece dimineața.

Sleizner nu se trezise niciodată atât de devreme de când îl supravegheau, ceea ce semnala că se întâmplase, în sfârșit, ceva neobișnuit.

2

De departe, Mercedesul alb părea aproape nou, așa cum atârna în aer, gata să fie coborât pe cheiul de beton. De parcă tocmai ar fi venit din fabrică, gata să se aștearnă la drum. Însă apa care se scurgea pe geamurile coborâte și algele prinse de capotă, împreună cu siluetele celor două cadavre, spuneau că nu așa stau lucrurile.

Pentru Jan Hesk a fost o priveliște care l-a înviorat când a venit cu mașina pe drumul de pietriș de-a lungul cheiului din Refshaleön și a parcat la distanța cuvenită de macaraua mobilă.

Ora era cu siguranță neverosimil de matinală, și fusese silit să-și întrerupă concediul tocmai când el și restul familiei dădeau să urce în mașină ca să plece în excursie în Iutlanda și, spre nespusa încântare a copiilor, la Legoland. Nu mai fuseseră niciodată acolo și acum în sfârșit aveau să ajungă, așa că nu i-a fost greu să le înțeleagă dezamăgirea. Ceea ce l-a surprins a fost că Lone și-a ieșit din pepeni și a început o ceartă în gura mare în mijlocul aleii.

A reușit să rămână destul de calm și să le împărtășească dezamăgirea, dând vina pe împrejurări, fără să sufle o vorbă despre faptul că, în taină, abia aștepta să se termine concediul.

Încă din prima săptămână de concediu, când el făcea toată treaba de acasă, în vreme ce Lone făcea inventarul în magazinul ei cu articole fără material plastic pentru bebeluși, aștepta ca pe ghimpi să se întoarcă la secția de poliție și să înceapă iar munca. Însă a ținut asta pentru sine, a strâns din dinți și a construit o căsuță în copac, a făcut clătite și a mers cu bicicleta în Amager Strandpark ori de câte ori Benjamin se plictisea să stea în casă.

Acum se întorsese, în sfârșit, și încă într-o poziție nouă. O poziție la care visa încă din primele zile în Departamentul Omucideri. Motivul promovării era atentatul din Tivoli de acum o lună. După asta s-a schimbat aproape totul. Privind din afară, era o imensă tragedie și toate rudele victimelor erau, din motive evidente, într-un întuneric mai rău decât și-ar fi putut imagina el vreodată.

Însă în ceea ce-l privea, evenimentul a fost un moment de răscruce. Niciodată nu mai simțise atât de clar diferența între „înainte" și „după". De unde în ochii șefului său, Kim Sleizner, fusese ca un câine pe care oricum poți să nu-l bagi în seamă, brusc câștigase respect.

Sleizner a fost atât de impresionat de felul în care s-a descurcat în acea criză, încât nu numai că i-a dat un salariu mai mare și un birou separat, ci, mai presus de toate, i-a dat mai multă răspundere. În sfârșit, avea să poată crea și conduce propria echipă.

Tehnicianul criminalist Torben Hemmer sosise și tocmai descărca din dubă gențile cu echipament, cu toate că mecanicul macaralei încă n-avusese timp să scoată legăturile din jurul mașinii din care picura apa.

Până acum vorbise cu Hemmer doar la telefon, dar era deja convins că noul criminalist este un câştig pentru ei. Energia concentrată care radia din el pe când îşi pregătea şi organiza echipamentul pentru cercetare era exact ceea ce le trebuia. Cineva care era aici ca să muncească. Nu ca să bea cafea şi să flecărească.

Totuşi, în privinţa lui Julie Bernstorff nu era la fel de convins. Nu putea spune exact de ce. Poate că, pur şi simplu, arăta prea bine pe când se îndrepta spre el, cu trăsăturile ei aproape nefiresc de delicate, părul negru cârlionţat ca în filmele publicitare şi picioarele lungi.

Arăta ca şi cum ar fi lucrat în domeniul modei sau altei industrii în vogă, nu aici, unde cea mai mică alunecare pe tocurile înalte însemna riscul iminent să cadă şi să-şi rupă ceva. În plus, faptul că Sleizner a fost cel care a angajat-o şi a sugerat că ar trebui să facă parte din echipa lui nu îmbunătăţea lucrurile.

– Salut, sunt Julie Bernstorff, a zis ea şi şi-a dat părul după ureche cu o mână, întinzându-i-o pe cealaltă. Sunt cea care...

– Ştiu, a întrerupt-o el încuviinţând din cap. Ne-am mai întâlnit.

– Chiar aşa, acum îmi amintesc, a zis ea, însă privirea care îi fugea în lături arăta că este o minciună gogonată.

– În primăvara asta, când erai la Kim Sleizner pentru interviul de angajare, a zis el ca s-o ajute. Ne-am întâlnit pe coridor, dar probabil că te gândeai la altceva.

Cel puţin, avea de gând să-i dea o şansă înainte să pună piciorul în prag şi să ceară înlocuirea ei.

– Chiar aşa, e adevărat.

Un zâmbet i-a luminat faţa.

– În orice caz, bun-venit în echipă!

I-a strâns mâna scurt și a mers mai departe spre Mercedes. Putea ea să tot fie arătoasă, în echipa lui asta nu era un avantaj.

-Scuze, dar e ceva ce aș vrea...

-Poate să aștepte până terminăm cu lucrul cel mai urgent, a întrerupt-o el fără să se oprească.

-Nu știu, chestia e că...

El s-a oprit și s-a întors spre ea.

-Ascultă, Julie. Nu sunt un om prea complicat. Singurul lucru pe care îl cer este ca fiecare să facă ceea ce trebuie să facă, iar când e vorba despre tine, care, din câte am înțeles, n-ai nici o experiență, la început trebuie să stai deoparte. Să asculți și să absorbi fără să te amesteci.

I-a zâmbit cu buzele strânse și și-a văzut de drum.

Ultimul lucru pe care și-l dorea era să fie ca Sleizner, șeful ieșit din iad căruia toți îi zâmbeau și făceau frumos în fața lui, însă în taină îl urau mai mult ca orice pe lume. Însă acum nu era timp să îndrume angajații, să discute cereri de concediu și tot ce mai intra în fișa postului său. În acest moment îl aștepta o anchetă despre două cadavre pescuite din port.

Sigur, nu părea să fie o anchetă prea complicată, din cât i se spusese. Lucru care i se părea un mare avantaj. Aveau totul de câștigat dacă o încheiau cât mai repede și fără probleme, dovedindu-și astfel lor înșile, dar mai ales lui Sleizner, că sunt perfect potriviți pentru această sarcină. Ceea ce era obligatoriu pentru a primi mai târziu cazuri mai complicate.

-Salut, Torben.

A dat mâna cu Hemmer, care tocmai se pregătea să tragă fermoarul salopetei de protecție.

-Văd că te-ai apucat deja de treabă și voiam doar să profit de ocazie ca să-ți spun bine ai venit în echipă.

– Mulțumesc, dar nu, mulțumesc.

Hemmer a arătat cu capul spre mâna lui întinsă.

– Nu știu pe unde ai umblat cu ea și ultimul lucru pe care mi-l doresc e să fiu contaminat la locul investigației.

– Evident. Hesk a încuviințat din cap și și-a ridicat amândouă mâinile. Dar poți să fii pe deplin liniștit. Astea sunt atât de dezinfectate, că m-aș alege cu o amendă dacă aș fi oprit la un control în trafic. A izbucnit în râs. Adică, ar declanșa alarma pe alcoolmetru.

– Sigur, dar am putea vorbi mai multe mai încolo, când nu va trebui să ne ocupăm de două cadavre care zac și putrezesc și, în plus, tipii de acolo vor să le ia cât mai repede posibil.

Hemmer a făcut semn cu capul spre ambulanța care venea spre ei.

– Sigur, sigur.

Hesk a făcut un pas înapoi și a simțit cum îl năpădește dezgustul de sine.

– Dă-i drumul. De aceea suntem aici. O să-i ascult pe martori. S-a uitat în jur. Dar unde sunt? S-a întors spre Julie Bernstorff. Nu erau doi? Un bărbat și o femeie.

– Da, într-adevăr, a încuviințat Julie. Asta încercam să spun mai devreme. Am vorbit deja cu ei.

– Bun, deci ai luat un interogatoriu din proprie inițiativă, fără să te consulți mai întâi cu mine sau măcar să mă anunți?

Julie Bernstorff a încuviințat din cap.

– Am ajuns prima aici, le era tare frig și erau șocați. Mai ales femeia, care era pe cale să facă o criză de nervi, așa că m-am gândit că are nevoie de ajutor și trebuie cât mai curând posibil să se odihnească.

– Bine.

A încuviințat din cap și a început, în sfârșit, să simtă că pășește pe teren solid, acum, când atenția nu mai era concentrată pe începutul său jenant cu Hemmer.

– Însă data viitoare aș vrea să iei mai întâi legătura cu mine.

– Asta am făcut. Am încercat să te sun.

– Zău?

– Da, însă n-ai răspuns.

Trebuie să fi fost pe când se certa cu Lone pe alee. La dracu'!

– Bun, destul despre asta. Au spus ceva interesant?

– Doar că bărbatul își luase iubita la o plimbare în zori cu caiacul și s-a nimerit ca ea să se răstoarne exact acolo, în valurile făcute de una dintre navele de pasageri.

Hesk a încuviințat din cap. Julie a avut, cu siguranță, dreptate. Probabil că a fost cât se poate de banal.

– Da, n-a fost mare lucru. Sper că ți-ai amintit să-ți notezi datele de contact.

– Firește. Ți-am trimis pe e-mail toate informațiile împreună cu raportul despre interogare.

Deci avusese timp să facă asta. Era totuși impresionant.

– Foarte bine, a zis el, încercând să se apuce de lucru, când în spatele lor s-a închis o portieră.

S-a întors și l-a văzut pe Morten Heinesen venind cu mersul lui tipic, țeapăn, un pic neliniștit.

Heinesen era, fără îndoială, colegul cu care lucrase cel mai mult în anii petrecuți în poliție. În plus, era unul dintre puținii colegi în care simțea că poate să aibă încredere. Heinesen nu bârfea și n-avea planuri ascunse de avansare în carieră. Nu dorea decât să respecte toate regulile şi să facă o treabă cât mai bună cu putinţă.

Şi totuşi, întotdeauna avea un aer de nervozitate. Ca şi cum toată viaţa ar fi fost hărţuit şi trebuia să fie pregătit să încaseze în orice moment o lovitură. Asta îi crease reputaţia nemeritată că ar fi unul dintre cei mai puţin inteligenţi, în vreme ce, de fapt, el doar se temea de conflicte şi prefera să-şi ţină pentru el părerile, ca să nu rişte să se ia în coarne cu cineva.

– Bună dimineaţa, Morten! a zis Hesk şi s-a luminat la faţă, uşurat că a ajuns cineva chiar mai târziu decât el. Iată pe cineva care se pare că a avut nevoie de somnul de frumuseţe.

– De fapt, el a ajuns aici imediat după mine, a zis Julie.

– Da? Şi atunci de ce...

– Am dus martorii la spital, a zis Heinesen.

– A, aşa.

Lui Hesk îi venea să intre în pământ. Dimineaţa nici că ar fi putut să înceapă mai rău. El, căruia nu i-a reuşit niciodată vreo glumă, acum încercase de două ori să fie amuzant şi de amândouă dăţile o dăduse-n bară. Ce naiba făcea?

– Scuze, speram doar că ai întârziat la fel ca mine.

– Nici o problemă, a zis Heinesen zâmbind. Deci cum merge? Aţi găsit ceva interesant?

– Nu ştiu, a zis el şi şi-a pus mănuşile. Am vrut să-i dau lui Torben o şansă să se apuce de treabă liniştit. Dar hai să mergem să aruncăm o privire.

Heinesen a încuviinţat şi, împreună cu Julie, s-au dus la maşină, unde Hemmer stătea aplecat sub capacul ridicat al portbagajului şi fotografia.

Hesk a mers în cealaltă parte a mașinii, a deschis portiera dreaptă din spate și s-a uitat la femeia care zăcea pe spate, goală, pe banchetă. În sfârșit, se simțea sigur pe sine. Asta era ce trebuia să facă. Să se concentreze pe investigație. La asta se pricepea, și aici se simțea în siguranță. Iscusința de conducător avea să vină pe măsură ce înaintau.

Femeia era mai tânără decât crezuse. Cât de tânără era greu de spus. Nu era de etnie daneză, iar pielea ei aurie și netedă putea fi la fel de bine de cincisprezece sau de douăzeci și cinci de ani. Poate chiar mai mult de treizeci. În orice caz, fusese sugrumată. Stăteau mărturie petele vinețiі de pe gât.

Lucra de destulă vreme ca să știe că munca de investigație începea în general cu fructul care atârna cel mai jos. Că în nouă cazuri din zece nu era nevoie să îmbârligi și să complici lucrurile inutil. Realitatea nu semăna cu un film în care scenaristul se dă peste cap să născocească una după alta întorsături incredibile doar ca să distreze privitorul.

Desigur, există excepțiile care confirmă regula. Ca investigațiile făcute în ultimii ani de Fabian Risk și colegii lui din partea suedeză a strâmtorii. Însă, privind în perspectivă mai largă, acelea nu erau decât anomalii.

În realitate, în cea mai mare parte, locul crimei arăta tot ce era de văzut. În foarte puține cazuri o crimă era precedată de un plan bine gândit, sau de orice fel de plan, iar după ce fapta era săvârșită, vinovații nu stăteau aproape niciodată să-și șteargă urmele. În puținele cazuri în care o făceau, de obicei doar lăsau urme noi, care erau și mai incriminatoare.

S-a întors spre Hemmer, care a desfăcut cu o mână picioarele femeii și a făcut o serie de fotografii. Întotdeauna se simțea un pic murdar când vedea o moartă cu părţile intime dezgolite. În schimb, Hemmer nu părea să aibă vreo problemă, dimpotrivă, s-a aplecat şi mai mult şi a continuat să umple cardul de memorie al aparatului de fotografiat.

– Bună dimineaţa, bună dimineaţa, cum merge?

Hesk a ridicat privirea peste acoperişul maşinii şi a văzut o femeie cu păr roşu tuns scurt şi halat alb care venea însoţită de doi asistenţi.

– Sunt Trin Bladh şi vin de la cabinetul medicului legist, a continuat ea, ridicând mâna într-un salut colectiv.

– Deci îi ţii locul lui Oscar Pedersen, a zis Heinesen.

– Nu, de fapt sunt noua lui colegă. Probabil v-aş saluta din partea lui, dacă ar şti că suntem aici. Dar ce ziceţi? E în ordine dacă ne ocupăm de cadavre?

– Nu imediat, a zis Hesk. Mai lasă-ne câteva minute.

– Bine. Pot să aştept câteva minute. Dar nu mai mult. Ştiţi, după ce au stat în apă se deteriorează repede.

Ar fi putut să-i azvârle femeii o rafală de observaţii acide despre cine este la conducerea investigaţiei. Însă n-avea de gând să se coboare atât de mult. Era mai presus de aşa ceva şi a lăsat mica ei predică să se topească în briza dimineţii, în timp ce deschidea portiera din dreptul scaunului pasagerului şi se uita la bărbatul care stătea aplecat în faţă, îmbrăcat în smoching, cămaşă albă şi papion, cu capul rezemat de volan, de care atârna airbagul ca un balon fleşcăit.

Gaura însângerată din ceafa bărbatului era atât de mare, că s-a pomenit uitând că priveşte un om în carne şi oase. Însă exact asta era, şi nu era nevoie să fii un criminalist genial ca să tragi concluzia că urmele întunecate din jurul gâtului femeii erau aproape cu siguranţă lăsate de mâinile bărbatului. De fapt, văzuse deja destul ca întregul scenariu să fie limpede pentru el.

-Da, nu pare prea complicat, ce zici?

S-a întors spre Heinesen, care a încuviințat din cap, ridicând din umeri.

-Păi, cele mai multe indicii arată că el a mers prea departe și a ajuns s-o sugrume, după care s-a sinucis.

-Exact ce gândesc și eu.

-Întrebarea e dacă au făcut sex aici, în mașină.

Hesk a ridicat din umeri.

-Din cât văd, hainele ei nu sunt aici, așa că presupun că au fost fie acasă la el sau la ea, fie în vreun hotel pustiu.

-Cu alte cuvinte, cam oriunde, a zis Julie.

Hesk s-a întors spre ea, gata să-i amintească să stea deoparte până i se adresează cineva. Însă a reușit să se înfrâneze și, în schimb, i-a zâmbit.

-Păi, nu-i chiar așa. Ideea mea este că trebuie să fi avut ocazia s-o scoată neobservat și s-o pună în mașină. Nu e nici vârâtă într-un sac negru de gunoi, nici înfășurată într-un covor. Apropo, a fost găsită arma?

S-a întors spre Hemmer, care se apucase să colecteze probe de păr, resturi de sânge și de materie cerebrală din interiorul mașinii.

-Era jos, lângă pedale.

-Și unde e acum?

-Pe masa din spatele tău.

Hesk s-a întors spre o masă pliantă pe care erau câteva pungi cu probe, printre care una cu un pistol. A ridicat-o și a văzut că arma este un semiautomat CZ75. Era un model obișnuit, fabricat în Cehia și răspândit în întreaga lume.

-Julie, verifică DK556919B.

Julie Bernstorff a încuviințat din cap și s-a tras deoparte cu telefonul.

În afară de gafele de la început, de fapt mergea lin, cum nădăjduise. Dacă o ținea tot așa, ar fi putut chiar să termine în câteva zile, cu Legoland ca o surpriză minunată pentru familie.

Singurul lucru care îl deranja era pescarul amator care stătea la vreo treizeci de metri de ei, dincolo de barieră, și din când în când arunca undița în apă. N-ar fi putut spune exact ce era, dar ceva l-a făcut să ia aparatul de fotografiat al lui Hemmer, să folosească teleobiectivul și să-i facă o duzină de fotografii bărbatului musculos, care purta o vestă de pescar cu câteva buzunare și o pălărie care avea cusute pe ea lingurițe de momeală.

– Torben, a auzit în spate vocea lui Heinesen. Ai vreo idee cât timp o fi stat mașina acolo?

– Cel mult câteva zile, a zis Hemmer. Dacă vrei mai multă precizie, va trebui să aștepți până termin de examinat părțile electronice ale mașinii.

Faptul că pe chei stătea un pescar amator nu era în sine o priveliște neobișnuită. Mai ales atât de devreme dimineața. Însă prin teleobiectiv vedea că acest bărbat nici măcar nu părea să știe cum să țină o lansetă, ca să nu mai vorbim de felul în care trebuie să arunce. Nu că asta ar fi însemnat neapărat ceva. Trebuia să existe pentru oricine un început.

I-a înapoiat lui Hemmer aparatul de fotografiat și s-a întors spre Trin Bladh.

– Bun, cadavrele sunt ale tale. Fă ce ai de făcut.

În cel mai bun caz, ea ar fi putut găsi dovezile pentru ceea ce știau deja. Apoi le mai rămânea doar identificarea, care n-ar fi trebuit să fie cine știe ce problemă.

– Scuze, de fapt, ar fi o mică chestie, a zis Heinesen, ca de obicei cu arătătorul ridicat. Cu siguranță nu-i deloc importantă, dar ca să fim siguri...

– E în ordine, a zis Hesk. Dar dă-i drumul, ca să poată începe cei de la medicina legală.

– Cum ziceam, probabil că nu e nimic. Însă mă gândesc la scenariul despre care vorbeam.

– Da, ce-i cu el?

Heinesen a înghiţit în sec.

– Nu sunt prea sigur că aşa este. Mai ales faptul că s-a sinucis. Sau, mai degrabă, felul în care s-a sinucis.

– Şi-a vârât ţeava în gură şi a apăsat pe trăgaci.

Hesk a ridicat din umeri.

– Ce e ciudat în asta?

– Nimic. Lucrul ciudat este că trebuie s-o fi făcut pe când conducea maşina peste marginea cheiului, ceea ce cred că nu e cea mai simplă manevră. În plus, pare, într-un fel, cum să zic, cireaşa de pe tort.

Hesk era pe cale să zică ceva, cum ar fi să meargă mai departe. Însă chiar era ceva în ce spunea Heinesen. Era, de fapt, un pic ciudat.

– Nu poate fi o combinaţie de două lucruri? a zis în cele din urmă. Unul este că voia să moară cât mai repede posibil şi fără durere, iar celălalt, că voia, pur şi simplu, să dispară şi, în cel mai bun caz, să nu fie găsit niciodată.

– Da. Heinesen a încuviinţat din cap. Cred că ai dreptate. Sigur că aşa a fost.

Era doar o teorie fără bază. Nu trebuia neapărat să însemne că e rea şi neadevărată. Dar acum Heinesen stătea acolo şi încuviinţa din cap, în ciuda faptului că era evident că nu-i de acord. Aşa cum făceau toţi atunci când Sleizner conducea ancheta.

– Dar nu crezi asta, nu-i aşa? a zis.

– Nu, dar s-ar putea foarte bine să fie întocmai cum ai zis tu. Absolut.

– Morten.

Hesk a dat ocol maşinii şi s-a dus la el.

– Singurul lucru care mă interesează acum este ce gândeşti tu. La dracu' cu ce crezi că mă aştept eu să aud.

– Ceva nu-i în ordine aici.

Asta era ultimul lucru pe care îşi dorea să-l audă.

Nu era ceea ce îşi imaginase. O investigaţie care abia avusese timp să ia un pic de viteză înainte să pună frână şi să pornească în marşarier. El voia să încheie asta mai repede decât se aştepta Sleizner. Să le arate tuturor că singurul lucru greşit legat de promovarea lui era că întârziase prea mult.

Însă Heinesen avea dreptate. Era ceva greşit în întregul scenariu. Şi ultimul lucru pe care şi-l dorea era să greşească. Să-i scape acel amănunt care mai târziu avea să se dovedească a fi cheia întregului caz.

S-a întors spre Hemmer.

– Tu ce zici, Torben? Pe o scară de la unu la zece. Cât de ciudat este că s-a împuşcat şi a mers cu maşina peste marginea cheiului în acelaşi timp?

– Aş zice că e perfect posibil. De exemplu, poate că a lansat maşina spre apă şi abia după aceea s-a împuşcat. La urma urmei, durează până ca o maşină să se umple cu apă şi să se scufunde.

– Însă avea toate geamurile coborâte, a zis Heinesen.

– Da, însă tot aş zice cel puţin douăzeci de secunde, şi el n-a avut nevoie decât de una.

– Însă? a zis Hesk şi a aşteptat.

Hemmer l-a privit în ochi.

– „Perfect posibil" nu-i acelaşi lucru cu „probabil".

– Prin urmare, nu crezi că aşa s-a întâmplat?

– Ce cred eu nu-i atât de important. Singurul lucru care contează e ceea ce văd, şi nu sunt multe elemente care să sugereze că s-a împuşcat aici, în maşină.

– Și cât de multe indică opusul?

– O grămadă. Lucrul cel mai evident este că nu există vreun glonț sau gaură de glonț.

– Dar, repet, geamurile erau coborâte. N-ar fi putut să iasă și să ajungă undeva, pe fund?

– Îndoielnic. Probabil pe unul dintre geamurile din spate. Însă în cazul acesta ar fi trebuit să străpungă rezemătoarea pentru cap, și nu se vede nimic pe ea.

– Și de ce nu printr-unul dintre geamurile din față?

– Unghiul devine prea mare și inconfortabil. Vreau să zic, de ce să se răsucească cu nouăzeci de grade cu o secundă înainte să apese pe trăgaci?

– Nu că n-aș crede că ai dreptate, a zis Heinesen. Dar mașina trebuie să se fi înclinat mult în toate direcțiile pe când se umplea cu apă.

– Asta-i adevărat. Hemmer a încuviințat din cap și s-a tras de lobul urechii. Chiar ai dreptate în privința asta.

– Oricum, probabil că ar trebui să chemăm scafandrii să cerceteze fundul apei, a zis Hesk.

– Dar mai e și chestia cu petele de sânge. În afară de câteva înăuntru, pe laturi, nu există, practic, nimic. Nici măcar pe tavan, și acolo cu siguranță ar fi trebuit să fie, în afară de cazul în care era culcat pe spate când s-a împușcat.

Hemmer s-a aplecat și a arătat spre acoperiș.

– Vedeți? Perfect curat.

– Dar ia stai un pic.

Hesk simțea că-i revine durerea de cap pe care n-o mai simțise de la cearta de dimineață.

– Mașina a fost plină de apă. E de mirare că materia cerebrală, sau orice o fi, a fost spălată bine și în unele locuri a dispărut cu desăvârșire?

– Într-o anumită măsură îți pot da dreptate. Dar nu în privința tavanului. Acolo s-a ridicat o bulă mare de aer care a înlocuit apa. Vedeți și voi.

Hemmer a arătat conturul șerpuitor de umezeală, ca un cerc mare pe tavanul moale.

Hesk a încuviințat din cap și n-a reușit să-și stăpânească oftatul adânc.

– Bine, însă, oricum ai suci-o, sunt urme clare de sânge aici, ceea ce, după părerea mea, e o dovadă solidă că s-a împușcat cu adevărat în mașină. Alternativa ar fi că a murit în cu totul alt loc, și atunci altcineva trebuie să-l fi așezat la volan. Acel cineva trebuie să mai fi și colectat din acel loc, nu mă întreba cum, sânge și materie cerebrală ca să le împrăștie prin mașină cum s-a priceput mai bine. După aceea, a aranjat cumva ca mașina să trecă peste marginea cheiului fără ca el să fie înăuntru. Și-a desfăcut larg brațele. Păi, auziți și voi cum sună.

– Ultimul lucru despre mașină nu e, de fapt, așa de complicat, a zis Heinesen, cu arătătorul ridicat iar. Trebuie doar să stea în dreptul portierei șoferului și să vâre pe geamul deschis un băț sau o umbrelă cu care să apese accelerația.

– Se poate. Însă, dacă mă întrebi pe mine, asta n-ar ține nici măcar într-un episod slab din *Crimele din Midsomer*.

– Uite, chiar sunt gata să-ți dau dreptate, a zis Hemmer chicotind. Și nici vorbă să fi terminat aici. Cine știe? Poate dau peste ceva care să arate în cu totul altă direcție.

Presupuneri fără bază și întrebări fără răspuns. Urme și indicii care se ciocneau cap în cap în loc să arate în aceeași direcție. Dacă mai continua așa, migrena avea să-și facă apariția curând.

– Da, sunt încă aici, a zis Julie la telefon, venind spre ei.

Hesk s-a întors și și-a dat seama că uitase cu totul de ea.

– Exact. DK556919B, a continuat ea. Bine, mulțumesc.

A încheiat convorbirea și s-a întors spre ceilalți.

– Avem numele pe care e înregistrată arma.

– Ce bine, avem cel puțin un lucru pe care îl putem bifa. Să auzim.

Încă dinainte ca ea să poată răspunde și-a dat seama că e mai mult decât un simplu nume, iar când a auzit cuvintele „Mogens Klinge" i-a dispărut și bruma de încredere în sine care îi mai rămăsese.

– Doar nu vrei să spui acel Mogens Klinge? a încercat, cu toate că și el, și migrena sa și-au dat seama că exact asta voia ea să spună.

– Știu și eu? Câți or fi?

– Ia stai un pic.

Heinesen a arătat spre bărbatul mort așezat la volan.

– Acela este directorul executiv al PET[1]?

Julie Bernstorff a încuviințat.

– Are permis pentru câteva arme.

– Dar numai pentru că e arma lui nu trebuie neapărat să fie el.

– Nu, însă am verificat și mașina, și e tot pe numele lui.

– Bine, a zis Hesk și a încuviințat din cap ca să câștige un pic de timp. Nu încape îndoială că asta pune lucrurile în altă lumină. Morten, ai tu grijă să extinzi

---

[1] Politiets Efterretningstjeneste – Agenția Națională de Securitate și Informații din Danemarca

perimetrul restricționat înainte să aibă timp presa să adulmece pe aici?

S-a dus la portiera șoferului.

– Cu cât putem ține mai mult chestia asta doar pentru noi, cu atât mai bine.

În vreme ce Heinesen se îndepărta în grabă, el a deschis portiera și s-a uitat la cadavrul care stătea aplecat, cu fața pe volan. Ca să fie pe deplin sigur, trebuia ca medicul legist să facă identificarea. Ceea ce avea să dureze o vreme, așa că până atunci a trebuit să se mulțumească să împingă corpul înapoi pe spătar.

Fața era, practic, nevătămată. Singurele lucruri care arătau că nu-i totul în ordine erau gura deschisă și expresia surprinsă. Ca și cum n-ar fi fost deloc conștient de ceea ce avea să-i facă glonțul cefei sale. Dar, da, era unul dintre cei mai mari granguri din serviciile de informații, dacă mai era vreo îndoială.

Hesk și-a îndreptat spinarea și s-a întors cu spatele la mașină, cu spatele la ceilalți. Apoi a început să meargă, dincolo de barieră, tot drumul până pe chei, unde a privit peste apa strălucitoare în partea cealaltă, unde cei mai matinali și mai entuziaști turiști veniseră să se holbeze la Mica Sirenă.

I-a venit în minte prima dată când a văzut-o el însuși. Ce dezamăgit a fost când s-a dovedit că dimensiunile ei nu se potriveau deloc cu așteptările sale. Era la fel și acum. Nimic din ce a presupus și a văzut în fața sa de dimineață n-a fost adevărat, nimic, și oricât de mult ar fi încercat să controleze fluxul de informații, curând avea să se răspândească vestea despre Mogens Klinge și să se dezlănțuie tot iadul.

3

La una dintre cele trei stații de lucru din fața ecranelor stătea Fareed Cherukuri și introducea niște comenzi într-un computer. Pe când lucra la operatorul de telefonie mobilă TDC își petrecea tot timpul liber încercând să spargă sistemele de protecție și trăgând cu urechea la conversațiile celebrităților, ca să nu moară de plictiseală.

Alături stătea prietenul lui, Qiang Who, și el un fost programator talentat de la Serviciul clienți al TDC, folosit sub capacitatea sa, și privea ecranul pe care se vedeau candelabrul de cristal și dormitorul lui Sleizner.

Amândoi fuseseră angajați de Dunja, care, în schimbul unui salariu modest, le dăduse ocazia să facă altceva decât să răspundă la întrebări despre cum se poate să te coste atât de mult când îți lași copiii să stea toată ziua pe telefoanele lor mobile în vacanțele petrecute în alte țări.

– Nu pricep, a zis Qiang fără să-și ia ochii de la ecran. Când s-a trezit?

– La 5.08, dacă e să ne luăm după programul din mobilul lui. Adică acum șaptesprezece minute.

Dintr-un difuzor s-a auzit apa trasă la toaletă.

– Şi nu ca să prindă un zbor când se crapă de ziuă sau aşa ceva? a zis Dunja din spatele lor, pe când Qiang dădea înapoi indicatorul timpului ca să vizioneze din nou secvenţa.

– Nu apare în calendarul lui.

Fareed a dat clic pe meniurile care arătau ca ecranul unui mobil până când a ajuns la o bară lungă cu alarme pentru diferite ore.

– Şi nu cred că a fost activată vreuna dintre alarmele din mobil, în afară de cea obişnuită de la şase şi jumătate.

– Şi nici un SMS? a zis Qiang căscând şi întinzându-se. N-a sunat nimeni?

– Păi, e pus pe silenţios şi el dormea adânc. Dar aşteaptă, vom vedea.

Fareed s-a uitat în mesagerie.

– Nu. Nici aici nu e nimic.

Pe ecranul lui Qiang se vedea acum Kim Sleizner întins pe spate şi dormind cu ochii închişi şi gura deschisă, învelit cu cearşaful.

– Pare că a avut un somn agitat.

Qiang a arătat spre dezordinea din pat.

– Aşa a fost în ultimele nopţi, a zis Dunja, în vreme ce Sleizner se trezea cu o tresărire şi se uita în jur ca şi cum la început n-ar fi priceput unde se află.

– Însă poate că de data asta a fost mai rău. Poate că de-abia acum l-a prins din urmă toată neliniştea.

– Vrei să spui serios că are conştiinţa încărcată?

– De ce nu? a ridicat Qiang din umeri. Chiar şi un elefant înrăit poate să aibă...

– Te rog..., l-a întrerupt Fareed. E prea devreme pentru parabolele tale cu elefanţi.

– Întotdeauna e prea devreme pentru ele, a zis Dunja.

– Să vă spun eu pentru ce e prea devreme? a zis Qiang. Da? Să vă spun?

– Păi, ai face bine să ne scutești, a zis Fareed.

– Mai bine află ce s-a întâmplat.

Dunja a arătat cu capul spre ecranul pe care Sleizner s-a rostogolit pe o parte și a ieșit din cadru.

Qiang a clătinat din cap.

– Aproape că te face să bănuiești că știe că i-am piratat mobilul și nu face decât să se joace cu noi.

Dunja și-a dus degetul la gură și a dat mai tare volumul unuia dintre difuzoare, și după un moment de tăcere s-a auzit cum Sleizner scoate un oftat lung.

„La dracu', la dracu', la dracu'..."

– Asta nu sună a joacă, a zis ea și s-a întors spre Fareed.

– Tu ce zici?

– Nu, sunt de acord cu tine. Nimic din toate astea nu-i normal pentru omul ăla.

Pe ecran, Sleizner a intrat iar în cadru și s-a așezat pe marginea patului, și-a întins gâtul până i-au trosnit vertebrele, apoi s-a ridicat și a dispărut iar.

– Încearcă să dai înapoi în timp real, a zis Dunja, și Qiang a dat clic pe o listă de opțiuni.

Imaginea de pe ecranul cu candelabrul de cristal din oglinda de pe tavan a rămas neschimbată, însă din difuzor s-a auzit că Sleizner se întorcea în dormitor.

– Iar acum fii băiat cuminte și adu-ți mobilul, a zis Qiang.

Dar singurul lucru care s-a văzut a fost o umbră care a trecut pe lângă marginea patului și la fel de iute a ieșit din cadru.

– Asta spuneam. Blestematul se joacă cu noi.

– Trimit un SMS de la TDC cu informații despre noi setări de operare, a zis Fareed și a demarat.

– Dar telefonul nu-i pus pe silențios? a zis Dunja.

– Nu mai e.

Fareed a dat la maximum sonorul mobilului lui Sleizner și a trimis mesajul, făcând telefonul să scoată un sunet intermitent care amintea de o alarmă de incendiu.

N-a trecut mult până ce Sleizner a revenit în imagine, a luat în mână mobilul și ecranul s-a umplut cu fața lui trezită de curând, pe când citea mesajul. Când a terminat a lăsat la loc telefonul pe noptieră și a ieșit din cadru.

Fareed a oftat și s-a întors spre Qiang.

– Ce-ar fi să verifici drona, ca să fim siguri că nu-i doar obișnuita yoga de dimineață?

– De ce nu? Qiang a ridicat din umeri. N-are cum să fie mai rău, a zis elefantul și și-a vârât trompa în...

– Qiang..., l-a întrerupt Dunja și i-a aruncat un zâmbet rugător, după care el a pornit oftând alt computer și a conectat la el o unitate de control cu două manșe.

A apărut o imagine care curând a umplut tot ecranul. Însă nu se vedea decât ceva cenușiu nedefinit care devenea albastru-deschis la marginea de sus. De-abia când întreaga imagine a început să se miște în sus și imaginea a devenit clară s-a văzut că cenușiul era carton gudronat de pe un acoperiș care arăta ca semnul infinitului, cu două cupole de sticlă înălțate în mijloc.

În fața clădirii se vedea apa de un verde-albăstrui, iar pe partea cealaltă erau câteva blocuri de birouri cu fațade de oțel și sticlă. În spatele lor își profila la orizont silueta Vesterbro, iar la dreapta se vedea Tivoli, cu turnul său poleit.

Cu ajutorul unei manșe, Qiang a orientat camera înapoi spre proprietate, iar imaginea a coborât pe fațada arcuită a casei, la ultimul etaj, care avea un singur balcon mare cu ferestre panoramice din tavan până-n podea.

Se vedea drona oglindită în ferestre, însă de îndată ce Qiang i-a reglat poziția și focalizarea au avut o imagine clară din livingul lui Sleizner, decorat auster cu o canapea și fotolii îmbietoare în mijloc, o masă de sufragerie și un televizor cu ecran plat alături de o pictură care părea să fi fost făcută de o ceată de ţânci de grădiniță. Dar Sleizner nu se vedea pe acolo.

- S-ar părea că avem dreptate, a zis Fareed, pe când Qiang dirija drona lateral de-a lungul fațadei. Nici un nud sau yoga în pielea goală cât vezi cu ochii. Cu siguranță s-a întâmplat ceva.

- Da, așa pare, a zis Qiang. Dar, în orice caz, iată-l pe el.

Două perdele subțiri erau trase în camera de lucru și ascundeau o parte din ea. Însă nu încăpea nici o îndoială că Sleizner era acolo, aplecat în fața computerului.

- Și din cât văd eu, a continuat Qiang și a folosit transfocatorul pe brațele lui Sleizner, care erau amândouă nemișcate, nu doar stă și navighează pe net până se trezește de-a binelea.

- Ar putea să fie ceva la știri?

Dunja s-a așezat la unul dintre computere.

- Ceva care...

„Pe toți dracii", l-au auzit deodată pe Sleizner izbucnind. „Pe toți dracii de blestemăție!"

Și pe ecran s-a văzut cum își ascunde fața în palme și clatină din cap.

„Nu-i adevărat. Nu-i adevărat, lua-m-ar toți dracii!"

4

Jan Hesk nu s-a gândit la asta când a văzut femeia din mașină. Însă când a intrat în sala de disecții de la morgă și a văzut-o în lumina puternică, l-a izbit frumusețea ei. Părul bogat și cârlionțat, liniile bine conturate și totuși blânde ale feței și pielea brun-aurie, aproape strălucitoare.

Și totuși, cadavrul de pe masa de disecție alăturată a fost cel care i-a atras privirea. Un cadavru care nici vorbă să fie frumos și era de-a dreptul dureros să te uiți la el, chiar dacă avea capul sfărâmat acoperit cu o pânză verde.

Mogens Klinge era de aceeași vârstă cu el. De câte ori îl văzuse dând un interviu la televizor păruse vioi și atletic, îmbrăcat în stilul său obișnuit, blugi și pulovere. Acum zăcea acolo gol, fără blugi, pulover sau smochingul pe care îl purta când l-au găsit, și decăderea nu putea fi mai limpede.

Cadavrul nu era palid, era roz ca un purcel, și, cu toate că Klinge cu siguranță își păstrase indicele de masă corporală în limite normale, colacii de grăsime îi înconjurau talia ca un aluat proaspăt crescut. De asemenea, părul de pe corp părea să crească în smocuri, dar asta era, probabil, din cauză că era neglijent cu tunsul. Şi, ca şi cum n-ar fi fost destul, penisul i se micşorase, dispărând cu totul în tufa de păr pubian.

Oare el însuși ar arăta la fel de dezgustător? Nu fusese niciodată gras, însă în ultimii ani făcuse burtică, cu toate că alerga de două ori pe săptămână. Şi-a cumpărat gantere, placă de echilibru şi covor pentru exerciții. Oare o să zacă şi el acolo, când va veni vremea, şi o să facă pe oricine l-o privi să se simtă un pic îngrețoșat?

S-a răsucit spre Trin Bladh, care stătea aplecată peste picioarele desfăcute ale femeii şi examina cu lupa ceva de pe partea interioară a coapsei. Era atât de concentrată, încât timp de aproape două minute n-a observat că e acolo, până ce el şi-a dus în cele din urmă o mână la gură şi şi-a dres glasul.

– Eşti nerăbdător, a zis ea fără cea mai mică încercare de a-şi întrerupe examinarea.

– Scuze, înțeleg că abia ai început. Dar voiam să verific...

– Nici o problemă. S-a întors spre el. „Nerăbdare" nu-i decât un cuvânt născocit de cei care nu duc niciodată treaba până la capăt.

El a încuviințat.

– Înțelegi, asta e prima anchetă pe care o conduc.

– Ştiu.

– Zău? Am spus-o eu, sau e altcineva care...

– Singurele care au spus ceva sunt broboanele de sudoare de pe frunte şi aerul tău țeapăn, un pic neliniştit.

– Nu sunt neliniştit. Vreau doar să fac o treabă bună.

– Exact. Şi vrei asta atât de mult, încât eşti neliniştit că o să greşeşti.

Îl citise perfect.

– Te pricepi la fel de bine să analizezi morții ca pe cei vii?

– Rămâne de văzut. S-a întors înapoi spre cadavru. Să sperăm că această cicatrice poate să înlesnească identificarea.

Hesk a făcut un pas înainte, s-a aplecat spre picioarele desfăcute ale femeii și a cercetat cicatricea din partea interioară a coapsei drepte. Era lungă de câțiva centimetri, în formă de cruce, și și-a dat seama că trebuie să fie ceea ce Torben Hemmer fotografiase cu atâta atenție de dimineață.

– La început am crezut că n-a fost decât o rană care s-a nimerit să lase o cicatrice în formă de cruce, a continuat doctorița.

– Însă?

– În primul rând, e un loc foarte neobișnuit în care să te rănești. În al doilea rând, nu văd nici un semn că ar fi fost vreo cusătură, ceea ce arată că a fost făcută intenționat.

– Vrei să zici un fel de tortură.

– S-ar putea, însă dacă vrei să produci durere există feluri mult mai simple și mai eficiente decât ăsta. Și apoi, dacă pornim acum de la ideea că era prostituată, e cam ca și cum ai deteriora produsul pe care vrei să-l vinzi.

Hesk a încuviințat. Din acest unghi, cu siguranță era greu să nu observi cicatricea.

– După părerea mea, și-a făcut-o singură. Ca pe un tatuaj. Dar, cum spuneam, e doar o bănuială.

– Un tatuaj.

Hesk s-a întors spre doctoriță.

– Vrei să zici că încerca să spună ceva.

– Nu, nu vreau să zic nimic. Doar o bănuială.

– Însă crucea e un simbol al morții.

– Da, dar și al multor alte lucruri și, mai presus de toate, alături de un craniu, este unul dintre simbolurile cele mai obişnuite pe care oamenii aleg să şi le tatueze. Nu mă întreba de ce. Pentru mine e la fel de greu de înțeles ca şi tatuatul în sine. Însă asta e doar părerea mea. A ridicat din umeri. Acum aş vrea să-mi continui examinarea, dacă e în ordine.

- Încă un lucru şi promit că te las în pace. Ce crezi despre scenariul pe care l-am discutat de dimineață? Ai găsit ceva care să-l sprijine, sau trebuie să ne gândim la altul?

- Şi acel scenariu la care te referi este că Klinge a sugrumat-o fără să vrea pe femeie în timpul actului sexual şi apoi s-a împuşcat în timp ce trecea cu maşina peste marginea cheiului?

- Ceva în genul ăsta, da.

- N-am avut timp decât să încep, dar până acum n-am găsit nimic care să-l contrazică.

Hesk a simțit imediat cum îi dispare o parte din povara de pe umeri. Poate că această investigație o să fie fără probleme, la urma urmei.

- Deci ai putut să constați că au făcut sex?

Doctorița a încuviințat din cap.

- Au făcut. Dar numai vaginal, şi chiar se pare că a fost destul de potolit. N-am văzut decât cicatrici de la alte vătămări.

- Şi cum e cu urmele de sugrumare? Este posibil să fim siguri că provin de la mâinile lui?

- Cred că asta poate fi dificil. S-a dus la celălalt capăt al mesei de disecție şi a cercetat urmele de pe gâtul femeii. Dacă el ar fi avut un soi de inel pentru degetul mic cu montura răsucită înăuntru, ar fi fost altceva. Aceste urme pot să provină în mare măsură de la oricine... A tăcut şi a început să strângă tot mai tare. Ciudat, a zis pentru sine după o vreme, apoi a deschis gura femeii şi i s-a uitat în gât cu o lanternă mică.

– Ai găsit ceva? a zis el și abținându-se să se apropie prea mult.

Ultimul lucru pe care îl dorea era s-o deranjeze.

N-a primit nici un răspuns. Ca și cum nici nu l-ar fi auzit, ea și-a continuat examinarea, vârând atât de adânc degetele arătător și mijlociu în gura femeii, încât i-a declanșat lui reflexul de vomă.

În acel moment ușa a fost deschisă de un îngrijitor lat în umeri îmbrăcat în salopetă albastră, care a intrat cu un cărucior plin cu tuburi fluorescente și becuri de diferite mărimi și forme.

– Salut, a zis cu accent est-european. Doar înlocuiesc lămpile.

– E în ordine.

Doctorița și-a scos degetele din gura femeii și s-a întors spre o masă plină cu instrumente de pe care a luat o pensetă lungă de vreo treizeci de centimetri.

Cu toate că Hesk era mai interesat de ceea ce făcea doctorița, era ceva care îl silea să nu-l scape din ochi pe îngrijitor, care a desfăcut scara, s-a urcat pe ea până la una dintre lămpi și a început să demonteze masca. N-ar fi putut să explice de ce. Singurul lucru care sărea în ochi era faptul că de la mâna dreaptă a bărbatului lipsea degetul inelar.

În cele din urmă, s-a întors iar spre doctoriță, care împingea penseta lungă tot mai adânc în gâtul femeii, și când a început, în sfârșit, să tragă ceva afară, s-a dus lângă ea să vadă mai bine.

N-a înțeles la ce se uită. Doar că era o bucată de pânză colorată care lucea din pricina mucusului și a salivei. Galben, portocaliu, roz, auriu și verde. Dungi subțiri de toate culorile ieșeau în continuare din gura femeii, ca și cum n-aveau sfârșit.

- Nu arată a batistă? a zis când ea a desfășurat bucata pătrată de pânză pe o masă laterală.

- Da, a încuviințat doctorița. Ceea ce înseamnă că cel puțin jumătate din scenariul tău nu mai este valabil.

- Ce vrei să zici?

- Asta n-are nimic de-a face cu sexul cu sufocare care a mers prea departe. Înseamnă un singur lucru, și acela este ucidere cu premeditare.

Hesk a încuviințat din cap și a încercat să facă noua piesă de puzzle să se potrivească cu celelalte, când și-a dat seama că îngrijitorul stătea pe scară cu tubul fluorescent în mâini și se uita drept la ei și la ceea ce găsiseră.

- Scuze, dar nu ești aici doar ca să schimbi becurile? a zis, pornind spre el.

- Așa e, becurile și tuburile fluorescente.

Îngrijitorul și-a revenit și a desprins unul dintre tuburi.

- Poate că e o întrebare stupidă, dar care e rostul înlocuirii lor? Vreau să zic, funcționează.

- Rostul?

Îngrijitorul a ridicat din umeri.

- Da, de ce trebuie să fie înlocuite dacă funcționează?

- *I don't know. You want to talk to my boss? It's better. I can call him.*

- *No, it's not necessary. But I would like to see some ID.*

- *Some what?*

- *Your ID. May I see it?*[1] a repetat el.

Exact ca în cazul pescarului, era ceva care îl deranja.

---

[1] Nu știu. Vrei să vorbești cu șeful meu? E mai bine. Îl pot chema.
Nu, nu-i nevoie. Dar vreau să văd o legitimație.
O ce?
Legitimația ta. Pot s-o văd? (în limba engleză în original)

– *Why? I don't understand?*[1]

Îngrijitorul a coborât de pe scară.

– N-am făcut nimic. *I did nothing.*

– *I never said you did. But we're in the middle of an investigation here, and I want to be sure that everything is okay.*

– *But I don't have it here.*

– *Okay, so where do you have it?*

– *In our office.*[2]

S-a deschis ușa și alt bărbat și-a ițit capul.

– *Wratlov, what are you doing? We don't have the whole day.*

– *It's him. He wants to see my ID, and I don't have it on me.*[3]

– Nu trebuia decât să înlocuiești câteva tuburi fluorescente. Bărbatul a intrat și s-a dus la Hesk. E vreo problemă?

– Mi se pare un pic ciudat că trebuie să fie înlocuite tuburi fluorescente care evident funcționează tocmai când suntem noi aici.

– Înlocuim toate tuburile cu altele mai economice. Nu facem decât să ne conformăm politicii.

– Iar politica mea este să știu cu cine mă aflu în aceeași încăpere când sunt în mijlocul unei investigații. Așadar, ori ne arătați legitimațiile, ori plecați de aici.

---

[1] De ce? Nu înțeleg. (în limba engleză în original)

[2] Nici n-am spus că ai făcut. Dar suntem în timpul unei investigații și vreau să mă asigur că totul e în ordine.
Dar n-o am aici.
Bine, atunci unde este?
În biroul nostru. (în limba engleză în original)

[3] Wratlov, ce faci? N-avem toată ziua la dispoziție.
El e de vină. Vrea să-mi vadă legitimația și n-o am la mine. (în limba engleză în original)

– Bine. Bărbatul a încuviințat. Ne ocupăm mai târziu de camera asta. Când terminați?

– N-ar trebui să mă întrebi pe mine, ci pe ea. A arătat cu capul spre doctoriță, care acum examina cu lupa unghiile femeii, date cu ojă roșie. Și în clipa asta cred că e prea ocupată ca să vă răspundă la întrebare.

Bărbatul a încuviințat din cap spre colegul său, care a montat la loc tubul fluorescent și masca, apoi a coborât și a strâns scara.

– Și pe tine cum te cheamă? a zis bărbatul, în vreme ce își ajuta colegul să-și adune lucrurile.

– Hesk. Jan Hesk.

– Bine, a zis doctorița de îndată ce amândoi bărbații au ieșit și ușa s-a închis. Începi să-ți intri în ritm.

– Hai să lăsăm asta, a zis el, cu toate că exact așa se simțea. Atâta doar că nu vreau ca cineva neautorizat...

– Să sperăm că nu faci pașii prea repede ca să te uiți la asta, l-a întrerupt ea strângând cu un clește unghia degetului mijlociu de la mâna dreaptă a femeii, pe care a răsucit-o până s-a ridicat de pe deget.

– Ce ai găsit? a zis el și s-a apropiat.

– Asta.

A râcâit cu o unealtă lungă și îngustă partea de desubt a unghiei desprinse și i-a arătat materia sângerie recoltată.

– Nu-i sângele ei.

– Nu, trebuie să-l fi zgâriat.

– Da, așa s-ar zice.

A pus pe o lamelă de microscop pielea și sângele recoltate și a ridicat-o spre lumină.

– Problema e că Mogens Klinge n-are nici măcar o zgârietură.

5

Era ora nouă, și trecuseră mai mult de patru ore de când Kim Sleizner s-a trezit și a coborât din pat mult mai devreme decât de obicei. După toaleta de dimineață și-a petrecut o jumătate de oră la computerul din camera de lucru.

Din păcate, nu puteau să vadă exact ce făcea el acolo. Pentru asta ar fi trebuit să-i spargă apartamentul și să instaleze pe computer un program care să înregistreze fiecare tastare, lucru pe care până atunci îl consideraseră prea riscant.

Apoi a făcut un duș rapid, s-a îmbrăcat și a ajuns la birou cu aproximativ o oră și un sfert înainte de program, fără *smoothie*-ul obișnuit de vineri, cu spirulină, alge și spanac și, mai ales, fără ședința obligatorie de yoga matinală cu muzica ei de relaxare în aceeași măsură spirituală și artificială.

Cu alte cuvinte, dimineața lui Sleizner numai normală n-a fost.

De-abia în biroul său din sediul poliției a început să comunice prin e-mail și SMS. Totuși, nimic din ce au citit ei n-a dezvăluit ceva despre motivul care l-a făcut să se scoale atât de devreme.

Nu fuseseră decât obișnuitele banalități administrative care îi ocupau cea mai mare parte a timpului de lucru. Adică discuții despre buget, schemele de angajări și câteva discuții despre felul și momentul în care ar trebui să dea la iveală noua rată a cazurilor rezolvate.

Totul fusese atât de insipid, încât Qiang a început să spună ironic că ar fi mai interesant să stai și să te uiți cum crește un copac. Însă energia era prezentă, și în ultimele ore munciseră mai intens decât oricând.

Ceea ce era valabil și pentru Sleizner, care în această dimineață fusese neobișnuit de eficient la masa lui de lucru.

Multe dintre e-mailurile la care a răspuns erau vechi de câteva zile, iar unele, de până la două săptămâni. În plus, își contramandase participarea la toate ședințele planificate pentru astăzi și tocmai făcea același lucru pentru toată săptămâna viitoare.

Singura explicație asupra căreia au căzut de acord a fost că făcea curățenie. Acest lucru, la rândul lui, arăta că pregătea un soi de ieșire din scenă sau că ceea ce se întâmplase era atât de grav, încât trebuia să lase totul deoparte. Oricum, însemna că e sub o mare presiune.

Dunja s-a dus la Fareed, care, ținând în mână o cană cu ceai aburind, își plimba privirea între două ecrane.

– Ai găsit ceva?

– Nu sunt sigur. Poate. Ce crezi despre asta?

A arătat spre unul dintre ecrane pe care se vedea corespondența prin e-mail a lui Sleizner.

– A primit asta acum trei minute pe una dintre adresele sale private.

De la: bordsreservation@restaurantzeleste.dk
Către: kim.sleizner001@gmail.com
Subiect: Rezervare

Salut Kim,
Mulțumim pentru rezervarea pentru 3 persoane la restaurantul Zeleste.
Vă așteptăm cu plăcere vineri, 3 august 2012, între orele 14.30–17.00.
Numărul de referință: 15962897
Dacă doriți să anulați rezervarea dați clic aici.
Cu stimă,
Restaurantul Zeleste

– E în această după-amiază, a zis Dunja. E vreo mențiune în calendarul lui?

– Încă nu. În acest moment toată după-amiaza e liberă, au fost contramandate atât ședința de buget dintre douăsprezece și jumătate și două, cât și ședința de brainstorming cu cei de la Resurse Umane, care ar fi ocupat restul zilei. Știi tu, cea în care ar fi discutat noile valori ale poliției pentru un mai bun climat de muncă.

Dunja a încuviințat din cap. Acea ședință anume era ceva de care râseseră mult. Sleizner însuși avusese această inițiativă acum câteva săptămâni, cu siguranță ca să-și spele păcatele și să le arate tuturor ce șef bun și empatic este el. Însă tocmai acum a apărut, evident, ceva mai important decât „respect“, „empatie“, „egalitate“ și „diversitate“.

– Avem vreo idee cu cine ia masa?

Fareed a clătinat din cap.

– Qiang se ocupă de asta acum. Însă judecând după poziția chinuită în care stă, lucrurile nu merg prea bine.

– Nu eu sunt cel care se văicărește tot timpul că-l doare spatele, a zis Qiang, care părea că o să cadă de pe scaun pe când dădea clic pe unul dintre ecrane.

– Te-ai uitat pe Facebook? a zis Dunja.

– Da. Și pe Twitter. Și pe Wordfeud.

– Wordfeud? a zis Fareed.

– Da, l-a descărcat acum câteva săptămâni, și are o funcție de *chat*. Dar în afară de e-mailurile pe care le-ai citit, nu pare să fie în contact cu cineva. N-a plecat din birou nici măcar ca să-și ia cafeaua de dimineață și să stea la taclale cu colegii.

S-a auzit un *pling* și Qiang s-a așezat mai bine pe scaun.

– Dar stai așa, acum chiar se întâmplă ceva.

– Ce?

Dunja s-a dus la el.

– Tocmai a trimis un mesaj de pe mobil.

– Cui?

– Lui Jan Hesk.

– Hesk?

Dunja s-a întors spre Fareed.

– Nu-i în concediu?

Fareed a încuviințat.

– Da, nu trebuie să se întoarcă decât luni, pe 13.

– Citește ce a scris.

– „Salut, Jan, vreau doar să știi că ai încrederea mea deplină", a citit Qiang. „Nu mă pot gândi la cineva mai potrivit decât tine care să conducă această anchetă." Și a încheiat cu un *smiley*.

– Anchetă? Ce anchetă? Nu pricep nimic. A primit răspuns?

– Da, un „mulțumesc".

– Și după aceea? Nu mai e nimic?

– Ba da, cred că Sleizner tocmai scrie ceva. Dar știi cât de încet merg de obicei degetele lui butucănoase.

Qiang a profitat de ocazie să se ducă la cafetieră și să-și umple cana. După ce s-a așezat la loc s-a auzit iarăși un *pling*.

– Întreabă cum merge ancheta și când face echipa o ședință.

Dunja s-a dus la unul dintre computerele libere, a intrat pe site-ul lui *Ekstra Bladet* și a căutat ceva destul de important ca să declanșeze o anchetă. Dar singurul lucru pe care l-a găsit a fost un ghiveci de bârfe despre celebrități și ponturi pentru dietă și vacanță. Ziarul de dimineață *Politiken* nu era cu nimic mai bun, chiar dacă se străduise să testeze și să recenzeze noile grătare rotunde cu capac ale sezonului.

– Și acum vine răspunsul lui Hesk, a continuat Qiang. „Merge ca pe roate. Mă văd cu ceilalți la douăsprezece și un sfert. Am comandat prânzul pentru toți."

Qiang a clătinat din cap.

– Muncă în același timp cu mâncarea. Tot ce poate fi mai rău.

– Apropo de asta, Sleizner tocmai și-a scris în calendar întâlnirea de la prânzul târziu, a zis Fareed și s-a întors spre ceilalți. Între 14.30 și 17.00 se pare că se duce la „dentist".

Dunja nu pricepea nimic. Ce le-a scăpat? Ce era atât de important încât Hesk să fie silit să-și amâne concediul și Sleizner să-și contramandeze toate întâlnirile și să se ducă la un restaurant luxos sub pretextul că merge la dentist? Singurul lucru pe care îl știa sigur era că venise în sfârșit ziua pe care o aștepta.

6

Întunericul era ca o gaură mare și adâncă venită de nicăieri. Așa era de fiecare dată. Ca o siguranță care acționează brusc și face totul din jurul lui să se stingă și să se oprească.

Tăcere.

Și odată cu asta a venit frigul. Un frig întins din piept în restul trupului, care a început să tremure. Și totuși, transpira. Atât de tare, încât stropii au devenit pârâiașe care au făcut cearșaful de sub el să i se lipească de spinare.

Prima dată când i s-a întâmplat asta, Fabian a presupus că n-a fost decât un vis urât. Acum știa mai multe. Nu erau imagini distorsionate cu care se lupta subconștientul său. Nu era un păun de vreo zece centimetri care se plimba pe brațul lui ca un simbol imposibil de descifrat.

Era treaz, trezit de-a binelea, dar singurul lucru pe care îl percepea era un întuneric atât de greu, încât apăsarea de pe piept îi îngreuna răsuflarea.

Așa era în fiecare dimineață de marți încoace, când s-a trezit scăldat în sudoare rece și răsuflând ca și cum ar fi alergat câțiva kilometri pe pistă. Acum se făcuse vineri și el continua să cadă fără să se poată prinde de nimic în acea gaură fără fund care îl înconjura cu o nelinişte pe cât de rece, pe atât de corozivă.

Trei zile şi trei nopţi care deveniseră deja o veşnicie.

Pe atunci, marţi dimineaţa la ora cinci şi jumătate, când era în cealaltă viaţă care n-avea să se mai întoarcă niciodată, habar n-avea despre ce este vorba. De unde au apărut gaura neagră, respiraţia îngreunată şi neliniştea.

Dimpotrivă, după multele greutăţi din ultimii ani, lucrurile începuseră s-o ia într-o direcţie care, cu un pic de bunăvoinţă, părea să arate un viitor mai luminos, atât pentru el, cât şi pentru familia sa.

Trecuse o lună de când şi-a arestat colegul, tehnicianul criminalist Ingvar Molander, pentru nu mai puţin de cinci asasinate şi două tentative de asasinat. În aceeaşi zi, după câteva ore, cu ajutorul zarurilor, a reuşit să-l prindă şi pe Hao Wikholm, sau *Ucigaşul cu zaruri*, cum începuse să-i zică lumea. Amândoi erau acum arestaţi şi îşi aşteptau condamnarea pe viaţă.

Pentru prima dată din primăvara trecută încoace, în secţia de poliţie revenise liniştea şi a putut, în sfârşit, să-şi ia concediu fără să se simtă vinovat. În plus, între el şi Sonja lucrurile mergeau mai bine decât de multă vreme. Sigur, fusese o distanţă între ei, însă cu fiecare zi petrecută împreună scădea. Cu fiecare noapte în care stăteau în pat îmbrăţişaţi.

Şi Matilda se simţea mai bine şi începea să fie din nou ea însăşi, începuse să-i zică din nou *tata* în loc de *Fabian*. Până şi situaţia lui Theodor din închisoarea daneză părea să fie pe cale de rezolvare.

După ce a fost amânat de câteva ori din motive nelămurite, procesul celor suspectaţi de uciderea femeii care trăia pe stradă avea să fie reluat, în sfârşit, acum, după weekend. Rezultatul era, după spusele avocatei lui Theodor, Jadwiga Komorovski, imposibil de prevăzut.

Pe de altă parte, era limpede că instanța avea să considere participarea fiului său ca marginală în comparație cu a celorlalți făptași, iar în eventualitatea unei condamnări, pedeapsa avea să fie de maximum un an sau doi.

Ar fi, cu siguranță, o nenorocire, însă nu una prin care să nu poată răzbate. La urma urmei, Theodor doar ținuse de șase, și numai pentru că îl siliseră ceilalți. În condițiile date, cele mai multe lucruri au mers cum nu se poate mai bine. Și totuși, avea în piept o durere, ca și cum oxigenul din încăpere era pe terminate. Întocmai ca în fiecare dimineață de atunci încoace.

S-a întors spre Sonja, care azvârlise deoparte pătura și era culcată pe spate, respirând atât de încet, că a trebuit să se aplece spre ea ca să-i simtă răsuflarea caldă și umedă. A sărutat-o ușor pe obraz. Însă, ca și cum n-ar fi vrut cu nici un chip să riște să fie infectată de întunericul lui, ea și-a smucit capul și l-a împins.

Trei zile, și n-au fost niciodată mai departe unul de altul.

Era deja zece fără un sfert și, dacă mai continuau așa, curând aveau să-și inverseze ritmul circadian. Așa cum făcuse în ultimele trei zile, a lăsat-o să doarmă și a ieșit din dormitor făcând cât mai puțin zgomot posibil.

Valul de adrenalină l-a trezit pe deplin și ar fi putut să parcurgă programul de antrenament pe care i-l dăduse fizioterapeutul. Nu dura mai mult de o jumătate de oră și însemna exerciții de întindere, forță și echilibru. Ce-i drept, antrenamentul în casă nu se numărase niciodată printre ocupațiile sale preferate. Și totuși, în ultima lună făcuse zilnic, ascultător, toate exercițiile, ceea ce a accelerat considerabil procesul de vindecare a șoldului.

E adevărat, încă șchiopăta și, când îndrăznea să facă o plimbare lungă, durerea revenea și radia pe picior în jos. Însă nu mai stătea pe scaunul rulant și renunțase la cârje de acum două săptămâni. Lucru care trebuia să fie considerat un progres însemnat, dacă ne gândim că nu trecuse nici măcar o lună de când Kim Sleizner îl împușcase în picior.

O împușcătură care, din toate punctele de vedere, era complet nejustificată, întrucât el nu era înarmat și tocmai îl arestase pe unul dintre cei mai periculoși ucigași în serie din istoria Scandinaviei. Toate astea o făcuseră pe șefa lui, Astrid Tuvesson, să ia legătura cu șeful poliției suedeze ca să-i trimită un raport oficial împotriva lui Sleizner și poliției daneze. Însă Fabian s-a împotrivit și a refuzat să semneze, argumentând că relațiile cu danezii erau deja destul de încordate. În plus, asta n-ar duce decât cel mult la niște scuze oficiale.

În realitate, glonțul din picior nu era decât răzbunarea pentru că nu l-a ajutat pe Sleizner s-o găsească pe Dunja Hougaard. Faptul că n-avea habar unde este ea făcea totul și mai absurd. Totuși, a hotărât să treacă peste asta și pe viitor să aibă cât mai puțin de-a face cu șeful poliției din Copenhaga.

După ce a stat câteva minute în fața colecției de înregistrări, a ales *Ancient Future* a lui Christopher Willits & Ryuichi Sakamoto. Un album pe care îl comandase acum vreo săptămână deoarece algoritmii erau convinși că ar fi pe gustul lui.

De Willits nu mai auzise, dar Sakamoto îi plăcea încă de la Yellow Magic Orchestra, de la începutul anilor ’80, iar de când compusese împreună cu David Sylvian „Forbidden Colours“ era înscris printre marii eroi din colecția sa de înregistrări.

A început exact atât de năvalnic și de o frumusețe stranie cum sperase, și a dat un pic mai tare, a desfăcut covorul pentru exerciții pe podeaua livingului și a început încălzirea. Însă nici un strop de liniște n-a vrut să se arate. În ciuda muzicii de meditație, a exercițiilor relaxante și a faptului că se concentra să nu se gândească la absolut nimic, valul de adrenalină refuza să dispară.

Poate din cauză că azi era ziua cea mare. Ziua pe care el, Sonja și Matilda o așteptau de când au primit mesajul venise, în sfârșit. Cu puțin noroc, avea să pună capăt stării de incertitudine în care erau și, în cel mai bun caz, să înceapă ceva nou. Ceva ce ar putea să-i aducă din nou împreună. Mai aproape în jalea lor, care până acum nu făcuse decât să-i îndepărteze tot mai mult.

În cele din urmă, a renunțat la exerciții și s-a dus la corpul central din bucătărie, unde era pus la încărcat mobilul său. Întocmai cum făcea marțea. Acum nu avea nimic. Nici un SMS sau apel pierdut. Însă în marțea aceea fusese în căsuța vocală un mesaj de la Jadwiga Komorovski. Încercase să dea de el la ora 05.32, și mai târziu și-a dat seama că a fost exact momentul în care se prăbușise pentru prima dată în gaura neagră.

„Salut, Fabian, sunt Jadwiga Komorovski", spusese ea pe un ton atât de neutru, încât aproape că era nefiresc. „Scuze că sun atât de devreme, însă te rog să iei legătura cu mine cât mai repede posibil." Ca și cum n-ar fi fost ea, ci o voce artificială programată să o imite.

Cu inima bubuindu-i în urechi i-a căutat numărul și a sunat, și, ca și cum ar fi fost prea devreme pentru convorbiri telefonice, au trecut câteva secunde până ca semnalul să ajungă la cel mai apropiat releu și să facă apelul.

„Salut, Fabian", a zis ea. De această dată, pe un ton din care lipsea orice intenție de a fi neutru. „Cred că ar fi cel mai bine să stai jos înainte să..."

Cam pe atunci i-a alunecat mobilul din mână, ca și cum ar fi devenit brusc prea greu, și a săltat pe podea până să se oprească la câțiva metri de el. Însă nu mai era nevoie să audă altă silabă. Înțelesese deja mai mult decât ar fi avut vreodată nevoie. Mai mult decât ar fi avut nevoie oricine.

Înțelegerea faptului i-a înmuiat picioarele și s-a prăbușit pe podea, lângă telefon.

– Fabian? Ce se întâmplă? a strigat cineva.

Însă nu venea din mobil, ci de pe scară, și când a ridicat privirea a văzut-o pe Sonja stând acolo îmbrăcată cu capotul, împreună cu Matilda.

– Ce faci? Nu-i decât șase fără un sfert.

– Nu pricepi, mami? a spus Matilda. E Theodor. Așa-i, tati, că e vorba de Theodor?

El a încercat să răspundă, însă apăsarea din piept îl amuțise.

– Fabian, e adevărat? a zis Sonja cu lacrimile șiroindu-i pe obraji. E adevărat ce a zis Matilda? Da? Fabian, vrei să-mi răspunzi? Că Theo...

El și-a plimbat privirea între Sonja și Matilda, neputând să rostească nici măcar un cuvânt.

– Am știut! a țipat Matilda, izbucnind în plâns. Ți-am spus! E exact ce ți-am spus tot timpul!

El nu putea nici să țipe, nici să plângă. A încercat, dar n-avea destulă putere. Nu i-a curs nici o lacrimă. Ca și cum n-ar fi fost în stare să accepte faptul că Theodor nu mai exista. Că propriul său fiu își curmase viața.

Și totuși, o parte din el se temuse tot timpul de asta. Ca o senzație vagă. O presimțire subconștientă că nu putea fi alt sfârșit. Că oricât ar fi încercat să lupte împotriva acestui lucru și să îndrepte evenimentele în altă parte, toate drumurile duceau aici. Ca o gaură neagră de a cărei gravitație nimic nu putea să scape.

Dar poate că totul avea să se schimbe astăzi, peste câteva ore, când se vor duce să-l vadă pentru prima oară.

Să-l vadă cu propriii ochi.

Să vadă ceea ce era de neînțeles.

7

Acest coridor era unul dintre cele mai banale din întreaga clădire triunghiulară care era sediul poliției din Copenhaga. Era lung și n-avea nici uși, nici ferestre. Nici măcar pereții nu fuseseră împodobiți cu altceva decât o vopsea bej neinspirată, care era doar un pic mai deschisă la culoare decât podeaua acoperită cu linoleum cafeniu.

Însă era, fără îndoială, coridorul pe care Jan Hesk pășise de cele mai multe ori. Nu doar în anii de când era în poliție, ci probabil în toată viața lui, de la coridoarele școlii până la holul din propria casă. „Coridorul diareii", cum i se zicea din pricina culorilor, ducea de la birouri la sala de ședințe, și nu era un lucru neobișnuit pentru el să-l străbată grăbit de vreo douăzeci de ori pe zi.

Însă n-o făcuse niciodată ca să conducă singur o ședință a echipei pe care o conducea, și niciodată nu se uitase de mai multe ori în spate.

Nu putea să se abțină. Avea impresia că toți îl urmăresc cu privirea și îi judecă cea mai mică mișcare. Exact cum intuise Trin Bladh, probabil că era doar îngrijorat să nu facă vreo greșeală. Să se dezvăluie întregii echipe faptul că el nu este nimic mai mult decât un șarlatan care s-a nimerit să aibă noroc până atunci.

Îndoiala îl făcea să ezite, să grăbească pasul ca să nu mai piardă nici un minut prețios sau să se răsucească pe călcâie și să fugă, pur și simplu, de acolo.

Într-un fel, era surprins de propria nehotărâre. Era exact ceea ce așteptase cu nerăbdare de atâția ani. O anchetă de omucidere care ar putea s-o ia în orice direcție și ar însemna orice în afară de încă o zi cenușie de muncă din viața sa.

Sigur că ar fi fost convenabil să primească la început ceva mai simplu decât asta, și sigur că era ceva îngrijorător în această investigație. Ceva care îl făcea să rămână în alertă.

Însă acelea erau sentimente și gânduri confuze și nu era loc pentru asta acum. Dacă voia să fie în stare să ducă la bun sfârșit această anchetă, trebuia să-și păstreze sângele-rece și să se asigure că se concentrează pe ceea ce trebuie, nu s-o ia razna.

A dat colțul, a ajuns în zona renovată de curând a sălii de ședințe și a văzut că restul echipei stătea deja în jurul mesei și discuta, dincolo de un perete de sticlă sclipitor. Și nici nu păreau să stea doar la taifas, ceea ce însemna că începuseră ședința fără el.

Bun, întârziase, așa e. Aproape un sfert de oră. Dar, zău așa. Asta era ancheta lui. El era cel care trebuia să conducă discuțiile și să-i arate fiecăruia ce să facă. Era prea mult să ceară un pic de respect? Se pare că da. Un sfert de oră, nu trebuia mai mult ca șoarecii să danseze pe masă.

Fusese la toaletă. A trebuit să stea acolo și să-și adune gândurile fără să-l vadă nimeni. Fără să-l judece toți. Fusese prima sa pauză de dimineață încoace.

În mod normal, un sfert de oră în spatele unei uşi de toaletă încuiate era un lucru care îi plăcea. Însă de această dată corpul său s-a blocat cu totul şi ţinea morţiş să se agaţe de ceva la care chiar ar fi trebuit să renunţe. Şi în loc să-şi păstreze forţele pentru ceea ce-l aştepta, s-a scremut până ce broboanele de sudoare i-au curs de pe frunte şi şi-a blestemat neputinţa să ducă la bun sfârşit până şi cea mai elementară dintre treburi.

Până la urmă a trebuit să se dea bătut, şi-a spălat mâinile şi transpiraţia de pe faţă, apoi a pornit grăbit spre sala de şedinţă. Însă n-a izbutit să-şi alunge îndoielile, şi când a pus mâna pe clanţa uşii de sticlă a fost evident că era adevărat şi pentru restul echipei. Nimeni n-avea încredere în el.

– Cu un pic de noroc, aş putea face GPS-ul să funcţioneze, le spunea Torben Hemmer lui Julie Bernstorff şi Morten Heinesen. Ne-ar putea arăta unde a fost maşina în ultimele zile.

– Salut, Jan, a zis Heinesen şi i-a zâmbit.

– Salut, a zis el şi a închis uşa. Scuze că am întârziat un pic.

– Nu-i nimic, a zis Hemmer, fără să facă cea mai mică încercare să se întoarcă cu faţa. Aşa că propun să aşteptăm, ca să vedem dacă mica mea baie de orez poate face şmecheria.

– A funcţionat când mi-am scăpat telefonul în cadă, a zis Julie.

– Da, însă depinde de model şi de setări.

– Păi, asta-i bine. Cu alte cuvinte, rămâne de văzut, a zis Hesk încercând să preia controlul. Deci, s-a făcut. Aşa că hai să începem.

– După cum vezi, am început deja.

Hemmer s-a uitat la el zâmbind.

– Apropo, nu era prevăzută o masă de prânz?

Hesk şi-a dat seama că uitase cu totul să ia sendvişurile pe care le comandase.

-Ciudat! Ar fi trebuit să ajungă aici acum douăzeci de minute, a zis şi s-a uitat la ceasul de la mână, încercând să facă minciuna mai credibilă.

-Bun, pentru că peste o oră trebuie să mă întorc pe chei să mă întâlnesc cu scafandrii.

Hemmer a îndreptat telecomanda spre proiectorul de pe tavan şi o imagine a interiorului maşinii a apărut pe pânza desfăşurată.

-Ce aş vrea să subliniez...

-Torben, cu tot respectul, dar cred că asta trebuie să aştepte un pic, l-a întrerupt Hesk şi a mers mai departe spre ecranul proiectorului. Pentru că sunt câteva alte lucruri pe care trebuie să...

-Scuze, mă grăbesc, l-a întrerupt Hemmer la rândul său. Cum am spus, trebuie să plec.

-Dar îți spun că trebuie să aştepte până ce eu...

-Torben, cât durează? l-a întrerupt Julie Bernstorff.

-Douăzeci de minute. Maximum.

-Atunci propun să-i dai drumul acum şi noi să putem continua fără tine când trebuie să pleci. Nu-i aşa cel mai bine? Tu ce zici, Morten?

-Propun să-l lăsăm pe Jan să hotărască, la urma urmei el este cel care conduce şedința.

-Mulțumesc, Morten, a zis Hesk şi s-a răsucit spre Hemmer. Torben, vrei, te rog, să stingi proiectorul?

-Dar ca să am timp să spun ce am de spus trebuie să...

-Singurul lucru pe care trebuie să-l faci acum este să stingi proiectorul, să te aşezi şi să asculți, l-a întrerupt el cu un calm care l-a surprins şi pe el însuşi. Nimic altceva. S-a înțeles?

Hemmer a rămas încremenit în picioare, cu telecomanda în mână, și i-a aruncat o privire lui Julie, care a ridicat din umeri.

– S-a înțeles, am zis?

În cele din urmă, Hemmer a încuviințat, a stins proiectorul și s-a așezat.

– Așa. Mulțumesc.

Hesk și-a plimbat privirea în jurul mesei și i-a privit drept în ochi pe Hemmer, Julie și Heinesen.

– Așa cum știți cu toții, este prima dată când conduc o investigație și n-o să ascund faptul că sunt neliniștit și că mi-am petrecut ultimele ore îndoindu-mă serios că sunt omul potrivit pentru această muncă.

– Dar, Jan, zău așa, a zis Heinesen. De ce să nu fii...

Hesk a ridicat o mână ca să-l facă să tacă, apoi a continuat.

– Sperasem ca prima noastră anchetă să fie destul de simplă. O ocazie să ne cunoaștem mai bine între noi și să devenim un pic mai uniți. Altfel spus, să devenim o echipă.

S-a dus la un perete de sticlă și a început să tragă în jos storurile și să le potrivească unghiul, unul după altul.

– Însă, când a ieșit la iveală faptul că una dintre victime este directorul executiv al PET, mi-am dat seama că va fi exact opusul, iar după ce am trecut pe la medicul legist nu pot decât să spun că e mult mai rău decât credeam.

– Scuze, dar ce ai descoperit? a zis Julie.

– Ajung și la asta. Dar mai întâi trebuie să mă asigur că am încrederea voastră deplină. Dacă nu, n-o s-o scoatem la capăt.

– Cum adică, încrederea? Hemmer a ridicat din umeri. De-abia ne-am întâlnit și nu prea ne cunoaștem.

– Asta e foarte corect. Cu toate acestea, eu conduc activitatea. Așa că ori mă lași s-o fac, ori îți depui cererea de demisie.

– Nu, e în ordine. Sunt cu tine.

Hemmer a ridicat ambele mâini și s-a așezat.

– Și ceilalți?

S-a întors spre Julie și Heinesen.

– Sigur că am încredere în tine, a zis Heinesen. Întotdeauna am avut.

– Și eu, a zis Julie.

– Bine. Mă bucur.

Cu o nouă energie a lăsat în jos ultimul stor.

– Atunci propun să ne apucăm de treabă.

A luat telecomanda și a făcut ecranul să se ridice. Apoi s-a dus la tabla albă care era pe peretele din spate și a aprins lumina.

– Doar încă ceva. Aș vrea să vă rog să vă anulați toate planurile din restul săptămânii, pentru că probabil o să fie multe ore suplimentare.

– Pot să întreb de ce investigația o să fie atât de complicată? a întrebat Hemmer.

– În principal, sunt două lucruri. Despre primul am vorbit deja, una dintre victime este directorul executiv al PET. De cum o să fie dată publicității această știre, toți ochii vor fi pe noi. De aceea n-am dezvăluit mai mult decât este absolut necesar și o să încerc să amân cât mai mult posibil conferința de presă.

– Așadar, nu trebuie să dăm absolut nici o informație? a zis Julie.

– Ba da, însă pe moment vom păstra totul la nivel minim. În al doilea rând, acum nu mai este nici o îndoială că avem de-a face cu a treia persoană. Cineva care nu numai că a trimis mașina peste marginea cheiului, dar a omorât fata, lucru care, la rândul lui, înseamnă că a căzut întreaga teorie despre sugrumarea erotică și sinucidere.

– Avem vreo idee cine este? a zis Julie.

– Nu, dar sunt multe lucruri care arată că el e posesorul ăsteia.

Hesk a ridicat o pungă transparentă etanșă în care era batista cu dungi multicolore și a făcut-o să circule în jurul mesei.

– Unde ai găsit-o? Hemmer a cercetat-o din mai multe părți și a împins-o spre Julie. În gura ei?

– Aș putea spune că în gât. Era vârâtă foarte adânc.

– E o Paul Smith clasică, a zis Julie. Însă ce nu pricep este în ce fel indică asta o a treia persoană.

– Dați-mi voie doar să subliniez că prin „a treia persoană" vreau să spun cineva pe lângă cele două victime. Desigur, pot la fel de bine să fie mai multe. Înapoi la întrebarea voastră. Nu știu cât de bine cunoașteți stilul în care se îmbracă Mogens Klinge, însă o batistă de mătase Paul Smith probabil că este cum nu se poate mai nepotrivită cu el.

– Dar era îmbrăcat în smoching.

– Da, însă îl închiriase de la Amorin din Fredriksberg, și acolo n-au nici o batistă Paul Smith.

– Însă Julie are totuși dreptate, a zis Hemmer. Nu prea este o dovadă despre a treia persoană.

– De acord. Dar aș zice că există.

Hesk a făcut să circule o fotografie mărită a uneia dintre unghiile femeii, în care se vedea clar că e ceva întunecat la culoare pe partea interioară.

– După spusele lui Trin Bladh, mâinile femeii au fost spălate. Cu toate acestea, erau atât de multe rămășițe de sânge și de piele sub unghiile ei, încât trebuie să-l fi zgâriat zdravăn pe făptaș.

A mai făcut să circule o fotografie cu unghia desprinsă.

- Evident, probele au fost trimise la analize. Însă chestia e că nu există nici o zgârietură pe corpul lui Klinge.

Hesk a lăsat tăcerea să se aștearnă peste încăpere și s-a bucurat văzând cum Hemmer și ceilalți încuviințează din cap privind fotografiile. Poate că, la urma urmei, o vor scoate la capăt.

- Măi, să fie! Ce avem aici?

Hesk și-a întors privirea spre Kim Sleizner care tocmai intra.

- Salut, Kim, a zis zâmbind, cu toate că Sleizner era ultimul om de care ar fi vrut să dea cu ochii. După cum vezi, suntem în mijlocul unei ședințe.

Evident că trebuia să vină și să încerce să preia controlul.

- Ai nevoie de ceva?

- Hopa, ce insolent ai devenit de îndată ce ai căpătat propriul birou!

- Scuze, nu asta a fost intenția mea. Mă întrebam doar dacă este ceva urgent ce trebuie să facem...

- Nu, nu, nu. Stai liniștit. Totul e în ordine. Sleizner a ridicat mâinile. Continuați, nu vreau să vă deranjez. Voiam doar să văd cum vă descurcați.

- Tocmai am început, însă merge foarte bine, de fapt.

- Ei, ce frumos! Sleizner a încuviințat din cap. Da, nici nu mi-aș fi închipuit altceva. Nu cu tine la cârmă.

- Mulțumesc.

- Eu sunt cel care trebuie să mulțumească. Și da, gândesc cu adevărat asta. La urma urmei, este un caz care va atrage multă atenție în presă și e plăcut să știu că e pe mâini bune.

Sleizner s-a răsucit spre ceilalți.

– Cât despre voi, vreau să ascultați cu mare atenție. Nu de mine, ci de omul ăsta. A arătat spre Hesk. Știe ce spune. În plus, eu mă duc la dentist pentru o lucrare și voi fi plecat în restul zilei.

Heinesen și ceilalți au încuviințat. Hesk a avut grijă să-și păstreze expresia mulțumită, cu toate că nu credea nimic din ce ieșea din gura lui Sleizner.

– Păi, e bine. Atunci nu vă mai deranjez, a continuat Sleizner și s-a întors spre ușă. A, încă ceva. S-a răsucit din nou spre Hesk. Când crezi că o să ai ceva de prezentat? Vreau să zic, în afară de faptul că acest Klinge pare să-și fi vârât degetele un pic prea adânc în borcanul cu dulceață.

– Păi, nu ne-am apucat decât de câteva ore. Însă lucrăm cât de repede putem.

– Sună bine. Lucrul important este să fiu ținut la curent cu mersul investigației, chiar dacă nu-i nevoie să fii savant ca să-ți dai seama ce s-a întâmplat. Ce zici?

Hesk știa exact ce ar trebui să spună. Însă a păstrat tăcerea. Nu știa dacă era din cauza privirii sau a tonului lui Sleizner. N-avea nici o problemă cu faptul că șeful său nu era sigur că el e în stare să ducă ancheta la bun sfârșit. El însuși probabil că se îndoia și mai mult.

Însă asta nu însemna că o să renunțe și o să stea cu brațele încrucișate. Asta era ancheta sa, ocazia să le arate tuturor că nu numai că a meritat să fie promovat, dar și că trebuie să se țină cont de el în anchetele viitoare, iar ca să reușească asta trebuia să țină degetele lui Sleizner cât mai departe posibil de investigație.

– Bine, Jan, am priceput, a zis Sleizner în cele din urmă. Tu ești la cârma acestei corăbii și, desigur, trebuie să întorci lucrurile pe toate fețele înainte să spui ceva. Ce încerc să spun este că nu-i o anchetă pe care să trebuiască s-o lungim inutil. Nu-i nevoie să-i interogăm pe toți colegii lui din clasele primare sau să scormonim prin fiecare coş de gunoi pe o rază de câțiva kilometri de la locul în care a fost găsit. Cu cât o putem încheia mai repede, cu atât mai bine.

- Evident. Exact așa facem și de îndată ce avem ceva care te poate interesa o să afli de la mine, a zis Hesk după ce și-a cântărit cu grijă fiecare cuvânt.

8

Au fost conduşi la un ascensor. El, Sonja şi Matilda. Şi avocata lor, Jadwiga Komorovski. Nici unul n-a spus nimic; în ascensorul care cobora tot mai mult domnea tăcerea. Fiecare dintre ei era în propriul întuneric. Se uitau oriunde în afară de unul la altul: la o pată de pe perete, un tub fluorescent care pâlpâia sau nişte fire de praf care se învârtejeau. Sau în gol.

Din pricina lui şi a faptelor lui se aflau acolo. N-aveai cum să priveşti altfel lucrurile. El a fost cel care a insistat ca Theodor să contacteze poliţia din Helsingør, să se ofere să depună mărturie şi să spună adevărul. O insistenţă care l-a făcut pe fiul său să încerce să se arunce în faţa unui tren în pădurea Pålsjö. A reuşit să-l împiedice în ultima clipă. Şi totuşi, n-a renunţat, iar peste câteva zile s-au dus împreună în Danemarca.

Încercase să-şi spună că n-avea cum să ştie că Theodor avea să fie arestat. Că nici în cele mai exagerate fantezii n-ar fi crezut că poate fi aşa. Însă nu era adevărat. Toate semnele fuseseră acolo. Tot ce-i trebuia ca să fie în stare să împiedice dezastrul.

Uşile ascensorului s-au deschis şi au fost întâmpinaţi de o femeie cu coc şi halat alb de laborant. Cu o simplă înclinare a capului, i-a condus pe un coridor cu podeaua strălucitoare și pereții murdari. Din loc în loc erau paturi de spital. Cele mai multe erau goale, însă pe unele se deslușeau contururile cadavrelor de sub cearșafurile subțiri.

Era evident că nu este un loc destinat vizitatorilor. Li se oferise și posibilitatea să-l vadă pe Theodor într-una dintre firmele de pompe funebre din Helsingør, unde ar fi fost o încăpere mai potrivită. Dar simpla transportare a cadavrului și toate pregătirile ar fi însemnat că trebuie să mai aștepte o zi până să-l vadă și, dacă era ceva ce el nu putea să facă, era să aștepte și mai mult.

Trebuia să-l vadă pe Theodor, și trebuia să facă asta acum. Ca să alunge o dată pentru totdeauna gândul că încă ar putea să fie o neînțelegere și să accepte faptul că singurul lucru care îi mai rămăsese de făcut era să jelească.

Fusese deja pregătit să meargă marți la Helsingør. Fără vreun plan anume, avea de gând să apară la închisoare neanunțat, să-și fluture legitimația de polițist și să intre cu forța să-l vadă. Însă de dragul Sonjei și al Matildei se înfrânase. Rolul său era să aducă în casă pace și stabilitate, și în fiecare zi a încercat să explice cât de diferite erau regulile din Danemarca și că nu puteau face altceva decât să aștepte ca danezii să le dea permisiunea oficială.

Însă în adâncul său fusese de-a dreptul furios și nu putea pricepe de ce durează atât de mult. Fără știrea Sonjei, a pistonat-o pe Jadwiga Komorovski, care, la rândul ei, i-a pistonat pe danezi, însă nici unul dintre ei n-a izbutit să dea vreo explicație clară, doar că sunt multe documente administrative suplimentare necesare, dat fiind că el nu e cetățean danez, ceea ce părea mai degrabă un pretext.

Femeia s-a oprit în fața unei uși și a bătut de trei ori, apoi a introdus cardul de acces în cititor, a tastat codul cu patru cifre și i-a condus într-o încăpere în care câteva lumânări, flori într-o vază și cearșafuri puse pe pereți încercau să ascundă faptul că se află într-o morgă.

În fața lui, Jadwiga Komorovski a dat mâna cu un bărbat în halat alb și cu un bărbat scund și voinic, cu ochelari și sacou cu petice în coate. Îi auzea vorbind între ei, dar nu și despre ce anume, însă asta n-avea mare importanță.

Pentru că acolo, în partea cea mai îndepărtată a încăperii, zăcea cadavrul. Pe o targă, sub un giulgiu alb, și cu fiecare pas pe care îl făcea într-acolo creștea tot mai mult în el o speranță. O speranță despre care știa, cumva, că nu se va împlini și făcuse totul ca s-o alunge.

Însă acum, că era aici, nu se putea apăra de gândul că s-ar putea totuși să nu fie Theodor. Că, la urma urmei, era o șansă, fie ea și foarte mică. Codul lui numeric personal suedez a fost confundat cu unul danez. Sau e un coșmar din care se va trezi în clipa în care o să apuce giulgiul, o să se liniștească și o să-l împăturească.

Theodor arăta ca întotdeauna când dormea. Cu ochii închiși și acea strălucire liniștită care făcea să i se destindă fiecare mușchi al feței. Care îl făcea pe Fabian să vrea să-l trezească cu un sărut blând pe frunte. Așa cum și-a dorit întotdeauna din clipa în care a devenit tată. Cu toate că trupușorul era răvășit de colici și, o vreme, fiecare oră de trezie a fost o luptă.

Chiar și acum voia să-l trezească și, ca și cum ar fi fost o mișcare răsărită din adâncul creierului reptilian, care nu ținea de el, s-a aplecat spre Theodor, care, întocmai ca atunci când era mic, fusese eliberat în somn de orice durere.

După aceea, nimic n-a mai fost la fel. Răceala de care au dat buzele lui i s-a răspândit prin trup și a schimbat totul. A dispărut orice îndoială și n-a mai rămas decât înțelegerea faptului că fiul său, fiul său iubit, nu mai este.

Însă n-a venit nici o lacrimă. Oricât a încercat să le cheme, era ca și cum durerea se încuiase și nu voia să-l lase să intre. Dar Sonja și Matilda plângeau. Le vedea picăturile lucind pe obraji și de undeva, de departe, putea chiar să audă. Durerea care se revărsa.

S-a dus și le-a strâns în brațe. Cât de tare putea, ca să le consoleze, dar și ca să încerce să simtă la fel ca ele. Însă n-a reușit. Nu era deloc acolo. Simțea asta acum. Mai limpede ca oricând. Trebuia să știe. Polițistul care era trebuia să știe exact ce s-a întâmplat.

– Cum a murit? a zis el și le-a lăsat din brațe pe Sonja și Matilda.

– Fabian, știi asta, a zis Jadwiga. Ți-am spus la telefon.

– Da. Însă vreau să aud de la el.

S-a dus la medic.

– Pentru că tu ai fost cel care a făcut examinarea.

– Da, e adevărat, numele meu este Frank Bendt Nielsen, sunt medicul legist de aici.

– Și întrebarea mea foarte simplă este: cum a murit Theodor?

– Fabian, chiar trebuie? a zis Sonja.

– Da, a zis el. Din păcate.

Apoi s-a întors din nou spre medic.

– Fiul tău s-a spânzurat.

– Unde era? Unde s-a spânzurat?

– Tată, încetează!

– Matilda, lasă-mă să mă ocup eu de asta. Am zis, unde s-a spânzurat fiul meu?

– În celula lui, a zis bărbatul voinic și a întins mâna. Flemming Friis. Eu sunt șeful închisorii din Helsingør, și vreau mai întâi să vă prezint cele mai sincere condoleanțe. Ceea ce s-a întâmplat este, din toate punctele de vedere, o tragedie cumplită. Nu doar pentru voi, ci și pentru noi toți, cei care lucrăm aici.

– Așadar, s-a spânzurat în celula sa. Și cum anume s-a întâmplat asta?

– Ce vrei să zici?

– Vreau să zic, cum a procedat. Presupun că nu oferiți frânghii sau altceva care...

– Fabian, acum chiar trebuie să încetezi, l-a întrerupt Sonja.

– Iubito, îmi pare rău, dar trebuie să știu ce s-a întâmplat. Cum se face că un tânăr care era păzit ca și cum ar fi fost deja condamnat pentru crimă a reușit să se spânzure în celula sa.

– Fabian, sigur vom primi toate răspunsurile. Jadwiga s-a dus la el. Însă acesta nu este momentul potrivit. Suntem aici doar ca să...

– Jadwiga, știu pentru ce suntem aici.

– Scuze.

Flemming Friis și-a potrivit ochelarii și a făcut un pas spre el.

– Pricep foarte bine că ai nevoie să înțelegi ce s-a întâmplat. Ești polițist, și sigur că trebuie să știi totul. Problema este că noi încă n-am terminat cercetarea.

– A trebuit să așteptăm mai mult de trei zile doar ca să venim să-l vedem, o veșnicie în această situație, și voi încă nu știți ce s-a întâmplat.

– Ceea ce știm cu siguranță este că a rupt în fâșii lungi cearșaful și le-a împletit într-o funie.

– Dar, vă rog, a clătinat din cap Sonja. Chiar trebuie să ascultăm asta?

– Iubito, ieși și așteaptă-mă afară. Poate că e mai bine. Vin și eu de îndată ce termin aici. S-a întors iarăși spre Flemming Friis. Continuă.

– Apoi a legat capetele, a ridicat patul și l-a sprijinit de perete, după care...

– Ia stai un pic. A ridicat patul? Cum a putut s-o facă? E ca în toate închisorile, fixat în perete, nu?

– E adevărat, și n-ar trebui să fie posibil. Dar, într-un fel sau altul, a făcut rost de o cheie. De o cheie pentru piulițe.

– Vrea să spună o cheie franceză, a zis Jadwiga.

– Exact, și încă nu ne-am dat seama cum s-a întâmplat asta.

Friis a ridicat din umeri.

– Și după aceea? Ce a făcut după aceea?

– Păi, a legat strâns cearșaful de picioarele de sus ale patului și în jurul gâtului său. În cele din urmă s-a lăsat în jos și așa l-am găsit

Cu toată iraționalitatea ei, chestia asta părea totuși rezonabil de credibilă. Și de ce n-ar fi fost? Ce era, de fapt, în capul lui? Că cineva avea ceva de ascuns? Că de multă vreme Theodor nu se simțea bine era un lucru de care deveniseră cu toții conștienți. Însă că era atât de disperat, încât s-a pregătit în taină să treacă hotarul, tot a fost un șoc pentru cei din închisoare.

– Mai ai întrebări? a continuat Friis.

Fabian a clătinat din cap. Avea o grămadă de întrebări, însă nu-i venea în minte nici una, așa că le-a luat de mână pe Sonja și Matilda și s-a răsucit spre ușă.

– Și dacă mai e ceva, vom ști mai multe după autopsie. Asta e. Așa că cel mai bine ar fi să o așteptăm.

– Desigur.

Jadwiga a dat mâna cu Friis.

– Vorbim atunci.

A fost fie faptul că mâna lui Flemming Friis a început să tremure, fie privirea pe care a schimbat-o cu medicul, privirea un pic neliniştită. Sau a fost schimbarea abia perceptibilă a tonului.

– Bine, atunci ne-am înţeles.

Orice o fi fost, toate semnalele de alarmă din el se treziseră la viaţă şi ţipau la el să se oprească şi să se răsucească iar.

– Iubitule, ce e? a auzit-o din spate pe Sonja. Acum plecăm.

Însă nu putea s-o ia în seamă. Nu acum. Asta era ceva prea important.

– Scuze, dar nu i s-a făcut deja autopsia? Cum spuneam, au trecut mai mult de trei zile.

– Da, însă numai o autopsie clinică. Ca să fim complet siguri e nevoie de cea medico-legală...

– Bine, l-a întrerupt Fabian. Dar atunci cred că e mai bine să fie făcută în Suedia. Aşa că propun să-l luăm cu noi.

– Din păcate, nu se poate.

Friis a clătinat din cap şi şi-a potrivit din nou ochelarii.

– Trebuie să fie examinat aici, la...

– Nu, l-aţi ţinut deja destul de mult.

Fabian s-a întors în încăpere.

– Şi nu vorbesc doar de ultimele zile, ci de ultima lună în întregime. O lună în care n-aţi avut nici măcar un argument credibil pentru amânarea procesului. Nu-i aşa, Jadwiga?

S-a răsucit spre ea, care a încuviinţat.

– Da, însă asta ţine de procuratură. Nu...

– Scuză-mi limbajul, dar mi se fâlfâie a cui e vina. Acum e destul. Auzi? E destul.

A pornit spre targă și a auzit-o pe Matilda izbucnind în plâns și pe Sonja consolând-o. Însă, cu toate că era deja prea târziu, nu exista altă cale.

– Dar ascultă-mă, a zis Friis și s-a luat după el. Accidentul a fost aici, în Danemarca...

– Nu, acum să mă asculți tu pe mine. Fabian l-a înfruntat pe Friis. Fiul meu a venit aici de bunăvoie să depună mărturie. Să vă ajute să condamnați niște ucigași. I-ați mulțumit arestându-l și tratându-l ca pe un alt suspect. Acum e vremea ca el să vină cu noi acasă.

– Înțeleg ce spui, însă pur și simplu nu merge așa. Trebuie să-l ținem până ce...

– Poți să zici ce vrei, n-are nici o importanță. Nu-l mai las aici. S-a înțeles?

A apucat targa și a eliberat cu piciorul frânele.

– Fabian, ascultă-mă. Jadwiga s-a dus la el. Înțelegi că nu-i putem împiedica să facă ancheta.

– N-am încredere în ei. Ceva e dubios și o să aflu ce este.

– Vino, Matilda. Sonja a cuprins-o cu brațul pe Matilda, care plângea. Hai să mergem.

Au dispărut împreună pe coridor.

– Fabian, te implor. Jadwiga i-a pus mâna pe umăr. Trebuie să încerci să te liniștești. Asta nu duce nicăieri. O știi la fel de bine ca mine.

Fabian a clătinat din cap. N-avea nici un motiv să se liniștească. N-avea rost să dea înapoi nici măcar un milimetru. Putea să vadă asta mai limpede ca oricând. Din reacțiile lor, din privirile lor nesigure. Că întocmai ca el, știau că, în ciuda tuturor regulilor și clauzelor, el era cel care avea dreptatea de partea sa.

9

Știrea fusese pusă pe site-ul ziarului *Ekstra Bladet* de numai câteva minute. Totuși, nu i se dădea mare importanță. Mai degrabă părea scrisă cu o ridicare din umeri. De parcă n-ar fi fost cu adevărat o știre, ci doar alt eveniment despre care trebuia să fie informată lumea.

Două cadavre găsite în apele portului Refshaleön era titlul neinspirat. Mai departe, textul spunea pe scurt că în această dimineață, devreme, o femeie care ieșise cu caiacul împreună cu iubitul ei a descoperit pe fundul portului o mașină în care erau o femeie și un bărbat. Singura fotografie era făcută de la distanță și înfățișa o mașină albă înconjurată de cei din echipa de investigație.

Dunjei nu i-a fost deloc greu să înțeleagă de ce reportajul principal din *Ekstra Bladet* era despre cum să eviți divorțul în timpul concediului petrecut în camping. Faptul că au fost găsite în Copenhaga două cadavre era la fel de spectaculos ca Himmelbjerget – unul dintre cele mai înalte puncte din Danemarca, cu ai săi 147 de metri peste nivelul mării.

Și totuși, ceva din ea a reacționat. Ceva care a făcut-o să citească de câteva ori textul scurt și să cerceteze amănunțit fotografia, încercând să stoarcă mai multe informații. Dar singurul lucru pe care l-a găsit a fost că unul dintre bărbații din fotografie arăta ca Jan Hesk și că poliția încercuise o suprafață neobișnuit de mare.

La fel era și pe celelalte site-uri de știri. O fotografie neclară făcută de departe și două paragrafe scurte. Ai fi putut crede că diferitele site-uri de știri se luaseră la întrecere care să fie mai concis.

De fapt, mirosea a blocaj făcut de poliție, o tactică pe care o foloseau atunci când, dintr-un motiv sau altul, investigația avea un grad înalt de confidențialitate. Însă pe ea nu puteau s-o păcălească. Desigur, asta era explicația faptului că Sleizner se trezise atât de devreme și își contramandase toate ședințele.

– Bun, subiectul e la intrare, a zis Fareed cu privirea lipită de unul dintre ecrane, unde un punct roșu se mișca pe o hartă.

– Subiectul.

Qiang a clătinat din cap.

– De ce nu poți să-i zici, simplu, Sleizner?

– Fiindcă nu așa se face. Mai ales când e vorba de mai multe persoane. Atunci trebuie să le numim subiectul 1, 2, 3 sau A, B, C, ca să nu fie nici o confuzie.

– Dar acum nu-i decât unul.

– Cum poți fi sigur de asta? Sunt multe indicii că vor mai fi cel puțin doi și, cine știe, poate chiar mai mulți.

– Da, și atunci e un dar ceresc faptul că are un nume. Care este Sleizner.

Fareed a oftat și a clătinat din cap.

– Fareed, a zis Dunja. Mai bine spune unde se află.

– Tocmai a oprit mașina pe Amaliegade și acum traversează pe jos Sankt Annæ Plads spre Zeleste.

– Singur sau însoțit?

– Greu de văzut cât timp e în mișcare. Doar mobilul i-l putem localiza cu exactitate de un metru.

– În orice caz, nu vorbește cu nimeni, a zis Qiang cu căștile la urechi. Nici un alt subiect.

Se uita la ecranul care era complet întunecat, în afară de câteva mici schimbări de culoare în colțul din stânga sus.

– Pot să aud? a zis Dunja.

– Sigur. Dar nu-i mai interesant decât asta.

Qiang a ridicat unul dintre cursoarele de pe mixerul audio și s-a auzit un foșnet, ceea ce arăta că Sleizner are mobilul în buzunar.

– Acum e în restaurant.

Fareed a mărit harta pe care punctul se mișca în continuare.

– Și se pare că este condus la o masă de afară, în grădina interioară.

– Minunat. Atunci chiar putem spera să auzim ceva, a zis Qiang.

– Cât de încărcată e bateria lui? a zis Dunja.

– Șaptezeci la sută, însă exact cât timp durează e...

– Acum cel puțin s-a oprit, l-a întrerupt Fareed.

– Bine, atunci probabil că s-a așezat, a zis Dunja și a așteptat, plimbându-și privirea între ecrane.

Punctul roșu de pe hartă era nemișcat și nu se mai vedea nimic din schimbările vagi de lumină din colțul de sus al ecranului aflat în fața lui Qiang. Din difuzoare nu se auzea nici măcar un foșnet. Cu alte cuvinte, nu se întâmpla nimic în afară de faptul că secundele deveneau minute.

De când au găsit rezervarea făcută de Sleizner pentru o masă de trei persoane, Dunja aștepta cu nerăbdare exact asta. Însă abia acum și-a dat seama că n-are nici o idee la ce se poate aștepta, doar că trebuie să fie ceva. Altfel, de ce ar fi scris el în calendarul oficial de lucru că se duce la dentist?

– Nu, nu se poate, a zis ea după alte câteva minute. Trebuie să facem ceva. Fareed, cu câtă exactitate putem localiza celelalte telefoane mobile din jurul lui?

– Dacă ne gândim că, spre deosebire de mobilul lui Sleizner, nu au transmițător GPS, aș estima ceva între zece și douăzeci de metri.

– Bine, fă o listă cu toți cei care nu sunt în mișcare pe o rază de cincisprezece metri în jurul Jigodiei.

Fareed a încuviințat și s-a tras cu scaunul cu rotile la masa de lucru de alături, unde a trezit la viață încă un computer.

– Jigodia, a repetat Qiang, în timp ce regla parametrii mixerului audio. Poate că așa ar trebui să-i zicem.

A mai crescut volumul, și acum se puteau distinge voci în difuzoare. Dar numai ca un murmur vag, era imposibil să deslușești cuvintele.

Dunja s-a dus la Qiang și s-a aplecat spre difuzor.

– Auzi ce spun?

Qiang a clătinat din cap.

– Dar nu se poate. Trebuie să ne asigurăm că îl scoate din buzunar înainte să ratăm totul.

– Și cum te-ai gândit să facem? a zis Fareed din fața ecranului pe care erau multe numere de mobil pe o hartă mărită a zonei din jurul restaurantului Zeleste. Îl suni și îl rogi să pună telefonul pe masă? „Salut, Kim, sunt Dunja. N-ai putea să..."

– Am o idee, i-a tăiat vorba Qiang și și-a mutat privirea la ecranul pe care apărea meniul telefonului lui Sleizner, în vreme ce intra cu cursorul în *Contacte*, unde a căutat numele *Viveca Sleizner* și a dat clic pe număr, iar telefonul a sunat-o.

– Chiar ești sigur de asta? a zis Dunja, pe când din difuzor se auzea cum sună.

– Nu, a zis Qiang clătinând din cap.

„Da, ce vrei?“, s-a auzit vocea obosită a fostei soții a lui Sleizner, pe când Qiang pornea difuzorul mobilului. „Alo?“, a continuat Viveca. „Kim, știu că ești tu, întocmai așa cum tu știi că prefer ca toată comunicarea noastră să se desfășoare prin avocații noștri.“

„Tu ești, Viveca?“, s-a auzit după un moment vocea lui Sleizner, clară și distinctă. „Ce vrei? Sunt ocupat...“

„Ce vreau eu? Tu m-ai sunat.“

„Eu? *Sorry*, trebuie să fi apăsat din greșeală, telefonul era în buzunar. Salut.“

S-a auzit un clic și convorbirea s-a încheiat.

Pe ecranul care fusese complet negru se vedea acum o parte din zidul curții interioare acoperit pe jumătate cu lemn gălbui, precum și o copertină întinsă care făcea umbră. În plus, din difuzor se auzeau, în sfârșit, zgomotele restaurantului și voci clare.

– Și mobilul e pe masă! a exclamat Qiang și s-a ridicat pentru un mic dans al victoriei.

– Foarte drăguț, a zis Dunja. Evident, nu dansul, ci...

Fareed a țistuit-o și a dat sunetul mai tare.

„Scuze, unde rămăsesem?“, s-a auzit Sleizner.

„Spuneai că l-ai pus pe Jan Hesk să conducă ancheta“, s-a auzit o voce de bărbat. „Și, ca să fiu cu totul sincer, aș fi preferat să fii tu cel care...“

Sunetul a început să se audă intermitent și, în cele din urmă, s-a pierdut timp de câteva secunde.

– Nu, nu! Dunja s-a răsucit spre Qiang. Te rog, fă ceva.

– I-au mai rămas șapte la sută din baterie.

– Șapte? Tocmai ai spus că sunt șaptezeci.

– Da, dar acum sunt șapte.

Qiang a intrat în programul camerei video.

– Încerc să închid camera.

Ecranul cu peretele acoperit pe jumătate cu lemn gălbui și porțiuni de cer a devenit negru.

„Deja ultima dată a fost prea mult“, s-a auzit iarăși Sleizner. „Până și gândul de a mai încerca o dată ar fi un risc prea mare. Pur și simplu, nu se poate. Acestea fiind spuse, poți fi cu totul liniștit. Am toată încrederea în Hesk și sunt convins că o să se ocupe de asta în mod strălucit.“

„Cum mama dracului să fiu liniștit după...“

„Dar ascultă-mă“, l-a întrerupt Sleizner. „Ce a făcut sau n-a făcut Klinge n-are nimic de-a face cu noi, bine? E treaba lui. Pot să jur că, de îndată ce se termină ancheta, totul o să revină la normal.“

– Klinge, a repetat Dunja. Vă sună cunoscut?

Fareed și Qiang au clătinat din cap.

„Problema e că n-au nevoie decât să zgârie un pic suprafața...“, a continuat a treia voce înainte ca sunetul să devină iar intermitent.

„... Mogens avea legături strânse nu numai cu poliția, ci și cu tot sistemul judiciar.“

– Mogens. Mogens Klinge.

Fareed s-a răsucit spre ceilalți.

– Nu-i tipul de la PET?

– Asta ar putea explica de ce n-au dat publicității nimic, a zis Dunja.

„În esență, nu suntem decât un organ de poliție care are sarcina să descopere ce s-a întâmplat“, s-a auzit Sleizner. „Și, după părerea mea, e evident, și pot să jur că așa va fi și pentru Hesk.“

„Juri cam multe. Poate că un pic prea multe. Uită-te doar la ce s-a întâmplat cu...“

„Uite ce-i, îl cunosc pe Hesk“, l-a întrerupt Sleizner. „E un idiot util care o să facă exact ceea ce se așteaptă de la el. Unu și cu unu fac doi. Nici mai mult, nici mai puțin. Crede-mă.“

„Da, spui asta. Iar și iar, de parcă asta te-ar face mai convingător. Dar un lucru trebuie să-ți fie foarte clar..."

Din nou vocea a devenit de nerecunoscut și a fost înecată de paraziți.

– Zău așa, nu poți face nimic? Dunja s-a întors spre Qiang. Ratăm totul.

– Ce să fac eu? Telefonul e descărcat. N-au rămas mai mult de doi la sută din baterie și poate să se închidă în orice clipă.

– Nu știu. Încearcă să închizi toate celelalte programe.

– N-o să fie de folos. E doar...

– La naiba, fă-o totuși. Fă ceva.

„Jakob, te-am salvat o dată, și n-o să...", s-a auzit brusc Sleizner înainte ca sunetul să dispară din nou.

Dunja s-a întors spre Fareed.

– Avem vreun Jakob pe o rază de cincisprezece metri?

Fareed a dat o căutare în lista tot mai mare de numere de mobil și nume.

„Îmi raportează direct mie, așa că am controlul deplin, bine? Controlul deplin", s-a auzit Sleizner printre paraziți. „Asta o să se termine fără probleme."

– De fapt, sunt trei, a zis Fareed. Un Jakob Larsen, un Sand și un Brønnum.

– Jakob Sand nu e antreprenorul acela putred de bogat? a zis Qiang.

Dunja a încuviințat. Faptul că Sleizner se trăgea de șireturi cu un porc parvenit misogin, care asemuia femeile pe care le părăsise cu o mână proastă la pocher, nu era ceva care s-o surprindă.

„Încă un lucru înainte să încheiem", s-a auzit Sleizner din nou rezonabil de clar.

– Câtă batérie i-a mai rămas?

– Tot două procente, așa că asta poate a ajutat un pic, la urma urmei.

„Ce am vorbit ultima dată. Ai rezolvat?"

Apoi vocea a dispărut iar. Însă nu în paraziți. Grupul învecinat a izbucnit într-un hohot răsunător, care a acoperit toate celelalte sunete.

„Știi tu, să dăm un..."

Alt hohot de râs a făcut să nu se poată auzi ce spune.

– Nu se poate!

Dunja și-a luat mobilul și a sunat.

– Ce faci? a zis Qiang, în vreme ce se auzea cum sună.

Însă ea n-a răspuns și și-a dus arătătorul la buze.

„Bine ați venit la restaurantul Zeleste", s-a auzit o voce de femeie. „Cu ce vă putem ajuta?"

– Aveam impresia că acesta este un restaurant liniștit și select. Cel puțin, la asta mă așteptam când am venit aici.

„Aha, deci acum vă aflați aici și luați masa?"

– N-are importanță ce fac eu. Este vorba despre grupul aflat la câteva mese distanță de a noastră, în grădina interioară. După gălăgia pe care o fac și felul în care se comportă, trebuie să spun că e foarte ciudat că n-ați venit deja să le spuneți că aici nu-i un camping de la Roskildefestival[1].

„Bine, vin și le spun."

– Bine. Atunci poate că o să reușim iar să auzim ce gândim.

Dunja a încheiat convorbirea și curând după aceea a auzit cum scade zgomotul făcut de grupul de alături.

---

[1] Festival muzical danez care are loc anual, unul dintre cele mai mari din Europa

„Chestia e că toate documentele trebuie să fie pregătite“, s-a auzit vocea pe care încă n-o identificaseră. „Comunicatul ăsta pe care îl ceri tu nu e puțin lucru.“

Întrebarea era cât de mult și, mai ales, ce anume rataseră.

„Prefer să apară cât mai repede cu putință.“

„Da, am înțeles. Însă va trebui să aștepți până mâine la miezul nopții. Nu se poate mai devreme. Dacă nu vrem să ne explodeze în față, trebuie ca totul să fie făcut așa cum trebuie.“

„Desigur. Îmi fac griji doar că...“

Și apoi iar a dispărut sunetul.

Dunja a oftat și s-a răsucit spre Qiang.

– Nu te uita la mine. Ce naiba pot să fac? a zis Qiang. Bateria e...

Dunja i-a pus mâna pe gură.

„... ar putea să fie o problemă mult mai mare decât Klinge“, s-a auzit vocea lui Sleizner, pe jumătate înecată în paraziți.

„Kim, m-am săturat să aud toate astea și, după părerea mea, ești obsedat. Dar asta-i treaba ta. Mâine la miezul nopții apare. Nici mai devreme, nici mai târziu.“

Vocea a dispărut din nou în paraziți.

Curând după aceea au dispărut și ei.

N-a mai rămas decât tăcerea.

10

Suferința era cumplită. Un hău negru care înghițea totul și pe el îl făcea atât de fragil, încât o lovitură ușoară în locul nepotrivit ar fi fost destul ca să-l sfărâme. Însă mai presus de toate era o suferință seacă. O suferință deconectată de toate emoțiile care erau așteptate de la el. Care ar fi trebuit să fie acolo.

Încercase să le atragă gândindu-se la toate momentele frumoase pe care le petrecuse împreună cu Theodor. Ca atunci când a învățat să meargă pe bicicletă sau când a înotat pentru prima oară. Sau când se furișa în patul lor după ce avusese un coșmar cu Darth Vader. Toate jocurile pe care le-au jucat și râsetele lor. Înainte ca totul s-o ia razna. Însă nimic n-a fost de folos.

Nici măcar când stătea acolo, în ambulanța daneză, cu mâna lăsată pe pieptul rece al lui Theodor și privirea pe chipul lui, care luase tot ce era mai bun din el și din Sonja. Nici măcar atunci nu putea simți nimic în afara dorinței mistuitoare să afle ce se petrecuse cu adevărat în închisoarea daneză.

Nu că n-ar fi știut că era greșit. Că ar fi trebuit să lase reglementările și procesul natural să se desfășoare și, în loc de asta, să fie acasă, să aibă grijă de Sonja și de Matilda. Chiar și acum era perfect conștient că mai încolo avea să-i pară rău. Când va fi prea târziu și va fi pierdut și ceea ce încă mai avea. Însă, oricât de mult ar fi vrut, acesta era singurul lucru pe care era în stare să-l facă.

Ambulanța a frânat în fața casei de cărămidă netencuită care avea frontonul spre stradă.

– Da, aici este. Traktörsgatan, numărul 38.

Șoferul ambulanței daneze s-a uitat prin parbriz la vilele vechi înșirate de-a lungul drumului.

– Dar nu prea arată a spital.

– Trebuie doar să-l luăm mai întâi pe medicul legist, a zis Fabian și a găsit numărul.

După o lungă discuție, sub amenințarea că o să-i târască pe toți în fața unui tribunal suedez, a reușit să-i facă pe danezi să accepte ca autopsia medico-legală să fie făcută la Helsingborg în loc de Helsingør.

„Sunt Einar Greide de la medicina legală", s-a auzit mesajul înregistrat de Flätan[1]. „Și da, ai înțeles bine. În acest moment n-am timp să vorbesc cu tine la telefon. Și nu, nici să ascult mesajul tău."

Fabian a coborât din ambulanță și și-a îndreptat spatele. La vreo douăzeci de metri stăteau niște băieți de vârsta lui Theodor, cu skateboardurile sub braț, și își plimbau privirile de la el la ambulanța daneză și înapoi. A dat din cap spre ei și a pornit spre casa lui Flätan.

Mai fusese cândva aici și, la fel ca atunci, l-a izbit gândul cât de puține știe despre colegul său de la medicina legală. Că e excentric și-a dat seama de la prima lor întâlnire. Pantalonii tricotați, cu dungi ca ale acadelei zise „ciubuc", și părul împletit în codițe, câte una pentru fiecare victimă din ancheta aflată în desfășurare.

[1] „Cosiță", „coadă împletită"

Că era unul dintre cei mai buni medici legiști din Suedia și-a dat seama mult mai târziu.

Nu știa mult mai mult de atât, pentru că ceea ce Einar „Flätan" Greide prețuia mai presus de orice era viața sa privată. Putea ca nimeni altul să facă distincția între viața personală și muncă. Existau pereți etanși și niciodată celor două lumi nu li se îngăduia să se întâlnească. Ceea ce explica faptul că își putea ține telefonul mobil închis pe toată durata concediului.

Dincolo de poartă și pe aleea spre garaj erau vreo treizeci de biciclete. Erau de toate felurile, de la cele cu trei roți și ladă până la cele pe care stai culcat pe spate. Auzise zvonuri că Flätan merge mult cu bicicleta în timpul liber și că acum zece ani s-a dus cu bicicleta până la Düsseldorf ca să participe la o cursă. Dar tot părea incredibil să aibă atâtea biciclete.

Și-a continuat drumul pe poartă și pe cărarea cu pietriș până la ușa din față și a sunat. Prin frunzișul stufos se auzeau voci, și s-a întrebat dacă n-ar trebui să aștepte până ce pleacă musafirii și Flätan e din nou singur.

N-a ajuns să fie mai mult decât un gând când ușa a fost deschisă de un bărbat cu pieptul gol, care ținea în mână un pahar cu băutură viu colorată. În același timp, un ritm electronic a început cu un pasaj de bas care a huruit prin vegetație și mai departe, în împrejurimi. Faptul că nu era decât ora douăsprezece ziua părea să nu fie o problemă.

– Flätan e acasă? a zis el.

– *What?*[1] a zis bărbatul.

– Flätan, a repetat Fabian. *Is he*[2]...

---

[1] Poftim? (în limba engleză în original)

[2] Este (el)... (în limba engleză în original)

–*Just come inside*[1], i-a tăiat vorba bărbatul și a dispărut în mulțime.

Fabian l-a urmat și a privit bărbații și femeile care petreceau, de la cei de douăzeci de ani până la unii care păreau să aibă cel puțin optzeci. În altă realitate, poate că i s-ar fi părut interesant. Acum, înghesuiala și basul puternic îi stârneau claustrofobia.

Și-a croit drum prin îmbulzeala dansatorilor, pe lângă bucătăria-bar, unde un bărbat și o femeie tunși identic amestecau băuturi, îmbrăcați în salopete pe cât de strâmte, pe atât de pline de paiete. Ici și acolo, pe canapele și pe mormane de perne mari puse pe podea, stăteau pe jumătate culcați musafiri în costume de baie și râdeau, se sărutau sau dormeau.

Nu pricepea cum putea vreunul dintre ei să râdă. Cum putea vreunul să găsească bucurie în ceva. Îi venea să caute comutatorul principal și să-l închidă. Să strige la ei să-l lase singur, să dispară de acolo pe bicicletele lor, ca el să poată să-l caute liniștit pe Flätan.

Până și în grădina din spatele casei pulsa muzica electronică din difuzoare ascunse. Însă aici volumul era un pic mai mic, și era mult mai ușor să respiri, chiar dacă și peluza era plină de musafiri.

Apoi l-a zărit pe Flätan. Cu sandale, șalvari de culoarea fildeșului, cămașă lungă și un boa de pene trandafirii în jurul gâtului, stătea în spatele unei stații de mixaj și își scutura părul cărunt, lung până la umeri, care, de data asta, nu era împletit în codițe.

Fabian a pornit spre el, dar înainte să ajungă, Flätan s-a răsucit să caute prin colecția de discuri de vinil și l-a văzut.

–Fabian?

---

[1] Intră și gata. (în limba engleză în original)

S-a oprit în mijlocul unei mişcări.

– Flätan, ştiu că ai...

– Fabian, Fabian, l-a întrerupt Flätan şi i-a zâmbit. E în ordine. Nu-mi amintesc să te fi invitat, însă dacă cineva din echipă e binevenit, acela eşti tu. Aşa că relaxează-te, aruncă-ți hainele şi ia o băutură.

– Mulțumesc, însă... Flätan, îmi pare rău, dar nu sunt aici ca să...

– Vrei să te alături distracției. Despre asta vorbeşti? O mică bătălie. Eşti iubitor de muzică, măcar atât am priceput. Apropo, cunoşti asta? S-a răsucit spre stație şi a crescut volumul. „2 Hearts" cu formația Digitalism. Absolut strălucit.

– Flätan. Fabian s-a dus la el. Sunt aici pentru că am nevoie de tine...

– Aşteaptă, trebuie doar să...

Flätan şi-a înclinat capul aşa încât să-şi lipească urechea de una dintre căştile care îi atârnau la gât, în vreme ce punea cu iscusință acul în poziția potrivită şi pornea „Musique Non Stop" a formației Kraftwerk.

– În orice caz, ar trebui s-o ştii pe asta. Flätan s-a răsucit din nou spre el. Ştii că sunt amic cu Ralf Hütter şi unul dintre puținii din afară care au fost în studioul Kling Klang? A clătinat din cap. Un adevărat geniu.

– Flätan. Fabian l-a prins pe Flätan de umăr şi l-a privit drept în ochi. Sunt aici pentru că am nevoie de ajutorul tău.

Zâmbetul lui Flätan a devenit o linie subțire.

– Şi de ce nu sunt nici măcar surprins? Evident, n-are nici o importanță că sunt în concediu şi cu atât mai puțin că dau o mică petrecere.

– Nu ți-aş cere-o dacă aş avea de ales. Sper că înțelegi asta. Ai băut?

– Ce, alcool? Flätan s-a uitat la el scârbit. Ești nebun? N-am mai băut de când aveam paisprezece ani. Fabian, despre ce-i vorba? Nu poți să-l iei pe Arne Gruvesson? Bine, poate că nu-i cel mai bun. Însă el e acum acolo, iar eu bag mâna-n foc că așteaptă ceva interesant ca să...

– Flätan, te implor, l-a întrerupt Fabian. Nu e un caz nou. E vorba despre fiul meu. Înțelegi? Propriul meu fiu.

Flätan a încremenit și s-a uitat la Fabian ca și cum ar fi vrut să vadă dacă vorbea serios. Apoi a înclinat scurt capul și și-a dat jos acel boa.

– Hai să mergem.

11

Jan Hesk n-a priceput niciodată de ce aproape fiecare locuitor celibatar din Copenhaga visa la un moment dat să locuiască în Kartoffelrækkerne - cvartalul de aproape cinci sute de case din cărămidă netencuită din centrul orașului. Au fost construite ca locuințe simple pentru muncitorii de pe câteva câmpuri mari cu cartofi, de unde vine numele. Acum casele costă o avere, cu toate că încăperile au rămas la fel de strâmte, iar tavanul e atât de jos, încât trebuie să te cocârjezi dacă ai mai mult de un metru optzeci și cinci.

Însă avea, fără discuție, o atmosferă idilică de târgușor, lucru pe care a trebuit să-l recunoască atunci când a intrat pe jos pe Jens Juels Gade, după ce a parcat mașina după colț. Câțiva copii jucau fotbal în mijlocul străzii, alții jucau șotronul, iar în jurul câtorva mese, sub umbrele deschise, un grup mare sărbătorea ziua cuiva cu prăjituri și cafea.

Cea mai cunoscută trăsătură a zonei era buna vecinătate. Faptul că localnicii erau uniți și se considerau o mare familie alcătuită din artiști de succes, oameni din presă și, în general, persoane de rang înalt, ca Mogens Klinge.

A trecut pe lângă petrecerea zilei de naştere, unde vocile au amuțit ca la comandă şi au fost înlocuite de priviri întrebătoare care îi urmăreau paşii. Poate că şi Klinge fusese invitat la petrecere şi, când nu s-a arătat, a apărut bănuiala că ceva nu-i în ordine. Şi, cine ştie? Poate că unul dintre ei a văzut ceva interesant. După ce termina cu casa avea să stea de vorbă cu fiecare dintre ei.

Soția lui Klinge murise în urmă cu cinci ani de cancer la sân. A citit asta într-unul dintre interviurile cu el pe care le-a găsit. Acolo, în *Østerbro Avis*, spusese cât de singur se simțea în durerea sa, pentru că n-avea nici copii, nici frați, şi că n-ar fi reuşit să treacă peste acea perioadă grea dacă n-ar fi fost vecinii săi nemaipomeniți.

Singur sau nu, cel puțin continuase să se îngrijească de curticica din fața casei de la numărul 38. Spre deosebire de câteva dintre terenurile din apropiere, pe care mobilierul de grădină pe jumătate stricat striga după un pic de unsoare, iar natura era pe cale să-şi ia înapoi părți din fațadă, proprietatea lui era curată şi ordonată. În plus, copacul din fața casei era curățat de uscături, iar gardul era vopsit de curând în alb.

După ce şi-a pus mănuşi, a luat cheile găsite de Hemmer în maşină, a descuiat uşa şi a intrat în casă. Era înăbuşitor, aşa că a lăsat uşa întredeschisă şi s-a dus în living, care întruchipa motivul pentru care el n-ar fi putut niciodată să locuiască acolo.

Cu toate că era, probabil, cea mai mare cameră din casă, se aflau prea multe lucruri pe o suprafață prea mică. Era, în felul ei, fermecătoare şi îmbietoare, dar în acelaşi timp nu putea să alunge impresia că a nimerit într-o casă de păpuşi.

Morten Heinesen se oferise să vină cu el, însă acesta era un lucru pe care voia să-l facă el însuși. Nu că n-ar fi fost o echipă și nu l-ar fi ajutat. Nu și-ar fi dorit nimic mai mult. Numai că astăzi nu-i prea reușise nimic. Lucrul de care avea nevoie era ceva cu care să le câștige încrederea.

Pe a lui Heinesen o avea deja. Însă ceilalți doi, Hemmer și Julie, nu conta ce spuneau sau cât de mult încuviințau. Dacă nu reușea să vină curând cu un indiciu interesant sau, cel puțin, cu ceva la care ceilalți nu se gândiseră deja, n-avea să treacă mult până să nu-l mai asculte și să înceapă să ia ei înșiși hotărâri pe la spatele lui.

Problema era că nu-i venea nimic în minte. N-avea nici o idee ce anume caută. Pe undeva, nădăjduise să primească niște răspunsuri de cum pune piciorul în casă. Ceva care să-i trezească interesul și să-l poată ajuta să înainteze cu ancheta atât de repede cum doreau toți.

Însă n-a văzut nimic când și-a lăsat ochii să se plimbe prin încăpere. Doar o mulțime de cărți în bibliotecă, niște tablouri cu peisaje pe pereți, un vraf de ziare, o canapea acoperită cu o țesătură de un albastru întunecat, un fotoliu jerpelit în fața televizorului și câteva ghivece cu flori la fereastră.

Poate că la el era problema. Poate că existau cât se poate de multe indicii și răspunsuri, trebuia doar să ai capacitatea de a analiza ceea ce vezi.

Cum ar fi faptul că majoritatea cărților din bibliotecă erau nonficțiune și biografii, aproape nici un roman. Însă era ăsta un semn că Klinge se descotorosise de toate cărțile nevestei? Și acest lucru, la rândul lui, însemna că n-o jelea atât de tare cum dădea impresia? Poate chiar ducea o viață dublă cu alte femei? Sau se nimerise, pur și simplu, ca soția lui să nu fie interesată de ficțiune? Și, mai presus de toate, juca asta vreun rol în investigație?

Răspunsul e că habar n-avea. Că toate alcătuiau o grămadă încâlcită de informații care nu făceau decât să-i agraveze durerea de cap și să-i provoace și mai mult stres.

În adâncul său, simțise asta pe parcursul întregii sale cariere în poliție, însă niciodată nu fusese atât de limpede ca acum. Că el, spre deosebire, de exemplu, de detectivul suedez Fabian Risk, n-avea deloc acea dorință de a rezolva cu orice preț cazurile și de a se asigura că făptașul este arestat. Se înțelege de la sine că și el voia ca vinovații să-și primească pedeapsa. Însă nu pe asta se concentra el cel mai mult. Mai degrabă era preocupat să facă ceea ce trebuie și, pe cât posibil, să nu calce pe nimeni pe bătături, astfel încât, până la urmă, să fie promovat.

Cu alte cuvinte, era un impostor. Un șarlatan care reușea să treacă fraudulos dintr-o anchetă în alta. Singurul talent pe care îl avea era să stea la ședințe și să dea impresia că ascultă și știe despre ce vorbește. Un talent atât de perfecționat, încât uneori chiar și el credea asta.

Și acum stătea aici, în colțul în care se vârâse singur și, impostor sau nu, el era cel care trebuia să facă ancheta să avanseze, așa că pe drumul înapoi în hol și pe scară spre etaj a încercat să se convingă că, la urma urmei, investigația nu bătea pasul pe loc.

Mogens Klinge a fost identificat și găsiseră indicii care arătau că o a treia persoană – sau chiar mai multe – era implicată în crime. Încă nu știau cine este femeia, însă cu cicatricea ei în formă de cruce nu era decât o chestiune de timp până să afle. În plus, nu trecuse nici măcar o zi întreagă. Sigur, sperase să meargă mai repede. Însă asta a fost de dimineață. Acum știa mai multe și, spre deosebire de Sleizner, se aștepta să dureze mai mult.

A deschis una dintre cele trei uși din holul de la etaj și a intrat într-un dormitor mobilat cu un pat dublu și noptiere, câteva dulapuri și un televizor montat pe perete.

Nu se vedea nici un indiciu că aici ar fi făcut Klinge sex cu necunoscuta înainte să-și vâre în gură țeava pistolului. Nu erau stropi de sânge pe pereți, pe covor sau pe cuvertura de pe pat.

Nu că s-ar fi așteptat la așa ceva. Kartoffelrækkerne, cu vecinii lui nemaipomeniți, nu era locul în care să aduci acasă o prostituată. Nu era nici locul în care două cadavre să poată fi îndepărtate pe neobservate, fie și în toiul nopții. Nu, oriunde s-or fi săvârșit crimele, nu era aici.

A plecat din dormitor și a deschis ușa camerei de alături. La fel ca celelalte, avea prea multe mobile, dar, în același timp, era plăcută, cu un fotoliu îmbietor completat de un taburet. Un perete era acoperit cu cărți și înconjura un spațiu de lucru, adică un birou vechi care era gol, în afară de un borcan cu creioane și un magnet cu agrafe pentru hârtie.

La fel ca în living, la fereastră erau câteva ghivece cu flori. Aici erau trandafiri japonezi roz și roșii, toți înfloriți. Nu erau florile cel mai ușor de cultivat, și nu se aștepta ca Klinge să fie așa bun grădinar.

Însă cei mai mulți oameni au lucruri pe care nu le dezvăluie, iar florile de toate felurile erau, de fapt, ceva ce-i plăcuse dintotdeauna. Obișnuia ca o dată pe lună să-i cumpere lui Lone un buchet mare. Pretextul era să-și arate dragostea față de ea și să-i facă o bucurie, și adesea dădea rezultat, cu toate că le cumpăra în primul rând pentru el însuși.

S-a dus la fotoliu și s-a uitat pe fereastră în curticica din spate, unde erau un grătar cu capac, mobilier de grădină și un uscător pliant strâns. Terenul era despărțit de vecini de un zid de cărămidă înalt. Însă o ușă dintr-un colț făcea posibilă trecerea liberă în curtea vecină și, ca să se asigure, a hotărât să afle cine era vecinul.

Însă atenția îi era concentrată nu pe curtea din spate, ci pe pervazul ferestrei. Sau, mai bine zis, pe colțul de plastic cenușiu care se ițea de după unul dintre ghivece. I-a venit în minte o aripioară de rechin. Ca și cum banalul colț de plastic i-ar fi stârnit o amintire pe care nu știa că o are.

De-abia când a dat deoparte ghiveciul și a văzut vechiul telefon mobil Ericsson de un galben intens a înțeles de ce. La începutul anilor 2000 denumirea populară nu era Ericsson 310S, ci „Aripioară de rechin". Avusese și el unul câțiva ani și își amintea cât de mult îi plăcuse, în ciuda antenei prea mari, care-l făcea imposibil de ținut în buzunarul pantalonilor.

Cu doar zece ani înainte fusese o capodoperă a tehnicii, cu o baterie care ținea mai mult de o săptămână, și peste zece ani ar fi cu siguranță destul de retro ca să ne putem aștepta ca valoarea de vânzare să fie mai mare decât la apariția lui pe piață. Însă în prezent nu era decât o halcă urâtă și proastă de plastic care, dacă nu fusese deja aruncată la gunoi, în cele mai multe cazuri era uitată într-un sertar și se aduna praful pe ea. Din acest motiv, era interesant faptul că Klinge îl avea la vedere. Mai ales dacă te gândești că avea cu el în mașină un Samsung Galaxy nou.

A luat mobilul în mână și a constatat că nu era nici măcar prăfuit. Apoi a încercat să-l deschidă. Mișcarea era în memoria sa musculară. Însă era deja deschis, și când s-a luminat ecranul, indicatorul nivelului de încărcare a bateriei, aflat în dreapta, arăta că mai era încărcată doar pe sfert. În plus, cele patru bare din stânga erau dovada faptului că avea o cartelă SIM care funcționa.

Telefonul era din vremea în care nu erau parole peste tot, ceea ce însemna că era destul să dea clic pe meniu și să se uite pe acolo.

În afară de diferite numere de servicii, pe lista contactelor era un singur nume, *Contact1*. A rezistat ispitei să apese pe butonul verde ca să vadă cine răspunde și a derulat lista apelurilor, însă a constatat că, în afară de cazul în care era ștearsă, nu fusese făcut nici măcar un apel. Însă fuseseră trimise câteva mesaje.

Test a fost primul mesaj de la Contact1. Și anume, pe 16 aprilie la ora 11.23. După șase minute, în aceeași zi, a venit răspunsul de la Klinge sub forma unui *OK*.

După aceea trecuseră alte cinci ore și jumătate până să sosească un grup de mesaje.

– *Don't ask me*, s-a auzit, brusc, o voce la parter. *Maybe he just forgot to close it when he left*[1].

– *You don't just forget to close and lock the door*[2], s-a auzit altcineva.

Hesk s-a uitat în jur după vreo cale de scăpare. Nu exista vreun balcon, și nici genunchii, nici șoldurile sale n-ar fi rezistat unei sărituri pe terasa pavată de dedesubt. În realitate, ar fi trebuit doar să-și scoată legitimația de poliție, să coboare și să afle cine sunt. Însă era prea speriat. Pentru prima dată de când își amintea, era îngrijorat de ce s-ar putea întâmpla într-o confruntare.

Și înainte să aibă timp să se gândească la asta, s-a întors în dormitorul de alături și s-a închis într-unul

---

[1] Nu mă-ntreba pe mine. Poate că a uitat, pur și simplu, s-o închidă când a plecat. (în limba engleză în original)

[2] Nu uiți, pur și simplu, să închizi și să încui ușa când pleci. (în limba engleză în original)

dintre dulapuri. Nu mai făcuse niciodată așa ceva, în afară de momentele în care se juca de-a v-ați ascunselea cu copiii, și părea complet absurd. Însă n-a găsit nimic mai bun.

În plus, nu era înarmat. Pistolul era, ca întotdeauna, în dulapul cu arme de la sediu, și ultima dată când îl folosise a fost în poligon, iarna trecută. De fapt, nu-l folosise niciodată pe teren. Însă acum îi simțea lipsa. Acum, când stătea ghemuit în întuneric sub umerașe cu cămăși și pantaloni și auzea cum cei doi bărbați urcau pe scară.

– *We should be close now, very close*[1], s-a auzit unul dintre ei.

– *Let's hope you're right*, s-a auzit celălalt, care intra în dormitor. *It already took way too long*[2].

Și-a ținut răsuflarea și s-a întrebat dacă n-ar trebui să se năpustească la el, încercând să-l doboare. Avea de partea lui elementul surprizei. Însă era tot ce avea. Tot restul era împotriva lui. Forța, echilibrul, viteza. N-avea nimic din toate astea. Cu alte cuvinte, n-avea nici o șansă.

Faptul că bărbatul a venit mai aproape n-a îmbunătățit cu nimic lucrurile. Atât de aproape, că putea să-i audă șuieratul ușor al respirației pe nas.

Când a deschis dulapul, puțin după aceea, n-a fost încet, ci cu o smucitură puternică, de parcă ar fi fost pregătit să fie cineva înăuntru și să se repeadă la el.

Nu conta prea mult că a fost dulapul de alături. În câteva secunde avea să fie deschisă ușa sa, și singurul

---

[1] Ar trebui să fim aproape, foarte aproape. (în limba engleză în original)

[2] Să sperăm că ai dreptate. Deja a durat mult prea mult. (în limba engleză în original)

lucru pe care îl putea face era să se arunce afară și să spere că va fi bine.

–*In here*, a strigat celălalt, ceea ce l-a făcut pe bărbat să plece din dormitor. *At least according to the screen. It should be here somewhere in this room*[1].

–*So find it then. Don't just stand there. Find it.*[2]

S-a auzit cum sunt scoase și golite sertarele biroului în camera de alături, cum e mișcat fotoliul și cum unul dintre ghivece aterizează pe podea.

–*Is it still supposed to be here?*

–*Yes. Look for yourself.*

–*Okay, I'm calling it.*

–*Sure?*

–*You have a better idea? We're running out of time.*[3]

Mâinile îi tremurau de frică și nu voiau să-l asculte. Însă până la urmă a scos din buzunar vechiul Ericsson tocmai când se lumina ecranul. Totuși, telefonul n-a avut timp să scoată vreun sunet înainte ca el să apese pe butonul roșu; l-a ținut apăsat până ce ecranul s-a stins din nou.

---

[1] Aici. Cel puțin conform ecranului. Ar trebui să fie pe undeva în această cameră. (în limba engleză în original)

[2] Atunci găsește-l. Nu sta degeaba. Găsește-l. (în limba engleză în original)

[3] Se presupune că e tot aici?
Da. Uită-te și tu.
Bine, îl sun.
Ești sigur?
Ai o idee mai bună? Nu mai avem timp. (în limba engleză în original)

12

Flätan s-a prezentat șoferului ambulanței într-o daneză cursivă și l-a dirijat până la morga din Helsingborg. Acolo a semnat câteva documente, apoi au pus împreună sacul negru pentru cadavre pe una dintre tărgile morgii.

Însă amintirile lui Fabian din ultima jumătate de oră erau sporadice. Poate că a dat din cap de câteva ori în ambulanță. Poate că nu. Ceva din el se închisese și împiedica orice contact cu lumea exterioară și, mai ales, cu sine.

Când Flätan s-a oprit în fața colegului său, Arne Gruvesson, a văzut că vorbeau. Însă n-a auzit decât frânturi, în care Gruvesson se întreba ce caută Flätan acolo când e în mijlocul concediului.

– Doar un pic de examinare.

Flätan a zâmbit.

– Nimic care să te îngrijoreze. Așa că du-te să bei o cafea și să joci *Murder Snails*, sau fă orice altceva.

În mod normal, Fabian ar fi intervenit, perfect conștient că Flätan și Gruvesson sunt o combinație imposibilă. Acum nu putea decât să stea acolo și să se uite la cei doi colegi ca și cum ar fi trecut încet pe lângă un accident în trafic.

Nu-și putea aminti cum au ajuns în sala de disecții. Brusc, erau în camera luminată intens, cu podea din plăci de gresie și orificii de scurgere, mese de examinare strălucitoare sub lămpi puternice și instrumente dezinfectate.

De-abia când și-a vârât mâinile sub sacul pentru cadavre și a simțit pe antebrațe greutatea picioarelor lui Theodor, realitatea a reușit să răzbată prin toate straturile.

Fiul său era mort.

Era cu adevărat mort și nimic nu-l mai putea aduce vreodată înapoi.

La morga din Helsingør avusese mintea plină de întrebări la care voia răspuns. Fusese convins că e ceva dubios. Acum totul dispăruse. Fiul său nu mai era. Ăsta era un punct, nu o virgulă sau un răspuns vag, care să lase loc de alte întrebări.

Aici se încheia povestea lui Theodor.

– Te las să lucrezi în liniște.

Era prea fragil ca să stea și să se uite cum fiul său e disecat.

– Aștept afară.

– Nici vorbă. Rămâi.

Flätan a tras fermoarul sacului până la capăt, așa încât Theodor a apărut în întregime, culcat pe spate, cu ochii închiși și mâinile așezate pe stomac.

– De obicei e aici asistenta mea. Însă e în concediu.

I-a întins un halat verde.

Fabian a șovăit, însă și-a pus halatul și a tras sacul în jos, iar Flätan a ridicat cadavrul.

Nu era sigur că avea să poată rezista la toată autopsia. Însă poate că exact asta era ceea ce îi trebuia. Ca să poată accepta faptul că nu mai depinde de el. Că nu-i mai rămăsese altceva de făcut decât să se ducă acasă și să aibă grijă de cei care îi mai rămăseseră.

Flätan se apucase deja să îndepărteze hainele de pe cadavru cu o foarfecă mare. Întâi cămașa, apoi pantalonii, câte un crac pe rând, și, în cele din urmă, șosetele și chiloții.

Fabian ar fi dat orice să schimbe locurile. Orice ca să fie el cel care zace acolo, pe suprafața de metal rece. În loc să stea alături de el și să-și primească pedeapsa cu fiecare răsuflare.

Dacă n-ar fi fost vânătăile mari de pe piept și de mai jos, de pe trunchi și șolduri, i-ar fi cerut scuze lui Flätan și s-ar fi oferit să-i plătească taxiul înapoi la petrecere. Însă ceva se trezise în el.

Știa deja că Theodor fusese într-o încăierare, de asta îl informase Jadwiga. Îi spuseseră cei din închisoare că fiul lui, fără să fie provocat, s-a repezit la alt deținut în sala de mese și a fost acuzat de atac deosebit de grav. Însă aceste urme vânăt-cenușii spuneau cu totul altă poveste. Una în care fusese bătut.

Tocmai voia să-l întrebe pe Flätan despre ele. Cât de vechi sunt și cât de puternice trebuie să fi fost loviturile. Dacă se putea vedea că sunt provocate de o persoană sau de mai multe, dacă au fost lovituri cu piciorul sau poate cu arme. Însă Flätan cerceta concentrat cu lupa ceva de pe palma dreaptă a lui Theodor.

– Ai găsit ceva?

Răspunsul a venit sub forma unei mâini întinse.

– Pensetă, te rog.

Fabian s-a dus la unul dintre grupurile de instrumente înșirate pe o pânză verde, a ales una dintre pensete și i-a dat-o.

– O vezi? Flätan a ridicat penseta. Vezi chestia asta?

Fabian a încuviințat și s-a aplecat să examineze țeapa de metal lungă de o jumătate de centimetru.

– Dar ce este?

– Dacă te mulțumești cu o presupunere, aș zice că e vârful unei piuneze.

– Piuneză? De unde o fi făcut rost de ea?

– Exact asta mă întreb, și trebuie să spun că totul e un pic ciudat, a zis Flätan și a examinat palma. Sunt și urme de sânge în jurul rănii, ceea ce arată că era în viață când a fost făcută. Dar hai să ne ducem la vânătăi.

A pus țeapa de metal într-o punguță de plastic etanșabilă.

Fabian a încuviințat.

– Au zis că el... că el a atacat pe cineva. Asta au zis. Că el a fost agresorul. Așa că l-am mustrat... Am zis că trebuie să-și adune mințile dacă e să aibă vreo șansă la proces.

– Ce poți face mai mult decât ceea ce crezi că e bine?

– Pur și simplu, nu pricep de ce nimeni nu mi-a spus. De ce n-a spus nimeni cum a fost. Nici măcar el. M-am dus de mai multe ori acolo...

– Hei... Flätan i-a pus mâna pe umăr. Poate că ar fi bine să te duci acasă la ai tăi, iar eu continui aici și te caut de îndată ce am terminat.

– Nu, rămân. Oricum e deja prea târziu, așa că mai bine stau aici, și vreau să-mi spui ce vezi. Bine? Fără să-mi ascunzi nimic. Vreau să aud tot.

Flätan a spus oftând „bine“, fără nici o tragere de inimă, și a început să examineze vânătăile de pe șolduri, trunchi și piept. Apoi a prins cu amândouă mâinile corpul și l-a tras într-o parte ca să poată examina spatele, care și el era plin de vânătăi mari.

– După cum vezi, nu încape nici o îndoială că a fost brutalizat. Scenariul este, probabil, că a fost trântit pe jos și a primit lovituri cu picioarele și cu pumnii.

– Vreo armă?

– Greu de spus. Sunt multe vase de sânge sparte, dar ar putea la fel de bine să fi fost provocate de ghete cu vârf de oțel sau de orice altceva. Ceea ce este ciudat, totuși, este faptul că nu există vânătăi pe antebrațe sau tibii.

– Și de ce este ciudat?

– Păi, gândește-te. Zaci pe jos și încasezi șuturi și pumni. Ce faci?

– Încerc să mă apăr.

– Exact. Te ghemuiești în poziție fetală și te faci cât mai mic posibil, ceea ce, mai mult sau mai puțin, are întotdeauna ca rezultat vătămarea antebrațelor și tibiilor. Problema pentru agresor este că astfel de vătămări se văd dacă victima poartă cămașă cu mânecă scurtă, ca în închisoarea din Helsingør.

– Așadar, n-a fost doar unul.

– Aș zice cel puțin trei.

– Doi îl țineau strâns de brațe și de picioare și al treilea îl lovea.

Imaginile au fulgerat în sinea lui ca muștele care nu se dau duse de pe un cadavru.

Trebuie să fi fost ceilalți din „Banda Smiley", care așteptau și ei procesul. Aveau toate motivele din lume să-l facă pe Theodor să-și retragă mărturia împotriva lor și, din ce văzuse în filmele în care omorau în bătaie oameni fără adăpost, acesta era stilul lor. Singura chestie era că, exact din acest motiv, ar fi trebuit să fie ținuți în secții separate.

– Și mai e ceva.

Flätan a arătat cu degetul.

– Vezi petele maronii de aici, de sus? Sunt vechi de până la două săptămâni, iar cele galbene și verzi de aici, cam de o săptămână.

– Deci s-a întâmplat mai mult decât o dată?

Flätan a încuviințat.

– Urmele negre-vineții de aici și de acolo sunt de numai patru-cinci zile.

Cu alte cuvinte, o brutalizare aproape sistematică. Și totuși, nimeni n-a spus nimic. Nici Jadwiga Komorovski, nici procurorul sau gardienii. N-au știut de asta, sau totul era doar o mare mușamalizare?

– Au zis ceva despre felul în care s-a spânzurat? a continuat Flätan, care acum cerceta urmele din jurul gâtului lui Theodor.

– Da, se pare că a reușit să demonteze patul de pe perete și l-a pus vertical ca să poată prinde lațul de picioarele de sus.

– Și lațul, ce au zis de el?

– Că a rupt în fâșii cearșaful și le-a împletit într-o frânghie.

– O frânghie împletită?

Flätan s-a răsucit spre Fabian, care a încuviințat și a ridicat din umeri.

– E interesant, a mormăit el și s-a întors la examinare, dând cu grijă într-o parte capul lui Theodor ca să poată cerceta mai bine semnele cu lupa. M-ar surprinde ca aici să fie urme ale unor fâșii de cearșaf împletite. Măcar atât pot să spun.

– E ceea ce au zis.

– Firește, ca să pot fi complet sigur ar trebui să examinez lațul, ca să văd dacă se potrivește cu urmele. Dar n-ar trebui să ne bazăm pe asta.

– Chiar se poate vedea doar cu lupa?

– Crede-mă. Se poate vedea destul, iar împletiturile sunt un lucru despre care știu câte ceva. Hai să spunem că așa s-a întâmplat. Că el a rupt cearșafurile în fâșii și le-a împletit. Probabil a împletit trei fâșii de cearșaf, care în nici un caz nu i-ar fi putut susține greutatea.

Ceea ce înseamnă că a făcut trei astfel de împletituri, pe care apoi le-a împletit laolaltă într-una mai solidă, şi ea n-ar fi lăsat niciodată un semn ca acesta. Alternativa ar fi că el a folosit deodată cele nouă fâşii într-o singură împletitură, care atunci ar fi avut o suprafaţă mai netedă. Dar, în afară de cazul în care fiul tău era un as al dantelăriei, mi se pare improbabil.

– Şi atunci ce a folosit?

– O funie sau un cablu electric de vreun fel. Ceva cu o suprafaţă destul de netedă.

L-au minţit dinadins sau doar au bâjbâit după o explicaţie rezonabil de plauzibilă ca să aibă ceva de spus și el să fie mulțumit? Strigase la ei și le ceruse răspunsuri, aşa că nu era chiar atât de ciudat că, strânşi cu uşa, s-a întâmplat să spună ceva ce nu era în întregime adevărat.

S-a răsucit spre Flätan, care era aplecat peste capul lui Theodor şi dădea deoparte buclele negre ca să cerceteze scalpul. Acele bucle răzvrătite care au fost întotdeauna marca fiului său, oricât ar fi încercat Sonja să le netezească atunci când era mic. Nimic nu le putea împiedica să-şi trăiască viaţa proprie. Nici măcar moartea.

Ceva s-a desprins şi a căzut pe podeaua cu dale albe. Ceva ce trebuie să fi fost în părul lui Theodor.

S-a dus acolo, s-a lăsat pe vine ca să se uite mai bine și a văzut că e o cojiță colorată de mărimea unei vechi monede de douăzeci şi cinci. A cules-o cu o pensetă, a pus-o într-o punguță pentru probe transparentă şi a cercetat-o la lumina unei lămpi de examinare.

Era destul de groasă, peste un milimetru, şi de culoare verde-închis, ceea ce era în sine neobişnuit. Nu văzuse celula lui Theodor, dar îi venea greu să creadă că pereţii sau tavanul au o culoare atât de întunecată. Însă undeva trebuie să fi fost o încăpere cu exact această culoare. O încăpere în care, dintr-un anumit motiv, trebuie să fi fost dus Theodor.

Zumzetul unui aparat de tuns l-a făcut să se întoarcă spre Flätan, care tundea buclele lui Theodor, iar ele cădeau una după alta pe podea, fără zgomot. Ar fi vrut să-i spună să înceteze. Să strige că e destul. Că n-are nevoie să știe mai mult. Că măcar buclele ar trebui să rămână neatinse.

Însă ultima poposise deja pe podea, ca un covor negru pufos, iar când a ridicat privirea, toate piesele s-au așezat la locul lor. Atât cojița verde-închis care îi rămăsese în păr, cât și urmele mari albastre-gălbui care, ca o boală de piele neobișnuită, acopereau părți mari din capul ras.

13

Cu geanta de voiaj târâtă pe trotuar, Michael Rønning a trecut zorit pe lângă câteva prostituate și o ceată de drogați gălăgioși aflați în fața adăpostului Mændenes Hjem, de pe Istedgade. După câțiva pași, a reușit în ultima clipă să nu calce într-o baltă de vomă.

Cu alte cuvinte, ceva obișnuit în Copenhaga, în părțile dosnice din centru. Locuia aici de mai mult de zece ani și nici nu mai știa de câte ori fusese întrebat cum suporta toată mizeria de care dădea de îndată ce ieșea din clădire.

Adevărul e că îi plăcea. Cartierul contrabalansa toate construcțiile noi cu fațade strălucitoare și cetățenii bogați care își plăteau taxele și ajungeau întotdeauna la serviciu la timp. O contragreutate necesară ca să funcționeze tot restul din Copenhaga. Fără partea din spate cu tot ce era murdar, obscen și primejdios, nu exista nici partea din față.

Însă nu avea acum timp să se gândească la asta. N-avea timp nici măcar să fie iritat de faptul că Samsonite, Rimowa sau oricare dintre fabricanții de genți de voiaj n-a fost în stare să creeze una care să poată trece fără zgomot prea mare pe trotuarele frumoase, însă denivelate.

Mai era și stresat. Așa era de când o ajutase pe Dunja Hougaard să pirateze mobilul lui Kim Sleizner. Asta a fost în urmă cu o lună, și după aceea atmosfera la lucru a fost diferită. Era ca și cum Sleizner ar fi bănuit cumva că el e în cârdășie cu Dunja. Știind bine că ei doi se cunosc, șeful lui părea că nu se poate abține s-o pomenească din când în când, ca și cum ar fi încercat să afle de partea cui este el. Și, colac peste pupăză, avea senzația sinistră că e supravegheat tot timpul.

Era convins că intrase cineva în apartamentul său. Nu lipsea nimic și toate erau aproape unde ar fi trebuit să fie. Dar numai „aproape". La fel și cu mobilul. Cu toate că obișnuia să-l readucă zilnic la setările din fabrică, pentru a se asigura că nu e piratat, auzea clicuri ciudate care nu se mai auziseră niciodată înainte.

Nu știa ce mai face Dunja. Și nici nu-i păsa. Sau da, de fapt îi păsa. Adevărul era că se trudea să nu-i mai pese. Să taie toate legăturile și s-o așeze într-o amintire vagă care n-ar ieși la iveală decât sub hipnoză.

Însă era greu. A încercat de câteva ori s-o sune, ca să se asigure că e bine. Însă ea n-a răspuns. Niciodată n-a catadicsit să ia telefonul ca să-i spună doar „salut". Numai când avea nevoie de ajutorul lui.

Și dacă era cineva căruia el să-i ia apărarea, ea fusese. A încălcat atâtea reguli și și-a asumat atâtea riscuri, încât era tare speriat. Însă o considerase prietenă apropiată, și pentru prieteni faci orice.

Dar asta a fost atunci, și acum el trebuia să plătească.

Prin urmare, hotărâse să rupă orice legătură cu ea. N-avea importanță că ea încercase de câteva ori să-l sune după-amiază. Nu mai voia să participe. Se săturase de ea și de ura ei bolnăvicioasă față de Sleizner și acum avea de gând să plece cel puțin două săptămâni și să stea la noul său iubit, Balthazar din Malmö. Își luase mobilul, ce-i drept, însă era închis și așa avea să rămână tot concediul.

Și totuși, nu putea să scape de impresia că este urmărit permanent. Că cineva are ochii ațintiți asupra sa. Cineva care avea grijă să rămână la distanța potrivită ca să nu poată fi acuzat de ceva.

Ca acum un minut, când s-a uitat pentru ultima oară în spate înainte să traverseze Reventslowsgade și să-și continue drumul prin intrarea laterală a gării centrale, unde, din difuzoare, se auzea tare muzică de operă ca să-i alunge pe drogați.

Ce-i drept, n-a avut timp să vadă prea bine bărbatul cu gluga care îi umbrea cea mai mare parte a feței înainte să dispară după toneta cu crenvurști din fața intrării. Însă era sigur că era același bărbat scund care pândea pe trotuarul de vizavi când a ieșit din clădire.

După ce a străbătut repede sala principală spre panoul mare de informații, a constatat că trenul spre Malmö pleca peste două minute de pe linia cinci. Până la următorul mai erau douăzeci și șase de minute.

S-a uitat în spate, însă n-a văzut bărbatul cu glugă sau alt personaj suspect. Asta era șansa lui. Acum trebuia să scape de oricine o fi fost cel care îl urmărea. Să nu se mai ostenească să ia bilet de la unul dintre automate și să se asigure doar că prinde trenul.

Dacă era sau nu cea mai bună hotărâre, rămânea de văzut. În orice caz, a fugit spre scări, a pătruns în șuvoiul de călători care urcau și apoi pe peron, spre trenul ale cărui uși erau pe cale să se închidă.

Era un lucru și prostesc, și interzis, însă n-a șovăit să-și arunce geanta de voiaj între ușile care au protestat scârțâind când s-a înghesuit printre ele și, sub privirile iritate ale celorlalți pasageri, a reușit s-o smulgă de acolo, astfel încât ușile să se poată închide, în cele din urmă.

Dar n-aveau decât să se holbeze cât pofteau. Important era că urcase și trenul începea să se îndepărteze de gară. Dacă venea un conductor și îi cerea biletul, asta era. Ce conta o amendă în comparație cu a sta pe peron aproape o jumătate de oră și a aștepta, pur și simplu, ca blestematul ăla scund să-l găsească iar?

Și-a șters transpirația de pe frunte, a ridicat geanta de voiaj și și-a făcut loc cu grijă pe coridorul îngust, dincolo de toaletă, spre șirurile de scaune dintre care câteva erau libere.

În spate a auzit cum la toaletă e trasă apa și se deschide ușa. Însă a reacționat de-abia când o mână l-a înșfăcat de umăr.

N-a avut timp să se răsucească înainte ca altă mână s-o prindă pe a sa, a fost tras în cabina mică și apăsat cu fața de un perete, în vreme ce ușa din spatele său era închisă și încuiată. Apoi mâinile și-au slăbit strânsoarea și a putut să se răsucească spre bărbatul cel scund. Care nu era bărbat.

În primele fracțiuni din următoarea secundă, confuzia a fost atât de amețitoare, încât a trebuit să se țină de ceva ca să nu-și piardă echilibrul. De-abia când a fost absolut sigur că nu-l înșală ochii, că exact așa este, cu toate că nu putea pune lucrurile cap la cap, de-abia atunci a îndrăznit să se desprindă.

– Dunja? a bâiguit după alte câteva secunde. Ce mama naibii? Tu ai fost tot timpul cea care...

– Michael, i-a tăiat ea vorba și i-a pus arătătorul pe gură. Nu acum. Timpul e prea scurt.

Și-a dat gluga jos ca el să-i poată vedea toată fața și părul argintiu tuns scurt.

– Îți promit să lămuresc totul de îndată ce se termină asta. Însă în clipa asta am nevoie de ajutorul tău. Bine?

– Ajutorul? A izbucnit în râs. Deci, acum îți convine. Iarăși. Evident că Dunja îl urmărise. Însă am vești proaste. Și anume că nu mai sunt în jocul ăsta. A clătinat din cap. Așa că vrei, te rog, să fii atât de bună să te dai deoparte ca să pot să ies de aici? Știi, nu m-am dat niciodată în vânt după toaletele publice.

A încercat să treacă pe lângă ea, însă n-a avut nici o șansă când l-a prins iar și l-a împins în oglinda de deasupra chiuvetei.

– Nu-i nici un joc. L-a privit drept în ochi. E grav, Michael. Al dracului de grav.

El i-a susținut privirea și a clătinat din cap.

– Te-ai antrenat și asta e cu siguranță bine atât pentru ținută, cât și pentru respectul de sine. Însă dacă nu dai drumul repede cămășii mele proaspăt călcate o să răcnesc după ajutor. Și pot să-ți jur. Dacă mă pricep la ceva, este la răcnit.

Dunja a șovăit, dar în cele din urmă i-a dat drumul.

– Îmi pare rău. Însă trebuie să vorbim într-un loc izolat, și n-am văzut nici o altă posibilitate în afară de asta după ce ai refuzat să-mi răspunzi când te-am sunat.

– *Tu* trebuie să vorbești cu mine. *Noi* nu trebuie să facem nimic.

– Michael, înțeleg că ești supărat. Știu că am fost cea mai rea prietenă din lume în ultimele luni. Însă de îndată ce se termină asta, îți promit să fac totul ca să...

– Dunja, e mult de când am încetat să fiu supărat, a întrerupt-o el. În acest moment nu sunt decât speriat. De gândul că o să-mi pierd serviciul. De focul cu care te joci. De cum se vor termina toate astea. Și tu ar trebui să fii. Așa că sfatul meu este să lași tot rahatul ăsta și să te întorci la viața ta.

-Care viață? Nu există nimic la care să mă întorc. Nu atâta vreme cât Sleizner e liber. El sau eu, nu pricepi asta? Dacă mă găsește, s-a terminat de-a binelea.

-Da, știm cu toții că Sleizner nu-i cea mai bună odraslă a lui Dumnezeu. Dar, Dunja, exagerezi. Ți s-a pus pata. Ești complet obsedată.

Dunja a clătinat din cap.

-N-am nevoie să exagerez. Asta-i problema. E el mincinos? Da. Un porc violator scârbos și libidinos? Ia ghicește. Complet psihopat? Absolut. Însă ăsta nu-i decât vârful aisbergului. Dacă vrei să-l descrii corect trebuie să găsești cuvinte cu totul noi. Așa că nu, nu pot să renunț, pur și simplu, și să pretind că totul e minunat. Pentru că asta n-o să se termine cu mine. Las-o baltă. Omul ăla o s-o țină tot așa până ce îl îndepărtează cineva definitiv. Să nu crezi altceva.

-Deci, ce ai? Ce anume mi-a scăpat mie și este așa de incredibil de sinistru? Și să nu începi iar că a încercat să te violeze, te-a dat afară și a făcut totul ca să-ți saboteze anchetele, pentru că deja...

-Michael, i-a tăiat vorba Dunja. Ultimul lucru despre care e vorba aici e ce mi-a făcut mie. Sincer, nici că ar putea să-mi pese mai puțin. În schimb, îmi pasă de tot ce nu știm și de tot ce încă n-a făcut, dar o să facă. De exemplu, chiar acum se întâmplă să știu că clocește ceva mare, și aici intri tu în peisaj.

-Clocește ceva mare? Îți bați joc de mine? Asta îmi spui? După o lună întreagă în care i-a fost piratat telefonul.

-Sigur că am găsit o mulțime de lucruri mai concrete, însă...

-Dunja, a întrerupt-o el. Hai să le spunem și noi o dată lucrurilor pe nume. Din cât îmi dau seama, n-ai nimic. N-ai decât o teorie că ceea ce face el va fi așa de scandalos, încât va trebui să fie împuşcat cu archebuzele în zori.

– Bun, a mințit neobişnuit de puțin în ultima vreme, asta e adevărat. Însă acum a început iar, şi de azi-dimineață nimic nu mai e la fel. Ascultă un pic asta.

Și-a scos mobilul şi a deschis câteva fişiere de sunet editate.

„Chestia e că toate documentele trebuie să fie pregătite", s-a auzit vocea unui bărbat. „Comunicatul ăsta pe care îl ceri tu nu e puțin lucru."

„Desigur. Îmi fac griji doar...", s-a auzit vocea lui Sleizner. „... ar putea să fie o problemă mult mai mare decât Klinge."

„Kim, m-am săturat să aud toate astea și, după părerea mea, eşti obsedat. Dar asta-i treaba ta. Mâine la miezul nopții apare. Nici mai devreme, nici mai târziu."

Dunja a oprit înregistrarea.

– Dacă n-ai auzit, îți spun eu că Mogens Klinge, directorul executiv al PET, este unul dintre cadavrele găsite în mașina din port.

– Bine, a zis el și a încuviințat din cap.

– Și, din cât am înțeles, asta e o mare problemă pentru aceşti domni. Încă nu ştim exact de ce, și nu pentru asta sunt aici.

– De fapt, de ce eşti aici?

– Ca să aflu ce anume ar putea să fie *o problemă mult mai mare decât Klinge*, și aici intrați în peisaj tu și comunicatul care apare la miezul nopții. Probabil este deja pregătit undeva, pe circuitul vostru intern, și aşteaptă doar o aprobare ca să fie trimis.

Rønning a ridicat din umeri.

– Ar putea să fie oriunde și e aproape sigur că e cifrat.

– Cifrarea nu-i o problemă. Ne ocupăm noi de ea. Ce ne trebuie este ajutor ca să trecem de sistemele de protecție, ca să ne trimitem înăuntru „păianjenii", iar după ce și-au făcut treaba, ne trebuie cineva dinăuntru care să ne șteargă urmele.

Rønning s-a uitat la Dunja și a mângâiat-o ușor pe obraz.

- Nu cred că pricepi ce mult te iubesc. Cât de importantă ai fost și încă ești pentru mine. Și cât de rănit am fost când ai dispărut, pur și simplu.

- Michael, știu toate astea, însă acum...

- Nu, acum vorbesc eu, și vreau să asculți, pentru că încă nu pari să pricepi despre ce naiba este vorba. A tăcut și și-a masat tâmplele înainte să continue. Sigur că vreau să te ajut. Sigur că vreau să fac orice pentru tine. Însă ultimul lucru de care ai nevoie acum este ajutorul să străpungi sistemele de protecție ale circuitului intern al poliției.

- Asta e ceea ce ai de spus?

- Dunja. Toate astea, orice vei fi făcând, au mers prea departe.

- După toți acești ani. După toate prin care am trecut împreună.

- Dar, la naiba, nu vezi ce faci? Că ar trebui să te duci la doctor înainte să fie prea târziu?

- E în ordine, acum știu. Dunja a încuviințat din cap cu asprime. Bine, acum știu care ți-e poziția și îți urez o viață al dracului de fantastică împreună cu noul tău iubit din Malmö. Mai e ceva de spus?

- Nu, nu mai e.

- Atunci nu mai rămâne decât să pleci. Ce mai aștepți? O îmbrățișare? Un „e în ordine, înțeleg, hai să cinăm împreună când se termină asta"?

- Nu, aștept să-mi înapoiezi cheile apartamentului.

Dunja s-a uitat la mâna lui întinsă, apoi și-a ridicat privirea spre ochii lui, pe când scotea din buzunarul interior legătura de chei şi i-o dădea, încercând să zâmbească.

– Şi cine o să-ţi ude florile cât nu eşti acasă?

Rønning nu i-a răspuns la zâmbet, a clătinat doar din cap, a trecut pe lângă ea, a descuiat uşa şi a deschis-o. Dar s-a oprit din drum şi s-a răsucit.

– Sper cu adevărat să-mi urmezi sfatul şi să te duci la doctor. Dar... A tăcut, şovăind dacă să continue. Dacă te cunosc bine, mai degrabă mâine-seară o să-ţi faci rost de un agent de poliţie, tânăr, în uniformă, care are staţie de emisie-recepţie. Sigur, e sâmbătă, nu marţi, însă toţi trebuie să facem sacrificii uneori.

14

Jan Hesk a avut grijă să nu meargă cu mașina direct acasă. A parcat la depărtare de o stradă, pe Uralvej, la capătul estic, în Amager, în sudul orașului. Apoi a rămas așezat la volan și a încercat să-și facă respirația să ajungă la ceva care ar putea să semene cu ritmul normal.

Însă n-a izbutit. Circula prin el atâta adrenalină, încât era extrem de încordat, ceea ce îl făcea să fie în același timp ațâțat și îngrijorat.

În sfârșit, dăduse de o urmă. *El*. Nu *ei*. Nu întreaga echipă într-un efort comun, ci el singur. Și asta era exact ce îi trebuia ca să le arate, nu numai lui Heinesen și celorlalți, ci mai ales lui Sleizner, că își merită promovarea. Că, la urma urmei, este cineva de care trebuie să se țină seama.

Totodată, nu fusese în viața lui atât de speriat ca atunci când stătea în dulapul ăla cu mobilul închis în mână și încerca să-și țină răsuflarea.

N-avea nici o idee cine erau cei doi bărbați care intraseră și scotociseră prin casa lui Klinge. Dacă era să ghicească, erau un fel de agenți de securitate angajați de cineva. În orice caz, nu încăpea nici o îndoială că erau aceiași doi bărbați care veniseră să schimbe becurile în timpul autopsiei de la morgă.

De ambele dăți, vorbiseră între ei în engleză. Unul cu accent clar est-european, iar celălalt, care era evident că e mai mare în grad, vorbea fluent daneza. Însă n-avea nici o idee cine îi plătea.

Nu încăpea îndoială că a procedat bine ascunzându-se. La doar câteva minute după ce a închis mobilul, unul dintre ei a primit un apel, după care au dispărut brusc, la fel de repede cum apăruseră.

Însă nu mai putea continua să se ascundă. Probabil îl identificaseră deja ca șeful investigației și, judecând după procedeele lor, era doar o chestiune de timp până să-i facă o vizită.

Soluția era să adopte strategia exact opusă celei urmate până acum, în care avuseseră grijă să țină cât mai mult ancheta în spatele ușilor închise. De acum încolo, aveau să iasă în public și să informeze cât mai multă lume posibil. De fapt, era ultimul lucru pe care și-l dorea, însă cu cât știa mai multă lume ce au găsit și unde ajunseseră cu investigația, cu atât ar fi fost el mai imun și mai lipsit de interes în ochii lor.

Primul lucru pe care avea să-l facă era să țină o conferință de presă. Chiar a doua zi dimineață putea să cheme toate ziarele, posturile de radio și cele de televiziune și să spună cea mai mare parte din ce aflaseră.

Deja îi dezvăluise lui Heinesen ideea pe când mergea cu mașina spre casă și, cum era de așteptat, el a propus să-l informeze pe Sleizner, care ceruse în mod expres să fie ținut la curent permanent. După părerea lui Heinesen, a nu face asta putea fi văzut ca un refuz clar de a se supune ordinelor.

Cu siguranță, așa era, însă rămăsese ferm pe poziție. A-l informa pe Sleizner despre conferința de presă era același lucru cu a-l lăsa să preia controlul. Ceea ce pe Heinesen, evident, nu-l deranja deloc. Nu avusese niciodată ambiția să devină șef și n-avea nimic împotrivă să rămână în planul secund.

Însă în ce-l privea pe el, n-avea de ales. În clipa în care ajungea să fie în umbra lui Sleizner, avea să fie retrogradat pe vecie la rangul de șef de nivel mediu ineficient, căruia nu i se îngăduie să aibă vreun gând independent. Faptul că echipa sa n-ar mai putea controla cine ce anume știe era încă un argument ca să nu-l implice pe Sleizner.

A scos mobilul vechi Ericsson și l-a cântărit în mână. Asta era ceea ce căutau cei doi bărbați, nu era nici o îndoială. Aveau acces la echipament destul de avansat ca să fie în stare să facă triangulația până în camera de lucru, și în mai puțin de un minut și jumătate după ce el a închis telefonul și-au dat seama că este întrerupt contactul cu el.

Nu i-a scăpat frustrarea din camera de alături. La început au presupus că echipamentul lor a dat o eroare, și vorbitorul de daneză nu s-a sfiit să-l critice. A urmat teoria că bateria mobilului s-a descărcat, drept care în următoarea jumătate de oră au întors cu susul în jos camera de lucru, înainte să primească brusc un telefon și să plece din casă.

El a mai stat în dulap încă o jumătate de oră până să îndrăznească să deschidă ușile și să iasă. Nu mai era nimeni nici în casă, nici afară. Până și strada din fața casei se golise de lume. Nu mai erau nici copii la joacă, nici adulții care sărbătoreau o zi de naștere.

Apoi s-a grăbit să ajungă la mașină, a luat-o spre sud, către Amager, a parcat mașina la depărtare de o stradă de casă și acum stătea acolo de mai bine de douăzeci de minute, încercând să se convingă pe sine că nu-i nici un pericol să meargă acasă.

Cu toate acestea, a mai așteptat cinci minute până să iasă, în cele din urmă, din mașină, s-o încuie și să-și continue drumul pe Sumatravej până pe Japanvej, unde, după ce s-a uitat în spate, a intrat în curte și a trecut pe lângă jucăriile copiilor, care erau împrăștiate pe peluză.

Ușa casei era descuiată, ca de obicei, dar, spre ușurarea sa, nu erau în hol nici Lone, nici copiii. Nu că n-ar fi vrut să-i vadă. Dimpotrivă. Însă nu în clipa asta. Lone ar observa imediat că ceva nu-i în ordine și s-ar îngrijora. De aceea a închis și a încuiat ușa cât de încet a putut și s-a dus la subsol.

În baie și-a scos hainele care erau încă jilave de transpirație. Le-a adulmecat, și a fost ca și cum ar fi putut simți mirosul panicii, ceea ce l-a făcut să le înghesuie pe toate într-un sac de gunoi negru.

Sub duș a simțit pentru prima oară în întreaga zi cum liniștea i se răspândește în trup. Era ceva legat de picăturile de pe cap și de șiroaiele care i se prelingeau pe trup. Nu spălau doar sudoarea, ci luau cu ele o parte din neliniște, iar când s-a șters, s-a spălat pe dinți și s-a îmbrăcat cu haine de casă moi, a fost pregătit să urce și să-și întâlnească familia.

Atunci i-a dat prin cap că nu-i auzise. Cei care de obicei sunau ca o întreagă grădiniță nu scoseseră nici măcar un piuit de când ajunsese el acasă. Puteau fi mai multe explicații, însă teama că cei doi bărbați ar fi putut să ajungă înaintea lui l-a făcut să urce zorit scara din subsol până la ușa închisă a bucătăriei.

De cum i-a văzut în bucătărie, a știut că era o priveliște care avea să-l urmărească veșnic. Ca o fotografie dintr-un album care nu poate fi ars, avea să fie primul lucru pe care îl va vedea de fiecare dată când se trezea, în tot restul vieții sale. Pentru că erau acolo, toți trei, în ceea ce părea să fie o armonie perfectă.

Katrine stătea pe podea și se juca cu Benjamin, fără să se certe. Faptul că erau în aceeași cameră fără să-și scoată ochii unul altuia era deja excepțional. Lone, la rândul ei, stătea cu spatele și spăla vasele.

Cu alte cuvinte, totul era exact așa cum trebuie, și el a dat drumul aerului din piept, a mers mai departe prin bucătărie și a îmbrățișat-o pe la spate.

-Salut, iubito, a zis și a sărutat-o ușor pe lobul urechii.

-Ce faci? a zis ea și s-a desprins din îmbrățișare.

-Ce, e prea mult să ceară omul o mică îmbrățișare când vine acasă după o zi de lucru lungă și grea?

-S-ar putea să nu fie nimerit astăzi. Lone și-a scos mănușile pentru spălat vase și s-a dus să pună în cui șorțul. Nu știam când o să ajungi acasă, așa că noi am mâncat și, din păcate, n-a mai rămas nimic.

Așa-i, era clar că e supărată.

-Bine, nici o problemă, a zis el. Uitase cu totul. Nu-ți face griji pentru mine. Mă descurc eu.

Părea că trecuse o viață întreagă de azi-dimineață, când a trebuit să renunțe la călătoria la Legoland.

-Ai cu ce să-ți faci sendvișuri. Eu ies la plimbarea de seară.

-Du-te liniștită! Nici o problemă.

-Și, apropo, a zis ea în drum spre hol. O să merg pe traseul lung, așa că ar fi bine dacă l-ai culca tu pe Benjamin.

-Sigur. Nu-ți face griji!

S-a dus la Benjamin și l-a luat în brațe.

-Ce zici, micuțule? O să fie cum nu se poate mai bine.

-Nu tati.

Benjamin a clătinat din cap.

– Ba da, tati promite să fie distracție pe cinste.

– Nu tati, a repetat Benjamin și l-a plesnit peste față. Nu tati! Nu vreau!

– Grozav.

Katrine s-a ridicat de pe podea oftând.

– Tocmai reușisem să-l potolesc.

Peste trei sferturi de oră, Benjamin dormea, așa că el a putut să se închidă în dormitor și să se așeze la birou cu mobilul Ericsson.

Cel mai mult își dorea să-l deschidă și să cerceteze comunicațiile din ultimele zile între Mogens Klinge și singurul contact. Însă nu îndrăznea. Era prea mare riscul să se conecteze la cel mai apropiat releu de telefonie mobilă și în câteva secunde să apară ca un punct roșu care pulsează pe ecranul celor doi bărbați.

Imposibil de spus cât ar dura până ca ei să se înființeze în fața casei lui. Câteva ore, o zi, sau doar un sfert de oră? N-avea nici o importanță, pentru că de venit ar veni.

Așa că a desfăcut cele două șuruburi din spate, a ridicat capacul bateriei și a scos-o cu ajutorul limbii de cauciuc care se ivea de sub ea. Își amintea diferitele momente de parcă ar fi fost ieri, și a putut cu ușurință să tragă micul suport de metal, să-l desfacă și să scoată cartela SIM.

După ce a pus la loc bateria, a apăsat pe butonul roșu până ce s-a luminat ecranul. Nu se gândise niciodată la cât timp trece până ce telefonul e gata de folosire. A părut o veșnicie până să apară pe ecran mesajul.

NO SIM

A încercat să treacă de mesaj, dar n-a reușit, orice buton a apăsat. Fără o cartelă funcțională, telefonul nu voia să facă nimic. A scos din nou bateria ca să ajungă la locașul cartelei. De această dată, a pus cartela de la propriul telefon.

S-a luminat ecranul și imediat după aceea a contactat releul și a fost gata de folosire. A început cu o căutare în agendă, dar și-a dat seama repede că nu era nici un contact. La fel când a cercetat listele de apeluri și de mesaje. Nu apărea nimic, ca și cum cineva ar fi fost acolo și ar fi șters tot din telefon.

Acasă la Klinge văzuse câteva SMS-uri înainte să trebuiască să se ascundă, și acum dispăruseră brusc. Ceva nu era în ordine și, în afară de cazul în care se întâmplase ca el însuși să le șteargă, trebuia ca informațiile să mai fie pe acolo, pe undeva.

Întrebarea era doar unde anume.

Răspunsul a venit când a închis ochii și s-a imaginat înapoi în vremea în care el însuși avea o „aripioară de rechin", și a fost pe cât de simplu, pe atât de descurajant. Întocmai ca la celelalte mobile din acea vreme, când mărimea memoriei reprezenta cea mai mare parte a costului, puteai alege să stochezi date în telefon sau pe cartela SIM. Desigur, acolo era totul.

Pentru a treia oară la rând a scos bateria, a scos propria cartelă SIM și a pus-o înapoi pe a lui Klinge. Însă înainte să pună la loc bateria a scos din nou cu șurubelnița cele două șuruburi care fixau antena ca o aripioară de rechin, care după aceea a putut fi scoasă.

Totuși, nu știa dacă asta ar putea fi de folos. Nimic nu spunea că mobilul n-o să încerce să se conecteze la releul cel mai apropiat și fără aripioară. Poate că antena nu era decât un amplificator care îmbunătățea recepția.

De fapt, ar fi trebuit să urce în mașină și să meargă destul de departe de aici înainte să deschidă mobilul. Dar Lone încă nu se întorsese și nu putea să-i lase, pur și simplu, pe copii singuri acasă. Alternativa era subsolul, în colțul cu cauciucurile de iarnă, unde știa că recepția e foarte slabă.

Când ecranul s-a luminat din nou, era pregătit, cu ochii ațintiți la simbolul antenei care pâlpâia și degetul mare deasupra butonului roșu, ca să-l poată închide la iuțeală în cazul în care ar fi fost pe cale să se conecteze la rețea. Însă când pe ecran a apărut mesajul *No network* a putut să se destindă și să înceapă să caute prin meniu.

La fel ca înainte, primul mesaj de la Contact1 era *Test*. Fusese trimis la ora 11.23 pe 16 aprilie din anul curent. Imediat după aceea, Klinge a răspuns cu un laconic *OK*. În următoarele șase ore, același Contact1 a trimis cinci mesaje separate, în succesiune rapidă.

Regula 1: Noi te contactăm. Niciodată invers.

Regula 2: Toată comunicarea e prin SMS.

Regula 3: Decizia Biroului nu poate fi contestată.

Regula 4: În cazul respingerii, încetează orice contact, iar telefonul mobil va fi distrus.

Regula 5: Datele/orele stabilite nu pot fi influențate/modificate.

Decizia Biroului. Nu pricepea nimic.

Peste șase zile, pe 22 aprilie, a venit următorul mesaj de la Contact1:

Am crezut că am spus destul de clar. Nici un apel. Ai încălcat regulile 1 și 2.

Răspunsul lui Klinge a venit după doar câteva minute.

Scuze. Eram doar tare curios cum merge.

Să nu se mai repete. Revin când am vești.

După aceea a fost tăcere din partea lui Contact1 timp de aproape trei luni, când a venit al doilea grup de mesaje, pe 4 iulie, între orele 03.46 și 04.02.

Biroul a luat hotărârea. Ai fost primit ca membru. Felicitări.

Ce soi de oameni se trezeau la patru dimineața și făceau ședință și în ce anume fusese admis Klinge? Toate astea miroseau a sectă sau a ordin secret. Poate că era un club erotic. Erau o grămadă în Copenhaga, pentru orice gusturi sau dispoziții se nimerea să ai. Și era clar. Dacă erai o persoană destul de cunoscută, probabil că preferai o tovărășie cât mai exclusivă posibil.

Ceremonia de inițiere va avea loc pe 28 iulie la 20.00, era următorul mesaj.

Fusese în ultima sâmbătă, cu șase zile în urmă. Așadar, atunci a mers ceva atât de prost, că s-a încheiat cu două cadavre și o mașină sub apă.

Vestimentația: Smoching, cămașă albă și papion.

Toate se legau, și totuși nu-și putea alunga impresia că probabil nu vedea decât vârful aisbergului.

Vei fi luat la 19.30 de la 55.692378, 12.586963.

Singurul lucru de care era destul de sigur era că în spatele lui Contact1 se ascundea persoana – sau persoanele – pe care o căutau ei.

Regulile în timpul ceremoniei: nu există nici una.

S-a dus înapoi la lista de contacte și a dat clic pe *Contact1* ca să vadă numărul de mobil. Apoi s-a dus repede la bancul de lucru și s-a uitat prin cutia cu unelte până a găsit un pix cu care să scrie numărul *26 58*...

N-a avut timp să scrie mai mult, mobilul s-a închis.

15

Amurgul înaintase mult spre noapte când Fabian i-a plătit șoferului de taxi, a deschis portiera și a coborât pe Pålsjögatan. Începuse și ploaia, însă nu erau decât câțiva stropi nehotărâți. Taxiul a făcut o întoarcere dintr-o mișcare și a dispărut înapoi spre oraș. El a rămas acolo, uitându-se la casa lor.

În copilărie visa să locuiască exact în aceste case roșii, din cărămidă netencuită. Acum stăteau aici de un pic mai mult de doi ani, însă păreau douăzeci. Douăzeci de ani ca un coșmar, în care nu s-a împlinit nimic din ce sperase când și-au făcut bagajele în Stockholm.

Ideea fusese să lecuiască rănile și să unească familia. Acum stătea aici, mai singur și izolat ca oricând. Prin fereastra livingului deslușea profilul Sonjei. Venea din bucătărie ținând cu amândouă mâinile ceva în față, probabil o tavă cu ceainicul, miere și cești, apoi a dispărut din vedere când s-a așezat pe canapea.

Însă când au fost aprinse cele trei lumânări, a apărut iar, sub forma a trei umbre care jucau pe tavan. Ea și Matilda stăteau alături. De fapt, umbrele erau prea vagi și pâlpâitoare ca să poată vedea ceva. Însă el știa foarte bine cum turna Sonja ceaiul, întâi în cana mare, violet, fără toartă, apoi în cana cu Moomin a Matildei, apoi lua cu amândouă mâinile cana sa și o ducea la gură.

Ar fi trebuit să traverseze strada, să urce treptele de la intrare și să intre pe ușă. La familia sa. Să se așeze pe canapea și să li se alăture. Nu era nevoie de mai mult. Nu era decât ceea ce voiau ele, și era exact ceea ce voia el însuși.

În loc de asta, stătea încremenit pe asfalt cu privirea la umbrele de pe tavan și spera ca stropii rătăciți să devină o ploaie adevărată. Un potop care să transforme canalele în fântâni și să mături totul în calea sa. Care să curețe lumea și să se prefacă în grindină. Boabe de gheață mari și grele care să lase vânătăi, să-l lovească până îl stâlcesc și să-l facă să simtă. Durere. Jale. Orice, doar să fie ceva.

Dar stropii au dispărut. De cum au ajuns pe asfaltul cald, s-au evaporat, și în cele din urmă s-a văzut pe sine traversând strada, răsucind cheia în broască și deschizând ușa.

Înăuntru se auzea muzică liniștită cu pian, coarde și trompetă cu surdină. Era ultima piesă de pe albumul lui Tom Waits *Closing Time*, preferatul absolut al Sonjei, iar când a început „Ol' 55" de pe același album a înțeles că fusese pus în buclă toată seara.

S-a descălțat, și-a pus haina pe un umeraș și s-a dus în living, unde s-a oprit și s-a uitat la Sonja și Matilda, care stăteau exact așa cum își închipuise, lipite una de alta, înconjurate de perne, bând ceaiul din care ieșeau aburi.

– Salut, a zis și și-a fluturat mâna.

– Salut, a zis Sonja și a lăsat ca întrebarea nerostită „unde ai fost?" să ridice între ei un zid nevăzut.

– Mă duc la culcare, a zis Matilda și a îmbrățișat-o lung pe Sonja, apoi s-a ridicat de pe canapea și a pornit spre el.

– Noapte bună, a zis el și s-a pregătit s-o îmbrățișeze, însă a rămas doar o încercare, pentru că ea a trecut pe alături fără o vorbă sau o privire.

Fără nimic.

S-a uitat după ea cum dispare în sus pe scară. Era clar că e supărată pe el.

– Hei, de fapt, cred că ar trebui să mă duc și eu la culcare, a zis el după o vreme și a dat să se răsucească.

– Nu te duci nicăieri. Sonja și-a turnat ceai în ceașcă. Vii și stai aici. Este ceai, dacă vrei.

– Iubito, a zis el răsuflând lung. Sunt epuizat, și...

– Stai jos, a șuierat ea, încercând să ascundă cât de supărată era de fapt. Crezi că ești singurul obosit? Că e vorba doar de tine și de nevoile tale? Tu și cu mine trebuie să vorbim, și o s-o facem acum.

El a încuviințat și s-a dus să se așeze pe fotoliu. Avea dreptate. Sigur că era nevoie să vorbească. Probabil era nevoie să stea câteva ore ca să se găsească unul pe celălalt. Însă această conversație nu avea să ducă acolo. Simțise asta în clipa în care a văzut umbrele jucând pe tavan.

– N-am nici o idee ce ai făcut sau de ce ai fost plecat de acasă toată ziua, a început ea, străduindu-se să nu-și piardă cumpătul. Dar știu un lucru, și anume că purtarea ta de astăzi, când ne-am dus să-l vedem pe Theodor, este ceva ce...

– Iubito, i-a tăiat el vorba. Pot să-ți explic. Exact așa cum am bănuit, ceva nu este...

– Nu, nu vreau să aud.

A ridicat o mână ca și cum s-ar fi apărat de el.

– Nu mă interesează câtuşi de puţin bănuielile şi explicaţiile tale.

– Dar, Sonja, ascultă-mă. E vorba despre...

– Nu, acum tu eşti cel care ascultă şi mă lasă să vorbesc.

El n-a zis nimic, nici n-a încuviinţat.

– Fiul nostru s-a sinucis, a continuat ea. Asta e ceva prin care n-ar trebui să treacă nimeni. Este împotriva oricărei legi şi e cu neputinţă s-o accepţi ca parte a vieţii. Nu există unelte sau metode prin care să mergi mai departe. În plus, n-au trecut decât câteva zile, aşa că suntem cu toţii şocaţi şi, probabil, avem feluri complet diferite de a reacţiona. Însă eu şi cu tine se presupune că suntem adulţii. Orice am face. Oricum, depinde de noi să ne asigurăm că trecem prin asta, şi nu putem face scene ca în această dimineaţă. Înţelegi? Nu se poate. Trebuie să fim uniţi şi să ne sprijinim unul pe celălalt. Este singura şansă să scăpăm din asta. Tot restul trebuie să aştepte.

Sonja i-a căutat în privire un semn de confirmare.

– Problema este că asta nu poate să aştepte, a zis el când a fost sigur că ea a terminat de vorbit. Înţeleg că trebuie să fi fost groaznic pentru tine. Însă dacă n-aş fi făcut acea scenă, dacă n-aş fi făcut ce am făcut, dacă altcineva decât Flätan ar fi făcut autopsia, n-ar fi ieşit la iveală nimic din ce bănuiam. Pricepi? Pentru că e ceva dubios aici. Uite doar cât a durat până să-l putem vedea.

– Te rog. Nu vreau să aud.

– Dar, Sonja, ei ne mint. Erai acolo, ai auzit cum au zis că el a rupt în fâşii cearşaful şi a împletit o frânghie. Aşa-i? Însă, după spusele lui Flätan, urmele din jurul gâtului lui au fost făcute de ceva cu suprafaţa mai netedă, ca un cablu electric sau ceva...

– Tu n-auzi ce zic? Chiar nu vreau.

– Dar nu pricepi? Ne ascund ceva.

– Nu, tu ești cel care nu pricepe. Nu vreau să aud de autopsia făcută fiului meu. Nu vreau să aud că e ceva dubios. Nu vreau. Theodor e mort. Asta nu-i destul? Chiar ai nevoie de mai mult?

– Am nevoie să știu ce s-a întâmplat.

– Ce s-a întâmplat. Bine. Sonja a încuviințat din cap. Și după aceea? La ce o să ducă asta? O să-l facă să învie și să vină iar acasă? Da? Asta crezi? Că totul o să revină la normal?

– Nu, dar...

– Și atunci de ce scormonești mai departe? La ce vor duce toate astea?

– La faptul că aflăm ce s-a întâmplat cu adevărat. Că putem merge împreună mai departe și durerea noastră se bazează pe adevăr, nu pe o poveste născocită care...

– Adevăr? Sonja a închis ochii și a clătinat din cap. Mereu blestematul ăla de adevăr. Doar despre el vorbești. Adevărul, adevărul, adevărul. E singurul lucru care contează pentru tine? E cel mai important lucru, mai presus de orice altceva?

– Nu, însă dacă nu-l aflăm, dacă nu știm ce s-a întâmplat cu adevărat, va fi o rană deschisă în restul...

– Dar blestematul de adevăr a fost ceea ce i-a luat viața! Tu ai reușit deja să uiți asta? Că l-ai silit să meargă în Danemarca să se predea și să depună mărturie? Dacă n-ar fi fost căutarea ta obsesivă a adevărului, el ar fi stat acum aici, cu noi.

– Zău? Chiar crezi asta? Că ar fi putut să stea și să bea ceai cu noi și să pretindă că nu s-a întâmplat nimic după toate prin care a trecut? Ai văzut măcar filmările acelea? Cele în care torturează până la moarte oameni fără adăpost, în cele mai macabre și dezgustătoare feluri la care te-ai putea gândi?

– Faci să sune ca și cum el ar fi participat. Singurul lucru pe care l-a făcut a fost să țină de șase o dată. Ai uitat asta? Pentru că a fost silit.

– Nu, n-am uitat, și nici n-o să uit vreodată. Pentru că nu cred că ceva dispare doar pentru că nu vorbești despre asta și te prefaci. Că, până la urmă, nu s-a întâmplat, dacă taci destul de mult timp. Dar se pare că tu crezi. Ce contează că asta ar fi dus la achitarea adevăraților făptași, ca să-și poată continua micile jocuri? N-are nimic de-a face cu noi sau cu Theodor. A clătinat din cap. Poate că funcționează pentru tine, Sonja. Să trăiești în minciună, să-ți lipești pe față un zâmbet și să speri că nimeni nu vede dincolo de el. Dar nu și pentru mine. Eu nu pot să fac, pur și simplu, abstracție de faptul că e ceva dubios cu moartea lui Theodor. Nu pot să trec peste toate greșelile și abuzurile săvârșite împotriva lui ca și cum nu s-ar fi întâmplat. Pur și simplu, nu pot.

– Într-o privință ai dreptate, a zis Sonja și a încuviințat din cap. Aș fi făcut orice ca să-l am acum aici, cu mine. Absolut orice. Chiar dacă asta ar fi însemnat că trebuie să trăiesc într-o minciună, cu un zâmbet lipit pe față, aș fi făcut-o.

– Și toate nedreptățile pe care le-a suferit? Nu-ți pasă de asta. Ce drăguț!

Sonja i-a aruncat o privire întunecată, care îi amintea de abisul deschis sub el în coșmaruri.

– Fabian, cea mai mare nedreptate pe care a suferit-o fiul nostru a fost faptul că te-a avut pe tine ca tată.

Apoi s-a ridicat, și-a dus ceașca în bucătărie și a dispărut în sus pe scară.

16

– Da, este adevărat, a răspuns Hesk la întrebarea directă dacă poate să confirme că Mogens Klinge, directorul executiv al PET, este cel găsit mort într-o mașină în apele portului Refshaleön.

– Totuși, încă lucrăm la identificarea femeii care era împreună cu el în mașină.

S-a uitat la publicul numeros, alcătuit din reprezentanții tuturor ziarelor mari, canalelor de știri și posturilor de radio, și și-a dat seama că se simte pe deplin liniștit. El, care întotdeauna stătea și transpira și se trăgea de cravată când Sleizner voia să-l ia cu el pe scenă. În plus, nu putea să nu fie bucuros că veniseră atât de mulți, în ciuda faptului că nu fuseseră anunțați decât cu o oră înainte.

Motivul era în primul rând prezența celor doi bărbați care veniseră în ziua precedentă după el și căutaseră mobilul. Erau unele indicii că aveau legături cu poliția, întrucât era evident că știuseră când și unde se face autopsia lui Mogens Klinge.

– Este adevărat că s-a împușcat în gură? a întrebat cineva de pe rândul din spate.

– Este adevărat că Klinge era împușcat când l-am găsit noi. Glonțul i-a intrat în gură și a ieșit prin ceafă. Dar nu putem spune mai mult în această fază.

– Înseamnă că puteți confirma că Mogens Klinge s-a sinucis?

– Nu, singurul lucru pe care îl putem confirma în acest moment este că era împușcat atunci când l-am găsit.

Și-a luat privirea de la reporter și s-a întors spre ceilalți.

– În general, e încă prea devreme în anchetă ca să închidem niște uși sau să ne pripim să tragem concluzii.

– Ce puteți spune despre femeie? a întrebat altcineva.

– Din păcate, nu atât de multe cât am vrea.

– Era prostituată?

– E foarte posibil, însă nu putem comenta nimic pe moment, din cauză că încă nu a fost identificată.

– E daneză?

– Dacă prin „daneză" înțelegeți cetățean danez, se prea poate să fie. Totuși, nu pare să fie de etnie daneză. Însă aici facem presupuneri mai mult sau mai puțin justificate. Pe de altă parte, ceea ce sperăm este ca multe semne de întrebare să dispară de îndată ce vom ști cine este. Din acest motiv am hotărât să cerem ajutorul publicului.

A ales cu telecomanda una dintre fotografiile făcute de Hemmer feței tinerei femei, pe care a proiectat-o pe ecranul de deasupra sa, și a auzit pe loc dinspre grupul de camere de luat vederi o rafală de clicuri.

– Nu vă faceți griji. Va fi disponibilă pentru descărcare la rezoluție mare pe site-ul nostru, a zis el și a ales altă fotografie, cu cicatricea femeii. E valabil și pentru aceasta.

– Ce-i acolo? a întrebat cineva din rândul întâi.

– O cicatrice în formă de cruce pe partea dinăuntru a coapsei ei drepte, și rog pe oricine căruia i se pare că o recunoaște pe ea sau această cicatrice să ia legătura cu poliția, ca să putem...

S-a întrerupt când a auzit alt val de clicuri dinspre aparatele de fotografiat. Însă de această dată nu erau îndreptate spre el, ci într-o parte a sălii.

Motivul l-a înțeles în clipa în care s-a întors și l-a văzut pe Kim Sleizner urcând pe scenă și venind la masă cu o sticlă de apă minerală, două pahare și, mai ales, un zâmbet larg spre adunare.

– Salutare, salutare, oameni buni. Nu vreau să vă întrerup.

Nu era posibil. Hesk nu știa dacă să izbucnească în râs ori în plâns, dar n-avea de ales, și-a înjghebat un zâmbet când Sleizner a pus sticla cu apă minerală și cele două pahare pe masă și s-a aplecat spre el cu o mână acoperind microfonul.

– Interesant, i-a șoptit la ureche. Îți dau un degețel, iar tu mergi imediat pe la spatele meu și începi să-ți scarpini tot afurisitul de braț, cu zgârciuri, pete de bătrânețe și tot rahatul.

– Kim, pot să-ți explic. De cum termin aici pot să-ți spun mai multe.

– Liniștește-te! Sleizner l-a bătut ușurel pe umăr. O să te țin de mână și o să am grijă ca totul să meargă bine. Nimeni n-ar trebui să stea aici, sus, singur și să fie pus pe jar.

– Îți mulțumesc, i-a șoptit el. Însă cred în continuare că ar fi cel mai bine să mă ocup eu de asta...

– Kim, a strigat o reporteriță aflată departe, pe o latură a sălii. Ce crezi despre moartea lui Mogens Klinge?

– Salut, Mette. Sleizner a ridicat o mână, fluturând-o spre reporteriță. Bună întrebare, dar îți spun exact același lucru ca și celorlalți. Dacă credeți că sunt aici ca să preiau controlul conferinței de presă, atunci vă înșelați.

Apoi s-a aşezat pe scaunul de la dreapta lui Hesk, a desfăcut sticla de apă şi a umplut amândouă paharele. Mă aflu aici doar ca să subliniez faptul că Jan Hesk se bucură de toată încrederea mea la conducerea acestei anchete extrem de importante. De fapt, aş merge până la a spune că nu cunosc pe nimeni mai potrivit decât Jan.

– Dar cât de implicat eşti în munca de investigaţie?

– Cum tocmai am spus, Jan are toată răspunderea. Însă, dată fiind importanţa anchetei, sigur că mă ţine la curent. Orice altceva ar fi o încălcare a regulilor.

Sleizner s-a întors spre Hesk zâmbind şi a sorbit din apă.

– Dar tot trebuie să ai nişte idei.

– Sigur că am idei. Şi încă o grămadă. Însă pentru tine şi ceilalţi din această sală, o să am grijă să le păstrez doar pentru mine pe cele mai multe.

Mulţi dintre cei de faţă au izbucnit în râs, iar Sleizner a zâmbit în bătaia reflectoarelor ca şi cum niciodată nu s-ar fi simţit mai bine.

Pentru Hesk nu era la fel de amuzant. Pulsul îi era deja prea rapid şi sudoarea era gata să răzbată prin piele în palmele care erau deja atât de umede, că toată treaba risca să-i alunece din mâini dacă nu reacţiona rapid şi nu făcea ceva.

– Dar ce crezi despre Mogens Klinge? a strigat cineva.

– Eu? Sleizner a arătat cu degetul spre sine. Ce cred despre Klinge?

– Da. S-a sinucis?

– Aş spune că nu încape nici o îndoială că el a...

– Scuză-mă, Kim, l-a întrerupt Hesk, cu toate că ultimul lucru pe care şi-l dorea era un conflict cu Sleizner în faţa publicului. Însă cred că e cel mai bine să mă ocup eu de asta. A luat câteva înghiţituri zdravene din apa minerală răcoritoare și s-a aplecat spre microfon. Întrebarea a mai fost pusă o dată. Și, așa cum am spus, în acest moment nu putem confirma o ipoteză sau alta.

– Nu întreb ce puteți confirma. Vreau doar să știu ce credeți, și în acest caz, anume ce crede Kim Sleizner și consideră că e cel mai probabil.

– Numai că se întâmplă ca aceasta să fie o investigație a poliției, nu un joc de-a „ghici ghicitoarea mea". Așa încât ceea ce se întâmplă să creadă persoane din cadrul poliției n-are ce căuta în această conferință de presă.

– Ce încearcă să spună Jan, a zis Sleizner, este că în acest moment lucrăm în paralel cu alte câteva teorii și nu ne putem bloca pe unul sau altul dintre scenarii. Acestea fiind spuse, nu putem nega că cele mai multe indicii arată spre faptul că Klinge însuși a fost cel care a ținut arma.

– Și care sunt celelalte teorii? a zis unul dintre reporteri. Dacă n-a fost sinucidere.

– Că sunt implicate una sau mai multe persoane, a zis Hesk.

– Da, ce altceva ar putea fi? Sleizner și-a desfăcut brațele și a izbucnit în râs. Chestia e că în acest moment nu sunt multe care să arate în această direcție. Aș putea merge până acolo încât să spun că nu există absolut nimic. Însă, cum ziceam, toate ușile sunt încă ușor întredeschise.

De data asta n-au mai urmat întrebări și, în afară de sunetul reporterilor care scriau în carnetele lor, era tăcere. Greu de spus cât de mult a durat tăcerea. Însă destul de mult ca Sleizner să aibă timp să se aplece spre el.

– Ce-ai zice să încheiem aici? a șoptit. N-ar mai fi multe de spus acum.

Hesk s-a întors spre public, care, din cauza reflectoarelor puternice, arăta ca o mare masă întunecată de capete imposibil de deosebit între ele. Cu toate acestea, a văzut mai limpede ca oricând.

Era la o răscruce.

Dacă tăcea şi accepta să pună capăt acestei conferinţe de presă însemna că acceptă ca Sleizner să preia neoficial ancheta şi astfel s-o îndepărteze de pista care arăta faptul că sunt implicate mai multe persoane. Pistă care s-ar răci treptat şi, în cele din urmă, ar fi eliminată complet.

Atunci ancheta s-ar încheia repede, ceea ce ar face, probabil, ca cei doi bărbaţi care l-au urmărit să obosească şi să-l lase în pace, aşa încât el să poată merge liniştit acasă şi să-şi ducă familia la Legoland, cu alt fals succes în muncă.

Dar ar putea trăi cu asta?

Cu el însuşi?

Şi undeva, acolo, a găsit răspunsul. De ce mai şovăia?

– Însă, din păcate, asta nu-i adevărat, s-a auzit zicând, în timp ce primii stropi de transpiraţie îi curgeau de pe frunte.

– Ce?

Sleizner s-a răsucit spre el.

– Ce zici?

– Zic că, din păcate, nu-i adevărat, a repetat el tare şi şi-a şters transpiraţia de pe frunte cu braţul. Dimpotrivă, sunt multe lucruri care arată că o persoană sau mai multe sunt implicate într-un fel sau altul.

Dar sudoarea continua să-i ţâşnească din pori.

– Şi ce anume? a strigat unul dintre reporteri.

– Sunt mai multe lucruri, însă mai ales faptul că am găsit sub unghiile femeii sânge şi fragmente de piele care nu proveneau de la ea însăşi sau de la Mogens Klinge.

Acum avea tot spatele ud şi a dat pe gât restul de apă.

– Aveți vreo bănuială? a strigat altul.

– Nu există ceva care să putem acum...

S-a întrerupt și și-a dat seama că uitase despre ce vorbea.

– Scuze, care era întrebarea?

– Aveți vreo bănuială? Sunteți conștienți că ar putea exista un motiv politic?

– Nu, nu spun decât că lucrăm pe baza unui scenariu în care sunt...

Din nou s-a întrerupt. Poate că ar trebui totuși să încheie conferința. Fie și doar ca să iasă de acolo. Departe de dogoarea reflectoarelor. De toate întrebările.

L-a văzut pe Sleizner că se apleacă spre microfon și vorbește cu reporterii, dar tot ce auzea era un zumzet.

Avea nevoie de mai multă apă. Mult mai multă. Însă și paharul, și sticla de pe masă erau goale. A încercat să înghită în sec, însă era ca și cum ar fi avut glaspapir în gât. S-a ridicat, trebuia să iasă de acolo, dar s-a mișcat un pic prea repede, așa că scaunul de sub el s-a răsturnat.

Apoi totul s-a întunecat.

17

Fabian nici nu terminase de vorbit când a văzut că gardianul în uniformă luase deja hotărârea. Faptul că bărbatul a încuviințat din cap și a încercat să zâmbească nu schimba nimic. Ochii spuneau mai mult decât suficient. Pupilele s-au îngustat și, dintr-odată, privirea un pic nedumerită a devenit dură și ostilă.

Nu-i era greu deloc să priceapă de ce. Sigur, cererea sa de a vedea celula lui Theodor încălca regulamentul închisorii, și sigur că nu puteau, oricum, să lase înăuntru pe oricine. Cu atât mai mult după scena pe care o făcuse el la morgă cu o zi înainte.

În cele din urmă a venit gestul la care se aștepta – inevitabila clătinare din cap.

– Nu, din păcate, nu se poate. Gardianul și-a mângâiat mustața, continuând să clatine din cap. Îmi pare rău, dar nu pot să fac nimic.

Era tratat exact așa cum se așteptase, pentru că nu exista vreo acuzație sau anchetă oficială pe care să se sprijine. Oficial, nu fusese făcută nici o greșeală.

Flätan îl sfătuise să facă un raport la poliție ca să încerce să declanșeze o anchetă. Însă pentru asta ar fi trebuit în cel mai bun caz câteva luni, și între timp urmele s-ar fi răcit. În plus, lui nu i s-ar fi permis să facă parte din echipa anchetatorilor. Din acest motiv a hotărât să-și lase acasă statutul de polițist și să vină aici ca acela care era cu adevărat. Un tată care și-a pierdut fiul.

– Așa că trebuie să te rog să părăsești închisoarea, a continuat gardianul.

Într-un fel, asta îl făcea mai ușor de ignorat. Dacă n-ar fi fost faptul că avea ceva mai puternic decât armele, regulamentele și documentele semnate: durerea sa. De-ar putea face contactul cu ea, ei n-ar putea să-i refuze vizita.

Numai că nu știa cum s-o facă. Era ca și cum ar fi pierdut cheia și accesul la acea parte din sine. Oricât s-ar fi străduit, nu tristețe simțea, ci furie, care în acest moment era ultimul lucru de pe lume care să-i fie de ajutor.

– Te rog, a zis și a închis ochii, încercând să-i umezească un pic. Nu cer decât să vizitez celula în care și-a trăit ultimele zile fiul meu. Cer prea mult? Zece minute, nu-mi trebuie mai mult.

– Îmi pare rău, a zis gardianul în suedeză cât a putut de bine. Nu se poate. Acum trebuie să-ți cer să pleci.

– Pot să te întreb ceva? L-a privit pe gardian în ochi. Ai copii?

– Nu înțeleg ce are asta de-a face cu...

– Te rog, răspunde doar la întrebarea mea. Ai copii? Da? Ai?

– Da, am, a zis gardianul în cele din urmă și s-a tras de mustață. Doi băieți.

– Atunci înțelegi despre ce vorbesc. Nu-i așa? A avut grijă să-l privească necontenit în ochi. Atunci încearcă să-ți închipui că unul dintre băieții tăi a fost cel care a murit aici și nu ești lăsat să intri. Încearcă să...

– Hei, Dennis, ce se întâmplă?

Alt gardian a scos capul din camera personalului din spatele ghișeului.

– E polițistul suedez Fabian Risk care vrea să vadă celula.

– Nu, nu, nu. Nu-i adevărat, a zis Fabian. Nu sunt aici în calitate de detectiv. E important să înțelegeți asta. Vizita mea este absolut personală, doar pentru mine.

– Și ce anume vrei?

Al doilea gardian a venit la ghișeu.

– Nu vreau decât să stau acolo un pic. Pe patul din celula în care și-a curmat viața. Doar atât. Să stau acolo singur zece minute ca să-mi iau rămas-bun.

Colegul s-a răsucit spre primul gardian.

– Zece minute, un sfert de oră, probabil că nu contează.

– Dar regulamentul, nu putem...

– Bine, și ce dacă? Omul jelește, așa cum și trebuie.

Colegul s-a întors spre Fabian.

– Știi ce? De fapt sunt în pauză, dar nu-ți face griji, hai cu mine.

– Dar, Peter, nu putem să...

– Dennis, e în ordine. Mă ocup eu.

Peste câteva minute a fost condus în celula goală.

– Când ai terminat, apasă doar pe acest buton și vin să te iau.

Fabian a încuviințat din cap, a intrat și s-a așezat pe pat.

Se afla pentru prima dată în celulă. Când mai venise, se întâlnise întotdeauna cu Theodor într-una dintre sălile de vizită.

Această încăpere era mult mai mică. Un pat fixat în perete, un dulap și un birou mic, un scaun și o toaletă cu chiuvetă. Asta era tot, și nu se vedea nici un semn că aici și-a petrecut Theodor ultimele săptămâni din viață.

De aceea nu putea să simtă nimic? Pentru că celula fusese curățată atât de bine de cea mai mică urmă a fiului său, încât era imposibil să te gândești la altceva decât un hotel ieftin unde erau folosite produse de curățenie prea puternice ca să scape de gândaci.

Nu că ar fi venit ca să-și găsească sentimentele. Nu de aceea stătea aici și încerca să-și imagineze cum stătuse Theodor lungit pe acest pat în noaptea de marți, singur cu neliniștea sa, și se uitase în tavan până să ia, în cele din urmă, hotărârea.

Era din cu totul alt motiv.

Din buzunarul interior al hainei a scos punguța transparentă cu cojița verde-închis care căzuse din părul lui Theodor. Nici măcar nu trebuia s-o scoată și s-o țină lângă pereții albastru-deschis ca să constate că nu provenea de la ei. Nici de la tavanul zugrăvit cu alb.

S-a ridicat și s-a uitat în jur, însă n-a văzut nicăieri ceva de culoare verde-închis. Totuși, nu era clar dacă asta înseamnă cu adevărat ceva. Cojița poate i-a intrat în păr în altă încăpere, cum ar fi sala de mese, sala de sport sau oriunde altundeva. Altă explicație era că nu fusese acesta locul în care el...

Și-a întrerupt gândul și s-a scuturat de el ca fiind complet improbabil. Sigur că aici și-a luat el viața. Însă, la fel ca un șoarece încăpățânat, gândul a găsit iute o cale de întoarcere și, în cele din urmă, l-a făcut să ridice privirea spre tavan.

Acolo era o lampă, însă nu se vedea nici un cablu electric. Probabil era zidit în tavan, ca să nu poată cineva să-l tragă în jos destul cât să-și vâre capul și să-și dea drumul să atârne. Însă, dacă era să-l creadă pe Flätan, Theodor folosise tocmai un cablu electric, sau o frânghie cu suprafața destul de netedă.

S-a dus la interfonul pe care trebuia să-l folosească atunci când își încheia vizita; într-un fel, o terminase. Nu mai rămăsese nimic de văzut în celulă.

Însă nu l-a sunat pe gardian.

Coridorul de afară era lat și lung, cu siguranță vreo cincisprezece metri, și pe ambele laturi erau uși de celule. Nici o ușă nu era încuiată, iar deținuții puteau umbla pe acolo nestingheriți. Ici și colo stăteau gardieni și vorbeau între ei sau cu unii dintre deținuți. Era liniște și nimeni nu părea să-l bage în seamă.

Fără să aibă vreun plan real sau să știe unde se află, a luat-o la stânga și și-a continuat drumul pe lângă șirul de celule, care, în ciuda faptului că erau în esență asemănătoare, păreau niște mici lumi, în funcție de cine locuia acolo.

Coridorul dădea într-o sală comună cu câteva canapele și fotolii, unde deținuții jucau cărți, beau cafea și citeau ziarele. S-a gândit la tinerii din așa-numita „Bandă Smiley" care își așteptau încă procesul. I-ar recunoaște măcar dacă ar sta acolo jucând cărți? Și dacă da, ce ar face?

În cealaltă parte a sălii s-a deschis o ușă și a ieșit un bărbat în salopetă albă cu pete de vopsea și cu o mască atârnată la gât. A pus două cutii de vopsea printre niște saci de gunoi negri rezemați de perete, împreună cu o saltea rulată și câteva tăvi pentru trafalet cu vopsea verde-închis.

Poate că nu însemna nimic, poate că nu era decât o coincidență. Sau nu. Oricum, s-a dus repede la ușa pe care ieșise zugravul, a aruncat iute o privire în spate și a deschis-o.

Mirosea puternic a vopsea proaspătă într-o încăpere care în lumina slabă părea să fie o debara, cu rafturi goale fixate pe un perete. După ce a închis ușa în urma sa, Fabian a bâjbâit cu mâna pe perete până a dat de comutator și a aprins lumina.

Priveliștea a făcut stomacul să i se crispeze ca și cum ar fi încasat o lovitură puternică. Salteaua rulată rezemată de perete pe coridor. Cablul electric gros care se întindea pe tavan până la lampa prea puternică și rafturile fixate pe perete care duceau la ea. Și culoarea. Culoarea verde-închis, pe pereți și tavan, care în unele locuri era proaspătă și al cărei miros puternic făcea să-i fie tot mai greu să respire.

A stat acolo, în ciuda vaporilor, încercând să prelucreze ideea că Theodor n-a fost într-una dintre celule, ci aici, într-o încăpere rece, fără ferestre, cu pereții goi și nimic altceva decât o saltea murdară pe podea. Nu părea să fi avut nici măcar așternuturi. Nimic.

Însă era greu, și o parte din el se împotrivea și încerca febril să găsească altă explicație, în vreme ce restul își dăduse deja seama că nu există alta. Că toate dovezile de care avea nevoie erau aici.

Aici, chiar în această încăpere, Theodor fusese distrus prin ceea ce putea fi descris ca tortură, oră după oră, zi după zi, până ce totul s-a amestecat într-o singură ceață verde-închis fără început, mijloc sau sfârșit.

Dar de ce? Ce a făcut fiul său ca să merite asta? Cum era posibil așa ceva? Când el a fost bătut, nu invers. Când el a fost victima. Care a venit să spună adevărul. Să facă ceea ce trebuie.

Nu știa dacă vaporii tari au fost ceea ce l-a făcut să se clatine și aproape să-și piardă echilibrul. Nici cât timp a stat acolo, cu capul zvâcnind de durere și gânduri care zburătăceau.

Privirea i s-a fixat pe o porțiune din mijlocul peretelui din fața sa. O porțiune cam la înălțimea taliei, unde culoarea verde se deosebea un pic de restul peretelui. S-a dus acolo, a pipăit și a constatat că e încă umedă. Atunci și-a scos haina și a șters cu ea cât a putut mai mult din vopsea.

Au apărut câteva pete albe de chit, de diferite mărimi. Nu era nevoie de mai mult ca să vadă totul în fața sa. Cum peretele a fost reparat și nivelat înainte să fie dat cu un nou strat de vopsea, ceea ce, la rândul său, însemna că fusese deteriorat în locurile în care s-a desprins vopseaua veche.

Cojiță cu cojiță.

Lovitură cu lovitură.

Vânătaie cu vânătaie.

Nu-și dorea decât să urle, și de data asta a făcut-o. De data asta n-a mai putut să se stăpânească, s-a dezlănțuit, în timp ce se ducea la rafturile fixate în perete și începea să se cațăre pe ele. Nu s-a sinchisit că s-a înțepat în palmă cu una dintre piunezele împrăștiate pe al doilea raft de sus.

Așadar, aici trebuie să se fi întâmplat. Acum vedea atât de limpede. Cum a procedat Theodor. Nu exista nici o altă explicație. A fost închis în această cameră. O debara. Nu putea pricepe de ce, însă totul se potrivea. Brutalizarea, izolarea și amânarea repetată a procesului. Toate, ca să-l distrugă. Să-l facă să se frângă sub povara propriei întunecimi.

Brusc, toate piesele s-au așezat la locul lor, una după alta, într-un bombardament de răspunsuri, pe când se cățăra, tot mai transpirat și gâfâind, până la tavan, unde cablul electric era tras până la lampa din mijlocul încăperii.

Era concentrat pe locul în care cablul era și el acoperit de vopseaua verde-închis proaspătă, care încă n-avusese timp să se usuce și, întocmai cum trebuie să se fi întâmplat cu Theodor, cablul s-a desprins când a tras de el. Puțin după aceea, bucla era destul de mare ca să-și poată vârî cu ușurință capul și să dea drumul rafturilor.

– Hei, ce mama dracului se întâmplă aici?

Fabian s-a uitat în jos și i-a văzut pe cei doi gardieni de la intrare dând buzna înăuntru, însoțiți de Flemming Friis.

– Este exact ceea ce vreau eu să știu. A sărit pe podea și s-a dus la ei. Ce mama dracului se întâmplă aici? Ei? Răspunde-mi! L-a împuns pe Friis cu arătătorul în piept. Ce căuta fiul meu aici?

– Ușurel!

Friis a făcut un pas în spate, îndreptându-și ochelarii.

– Ușurel? La dracu' cu asta. Vreau răspunsuri, și le vreau acum. Fabian s-a apropiat și mai mult. Spune-mi ce a făcut Theodor ca să merite să fie închis în debaraua asta, unde a fost brutalizat!

– Dar ascultă-mă, a zis Friis în suedeză. Nu pricep de unde ți-a venit ideea, însă fiul tău n-a fost niciodată aici. Și-a ridicat mâinile în aer. Absolut niciodată.

Fabian a închis ochii și a oftat adânc, clătinând din cap.

– Dacă e ceva ce nu mai pot suporta, sunt minciunile. Așa că fă-mi o favoare, și mai ales ție, și răspunde-mi de ce a fost ținut aici.

– Fiul tău niciodată n-a...

– Dar, la dracu'!

Fabian a scos din punguța transparentă cojița de vopsea verde-închis.

– Vezi asta? A ridicat-o în dreptul feței lui Friis. Știi unde am găsit-o? Ei? Știi?

– Nu, de unde aș putea să știu...

– În părul lui Theodor. Vrei să știi de ce era încurcată în părul lui? Am zis, vrei să știi?

Friis și-a întors privirea spre gardieni și le-a făcut semn să acționeze.

– S-a întâmplat pentru că cineva l-a atacat atât de brutal exact în această încăpere, încât a trebuit să reparați pereții.

Fabian a arătat spre urmele de chit.

– Așa că acum cer să mi se spună cine a fost și cum se face că nimeni n-a...

S-a întrerupt când gardienii l-au prins de brațe și l-au tras înapoi.

– Fabian, înțeleg pe deplin că ești supărat. Friis și-a potrivit iarăși ochelarii. Crede-mă. Însă fiul tău...

– Înțelegi pe deplin?

– Adică vreau să zic...

– Știi ce cred eu? i-a tăiat el vorba, în vreme ce gardienii îl țineau strâns. Nu cred că înțelegi nimic. Cum ar fi faptul că toate astea sunt în răspunderea ta. Tot ce s-a întâmplat și tot ce se întâmplă chiar în clipa asta. Fiecare minciună va fi asupra ta.

S-a smuls din strânsoarea gardienilor, s-a răsucit spre ușă și a ieșit din încăpere.

18

Hesk nu pricepea cum a putut întunericul deplin să fie înlocuit în scurt timp de o lumină atât de puternică, încât dădea dureri de cap. Pricepea chiar mai puțin unde se află. Era ca și cum în ultimele ore, sau poate că era vorba de zile, fusese într-un vid în care timpul stătea încremenit.

Trebuie să fi dormit, pentru că acum era treaz, cel puțin de asta era sigur. În plus, era culcat pe spate, pe ceva tare, măcar de atât și-a dat seama, și că o ușă tocmai s-a închis pe undeva, sau s-a deschis. Cineva intra în cameră, asta auzea clar, iar vocea care a urmat părea cunoscută.

– Jan? Deci aici te ascunzi?

Atât de cunoscută, încât era de neînțeles că nu știe de unde s-o ia. A înfruntat migrena, a deschis ochii și l-a văzut pe Kim Sleizner uitându-se în jos la el.

– Ce naiba înseamnă asta? Sleizner și-a desfăcut larg brațele. Chiar așa? Ăsta a fost cel mai bun lucru care ți-a dat prin cap?

– Cum? și-a venit el în fire în cele din urmă și și-a dat seama, pe când vederea i se limpezea, că e culcat pe o masă mare înconjurată de scaune.

– Cum adică „cum"? Sleizner s-a aplecat spre el şi s-a prefăcut că-i ciocăneşte capul. Hei, e cineva acasă? Ştii măcar ce faci? Pentru că eu n-am nici o idee.

Pe unul dintre pereţi era o tablă albă mare, goală, draperiile erau închise, iar deasupra lui atârna din tavan un proiector.

– Te-am susţinut şi ţi-am dat tot ce ai cerut. Şi asta e mulţumirea pe care o capăt.

Sleizner a clătinat din cap.

O sală de conferinţe...? Hesk nu pricepea nimic.

– Credeam că am spus clar că asta e o anchetă prea confidenţială ca să te apuci să anunţi presa. Şi ce faci tu? Organizezi o afurisită de conferinţă de presă. În plus, pe la spatele meu. Îţi dai seama cum mă face asta să arăt?

Aşa-i, conferinţa de presă la care Sleizner a apărut brusc şi a preluat controlul. După aceea nu-şi mai amintea nimic.

– Kim, n-am avut intenţia să te umilesc. Zău că nu. Cu toate că era încă ameţit, s-a trudit să se ridice în capul oaselor. Însă există multe indicii că mai sunt şi alte persoane care au putut fi implicate.

Trebuie să fi leşinat. Era singura explicaţie. Fusese cald pe scenă, îşi amintea acum că a transpirat şi a golit paharul cu apă adus de Sleizner, dar tot îi era sete.

– Da? a exclamat Sleizner, ridicând din umeri. Şi?

Hesk a încercat să înghită, dar avea gâtul uscat.

– Nu vreau să spun decât că nu putem închide ochii la indiciile şi urmele care...

– Cine naiba a zis să închideţi ochii? În nici un caz eu. Sau zici că am făcut-o?

Nu era prima dată când leşina. De fapt, se întâmplase mai des decât voia el să recunoască. Uneori era suficient să se ridice din pat prea repede. Dar să se întâmple în timpul unei conferințe de presă era cam ciudat.

– Jan, îți pun o întrebare, a continuat Sleizner. Ți-am spus eu vreodată să închizi ochii la ceea ce apare în anchetă? Că ar trebui să ascundem adevărul?

– Nu, dar...

– Nu, exact. Ceea ce am spus e că trebuie să mă ții la curent. Tocmai ca să evităm astfel de incidente. Cer prea mult?

Gândul părea complet interzis, și totuși era prezent.

– Bine, se pare că ți-ai pierdut cu totul uzul vorbirii, a continuat Sleizner. Dar uite cum stau lucrurile. Personal, mă doare-n cot că-i implicată o a treia persoană sau un afurisit de regiment. Singurul lucru care contează este să se încheie cât se poate de repede.

– Kim, lucrăm deja cât de repede putem...

– Acum ține-ți gura și ascultă!

A fost drogat? Să fie explicația faptului că brusc a început să transpire și i s-a făcut atât de sete?

– Ți-am dat șansa asta. Sleizner a ridicat în aer arătătorul. Eu sunt cel pe care te sprijini. Pentru binele tău, nu uita niciodată asta, fir-ar să fie!

Se putea să fi fost apa cu care venise Sleizner? Nu, fusese într-o sticlă nedesfăcută. Sau avusese la el două sticle?

– Hei! Sleizner l-a apucat de umeri și l-a zgâlțâit ca pe o jucărie stricată. Ce mama dracului e cu tine? Pari dus de pe lume. L-a plesnit ușor pe obraji. Asculți măcar ce zic?

Hesk s-a uitat în ochii lui Sleizner.

– Mă urmăresc niște oameni.

– Cum adică te urmăresc? Despre ce vorbești?

– Sunt doi. Doi bărbați. Vorbesc în engleză, însă cred că unul dintre ei e danez. Și-a scos telefonul și a derulat fotografiile pescarului amator trimise de Hemmer. Iată-l pe unul dintre ei.

Sleizner a luat telefonul şi s-a uitat ca şi cum i-a trebuit o vreme până să priceapă.

– La naiba! I-a înapoiat mobilul şi a rămas cu privirea în gol. Apoi a încuviinţat din cap ca la propriile gânduri. Exact de asta m-am temut. Ei trebuie să fi fost. Nu-i nevoie de nici o explicaţie. Ei trebuie să fi fost.

– Aşadar, ştii cine sunt?

– Aş zice că da. Directorul executiv al PET e mort, poate chiar ucis. Crezi că vor sta cu braţele încrucişate aşteptând să ne facem noi treaba?

– Deci vrei să spui că sunt...

– Cine altcineva să fie? i-a tăiat vorba Sleizner. Exact de asta ar fi fost preferabilă o încheiere rapidă. Sunt, desigur, îngrijoraţi de ceea ce ar putea ieşi la suprafaţă dacă noi suntem cei care facem investigaţia. Numai că n-am crezut că vor merge atât de departe.

– Poftim? Ce altceva au mai făcut?

Sleizner a pus mâna pe umărul lui Hesk şi a înghiţit în sec.

– Nu sunt sigur, însă bănuiesc că s-ar putea să te fi drogat. Că de aceea ai leşinat şi te-ai trezit abia acum.

– Dar... nu înţeleg. De ce să facă ceva atât de... grav?

– Bănuiesc că era un fel de a te face să taci, ştiu şi eu? Sleizner a ridicat din umeri. Toate vorbele alea despre faptul că s-ar putea să fie implicaţi mai mulţi oameni... Sau poate că ai vreo idee? Ceva ce nu mi-ai spus? Însă, oricum, pescarul tău amator şi încă un bărbat au fost cei care au venit pe scenă şi au avut grijă de tine după ce ţi-ai pierdut cunoştinţa.

– Cum, cei doi au venit şi m-au cărat de pe scenă?

Sleizner a încuviinţat.

– Am presupus că sunt doar doi paznici obișnuiți.

– Și apoi? Ce au făcut după aceea?

– Au dispărut cu tine. Nu știu mai mult. A trebuit să rămân la masă și să încerc să termin totul cât mai frumos posibil. De atunci mă învârt pe aici căutându-te. Sleizner a râs. Am încercat să te sun de mai multe ori decât un adolescent îndrăgostit.

Hesk nu știa ce să spună. Într-un fel, suna perfect logic, dar, în același timp, cu totul neverosimil.

– Poți să te ridici? l-a întrebat Sleizner întinzându-i mâna.

– Cred că da.

Cu ajutorul lui Sleizner, s-a ridicat cu grijă de pe masă.

– Bine. Bravo! Acum vreau să-ți cercetezi buzunarele.

– Dar de ce...

– Te rog, fă doar ce spun și vezi dacă îți lipsește ceva.

Hesk a început să se caute prin buzunare, pe rând. Mobilul și-l scosese deja.

– Portofelul, a zis Sleizner. Îl ai?

El a încuviințat. Portofelul era exact acolo unde trebuia să fie, în buzunarul interior stâng al hainei, și din cât putea să vadă nu lipsea nimic din el.

– Și cheile?

Și-a pipăit buzunarele pantalonilor și le-a găsit în cele din urmă în cel stâng.

– Bine. Și sunt acolo toate cheile?

A controlat legătura de chei, calm și metodic, cheie cu cheie și în cele din urmă a încuviințat din cap. Erau acolo toate.

Singurul lucru care nu era în ordine era că întotdeauna le ținea în buzunarul din dreapta.

Niciodată în cel din stânga.

19

„Bine, uite ce propun să facem“, s-a auzit vocea înăbușită a lui Sleizner dintr-un difuzor aflat lângă ecranul care, în afară de o fâșie de lumină într-un colț, era complet negru. „O să iau legătura cu PET ca să văd în ce ape se scaldă. Asta a depășit orice limită și nu-i ceva ce ar trebui să acceptăm, pur și simplu.“

– Poți vedea unde sunt?

Qiang s-a răsucit spre Fareed, care cerceta harta cu punctul roșu ce părea să fie la sediul poliției din Copenhaga.

„Și eu?“, s-a auzit vocea sleită a lui Hesk. „Ce să fac?“

– Nu văd exact la ce etaj sunt. Fareed și-a mutat privirea la ecranul de alături, unde a mărit un model virtual tridimensional al clădirii poliției. Însă, dacă nu sunt pe coridorul de aici sau într-una dintre toalete, ar trebui să fie în sala de conferințe 44B de la etajul doi, aripa din nord.

– Sună interesant chestia cu toaleta, a zis Qiang. Dar mai degrabă aș paria pe sala de conferințe.

„Mă întreb dacă n-ar trebui să te duci direct acasă să te odihnești“, s-a auzit Sleizner. „Și în starea ta, aș prefera să iei un taxi. Plătește serviciul, nu-ți face griji.“

– Sunt Hesk și Sleizner? a zis Dunja venind din baie, ieșită de la duș și înfășurată într-un prosop.

Qiang a încuviințat.

– Tocmai s-a trezit.

„Mulțumesc, Kim, dar stai liniștit. Acum mă simt mai bine“, s-a auzit Hesk. „Mult mai bine.“

– De-abia acum?

– Da, Jigodia l-a găsit într-una dintre sălile de conferințe de la etajul doi tocmai când era pe cale să se trezească.

– Dar au trecut aproape două ore de când a leșinat.

– Sleizner zice că s-ar putea să fi fost drogat, a zis Fareed.

– De către cine?

– PET.

– Devine tot mai ciudat și...

Dunja a tăcut și s-a aplecat spre difuzorul din care se auzea iar vocea lui Sleizner.

„Jan, ascultă-mă. Tocmai te-ai trezit după ce ai fost dus de pe lume două ore. Ceva nu-i în ordine, așa că insist să te duci acasă și să te relaxezi. Între timp, o să încerc să aflu mai multe, și ne apucăm iar de asta mâine.“

„Dar, de fapt, eu sunt cel care conduce ancheta asta“, s-a auzit Hesk. „Și aș vrea să hotărăsc singur când să mă duc acasă.“

– Uau, ați auzit? Dunja s-a întors spre ceilalți. Nu glumește.

„Jan, liniștește-te. Sigur că tu hotărăști, și nu-ți face griji pentru anchetă. Nu ți-o ia nimeni. Eu sunt aici doar ca să te ajut. În ordine?“

„În ordine.“

„Ultimul lucru pe care îl vreau este să-ți distrugi sănătatea și să nu te întorci decât peste o jumătate de an. Pricepi? Pentru mine asta ar fi o adevărată catastrofă. Atunci eu aş fi în rahat şi ar trebui să caut o nouă vedetă, şi ele nu cresc în copaci, poţi să mă crezi. Aşadar, de dragul meu, ai grijă să rămâi în viaţă. Cel puţin până se încheie această anchetă." Sleizner a râs. „Nu putem fi de acord cel puţin cu asta? Că ar trebui să mai rămâi în viaţă o vreme?" A râs din nou. „Hai încoace să te îmbrăţişez."

– Omul ăla! Dunja a clătinat din cap. Nu pricep cum rabdă Hesk până şi să fie în aceeaşi încăpere cu el. Scuze, a zis ceva de comunicat?

– Nu, n-a suflat o vorbă, a zis Qiang.

– Ciudat. Trebuie să apară la miezul nopţii.

– Sau poate nu-i deloc atât de ciudat.

– Şi ce vrei să zici cu asta?

– Nu vreau să zic decât... Qiang a înghiţit în sec şi a aruncat o privire spre Fareed. Întrebarea e dacă... dacă e atât de...

– E atât de cum? Ce încerci să spui?

– Dacă e cu adevărat atât de interesant, a completat Fareed. Ca tu, cu toate riscurile pe care le implică asta, să ieşi diseară să agăţi un poliţist cu o staţie de emisie-recepţie.

– Dacă ai tu o idee mai bună, spune-o. Şi de ce n-ar fi interesant comunicatul? Aţi auzit cu urechile voastre cum Sleizner insista să apară orice o fi cât mai repede cu putinţă. De ce ar fi făcut asta la un prânz secret dacă nu era important?

– Bine, şi ce crezi că ar putea să fie?

Qiang şi-a încrucişat braţele.

– N-am nici o idee. Asta vreau să aflu. Însă, dacă e să ghicesc, e ceva destul de important ca să facă toată lumea să se uite în direcţia greşită, şi dacă este adevărat, singurul lucru pe care trebuie să-l facem atunci este să ne răsucim. Și cu cât o facem mai repede, cu atât mai bine.

– Dunja. Fareed a privit-o în ochi. Știu că crezi că am prins o pistă ieri și că ceea ce s-a spus la acel prânz ar putea fi cheia unui lucru important. Și poate chiar este, nu știu. Ceea ce știu, totuși, este că eu și cu Qiang am analizat întreaga înregistrare, cuvânt cu cuvânt, și îmi pare rău că trebuie s-o spun, dar nu e mare lucru. A clătinat din cap. Singurul lucru concret este îngrijorarea lor dacă Hesk e omul potrivit care să conducă ancheta și, judecând după conferința de presă de azi, cel puțin, nu mi-e greu deloc să le înțeleg îngrijorarea. Acel comunicat de care ai făcut atâta caz nu-i decât ceva ce a apărut în trecere, și întrebarea este dacă va fi ceva interesant.

– Nu, dacă e să-l crezi pe Michael Rønning, a zis Qiang.

– Ce are el de-a face cu asta? a zis Dunja.

– Păi, este cel mai bun prieten al tău, și ne-ar fi ajutat la amândouă sistemele de protecție și la ștergerea urmelor dacă ar fi crezut că este atât de interesant cum crezi tu.

Dunja a clătinat din cap.

– Singurul lucru pe care îl vrea Michael este să renunț și să mă întorc la viața mea normală.

– Și nu ți-a dat prin cap că poate are dreptate? a zis Fareed.

Dunja s-a gândit o vreme înainte să încuviințeze.

– Sigur că are.

– Însă? a zis Qiang.

– Suntem în război, dacă încă n-ați priceput asta. S-a uitat de la unul la altul. Un război în care nu există decât două posibilități, și să ne întoarcem pretinzând că nu s-a întâmplat nimic nu-i una dintre ele. Suntem sau noi, sau Sleizner. Și eu pot să jur că omul nu se gândește să renunțe și să plece în weekend. Muncește zi și noapte să ne găsească și să ne atace, iar în acest moment e îngrozit și panicat că o să reușim să găsim orice o fi ceea ce el încearcă să mături sub covor.

Fareed a oftat.

– Bine, ieri s-a îndepărtat de rutină. Cel puțin cu asta pot să fiu de acord.

– La fel și eu, a zis Qiang și a încuviințat din cap.

– Dar este cu adevărat atât de ciudat? a continuat Fareed. La urma urmei, e o anchetă asupra căreia sunt îndreptate toate privirile. Cât despre întâlnirea de la prânz, pot să spun că Sleizner era cel mai calm dintre toți trei.

– La fel și eu, a zis iar Qiang.

– Dar se întâmplă ca eu să fiu cea care îl cunoaște cel mai bine, a zis Dunja. Și ce am auzit eu a fost un Sleizner disperat care făcea totul ca să-i liniștească pe ceilalți. Nu știu ce are de-a face cu toate astea Jakob Sand. Rămâne de văzut. Însă nu există nici o umbră de îndoială că, dintr-un motiv oarecare, moartea lui Mogens Klinge l-a afectat pe Sleizner la un nivel personal foarte înalt, și sarcina noastră este să aflăm de ce, chiar dacă am deja teoriile mele.

– Și cum poți fi atât de sigură că e ceva personal? a zis Fareed.

– N-ai văzut ce stresat era la conferința de presă?

Fareed a ridicat din umeri și a clătinat din cap.

– Dacă mă întrebi pe mine, mi s-a părut mai degrabă în dispoziție bună și chiar destul de destins, a zis Qiang.

– Dar nu te-a întrebat nimeni. Dunja a clătinat din cap. Nu, ce ai văzut a fost un Sleizner care, cu zâmbetul lipit pe față și glumele lui, făcea tot ce putea ca să pară destins. De fapt, lupta să scape cu viață.

– Eu aș zice că mai degrabă Hesk părea stresat, a zis Fareed. La urma urmei, el a fost cel care a leșinat.

– Da, și asta a fost ciudat, a zis Dunja încuviințând din cap. Hesk a fost întotdeauna sensibil, dar nu l-am văzut niciodată atât de fragil. Însă de-abia după ce a intrat Sleizner în scenă a început să se simtă rău, ceea ce îmi spune că ei doi nu sunt acum în cea mai bună relație. Și tocmai ați auzit cum l-a pus la punct.

– Asta nu se aplică mai mult sau mai puțin la toți când este vorba despre Sleizner? a întrebat Qiang.

– Toți în afară de Hesk. El a fost întotdeauna soldățelul cel bun al lui Sleizner, iar acum, când toată slugărnicia a dat în sfârșit roade și a ajuns să conducă ancheta, își răsplătește mentorul neinformându-l că o să țină o conferință de presă. Și atunci ce se întâmplă? Păi, de îndată ce Sleizner își dă seama de mica șmecherie, se grăbește să urce pe scenă ca să spună ceea ce așteptau deja toți. Și anume că Mogens Klinge și-a luat viața după ce, cu sau fără intenție, a sugrumat femeia în timpul actului sexual. Conferința de presă ar fi putut să se încheie acolo și nici o sprânceană nu s-ar fi înălțat. Dacă n-ar fi fost faptul că Hesk a obiectat. Nu cred că l-am mai auzit vreodată împotrivindu-i-se lui Sleizner. Însă acum a făcut-o, și încă în fața camerelor de luat vederi, cu o teorie care se opunea celei a lui Sleizner, că ar putea să fie vorba de încă una sau mai multe persoane. Și, dacă îl cunosc bine pe Hesk, n-ar fi suflat o vorbă dacă n-ar fi fost sigur.

– Și cealaltă persoană, a zis Fareed, vrei să zici că ar putea să fie Sleizner?

– De ce nu?

Dunja a ridicat din umeri.

– Și de ce să-l omoare pe Klinge?

– Bună întrebare, și n-aș fi surprinsă dacă o parte din răspuns ar fi ascunsă printre rândurile comunicatului.

– Bine. Dar, dacă pot să spun acum ceva, a zis Qiang și a așteptat ca Dunja și Fareed să se întoarcă spre el. Nimic din asta nu schimbă faptul că toate nu-s decât presupuneri vagi, mai mult sau mai puțin nefondate.

– Știu, aveți nevoie de dovezi concrete, a zis Dunja. Însă n-aș fi deloc surprinsă dacă s-ar dovedi că le avem deja.

– Ce, dovezi? Ce vrei să zici?

– În ultima lună nu l-a supravegheat nimeni așa cum am făcut-o noi. Am adunat informații și i-am supravegheat până și cele mai mici mișcări. Am urmărit fiecare pas pe care l-a făcut. I-am ascultat fiecare conversație telefonică. SMS-uri, e-mailuri, i le-am citit pe toate, și toate sunt aici. Dunja a arătat spre îngrămădeala de computere, ecrane și hard-diskuri. Problema este că nu știam ce să căutăm. Era ca și cum am fi umblat după acul din carul cu fân, fără să știm că e făcut din metal, e mic și ascuțit și n-are mai mult de câțiva centimetri. Însă acum avem un nume și un eveniment cu care să lucrăm, iar pe la miezul nopții să sperăm că vom ști mai multe. Așa că propunerea mea este să petreceți aceste ore revăzând încă o dată tot ce avem. Între timp, eu ies și încerc să fac rost de un agent de poliție în uniformă drăguț, cu stație de emisie-recepție, și să mă asigur că sunt în rândul întâi când iese comunicatul.

20

De departe, de dincolo de peretele de sticlă, probabil că arăta stăpân pe situație, cum stătea pe scaun în spatele mesei de lucru și se uita prin biroul său. „Omul chiar că s-a descurcat bine“, poate că ar fi gândit cei care îl vedeau. „Jan Hesk ăsta.“ Însă nimic n-ar fi putut să fie mai înșelător. De fapt, trudea să facă față panicii care declanșa atât de mult acid gastric, încât simțea cum îl roade pe dinăuntru.

Nu așa și-a imaginat că va fi prima dată când se va așeza să lucreze în noul birou, doar al său, cu vedere spre curte și cu loc pentru canapea și fotolii. N-a fost nici un strop de plăcere. Nici o ocazie să se lase pe spătar, mulțumit, să-și suie picioarele pe masă, să tragă în piept mirosul triumfului și să fie unul dintre cei care se pot considera fără sfială oameni de succes.

El, care în concediu chiar și-a făcut timp să comande propriul scaun de birou, din piele, dând pe el jumătate din salariul pe o lună. Un scaun care, întâmplător, era exact aceeași marcă exclusivă ca al lui Sleizner, cu mica diferență că era un pic mai sofisticat.

Însă nu era momentul să tragă mica manetă de sub scaun și să se lase pe spate. Nici să se uite pe geam sau la cotoarele cărților de pe rafturi, pe care Lone le aranjase după culoare, sau la afişul înrămat al unei lucrări de Joan Miró de pe peretele opus. Acum toate păreau doar ridicole, şi o parte din el tânjea să se întoarcă în vechiul său spaţiu de lucru din mijlocul unui birou comun, printre ceilalţi.

Evenimentele recente îl dezechilibraseră cu totul şi, chiar dacă trecuse destulă vreme de când şi-a venit în fire în sala de conferinţe, încă nu putea să digere faptul că fusese cu adevărat drogat şi dus în altă parte în mijlocul unei conferinţe de presă.

Trecuse prin multe de când era în poliţie, însă niciodată nu fusese agresat atât de grav ca acum.

Partea bună era că asta îl determinase, în sfârşit, să i se împotrivească lui Sleizner, ceea ce a făcut ca pentru prima dată să primească din partea şefului ceva care semăna a respect.

Cât despre drogarea lui, Sleizner trăsese concluzia că probabil au fost cei de la PET, şi nu era nici un motiv să nu creadă asta. Însă cum anume se întâmplase, nici unul dintre ei n-avea vreun răspuns. De aceea hotărâse să vadă transmisia conferinţei de presă, care era deja online.

Până acum, nu fusese în stare să apese pe triunghiul alb şi să pornească înregistrarea, care dura o oră. Era ca şi cum avea să fie agresat încă o dată.

Pe de altă parte, era greu de evitat. Ştirea despre leşinul lui inundase fluxul ştirilor, iar clipul de douăsprezece secunde în care el s-a lăsat într-o rână şi a căzut de pe scaun devenise viral şi deja avea sute de mii de vizualizări pe YouTube.

Îl văzuse chiar şi el de câteva ori. Nu doar cu acele secunde avea probleme, ci cu toate celelalte. Ceva îi spunea că acolo se petrecuse adevăratul atac.

A luat mouse-ul și a pus săgeata pe triunghi. Dar n-a reușit. Ceva din el se împotrivea și, brusc, arătătorul n-avea puterea să apese pe butonul din stânga.

În loc de asta, a luat legătura de chei și a cercetat-o la lumina soarelui care venea prin fereastra din spatele său. Nu-i spusese lui Sleizner că era în buzunarul greșit. Atunci era încă amețit după trezire și și-a zis că poate, la urma urmei, el însuși se întâmplase s-o pună în buzunarul greșit.

Dar n-a fost așa, acum era sigur de asta. Cheile ajunseseră dintr-un buzunar în altul pe când el era leșinat. Cel mai plauzibil era ca ei să fi făcut copii după chei și n-avea să treacă mult până să înceapă să le folosească.

În orice caz, ei n-au intrat în mașină. Acolo era aceeași harababură ca de obicei. Nici prin noul birou nu scotociseră. Ce-i drept, nici nu era acolo nimic mai interesant decât scaunul lui sofisticat.

Mobilul, care era pe masa de lucru, s-a luminat și a început să zumzăie. Era Lone. Era clar că auzise știrile și văzuse clipul cu el. Însă va trebui să aștepte și să se mulțumească cu un SMS: *N-am timp să vorbesc acum, dar totul e în ordine. Te pup, J.* Atunci i-a picat fisa. Curând după șuieratul care confirma că mesajul și-a început călătoria.

Mobilul.

Uitase cu totul de el. Era clar că asta caută ei.

Vechea „aripioară de rechin" galbenă.

A luat telefonul și a sunat-o pe Lone.

„Iată-te", a auzit vocea ei. „Ce-i cu tine? Ce s-a întâmplat?"

– E în ordine. Totul e bine, a zis el, însă auzea ce crispat sună.

„În ordine? Cum poți să zici că e în ordine, când..."

– Iubito, o să-ți povestesc mai încolo. Totul e în ordine, îți jur. Nu pentru asta te-am sunat.

„Nu, însă pentru asta te-am sunat eu, și acum vreau să știu ce..."

– Lone, putem vorbi mai pe seară? Acum nu vreau decât să asculți și să-mi răspunzi la întrebări. Bine?

Tăcerea de la celălalt capăt era grăitoare.

„Stai și îți vezi soțul prăbușindu-se în mijlocul unei transmisii în direct. Te îngrijorezi și încerci să suni, dar îți răspunde? Nu, de-abia după câteva ore."

– Iubito, știu, și îți pot explica.

„Nu, acum eu vorbesc, pentru că un lucru trebuie să-ți fie foarte clar. Doar pentru că ai fost promovat, să nu-ți închipui că poți să începi să faci pe șeful și să-mi dai tu mie ordine."

– Nu, și nici vorbă să fac asta. Dar acum am nevoie doar să știu dacă a venit cineva acasă, a zis el, încercând să ignore proasta ei dispoziție.

„Să vină? Nu, cine ar fi putut fi?"

– Și ai fost acasă toată ziua, nu?

S-a auzit pe fundal cum Benjamin începe să plângă și ea se duce să-l ia în brațe ca să-l liniștească.

„Jan, ce faci?"

– Iartă-mă, te rog, răspunde doar. Ai fost acasă toată ziua sau nu?

„Unde altundeva să fiu? Tu nu ești acasă, și când mă uit în jur nu e Legoland ceea ce văd."

– Bine, și ai fost înăuntru tot timpul? Vreau să zic, în casă.

„Hei, ce-i cu interogatoriul ăsta?"

– Nu-i nici un interogatoriu. Nu vreau decât să știu dacă ai fost înăuntru tot timpul. Sau dacă la un moment dat ai ieșit și te-ai dus...

„Of, la dracu'!", a șuierat ea.

„Dacu“, s-a auzit cum repetă Benjamin. „Ai zis dacu.“

„Tu ce crezi? Ei? Când afară sunt douăzeci și șapte de grade. Nu, sigur că n-am stat înăuntru tot timpul.“

- Bine. Și unde te-ai dus?

„Ei bine, asta-i o nebunie. Pricepi, da? O blestemată de nebunie.“

- Lone, te rog, a zis el, încercând s-o potolească. Înțeleg că toate astea par ciudate și de neînțeles. Își dorea mai mult ca orice să spună adevărul. Însă trebuie să ai încredere în mine și să-mi spui unde ai fost, sau cât de departe de casă. Dar ar fi speriat-o și, dacă se întâmpla asta, nu te mai puteai înțelege cu ea. Iar dacă ți-ai aminti când ai ieșit și cât de mult timp ai fost plecată, ar fi și mai bine.

„Am ieșit să pun rufele la uscat“, a zis ea pe un ton sec, în timp ce Morten Heinesen intra și se uita prin noul birou. „Printre care chiloții tăi vechi și jerpeliți. Era ora nouă și cincizeci și opt de minute și a durat douăsprezece minute și douăzeci și șase de secunde.“

I-a făcut semn lui Heinesen să plece și să-l lase în pace. Însă colegul a clătinat din cap și a rămas acolo.

„Și m-am dus cu Benjamin la Adam, dincolo de gardul viu, la ora treisprezece zero șapte. Benjamin a țopăit pe trambulină.“

„Hopa, țopa...“

„Între timp, eu și Adam am băut cafea la soare și ne-am distrat de minune timp de două ore și trei minute, după care am venit acasă la această conversație încântătoare.“

Două ore. Era mai mult decât suficient ca ei să scotocească prin casă și să găsească mobilul.

„În plus, la ora paisprezece și patruzeci și două de minute mi-a oferit o țigară“, a continuat Lone, pe când Heinesen se așeza pe canapea. „Și am zis, da, mulţumesc, pentru că am crezut că o merit. Dar acum, după ce am vorbit cu tine, îmi dau seama că ar fi trebuit să iau două.“

Începuse iar. A bănuit deja în primăvară, când i s-a părut că jacheta ei miroase a fum, şi a alungat gândul, considerându-l paranoia. Însă nu era. În ciuda a tot ce făcuseră ca ea să se lase. Toate încercările lui să-i abată atenţia de la pofta de nicotină. Toate dăţile în care i-a întâmpinat proasta dispoziţie cu o îmbrăţişare şi o nesfârşită îngăduinţă.

– Iubito, vreau să te duci în dormitor, la birou.

„Iubito“, a repetat ea batjocoritor. „Auzi tu însuţi ce penibil sună?“

– Te rog, fă doar ce îţi spun.

„Da, acum sunt acolo. Ce vrei să mai fac? Să ţopăi?“

– Vreau să deschizi biroul, să tragi sertarul de sus din stânga şi să vezi ce se află sub teancul de plicuri.

„Un telefon vechi galben, urât. Fericit?“

– Da, a zis el şi a putut, în sfârşit, să dea drumul aerului din piept. Foarte. Îţi mulţumesc, iubito. Ne vedem pe seară. S-a auzit un clic şi convorbirea s-a încheiat. Şi eu te iubesc, i-a zis el tăcerii, apoi a lăsat din mână mobilul şi şi-a întors privirea spre Heinesen.

– Ce rost are să ai propriul birou dacă nu poţi fi lăsat în pace?

– Din păcate, asta nu poate să aştepte.

Heinesen s-a ridicat.

– Tocmai am luat legătura cu ceilalţi din echipă.

– Da? Şi?

– Pistolul, batista, toate fotografiile şi probele. Totul a dispărut.

21

Jadwiga Komorovski stătea la biroul vechi din lemn de nuc. În afara unei lămpi de birou cu picior, din alamă, cu abajur de sticlă verde, pe tăblie mai erau o mapă de birou din piele, un stilou și o agendă cu foi liniate. Restul suprafeței era gol.

Nu era prima oară când Fabian stătea pe scaunul confortabil pentru vizitatori, care avea până și rezemătoarele pentru brațe tapițate. Însă era pentru prima dată când vedea cum arătau cu adevărat avocata lui Theodor și biroul ei elegant, care dădea spre portul din Helsingborg.

Aproape toți avocații cu care avusese de-a face de când era în poliție erau ascunși în spatele unor vrafuri de dosare și documente, în mijlocul unei harababuri pline de praf în care nimeni în afara lor nu putea găsi un anumit dosar.

În schimb, aici era curat lună, cu un vag miros de lac de mobilă. La fel de ordonat ca Jadwiga însăși, care stătea acolo în costumul ei albastru-închis cu bluză petrecută de culoarea fildeșului și se uita la el cu ochelarii de citit ridicați pe părul șaten lăsat liber.

De aceea o angajase? Pentru impresia de control și exclusivitate. Nu-și mai amintea. Tot ce se întindea înapoi în timp mai departe de câteva zile devenise ceţos şi impenetrabil. În orice caz, onorariul ei era mare, şi poate că asta îl orbise. Ideea că nu trebuie decât să plăteşti bine ca totul să reuşească şi să fie iar bine.

– Fabian, aşa nu se mai poate, a zis ea ca şi cum el era un elev chemat în cabinetul directoarei. Sper că înţelegi.

– Ceva e dubios. A fost surprins cât de calm sună. Ceea ce ascund ei.

Poate că, pur şi simplu, nu mai avea energie.

Jadwiga şi-a cântărit cu grijă vorbele.

– N-am copii şi probabil nu pot să înţeleg cât de greu trebuie să fie să pierzi unul. Nu aşa ar trebui să fie şi este împotriva tuturor lucrurilor în care credem. Însă e ceva ce înţeleg, şi anume că ceea ce faci n-o să te ajute pe tine, nici pe Sonja sau pe Matilda. Dimpotrivă, pare să fie mai rău. Mult mai rău. Sonja m-a sunat un pic mai devreme azi şi mi-a spus că...

– Ştiu, i-a tăiat vorba Fabian. Aşadar, trebuie, pur şi simplu, să renunţ şi să-i las să scape nepedepsiţi? Asta vrei să zici? Să-şi vadă de vieţile lor ca şi cum nu s-ar fi întâmplat nimic?

– Nepedepsiţi pentru ce anume?

– Pentru faptul că mi-au luat fiul. Că l-au brutalizat şi l-au frânt, aşa că în cele din urmă el...

A tăcut. Cuvintele erau încă prea dureroase.

– Fabian.

Ea s-a aplecat peste birou şi i-a dat o batistă, pe care el a luat-o, cu toate că n-avea nevoie.

– Am luat legătura cu cei de aici, sau, mai degrabă, ei au luat legătura cu mine de la vizita ta neanunţată de mai devreme, şi, crede-mă, nu ascund nimic.

– Şi atunci de ce nu ne-a spus nimeni că a fost ţinut la izolare?

– Ne-au spus, Fabian. Am asta și pe e-mail, dacă nu mă crezi.

A tras un sertar al biroului, a scos din el un e-mail printat și i l-a pus în față.

– Am primit asta pe 27 iunie și spune de agresiunea din sala de mese și că au hotărât să-l pună câteva zile la izolare.

– Și de ce nu mi-ai spus nimic despre asta?

– Ți-am spus. Dar singurul lucru la care ai reacționat a fost agresiunea. Am auzit cât de supărat erai pe el, și dezamăgit. De cum ai auzit asta, ai văzut roșu în fața ochilor și n-ai mai fost în stare să prelucrezi nimic altceva. Încă am discuția, dacă nu mă crezi. După cum știi, înregistrez totul.

Era ca și cum memoria i-ar fi devenit opacă. Nu-și putea aminti nimic din ce spunea ea. Într-un fel, voia să asculte acea discuție. Să audă dacă a fost cu adevărat așa de plin de furie, încât n-a ascultat ce spune ea. Dar nu putea, nu putea decât să clatine din cap.

– Dar Theodor, atunci? De ce n-a zis nimic când l-am vizitat?

– Au fost multe lucruri pe care nu le-a spus. Mai ales celor în care n-avea încredere.

Fabian s-a uitat în sus și i-a întâlnit privirea.

– Îmi pare rău, a sunat a critică, a continuat ea. Intenția n-a fost deloc asta. Nu mi-a spus nici mie nimic.

– Dar eu sunt tatăl lui. Dacă nu putea să aibă încredere în mine, atunci în cine?

– Asta încerci să faci? Să-i arăți că poate avea încredere în tine?

– Nu încerc decât să aflu ce s-a întâmplat. Cu adevărat.

Jadwiga Komorovski și-a întors privirea de la el și nu și-a mai reținut oftatul.

– Da, n-ai decât să oftezi cât poftești. Însă eu, împreună cu unul dintre cei mai buni medici legiști din Suedia, am examinat toate rănile și vânătăile de pe trupul lui, mai ales de pe scalp, și toate arată că el a fost cel bătut și n-a făcut altceva decât să încerce să se apere.

– Deci, vrei să zici că ne mint de la obraz.

– N-ar fi prima oară.

– Dar de ce? Ce motiv ar avea să mintă în această privință? Vreau să zic, oricum el s-a sinucis. Și în ce privește semnele de pe trupul lui, nu-i foarte ciudat că a primit și el niște lovituri după ce l-a agresat pe celălalt deținut, nu? Sau poate și le-a provocat singur? Poate că el s-a izbit cu capul de pereți până i s-a prins în păr cojița colorată? Comportamentul autodistructiv nu e neobișnuit la cineva aflat la izolare.

Fabian a clătinat din cap.

– Dacă tot restul celor spuse de ei ar fi fost adevărat, poate că aș fi reușit să fiu de acord. Dar nu acum, nu cu toate perdelele de fum.

– Nu pricep despre ce perdele de fum vorbești.

– Ca, de exemplu, unde s-a sinucis. Ei susțin că în celula sa. Întrebarea este cum explică piuneza din palma lui? Sau faptul că Einar Greide a constatat la autopsie că semnele din jurul gâtului n-aveau cum să fie lăsate de fâșii de cearșafuri împletite. Dacă e să-l crezi, e mai probabil că s-a spânzurat cu un cablu electric. Însă nu există așa ceva în celula lui obișnuită. Există, totuși, în încăperea în care a fost izolat și unde, apropo, la fel ca pe pereți, au dat cu vopsea verde pe cablul care duce la lampa de pe tavan.

Jadwiga s-a gândit o vreme și, în cele din urmă, a încuviințat din cap.

– Da, poate că ai dreptate. Poate că la izolare s-a sinucis, nu în celula lui.

A ridicat mâinile în aer.

– Și apoi ajungem la întrebarea ta, a zis Fabian. De ce să mintă în această privință?

– Fabian, poate că ai uitat, însă eram acolo ieri când ai mers să-l identifici și te-ai apucat dintr-odată să interoghezi personalul. Eram acolo și am văzut cum i-ai presat și ai vrut să știi exact cum a procedat el.

– Da, așa am făcut. Și chiar este atât de ciudat?

– Deloc. Dar poate că ar fi trebuit să întrebi pe cu totul altcineva. Pe cineva care știa exact ce s-a întâmplat, nu doar bâjbâia după cel mai plauzibil scenariu ca să te liniștească.

– Hai să zicem că așa este. În acest caz, de ce nu recunosc acum că mi-au dat informații greșite și nu-mi spun cum a fost cu adevărat, în loc s-o țină în continuare cu minciuna?

– Fabian, știu și eu? Poate din cauză că ai fost atât de dur și nu le-ai dat de ales.

– Așadar, e vina mea că ei mint? Nu pentru că vor cu adevărat să ascundă faptul că nu l-au pus într-o celulă de izolare reală, ci într-o debara mare cu rafturi fixate în perete, ca el să poată ajunge la cablul electric de pe tavan? Asta zici? Că ei n-au nimic de ascuns și că în realitate eu sunt problema?

A văzut asta în ochii ei. Răspunsul. Mult înainte ca gura ei să înceapă să se miște.

Când au venit cuvintele, el deja pleca.

22

Jan Hesk Hade nu mai auzise de aşa ceva. Când era pierdută sau dispărea vreo probă dintr-o investigaţie, în cele mai multe cazuri era dintr-o neglijenţă a etichetării, şi dacă îţi luai destul timp ca să cauţi, de obicei o găseai, doar că pe raftul greşit.

Cu ce se confruntau acum era cu totul altceva. Aici, cineva din afară intrase atât în sediul poliţiei, cât şi în morgă, şi luase toate probele din investigaţia lor.

Vestea l-a izbit în faţă ca o lovitură de pedeapsă când i-a spus Heinesen. Dar, în loc să se tăvălească prin iarbă şi să se ghemuiască în poziţie fetală plângându-şi de milă, el s-a înfuriat. El, care aproape niciodată nu se supăra, a fost brusc mânios şi a simţit că acum s-a săturat. Acum s-a săturat de afurisita asta de treabă.

A frânat şi a parcat în faţa casei, pe Japanvej, a oprit motorul şi a ieşit din maşină. Nu mai exista nici un motiv să parcheze altundeva şi să pretindă că ei nu-l ţin sub observaţie. Sigur că ştiau unde locuieşte el.

Primul lucru pe care l-a făcut a fost să adune echipa şi s-o pună la curent cu ultimele evenimente. De data asta n-a mai lăsat nimic deoparte, le-a spus tot, de la mobilul pe care l-a găsit în casa lui Mogens Klinge până la cei doi bărbați care l-au urmărit și poate chiar l-au drogat.

A fost o mișcare riscantă, care ar fi putut să-i explodeze în față, dat fiind că, în afară de Heinesen, nu-l cunoștea pe nici unul destul de bine ca să știe că poate să aibă încredere în ei. Dar ori mergea, ori nu. Asta nu era ceva ce ar fi putut face singur. Avea nevoie de ei, și de îndată ce i-a făcut să înțeleagă asta, spiritul de echipă pe care-l căutase întotdeauna s-a manifestat, în sfârșit.

Gata cu marcarea teritoriului și permanenta punere sub semnul întrebării a rolului său de conducător. Dintr-odată, fiecare era conștient de rolul lui, ca și cum niciodată n-ar fi făcut altceva decât să lucreze împreună.

A aruncat o privire în spate și a văzut o femeie care venea cu un cărucior și un bărbat în vârstă cu un șoricar care făcea pipi pe un stâlp, apoi și-a continuat drumul spre casă.

Căzuseră de acord că e destul ca el să schimbe încuietorile casei, și ca de acum încolo, în măsura posibilului, să țină ședințele în afara sediului poliției. Heinesen, după un pic de insistență, le pusese la dispoziție apartamentul său din Christianshavn și acum conducea activitatea de mutare acolo a celor mai importante lucruri.

Cât despre eșantioanele și probele dispărute, unele erau pierdute definitiv, însă altele puteau fi recuperate. Noile dovezi aveau să fie etichetate intenționat greșit, conform unui cod propriu, răspândite și depozitate pe alte rafturi, printre anchete încheiate.

Dar mai important decât orice era mobilul, în care își puneau cele mai mari speranțe. „Aripioara de rechin“ galbenă.

De cum îl puneau din nou în funcțiune și reușeau să analizeze amănunțit conversațiile prin SMS-uri, ar fi trebuit să aibă destule indicii ca să-și continue munca.

În plus, era extrem de interesant numărul de mobil al lui *Contact1*. Până acum aveau doar primele patru cifre, 26 58. Dacă ar putea obține ultimele patru cifre, ar avea în sfârșit un capăt de fir de care să tragă.

A intrat în hol și a încuiat ușa, atât încuietoarea obișnuită, cât și cea pentru care era nevoie de cheie și din interior. Asta nu i-ar fi împiedicat pe ei să intre cu dublurile cheilor lui. Însă erau puține șanse ca ei să intre în casă când erau acolo el și restul familiei. În plus, lăcătușul promisese că vine într-o oră.

În drum spre bucătărie a simțit mirosul sosului cu carne tocată care fierbea la foc mic. Nu băgase nimic în gură toată ziua, și o porție zdravănă de paste, carne și ketchup era exact ceea ce-și dorea.

– Bună, i-a zis lui Lone, care golea oala cu paste într-o strecurătoare. Ce bine miroase!

– Trebuie să-ți faci singur ceva de mâncare, a zis ea și a pus pastele înapoi în oală. N-aveam cum să știu când ai de gând să vii acasă.

– Nu, sigur că nu. Cum ai fi putut să știi, a zis el și a observat că masa de cină era așternută doar pentru trei. Dar nu-i nici o problemă. Nu-ți face griji pentru mine. Încă nu mi-e prea foame.

– Atunci e bine. Cu alte cuvinte, toată lumea e fericită.

Asta spunea ea întotdeauna când era sătulă de propria viață și, mai ales, de el. „Dar ce drăguț că suntem așa de fericiți! Merităm felicitări“, putea ea să izbucnească într-un sarcasm usturător, și orice ar fi făcut el, indiferent cât de mult ar fi încercat, cearta nu putea fi ocolită.

Însă de această dată n-avea de gând să se ducă la ea, s-o ia în brațe și s-o întrebe care e problema. Pe de o parte, pentru că știa exact care este; pe de alta, pentru că n-avea nici timp, nici energie pentru o ceartă zdravănă.

În loc de asta, a împăturit mușamaua, a apucat tăblia și a tras masa pe podea, făcând paharele și farfuriile să zdrăngănească.

– Dar, Dumnezeule mare, ce faci?

– Nimic. Trebuie doar să urc în pod.

– Acum? Tocmai ne așezăm la masă.

– Am înțeles asta, și puteți la fel de bine s-o faceți și aici, a zis el și a mutat acolo scaunele, apoi s-a dus la debara și a luat tija de metal cu cârlig.

– Jan, vreau să-mi explici ce anume...

– Nu acum, iubito. N-am timp. Dar îți promit să-ți povestesc după ce se termină toate astea, bine?

– Bine, dar...

– Am zis după aceea, a întrerupt-o. Nu acum.

A prins cu cârligul inelul trapei din tavan și a tras până ce s-a lăsat în jos și, ca întotdeauna când trecuse o vreme de la ultima urcare în pod, a căzut un pic de pământ și pietriș când s-a desfăcut scara.

– Liniștește-te, am eu grijă, a zis el urcând. Promit să fac curățenie.

– Multe mai promiți zilele astea, s-a auzit vocea lui Lone de dedesubt. Marea cu sarea. Ca Legoland. Îți amintești? Și asta ai promis!

Însă el era concentrat pe haosul care îl înconjura în pod. Peste tot zăceau saci de plastic negri cu haine care nu aveau să mai fie purtate niciodată, împreună cu cutii pentru mutat, rachete de tenis vechi, schiuri de fond, vrafuri de jocuri de societate și o grămadă de alte ciurucuri care nu știa de unde proveneau.

De câțiva ani plănuia să-și petreacă un weekend curățând și aranjând totul aici, sus. S-a gândit chiar și să închirieze un container, să se debaraseze de toate dintr-o mișcare și să pornească de la zero. Singurul lucru care l-a împiedicat a fost faptul că știa cum o să reacționeze Lone.

Așadar, într-un fel, ei trebuia să-i mulțumească atunci când, după cinci minute, i-au căzut ochii exact pe cutia pe care o căuta. Pentru că iat-o acolo. Sub un vraf de cutii, având scris pe ea *De la birou + Amintiri*.

A ridicat-o dintre celelalte cutii, a dus-o pe culoar și a deschis-o.

Deasupra erau două dosare pe care scria *Economii 1* și *2*, iar sub ele erau câteva suluri de hârtie de fax nefolosită, o colecție de creioane tocite, calupuri de Post-it, precum și o cutie de lemn vopsită în roșu, încuiată, pe care o făcuse el însuși la tâmplărie când era elev. Însă nu căuta nimic din toate astea, ci cablul negru care se ițea din vraful de fotografii vechi, dischete și alte cabluri. A tras de el cu grijă să nu-l rupă și a scos încărcătorul vechiului său telefon mobil Ericsson.

– Ei bine? Ai găsit ceea ce era atât de al naibii de important că nu putea să aștepte? a întrebat Lone când el a strâns scara pliantă.

– Da, am găsit.

A întins mâna în care ținea încărcătorul pentru mobil.

– Mulțumită ție, iubito.

S-a dus la ea și a sărutat-o pe obraz, apoi și-a continuat drumul spre dormitor.

– Și podeaua? a strigat ea. Nu trebuia să cureți după tine?

– De îndată ce termin cu asta, a strigat el și s-a așezat la biroul cu rulou care era deschis.

A tras sertarul din stânga și a ridicat vraful de plicuri, descoperind că nu era acolo nici o „aripioară de rechin“ galbenă. Nu erau decât câteva timbre, o gumă de șters și un sul de bancnote străine.

Panica ar fi trebuit să fie deja acolo. Însă nu era. Poate că s-a întâmplat doar ca Lone să pună mobilul printre teancurile de facturi, sau, de ce nu, în spatele computerului. De-abia după ce a scotocit prin toate colțișoarele biroului a început panica să se manifeste.

– Lone, a strigat, și își auzea disperarea. Lone! Ce ai făcut cu mobilul? S-a uitat prin dormitor. Nu-l găsesc!

Fuseseră ei aici, totuși? S-a aplecat și a căutat pe podea sub birou și printre hainele trântite pe scaun. Chiar să fi venit ei aici după ce a vorbit cu Lone la telefon? A scotocit prin coșul de gunoi care dădea pe dinafară și, în cele din urmă, l-a întors cu fundul în sus. În cazul acesta, însemnă că trebuie să-i fi ascultat telefonul și au știut exact unde este.

– Lone! Vrei să-mi răspunzi? a continuat el întorcându-se în bucătărie. De ce nu răspunzi când te strig?

– La ce să răspund? Lone a pus pe masă sticla cu ketchup. Cu ce mă pisălogești acum?

– Mobilul, la dracu’! a zbierat el. Pentru care te-am sunat!

– Doamne, ce mai urli! Potolește-te!

– De care ai zis că e în birou!

Ea s-a întors cu spatele.

– Katrine și Benjamin! La masă! E gata cina!

– În orice caz, acum nu-i acolo, așa că întreb unde este!

– Nu știu. Lone a ridicat din umeri. Nu mă-ntreba pe mine.

– Pe cine naiba altcineva să întreb?

– Katrine și Benjamin! La masă!

– Hei?

A prins-o de brațe și a răsucit-o spre el.

– Pe cine mama dracului să întreb dacă nu pe tine?

– Nu știu ce-i cu tine. S-a smuls din strânsoarea lui. Însă dacă nu te potolești imediat, iau copii și plec, de îndată ce mănâncă ceva. Cât despre casă, părinții mei sunt cei care au depus garanția și au plătit contribuția în bani lichizi, așa că până luni trebuie să-ți faci bagajele. N-ai fost niciodată prea interesat de copii, așa că ar trebui să-ți ajungă câteva ore în fiecare al doilea weekend.

– Iar te-ai dus pe furiș să fumezi acasă la Adam ăla? Da? Asta nu vrei să recunoști? Și cât timp ai lipsit de data asta? O oră? Două?

Lone a clătinat din cap fără să-și ia privirea de la el.

– Nu știu dacă pricepi cât de aproape ești acum de limită. Dar nu, n-am fost la Adam. Eu și Benjamin am fost să facem cumpărături pentru cină și în drum spre casă am stat o vreme pe terenul de joacă. După aceea am spălat rufe, am dereticat și am dat cu aspiratorul înainte să vii tu și să faci iar mizerie, și am gătit cina. Și acum, că tot ne-am luat unul pe altul la întrebări, nu te sfii să-mi spui de ce dintr-odată e așa harababură prin lenjeria mea. Katrine și Benjamin! Dacă nu veniți în clipa asta, mănânc fără voi!

– Iubito, ce harababură?

Nu mai era nici o îndoială. Fuseseră aici.

– „Iubito“? N-am trecut de câțiva ani de faza asta?

– Lone, nu caut gâlceavă.

Au intrat în casă folosind dublura cheilor lui și au reușit să găsească mobilul. Și acum dispăruse. Singura șansă de vreo lămurire în toată încâlceala asta le alunecase printre degete.

– Nu? Nu faci decât asta de câte ori vii acasă.

Hesk și-a tras un scaun, s-a așezat, și-a turnat apă într-un pahar și l-a golit dintr-o suflare.

– Singurul lucru despre care e vorba e acel mobil, și pe când erai la cumpărături și pe terenul de joacă ei trebuie să fi... S-a întrerupt și a amuțit în clipa în care Benjamin a intrat în bucătărie. Dar... Panica, agitația și întreaga impresie că totul era pierdut au dispărut brusc. Iată-l!

– Ce anume? a zis Lone.

– Mobilul pe care l-am căutat tot timpul ăsta.

– A, asta. Benjamin nu l-a mai lăsat din mână după ce ai sunat și te-ai jucat de-a Gestapoul prima dată. E singurul lucru care îl face să stea liniștit.

– Oh, ce bine! A râs și s-a ridicat în picioare. Benjamin îl salvase. Extraordinar! Dacă nu l-ar fi luat cu el pe terenul de joacă, cu siguranță ar fi dispărut. Însă acum trebuie să-i dai lui tati înapoi telefonul. S-a dus la Benjamin și a întins mâna. Poate tati să-l ia acum înapoi?

– Nu. Al meu.

Benjamin și-a dus mâna la spate.

– Nu, Benjamin, de fapt e al lui tati.

A râs din nou și a încercat să rămână cât mai calm.

– Nu lui tati. Numai meu.

Benjamin a clătinat din cap, și până la urmă lui Hesk nu i-a mai rămas decât să prindă brațul fiului său și să-i smulgă mobilul din mână.

– Nu lua fon meu! Nu fon meu. Tati luat fon meu.

Benjamin a fugit plângând la Lone, care l-a luat în brațe și a început să-l mângâie.

Cel mai bun lucru pe care putea să-l facă era să-i lase în pace, de aceea s-a întors repede în dormitor, a închis ușa, a dat deoparte mormanul de haine de pe scaun și s-a așezat cu mobilul. Apoi a vârât încărcătorul în placa de distribuție din spatele computerului, a suflat nisipul de pe telefon și a conectat cu grijă încărcătorul. În cele din urmă, a apăsat butonul roșu ca să-l pornească.

La început nu s-a întâmplat nimic.

Apoi tot nimic.

Ecranul rămânea stins.

Cu toate că reușise să mai sufle câteva fire de nisip și verificase că e intact cablul.

Cu toate că a mai făcut o încercare cu butonul roșu mai mult de un minut.

Mobilul era mort.

Peste câteva secunde l-a prins îndoiala. Ca și cum hotărârea sa atât de fermă să-i dea de cap investigației nu era decât un strat de lac subțire, care crăpa la cea mai mică solicitare.

Apoi ecranul s-a luminat, în sfârșit. Ca și cum ar fi vrut să-l țină în șah ca să vadă cât rezistă înainte să se prăbușească.

Erau în telefon multe lucruri pe care le puteau găsi și analiza, însă acum nu era decât unul singur pe care îl căuta.

Numărul lui Contact1.

După câteva clicuri în lista de adrese a mobilului a putut să adauge ultimele patru cifre, 89 32. Apoi și-a luat propriul mobil și l-a sunat pe Morten Heinesen.

„Salut", s-a auzit vocea lui Heinesen după ce a sunat doar o dată. „Cum merge?"

– Bine, până la urmă, după oarece peripeții, a zis el, pe când auzea cum sună cineva la ușă. Iubito, deschizi tu? a strigat el spre bucătărie. Scuze, a venit lăcătușul. Cum e la voi?

„Te așteptam doar pe tine. Torben s-a conectat și tocmai a început un tunel VPN, așa că nu ne mai trebuie decât numărul."

– 26 58 89 32.

„26 58 89 32“, a repetat Heinesen, și pe fundal s-a auzit cum Hemmer repetă și el. „Dar știi, e ceva la care m-am gândit“, a zis Heinesen, în timp ce soneria se auzea în continuare. „Toată mișcarea asta. Chiar e o idee atât de bună să nu informăm...“

– Iubito! a mai strigat el o dată, fără să capete nici un răspuns. Morten, trebuie să închid. Te sun eu.

„Bine, înțeleg. E în ordine. Ne auzim de îndată ce termini.“

Hesk a încheiat convorbirea și a ieșit repede din dormitor.

– N-auzi că sună la ușă? a zis el trecând pe lângă masa la care stătea Lone cu copiii și mâncau.

– Ba da, însă, după cum vezi, stăm la masă, și nimeni dintre noi n-așteaptă musafiri.

A ajuns în hol, a descuiat, apoi a deschis ușa și s-a oprit în mijlocul mișcării când a văzut cine este.

– Iată-te. Da' mult timp ți-a mai trebuit.

Sleizner a adăugat, cu unul dintre zâmbetele sale tipice:

– Sper că nu vă deranjez.

23

Heinesen tocmai pusese în dormitor modelul navei Slave 1 din *Star Wars* când a auzit-o pe Julie Bernstorff din living.

– Torben, nu-i casca lui Bobby ăla?

S-a dus repede înapoi și a văzut că ea luase casca numerotată de pe raft.

– Cum îl cheamă? A, da, Bobby Fett. Nu-i așa?

Și-a pus casca pe cap și s-a răsucit spre el.

– *Hello, my name is Bobby, and I'm a robot*[1].

– Bobba Fett, a corectat-o el. Și aș prefera s-o pui la loc.

– O! *Sorry*.

Julie și-a scos-o și i-a dat-o lui Heinesen, care a pus-o cu grijă la locul ei de pe raft.

– Ce, așadar e valoroasă? Pot să întreb cât costă?

– Destul, dacă te gândești că e intactă și are în interior autograful lui Jeremy Bulloch. Așadar, nu Temuera Morrison, ci actorul original.

Julie a încuviințat.

– Așa că nu poți s-o iei cu tine atunci când ești pe afară și vă jucați prin pădure costumați.

---

[1] Salut, numele meu e Bobby și sunt robot. (în limba engleză în original)

-Cafea sau ceai? a zis el ca să schimbe subiectul.

-Ceaiul e perfect. Mulțumesc.

-Iar eu aș fi bucuros de o cafea, dacă nu-i prea mare deranjul, a zis Hemmer, care stătea pe canapea și lucra la laptopul ținut pe genunchi.

-Sigur. Nici o problemă.

Heinesen s-a dus în bucătărie, a pus la fiert o oală cu apă și s-a așezat la masă, așteptând să fiarbă.

Nu erau aici decât de vreo oră, dar se simțea deja epuizat. Ce-i drept, nu avusese mai multe vizite decât putea număra pe degetele de la o mână în cei aproape treizeci de ani petrecuți în micul apartament cu trei camere de pe Overgaden Oven Vandet din Christianshavn. De trei ori, mama sa venise nepoftită, iar când a împlinit patruzeci de ani, acum opt ani, i-a invitat la cină pe Anders, Frank și Lars. Și în seara asta erau Torben și Julie.

Dacă nu i-ar fi cerut-o direct Hesk, nu s-ar fi oferit niciodată să deschidă ușa casei sale. Dar nu voia să fie o piedică și, dat fiind că situația în care se aflau era indiscutabil neobișnuită, cu probele dispărute și tot restul, poate că nu era așa de ciudat că trebuia ca ei să facă lucruri neobișnuite.

Totuși, nu-i plăcea. Avea tabieturile sale și trebuia să nu se abată deloc de la rutină ca să funcționeze, iar ce făceau acum era împotriva tuturor lucrurilor în care credea. Dacă ar fi putut hotărî el, l-ar fi informat măcar pe Sleizner de noile lor inițiative, acoperindu-și astfel spatele, lucru pe care l-a propus, și nu o dată. Însă Hesk insistase să nu fie implicat nimeni din afara echipei și, chiar dacă înțelesese argumentul că exista probabil o scurgere de informații, nu putea să vadă asta altfel decât ca pe o inutilă luptă de cocoși în care n-avea nici un chef să fie implicat.

De fapt, era tot mai îngrijorat că Hesk e pe cale să ajungă la ananghie. Nu încăpea îndoială că e gata de orice ca să facă ancheta să înainteze, și nu-l mai văzuse niciodată pe Hesk atât de implicat ca acum. Însă, dacă îl cunoștea bine pe Sleizner, veștile n-aveau să cadă pe teren fertil când ajungeau la el, ceea ce avea să se întâmple mai devreme sau mai târziu, și nu putea decât să spere că Hesk știe ce face.

Dar, oricum, faptul că nu-și informau superiorii era o evidentă încălcare a regulilor. N-are nici o importanță ce crezi despre reguli sau cât de bune îți sunt intențiile. Marea lor majoritate există cu un motiv și dacă începi să le forțezi, să le denaturezi sau să le ocolești, asta poate să pară o idee bună pe moment, dar tot în catastrofă se termină.

Când apa mai avea câteva grade până la punctul de fierbere, a turnat-o în două cești, una cu nes și alta cu un pliculeț de Earl Grey, și s-a întors în living, unde Julie scrisese numărul de mobil *26 58 89 32* cu cerneală neagră în partea de sus a unui bloc de desen mare și acum desena săgeți către câteva pătrate în care era scris, printre altele, *furnizorul de rețea, numărul cartelei SIM, retailerul, cartelă preplătită* și la sfârșit, *identitate.*

Înainte de asta, se pare că ea avusese timp și să-și facă de lucru cu colecția lui de figurine din *Star Wars* și să le schimbe locurile lui Greedo și Bossk pe raft. De parcă el n-ar fi putut observa.

– Morten, ce crezi despre asta? a zis ea cu un zâmbet fericit când a pus ceștile pe măsuța de cafea.

– Vrei să zici, dacă numărul nu mai este activ, a zis el și a hotărât să pretindă că nu s-a întâmplat nimic.

– Da, pentru că, de fapt, nu cred că ar trebui să ne bazăm pe asta, și mai cred că, dacă am putea obține numărul cartelei SIM, am putea, cu ajutorul companiei de telecomunicații, să sunăm oriunde...

– Însă nu va fi nevoie, i-a tăiat vorba Hemmer și a ridicat privirea de pe ecran. Nu numai că numărul e activ. Mobilul mai e și deschis.

24

– Scuze. N-am vrut să deranjez, a spus Sleizner intrând în hol. Dar s-a nimerit să trec pe aici şi m-am gândit că am putea vorbi un pic după tot ce s-a întâmplat azi.

– Bine, a zis Hesk încuviinţând din cap. Ne-ai nimerit exact la masă, dar nu-i nimic. Asta poate să aştepte.

– Minunat. Sleizner a intrat în bucătărie şi le-a făcut semn cu mâna lui Lone şi copiilor. Salut.

– Salut, a zis Lone, cu ochii la paharul cu apă.

– Mami, cine e? a zis Benjamin.

– Şeful lui tati.

– Ce-i aia şef?

– Vezi-ţi de mâncare.

– Mă cheamă Kim. Sleizner s-a aplecat ca să ajungă la înălţimea ochilor băieţelului. Dar e adevărat ce ţi-a zis mami. Sunt şeful tatălui tău, ceea ce înseamnă că eu îl dirijez când e la lucru. Întocmai aşa cum face mami a ta când el e acasă. A râs şi s-a întors spre Hesk. Tu ce zici, Jan? Ai ceva de spus în propria casă, sau nevasta e cea care hotărăşte?

– Ăăă... păi, noi...

– În orice caz, ea nu pare să creadă că tu ar trebui să ai parte de cină azi. Sleizner s-a întors spre Lone. Bătrânul s-a îngrășat? De aceea l-ai pus la regim?

– Ai spus că vrei să vorbim, a zis Hesk.

Sleizner a încuviințat din cap, și-a rotit privirea prin bucătărie și s-a întors spre Hesk.

– Dar preferabil undeva unde să nu fim deranjați.

Hesk a încuviințat și l-a condus pe Sleizner mai departe prin casă.

– Ce drăguț e aici!

Sleizner s-a uitat în jur și și-a vârât capul în dormitor.

– Poate cam dezordine, după părerea mea. Dar altfel, grozav. Sau, cum se zice acum? Are potențial.

– Putem sta aici.

A închis ușa livingului în spatele lui Sleizner și s-a așezat pe marginea canapelei, cu toate că de obicei stătea în fotoliu.

Sleizner s-a uitat în jur, apoi s-a așezat în fotoliu și a început să răpăie cu degetele pe rezemătoare, ca și cum i-ar fi aparținut.

– De fapt, cred că n-am mai fost niciodată aici, a zis în cele din urmă și a continuat să scotocească în jur cu privirea. Dar poate că n-ai făcut o petrecere de casă nouă.

– Ba da, însă au fost doar prietenii cei mai apropiați.

– Desigur. Sleizner a încuviințat din cap. Cu o casă atât de mică, trebuie să stabilești prioritățile.

Încă un moment de tăcere. La fel de insuportabil.

– Apropo, vrei ceva de băut? a zis Hesk, mai ales ca să spargă liniștea.

– Ei bine, de ce nu? Dacă nevasta n-are nimic împotrivă.

Hesk s-a ridicat și s-a dus la ușă.

– Ce vrei să bei?

– N-ar fi rea deloc o bere. E sâmbătă, la urma urmei.

S-a repezit în bucătărie să ia două beri. Însă nu era decât Tuborg Grön, așa că s-a dus repede mai departe, la frigiderul din cămară. Exista probabil o explicație bună a faptului că simțea că nu-i poate da o Tuborg obișnuită, sau un pahar cu apă și o felie de lămâie. Însă analiza trebuia să mai aștepte.

Când s-a întors, Sleizner stătea lângă bibliotecă și cerceta șirurile de cotoare de cărți.

– Mulțumesc.

Sleizner a luat sticla și s-a uitat la eticheta cu Nørrebro Bryghus înainte să ia o înghițitură.

– Mmm, o bere cu adevărat bună nu pică niciodată rău. Apropo, le-ai citit pe toate?

A arătat cu capul spre șirurile de cărți.

– Nu, mai ales Lone citește, a zis el și a gustat berea.

– Și la mine, la fel. Sleizner a băut iar. Nu pricep cum poți da gata o carte de câteva sute de pagini când ai serviciu, familie și toate celelalte obligații. Ultima dată când am citit ceva din scoarță-n scoarță a fost când, în tinerețe, m-am silit să citesc trilogia *Stăpânul inelelor*.

– N-am știut că-ți place ficțiunea.

– Nici eu n-am știut. Mi-a luat toată vacanța de vară, și niciodată nu m-am bucurat atât de tare că începe școala. Tu ai citit-o?

– Nu.

– N-ai pierdut nimic. Știu că este considerată absolut uimitoare și printre cele mai bine scrise vreodată. Însă, după părerea mea, pare un pic... cum să zic... scrisă în pripă. Gândește-te doar că devii invizibil de îndată ce-ți pui Inelul Puterii. Sleizner a luat o înghițitură de bere. Adică, zău așa. Nu putea fi un pic mai creativ? Uite, de exemplu, *Omul invizibil*, a fost scris probabil în secolul al XIX-lea. Aici putem vorbi despre ceva care își depășea epoca. Și n-a reușit nimeni până acum să-mi explice cum poate fi cineva atât de prost ca Frodo, să-și pună inelul a doua, a treia și a patra oară când știa că în câteva secunde apar călăreții negri. Dar la naiba cu asta. Nu-i motivul pentru care sunt aici. Hai, noroc!

A ridicat sticla și s-a întors în fotoliu.

Hesk s-a așezat pe canapea și a văzut că încercarea căznită a lui Sleizner de a fi jovial a fost înlocuită cu seriozitatea.

– Am auzit ce s-a întâmplat cu probele tehnice. Sleizner și-a ridicat privirea drept în ochii lui. E o blestemăție, însă, din păcate, nu pot spune că sunt prea surprins. Așa lucrează ei.

A oftat și a sorbit din bere.

– Ce anume nu vor să găsim? a zis Hesk în momentul în care mobilul său a început să sune.

– Păi, cine știe?

Sleizner a ridicat din umeri.

Hesk a văzut că e Heinesen și a respins apelul.

– Însă e ceva ce știu, a continuat Sleizner. Și anume că trebuie să găsim acel lucru. Pentru că, dacă e ceva care mă scoate din pepeni, e să vină cineva și să urineze pe teritoriul meu.

Mobilul s-a luminat din nou și a început să vibreze, dar oricât de mult și-ar fi dorit să răspundă, trebuia să aștepte.

– Pricepi ce zic, Jan?

Hesk a încuviințat, chiar dacă nu-i ascultase toate vorbele.

– Ceea ce s-a întâmplat azi a depășit orice limită, într-un fel mă simt complice și vreau să-ți cer iertare că m-am vârât în conferința ta de presă și am înrăutățit lucrurile. Zău că nu asta era intenția mea.

– E în ordine.

– Nu, nu e. Dar probabil o să mă deprind cu faptul că tu ești la cârmă. Însă nu doar pentru scuze sunt aici. Mai presus de toate, vreau să mă asigur că nu ești pe cale să arunci prosopul în ring.

– De ce să fac asta?

– Păreai cam zdruncinat și, cum să zic, plin de îndoieli despre toate când te-am găsit în sala aceea de ședințe. Și crede-mă, nu mi-e deloc greu să înțeleg de ce. Am simțit exact același lucru. Sunt în mișcare forțe mari.

– Cum vrei să mergem mai departe?

– Jan, e ancheta ta. Nu a mea. Însă, dacă aș fi în locul tău, m-aș uita în spate, mai bine o dată în plus decât o dată în minus. Și, că veni vorba, ai văzut vreun semn că au fost aici, în casa ta?

– Nu. Răspunsul a venit fără ca el să se fi gândit și n-a avut încotro, l-a însoțit de o clătinare a capului. Nimic.

– Ce bine! Acum, nu știu dacă au reușit să ia toate probele sau a mai rămas ceva valoros. Dar, oricum, cred că trebuie să ne așteptăm să se întâmple din nou, dacă n-avem grijă. De aceea vreau să iei asta.

Sleizner a pus pe măsuța de cafea o cheiță de culoarea alamei și a împins-o spre Hesk.

– E de la seiful din biroul meu. Știi tu, care e încastrat în perete, lângă fișier.

Hesk a încuviințat.

– Din păcate, nu e frigorific, așa că nu pot fi puse probe organice. Însă toate celelalte, în afară de cazul în care sunt prea voluminoase, pot fi puse.

– Și nu avem cheia lui decât tu și eu?

– Desigur. Și e doar provizoriu, cât tu... Sleizner s-a întrerupt când mobilul lui Hesk s-a luminat iar și a început să vibreze pentru a treia oară. Poate că ar fi bine să răspunzi, a zis și a băut restul de bere.

Hesk a acceptat apelul și a dus telefonul la ureche.

- Salut. Acum sunt un pic ocupat. Pot să te sun eu?

„Nu, din păcate, asta nu poate să aștepte", a zis Heinesen.

- Bine, despre ce este vorba?

„Hemmer tocmai a făcut o cercetare a numărului și, așa cum ne-am așteptat, e anonim. Am putea să aflăm de unde a fost cumpărat și să verificăm cumpărăturile făcute cu cardul, însă ar dura săptămâni întregi. Oricum, a făcut triangulația și acum devine foarte interesant, pentru că s-a dovedit că numărul este încă activ."

- Bine. Așadar, i-ați găsit poziția?

„Da, și la început am presupus că am greșit pe undeva și am reluat totul de la început. De aceea a durat un pic."

- E în ordine. Cum ziceam, sunt un pic ocupat.

„Dar chestia e că poziția a rămas exact aceeași, și motivul pentru care te sun este că poate ai tu vreo explicație."

- Eu?

„Da, pentru că exact în acest moment persoana respectivă e în casa ta."

25

Bărbatul de sub Dunja era cu siguranță mai tânăr cu zece ani decât ea. Poate chiar mai mult. Dar ei nu-i păsa. Cel puțin nu acum, când, în sfârșit, ea era cea care conducea și avea grijă ca până și cea mai mică mișcare să fie în folosul său.

Era musculos și putea fără nici un efort s-o întoarcă în orice poziție. O demonstrase cu prisosință de la bun început. Mai întâi, poziția misionarului, apoi lingura. Apoi a răsucit-o de parcă ar fi fost la circ și a luat-o pe la spate înainte să termine.

Totul fusese atât de tipic pentru un bărbat tânăr plin de testosteron care se uită la filme porno și se silește să treacă prin cât mai multe poziții posibil, apoi nu mai rezistă decât câteva minute până să adoarmă, ca și cum ar fi avut brusc o pană de curent.

Însă era bine echipat. Trebuia să recunoască asta, și dacă n-ar fi fost așa l-ar fi lăsat să doarmă mai departe, ceea ce i-ar fi convenit mai mult când mai rămăseseră doar câteva minute până la miezul nopții.

În viața sa dinainte, ieșea în oraș în fiecare marți seara, pentru că era într-o marți când l-a părăsit pe Carsten. Dar în ultimele două luni, trăise într-un celibat involuntar, în care nu putea nici măcar să rezolve singură problema fără ca Fareed și Qiang să observe. Iar acum, cu toate că era sâmbătă și amantul dintre picioarele ei era nepriceput, trezise la viață ceva din ea, și și-a jurat că de îndată ce o să aibă ocazia o să reia tradiția zilei de marți.

În seara asta, intrase drept în vizuina leilor din Byens Bodega, la o zvârlitură de băț de sediul poliției, și, ca atunci când și ea abia devenise agent în uniformă, acesta era în continuare locul în care se întâlneau cei mai tineri polițiști la o bere după încheierea turei. Nu se schimbase nimic. Mobilierul din lemn cafeniu afumat, tejgheaua mică a barului și tablourile de pe pereți. Nimic, în afară de ea însăși.

La început s-a simțit prea elegantă în salopetă și tocurile înalte. Planul fusese să atragă privirile și să găsească pe cineva cât mai repede posibil, fără riscul de a fi recunoscută, în cazul în care se întâmpla să fie pe acolo cineva foarte apropiat de Sleizner. Prin urmare, s-a machiat, s-a îmbrăcat elegant și chiar și-a pus o perucă paj, castaniu-închis.

Noua înfățișare a funcționat peste așteptări. Deja după o jumătate de halbă, bărbatul al cărui nume nu și-l mai amintea și care tocmai își începuse activitatea de polițist rutier i-a propus s-o ducă acasă la el, iar pe bancheta din spate a taxiului n-a trebuit să spună mai mult decât că o excită uniformele ca el să se abată pe la sediul poliției și să-și ia tot echipamentul.

Ajunși în apartamentul lui, s-a închis în baie și a zis că nu-i deschide decât unui polițist adevărat, cu tot echipamentul, după care, curând, el a bătut la ușă în uniforma completă.

În vreme ce el făcea un soi de încercare de striptease în baie, l-a pus să-i arate cum se folosesc bastonul și cătușele, și mai ales cum funcționează stația portabilă de emisie-recepție folosită la comunicarea internă cu poliția și serviciile de salvare. El chiar i-a dezvăluit indicativul necesar ca să poată deschide stația.

Acum totul zăcea pe podeaua băii, inclusiv peruca ei. Totul, în afara stației. Era ceea ce căuta ea. Restul era doar avantaj suplimentar. Pentru că acolo, în mai puțin de cinci minute, avea să afle care era următoarea mișcare a lui Sleizner, ceea ce, în cel mai bun caz, avea să-i dea destule informații ca să-l poată lovi unde doare mai tare.

Nu era o decizie conștientă. Dintr-odată, mâna ei era acolo și ajuta, în vreme ce coapsele își iuțeau ritmul și împingeau tot mai adânc. Până acum fusese plăcut. Dar era ca și cum trupul ei își dăduse seama că, dacă era să fie cu adevărat plăcut, trebuia să preia controlul, nu doar de la tânăr, ci și de la ea însăși.

Nimic nu-l putea opri să galopeze până la capăt, mai transpirat, mai repede și mai dur, iar când s-au sfârșit focurile de artificii ea s-a prăbușit, trăgându-și sufletul.

– Nu pleca, a zis bărbatul ieșind din ea. Mă întorc repede.

A împins-o ușurel într-o parte și a coborât din pat.

– Cred că o să dorm, a zis ea și s-a învelit cu pilota. Tu ce o să faci?

– Atunci o să fie rândul meu să te trezesc. Cum anume, va fi o surpriză.

A dispărut în baie.

De cum s-a închis ușa, s-a uitat la stația aflată în așternut, a deschis-o și a tastat indicativul, iar ceasul dintr-un colț al ecranului a trecut de la *23.59* la *00.00*.

După câteva secunde s-a luminat un simbol care arăta că este un nou mesaj cu prioritate maximă, și în clipa în care l-a deschis i-a stat inima în loc, apoi a luat-o la trap de parcă de acum înainte nu mai era vorba decât de un singur lucru.

Să supraviețuiască.

Fotografia ei nu era o captură de ecran zgrunțuroasă dintr-un video de supraveghere cu rezoluție mică. Era un portret extrem de clar făcut de un fotograf profesionist într-un studio adevărat. Își amintea de parcă ar fi fost ieri, când a venit vremea să-și reînnoiască legitimația de polițist și a hotărât să-și facă o fotografie bună.

Chestia era că fotografia fusese manipulată. Dispăruseră buclele blonde pe care nu reușea niciodată să le îmblânzească. Acum părul era scurt și vopsit argintiu, arătând exact ca noua sa tunsoare. La fel cerceii rotunzi, mari, și buzele vopsite roșu. Până și obrajii fuseseră retușați, pentru că în realitate ea arăta mai slabă.

DATĂ ÎN URMĂRIRE NAȚIONALĂ!

Fosta polițistă Dunja Hougaard (36 de ani, 1,67 m) este arestată în contumacie, suspectă de amenințare la adresa siguranței regatului. Se crede că se află în Copenhaga sau în împrejurimi, împreună cu doi bărbați de origine străină. Dat fiind că se știe că este extrem de violentă, trebuie să fie luate toate măsurile posibile în eventualitatea arestării ei.

Răsufla pe gură, respirații superficiale stresate care îi oxigenau prea puțin sângele. Iar pulsul gonea ca și cum ar fi fost apăsate simultan pedala de accelerație și cea de ambreiaj. Trebuia să plece de acolo. Imediat.

Sleizner nu se străduise să șteargă urmele implicării sale în moartea lui Mogens Klinge. În loc de asta, fusese vorba despre ea. Sigur că da. Ura lui clocotitoare ajunsese acum la altă dimensiune a nebuniei, acuzând-o de amenințare la adresa siguranței regatului, care era ceva destul de vag, incluzând orice, de la sustragerea de documente secrete până la plănuirea unui atentat terorist. De acum n-o mai căuta doar el, ci și forțele de poliție reunite din Danemarca.

S-a uitat în jur. Hainele sale zăceau pe podeaua băii. Cu un pic de noroc, găsea în dulapul lui ceva ce putea să ia. Altfel, nu-i rămânea decât să...

Gândul a ajuns acolo în momentul în care s-a deschis ușa băii și bărbatul s-a întors, gol și cu mădularul bârzoiat. Ațintit drept spre ea.

– După cum vezi, sunt gata pentru următoarea rundă.

L-a fluturat prin aer și s-a dus spre pat.

– În sfârșit, a zis ea, trăgând pătura peste stație. Credeam că nu te mai întorci.

– Dar acum sunt aici.

El a urcat în pat, a împins-o pe spate și s-a așezat călare pe pieptul ei, astfel încât glandul umflat de sânge îi apăsa gura.

– Mmm, ce drăguț! a zis ea și s-a strecurat printre picioarele lui. Însă acum e rândul tău să aștepți.

S-a dat jos din pat, s-a dus repede în baie și a încuiat ușa.

– Numai să nu stai prea mult, l-a auzit strigând din pat.

– Tu ai grijă să nu ațipești, i-a strigat ea, punându-și chiloții care erau atârnați pe robinetul din cadă.

Nu era vreme pentru sutien. Trebuia să plece acum, nu într-un sfert de oră sau câteva minute, ci imediat. Salopeta care zăcea grămadă pe podea nu putea fi îmbrăcată prea repede. Mai întâi, cracii erau întorși pe dos, apoi mânecile, iar după ce s-a îmbrăcat și-a dat seama că e cu spatele în față.

Dar n-avea încotro. Deja stătuse prea mult. Important era ca el să n-aibă timp de bănuieli și să reacționeze înainte ca ea să ajungă la ușă. Trebuia să-și țină în mână pantofii cu toc. Tot n-avea cum să alerge cu ei.

S-a dus repede la ușă și a pus mâna pe clanță ca să descuie, când clanța s-a lăsat în jos singură. „La dracu'", și-a zis, trăgându-se înapoi. „La dracu', la dracu', la dracu'."

– Hei? Vrei să deschizi? a auzit vocea lui din cealaltă parte.

– N-ai avut prea multă răbdare, a zis ea și a tras apa la toaletă, apoi s-a dus la cadă și a deschis iar dușul.

– Hei! Vreau să deschizi!

– Ce? Nu te aud.

S-a întors la toaletă, a lăsat jos capacul, s-a suit pe el și a deschis fereastra mică și pătrată care dădea spre grădină.

– Deschide! Imediat!

– Termin imediat. Scuze, unde găsesc un prosop curat?

Fereastra era prea strâmtă ca să poată ieși pe acolo. Dar era singura ei șansă, așa încât, fără să aibă nici o idee despre ce este pe partea cealaltă, a început să se împingă prin gaura îngustă, cu brațele întinse în față.

Umerii erau cea mai mare problemă, și a simțit cu adevărat cum îi este jupuită pielea de pe amândouă părțile, ca și cum ar fi plimbat cineva pe ea o răzătoare. Dar valul de adrenalină s-a ocupat de durere, iar restul trunchiului a trecut destul de ușor.

Pământul era mai departe decât se așteptase. Cel puțin șase, șapte metri. Dacă reușea să evite tomberoanele și bicicletele, aterizând în schimb pe peluza aflată un pic mai departe de fațadă, cu un pic de noroc, ar fi putut să scape cu viață. Dar cu siguranță avea să fie schilodită.

Șansa ei era burlanul care cobora pe fațadă, aflat cam la un metru în dreapta ferestrei. Dacă ar fi ieșit cu picioarele înainte, ar fi rămas atârnată în mâini pe pervaz, şi-ar fi putut face vânt şi ar fi prins burlanul cu picioarele. Acum trebuia să facă aceeaşi mişcare cu capul în jos şi nu putea decât să spere că va reuşi să se țină cu picioarele.

Însă alternativa era mai rea şi, cu riscul ca cea mai mică eroare de poziționare a centrului de greutate s-o facă să cadă, s-a împins tot mai departe până ce tot trunchiul a ajuns să-i atârne pe fațadă. Cel puțin a reuşit să se agațe de ridicăturile cărămizilor, ceea ce a ajutat-o să se tragă spre burlan, centimetru cu centimetru.

Până la urmă a reuşit să întindă o mână spre burlan, şi poate chiar l-ar fi apucat, dacă n-ar fi fost mâinile care au prins-o brusc de glezne şi au tras-o înapoi. A încercat să se elibereze, dar el era mult prea puternic, şi curând s-a pomenit înapoi în baie şi s-a izbit cu capul de capacul vasului de toaletă, înainte să se poată sprijini cu mâinile de dalele podelei.

A încercat să se răsucească, însă era deja peste ea cu cătuşele şi o apăsa cu un genunchi între omoplați.

– Ce bine că am luat astea acasă!

I-a tras mâna stângă şi i-a prins cătuşa pe încheietură, fără să-şi dea seama că între timp ea reuşise să apuce cu mâna dreaptă cântarul de sub chiuvetă.

Fără să ştie exact unde se află el în spate, l-a izbit din răsputeri peste cap cu cântarul. Sunetul înăbuşit al plăcii de sticlă care s-a spart, urmat imediat de răcnetul lui, i-a arătat că nu-şi greşise ținta.

Genunchiul lui o țintuia mai departe, dar nu cu aceeaşi forță, şi cu o smucitură rapidă a reuşit să se întoarcă pe spate. Doar ca să constate că el e în continuare gol şi stă călare pe ea, pipăindu-şi rana sângerândă de sub un ochi.

A încercat să se smulgă din strânsoarea lui, dar, în ciuda faptului că era amețit, era prea greu și puternic, așa că l-a înșfăcat de scrot și l-a răsucit atât de tare, că el s-a rostogolit singur de pe ea, țipând.

După ce s-a ridicat în picioare, și-a trecut rapid în revistă posibilitățile de scăpare. Ar fi putut să-l ocolească prin cada plină până la refuz, în care dușul curgea în continuare, dar, pentru că el nu părea încă să-și fi revenit, a hotărât să sară direct peste el.

– Nici să nu te gândești, a zis el, ca și cum ar fi citit-o.

– Ascultă-mă, a zis ea în timp ce el se trudea să se ridice în picioare. Știu că ești un tip cumsecade care nu-și face decât datoria. De-abia acum a văzut un ciob de sticlă albă de la cântar care sclipea în rana de sub ochiul lui. Îți pot spune că ceea ce ai citit despre mine nu-i adevărat. Că nu-i decât o minciună, născocită de Kim Sleizner ca să-mi facă o înscenare. Dar n-are rost. Ai putea totuși să nu mă crezi. De aceea vreau să-ți spun foarte clar că, deși te-am vătămat deja mai mult decât suficient, nu voi șovăi să merg și mai departe.

– Poți să spui ce vrei. Dar ești dată în urmărire, așa că îți propun să faci asta cu avocatul tău. Pentru că orice ai spune, te arestez.

Dunja și-a cântărit opțiunile și, în cele din urmă, a oftat adânc și s-a întors, cu brațele la spate. În secunda următoare el a fost acolo și i-a înșfăcat mâna stângă, pe care era deja prinsă una dintre cătușe.

A fost luat prin surprindere de mișcarea ei. Tocmai când dădea să-i prindă mâna dreaptă, aceasta a dispărut în același timp în care ea s-a răsucit și s-a repezit în sens contrar acelor de ceasornic, ajungând brusc în spatele lui. După alte două secunde l-a prins în brațe, a prins cu mâna dreaptă capătul liber al cătușelor, le-a ridicat la gâtul lui și a strâns, apoi i-a lovit puternic picioarele.

Nu mai trebuia nimic ca el să-şi piardă echilibrul şi să se răstoarne pe spate. De restul a avut grijă greutatea lui, iar ea n-a trebuit decât să facă un pas în spate cu piciorul stâng ca să-i schimbe centrul de greutate şi, cu cătuşele de la gât ca un frâu, să-l facă să se prăbuşească în cadă.

El s-a apărat cu braţele şi a izbit cu picioarele, încercând să scape din strânsoare, însă legile naturii erau de partea ei şi, curând, îi apăsase capul sub apă.

N-a mai ştiut câte secunde au trecut după aceea.

Zece?

Cincisprezece?

De-abia când nu s-au mai ridicat la suprafaţă bule de aer, iar braţele şi picioarele nu s-au mai mişcat, l-a tras afară şi l-a lăsat să cadă pe podea, tuşind şi încercând să tragă aer în piept.

26

Până și să deschidă ochii și să se trezească era o pedeapsă. Un pumn în față, o amintire a faptului că de acum conștiența avea să preia controlul și să-l tortureze până ce izbutea iarăși să-și țină ochii închiși timp de câteva ore. Pentru că doar acolo, în fundul întunericului fără vise, își putea găsi pacea.

După vizita la Jadwiga Komorovski a încercat să-și astâmpere neliniștea cu alcool. Dar nu l-a ajutat. Băutura nu fusese niciodată drogul său preferat. În loc să-și ia o pauză de la el însuși, gândurile și sentimentele sale au fost amplificate și distorsionate în ceva care durea și mai mult.

După aceea și-a vărsat și mațele.

Apoi, în drum spre casă pe jos, pentru că n-a vrut să-l ia nici un taxi, s-a gândit la alte droguri, dar a ajuns la concluzia că e inutil. Câtă vreme te trezești după aceea, e la fel ca somnul, doar o soluție temporară, și pentru prima dată a zărit o posibilă ieșire urmând exemplul lui Theodor.

– Ești aici? s-a auzit vocea firavă a unei fetițe care era gata să izbucnească în plâns. Hei? Mă auzi?

Fabian s-a răsucit spre draperia trasă și și-a dat seama că e întins pe podea, sub o pătură, în biroul său din pivniță.

– Sunt eu, Matilda, a continuat vocea din cealaltă parte a draperiei. Am nevoie să vorbesc cu tine.

– Sunt aici dacă vrei să vorbim, a zis el, încercând să-şi amintească de ce s-a dus să se culce în pivniţă.

Dar memoria îi era goală şi a hotărât că trebuie să fi fost o acţiune de pură autoapărare faptul că nu s-a dus la culcare alături de Sonja.

– Trebuie să te întreb dacă vrei să mă ajuţi cu ceva. Ceva foarte important.

– Sigur că o să te ajut, Matilda. S-a ridicat în capul oaselor. Fac orice pentru tine.

Cea mai mare nedreptate pe care a suferit-o Theodor a fost să-l aibă pe el ca tată. Aşa i-a spus Sonja fără cea mai mică şovăială în glas. A căutat argumente care s-o contrazică şi să ofere altă imagine, însă până la urmă a fost silit să admită că ea avea dreptate. Că totul era din vina lui şi nu exista nimic care să fi putut în cele din urmă să compenseze sau să schimbe ceva.

Dar Matilda încă exista. La urma urmei, cu ea avea un viitor care încă nu era scris.

– Ai avut dreptate, a zis ea, şi el s-a întrebat ce vrea să zică. Ai avut dreptate tot timpul. Dacă exista ceva ce el nu avea, era dreptate. Şi acum trebuie să ştiu dacă eşti în legătură cu fratele meu, a continuat ea, şi în clipa aceea Fabian a înţeles. Numele lui este Theodor, dar asta ştiai deja, sigur.

Lămurirea a durut, dar era perfect logic. Sigur că nu spre el s-a întors ea ca să ceară ajutor, ci spre spiritul Greta. La ea îşi căuta alinarea.

– Mi-e dor de el şi trebuie să-i vorbesc. Înţelegi? Vocea ei părea că e gata să se frângă. Am ştiut că ai dreptate. Însă nu trebuie să se termine aşa. Pur şi simplu, nu trebuie să se termine. Trebuie să mă ajuţi să iau legătura cu el.

Iar era cu tăblița ouija. Tăblița care, indiferent dacă credeau în ea sau nu, îi orbise fiica și aducea un întuneric în casa lor.

– Poți să-l întrebi cum îi este? Și dacă e bine. Doar asta vreau să știu. Că e bine. Și spune-i că îl iubesc. Te rog, spune-i asta.

În ciuda apăsării din spatele frunții, Fabian s-a ridicat în picioare și a tras deoparte draperia. Și acolo stătea ea pe podea, fiica lui și acum singurul lui copil, înconjurată de lumânări-pastilă aprinse, cu degetele pe un indicator care se mișca pe o tăbliță cu litere și cifre.

– Matilda, a zis și s-a așezat în fața ei. Nu vrei mai bine să vorbești un pic cu mine? Putem să facem o plimbare, dacă vrei. Să mergem să mâncăm ceva. Doar tu și cu mine.

– Prefer să fiu lăsată în pace, a zis ea fără să-și ia degetele de pe indicator.

– Și eu prefer să nu mai faci asta.

I-a prins mâna ca să i-o ridice de pe indicator.

– Termină! Și-a smuls mâna dintr-a lui. Rupi legătura.

– Matilda, înțeleg că ești tristă. Cu toții suntem, și fiecare are felul lui de a înfrunta durerea, însă...

– Greta, nu-ți face griji din pricina lui, l-a întrerupt Matilda. O să plece repede.

– Matilda, ascultă-mă. Înțeleg că ai nevoie să vorbești cu cineva.

– Nu, nu înțelegi nimic. Așa că, te rog, pleacă.

– Dar, zău așa. De ce nu poți să vorbești cu mine sau cu mami în loc de spirite, sau cum le zice? Sau, de ce nu, cu alt adult? Probabil va trebui cu toții să facem terapie ca să trecem prin asta.

– O cheamă Greta și vorbesc cu ea exact atât de mult cât poftesc. Și acum vreau să pleci. Du-te sus să te cerți cu mama sau orice. Te pricepi atât de bine la asta!

Ea ştia exact cum să pună degetul pe rană. Cum să-l facă să înceapă să se apere şi să se înfurie, şi până la urmă să-şi piardă cumpătul. Însă de această dată nu cădea în capcană.

– Matilda. S-a aplecat spre ea. Faptul că Theodor şi-a luat viaţa n-are nimic de-a face cu prietena ta iluzorie.

– Poţi să-i zici cum vrei. Dar ea a spus că cineva din familie o să moară. A spus asta tot timpul, dar n-ai vrut să asculţi. În ciuda faptului că ţi-am spus de mai multe ori, tu...

– Eu, ce? i-a tăiat el vorba. Ce crezi că aş fi putut să fac cu această informaţie? Spune-mi. Ce ar fi trebuit să fac altfel?

– Totul.

Cel mai rău a fost felul în care a spus-o. Privindu-l drept în ochi, fără nici o şovăială.

– Matilda, ştiu că am făcut multe greşeli. Mai ales în privinţa lui Theodor. Şi îţi jur că nu trece o zi în care să nu mă gândesc la ce aş fi putut să fac ca să nu se întâmple asta. Dar nu-i ca şi cum aş fi putut face cu adevărat ceva.

– Nu trebuia decât să-l laşi în pace.

– Vrei să zici că asta l-ar fi salvat? Că el ar fi rămas aici şi s-ar fi simţit bine, dacă eu aş fi ignorat totul?

– În orice caz, ar fi rămas în viaţă.

– Ar fi rămas? Cât de mult timp, crezi? Apropo, asta ar fi însemnat că Greta ta a greşit. Ea, care ştie tot şi are întotdeauna dreptate.

– Ea a zis doar că e cineva din familie. Niciodată cine.

– Deci zici că ar fi trebuit să mor eu în schimb. Asta spui?

Matilda l-a privit în continuare în ochi fără să spună nimic.

– Ei bine? a continuat el fără să obțină nici o reacție. Așa se leagă? Eu eram, de fapt, cel care murea și doar s-a nimerit ca Theodor să-mi ia locul?

Matilda nici n-a încuviințat, nici n-a clătinat din cap. Stătea doar acolo, mută, și se uita la el.

– A fost el în locul meu? A spus ea asta? Greta aia. Că Theodor a murit în locul meu? Sau asta e doar ceva care ți-a venit ție în minte?

A așteptat un răspuns, dar n-a primit nimic.

– Matilda, te rog să răspunzi când vorbesc cu tine. Hei!

A izbit cu pumnul placa veche, care a crăpat în mai multe locuri.

– Eu sunt cel care ar fi trebuit să moară?

Matilda s-a uitat la placa sfărâmată, s-a ridicat în picioare, i-a întors spatele și a plecat.

27

Hesk parcurgea cadru cu cadru întreaga conferință de presă, pe care își dorea mai mult ca orice s-o uite. Așezat pe capacul vasului de toaletă, cu laptopul pe genunchi și Lone dând agresiv cu aspiratorul dincolo de ușă, și-a adunat curajul și acum își retrăia umilirea în public ca pe un calvar prelungit, în care fiecare cadru era încă o ocară zbierată de gloată. Durea, însă poate că aici era răspunsul la întrebarea de ce și-a pierdut cunoștința.

Nu dormise toată noaptea. Vizita lui Sleizner, plus discuția cu Heinesen despre faptul că numărul de mobil cu care fusese în legătură Mogens Klinge tocmai se afla acasă la el nu i-au dat deloc pace. Asta însemna că Sleizner este cea de-a treia persoană? Care a ucis-o pe tânăra din mașină și poate chiar și pe Klinge?

Faptul că șeful său numai bun nu era n-a fost o mare surpriză. Faptul că îi agresa și îi înjosea pe cei din apropiere ca să se înalțe el și, în același timp, nu se sfia să închidă ochii câtă vreme îi ieșea vreun câștig era cunoscut prea bine de mulți dintre polițiștii din Copenhaga. Dar să treacă de la asta la uciderea cuiva era cu totul altceva. Chiar și în cazul lui Sleizner, era un lucru pe care nu reușea să și-l imagineze.

Încercase să găsească altă explicație, cum ar fi că toată chestia era un soi de coincidență nefericită, în care tehnologia mobilelor s-a nimerit să le joace o festă tocmai când Hemmer a făcut triangulația. Dar n-a reușit să se convingă nici măcar pe sine, și în cele din urmă a trebuit să accepte ideea că această piesă de puzzle se potrivea mult prea bine.

Ajunsese acum la partea când se răsucea spre Sleizner, care intra în scenă zâmbitor, cu o sticlă de apă minerală și două pahare, pe care le-a pus pe masă în fața lor. A dat clic mai departe și a văzut cum Sleizner se apleacă spre el și îi șoptește la ureche ceva, cu o mână pe umărul lui.

De departe putea fi interpretat ca un salut prietenesc între colegi, dar și-a amintit. Și-a amintit fiecare silabă. Cum au fost rostite cu o răceală care l-a paralizat de-a binelea. În acel moment nu s-a gândit la nimic altceva.

În schimb, acum apa era ceea ce îl interesa. Sticla cu apă minerală și cele două pahare. Bănuise asta și înainte, însă a respins ideea ca fiind prostie curată. Sau nu, adevărul era că n-a cutezat să urmărească acel gând, din cauză că, dacă se dovedea că bănuielile se adeveresc, consecințele ar fi fost de neînchipuit.

Încă erau. Diferența era că după vizita lui Sleizner nu mai exista cale înapoi spre nesiguranță.

În mod normal, întotdeauna erau apă și pahare pe masă înainte de o conferință de presă. Dar nu și de această dată. Probabil din cauză că atât de puțini oameni știau că avea să fie o adunare, apa era unul dintre amănuntele care au fost omise, ceea ce a făcut să pară cu totul firesc și potrivit ca Sleizner s-o aibă la el.

Un ciocănit în ușa băii.

– Alo, ai adormit acolo? a auzit-o pe Lone. Mai sunt și alții care au nevoie să intre.

–Termin repede, a strigat și el.

–Și ce înseamnă repede?

–Cinci minute, nu mai mult.

S-a auzit cum ea a oftat și a pornit iar aspiratorul. Între timp, ajunsese la secvența în care Sleizner a deșurubat capacul sticlei și a umplut ambele pahare, mai întâi pe al lui Hesk și apoi pe al său, și a băut. Cu alte cuvinte, nu prin intermediul apei a fost drogat.

Oare să fi fost deja dinainte? A trecut în revistă orele dinaintea conferinței de presă. Pe unde a fost și cu cine s-a întâlnit, ca să vadă dacă a fost vreo altă ocazie în care i s-a servit ceva de băut sau de mâncat, însă n-a putut găsi nimic.

În lipsă de alte idei, a derulat înapoi filmul cu apa minerală, cadru cu cadru, până unde apa din paharul lui Sleizner a ajuns înapoi în sticlă, iar când a fost gol l-a pus înapoi pe masă și a luat paharul lui Hesk, apoi și apa de acolo a început să iasă din pahar și să curgă înapoi în sticlă.

Și acolo era explicația felului în care trebuie să se fi întâmplat. Chiar acolo unde Sleizner a pus jos paharul lui Hesk și a prins capacul ca să-l deșurubeze de pe sticlă. În acel cadru se vedea clar paharul. Care ar fi trebuit să fie gol. Care ar fi trebuit să fie uscat, exact ca al lui Sleizner. Dar nu era deloc așa.

Acolo, la masă, în fața tuturor camerelor de luat vederi și în căldura reflectoarelor, fusese prea stresat ca să observe. Fusese vorba doar să iasă nevătămat din conferința de presă, în ciuda amestecului lui Sleizner.

Însă acum putea să vadă clar. În imaginea statică n-aveai cum să nu vezi picăturile transparente din interiorul paharului și lichidul de pe fund. Nu era mult, nu mai mult decât dacă ar fi fost proaspăt spălat, dar în același timp suficient ca să adoarmă ore în șir un adult.

28

Somnul fusese din două părți clare. De la tot la nimic. De la unu la zero. Atât de adânc, încât nu se știa dacă se va mai putea scula iar. Ca și cum trupul trecuse prin noapte cu o flacără de veghe atât de slabă, încât o forță prea mare ar fi putut s-o stingă complet.

La sunetul mormăielilor lui Fareed și Qiang acolo, jos, și-a umplut plămânii cu aer și a încercat să respire și mai adânc. Putea s-o facă, chiar dacă o durea după loviturile primite în piept. Apoi a ridicat pătura și s-a uitat la toate vânătăile, umflăturile și rănile.

Nu era o priveliște frumoasă. Totuși, se simțea ca o versiune mai bună a sa, plină de energie, și după ce s-a asigurat că nu are nimic rupt, s-a trudit să se ridice din pat, și-a pus pantaloni de trening și un tricou și a coborât pe treptele înguste.

– Hopa, iată pe cineva care pare că s-a distrat pe cinste astă-noapte.

Qiang a urmărit-o cu privirea.

– Cea mai distractivă noapte de multă vreme încoace, a zis ea și a șchiopătat spre ei.

– Ești bine? a zis Fareed, ținând în mână o cană cu ceai care aburea.

– Nici vorbă. Dar să lăsăm asta. Vouă cum v-a mers?

Qiang și Fareed s-au uitat unul la altul.

– Dunja.

Fareed a lăsat cana din mână.

– Ești pe site-ul poliției, pe lista cu persoanele date în urmărire.

Ea a oftat.

– Știu. Dar acum nu vreau decât să aud dacă ați găsit ceva. Dacă îmi amintesc bine, trebuia să mai parcurgeți o dată tot materialul cât am fost plecată.

– Și asta am și făcut, însă faptul că ești dată în urmărire națională și bănuită de amenințare la adresa siguranței regatului nu-i de joacă. Poate fi echivalat cu terorismul și nu-i ceva ce ne putem preface că n-are importanță.

– Ce vrei să fac? Să mă predau?

– Tu hotărăști. Chestia e că suntem pomeniți și eu cu Qiang. Din fericire, deocamdată nu cu numele, doar *doi bărbați de...*

– Fareed, am citit, i-a tăiat ea vorba. V-am spus că clocește ceva. Ce-i drept, nu-i deloc la ce m-am așteptat, însă, privind în urmă, nu pot spune că sunt chiar surprinsă. E tipic pentru Sleizner să sară peste cal. Întrebarea e ce facem mai departe.

– Ceea ce cred că încerca să spună Fareed... Qiang a înghițit în sec. Întrebarea e mai degrabă dacă ar trebui să facem ceva.

– Bine, ca să mă asigur că vă înțeleg corect. Dunja s-a uitat de la unul la altul. Glumiți, da?

– N-aud pe nimeni care râde, a zis Fareed și s-a întors spre Qiang. Tu auzi?

– Nu.

– Dacă credeți cu adevărat că puteți, pur și simplu, să vă faceți bagajele și să...

– Dunja, până acum el nu știe decât că suntem de origine străină, a zis Fareed. Dar nu-i decât o chestiune de timp până să...

– Nu-i nici o chestiune de timp. Sigur că știe cine sunteți. Cum altfel ne-ar fi găsit vechiul sediu? Bag mâna-n foc că știe foarte bine că Qiang e stângaci și că își roade unghiile de îndată ce e un pic emoționat. Sau că tu detești rooibosul și te înfurii de câte ori cineva se întâmplă să-i zică „ceai".

– Însă pe tine te caută, a zis Qiang. Nu pe noi.

– Asta-i adevărat, însă dacă credeți că o să vă lase să vă vedeți de drum nepedepsiți după ce termină cu mine, nu sunteți în toate mințile. Nu sunteți mult sub mine pe lista celor pe care îi urăște și, ca atare, vă aflați, cu un foarte mic decalaj, într-un rahat la fel de mare ca ăla în care sunt eu.

Fareed și Qiang s-au uitat iar unul la altul.

– Dar mi-ar plăcea să răstorn situația, a continuat ea. La urma urmei, el e cel care e în rahat. Nu noi. Să luăm doar acest ultim comunicat. După părerea mea n-am putea avea o dovadă mai clară că se simte presat și amenințat. E disperat și, exact așa cum ziceam ieri, încearcă să îndepărteze de el privirile tuturor. Și de ce ar face asta dacă n-ar avea ceva de ascuns?

A tăcut, ca să-i lase să-și formuleze obiecțiile, dar cum nimeni n-a spus nimic, a continuat.

– Cel mai bun lucru pe care îl putem face acum este să nu încetăm să-l stresăm până ce face o greșeală. Pentru că o s-o facă, de asta sunt sigură, și atunci o să-l lovim.

– Deci ce vrei să facem?

– Ce-ar fi să începeți prin a-mi spune ce ați găsit?

– Asta am făcut-o deja.

– Așadar, n-ați găsit nimic? Cu toate că ați parcurs din nou și ați analizat tot materialul, n-ați reușit să dați de nici o mică pistă care merită să fie urmărită?

– Nu știu dacă e important, dar poate că am ceva, a zis Qiang după câteva secunde de tăcere.

– Ce? Cum? Fareed s-a întors spre el. De ce nu mi-ai spus?

– Pentru că mi-a dat prin cap astă-noapte, exact înainte să adorm, și cu siguranță nu e nimic. Dar, așa cum știți, am făcut harta tiparelor de mișcare ale lui Sleizner și există un loc căruia nu reușesc să-i găsesc o explicație solidă.

– Care loc? a zis Dunja.

– Știi garajul acela subteran de pe Østerbrogade?

– Vrei să zici unde își lasă mașina în câteva nopți pe săptămână?

– Întocmai.

– Dar cu siguranță avem o explicație, a zis Fareed. O explicație care locuiește peste drum și pe care o cheamă Jenny *Wet-Pussy* Nielsen.

– Știu, însă...

Qiang a tăcut și a clătinat din cap.

– Deci crezi că nu pe ea o vizitează? a zis Dunja.

– Am studiat-o un pic mai mult azi-dimineață, și uite cum arată acum.

Qiang a dat clic pe o fotografie de pe unul dintre ecranele sale în care se vedea în prim-plan o femeie cu părul excesiv de decolorat și care își făcuse multe operații estetice.

– Nu știu ce credeți voi, dar mie mi-e greu să cred că asta e ceea ce îl atrage câteva nopți pe săptămână.

Dunja a cercetat poza și, cu toate că nu credea că există vreo limită la cât de jos poate coborî Sleizner, înclina să fie de acord.

– Deci vrei să zici că nu-i decât o coincidență că târfa lui preferată se nimerește să locuiască chiar acolo?

– Sau există o cu totul altă explicație. Ea s-a mutat din Vesterbro la sfârșitul verii lui 2010, curând după ce numele i-a apărut în ziare împreună cu al lui Sleizner, și de atunci n-a mai raportat nici un venit.

– N-ar fi prima prostituată care o duce greu, a zis Fareed și a pornit unul dintre computere.

– De unde altundeva și-ar lua banii? a zis Dunja.

– N-aș fi surprins ca, la urma urmei, să aibă legătură cu Sleizner, a zis Qiang.

– Poate că el este proprietarul clădirii?

– De ce nu?

– Mi-e greu să-mi imaginez că și-ar permite să fie proprietarul unui întreg imobil din centru, a zis Fareed, în timp ce tasta niște comenzi de căutare. Cu toate că ia bani, nu glumă, nu-i decât un sclav al salariului.

Dunja s-a dus la tabla plină cu fotografii ale lui Sleizner făcute de departe. Într-una dintre ele era în fundal o blondă înaltă cu pantaloni de piele și ochelari de soare mari.

– Poate că ea e asta. A luat fotografia, s-a întors și a comparat-o cu femeia de pe ecran. Da, uite, sigur că ea e. I-a dat-o lui Fareed. Deci, e evident că încă mai au un fel de legătură. Unde a fost făcută?

– Piața Gunnar Nu Hansen. Este exact scuarul de deasupra garajului.

– Și mai e ceva, a zis Qiang. Din cine știe ce motiv, se pare că mobilul lui rămâne în garaj de fiecare dată când este el acolo, și nu pricep de ce ar sta acolo, jos, timp de câteva ore o dată la două nopți.

– Nu-i doar GPS-ul pus de noi în mobil care pierde semnalul? a zis Dunja.

– Ba da, dispare de pe ecranele noastre când intră acolo și reapare doar atunci când iese iar ca să se întoarcă acasă. Însă dacă s-ar duce acasă la Jenny Nielsen, sau altundeva, ar ieși din garaj pe jos și atunci l-am vedea imediat din nou.

– În afară de cazul în care îl lasă, pur și simplu, în mașină, ca să n-o pățească la fel ca atunci când au încercat să dea de el cei de la poliția suedeză.

– Bine, ascultă aici, a zis Fareed. Din 1992, clădirea este proprietatea companiei de capital speculativ Greener Grass Investment Limited.

– Și cine sau ce e în spatele ei? a zis Dunja.

Fareed și-a luat ochii de la ecran și s-a întors spre ei.

– Nimeni altul decât Jakob Sand.

– Nu-i cel cu care a fost la prânz? a zis Qiang, iar Fareed a încuviințat.

– În sfârșit, a zis Dunja. Asta e ceea ce v-am spus tot timpul. Ce poți să afli despre proprietate?

Fareed a dat clic mai departe.

– Este o clădire pe colț, cu intrarea principală pe Østerbrogade, la numărul 120. Are douăzeci și șase de apartamente închiriate, pe cinci etaje, precum și două spații comerciale la parter, închiriate de Sesam Låse și McDonald's.

– Asta-i tot?

Fareed a derulat alte documente.

– Da, și a fost o mare renovare în 2005, apoi aceeași companie de capital speculativ a cumpărat garajul din partea cealaltă a Østerbrogade.

– Vorbim despre acel garaj în care obișnuiește să stea Sleizner?

– Așa se pare.

– Bum! Asta e, a zis Qiang.

– Acolo mai este și un atelier. Kronow Auto.

–Și renovarea aceea, a zis Dunja. Ai găsit niște planuri în care să putem vedea ce au făcut?

Fareed a încuviințat și s-a dus la imprimanta care tocmai pornise și scotea câteva foi, pe care le-a împărțit în două grupuri de câte patru.

–Aici e cel vechi, și acesta a fost depus împreună cu autorizația de construcție.

Dunja le-a pus unul lângă altul și a văzut imediat că fuseseră făcute o mulțime de modificări. Unele apartamentele fuseseră unite, altele, împărțite. Podul fusese transformat, ferestre și uși fuseseră înlocuite. De fapt, fuseseră făcute atât de multe lucrări, încât era imposibil să-ți dai seama dacă ceva din toate astea era interesant pentru ei.

Însă a fost mult mai ușor când a pus una peste alta cele două planuri și le-a ridicat la lumină.

–Ai găsit ceva?

Fareed a venit la ea împreună cu Qiang.

–Nu știu. Poate.

A pus planurile pe podea, unul lângă altul.

–Uite aici.

Și-a plimbat degetul de-a lungul subsolului dintr-unul dintre planuri.

–Vedeți? Acum comparați-l cu celălalt.

Fareed și Qiang au cercetat mai atent cele două planuri.

–Dar nu înțeleg. Qiang s-a întors spre ea. Cel cu nivelul subsolului este planul vechi.

–Tocmai. Dunja a încuviințat din cap. Asta e ceea ce e ciudat. Să luăm ascensorul de aici. A arătat cu degetul puțul unui ascensor. Înainte de renovare, mergea până jos. Acum nu merge mai jos de parter.

–Trebuie să fi costat o avere, a clătinat din cap Fareed. Nu pricep, cine ar face așa ceva?

Nici Dunja nu pricepea. N-avea nici măcar o teorie care să se apropie cât de cât de răspunsul la întrebarea de ce ar elimina cineva la o renovare întregul nivel al subsolului.

29

Hesk nu ştia cum să se descurce cu tăcerea care s-a lăsat după ce a vorbit despre bănuielile sale împotriva lui Sleizner. În primul minut n-a avut nici o problemă cu ea. Dacă se dovedea că este adevărat, era un scandal mai mare decât orice altceva văzuse vreunul dintre ei în toţi anii petrecuţi în poliţie, de aceea a pus-o pe seama faptului că Heinesen, Hemmer şi Julie Bernstorff erau şocaţi, exact aşa cum el însuşi a fost şi, cumva, încă mai era.

Însă acum tăcerea continua de încă un minut şi jumătate, şi a început să suspecteze că nici unul dintre ei nu îl crede. De ce altceva ar sta toţi pe canapeaua de piele roasă şi i-ar ocoli cu stângăcie privirea?

Sau, de fapt, el era cel care trebuia să spargă tăcerea şi să deschidă o discuţie, în loc să se uite prosteşte la colecţia de figurine din *Star Wars*? La urma urmei, el era la cârma anchetei.

Şi Julie, şi Hemmer erau relativ noi. Nici unul dintre ei nu lucrase direct sub conducerea lui Sleizner şi cel mult auziseră nişte zvonuri vagi despre el. Cu Heinesen era altfel. În cazul lui erau mult mai mult decât zvonuri şi un chip familiar. Dintre ei, era cel care lucrase cel mai mult timp cu Sleizner, și poate că de aceea doar stătea acolo cu o expresie indescifrabilă.

– Cât de sigur ești? a întrebat în cele din urmă cel mai vechi coleg al său, spărgând tăcerea.

– Cât de sigur poți să fii fără să fii cu totul sigur. Exact asta simțea. Confuz, și totuși nu. Până acum sunt doar bănuieli bazate pe indicii. Dar pot spune că sunt atât de puternice, încât n-avem de ales, trebuie să-l considerăm pe Sleizner principalul nostru suspect.

– Bun, însă acum chiar trebuie să întreb, a zis Julie și s-a întors spre el. Vrei să zici foarte serios că trebuie să ne luăm de unul dintre cei mai mari mahări de aici pe baza unor indicii care, după părerea mea, par destul de vagi?

– Vagi? a fornăit Hesk și a clătinat din cap, ceea ce l-a făcut să-și dea seama că e iritat. Cum poți să spui că sunt vagi?

Ei, da, era iritat. Ea îl atacase.

– Ce naiba vrei să zici?

– Cred că voia doar să spună că nu-i destul ca să putem acționa, a zis Hemmer.

– Iar eu cred că Julie poate să răspundă singură la întrebare, a zis el și s-a întors spre Heinesen. Tu ce zici, Morten? Și tu crezi că indiciile sunt prea vagi ca să-l considerăm pe Sleizner principalul suspect?

– Ăăă, deci...

Heinesen s-a zăpăcit și a înghițit în sec, cu toate că nu mâncase și nu băuse nimic.

– Nu știu. Este...

– Cum, nu știi? Morten, zău așa. Ce naiba aveau toți azi? Nu pricepeau că e serios? Recunoaște, nici ție nu ți-a plăcut niciodată de el și, la fel ca mine, ai avut această impresie. Nu-i așa?

– Da, adică Sleizner a fost întotdeauna Sleizner, însă...

– Morten, e clar că suntem surprinși. Dar suntem cu adevărat atât de surprinși, dacă e să fim pe deplin sinceri?

Heinesen nu părea să știe ce ar putea să spună.

– Exact aici e problema, a zis Julie. Cum putem ști dacă nu este doar din cauză că nu-ți place de el?

– Exact la asta m-am gândit, a zis Hemmer. N-am venit nici măcar de o săptămână, dar deja mă simt complet îndoctrinat de felul în care cam toți care au lucrat aici câțiva ani par să-l urască.

– Nimeni n-a spus nimic despre ură, a zis Hesk și s-a străduit să-și alunge iritarea. Însă e perfect adevărat că el nu este unul dintre cei mai iubiți șefi din poliție, și n-o să ascund faptul că el și cu mine am avut neînțelegeri de-a lungul anilor. Însă ideea că asta ar fi vreo vendetă personală din partea mea e cum nu se poate mai greșită. Dimpotrivă, nu-mi doresc nimic mai mult decât să fie altcineva, nu el. S-a aplecat în față în fotoliu și a privit-o pe Julie în ochi. Sincer să fiu, nu-mi pot imagina o situație mai proastă decât cea în care suntem acum, și dacă n-ar fi faptul că sunteți atât de noi aici și nu ne cunoașteți nici pe mine, nici pe Sleizner, aș fi luat obiecțiile voastre drept un atac la persoană.

A ridicat cana cu cafea, însă mâna îi tremura atât de tare, că a vărsat-o, cu toate că s-a ajutat cu cealaltă mână.

– La dracu'...

– Nici o problemă. Heinesen s-a ridicat iute și a plecat grăbit. Aduc o cârpă.

– Scuze, n-am închis deloc ochii astă-noapte, a zis el, în timp ce Heinesen ștergea fotoliul și podeaua de sub el.

– Dar poate că este exact ceea ce trebuie să faci înainte să hotărâm cum să procedăm, a zis Julie.

– Şi ce naiba vrei să zici cu asta?

A pus la loc cana cu o mişcare un pic prea pripită, aşa încât a stropit cu cafea masa. De data asta nu mai găsea nici un motiv ca să-şi ascundă iritarea. Era complet îndreptăţită şi nu era micşorată de faptul că Heinesen era chiar acolo, cu blestemata lui de cârpă.

– Vrei să zici că sunt prea obosit ca să gândesc limpede? Că nu ştiu despre ce vorbesc?

– Nu spun decât că a-ţi considera şeful un suspect serios nu e o hotărâre pe care s-o iei cât ai clipi. Mai ales dacă ne gândim cum pari să te simţi tu acum.

– Dar, la naiba, nu-i vorba de cum mă simt eu sau cât de odihnit se nimereşte să fiu. E vorba de faptul că cele mai multe indicii arată spre Sleizner. În aşa măsură, încât aş vrea să spun că e limpede că este el. Tu ce zici, Morten? S-a întors spre Heinesen, care se întorcea din bucătărie. Pot să primesc un pic de ajutor?

– Propun să începem prin a trece în revistă tot ce ştim sigur, a zis Heinesen.

– Bine, a încuviinţat Julie. Pare o idee bună.

– Credeam că am spus deja ce este important. Dar hai să începem. Pot s-o mai fac o dată, a zis Hesk, îndreptându-şi spatele. Din 16 aprilie anul acesta şi până în ziua dinaintea morţii sale, Mogens Klinge a fost în legătură cu Sleizner prin intermediul unui Ericsson vechi. Din mesaje a aflat, printre altele, că a fost ales în ceva. Bănuiala mea este că e ceva de genul club pentru domni. Apoi a primit informaţia despre o ceremonie de iniţiere care avea să aibă loc în seara de 28 iulie, ceea ce se potriveşte cu momentul morţii lui. I se mai spune că trebuie să se îmbrace în smoching, cămaşă albă şi papion, şi că va fi luat dintr-un anumit loc la șapte și jumătate în acea seară. Am scris toate astea. Torben, poți să verifici unde este?

I-a dat lui Hemmer un bilet cu indicațiile.

– Și cum știm cu siguranță că e Sleizner și nu altcineva cel care are celălalt mobil? a zis Julie.

– Pentru că Torben a găsit prin triangulație casa mea în același timp în care Sleizner îmi bătea la ușă.

– Dar chiar este poziția exactă?

Julie s-a întors spre Hemmer.

– Nu, pot spune că e o marjă de zece-douăzeci de metri.

Hemmer a ridicat din umeri.

– Zece-douăzeci de metri? De fapt, asta înseamnă că mobilul putea la fel de bine să se afle la unul dintre vecinii tăi, sau, de ce nu, într-o mașină parcată pe stradă, în fața casei?

Hesk s-a întors spre Hemmer, care dădea din cap aprobator, tastând în computer cifrele de pe bilet.

– E adevărat, însă ar fi o coincidență absolut improbabilă. Dar sigur, ar putea fi.

– Ai încercat să afli poziția mobilului acum? a zis Heinesen.

– Da, exact înainte să începem ședința, dar era închis, a răspuns Hemmer. O să mai verific din când în când, însă nu cred că va mai fi deschis vreodată.

– Rămâne de văzut, a zis Hesk. Hai mai bine să continuăm trecerea în revistă. Mai e ceva, și motivul pentru care nu v-am spus asta până acum este că nu-i decât o oră de când mi-am dat seama și probabil sunt încă în stare de șoc.

– Jan, ce s-a întâmplat?

Heinesen s-a uitat la el îngrijorat.

– Sunt multe lucruri care sugerează că tot Sleizner a fost cel care m-a drogat la conferința de presă.

– Vorbești serios?

– De ce n-aş vorbi serios? El a fost cel care mi-a turnat apă, şi el a fost cel care m-a găsit mai târziu în sala de şedinţe. În plus, tocmai când eram pe cale să mă trezesc.

– Şi eşti convins în continuare că ai fost drogat? a zis Julie. Vreau să zic, n-a putut să fie, pur şi simplu, o cădere bruscă de tensiune sau altceva?

– Am fost inconştient mai mult de două ore, aşa că nu, nu cred. A clătinat din cap. Julie, înţeleg că toate astea pot părea copleşitoare. Exact aşa mă simt eu însumi. Însă am examinat înregistrarea conferinţei mele de presă şi acolo se vede clar că e ceva în paharul meu, cel cu care a venit Sleizner, înainte să-l umple cu apă. În plus, avem de-a face cu doi bărbaţi care ne-au urmărit şi nu ne-au scăpat din ochi încă de când am scos maşina din apă. Au făcut duplicate ale cheilor mele, au intrat şi au scotocit prin casa mea, au furat cea mai mare parte a probelor şi au intrat în casa lui Klinge căutând mobilul. Toate astea le ştim sigur. Şi, ca şi cum n-ar fi fost suficient, Sleizner a venit acasă la mine aseară şi a tatonat dacă ne-au mai rămas din probe sau au dispărut toate. Mi-a dat chiar şi o cheie de la seiful din biroul lui, în cazul în care dorim un loc cu adevărat sigur, de unde nu dispar lucruri. Toate la un loc îmi spun că sunt disperaţi să găsească mobilul.

– Şi unde este acum? a zis Heinesen.

– Acasă la mine. M-am gândit că e cel mai sigur loc după ce tocmai au fost acolo şi l-au căutat. Dar de îndată ce terminăm aici cred că trebuie să-l cercetezi amănunţit, Torben. Sunt cu siguranţă lucruri care mie mi-au scăpat.

Hemmer a încuviinţat fără să-şi ia ochii de la ecran.

– Apropo, ai găsit locul de unde trebuia să fie luat?

– Da, staţia de metrou Østerport, exact în faţa clădirii.

– Și din asta nu aflăm nimic, a zis Julie. Îmi pare rău că trebuie s-o spun, dar încă nu pricep de ce te-ar fi drogat Sleizner și ar fi angajat gealați care să ne urmărească și să ia probele. Ar fi fost mult mai simplu să-și păstreze el ancheta și s-o desfășoare după bunul său plac. Așa ar fi avut controlul total.

– Ar fi fost prea bătător la ochi, a zis Hesk. Chiar și pentru cineva ca Sleizner. Tu ce zici, Morten?

– Eu?

– Da, tu. La urma urmei, tu ești cel care îl cunoaște cel mai bine pe Sleizner.

– De fapt, probabil sunt gata să fiu de acord, a zis Heinesen și a încuviințat din cap.

– Mulțumesc, a zis Hesk și s-a întors iar spre Julie.

– Vreau să zic cu Julie, a precizat Heinesen. Probabil cred, de asemenea, că întregul scenariu pe care îl zugrăvești sună un pic tras de păr și, cum să zic, ca o teorie a conspirației.

– Aha, așa crezi.

Hesk nu și-a putut opri oftatul. Nici clătinarea din cap.

– Păi, bine. Sună aproape ca și cum ar fi trebuit să te promoveze pe tine, nu pe mine.

– Jan, încetează. Nu-i deloc asta...

– Nu, chiar așa gândesc. Mi-a dat un birou mai frumos doar pentru că a presupus că mă voi lăsa dus de nas. Nu mi-am dat seama atunci, dar acum îmi dau. Și chiar în această anchetă, a fost convins că o să adopt cea mai evidentă și mai simplă soluție. Și anume, că Mogens Klinge a fost cel care a sugrumat fără să vrea femeia și apoi s-a sinucis. Atunci totul ar fi fost fără vâlvă și ar fi fost dat repede uitării. Dar când a înțeles că n-o să fac asta, ceea ce trebuie să fi fost legat de conferința de presă, nu i-a mai rămas decât să acționeze rapid și să recupereze controlul. A ridicat din umeri. Așadar, privind înapoi, pare perfect evident.

– Nu, Jan. Nu-i deloc așa. Heinesen a clătinat din cap. Aș zice mai degrabă că numai evident nu pare. În plus, o astfel de acțiune ar indica faptul că e în joc mult mai mult. Mult mai mult decât faptul că ei doi se întâmplă să fie membri ai aceluiași club pentru domni.

– Vrei să zici, de exemplu, o crimă sau două?

– Da, de exemplu, și în acest moment n-avem nici o dovadă, indiciu sau orice altceva care să arate că Sleizner e în spatele uciderii femeii sau a lui Klinge.

– Apropo de asta, am primit rezultatul analizei ADN-ului din pielea de sub unghiile femeii, a zis Hemmer. A sosit acum câteva ore.

– Și n-ai găsit nici o potrivire în baza de date criminalistică? a întrebat Julie.

– Computerul din laborator lucrează la asta. Stai să intru în el să văd dacă a găsit ceva.

– Păi, dacă e Sleizner, n-o să fie o potrivire, a zis Heinesen și a râs.

– Nu, dar nu m-ar mira dacă s-ar dovedi o potrivire cu probele de aici.

Hesk și-a deschis servieta și a scos o pungă transparentă pentru probe în care era o sticlă de bere golită.

– A băut-o aseară la mine acasă, așa că ar trebui să se găsească probe din belșug.

– Nu sunt atât de sigur că va fi nevoie.

Hemmer a ridicat privirea de la laptopul său.

– Ce, ai obținut un rezultat?

Hesk nu știa ce să creadă.

Nu exista nici o posibilitate ca Sleizner să se afle în baza de date cu ADN-ul delincvenților condamnați sau suspectați. Sau exista? N-ar fi fost o surpriză ca Sleizner să fi făcut lucruri de care să nu știe nici unul dintre ei.

Însă n-ar fi putut să fie condamnat și nici suspectat. În acest caz, ei ar fi auzit. Singura explicație era că se află acolo din cu totul alt motiv.

– Ia să văd, a zis el și a luat laptopul, și într-adevăr analiza ADN-ului găsise o potrivire în baza de date.

Însă nu era Sleizner, ci unul dintre cei mai cunoscuți antreprenori din Danemarca: Jakob Sand.

Hesk nu înțelegea nimic.

Absolut nimic.

30

Câțiva copaci plasați strategic, un gard de lemn înalt ca paravan pentru câteva tomberoane și un gard viu des în jurul rampei de coborâre în garajul și atelierul auto subterane alcătuiau un camuflaj atât de eficient, încât era aproape imposibil de găsit. Asta, în ciuda faptului că începea chiar în mijlocul pieței Gunnar Nu Hansen – un scuar din Østerbro plin de cafenele și pietoni care se plimbă.

Dar nimeni n-a dat atenție dubei cenușii anonime, cu pete de rugină pe alocuri, care a coborât pe rampa de ciment cu striații și a dispărut în garaj.

În spatele perdelelor trase care despărțeau cabina de restul mașinii stătea Dunja și se uita la niște ecrane mici, conectate la câte o cameră video wireless. Patru erau montate pe dubă, câte una în fiecare direcție, mascate de vopseaua anticorozivă. Alte patru erau fixate pe caschetele lui Fareed și Qiang, în față și în spate, iar ultimele patru încă mai așteptau să fie așezate.

– Ia-o la stânga, a răspuns ea în căști la apelul de grup dintre cele trei telefoane proaspăt achiziționate.

Fareed a trecut de intrarea în atelierul auto și a mers încet mai departe printre mașinile parcate pe ambele părți.

Ce putea ea să vadă pe ecran era că garajul avea forma unui cerc mare, cu atelierul Kronow Auto, drept în față cum coborai pe rampă și locurile de parcare, pe două rânduri, pe circumferință.

„În sfârșit, un loc liber acolo, pe dreapta."

Qiang s-a aplecat pe locul pasagerului, ca ea să poată vedea locul pe ecran.

„N-ar trebui să-l ocupăm?"

– Nu, mergeți mai departe. Vreau mai întâi să văd tot garajul.

După ce au văzut tot, ea a constatat că nu arată altfel decât un garaj obișnuit, cu un amestec de locuri închiriate și publice. Nici măcar atelierul auto nu i-a trezit interesul, cu bărbații în salopete albastre aplecați sub capote ridicate.

Dacă n-ar fi fost o mică platformă de încărcare cu câteva tomberoane înșirate de-a lungul unui perete, probabil i-ar fi spus lui Fareed să conducă mașina înapoi acasă. Așa că i-a spus să dea cu spatele și să parcheze pe unul dintre locurile libere.

Ce căuta o platformă de încărcare într-un garaj subteran? Din câte știa, nu exista vreun supermarket deasupra, sau altceva care să aibă nevoie de marfă grea pe paleți.

– Vreau să începeți cu tomberoanele alea înșirate pe platformă, a zis ea de îndată ce Fareed a oprit motorul.

„Tu le cercetezi și eu pun camerele", s-a auzit vocea lui Qiang, apoi cei doi au ieșit din dubă.

În vreme ce Qiang se grăbea să fixeze ultimele patru camere video, Fareed a urcat pe treptele de metal până pe platformă și a deschis primul dintre cele trei tomberoane.

– E prea întuneric. Aprinde lanterna, vreau să văd și eu.

„Nu-i nimic de văzut. E gol", a zis Fareed și a luminat interiorul tomberonului, care era într-adevăr gol.

– Bine, du-te la următorul.

Fareed a deschis tomberonul de alături, care era și el gol.

„Nici aici nu-i nimic interesant. Poate că tocmai au fost golite."

– Da, dar uită-te, totuși, la următorul, a zis ea, neavând altă idee. Ca să fim siguri.

Fareed a deschis ultimul tomberon și i-a luminat interiorul, și acolo chiar era ceva.

– Vezi ce este? a zis ea.

„Par să fie haine, uzate și murdare."

– Ce fel de haine?

„Nu știu. Cam de toate. O pereche de pantaloni, o fustă, niște pulovere, chiloți și șosete."

Hainele aruncate puteau să însemne orice. Însă în combinație cu faptul că aici obișnuia Sleizner să-și parcheze mașina o seară din două, imaginile care i-au apărut în fața ochilor numai frumoase nu erau. În același timp, descoperirea a însuflețit-o. Era primul semn că poate, la urma urmei, acesta nu era un garaj obișnuit.

„Vrei să văd dacă mai este ceva dedesubt?"

– Nu, e destul, a zis ea și a mărit imaginea camerei de la spatele caschetei lui Fareed. Mă înșel, sau este o ușă în spatele tău?

Fareed a închis tomberonul, s-a întors și s-a dus la ușa de metal.

– E încuiată?

„Da", a zis Fareed, iar mâna lui părea că pipăie clanța din partea de jos a imaginii.

– Qiang, ia șperaclul și ajută-l. Trebuie să știm ce e în partea cealaltă.

„Bine“, s-a auzit vocea lui Qiang, care tocmai fixa ultima cameră video și o îndrepta spre platformă.

Imediat după aceea a luat un rucsac din dubă, i s-a alăturat lui Fareed pe platformă și, după ce a scos șperaclul electric, a montat dornul care trebuie și l-a introdus în încuietoarea cu șapte cilindri, n-a trecut mult și a putut să descuie.

„Bun, intrăm“, s-a auzit vocea lui Fareed, apoi cele patru ecrane conectate la camerele lor s-au întunecat.

Însă un senzor de mișcare a făcut să se aprindă un șir de lămpi fluorescente în ceea ce s-a dovedit a fi un lung pasaj subteran.

Pe ecran era greu să-ți dai seama exact cât de lung este, însă ea l-a estimat la 40-50 de metri, ceea ce corespundea distanței dintre garaj și clădirea de vizavi. Așadar, de aici ajungeau ei în mica lor pivniță secretă.

După cinci-șase metri în pasaj, au ajuns la altă ușă metalică, în partea stângă. Însă aceasta nu avea o gaură de cheie. În schimb, era instalată alături, pe perete, o tastatură.

„Ce zici? Să fac o încercare?“, a întrebat Qiang. „Am adus ce ne trebuie.“

– Nu, mai așteaptă cu asta și mergeți mai departe.

„Sigur? Am perfecționat cu câteva niveluri programul. De exemplu, am adăugat posibilitatea de a testa diferite combinații în ordine aleatorie. Tare, nu?“

„Super-tare. Dar hai acum“, s-a auzit vocea lui Fareed, care era deja pe drum prin hol spre celălalt capăt, unde era altă ușă cu același tip de încuietoare codificată ca a celei dinainte.

– Poți s-o deschizi, Qiang?

„Vom vedea.“

Qiang scosese deja o șurubelniță și începuse să slăbească șuruburile, apoi a ridicat capacul tastaturii și a conectat la placa de circuite câteva cabluri, cu cleme-crocodil. În cele din urmă, a conectat cablurile la laptopul său și un program a început să testeze diferite combinații ale cifrului.

– Cât o să dureze? a zis ea privind ecranul pe care cifrele se perindau atât de rapid, încât pluteau împreună în opturi pâlpâitoare.

„Depinde. Așa cum am zis, dacă era cineva interesat să asculte, programul testează combinațiile în ordine aleatorie, ca să nu trebuiască să așteptăm o veșnicie ca acel cod să se nimerească să fie 9999."

– Cât timp? E singurul lucru pe care vreau să-l știu.

„Dumnezeule mare, ești mai rău decât o femelă de elefant gravidă cu..."

„Contează pe o oră", i-a tăiat vorba Fareed.

– O oră?

„Păi, pot spune că sunt șanse să dureze patruzeci și cinci, cincizeci de minute, a zis Qiang. Dacă n-avem noroc, poate să dureze până la nouăzeci, contând pe faptul că programul verifică o sută unsprezece combinații pe minut. Cât crezi tu că o să ne ia?"

– Câteva minute. Cel mult.

S-a auzit cum Fareed și Qiang izbucnesc în râs.

„Tipa a văzut prea multe filme", a zis Fareed.

„Trebuie să fii bucuroasă că nu e un cod cu șase cifre. Atunci ar fi durat până la câteva..."

Qiang a amuțit brusc.

– Ei? a zis Dunja. Ce s-a întâmplat?

„Mulțumită noului meu program, se pare că ai nimerit-o."

– Ce, ai terminat deja?

„7895, dacă e să ne încredem în tehnică."

Qiang a montat la loc capacul, și-a împachetat ustensilele și a tastat codul din patru cifre, iar ușa s-a descuiat.

„*Voilà.*"

După ce au trecut de o draperie, s-au pomenit într-o încăpere cu o canapea de pluș violet în mijloc, lumină slabă, covor din perete în perete și tapet cu model în culori întunecate.

– Câte uși, în afară de cea pe care ați intrat? a zis ea.

„Două, din cât văd", a zis Fareed, și pe unul dintre ecrane s-a văzut cum deschide una dintre ele și intră într-o cameră în care lămpile nu erau deloc puternice, însă lumina lor de un roșu stins era suficientă ca să nu încapă vreo îndoială ce fel de încăpere este.

În mijloc era o masă sculptată în piatră, înconjurată de patru piedestale cu sfeșnice cu douăsprezece brațe. Pe un perete atârnau lanțuri cu cătușe pentru mâini și picioare, funii groase, precum și o colecție de bice cu de toate, de la biluțe de fier până la țepi.

Tăcerea lui Fareed și Qiang vorbea de la sine. În cele din urmă, își dăduseră seama că bănuielile ei legate de Sleizner sunt mai mult decât o idee fixă.

Pe ecranele lui Qiang se vedea cum se duce la o comodă plină cu tot soiul de lucruri, de la legături pentru ochi, cagule de piele și călușuri până la clești, cabluri electrice și freze dentare. Într-un sertar erau cuțite și scalpele. În altul, pipete și flaconașe de sticlă cafenie cu acid clorhidric și sulfuric.

Pe alt ecran s-a văzut cum intră în garaj un SUV alb cu ferestre întunecate.

– Auziți, a zis Dunja și a urmărit cu privirea mașina care vira la stânga exact așa cum făcuseră ei. Cred că trebuie să ieșiți acum.

„Ce?", s-a auzit vocea lui Fareed. „De ce?"

– Ieşiţi şi gata. Imediat.

„De ce? S-a întâmplat ceva?“, a întrebat Qiang, grăbindu-se să iasă în holul întunecat, pe lângă canapeaua de pluş, în pasajul subteran.

– Trebuie să se fi declanşat o alarmă sau aşa ceva. În orice caz, ei sunt pe drum încoace, aşa că grăbiţi-vă, vă rog.

De fapt, nu era nimic ciudat ca o maşină să fie într-un garaj, nici măcar una cu ferestre fumurii. Însă aceasta mergea atât de repede prin garaj, încât putea să-i audă scrâşnetul cauciucurilor pe ciment.

Fareed şi Qiang au ajuns înapoi pe platformă în momentul în care maşina trecea de camera montată în spatele dubei.

– Aproape au ajuns, a zis ea şi i-a văzut cum se pornesc repede spre dubă. Nu, n-aveţi timp să veniţi aici.

„Şi unde naiba să mergem?“, a şuierat Qiang. „Nu putem doar să...“

– Ascundeţi-vă pe undeva, l-a întrerupt ea. Oriunde, dar faceţi-o acum.

S-au aruncat după nişte maşini parcate, chiar în clipa în care maşina albă s-a oprit patinând în faţa platformei de încărcare. Cele două portiere din faţă s-au deschis ca şi cum ar fi fost sincronizate şi din maşină au ieşit doi bărbaţi în costum, cu căşti în urechi, care au urcat repede treptele de metal ale platformei.

Dunja a mărit imaginea, a reglat contrastul şi a făcut câteva capturi de ecran cu feţele lor înainte ca unul dintre ei să intre pe uşa metalică, în vreme ce celălalt a rămas de pază.

„Au plecat?“, s-a auzit vocea lui Qiang, care părea să fie culcat pe burtă sub o maşină. „Nu pot să...“

– Qiang, dacă este un moment în care trebuie să taci, ăsta e, l-a întrerupt ea. Unul dintre ei a rămas de pază la nici doi metri de tine.

Bărbatul s-a răsucit și a tras cu urechea, apoi a băgat mâna în buzunar și a scos un pistol.

– În plus, e înarmat și acum se îndreaptă spre tomberoane.

A văzut pe ecran cum deschide cele trei tomberoane, unul după altul, și se uită în ele. Apoi s-a întors la scara de metal și s-a îndreptat spre mașină, uitându-se prin garaj.

– E aproape de tine, a continuat ea. Stă chiar lângă platformă.

Dintr-odată, bărbatul s-a răsucit și s-a uitat drept spre ea cu o privire atât de intensă, încât a trebuit să-și aducă aminte că ea este cea care îl poate vedea pe el, nu invers. Dar când el a pornit drept spre dubă a început să aibă îndoieli că așa stau lucrurile.

A văzut ceva sau a reacționat la vocea ei? Cât de mult zgomot răzbătea prin pereții mașinii?

Bărbatul a venit la dubă și s-a uitat împrejur ca și cum ar fi căutat ceva, până s-a aplecat spre obiectivul camerei, așa că fața și ochii cercetători au umplut ecranul atât de mult, încât ea s-a tras instinctiv înapoi.

Apoi bărbatul a făcut câțiva pași în spate, și-a îndreptat atenția spre cabină și, prin intermediul uneia dintre camerele pe care Qiang le montase pe peretele despărțitor, Dunja a văzut că bărbatul se apropie și se uită pe geamul lateral. A încercat să-și amintească ce lăsaseră în cabină Fareed și Qiang, era acum la vedere și ar fi putut să-i dea idei bărbatului, care a smucit brusc ușa pasagerului, făcând să se clatine toată duba.

Cel puțin își amintiseră să încuie. Bărbatul s-a dus pe partea șoferului și de data asta a smucit portiera așa de tare, că ceaşca ei de cafea pe jumătate plină a alunecat de pe mica masă de lucru şi a căzut.

Reacţia a fost instinctivă – a dat scaunul în spate, s-a aplecat şi a prins ceaşca la câţiva centimetri înainte să ajungă pe podea şi să se spargă. Dacă s-ar fi gândit la asta, ar fi lăsat-o să se izbească de podeaua de metal. La urma urmei, era un zgomot rezonabil de firesc dacă zgâlţâi o dubă, ceea ce nu se putea spune despre scrâşnetul picioarelor scaunului, care amintea de o rudă agresivă a lui Chewbacca.

Sunetul l-a făcut pe bărbat să dea drumul portierei şoferului şi să ocolească duba, şi atunci i-a venit ei în minte.

Uşile din spate.

În ciuda faptului că era dată şi cu unsoare, şi cu ulei, încuietoarea refuza să funcţioneze de la sistemul central, aşa că s-a dus acolo cât de repede şi fără zgomot a putut şi a apăsat pe butonul roşu.

Bărbatul de afară a început să tragă de uşă. Nu doar o dată, ci iar şi iar, ca şi cum ar fi hotărât că acum era rândul său să câştige. Ea a rezistat cât a putut, însă, dacă el o mai ţinea aşa, curând uşile aveau să cedeze. Aşa că s-a pregătit să-l surprindă, deschizând brusc uşile cu toată puterea şi sărind pe el.

Dar nu s-a ajuns acolo, pentru că cineva a început să claxoneze şi să strige undeva mai departe în garaj, ceea ce l-a făcut pe bărbat să lase uşile şi să se ducă spre maşina care nu putea să iasă din cauza SUV-ului lor parcat oblic.

– Bun, ascultaţi-mă, a zis Dunja în cască. Tipul se întoarce acum la maşina lor, care e în direcţia voastră. Aşa că, la semnalul meu, ieşiţi de acolo. Nu pe culoarul din mijloc, că acolo daţi drept peste el, ci pe celălalt culoar, de-a lungul peretelui.

A așteptat ca el să deschidă portiera și să se așeze la volan.

– Bine, acum.

Fareed și Qiang s-au târât afară din ascunzători și au mers mai departe pe vine, protejați de mașinile parcate, pe lângă atelierul auto. Cu cât se îndepărtau, cu atât puteau să se ridice mai mult și, astfel, să ajungă acolo mai repede.

Dacă n-ar fi fost Citroënul roșu care, ca un aparat de *pin-ball* prea sensibil, s-a trezit și a început să claxoneze și să semnalizeze cu farurile când Qiang s-a lipit de perete în fața lui.

Bărbatul a ieșit iute din mașină.

– *Hey! You there!*[1], a strigat el și a început să alerge spre Qiang.

„M-a văzut. Ce să fac?", s-a auzit vocea lui Qiang, mergând zorit mai departe. „La dracu', spune ceva. Ce mama naibii să fac?"

– Atelierul auto, a zis ea, fără să aibă habar dacă e o idee bună sau proastă. Poate că e pe acolo, pe undeva, o ascunzătoare. Dacă nu, ar trebui să fie martori care să-l împiedice să facă ceva.

„Bine."

Qiang s-a răsucit și a început să alerge exact în direcția opusă, spre atelierul auto, în care a intrat și a pornit repede printre mașinile fără roți, uitându-se în jur pe unde s-o ia, cu mișcări atât de haotice, încât era greu să deslușești ceva pe ecrane, până ce a părut că a ajuns într-o încăpere cu o tejghea în partea din spate și un șir de scaune pentru vizitatori de-a lungul unui perete, alături de un dozator de apă. N-a putut

[1] Hei! Tu de-acolo! (în limba engleză în original)

să vadă mai mult, căci o voce l-a făcut pe Qiang să se răsucească pe călcâie.

„Cu ce vă pot ajuta?“

Mecanicul vârstnic cu păr cărunt lățos și salopetă albastră a venit din atelier și a trecut pe lângă Qiang până în cealaltă parte a tejghelei.

„Am o mașină care are nevoie de depanare.“

„Da, de obicei cam despre asta este vorba.“

Mecanicul a început să râdă, a dat într-o criză de tuse și a început să caute într-un calendar.

„Ce mașină este?“

„Un... un Volkswagen.“

„Sunt multe modele de Volkswagen.“

– Bine, nu te agita, dar, ca să știi, tipul e în drum spre sala de așteptare, a zis Dunja, cu ochii la ecranul conectat la camera din spatele lui Qiang, unde se vedea bărbatul în costum intrând în sala vizitatorilor. Continuă, pur și simplu, să vorbești ca și cum nu s-ar fi întâmplat nimic și, mai ales, nu te întoarce spre el.

„E un Golf“, a continuat Qiang. „Adică modelul. Un Golf din 2005. Câteodată motorul moare fără nici un motiv.“

„Moare.“ Mecanicul a încuviințat din cap. „Da, e o chestie care se întâmplă. Uneori când te aștepți mai puțin.“

Cu un zâmbet strâmb, s-a aplecat și a dispărut după tejghea.

Dunja nu pricepea nimic, până ce a văzut pe ecran că bărbatul în costum s-a oprit la câțiva metri de Qiang și a scos un pistol.

– La podea, a zis ea. Are pistol!

Qiang s-a aruncat jos exact înainte să pornească glonțul și, fără să știe dacă a fost lovit sau nu, Dunja a continuat să-i dea instrucțiuni.

-Acum coseşte-i picioarele. Nu aştepta să-şi revină şi să ochească iar. Răsuceşte-te şi loveşte cu picioarele cât de tare poți.

Nu vedea decât părți din linoleumul murdar, câteva dintre scaunele de la perete și picioarele Omulețului Michelin. Nu vedea nimic din bărbat. În schimb, l-a auzit cum a gemut, s-a prăbușit pe podea și a scăpat din mână pistolul, care a alunecat în imagine.

Mâna lui Qiang a înşfăcat pistolul, apoi el s-a ridicat și s-a întors spre ieşire.

-Nu pe acolo. Nu se poate, a zis ea, în vreme ce celălalt bărbat se vedea trecând repede pe lângă camera de supraveghere de la intrarea în garaj și intrând în atelier cu pistolul scos. Sunt doi. N-ai nici o șansă. Mai bine ia-o pe ușa din spatele tău. De cealaltă parte a tejghelei.

Qiang s-a întors și a pornit grăbit înapoi.

„Să stai acolo", a zis el cu pistolul ațintit spre bărbatul de pe podea, pe când ocolea tejgheaua, și aici imaginea a devenit iar fragmentată, când el se uita de la bărbatul de pe podea la mecanicul ciucit sub tejghea și înapoi.

„Și tu. Stai acolo, jos", i-a zis el mecanicului, mergând mai departe spre ușa biroului.

După câteva mişcări rapide, camera din față a arătat pe ecran că bărbatul în costum era pe cale să se ridice de pe podea.

„Stai acolo, am zis", s-a auzit vocea lui Qiang, care intra cu spatele în birou.

Dar s-a oprit brusc, ca și cum s-ar fi împiedicat de ceva, și când s-a uitat în jos, Dunja a văzut că mecanicul îl prinsese de un picior. Reacția lui Qiang a venit pe loc și, cu toate că imaginea de pe ecran era întretăiată, a putut ghici că l-a pocnit pe mecanic în cap cu pistolul.

După aceea a închis ușa, a încuiat-o și s-a răsucit spre ceea ce părea să fie un birou în neorânduială, cu două mese de lucru supraîncărcate și câteva rafturi montate în perete, încovoiate sub greutatea dosarelor.

Judecând după gâfâit și imaginile de pe cele două ecrane, pe care mișcările erau atât de rapide și smucite, încât nu se puteau vedea decât câmpuri de culoare în diferite nuanțe de cafeniu și bej, Qiang era panicat.

„Și acum? Ce mama dracului fac acum?“, a strigat el. „Tu ai spus să intru aici, așa că zi ce dracu' fac acum!“

– Încearcă să te liniștești, ca să am o șansă să văd unde ești.

„Să mă liniștesc? Ție ți-e ușor să zici, care stai acolo și...“

– Qiang, l-a întrerupt ea. Cel mai mare dușman al tău în clipa asta e panica. Îți jur, e mult mai rea decât tipii ăia de afară. Ei știu că ai un pistol și nu vei șovăi să-l folosești.

„Dar voi șovăi, desigur. N-am mai împușcat niciodată pe cineva, și...“

S-a auzit o bufnitură în ușă și cineva a început să smucească de ea.

„Vezi, curând vor fi aici. Ce mama naibii fac atunci? Ce? Nu pot doar să...“

– Qiang, la dracu'! Ascultă-mă. Era pe cale să te împuște în spate. Dar te-ai aruncat pe podea și ai cosit picioarele bărbatului și i-ai luat pistolul. Așa ți-ai câștigat respect. Deci, acum adună-ți naibii mințile.

„Bine“, a răspuns el și ea a văzut din mișcările camerei că încuviința din cap, în timp ce se auzea cum se silește să respire adânc și cum se întăreau bubuiturile în ușa aflată la un metru de el.

Cel puțin mișcările i-au devenit destul de potolite ca ea să-și poată face o părere despre încăperea în care se află. Vedea într-un colț un fișet și portretul reginei Margrethe, înconjurat de postere cu sâni siliconați și pelvisuri bronzate.

– Poți să te duci să vezi ce e acolo? a zis ea după ce a observat că ceva făcea unul dintre postere să stea depărtat de perete.

„Ce?"

– E ceva strâmb sub fata care se întinde.

„Care dintre ele?"

– Cea de pe capotă.

Qiang se îndrepta spre poster când s-a auzit brusc o împușcătură.

„La naiba", a exclamat el cu ochii la ușa care, cu încuietoarea împușcată, era pe cale să cedeze.

– Trage, a zis ea. Trage în direcția ușii.

Qiang a tras rapid două gloanțe, după care asaltul asupra ușii a încetat.

– Bine. Acum avem un avantaj.

Nu era vreme să se întrebe dacă cineva de dincolo de ușă fusese rănit.

– Acum vreau să te duci la perete și să vezi ce este sub acel poster.

„Dar trebuie să supraveghez ușa. Ca să nu intre. De îndată ce intră, s-a terminat."

– Qiang, fă doar ce ți-am spus.

Nu-și putea explica de ce, doar că ar fi trebuit să existe o legătură cu prima ușă de care au dat în pasajul subteran.

Pe ecran se vedea cum Qiang, cu pistolul în mână, mergea cu spatele dinspre ușă spre peretele cu postere. L-a rupt pe cel cu femeia de pe capotă fără să scape din ochi ușa, și prin camera de la spatele lui Qiang, Dunja a văzut ceea ce, cu un pic de noroc, putea să fie exact ce le trebuia, însă nu cutezase să spere nici în cele mai îndrăznețe visuri.

– Întoarce-te, a zis ea și n-a obținut nici o reacție. Qiang! Trezește-te!

În cele din urmă, Qiang s-a răsucit spre tastatura de pe perete.

„Ce naiba-i aici?“, a zis.

– Lasă dracului asta și tastează codul.

„Dar? Nu-i nici o...“

– Haide, ce mai aștepți? 7895.

Qiang a tastat codul cu arătătorul tremurând, după care s-a auzit un clic.

– Ai auzit același sunet ca mine? a zis ea, fără să primească răspuns.

Qiang cerceta deja spatele fișetului.

– Qiang, nu vrei să răspunzi? Ai auzit și tu un clic?

Fără să răspundă, Qiang a pus amândouă mâinile pe fișet și l-a împins în perete. Nici măcar n-a părut să facă vreun efort, era atât de ușor, și în câteva clipe întregul dulap a dispărut în perete, unde se căsca acum o gaură întunecată.

Ea tocmai voia să-i spună să intre în gaură, însă el era deja în întuneric și, judecând după sunet, fișetul aluneca înapoi la locul lui. Cele două ecrane erau acum negre, dar în cască se auzea cum el bâjbâie prin întuneric.

N-aveai cum să-ți dai seama dacă este un culoar îngust sau o încăpere mare, însă, când o lumină a început să se reverse înăuntru printr-o deschizătură care se lărgea, Dunja a înțeles că el trebuie să fi dat de o ușă. Era cu totul altă lume față de atelierul auto. Aici nu era nimic uzat și sărăcăcios. Dispăruseră lumina fluorescentă dură, haosul, hârțoagele și dosarele. Pereții de aici erau zugrăviți într-un cenușiu sobru, care se armoniza cu covorul albastru întins de la un perete la altul.

Era acolo o ușă întredeschisă, și Qiang a intrat într-o cameră ticsită, care părea să fie plină de tehnică la fel de avansată precum cea a lor. Deasupra a ceea ce părea un pupitru de control atârnau câteva ecrane. Pe unul dintre ele se vedeau imagini de la câteva camere de supraveghere amplasate prin garaj, la platforma de încărcare, în pasajul subteran și în câteva spații din atelierul auto.

S-a gândit la ce putea să însemne asta, dar n-a ajuns la vreo concluzie până să vadă un alt ecran, prin intermediul obiectivului de la spatele lui Qiang. Un ecran pe care se vedea fotografia ei prelucrată din comunicatul de dare în urmărire.

Așadar, aici își avea Sleizner centrul de comandă de unde îi căuta pe ei. Întrebarea era cât de multe informații avea despre ei. Dacă ei erau cei care îl găsiseră pe el sau el era cel care îi găsise pe ei.

– Întoarce-te spre computerul din spatele tău, a zis ea, fără să obțină nici o reacție. Cel cu imaginea mea.

În continuare nici o reacție.

– Hei? Qiang, mă auzi? Qiang?

Și-a luat mobilul, a văzut că e întreruptă convorbirea și a încercat să-l sune din nou. Între timp, a văzut că el se întoarce spre alt ecran, care arăta imagini mai mult sau mai puțin clare de la diferite camere de supraveghere. Elementul comun în toate imaginile era faptul că în centrul lor era ea. Printre altele, din Gara Centrală, dar și din câteva locuri publice din Copenhaga, „Byens Bodega“, și când ea...

Fără vreun avertisment, ecranul a dispărut din imagine și a fost înlocuit cu piciorul unei mese și covorul albastru pe care stătea. Ca și cum cascheta lui Qiang ar fi căzut pe podea. Sau era Qiang însuși. După aceea, s-au înnegrit ambele ecrane conectate la el.

31

Hesk a coborât cu mașina în garaj și n-a trebuit să parcurgă mai mult de douăzeci de metri până să găsească un loc liber, unde a hotărât să intre cu spatele. Cine știe de ce, a nimerit într-un unghi ciudat față de stâlpii de beton și a fost silit să dea de câteva ori înainte și înapoi, ca un cursant agitat de la școala de șoferi, până să oprească motorul, să-și desfacă centura de siguranță și să iasă din mașină.

De obicei era expert în manevrarea în locuri strâmte și întotdeauna trebuia să ia volanul de la Lone când era nevoie să pună mașina într-un spațiu îngust. Dar astăzi nu era în apele lui și chiar se simțea un pic nesigur pe picioare pe când mergea prin garaj, cu ochii la mașini și la plăcuțele de înmatriculare.

Explicația simplă era oboseala, după ce nu dormise deloc de aproape o zi și-o noapte. Și sigur că era obosit. Așa de al naibii de obosit! Însă asta nu era explicația completă.

Motivul era în primul rând confuzia. De unde avusese o linie de urmat, fie ea și cu mai multe semne de întrebare, acum nu mai știa care-i stânga și care-i dreapta. Era ca și cum totul se putea petrece fără cel mai mic avertisment, iar în mijloc stătea el și se străduia să alcătuiască un puzzle, pe când piesele se încăpățânau tot timpul să-și schimbe forma.

De aceea, în loc să se ducă acasă după ședința de la Heinesen, a ales să se ducă în Østerbro și să arunce o privire prin garajul subteran în care Hemmer reușise să localizeze mobilul lui Jakob Sand. Nu știa ce anume caută, dacă măcar caută ceva. Dar nu se sinchisea. Era mai degrabă în lipsă de alte variante și, dacă era ceva ce nu suporta, era să ajungă acasă la altă ceartă fioroasă cu Lone. Așa că a preferat să dea pe aici o tură fără idei preconcepute, încercând să-și recapete o parte din respectul de sine.

Se împăcase de mult cu faptul că e departe de a se număra printre cei mai buni anchetatori din țară, însă nu-și amintea să se mai fi simțit vreodată atât de convins de ceva care s-a dovedit apoi complet aiurea. Așa că, privind înapoi, era fără îndoială una dintre cele mai jenante situații în care fusese în anii petrecuți în poliție, inclusiv leșinul din timpul conferinței de presă.

Până și Heinesen îl contestase. Heinesen, dintre toți. El, care nu contesta pe nimeni și nimic. Faptul că s-a dovedit că au avut dreptate n-a îmbunătățit cu nimic lucrurile. De acum încolo nu vor mai ține seama de el.

Nu-i putea învinovăți. Însă asta nu însemna că își acceptă înfrângerea fără să încerce să facă ceva. Poate că era la podea de-a binelea. Însă cât timp arbitrul nu ajunsese cu numărătoarea la zece mai avea o șansă să se ridice.

În afară de situația personală, ancheta făcuse, la urma urmei, un mare pas înainte. Exact așa cum le spusese celor din echipă, în încercarea de a îndulci pilula, trebuie să fie bucuroși și ușurați că nu era Sleizner cel aflat în spatele uciderii femeii. Asta simplifica mult continuarea muncii. În plus, putea să fie mulțumit că reuşiseră să-l identifice pe Jakob Sand şi puteau să se pregătească să facă o arestare.

Acestea fiind zise, Julie Bernstorff, ca trâmbiţa adevărului care era, avusese perfectă dreptate că bănuielile lui legate de Sleizner nu se datorau doar faptelor. N-a vrut să recunoască asta atunci și n-avea chef s-o facă nici acum, însă adevărul curat era că a fost dezamăgit. Oricât de urât ar fi sunat, în adâncul său nu-și dorea nimic mai mult decât să fi fost Sleizner.

Pe undeva, ar fi fost pe deplin logic dacă acel stil pe care şeful său şi-l şlefuise la perfecţie – să forţeze fiecare regulă până la punctul de rupere – l-ar duce până la urmă la prăbuşire.

În ce priveşte echipa de criminalişti şi munca ei, nu încăpea îndoială că Sleizner este rădăcina răului. Cu o hotărâre impresionantă, avusese grijă să-şi împrăştie veninul în întreaga organizaţie. Hesk însuşi ajunsese în câteva rânduri în bătaia puştii, şi îi văzuse pe alţii expuşi la lucruri care depăşeau atât de mult limitele, încât acum nu putea înţelege de ce nimeni, inclusiv el însuși, n-a reacționat și n-a făcut plângere.

Dar asta a fost atunci. Acum spusese „nu" şi i se împotrivise lui Sleizner într-un fel în care n-ar fi cutezat niciodată înainte. Era ca și cum ultimele evenimente făcuseră să cadă o barieră şi, dacă ar fi fost vreodată nevoie, n-ar fi avut nici o problemă să bată la uşa biroului elegant al şefului său, să se ducă la masa lui de lucru şi să-i prezinte calm şi politicos faptele de care este acuzat, apoi să-i pună cătușele și să-l ducă în arest.

Însă nu Sleizner era cel care luase viaţa femeii, şi poate că nu el a fost în contact prin SMS-uri cu Mogens Klinge. Poate că, exact cum spusese Julie, nu era decât o coincidență nefericită.

În schimb, cea mai mare probabilitate era ca vinovatul să fie Jakob Sand. Cel mai norocos antreprenor pe care întreaga Danemarcă adora să-l urască. Era o bombă și avea să țină capul de afiș. Dar, pe de altă parte, acel bărbat era obișnuit cu asta de cum cobora din pat, dimineața. Dacă nu era un nou scandal de evaziune fiscală, era o nouă amantă sau alt divorț.

Însă de fiecare dată a reușit să se ridice, să-și scuture praful de pe costum și să meargă mai departe ca și cum nu s-ar fi întâmplat nimic. Chiar și când, acum șase ani, fusese suspectat de uciderea prostituatei Jana Helsing. Atunci analiza ADN-ului l-a dezvinovățit. Aceeași analiză ar putea acum să-l doboare.

Și iat-o. Mașina lui. Sau, cel puțin, una dintre mașinile lui. Un Mercedes-Benz sport roșu, decapotabil, cu portiere care se deschid în sus. Așadar, triangulația lui Hemmer s-a dovedit corectă. Dar Sand însuși nu se vedea, desigur.

S-a aplecat spre geamul lateral al mașinii și și-a pus mâinile pâlnie în jurul feței ca să vadă mai bine. Interiorul era cu roșu și negru, iar pe locul pasagerului se afla o cutie de bomboane Läkerol, alături de o pungă verde de pastile mentolate Fisherman's Friend. Asta nu spunea decât că omul se îngrijea de respirația sa. Apoi Hesk și-a îndreptat spatele și a hotărât că cel mai bun lucru pe care putea să-l facă era să se ducă acasă și să doarmă câteva ore. Tot n-avea să afle vreun răspuns aici, jos, și chiar dacă ar fi aflat, era prea obosit ca să-l poată vedea.

Și atunci, tocmai când voia să se înghesuie pe lângă stâlpul de beton, mobilul a început să vibreze în buzunarul jachetei. L-a scos și a văzut că e un număr suedez pe care nu-l recunoștea.

– Da, alo? Sunt Jan Hesk.

„Salut, numele meu este Malin Rehnberg, de la poliția din Stockholm. Îți cer scuze că te deranjez atât de târziu duminică seara."

– Despre ce este vorba?

„Oho, nu vrem să pierdem timpul", a chicotit ea. „Dar e în ordine. Îmi convine de minune. Am sunat în legătură cu femeia pe care ați găsit-o în mașină și încercați s-o identificați. Cea cu cicatricea în formă de cruce pe coapsă."

– Știi cine este?

„Nu, din păcate. Însă chestia e că a fost o crimă și în Stockholm."

– Da, soiul ăsta de lucruri se întâmplă, din păcate, și în lumea lui Astrid Lindgren.

„Da, și cum ar vrea sora cea mică, Danemarca, să reacționeze sora cea mare, Suedia? Să ne dăm cu tifla și să ne strâmbăm unii la alții, sau să încercăm să ne ajutăm între noi?"

– Scuze. Sunt foarte obosit. N-am avut deloc intenția să... S-a întrerupt, nu-și mai amintea ce voia să spună. Dar să lăsăm asta. E tot o crimă dublă, un bărbat și o femeie?

„Nu, aici e doar o femeie."

– E prostituată?

„Nu, din câte știm în acest moment. De fapt, din ce am văzut în raport, nu sunt asemănări nici între victime, nici între procedee."

– Bine, însă atunci trebuie să întreb de ce...

„... am sunat?"

– Exact.

„În sfârșit, ne înțelegem unul pe celălalt. Pentru că singurul indiciu pe care îl avem despre suspectă este o cicatrice asemănătoare cu a femeii de la voi."

Suspectă? A auzit bine? Sau era doar o confuzie lingvistică...?

Sunetul unei uși solide care se închidea undeva în garaj i-a abătut atenția.

„Hei, mai ești acolo?“

Apoi a auzit pași grăbiți, ca și cum cineva aproape alerga pe podeaua de ciment. S-a aplecat pe după stâlp și a văzut un bărbat în costum cum merge grăbit spre un SUV alb oprit în fața unei platforme de încărcare.

– Va trebui să te sun mai încolo, a zis el și a încheiat convorbirea.

Ar fi putut să rămână lipit de stâlp. Să pretindă că nu vede cum bărbatul a deschis portbagajul și a scos un sul de saci de gunoi negri, bandă adezivă și o sacoșă neagră mare cât o geantă de sport. Ar fi fost, fără îndoială, cel mai ușor. Pur și simplu, nu vezi ce nu suporți să vezi. O jumătate de minut, nu mai mult, până să dispară bărbatul, și s-ar fi putut întoarce la mașina sa în beatitudinea neștiinței.

Era, în toată simplitatea ei, o alternativă reală. Numai că nu pentru el. Nu acum. Nu după toate prin care trecuse. Bărbatul care urca treptele metalice ale platformei era același care a pescuit pe chei, a schimbat becurile la morgă și l-a cărat jos de pe scenă la conferința de presă. N-avea cum să nu observe inelarul lipsă de la mâna dreaptă.

Așadar, exista o legătură între cei doi bărbați și Jakob Sand, și el era, evident, cel pentru care venise aici ca să cerceteze până la capăt; de aceea și-a părăsit ascunzătoarea și a pornit spre rampa de încărcare, unde bărbatul tocmai descuia o ușă.

În timp ce mergea, și-a desfăcut haina și tocul de la umăr ca să scoată pistolul, dar s-a răzgândit și a scos legitimaţia de poliţie, ca să nu rişte să provoace o violenţă inutilă.

Ceea ce s-a petrecut după aceea a priceput de-abia după un minut. Când şi-a pierdut echilibrul şi a căzut pe burtă pe podea era deja prea târziu. Era evident că cineva a sărit pe el din spate. Însă bărbatul care parcase maşina trebuia să se afle în faţa sa. Nu în spate. Pe de altă parte, erau doi.

A încercat să se răsucească, însă atacatorul era deja peste el şi îi apăsa braţele pe podea.

– Acum să stai potolit şi să nu scoţi nici măcar un sunet, i-a şoptit cineva la ureche.

O voce pe care nu ştia de unde s-o ia, până ce apăsarea de pe braţe a dispărut, s-a putut răsuci şi a văzut că e Dunja Hougaard.

– Ce mama naibii faci aici? a zis el, în timp ce se ridica şi îşi scotea pistolul. Eşti dată în urmărire.

– Iar tu pari să fii surd.

Până ca Hesk să reacţioneze, Dunja a făcut un pas spre el, i-a smuls pistolul din mână şi a continuat cu o lovitură zdravănă cu cotul sub bărbie.

32

-Ce făceai aici?

Jan Hesk auzise diferite variante ale aceleiași întrebări. „De ce ești aici?", „Ce te-a adus aici?", „Cât de mult știi?" Însă toate sunau atât de înăbușite și îndepărtate, încât nu pricepuse că îi sunt puse lui. A priceput de-abia după ce și-a revenit destul de mult ca să-și poată deschide ochii și s-o vadă pe Dunja aplecată deasupra lui în ceea ce părea să fie interiorul unei dube.

-Jan, a continuat ea. Trebuie să știu ce te-a adus tocmai în acest garaj.

-Tu ești cea dată în urmărire. Nu eu.

Hesk s-a ridicat în capul oaselor și s-a uitat în jur prin spațiul strâmt, uimit de harababura de cabluri, aparate cu antene și șiruri de ecrane mici. Se părea că zvonurile pe care nu le luase niciodată în serios erau adevărate.

-Însă eu sunt cea care are pistolul tău. Nu tu.

Dunja a ridicat arma lui.

-Încă din prima ta zi la serviciu m-ai impresionat. Uneori eram chiar un pic invidios că tu, spre deosebire de mine, aveai tot ce trebuie ca să faci exact ceea ce visam eu. Pe de altă parte, niciodată nu te-am plăcut.

– Bine. Tocmai începeam să mă simt un pic stingherită. Însă cel puțin sentimentele noastre sunt reciproce.

– Îmi amintesc că Sleizner te-a lăsat să sari peste rând și să-mi iei locul doar pentru că erai tânără și apetisantă. Habar n-avea cât de iscusită ești cu adevărat, și mă întreb dacă tu însăți știai. Cel mai mult te interesa să-i atragi lui atenția și să mă calci pe mine pe picioare, câtă vreme asta te ajuta să urci. Hesk s-a ridicat în picioare. Dar tot mi-e greu să cred că ai putut folosi asta împotriva unui vechi coleg, chiar dacă acum ești considerată un risc la adresa securității naționale. S-a dus la ea, i-a luat pistolul din mână și l-a pus înapoi în tocul de la umăr. Așadar, acum eu sunt cel care vrea răspunsul la întrebarea ce faci. De ce tu, în afară de faptul că nu mă placi, ai considerat că e o idee bună să mă ataci și să mă lovești, lăsându-mă inconștient?

– A fost din pură grijă față de tine.

Dunja i-a întins încărcătorul pistolului.

– Măcar atât am putut să fac drept mulțumire pentru ce ai făcut tu pentru mine la acea petrecere de Crăciun în biroul lui Sleizner. Dacă n-ai fi apărut, m-ar fi violat și, dacă n-ar fi fost micul meu efort de azi, bărbatul spre care te îndreptai ți-ar fi făcut felul. Consideră că e un mic „mulțumesc" întârziat pentru ajutor.

– Întâmplător, acel bărbat era unul dintre suspecții din ancheta mea. Hesk a scos pistolul și i-a montat încărcătorul, apoi l-a pus înapoi în toc. Așa-zisul tău mulțumesc m-a împiedicat să-l prind.

Dunja a clătinat din cap.

– N-ai nici cea mai mică idee despre ce este vorba, nu?

– În orice caz, știu atâta cât...

– Jan, se vede pe tine, l-a întrerupt Dunja. Cum te străduiești să-i convingi pe toți, inclusiv pe tine însuți, că deții controlul, când de fapt n-ai nici o idee cu ce sau cu cine ai de-a face.

– Eu conduc anchetarea dublei omucideri în care una dintre victime e Mogens Klinge. Și da, sunt gata să recunosc că este mult mai complicat decât am crezut la început. M-am întrebat nu o dată dacă merită efortul. Dar nu sunt dintre cei care se lasă păgubași și în acest moment investigația m-a adus aici. Prin urmare, nu pot să accept ca tu...

– Jan, crede-mă, i-a tăiat vorba Dunja. N-ai nici o șansă. Deja mi-au luat unul dintre prieteni.

– Unul dintre prietenii tăi? Cât de mulți sunteți, de fapt? Și toate astea? A arătat cu mâna prin spațiul de lucru strâmt cu toate ecranele. Te întreb din nou. Ce anume faci?

Dunja s-a uitat la el ca și cum ar fi încercat să vadă dincolo de scalpul și țeasta lui, până la gânduri. Dar în clipa în care a încercat să spună ceva, ușile din spatele lor s-au deschis.

Hesk s-a răsucit și a ațintit pistolul spre bărbatul negricios cu caschetă care intra cu spatele în dubă.

– Și tu cine ești?

– Doar un bărbat de origine străină, a zis Fareed și a închis ușile.

– E cu mine. Dunja s-a apropiat de Hesk și i-a apăsat în jos brațul cu pistolul. Cum a mers?

Fareed și-a scos cascheta și a clătinat din cap.

Dunja a încuviințat, oftând, și s-a răsucit spre Hesk.

– *Sorry*, unde rămăsesem?

– Tocmai urma să-mi spui ce faci.

– Îl caut pe Sleizner.

– Iar el pare să te caute pe tine.

– Diferența este că el face ceva. Nu mă întreba ce, însă din puținul pe care l-am văzut astăzi nu sunt neapărat lucruri frumoase.

– Din nefericire, pot să te informez că e nevinovat.

– De ce anume?

– Uciderea femeii și, eventual, și a lui Mogens Klinge.

– Ia stai un pic. Dunja s-a întors spre Fareed, care se așezase cu un laptop pe genunchi. Ai auzit? L-au bănuit pe Sleizner că e în spatele dublei crime.

– „Bănuit“ e puțin spus. Hesk a clătinat din cap. Cu doar câteva ore înainte eram convins că el e în spatele crimelor. Dunja s-a uitat la el fără să spună nimic. Știu exact ce gândești, a continuat el. Că sunt micul idiot cuminte al lui Sleizner, și poate chiar am fost. Dar acum nu mai sunt. S-au întâmplat multe de când ai dispărut.

– Ce te-a făcut să crezi că e el?

– Câteva lucruri, însă cel mai mult, un număr anonim de mobil cu care Klinge a fost în legătură, prin intermediul unui telefon mobil secret, din aprilie până în ziua morții. Am reușit să găsim prin triangulație o poziție care s-a dovedit a fi casa mea, exact în timp ce Sleizner se afla acolo într-o vizită neanunțată.

– Așadar, el are celălalt mobil?

– Asta am presupus, și încă mai presupun.

Dunja s-a întors spre Fareed.

– De ce nu ne-am gândit la asta?

– Bună întrebare, a ridicat din umeri Fareed. Asta ar trebui să lămurească multe.

– Bine, dar acum zici că n-a fost el.

Hesk a încuviințat.

– ADN-ul țesutului găsit sub unghiile femeii nu se potrivește cu cel al lui Sleizner, ci cu...

– Jakob Sand, l-a întrerupt Dunja.

– Cum de știi asta?

– Nu știu. Doar ghicesc. Ei doi și încă unul pe care nu l-am identificat au luat prânzul la Zeleste cu doar câteva zile înainte și, în afară de hotărârea să mă dea în urmărire, au vorbit despre tine și cât de potrivit ești să conduci ancheta.

El voia să întrebe cum obținuse toate acele informații. Dacă ascultaseră discuția și, dacă da, cum reușiseră s-o facă în timpul unui prânz neoficial într-un local intim ca Zeleste. Voia să știe exact ce spusese Sleizner despre el. Ce ton a avut. Dacă râdea sau era serios. Voia să știe tot. Dar n-a apucat să afle, căci bărbatul numit Fareed s-a întors spre ei.

– Dunja, uită-te aici. A arătat cu degetul un ecran pe care se vedeau câteva tonuri de alb. Vezi? Camera de aici a revenit.

– Care dintre ele?

– Cea din fața caschetei lui.

S-a dus acolo și Hesk și s-a uitat la ecranul alb, fără să priceapă nimic.

– E posibil să se afle mai aproape de noi, așa încât recepția să fie mai bună? a zis Dunja.

– Nu, atunci ar fi trebuit să revină și cea din spate.

Fareed a arătat cu degetul spre ecranul de alături, care era în continuare complet negru.

– Atunci cum explici că a revenit brusc?

– Nu pot să-ți explic, n-am nici o idee. Fareed s-a aplecat în față ca să vadă mai bine. Întrebarea este dacă el o poartă. Nu prea pare.

– Cum poți să-ți dai seama? Nu-i decât o grămadă de alb.

– E complet încremenit. Nu vezi? A arătat spre tonurile de alb. Nimic nu se mișcă.

– Dar asta înseamnă că el... că el...

Dunja a tăcut.

– Vezi liniile astea mici mai închise la culoare, aici și aici? Fareed a arătat spre ecran și Dunja a încuviințat. Ar putea să fie o podea, nu? O podea din dale.

– Așadar, vrei să zici că zace acolo.

– Așa arată.

Nici unul dintre ei n-a știut cât timp a stat cu ochii la ecran. Parcă erau hipnotizați de tonurile de alb și s-au trezit de-abia când Dunja a spart tăcerea.

– Nu se întâmplă chiar acum ceva?

A arătat spre ecran.

– Sau numai mie mi se pare că se mișcă?

– Nu, ai dreptate.

Fareed s-a luminat la față.

Într-adevăr, diferitele câmpuri de lumină se mișcau unul în raport cu altul, și curând liniile grilei, care bănuiseră că e o podea, s-au înmulțit, iar pătratele au devenit tot mai mici.

– Da, uite, se ridică în picioare.

– Dar de ce e atât de neclară imaginea? a întrebat Hesk arătând spre ecran, unde camera nu reușea să focalizeze, chiar dacă puteai ghici că e o încăpere îmbrăcată în plăci albe.

Fareed a încercat să mărească imaginea.

– Arată ca și cum obiectivul ar fi aburit.

– Nu pare că se află într-o baie? a zis Dunja.

Fareed a încuviințat din cap.

– Vezi dacă nu poți să-l suni și să-i spui să șteargă obiectivul.

Dunja a selectat pe mobil numărul și a sunat, în vreme ce imaginea de pe ecran a început să se miște smucit înainte și înapoi. La intervale regulate, apărea lampa de pe tavan, care era atât de puternică, încât albea întreaga imagine. La un moment dat, a trecut prin cadru ceva ce semăna cu o chiuvetă. Apoi, o scurgere din podea de metal strălucitor.

– Nu, nici măcar nu se conectează.

– Nu e semnal acolo. Dar...

Fareed s-a aplecat spre ecran.

– Dar ce?

– Nu sunt sigur, însă nu pare să aibă cascheta pe cap. E prea jos și pare să se legene înainte și înapoi.

– Poate că o ține în mână, a zis Hesk în momentul în care ecranul telefonului Dunjei s-a luminat.

– Stai așa, acum sună el.

A apăsat pe butonul de începere a conversației și a pus pe difuzor.

– Da, alo? Sunt Dunja. Ce-i cu tine?

A așteptat un răspuns, însă nu s-a auzit decât un pârâit slab.

– Qiang, mă auzi? Alo? Qiang? Eu nu te aud. Ridică în fața camerei două degete dacă mă poți auzi.

Fareed a conectat la mobil un cablu, după care pârâitul s-a auzit în două difuzoare. Apoi a făcut niște reglaje ale sunetului pe un egalizator, încercând să evidențieze tot ce nu era zgomot de paraziți.

Între timp, camera s-a apropiat și s-a văzut tot mai mare o figură întunecată cu margini difuze. S-a dovedit că e o persoană care stătea în genunchi cu mâinile la spate și capul aplecat în față. Însă de-abia după ce a apărut în imagine un deget și a șters ceața de pe obiectiv au putut vedea că este Qiang.

– Ah, Dumnezeule mare!

Dunja și-a întors privirea de la ecran.

– E prietenul tău?

Hesk s-a întors spre Fareed, care a încuviințat din cap.

Cineva a intrat în imagine și a rămas în picioare în spatele lui Qiang. Dar nu se vedeau din el decât bocancii și pantalonii de camuflaj groși.

– Ce mama dracului se întâmplă? Dunja s-a întors spre Fareed. Ce-or fi făcând?

– N-am nici o idee.

– Trebuie să facem ceva. Nu putem sta aici, pur și simplu, fără să facem nimic.

Mâna dreaptă a bărbatului a intrat în imagine, l-a înșfăcat pe Qiang de păr și l-a silit să se uite în obiectiv, cu o privire în care licărea spaima.

– El e. Hesk a arătat spre mâna căreia îi lipsea degetul inelar. El e cel pe care tocmai l-am văzut.

– Alo, ce vreți? a strigat Dunja în telefon. Sunt Dunja Hougaard. Spuneți ce mama dracului vreți!

„Trebuie să mă ascultați“, s-a auzit vocea întretăiată a lui Qiang, printre suspine. „Auziți? Trebuie să ascultați cu atenție.“

– Ascultăm, a zis Dunja. Spune doar ce trebuie să facem, și facem. Îți jur că totul o să...

„Ascultă aici, fiindcă ticăloșii ăștia nu se joacă. Trebuie să...“

Qiang a izbucnit în plâns.

– Qiang, noi...

– N-are rost, a întrerupt-o Fareed. Tot nu te poate auzi.

„Trebuie s-o lăsați baltă, auziți?“, a continuat Qiang. „Totul. Toată ascultarea și toate pozele și filmele. Tot rahatul trebuie să dispară, pricepi? Altfel ne vor lua unul după altul. Asta zic ei. Unul după altul.“

– Sigur că o să facem asta. Qiang, o să facem tot ce vor ei, doar să-ți dea drumul. Spune-le. Orice...

N-a avut timp să continue, mâna stângă a bărbatului în uniformă de camuflaj a intrat în cadru atât de repede, încât doar când s-a văzut despicătura de sub bărbia lui Qiang și-au dat seama că mâna ținea un cuțit, care acum îi era înfipt mai sus de mărul lui Adam, pe când sângele țâșnea din rana deschisă pe haine, pe plăcile albe.

Qiang a încercat să mai spună ceva, dar n-a putut. Din gură nu-i ieșeau decât bulbuci de sânge și până la urmă s-a prăbușit în spasmele morții, apoi transmisia s-a întrerupt.

33

La lumina lămpii de lucru din biroul său de la subsol, Fabian a pus adeziv bicomponent pe marginile de lemn subțiri. Apoi a suflat peste adeziv, a pus bucata la locul ei și a apăsat cât de tare a putut, cu forță distribuită uniform.

Era ultima bucată, și tăblița ouija veche arăta din nou bine. Crăpăturile provocate când și-a ieșit din fire erau, desigur, vizibile dacă te uitai cu atenție. Dar nu era mai rău de atât, spre deosebire de altele dintre greșelile lui.

Își petrecuse ultimele ore afară din casă, într-o plimbare lungă. Mai întâi, prin pădurea Pålsjö și pe pasarela de peste calea ferată. Apoi s-a dus până la Pålsjöbaden, și-a scos pantofii și a mers mai departe spre nord pe la marginea apei, prin nisipul cu pietriș.

După vreo oră de mers pe pietre colțuroase și sfărâmături de scoici au început să-l doară picioarele, iar în dreptul orășelului Hittarp s-a tăiat într-un ciob de sticlă. Dar și-a văzut, pur și simplu, de drum, și după încă o oră durerea din picioare a dispărut.

În apropiere de cătunul Grå läge s-a dezbrăcat și a intrat în apă. I-a trecut prin cap să continue să înoate, până la infinit. Însă ceva l-a împiedicat, și după ce s-a întors la mal a stat pe nisip și s-a zvântat la soare.

A stat acolo, uitându-se la mare și la câmpiile daneze care se vedeau pâlpâind deasupra orizontului, și a luat cea mai grea hotărâre din viață, ca de acum înainte să nu mai încerce să afle ce i s-a întâmplat cu adevărat fiului său.

Părea să fie încă o trădare a lui Theodor și, într-un fel, fugea de o datorie pe care trebuia s-o plătească. Însă acolo și atunci a hotărât să renunțe. Să accepte faptul că nu va ști niciodată și că toate probele și indiciile care arătau ceea ce era dubios aveau să fie îngropate odată cu Theodor.

Sonja, Jadwiga Komorovski și toți ceilalți aveau dreptate. N-avea nici o importanță cât de aproape ajungea el de adevăr, nu va reuși niciodată să dea timpul înapoi. Ce a fost făcut a fost făcut, și unele lucruri era mai bine să fie lăsate neatinse.

Pentru a doua oară în această vară a tras sertarul din mijloc al scrinului, a scos obiectul înfășurat în pânză, l-a pus în fața sa pe birou, lângă tăblița ouija, l-a desfăcut și s-a uitat la pistolul cu care fiul său venise acasă după acea noapte fatidică în care a fost la Helsingør împreună cu „banda Smiley".

Încercase să-l facă pe Theodor să spună de unde are pistolul, însă nu reușise să obțină altceva decât încercări de răspunsuri care erau evident născociri. Era un Heckler & Koch USP Compact de 9 mm, un model destinat luptei de aproape și folosit de obicei de forțele de poliție daneze. Măcar atât știa, însă numărul de serie fusese șters, așa că era imposibil să-l caute.

Planul fusese să li-l dea danezilor și să-i lase pe ei să investigheze și să-l examineze. Însă acolo, pe nisipul încălzit de soare din dreptul cătunului Grå läge, s-a răzgândit. Nimănui nu-i va fi îngăduit să-l investigheze. Avea să se descotorosească de el. Avea să se asigure că dispare pentru totdeauna, împreună cu toate celelalte întrebări fără răspuns.

A împăturit la loc pânza, a dat pachetul deoparte și a verificat lipiturile, apoi a luat cel mai bun glaspapir pe care l-a putut găsi și a început să șlefuiască cu mișcări delicate marginile unite. De acum încolo, avea să privească înainte și să fie alături de Sonja și Matilda. Dacă mai erau interesate să-l aibă în viața lor.

Ceea ce era departe de a fi sigur. Felul în care se uitau la el și vorbele rostite de ele aveau să răsune între ei multă vreme. Poate pentru totdeauna. Însă el avea să facă o încercare sinceră.

De cum termina tăblița, avea s-o ducă sus, la Matilda, și să-i ceară iertare. Fără explicații sau reținere, doar o cerere sinceră de iertare pentru că și-a ieșit din fire de dimineață. Avea să-i spună clar că poate să vină în subsol ori de câte ori vrea ca să ia legătura cu spiritul căreia îi zicea Greta. Dacă Greta era ceva în care ea credea și de care avea nevoie ca să treacă prin durere, el n-avea să-i stea în cale.

În ceea ce o privea pe Sonja, nu știa ce ar putea să facă. Nu exista vreo scuză care să poată schimba ceva. Nici o iertare vindecătoare. Probabil n-avea nici o importanță ce spunea el. Ea se hotărâse și, într-un fel, putea s-o înțeleagă.

De-a lungul anilor, făcuse tot ce-i stătea în puteri, și totuși rămăsese departe de țintă. Erau atât de multe lucruri pe care ea și le dorea, iar el nu i le putea da. Atât de multe, încât întrebarea era dacă el însuși mai voia să încerce.

A închis ochii, și-a plimbat mâna peste tăbliță și a constatat că suprafața este atât de netedă, încât degetele aproape că pluteau deasupra lemnului. Sigur că simțea reparațiile, însă numai ca pe ceva care părea deja îndepărtat și difuz. Ca și cum lemnul însuși ar fi avut putere de vindecare.

Când a deschis iar ochii, a fost ca și cum ar fi văzut tăblița pentru prima oară. Măiestria execuției, vinișoarele lemnului - ce frumoasă era, de fapt, cu toate că era așa de veche și uzată, că unele dintre litere și cifre aproape că nu se mai deslușeau.

Și dacă era adevărat?

Și dacă Matilda avea dreptate?

Dacă exista vreun argument în favoarea acestui lucru, era un episod de acum o lună. La fel ca multe altele, îl reprimase, încercând să se convingă că nu s-a întâmplat. Dar s-a întâmplat ceva. La mijlocul anchetei în desfășurare ceva vorbise cu el. Tocmai când făcuseră câteva arestări și începeau, în sfârșit, să vadă o legătură între unele dintre cazuri, ceva i-a spus că tot ce știau ei era greșit. La rândul lui, acest lucru l-a făcut să înlăture întreaga anchetă și s-o ia de la capăt, ceea ce a dus, până la urmă, la prinderea „Ucigașului cu zaruri".

Putea cel puțin să spună „mulțumesc". Indiferent dacă credea sau nu, măcar atât putea să facă. De aceea, s-a ridicat în picioare, a luat cu el tăblița în cealaltă parte a draperiei trase și s-a așezat pe una dintre pernele puse pe jos.

Aici obișnuiau Matilda și Esmaralda să stea când făceau ședințele de spiritism și, la fel ca ele, a aprins lumânările care alcătuiau un cerc în jurul său. Apoi a pus indicatorul pe tăbliță și s-a asigurat că se poate mișca nestingherit peste litere.

Din puținul pe care-l văzuse din ce făcea Matilda, ea ținea arătătorul pe indicator și punea întrebările. Era, practic, o copie a jocului de-a „duhul din sticlă“ de care fuseseră obsedați unii dintre colegii săi în școala primară.

Părea o rupere de toate lucrurile în care crezuse când a ridicat brațul drept și și-a coborât degetul pe indicator. Ca și cum ar fi făcut ceva interzis. Nu simțea nici o forță magică, și se gândea mai mult la cât de jenant ar fi să-l vadă cineva decât la ceea ce credea că o să se întâmple.

– Scuze, a zis el în cele din urmă cu blândețe. Însă, dacă e cineva acolo, de partea cealaltă, aș vrea doar să...

S-a întrerupt. Simplul fapt că și-a auzit vocea spărgând tăcerea l-a făcut să se simtă stingherit. O parte din el a făcut un efort să se ridice în picioare, însă alta îl ținea acolo.

– Mă cheamă Fabian, Fabian Risk, a continuat el. Sunt tatăl lui Theodor. Și al Matildei.

Nu știa de ce adăugase ultimele cuvinte. Era vorba despre ajutorul primit la anchetă, nimic altceva.

Și indicatorul nu s-a mișcat din loc. Cum ar fi putut s-o facă sub greutatea întregului său braț? Poate că apăsa prea tare și ar trebui să slăbească presiunea?

– Nu știu dacă mă aude cineva. De data aceasta a încercat să vorbească mai tare. Poate că nu. Însă vreau, totuși, să mulțumesc, indiferent cine sau ce m-a ajutat în investigație și a spus că tot ce știam noi era greșit. Poate că a fost cineva care se numește Greta, nu știu. În orice caz, ne-a ajutat. Doar asta voiam...

Brusca vibrație l-a făcut să tresară și să-și tragă mâna de pe indicator ca și cum s-ar fi ars. Însă după ce s-a liniștit și-a dat seama că nu era decât mobilul din buzunar, semnalând primirea unui mesaj.

L-a scos, a deschis mesajul și l-a citit.

Mesajul era semnat de fostul său coleg Ingvar Molander, care era arestat și își aștepta procesul. Erau cinci propoziții. Nici mai mult, nici mai puțin.

Cinci propoziții care schimbau totul.

34

Hesk a apăsat butonul de sus din coloana lungă de zece nume de familie elegante până ce ecranul interfonului s-a luminat și a început să piuie. Apoi și-a netezit repede părul, a băut ce mai rămăsese în sticla de bere și a dus-o la spate, ca să n-o poată vedea camera de supraveghere.

Acum câteva ore pornise spre casă. Însă când s-a așezat în mașină, a pornit motorul și a ieșit din garajul de pe Østerbro, au revenit imaginile execuției lui Qiang. Imagini mărite ale unor amănunte pe care nimeni n-ar trebui să le vadă.

În sine, nu era nimic nou. De când tehnologia video a ajuns la îndemâna omului de rând, fuseseră săvârșite violuri, bătăi și crime în fața unui aparat de filmat pornit. Teroriștii își făcuseră o carte de vizită din găsirea de căi, una mai dezgustătoare ca alta, de a omorî oameni, răspândind filmele pe internet.

Însă asta fusese cu totul altceva decât un video *snuff*[1] anonim. Nu pentru că era cineva pe care îl cunoștea. Nu-l întâlnise niciodată pe prietenul Dunjei, cel cu

---

[1] *Snuff video/film*: filmarea în direct a unei ucideri reale (în limba engleză în original)

mâinile legate, care a fost silit să sângereze în ceea ce trebuie să fi fost o durere indescriptibilă.

Nu, ceea ce l-a afectat cu adevărat a fost faptul că s-a întâmplat în direct, în fața ochilor săi. Nu era o crimă filmată care s-a petrecut undeva în lume acum mult timp. Era ceva ce se petrecuse chiar atunci, și tot ce a putut face a fost să stea acolo și să vadă cum literalmente se scurge viața din el.

Ticăloșii i-au dat o singură lovitură. Una singură, ca să nu se petreacă prea repede. Așa încât ei să aibă cu adevărat timp să vadă și să priceapă cu cine au de-a face. Ce îi aștepta și pe ei.

În ciuda tuturor imaginilor și a gândurilor, a încercat să se ducă acasă, când, în drum spre Amager, pe H.C. Andersen Boulevard, dintr-odată, l-a bufnit plânsul la un stop pe roșu, în fața la Tivoli. Nu un plâns fără zgomot, cu ochii înrourați și o lacrimă care alunecă pe obraz, ci unul cu sughițuri și nas curgător, care a continuat pe tot drumul peste Langebro, unde în cele din urmă a tras pe dreapta, ca să nu riște să piardă controlul mașinii.

Nu era de ajutor faptul că acea bandă era doar pentru bicicliști, și după ce s-a izbit de câteva borduri ascuțite, a trecut de cvartal și a oprit mașina pe un loc liber în fața la Café Langebro. A stat acolo și a plâns, în timp ce cuțitul se înfigea în gât iar și iar, indiferent dacă închidea sau nu ochii.

Când emoțiile s-au potolit destul de mult ca să poată ieși din mașină, a intrat în cafeneaua deschisă noaptea și s-a așezat la bar, unde a comandat o halbă de bere și un pahar de Gammeldansk[1]. Și, cu fiecare bere pe care o dădea pe gât, filmul care rula în buclă se

[1] Bitter

estompa un pic, până ce imaginile sângeroase abia se mai desluşeau prin ceaţa tot mai deasă.

Piuitul interfonului a încetat şi a mai apăsat o dată pe buton. Era în toiul nopţii, însă văzuse un şir de ferestre luminate la ultimul etaj din Gemini Residence, una dintre cele mai urâte clădiri din Islands Brygge, şi chiar observase mişcarea unei umbre înăuntru, aşa că avea de gând să sune până i se deschide.

Când barmanul i-a oferit un pahar mare cu apă în loc de încă o halbă de bere, a reuşit să-l înduplece să-i mai dea o sticlă, apoi a plătit şi s-a dus pe chei, unde luminile de la turnul Danhostel şi de la cubul de sticlă al băncii Nykredits, din partea cealaltă, se oglindeau pe suprafaţa întunecată a apei ca nişte bănuţi de soare în noapte.

Briza răcoroasă ca o mângâiere pe faţa sa înfierbântată şi buhăită l-a făcut să-şi continue drumul spre vest, pe Islands Brygge. Dar, pe măsură ce se trezea din beţie, imaginile mărului lui Adam care se mişca în sus şi în jos, luptând să primească aer în loc de sânge, au devenit iar clare. Până la urmă a fost atât de rău, că a trebuit să-şi golească stomacul şi apoi a stat pe marginea cheiului şi şi-a dat seama cât de aproape este, de fapt.

Nu intenţionase să-şi îndrepte paşii tocmai în direcţia aceea. Însă când s-a răsucit pe călcâie şi s-a uitat în sus la faţada arcuită, brăzdată de balcoane de sticlă, i-a dat prin cap că poate, la urma urmei, rătăcirea lui avea un rost.

Din asta s-a înfiripat un plan. Un plan în care arăta o dată pentru totdeauna că el este cineva de care trebuie să ţii seama şi că era prea devreme ca să fie înlăturat. Era un joc extrem de riscant, şi erau nenumărate feluri în care putea s-o ia razna. Însă, dacă exista cineva care a fi putut să reuşească, el era.

„Jan? Tu ești?“, s-a auzit o voce în interfon.

– Salut, Kim, a zis el și s-a silit să zâmbească pentru obiectiv. Mă gândeam că am putea vorbi un pic.

„Acum? E unu și jumătate noaptea. Nu poate să aștepte până dimineață? Luăm micul-dejun, dacă nu vrei să fim văzuți la serviciu. Știu un loc drăguț în Vesterbro.“

– Nu, aș prefera să facem asta chiar acum.

Tăcerea care a urmat a fost scurtă, cu siguranță nu mai mult de câteva secunde. Totuși, arăta clar că, în ciuda orei târzii, era pe drumul cel bun.

„Bine, dar despre ce este vorba? De ce nu poate să aștepte câteva ore?“

– Ai spus să te țin la curent dacă se întâmplă ceva. N-ai spus așa?

De data asta, tăcerea a durat mai mult, mult mai mult, până să se audă un clic în încuietoare.

Erau câțiva ani de când fusese ultima dată aici. Atunci Sleizner și soția lui, Viveca, dădeau petrecerea anuală cu *glögg*[1] în prima sâmbătă din decembrie, și în fiecare noiembrie întrebarea constantă era cine din departament avea să primească mult-râvnita invitație.

Interiorul clădirii era cu adevărat diferit de fațadă. Prima dată când pășise în lobby rămăsese cu gura căscată, recunoștea asta bucuros. Ca un cilindru enorm, se întindea până sus, la cupola luminatorului, la vreo treizeci de metri deasupra și, cu coridoarele lui albe și scările care atârnau aparent fără greutate în aer și legau între ele etajele, nu semăna cu nici un alt hol.

Însă în această noapte n-a intrat în lift cu stomacul crispat de emoție și cu impresia că este unul dintre aleși. Se afla aici ca să capete răspunsuri. Să-și pună

---

[1] Vin fiert

șeful la zid și să-l facă să-i spună ce mama dracului era cu toate astea. De acum încolo, gata cu orbecăitul în beznă și statul cu pălăria în mână, culegând firimituri. De acum încolo, el era cel care ținea cârma, și planul său era pe cât de simplu, pe atât de strălucit.

Simplu, pentru că aproape oricine îl putea transpune în fapt. Strălucit, pentru că nimănui, cu atât mai puțin lui Sleizner, nu i-ar fi dat prin cap că el ar fi în stare să facă așa ceva.

Ușile liftului s-au deschis fără zgomot, și el a înaintat spre Sleizner, care, îmbrăcat cu un halat, îl aștepta în deschizătura ușii.

– Ei, avem aici pe cineva care s-a distrat pe cinste. Intră. Sleizner i-a pus brațul pe umăr, l-a condus înăuntru și a închis ușa. Nu în fiecare noapte primesc așa vizită plăcută.

– Kim, iartă-mă că te deranjez la așa oră târzie, însă m-am gândit că ar fi bine să ne lămurim pe loc, a zis el și a mers mai departe în living, unde s-a lăsat să cadă pe o canapea arcuită masivă care se afla în mijlocul încăperii, în fața celui mai mare ecran de televizor pe care îl văzuse vreodată.

– Da, chiar este târziu, dar să lăsăm asta. Răul a fost deja făcut, ca să zic așa, și pot, pur și simplu, să-mi recuperez timpul peste program din salariul tău. Sleizner a râs. Fii pe pace, glumesc. Nici o problemă. Apropo, vrei să bei ceva? Pari să ai nevoie de un întăritor. Ce zici de un whisky? Am un Glenfiddich excelent, vechi de douăzeci și trei de ani, pe care trebuie neapărat să-l guști.

Ultimul lucru de care avea nevoie acum era mai mult alcool. Cu toate acestea, a încuviințat și a luat paharul cu fundul atât de gros, încât oricât de beat ai fi fost, nu-l puteai răsturna. Apoi a gustat, sau mai degrabă a lipăit, whiskyul care, într-adevăr, era grozav de bun.

– Ce zici? Nu-i rău deloc, eh?

Sleizner a ridicat paharul în chip de toast și a băut.

A făcut și el la fel, apoi a pus paharul pe măsuța de cafea, și-a dres glasul, chiar dacă nu-l supăra nimic în gât, și a încercat să stea cu spatele un pic mai drept, chiar dacă era greu pe canapeaua adâncă. Însă trebuia să preia controlul și să arate că are cu adevărat un plan cu întâlnirea asta.

– Când am scos mașina lui Mogens Klinge din apă am văzut în fața mea o anchetă rezonabil de simplă, a zis, iar Sleizner s-a ridicat în picioare și s-a dus la un raft de sticlă montat pe perete. O anchetă care avea să se încheie rapid, exact așa cum voiai tu.

– Zi mai departe. Ascult.

Sleizner a luat o telecomandă.

– Iar după trei zile, e evident că nu puteam să mă înșel mai tare. Nimic nu s-a dovedit a fi așa cum ne așteptaserăm. Dimpotrivă, pare cu adevărat să fie ceva ascuns...

– Stai un pic, să fac ceva, l-a întrerupt Sleizner și a îndreptat telecomanda spre celălalt capăt al încăperii. Am pus să fie instalată chestia asta acum câteva luni, și nu vrei să ratezi sunetul. Asta pot să jur. Ascultă un pic aici.

Trupa Yes a început piesa „Owner of a Lonely Heart" la un volum atât de tare, încât primele acorduri au fost auzite probabil până la sediul poliției, de cealaltă parte a apei.

– Nu-ți face griji, a strigat Sleizner și a dat volumul un pic mai tare. Tot apartamentul e izolat fonic, ca să ne putem bucura doar noi. Recunoaște că sună cu totul excepțional!

Hesk a încuviințat din cap și a hotărât să mai ia o înghițitură de whisky. În acest moment avea nevoie de tot ajutorul posibil ca să nu mai stea acolo și să se lase călcat în picioare iar și iar.

– Simți basul? a continuat Sleizner și a mimat cântatul la chitara bas, făcând câteva mișcări de dans evident exersate. E un difuzor în canapea! Cu totul aiurea, însă al dracului de eficient când ai cucoane în vizită!

Hesk era gata să izbucnească în râs, așa cum făcea întotdeauna când Sleizner trântea una dintre glumele lui proaste. Însă de data asta și-a îndreptat atenția spre whisky, ceea ce l-a făcut pe Sleizner să dea sunetul mai încet, în cele din urmă.

– *Sorry*, nu voiam decât să auzi. Unde rămăseserăm? Ai zis ceva despre faptul că ai greșit.

Hesk a încuviințat din cap și a încercat să-și amintească ce voia să spună, dar a hotărât să înceapă din cu totul altă direcție.

– În ultima zi s-au întâmplat o mulțime de lucruri, cum să zic, surprinzătoare și, mai presus de toate, au ieșit la iveală în anchetă lucruri grave.

– E grozav că cel puțin se întâmplă ceva. Trebuie să-ți spun sincer că începeam să mă îngrijorez. Dar atunci poate chiar vom avea curând niște rezultate.

Hesk a încuviințat.

– Într-un fel, de aceea sunt aici.

– Bine. Foarte interesant. Povestește. Ce ați descoperit?

– Kim, nu sunt aici ca să povestesc, ci ca să ascult ce ai tu de spus.

A fost o tăcere, o alegere care avea să influențeze restul discuției, și chiar putea să-l vadă pe Sleizner cum stă acolo în halatul lui și se gândește exact la același lucru.

– Eh? Acum nu știu dacă pricep. Sleizner și-a dus mâna la piept. Ce anume vrei de la mine?

– Să limpezești anumite lucruri.

Sleizner a încuviințat din cap și a zâmbit.

– Nu că aș avea o droaie de informații secrete, însă dacă pot fi de vreun folos, atunci sigur că da. Și-a așezat mai bine halatul și a strâns nodul peste burtă. *So bring it on, I'm at your service*[1], să vedem ce putem face.

– Îl cunoști pe Jakob Sand? Antreprenorul.

Sleizner, care tocmai se pregătea să mai ia o înghițitură de whisky, a lăsat jos paharul.

– Nu, nu mai mult decât că e acel om de afaceri excentric care a câștigat „Let's dance" anii trecuți.

– Sau omul de afaceri excentric care a fost suspectat de uciderea unei prostituate.

– Dar n-a fost dezvinovățit? E atâta timp de atunci, așa că nu-mi mai amintesc totul.

– Așa este. O analiză de ADN l-a salvat. E un pic ciudat că nu-ți amintești, dacă ne gândim că tu ești cel care a condus ancheta.

– Da, dar știi cum e. Sunt atâtea anchete, că până la urmă se amestecă între ele. Hai noroc!

Sleizner a ridicat paharul și a băut.

Hesk n-a spus nimic, doar stătea acolo și își studia șeful, care era clar să se simte strâns cu ușa.

– Sau poate că tu nu știi deloc cum e, a continuat Sleizner. De fapt, n-ai avut nici măcar o fracțiune din numărul anchetelor mele. Dar destul cu asta. Cum apare în peisaj acest Sand?

– I-am găsit ADN-ul.

– Ei, la naiba! Și de unde ați luat probele?

---

[1] Păi, dă-i drumul, îți stau la dispoziție. (în limba engleză în original)

– Sânge și fragmente de piele sub unghiile femeii.

– Ca să vezi! Bună treabă. Sleizner a încuviințat din cap și și-a ferit privirea. Foarte bună.

– Dar nu-l cunoști, totuși?

– Nu, deloc. De ce l-aș cunoaște? Nu l-am întâlnit niciodată.

Așadar, Sleizner îl mințea de la obraz. Îi era cu siguranță în fire să mintă, însă nu fusese niciodată atât de evident ca acum.

– Și când este vorba despre probele de ADN, trebuie să-ți fie foarte clar un lucru, a continuat Sleizner. În ciuda a ceea ce ai putea crede, nu-i deloc garantat că persoana în cauză va fi condamnată până la urmă.

– Dacă a putut fi dezvinovățit, ar trebui să poată fi și condamnat.

– Da, însă e un lucru pe care trebuie să-l înțelegi. Doar pentru că s-a nimerit să fie pielea lui sub unghiile femeii nu trebuie neapărat să însemne că el e cel care a omorât-o. Dacă era prostituată, ar fi putut să fie cu Sand înainte să-l întâlnească pe Klinge. Și acum să zicem că a fost un pic mai dur, așa că s-a întâmplat ca ea să-l zgârie. Nu m-ar surprinde ca el să fie dintre cei pe care asta îi excită. De fapt, e un lucru mai obișnuit decât s-ar crede ca un mascul alfa să nu-și dorească nimic mai mult decât să fie dominat.

– Eu aș spune că, probabil, ea a fost cea dominată. Nu Sand.

Sleizner a oftat.

– Nu spun decât că, oricât de mult ai vrea, ADN-ul nu este răspunsul la toate.

– Nu, vom vedea ce iese când ajungem acolo. Acum o să-l aducem la interogatoriu să vedem ce are de spus.

– Da, pare să fie singurul lucru rezonabil. Sleizner a încuviințat din cap și a sorbit din whisky. Mai ai întrebări la care nu pot răspunde, sau terminăm?

– Știi un garaj subteran de la stadionul Østerbro?

– Nu, a clătinat din cap Sleizner. Nu prea înțeleg întrebarea. De ce ar trebui să-l știu?

– Cel care e pe Østerbrogade, exact peste drum de McDonald's.

– Și eu întreb din nou: de ce ar trebui să-l știu? Probabil că sunt o grămadă de garaje împrejur.

– Pentru că ai fost acolo nu mai departe de ieri, după ce m-ai vizitat pe mine, a zis el, perfect conștient că se aruncă în necunoscut având ca singur colac de salvare informațiile la mâna a doua de la Dunja.

– Cum adică, am fost acolo? Despre ce vorbești? De ce să fiu acolo?

– Asta era următoarea mea întrebare.

– Dar, Jan, ia stai un pic. Ce faci, de fapt? E un afurisit de interogatoriu, despre asta este vorba? Sunt suspectat de ceva și trebuie să-mi chem avocatul?

– Nu știu. Asta încerc să aflu.

– Atunci îți propun ca mai bine să încerci să te ridici în picioare și să te duci acasă, înainte să te îmbeți și să te faci și mai tare de râs.

Sleizner avea, fără îndoială, dreptate. Asta era o discuție pe care trebuia s-o aibă când era treaz. Însă n-avea încotro. Acum stătea aici, scăpase deja pe gură porumbelul și, dacă își cunoștea bine șeful, i l-ar fi îndesat înapoi pe gât dacă s-ar fi întrerupt acum.

– Avem informații că ai stat în acel garaj subteran destul de des în ultima vreme.

– Poftim? Scuze, dar chiar nu pricep încotro bați.

– Avem, de asemenea, informații că ai prânzit la Zeleste vineri împreună cu Jakob Sand și încă o persoană.

Sleizner s-a uitat la Hesk și a clătinat din cap.

– Bine, la început am crezut că e o glumă, sau că am înțeles eu greșit. Dar e evident că nu-i așa. Chiar mă suspectezi. Nu știu exact de ce anume, dar, în orice caz, destul de mult ca să-ți sacrifici întreaga carieră. Însă da, am luat prânzul la Zeleste vineri. Și da, poate s-a nimerit să fie acolo și Sand ăla. Dar nu la masa mea. Pentru că nu-l cunosc. E chiar atât de al dracului de greu de înțeles?

– Nu încerc decât să-mi fac treaba.

– Treaba? Sleizner a pufnit și a strâns și mai tare nodul cordonului, apoi și-a luat mobilul, a dat clic pe un număr și l-a dus la ureche. Mai degrabă i-aș zice pătrundere ilegală. Da, alo... E corect... Hesk. Jan Hesk. Perfect, mulțumesc.

A încheiat convorbirea, s-a dus la canapea și s-a lăsat pe vine ca să ajungă ochi în ochi cu Hesk.

– Jan, ascultă-mă. Ești beat și nu știi ce faci.

Nu se simțea beat, poate cherchelit. Însă felul în care era el cu siguranță n-avea nimic de-a face cu ceea ce simțea și, oricum ar fi, băuse deja prea mult, de vreme ce stătea acolo și încerca să-și ducă la îndeplinire planul cu Sleizner ca adversar.

– Dar e în ordine, a continuat Sleizner. Putem cădea toți în șanț din când în când. Și poți sta liniștit. O să mă fac că nu s-a întâmplat nimic, iar mâine-dimineață totul va fi ca de obicei. Sper că n-ai venit cu mașina.

– Ba da, însă e departe, la Café Langebro, și poate să mai stea acolo.

– Bine, atunci vino cu mine, o să te ajut să ajungi la un taxi. Sleizner s-a ridicat și a întins o mână. Jan. Haide, zău, înainte s-o iei cu totul razna.

– Mulțumesc, dar probabil că o să pot ajunge singur la taxi. Și-a încrucișat brațele și și-a dat seama că alcoolul, de fapt, îi era de ajutor. De îndată ce capăt răspunsuri la întrebările mele.

Dacă n-ar fi fost alcoolul, n-ar fi îndrăznit niciodată să facă ceea ce ar fi trebuit făcut de multă vreme.

– Răspunsuri la întrebările tale? Sleizner a clătinat din cap. Să-ți dau eu un răspuns? Da? Chiar vrei să-l auzi? Este că în acest moment îți sapi singur groapa. Pricepi? Cariera ta e sfârșită dacă mergi mai departe în această direcție.

– Atunci așa să fie. Însă asta nu schimbă faptul că vreau să știu de ce ești în legătură cu Jakob Sand și de ce te duci în acel garaj subteran în care...

– Dar, fir-ar să fie, Jan! Ce mama dracului e cu tine? Ce nu pricepi? i-a tăiat vorba Sleizner. Nu sunt în legătură cu Sand. Nici măcar nu l-am întâlnit vreodată! Și garajul ăla despre care aiurezi. Sleizner și-a desfăcut brațele. Nu știu, la dracu'. Poate că acolo mi-am schimbat cauciucurile și mi-a fost reparată mașina. Poate că nu. Dacă e măcar vreun garaj acolo, ceea ce tu probabil că știi mai bine decât mine. Însă asta n-are nici o importanță. Nimic din toate astea n-au importanță, pentru că acum o să te cari de aici. Imediat. S-a înțeles? O să te ridici pe picioarele alea împleticite și o să te duci direct afară.

Sleizner a arătat cu brațul spre hol.

– Dar e ceva ce nu înțeleg, a zis Hesk, fără să încerce măcar să se ridice. Dacă e așa cum declari, că nu-l cunoști pe Sand și nu l-ai întâlnit niciodată... A luat paharul cu whisky și a sorbit o înghițitură zdravănă, ca să nu riște să-și piardă curajul. Cum se face că la prânzul luat împreună de voi doi la Zeleste ați discutat dacă eu sunt sau nu potrivit să conduc această anchetă? Și nu te sfii să dai o explicație bună a faptului că Sand, un om de afaceri excentric care a câștigat „Let's dance“, ar fi interesat de asta. Și, te rog, o explicație care nu implică ADN-ul.

Sleizner s-a uitat la Hesk cu o privire care arăta că de-abia acum îi dă prin cap că și-a judecat complet greșit colegul.

– Așadar, mi-ai urmărit mobilul? Da? Asta ai făcut pe la spatele meu? Urmărire și ascultare. Când n-am făcut nimic altceva decât să te sprijin și să am grijă să ai o carieră de care n-ai fi putut nici măcar să te apropii dacă nu eram eu. Dar răspunde, fir-ar să fie!

– Da, așa este, a zis Hesk. Am luat niște măsuri.

– Și de ce mama dracului, dacă-mi permiți să întreb?

– Nu pot vorbi despre o anchetă în curs. Însă cel mai bine ar fi să mă însoțești la sediul poliției și să stai peste noapte în arest, ca să lămurim totul de dimineață, la un interogatoriu regulamentar.

– În arest? Ți-ai pierdut cu totul mințile, ticălos afurisit care nu ești bun de nimic? Cine mama dracului te crezi? Ha?

– Kim, pentru mine e exact la fel de greu ca pentru tine.

– Îmi bați la ușă în crucea nopții, dai buzna în casa mea și crezi că poți, pur și simplu, să faci pe șeful.

– Te rog, nu face să fie mai greu decât este deja.

– Greu? N-o să fii în stare nici să rostești cuvântul „greu“ când o să termin cu tine. O să am grijă să te bubui atât de tare, că o să-ți dorești ca maică-ta să nu-și fi desfăcut picioarele când a vrut tac-tu să intre.

Perfect conștient că astea nu erau amenințări în vânt, Hesk s-a îmbărbătat, a luat paharul și a dat pe gât restul de whisky înainte să vorbească.

– Kim, uite cum stau lucrurile. Știm că ești în legătură cu Sand. Știm că ai fost de multe ori în garajul subteran de pe Østerbrogade și știm că mai ai un telefon mobil, probabil un model mai vechi, de pe care ai comunicat prin SMS-uri cu Mogens Klinge despre ceremonia de inițiere din 28 iulie, ora 20, care a fost noaptea în care a murit. Toate astea le știm deja. Voiam mai ales să-ți dau o șansă să explici. Însă e evident că nu poți.

Fața lui Sleizner a pălit, pe când înghițea în sec de câteva ori, ca și cum stomacul era pe cale să i se întoarcă pe dos.

-Bine, a zis în cele din urmă și și-a trecut mâinile prin părul rărit. Ai dreptate. Îmi pare rău. N-am spus tot adevărul. Recunosc. Și acum te întrebi, desigur, de ce n-am făcut-o, dacă n-am nimic de ascuns. Explicația simplă este că credeam și speram să nu fie nevoie. Că totul va fi în ordine dacă te las pe tine să conduci investigația și am grijă să stau la o distanță sigură. A fost prima greșeală. Acum îmi dau seama. O blestemată de greșeală. Dar nu mai poate fi reparat nimic. Și asta-i tot.

-Kim, e vorba de investigarea unor crime.

-Vrei o explicație, atunci stai dracului și ascultă. Da, am ținut legătura cu Mogens în privința alegerii lui în clubul nostru.

-Clubul?

-Suntem câțiva bărbați care avem un mic club în care facem niște lucruri împreună.

-Cum ar fi?

Sleizner s-a gândit o vreme înainte să răspundă.

-O mulțime de lucruri diferite, dar, ca să răspund la întrebarea ta, uneori facem sex cu dame de companie. Și vreau să subliniez că încă nu este ilegal în țara asta, și, apropo, nimic din ce facem acolo nu este.

-Să strangulezi o femeie până moare încă nu este legal, din câte știu eu.

– Mă refeream la celelalte lucruri pe care le facem. Ceea ce s-a întâmplat în acest caz anume este, desigur, foarte regretabil.

– Poate că ar fi potrivit să-mi spui ce s-a întâmplat.

Sleizner a încuviințat din cap, apoi s-a dus și a luat sticla de whisky, și-a umplut paharul și a ridicat sticla spre Hesk, ca o ofertă tăcută. Hesk a ridicat paharul, l-a lăsat să i-l umple, apoi a băut fără să schimbe între ei vreun cuvânt sau o privire. Când paharele au fost golite, Sleizner și-a tras un scaun și s-a așezat în fața lui Hesk.

– De cât timp ne cunoaștem și lucrăm împreună?

– De doisprezece ani.

– Treisprezece în septembrie. Îmi amintesc de parcă a fost ieri când te-am angajat. Am văzut imediat că ești înzestrat, în ciuda faptului că erai destul de tânăr. Nu era nici o îndoială. Însă nu de aceea te-am angajat. De fapt, erai de departe cel mai bun candidat. Însă ceea ce aveai, de care nici măcar nu se apropia vreunul dintre ceilalți, era foamea de carieră. Se vedea perfect pe tine că ești gata să faci orice ca să avansezi. Sleizner a râs și a clătinat din cap. Mulți oameni cred că asta e urât, însă eu m-am văzut în tine și, după părerea mea, asta e cea mai bună forță motoare care există. Devii ambițios, meticulos și, mai presus de toate, devii loial față de cei care te pot ajuta să urci.

Și-a mai turnat un pic în pahar și a ridicat sticla spre Hesk.

– E destul, mulțumesc.

Hesk a făcut semn cu mâna că nu.

– Spune-mi dacă te răzgândești. Sleizner și-a golit paharul. Știu că pot fi dur, și că tu și cu mine am avut micile noastre neînțelegeri. Însă nu m-am îndoit niciodată de capacitatea ta de a conduce o anchetă sau de loialitatea ta. Am putut întotdeauna să mă bizui pe tine și, de fapt, ai putut întotdeauna să te bizui pe mine. O simbioză care sper să poată continua chiar și acum, când o să-ți spun ceva ce n-am crezut niciodată că va trebui să-i spun cuiva.

– Kim, conduc o anchetă de omucidere și dacă reiese că tu ai făcut ceva care...

– Jan, te rog, l-a întrerupt Sleizner. Vrei să povestesc, atunci lasă-mă s-o fac. În felul meu. Singurul lucru pe care trebuie să-l faci este să asculți și să aștepți până termin. Bine?

Hesk a încuviințat.

– După ce am ținut legătura cu Mogens prin SMS timp de câteva luni, m-am dus în seara de 28 iulie să-l iau din fața stației de metrou Østerport, a continuat Sleizner. După ce a urcat în mașină, l-am legat la ochi și l-am dus la sediul nostru.

– Acel sediu, a zis Hesk, cu toate că promisese să tacă, e alături de garajul de care am vorbit?

– Din păcate, asta nu pot s-o spun, pentru că ar încălca regulamentul nostru. Este o asociație secretă și nu ceva despre care să poți trâmbița o mulțime de amănunte.

– Kim, asta e...

– Un interogatoriu? l-a întrerupt Sleizner și a clătinat din cap. Nu, nu este. Nu văd vreun echipament de înregistrare sau un avocat lângă mine. Nu văd decât doi colegi beți care vorbesc între ei. Bine, deci, ceremonia de inițiere s-a desfășurat conform planului, și unul dintre ritualuri este să primești o damă de companie cu care, practic, poți să faci tot ce vrei. În limitele legii, firește. Asta n-a fost niciodată o problemă, însă de această dată totul a luat-o razna. Noi, ceilalți, ne aflam în Sala de Cristal și așteptam ca el să termine când am auzit o împuşcătură. Sleizner şi-a desfăcut braţele. Nici unul dintre noi nu înţelegea nimic, şi Jakob Sand s-a repezit acolo să vadă ce s-a întâmplat. S-a dovedit că Mogens, tâmpitul, adusese una dintre armele sale, pe care fata asta trebuie să i-o fi luat. Cine ştie de ce, l-a împuşcat drept în gură. Cu alte cuvinte, execuţie curată. După spusele lui Sand, fata era nebună de-a binelea şi s-a repezit la el urlând. Sunt cuvintele lui, însă n-am nici un motiv să nu-l cred. Oricum, în deplină legitimă apărare, a prins-o de gât şi a încercat s-o potolească. Însă ea era ca un tigru turbat, zgâria şi sfâşia tot ce apuca, până ce, din cât am înţeles, dintr-odată s-a prăbuşit pe pat moartă. Pur şi simplu. De la tot la nimic într-o fracţiune de secundă. Sand a ieşit repede şi m-a dus înăuntru, i-am controlat pulsul şi respiraţia şi am constatat că fata murise.

– Aşadar, el a sugrumat-o?

– Da, a încuviinţat Sleizner din cap. Însă a fost legitimă apărare. Asta vreau să subliniez. Pură legitimă apărare.

– Şi de ce n-aţi sunat la poliţie să faceţi un raport?

– Cu siguranţă că ar fi trebuit s-o facem. Sleizner şi-a mai turnat nişte whisky şi a golit paharul dintr-o înghiţitură. Dar e uşor de spus după aceea. Atunci era panică totală. Fiecare striga la ceilalţi, şi până la urmă am preluat eu controlul şi am încercat să fac tot ce se putea mai bine în acea situaţie. Problema cea mare cu raportul la poliţie era că încălca unele dintre regulile noastre fundamentale. Printre altele, dreptul la anonimatul deplin al fiecăruia.

– Aşadar, mai bine încalci legea decât...

– Jan, ştiu exact ce ai de gând să spui, a oftat Sleizner. Şi nu, fireşte că nu suntem mai presus de lege. Poate că e greu de înțeles pentru cineva din afară, însă regulamentul nostru este înrădăcinat adânc în toți membrii, și prin asta înțeleg incredibil de adânc, și pot să jur că nu sunt oameni de rând.

– În lumea mea, toți sunt egali în fața legii.

Hesk a întins paharul.

– Și în lumea mea, a zis Sleizner și i-a umplut paharul. Motivul pentru care subliniez asta este ca să-ți fie mai ușor să-mi înțelegi acțiunile.

– Ceea ce te aud spunând este că n-ai nimic de-a face cu crimele.

– Da, e absolut corect. Nu cu crimele în sine. Însă eu sunt răspunzător că l-am invitat și l-am dus acolo pe Mogens, și sigur că ar fi trebuit să verific că nu e înarmat, ceea ce n-am făcut. În plus, eu am fost cel care i-a dus pe amândoi de acolo.

– Însă erau în mașina lui Mogens. Mi s-a părut că ai spus că l-ai dus acolo cu mașina ta.

– N-am spus niciodată că era mașina mea, însă era. Așa că primul lucru pe care l-am făcut a fost să mă duc la el acasă și să iau mașina lui. Apoi am făcut tot ce am putut ca să pară că au făcut sex cu sugrumare erotică, și că apoi el a ucis-o. Te întrebi, desigur, cum am putut să fiu atât de prost, și unicul răspuns pe care îl am este că singurul lucru pe care îl aveam în minte, oricât de greșit o fi fost, era să mă descotorosesc de problemă cât de repede posibil.

Sleizner a tăcut o clipă și a clătinat din cap.

– Apoi trebuie să spun că a fost un ghinion extrem ca afurisita aia de femeia din canoe să se răstoarne chiar acolo și să dea cu ochii de mașină. Sperasem că o să treacă măcar câteva luni. Și apoi, faptul că tu și noua ta echipă sunteți mult mai ageri decât mă așteptam n-a îmbunătățit cu nimic situația, chiar dacă asta, cumva, mă face să mă mândresc.

Hesk și-a privit șeful cum ridică iar paharul cu whisky, cu mâna un pic tremurătoare, și îl golește. Avea toate motivele să presupună că lunecă pe lângă adevăr. Dacă exista cineva care putea să improvizeze fără să clipească o prezentare rezonabil de credibilă, acela era Sleizner.

Însă acum nu era cazul. Ceva îi spunea că de data asta șeful lui era complet sincer. Firește, nu putea să fie sigur, însă erau prea multe lucruri pe care Sleizner și le-a asumat și le-a recunoscut fără șovăială ca să pară minciună.

Nu putea decât să ghicească motivul bruștei destăinuiri. Poate că își dăduse seama că întreaga poveste nu mai putea fi acoperită. Cu cât tăinuia mai mult adevărul și ridica perdele de fum, cu atât mai rău avea să cadă. Sau, pur și simplu, se dăduse bătut și nu-și dorea decât să scurteze cât mai mult posibil procesul.

Chestia era că Sleizner nu se număra printre cei care renunță brusc, pur și simplu, și rămân la pământ. Era ca un buldog care nu-și descleștează fălcile până nu-i ajunge la urechi sunetul oaselor sfărâmate, ceea ce îi spunea că există, probabil, un motiv ascuns ca să pună toate cărțile pe masă.

Oricum ar fi fost, planul său reușise și ancheta era aproape terminată. Toată discuția era înregistrată pe mobilul său. Întreaga explicație a celor întâmplate și, mai ales, mărturisirea lui Sleizner, care avea să ducă, fără îndoială, la condamnarea la mulți ani de închisoare. Nu mai rămânea decât să le spună lui Heinesen și celorlalți din echipă și să încheie ancheta.

–Jan, sper că ești conștient că toate astea nu sunt ceva ce ar fi trebuit să povestesc, a continuat Sleizner după o scurtă pauză. Aș fi putut să-ți servesc cu totul altă poveste, mult mai simplă, care să se potrivească perfect cu probele tale și să mă dezvinovățească pe deplin. Însă n-am făcut-o, și știi de ce? Hesk nici măcar n-a încercat să spună ceva, că Sleizner a continuat. Pentru că am încredere în tine. Dacă n-ar fi fost loialitatea noastră reciprocă nu ți-aș fi făcut confidențe. N-ai fi fost nici măcar prin apropierea poziției de conducător al acestei anchete. Însă acum te afli aici, cu cel mai bun whisky pe care l-am gustat eu vreodată, și pentru prima dată în prietenia noastră, care în curând va împlini treisprezece ani, a venit rândul tău să faci ceva pentru mine.

– Kim, dacă vrei să zici că eu o să mătur toate astea sub...

– Dacă nu te superi, l-a întrerupt Sleizner. Ți-aș fi extrem de recunoscător dacă m-ai lăsa să vorbesc până la capăt înainte să vii cu toate obiecțiile tale. Ai putea să faci asta?

Hesk a încuviințat.

– Mulțumesc. Și poți fi liniștit, n-o să mai dureze mult. Aproape am ajuns acolo. Nu cer decât să mergi mai departe în direcția în care ai pornit deja și să faci tot ce-ți stă în puteri ca să duci la bun sfârșit ancheta, ca toată lumea să fie fericită și mulțumită. Asta-i tot.

Pentru prima dată după ceva vreme, Sleizner și-a îngăduit să zâmbească.

– Nu cred că înțeleg. Dacă merg mai departe pe calea bătută înseamnă că trebuie să-l arestez...

– Jan, fă exact ceea ce aveai de gând înainte să vii aici. Ia-l pe Jakob Sand la interogatoriu și pune-l la zid. Fă-o, și gata. El o să răspundă ceva în genul că s-a întâlnit cu femeia și a făcut sex cu ea la un moment dat în după-amiaza de sâmbătă, 28 iulie. Apoi o să explice că s-au înfierbântat rău și s-a întâmplat ca femeia să-l zgârie pe gât în timpul orgasmului. Ce a făcut ea după aceea, cu cine s-a întâlnit și ce s-a mai întâmplat, el n-are cum să spună, pentru că n-are nici cea mai mică idee.

– Și după aceea? Ce se întâmplă după aceea?

– Îi mulțumești pentru discuție și îl lași să plece. Apoi ai de ales. Fie continui să-l cercetezi și vânezi dovezi care pot să-l doboare, ceea ce va duce din fundătură în fundătură, fie ai grijă să îndrepți investigația în direcția luată deja când ai văzut prima oară cele două cadavre din mașină. Că Mogens Klinge a sugrumat-o în timpul actului sexual și apoi s-a sinucis. Cu alte cuvinte, nu se vede pe nicăieri a treia persoană.

– Dar asta nu-i deloc ce s-a întâmplat.

– Nu, corect. Nu este exact adevărul. Însă este o variantă a lui asemănătoare și folositoare, exact așa cum rotunjești nouă virgulă cincizeci la zece și, mai presus de toate, este singurul scenariu în care vei putea să închei cazul și să mergi mai departe. De adevăr poți ține cu dinții o veșnicie. Totuși, nu vei putea niciodată să-l dovedești. Nici prin indicii, nici prin probe tehnice, dintre care pe cele mai multe ați reușit să le pierdeți.

– Nu și mobilul lui Klinge. Încă îl avem. Cel prin care ținea legătura cu tine.

Sleizner a încuviințat din cap și a zâmbit.

– E adevărat. Dacă n-ar fi fost mobilul acela vechi, probabil n-ar fi trebuit să ne aflăm aici. Întrebarea e cum ai de gând să dovedești că eu sunt cel cu care ținea el legătura? Doar nu mă crezi atât de prost încât să mai am încă acel mobil sau acel număr? S-a aplecat spre Hesk. Jan, de ce nu încerci să privești asta ca pe o oportunitate, în loc să te împotrivești și să te izbești cu capul de zid?

– Oportunitate? Hesk a pufnit. Ce oportunitate?

– Ce-ai zice să mai urci niște trepte și să preiei locul meu?

Hesk s-a uitat la Sleizner, încercând să-și dea seama dacă vorbește serios.

– Ai auzit bine, a continuat Sleizner. Și, cu mâna pe inimă, nu-i asta tocmai ceea ce în adâncul tău ai vrut tot timpul?

– Dar, nu înțeleg. Și tu? Ce o să...

– Trebuie să fiu cu totul sincer și să recunosc că am început să obosesc. Sleizner a luat o înghițitură de whisky. Sau, nu am început. Chiar sunt obosit. Simt că am făcut ce aveam de făcut în poliție și este, pur și simplu, vremea să merg mai departe.

– Mai departe la ce?

– Asta vom vedea, dar PET n-ar fi o alegere rea. Tocmai a apărut un loc vacant și sunt convins că aș putea face mult bine într-o astfel de poziție. Deci, ce zici? Sleizner și-a desfăcut larg brațele. Nu-i asta o ocazie prea bună ca s-o lași să-ți alunece printre degete?

Tot ce îi trebuia era înregistrat pe mobil. Totul și chiar mai mult. Nu-i mai rămânea decât să se ridice și să plece. Însă ceva din el șovăia și îl făcea să rămână așezat pe canapea și să se întrebe dacă asta se întâmpla cu adevărat, sau era doar ceva ce visase dormind beat undeva pe Islands Brygge.

– Promovarea care te-a făcut atât de fericit acum câteva săptămâni nici nu se poate compara cu asta, a continuat Sleizner. Cât despre cariera ta, treci de la viteza melcului la viteza luminii. Vei putea munci în cu totul alt fel, mai strategic și în ansamblu. Îți vei putea alcătui echipele exact așa cum vrei și nu va mai trebui să mergi la o mulțime de locuri ale faptei și să stai prin ședințe nesfârșite ca să analizezi ce semnificație are un fir de păr. Şi, ca să fim acum sinceri, oricum asta nu ţi-a plăcut niciodată. Nici mie, ca să fiu sincer. Se ocupă alţii de asta, apoi îţi dau raportul. Dacă progresaţi, e meritul tău. Dacă nu, dai vina pe ei. Floare la ureche.

Hesk şi-a revenit, stătea şi încuviinţa din cap, şi şi-a prins bărbia ca să înceteze. Dar Sleizner avea dreptate. Chiar dacă nu recunoscuse, îşi dorise întotdeauna să fie şef. Niciodată nu fusese prea important în ce domeniu, câtă vreme el era cineva de care să se ţină seama. Că se nimerise să muncească în poliţie nu era, în principiu, decât o coincidenţă.

– Să luăm doar salariul tău, pe care tocmai ţi l-am mărit, *by the way*[1], a continuat Sleizner, vorbind tot mai repede. O să se dubleze, la fel ca biroul, când o să-mi iei locul. Sau nu, stai un pic, probabil e de trei ori cât al tău. Jan, pricepi despre ce vorbesc? E vorba despre o schimbare imensă pe toate planurile.

Hesk a încuviinţat iar din cap, şi de data asta n-a făcut nimic ca să se oprească. N-avea nici o importanţă că era alcoolul. Exact aşa cum subliniase Sleizner, era o ofertă care nu putea fi ignorată, şi ca să-şi ajute propria convingere a întins paharul şi a primit imediat încă o porţie.

– De acum înainte vei avea o libertate pe care nici măcar nu ţi-ai fi imaginat-o, a zis Sleizner şi şi-a ciocnit paharul de al lui. Uite, Lone, de exemplu. Nu mă bag în ceea ce este între voi, însă, dacă mă întrebi pe mine, n-a fost imaginea cea mai fericită pe care am văzut-o la masa de cină când am venit la tine, aseară. Poate să fie din orice pricină. Însă mie mi s-a părut că ea era, cum să zic, epuizată. În noua ta viaţă ea nu mai are

---

[1] Apropo (în limba engleză în original)

nevoie să muncească. Tu aduci banii, iar ea poate să-și petreacă zilele ducându-se la sala de sport, să scape de kilogramele pe care le-a pus pe ea.

Sleizner a ridicat iar paharul, iar Hesk i-a urmat exemplul, nesigur dacă era ca să sărbătorească sau să se anestezieze.

– Vreau să zic, dacă e să fim sinceri, nu poate fi prea amuzant să te duci la culcare cu grăsimea aia care se vălurește în jur de parcă întreaga mare ar fi cuprinsă de furtună. Până la urmă, nu mai știi dacă frământi un sân sau o cocoașă.

Sleizner a râs și a băut iar.

Însă, în ciuda beției, lucrurile începeau să se limpezească.

– Și dacă asta nu-i destul ca să te convingă, de fapt mai am un as în mânecă. Cel mai grozav, după părerea mea. Și anume, calitatea de membru al micii noastre societăți. Sleizner a tăcut, încuviințând din cap, ca să lase înțelesul să pătrundă. Din păcate, nu-ți pot spune cine sunt ceilalți membri înainte să fii ales și inițiat. Dar n-are importanță, oricum nu m-ai crede. Vorbim de *crème de la crème*[1]. *Top of the pops*[2]. Despre asta este vorba. Aici, în micul nostru club, se iau adevăratele hotărâri. E, pur și simplu, locul căruia îi aparții. Sleizner i-a întins mâna ca să i-o strângă. Așadar, ce zici?

Hesk s-a uitat la mâna întinsă, apoi a ridicat privirea și s-a uitat în ochii lui Sleizner.

– Cred că acum trebuie să plec.

– Să pleci? Doar nu poți să pleci, pur și simplu? Nu acum, când o să sărbătorim și tot tacâmul.

---

[1] (aprox.) Elita elitelor (în limba franceză în original)
[2] (aprox.) Cei din vârful clasamentelor (în limba engleză în original)

Hesk a lăsat paharul din mână, s-a ridicat în picioare și s-a luptat cu toate procentele de alcool din sânge.

– Ai timp până la ora opt ca să te gândești ce să faci, a zis și a simțit că whiskyul i-a îngroșat gâtul.

– Nu, hei, stai așa, Jan. Așteaptă un pic și mai gândește-te o dată la ceea ce zici înainte să fie prea târziu.

– Ori te prezinți de bunăvoie cel mai târziu la ora opt fix, ori emit un mandat de arestare și am grijă să fii prins.

– Nu. Sleizner a clătinat din cap. Nu, nu, nu spune asta, Jan. Nu-i cinstit.

– E singurul lucru cinstit, și știi asta la fel de bine ca mine.

– Nu după tot ce am făcut pentru tine în toți acești ani. Nu după toate astea. Suntem împreună, că vrei sau nu. Dar, hei, a ridicat Sleizner mâinile. Înțeleg că totul pare copleșitor și că nu poți spune „da“ pe loc. E în ordine. Noaptea e sfetnic bun, și o să vorbim din nou de dimineață, când vom fi treji. Rămâne așa? Dimineață. Ofer o masă pe cinste, și vom putea trece în revistă toate detaliile în liniște și pace. Nu sună bine?

Hesk doar stătea acolo și se uita la șeful său, și a văzut pentru prima oară cât de jalnic este, de fapt, cum stătea acolo în halatul care tot timpul se desfăcea. Iarăși nu știa ce ar putea să spună, însă de data asta nu s-a sinchisit. Totul fusese deja spus. Toate cuvintele fuseseră folosite și riscau doar să se dilueze dacă erau repetate.

– Hei, deci am hotărât? a continuat Sleizner. Ne vedem de dimineață și vorbim atunci, și dacă ai niște întrebări le pui atunci. Orice. N-are nici o importanță. Te implor. Sleizner a alunecat de pe scaun în genunchi în fața lui Hesk și și-a încleștat mâinile una de alta. Vezi? Am și îngenuncheat. Dacă nu vrei să intri în club, foarte bine, e în ordine, înțeleg, nu-i pentru toată lumea, chiar dacă sunt convins că ți-ar fi plăcut. Dar poate că vrei altceva. Orice. Doar spune și arată și mă ocup eu. Orice.

Hesk s-a întrebat dacă ar trebui să spună ceva, să zică „nu" și să înceapă să explice, dar s-a hotărât să se întoarcă, pur și simplu, cu spatele și să pornească spre ieșire. I s-a părut că-l aude în spate pe Sleizner cum se ridică de pe podea oftând adânc, apoi brusc două mâini l-au prins de glezne și i-au tras picioarele în spate cu o smucitură atât de puternică, încât s-a prăbușit pe burtă, prea beat ca să aibă timp să se sprijine pe mâini.

– Îmi pare rău, Jan. Îmi pare rău, n-am avut intenția, l-a auzit pe Sleizner pe când, amețit, cu gustul sângelui în gură, se rostogolea pe spate și se trudea să se ridice în capul oaselor. Dar nu pot, pur și simplu, să te las să pleci. Pricepi asta, da? Nu acum, după ce ți-am spus tot.

– Exact asta o să faci, a zis Hesk și și-a șters cu dosul palmei cea mai mare parte a sângelui care îi curgea din nas, adunându-și puterile ca să se ridice în picioare. O să mă lași să plec și o să chibzuiești la ceea ce vrei să faci. Ai timp până la ora opt.

– Dar nu pot. Sleizner l-a prins de haină ca să-l țină jos. N-ai înțeles nimic? Jan. Trebuie să putem discuta asta. Suntem doi oameni în toată firea. Nu-i așa? Nu putem, pur și simplu, să...

– Kim, dă-mi drumul, a zis el și a încercat să pară cât mai calm posibil. Nu mai avem nimic de discutat. Nu în aceste condiții.

– Cu siguranță avem. Sunt atât de multe de...

– Am văzut astăzi execuția, a trântit-o el, cu toate că hotărâse să aștepte până la interogatoriul oficial. Am văzut cu ochii mei cum i-au înfipt cuțitul drept sub bărbie și au lăsat sângele să curgă până s-a sfârșit.

– Execuție? Nu înțeleg despre ce vorbești.

– Nu? E ciudat, dacă te gândești că erau aceiași bărbați care m-au dus de pe scenă. Adică oamenii tăi.

Sleizner a încremenit și pupilele i s-au micșorat ca două gămălii de ace.

– Dunja... Ai găsit-o pe Dunja. A dat drumul hainei lui Hesk. E singura explicație. Ai luat legătura cu Dunja.

Hesk a văzut cum panica se răspândește ca un foc prin Sleizner, a cărui față s-a făcut albă ca varul, iar respirația i-a devenit rapidă și superficială, ca și cum ar fi putut să leșine în orice clipă.

În schimb, totul s-a întunecat pentru el însuși, iar când a deschis ochii și-a dat seama că iarăși zace pe podea. De data asta, cu falca ruptă și cu Sleizner călare pe pieptul lui, cu genunchii apăsându-i brațele atât de tare, că nu se putea mișca.

– Kim, a zis el, în ciuda durerii. Ce faci?

– Eu? Tu hotărăști. Sleizner i-a descheiat haina. Pentru că asta nu-i ceea ce voiam eu. Chiar deloc, a continuat el, în vreme ce slăbea nodul cravatei lui Hesk și potrivea capetele să fie la fel de lungi. Dimpotrivă, am făcut tot ce am putut ca să nu ajungem aici. Apoi a înnodat-o și a luat în mâini capetele. Asta am făcut, nu-i așa?

Hesk a încercat să răspundă, însă n-a putut scoate nici un cuvânt.

– Nu-i așa, zic?

Cu toate că mai putea să respire, nodul era atât de strâns în jurul gâtului, încât corzile vocale erau scoase din funcțiune.

– Dar nu mi-ai dat de ales. Sleizner a strâns și mai tare. Pricepi asta, da? Nimeni în afară de tine nu te-a vârât în colțul ăsta afurisit. Pricepi asta, idiotul dracului?

Durerea nu era nici pe departe lucrul cel mai rău. Sau întreruperea fluxul sângelui, care îl făcea să simtă că și capul, și venele din gât ar putea exploda în orice clipă. Lucrul cel mai rău era apăsarea pe trahee și senzația că e iarăși în clasa a doua, în curtea școlii, și nu putea să șuteze înapoi mingea de fotbal din cauză că cineva îi furase inhalatorul pentru astm.

– N-am luat niciodată viața cuiva. Niciodată în toți acești ani.

Sleizner a strâns nodul atât de tare, încât Hesk a putut nu numai să simtă, ci și să audă cum se rup cartilajele gâtului.

– Asta e prima dată. Pricepi? Prima dată. Și e vina ta, Jan. Vina ta afurisită! Dacă ai fi zis, pur și simplu, „da" la sugestia mea, nu trebuia să se întâmple nimic din toate astea. Dar nu puteai să renunți, nu-i așa? Trebuia să mergi până la capăt, în ciuda faptului că te-am avertizat. În ciuda faptului că am făcut totul ca să pricepi și ți-am dat o șansă după alta. Și totuși, a trebuit să continui cu tâmpenia, nu-i așa? Așa că tu ești cel care m-a împins la asta. Tu și nimeni altul! Nu-i așa, Jan? Nu-i așa, îți zic!

Însă Hesk nu putea să răspundă.

Nu putea nici măcar să încerce.

Partea a doua
6-8 august 2012

Era sfârşitul sau nu. Veşnica întrebare.

Nimic nu durează veşnic. Nici măcar universul. În ce mă priveşte, întrebarea a fost întotdeauna ce urmează după asta. Ce pândeşte dincolo de infinit. Poate că nu-i decât sfârşitul începutului.

Singurul lucru pe care îl ştiu sigur este că vorbele au pălit şi şi-au pierdut înţelesul. Dorinţa de a încerca să explic. Să spun cuiva.

Când se întâmplă asta, nu mai rămâne decât să laşi din mână stiloul şi să te ridici în picioare. Să părăseşti masa de scris şi să treci de la vorbă la faptă.

35

„Din păcate, nu pot să-ți răspund la telefon în acest moment, așa că lasă-mi un mesaj, sau mai bine trimite-mi un SMS și te caut eu cât mai repede posibil."

Morten Heinesen a închis telefonul, l-a pus pe masă și a întâlnit privirile întrebătoare ale lui Hemmer și Julie Bernstorff.

– Poate că doar s-a întâmplat să nu se poată trezi la timp.

Hemmer a ridicat din umeri.

– Ieri părea sleit, ca să nu zic mai mult. Ar putea să fie cum nu se poate mai obosit.

– Poate să fie oricât de obosit, a clătinat din cap Heinesen. Jan nu-i genul care să nu se trezească la timp.

– Poate că-i doar un pic pleoștit și are nevoie să fie lăsat în pace, a zis Julie.

– Pleoștit?

– Da, după ce bănuielile lui despre Sleizner nu s-au adeverit. Era clar că mizase totul pe asta, așa că atunci când l-am găsit pe Jakob Sand, a fost ca și cum s-ar fi dezumflat. N-ați observat?

Hemmer a încuviințat din cap.

– N-a fost toată chestia un pic ciudată? Vreau să zic, bine, evident că Kim Sleizner nu-i cel mai drăguț tip de pe-aici. Însă ca tocmai el să fie în spatele acestor crime, să pună un coleg în fruntea anchetei și apoi, când lucrurile nu merg așa cum plănuise, să înceapă această întreagă operațiune de curățare a urmelor, cu toate riscurile de a fi descoperit pe care le implică... A clătinat din cap. Nu, e ca în cele mai multe dintre teoriile conspirației. Imaginea pur și simplu nu e credibilă.

Julie a încuviințat.

– Întrebarea e dacă el va mai fi în stare să-și continue munca aici, în departament. În orice caz, eu nu m-aș simți prea bine în pielea lui.

– Poate că de aceea nu e aici. Vreau să zic, la urma urmei, Sleizner e cel care ne-a convocat aici ca să vedem unde am ajuns cu ancheta.

– Nu, asta-i clar, a zis Heinesen. Nu-i ceva ce să aștepte cu plăcere, dar niciodată nu s-ar retrage așa, pur și simplu. Niciodată.

– Bine, însă evident nu este aici, a zis Julie și a aruncat o privire spre ceasul de la mână. Așadar, ce-ați zice să începem oricum ședința? Am ceva ce aș vrea să discut cu voi înainte să vină Sleizner.

– Te gândești la Jakob Sand, a zis Hemmer.

– Da, chestia e că n-avem la dispoziție toată ziua dacă vrem să-l aducem la interogatoriu. Din puținul pe care îl știu despre el, există cu adevărat riscul iminent să hotărască brusc să plece din țară cu unul dintre avioanele sale. Tu ce zici, Morten? S-a întors spre Heinesen. N-ar trebui să acționăm imediat?

El nu era pregătit pentru întrebare. Ca să nu mai vorbim că nu de el depindea hotărârea. Fusese în toți acești ani șoricelul cenușiu pe care nu-l băga nimeni în seamă. Acum, brusc, el era detectivul cu cea mai multă experiență din încăpere.

Își dorea mai mult ca orice să apară Hesk, ca să discute între ei înainte să vină Sleizner. Acum, brusc, hotărârile strategice depindeau de el doar pentru că Hesk nu se trezise la timp, sau ce s-o fi întâmplat. El, care niciodată nu năzuise să conducă o anchetă, sau, că veni vorba, să urce în ierarhie. El, care întotdeauna fusese mulțumit de locul său și căruia îi era greu, dacă nu imposibil, să se vadă pe locul șoferului.

– Bine, a zis și a încuviințat din cap, încercând să-și asume rolul cât de bine putea. Hai să începem.

Julie s-a ridicat, s-a dus la tablă, a luat unul dintre markere și a desenat câteva linii.

– Așa cum știți, avem oameni care îi supraveghează casa începând de aseară și, după spusele lor, Sand s-a întors la două și jumătate dimineața, așa că o presupunere nu prea hazardată este că încă doarme, ceea ce, după părerea mea, e o mare ocazie să punem mâna pe el.

Heinesen a încuviințat din nou. Nu era nici o îndoială că e important să nu lase timpul să se scurgă. Sand ar fi trebuit să fie interogat cât mai repede posibil. În cel mai bun caz, ar fi putut să-l preseze destul ca să facă o mărturisire, și atunci ancheta ar fi fost aproape terminată.

Totuși, nu se putea implica pe deplin. Faptul că Hesk nu apăruse era îngrijorător și, cumva, îi era greu să creadă că, pur și simplu, colegul său nu se trezise la timp din pricină că i se descărcase telefonul. Hesk pe care îl cunoștea nu și-ar fi permis niciodată asta. Pe de altă parte, în ultimele zile nu fusese în apele lui.

Încă din prima zi a anchetei păruse neobișnuit de agitat și stresat. Atât de stresat, încât cu o seară în urmă păruse în pragul nebuniei. Iar acum, de dimineață, nu era de găsit.

– Bine.

Julie a desenat o ultimă linie pe tablă.

– Aşa cum vedeţi, desenul nu-i punctul meu forte, dar cu puţină fantezie asta ar trebui să reprezinte casa lui Sand. E la colţul dintre Frydendalsvej şi Jacobys Allé din Fredriksberg. Are patru intrări, una pe fiecare parte, precum şi o ieşire de incendiu care duce de la etaj până pe garaj. Acum, sincer, nu cred că o să încerce să fugă când vom suna la intrarea principală. Dar, ca marjă de siguranţă, cred că ar trebui să avem cel puţin şase...

S-a întrerupt când mobilul lui Heinesen a început să zbârnâie pe masă.

– E Hesk?

Heinesen a ridicat mobilul, a văzut un număr pe care nu l-a recunoscut şi a răspuns.

– Da, sunt Morten.

„Morten Heinesen?“, s-a auzit o voce de femeie.

– Da, întocmai. Cu cine vorbesc?

„Şi eşti unul dintre colegii lui Jan Hesk, nu-i aşa?“

– Ba da, aşa e. Lucrăm de mult împreună.

„Bine. Nu eram sigură că este numărul corect.“

– Scuze, dar cu cine vorbesc?

„Mă cheamă Lone. Lone Hesk, sunt soţia lui Jan.“

– Ei bine, salut. Ce bine că ai sunat! Tocmai începeam să ne întrebăm dacă n-ar trebui să-l sunăm acasă. Trebuia să începem şedinţa deja de o jumătate de oră.

„Ah, Dumnezeule mare...“ S-a auzit cum gâfâie şi se trudeşte să-şi ţină în frâu plânsul. „Deci, nici voi nu ştiţi pe unde este?“

– Nu, ne-am gândit că poate nu s-a trezit la timp şi ne aşteptam să se arate în orice clipă.

„Am simţit asta. Chiar aşa. Deja de aseară am simţit că ceva nu-i în ordine. Am pregătit cina, pui la cuptor, care ştiu că-i place, şi ca desert, tartă de rubarbă cu sos de vanilie. Am pus până şi vinul lui preferat la răcit. În ultima vreme a fost, cum să zic, o perioadă mai grea. Dar, în realitate, mai ales eu am fost supărată pe el, și acum voiam să încerc să..."

– Lone, a întrerupt-o el și a așteptat până ce ea a tăcut. Jan n-a venit acasă aseară?

„Nu, și el întotdeauna sună sau trimite mesaj dacă întârzie. Întotdeauna. Dar aseară n-a făcut-o. Doar tăcere, iar eu n-am vrut să-l sun, fiindcă știu că sunteți în mijlocul anchetării unor crime și nu vreți să fiți deranjați. Am sunat totuși când era aproape opt, însă n-a răspuns. La fel și acum. Am încercat de mai multe ori, dar nu răspunde decât robotul, care intră de fiecare dată."

S-a deschis ușa și a intrat Sleizner.

– Bună dimineața, bună dimineața.

„Ce să fac?" a continuat femeia. „Dacă i s-a întâmplat ceva?"

Sleizner a închis ușa, privind în jur.

– Ați dormit bine cu toții?

Hemmer și Julie au încuviințat din cap.

– Bine. Am auzit că ați lucrat până târziu aseară, așa că spiritul poate fi așa și așa a doua zi.

– Nici o problemă cu noi, a zis Julie. Cred că o să rezolvăm cazul.

– Ce bine! Nu vreau pentru nimic în lume să vă deranjez de la muncă, sunt aici doar pentru o mică aducere la zi despre cum merge și ce ați mai găsit între timp.

– Lone, a zis Heinesen. Cu siguranță nu-i nici o problemă. Dar pot să te sun peste douăzeci de minute? Tocmai sunt prins cu ceva.

„Dar dacă i s-a întâmplat ceva? Nu i s-a întâmplat, nu-i așa?"

– Nu, din câte știu eu, și cu siguranță aș fi auzit dacă era ceva grav. Dar te sun eu un pic mai târziu și vorbim mai mult. Bine?

„Bine. Sunt aici, aşa că poţi să suni oricând. Preferabil cât mai repede posibil.“

Heinesen a închis telefonul şi s-a întors spre Sleizner şi ceilalţi.

– Era soţia lui Jan. E îngrijorată că i s-a întâmplat ceva.

– Da, tocmai voiam să întreb pe unde e. Sleizner s-a uitat în jur. Credeam că tocmai se dă mare pe aici.

– Nu, chiar nu ştim unde e. L-am sunat, dar nu răspunde, şi, după spusele soţiei lui, Lone, n-a ajuns acasă aseară.

– Vai de mine! Sleizner s-a uitat în ochii celorlalţi. Nu sună bine. Deloc. Când l-aţi văzut ultima dată?

– La şedinţa de aseară, a zis Hemmer.

Sleizner a încuviinţat din cap şi şi-a dus mâna la bărbie.

– Credeţi că are de-a face cu ancheta?

Heinesen a ridicat din umeri.

– N-am nici o idee. Ieri am primit rezultatul analizei ADN a probelor recoltate de sub unghiile femeii şi s-a dovedit că provin de la Jakob Sand.

– Jakob Sand? a zis Sleizner, ca şi cum n-ar fi auzit bine.

– Da, ştii tu. Antreprenorul care...

– Ştiu cine este Sand. Doar nu vreţi să spuneţi că el e în spatele crimelor.

– Sunt lucruri care indică în direcţia asta, a zis Heinesen.

– Motiv pentru care nu cred că mai trebuie să aşteptăm până să-l aducem aici şi să-l interogăm, a zis Julie.

– Nu, chiar nu, a clătinat din cap Sleizner. Dacă i-aţi găsit ADN-ul, daţi-i drumul şi aveţi grijă să încheiaţi cazul cât mai repede cu putinţă.

Julie a încuviințat din cap și s-a ridicat în picioare.

– Însă asigurați-vă că totul merge ușor, a continuat Sleizner. Dat fiind numele lui, putem încerca să nu facem prea mare vâlvă. Cel puțin, nu până știm cu siguranță. S-ar putea să existe altă explicație.

– Desigur. Ne ducem îmbrăcați civil și sunăm la interfon, a zis Julie și a ieșit din sala de ședințe.

– Și ce facem cu Hesk? Heinesen a ridicat mobilul. I-am promis soției lui că o sun.

– Adică Lone, a zis Sleizner. De ea pot să mă ocup eu. Nici o problemă. Ne-am întâlnit de câteva ori la cină în vremea când eram încă însurat, așa că ne cunoaștem destul de bine. Însă trebuie să spun că totul e destul de îngrijorător. A rămas cu privirea în gol. Ce a zis când ai vorbit cu ea?

– Că n-a dat nici un semn și n-a ajuns acasă aseară, și că au avut o perioadă mai grea în ultima vreme. Fusese supărată pe el și părea că are mustrări de conștiință.

– Poate că aici e explicația, a zis Hemmer. Poate că doar s-a dus la un hotel ca să găsească un pic de liniște și pace după toate certurile.

– Nu, nu-l cunoști pe Hesk. Sleizner a clătinat din cap. Nu-i stă în fire. E ordinea întruchipată și n-ar dispărea niciodată așa în toiul unei anchete în plină desfășurare, pe care, în plus, o conduce. A mai apărut ceva, în afară de proba de ADN? Ceva de care Hesk să se poată ocupa el însuși și care, cumva, să-l fi făcut să... Sleizner și-a desfăcut brațele și a oftat. Ei bine, nu știu. Să dea de vreun necaz. Oare ce să fie?

– E o anchetă care se întinde în mai multe direcții, a zis Heinesen. Cum este acel telefon mobil vechi pe care l-a găsit acasă la Klinge, cu câteva SMS-uri care ar arăta că a fost ales într-un fel de societate secretă.

– Societate secretă, a râs Sleizner. Ei bine, de ce nu? N-ar trebui să mă mire despre Klinge sau Sand, ca să fiu cu totul sincer.

A clătinat din cap.

– Şi mobilul ăla vechi. Pe unde este?

– E acasă la Hesk. Aici s-a dat o spargere şi am pierdut o parte din probe.

– Da, am auzit asta. Cu totul absurd. Însă dacă acel mobil se dovedeşte cu adevărat important, o să apară. Aşa cum sperăm să facă şi Hesk curând. Apropo, n-aţi încercat să faceţi triangulaţie la mobilul lui Sand?

– Ba da, am făcut-o aseară, de îndată ce am găsit rezultatul probei de ADN, a zis Hemmer.

– Şi unde era atunci?

– Într-un garaj subteran de pe Østerbrogade, şi lucrul ciudat este că acolo s-a aflat în ultimele nopţi.

– De ce ar fi asta atât de ciudat? Că face ca toţi ceilalţi şi îşi parchează maşina acolo?

– În cazul ăsta, îşi lasă acolo şi mobilul, pentru că nu iese din garaj nici măcar o dată până să plece cu maşina de acolo, adică, de obicei, timp de câteva ore.

Sleizner a încuviinţat din cap şi şi-a rezemat iar bărbia în palmă.

– Da, nu pot să neg că e un pic ciudat. S-a întors spre Heinesen. Tu ce crezi, Morten? Poate că ar trebui să te duci acolo să arunci o privire. Cine ştie? E o şansă să se fi abătut pe acolo aseară, în drum spre casă. Dacă avem noroc, poate sunt în garaj camere de supraveghere care ne pot da nişte răspunsuri.

Heinesen a încuviinţat din cap şi s-a ridicat în picioare, într-un fel uşurat că luase altcineva în mâini cârma, dar și îngrijorat. Nu doar de ceea ce se întâmplase cu Hesk, ci poate mai presus de toate de o impresie vagă care se întărise în ultimele minute, după ce Sleizner preluase controlul ședinței.

36

Fabian și-a lăsat cheile, portofelul și telefonul mobil, a fost controlat și scanat, apoi a fost condus mai departe pe unul dintre coridoarele închisorii. După câteva uși și porți încuiate, a ajuns într-o sală de vizite care, în afară de o masă de patru persoane, o canapea și un pat, era împodobită cu flori de plastic la fereastra zăbrelită și avea pe pereți câteva acuarele înfățișând clovni.

S-a gândit la mesajul primit de la Ingvar Molander acasă, în subsol, și și-a dat seama că și-l amintea pe tot, până la ultima virgulă.

> Salut, Fabian,
> Am auzit de fiul tău, Theodor, și îmi pare rău. Zvonurile circulă, și aud niște lucruri aici, la mititica. Lucruri care cred că te-ar interesa. Dacă vrei să știi mai multe, treci pe aici. Eu am, după cum știi, tot timpul din lume.
> Toate cele bune,
> Ingvar Molander

Mesajul răsturnase totul în el. De unde hotărâse să nu se mai ocupe de evenimentele din jurul morții fiului său și să-și investească toată energia în Sonja și

Matilda și în înmormântarea care se apropia, acum făcea exact invers.

Și-a tras unul dintre scaune, s-a așezat la masă și i-a făcut semn cu capul gardianului care îl urmase că poate să plece. Se bucura că a ajuns acolo primul. Și că Molander a fost cel care l-a căutat, nu invers.

Cinci săptămâni. Doar atât trecuse de când îl prinsese pe însuși tehnicianul criminalist al poliției din Helsingborg în Norra Hamnen. Atunci nu se putea gândi la nimic altceva. Singurul lucru care conta era să strângă destule probe solide pentru ca Molander să fie condamnat. Să nu mai fie niciodată lăsat în libertate.

După aceea nu s-a mai gândit niciodată la asta. Dintr-odată, a fost ca și cum Molander și toate crimele pe care le săvârșise fuseseră șterse din memoria sa și deveniseră ceva despre care citise în ziar. N-avea nici o importanță faptul că fostul său coleg se afla la nu mai mult de câteva sute de metri de sediul poliției, așteptându-și procesul. Un proces de la care nimeni nu aștepta alt rezultat decât condamnarea pe viață. Probabil nici Molander însuși.

Fabian nu fusese deloc îngrijorat. Nu până acum, când stătea aici și aștepta fără tragere de inimă. Avea Molander un as în mânecă? Era întâlnirea asta o parte din ceva mai mare care, în cele din urmă, ar fi putut să pună bețe în roate întregului dosar?

N-avea cum să știe. Niciodată n-aveai cum să știi când era vorba despre Molander.

De aceea îi fusese întotdeauna greu să se simtă în largul lui și destins în compania colegului său. În ciuda faptului că rezolvaseră împreună unele dintre cele mai complicate cazuri de crimă din țară, întotdeauna avusese impresia că se putea întâmpla orice de îndată ce se aflau în aceeași încăpere. Că Molander era, pur și simplu, ultimul om la care să te întorci cu spatele.

Nu știa dacă ceilalți din echipă simțeau același lucru. Mulți erau, cu siguranță, amăgiți de faptul că era foarte competent. Faptul că mai avea și acea permanentă sclipire în ochi nu-i strica deloc. Nimeni nu reușea la fel de bine ca Molander să păstreze cea mai bună dispoziție, indiferent cât de macabră era investigația la care lucrau.

Era ușor de imaginat că era ceva ce el făcea pentru echipă. Așa crezuse și Fabian înainte să i se trezească bănuielile. Dar pentru Molander fusese întotdeauna vorba de investigația de care se ocupau în acel moment. Cu cât mai dezgustători și cruzi se dovedeau făptașii cu victimele lor, cu atât mai voios era Molander. Ce-i drept, se inspirase din faptele lor.

Zvonurile circulă, scria în mesajul legat de sinuciderea lui Theodor. Nu-i trebuise decât atât ca să-l facă să sune la acel număr ca să audă mai multe. Dar n-a răspuns nimeni, și până la urmă s-a împăcat cu gândul că va trebui să-l viziteze.

– Ei bine, iată-l, a izbucnit Molander când a intrat în sala de vizite însoțit de un gardian. *The man, the myth, the legend*[1] și, să nu uităm, vechiul meu coleg preferat. Ce plăcut e să te văd! Și cum mai e? Cu siguranță preferi în continuare să bei espresso?

Fabian a încuviințat din cap și s-a întrebat dacă să se ridice să dea mâna, însă a rămas așezat.

– Eu a trebuit să mă obișnuiesc cu o cafea fiartă care are un pH atât de mare, că poate să-i vină de hac oricărui stomac, a continuat Molander, care evident era

---

[1] Bărbatul, mitul, legenda. Clip omagial pentru Juice WRLD (în limba engleză în original)

într-o dispoziție excelentă. Dar poate ni se îngăduie o mică excepție, să cerem două cappuccino spumoase acum, că avem așa o vizită distinsă? S-a întors spre gardianul din ușă și și-a împreunat mâinile. Te rog.

– Bine. Mă ocup de asta, a zis gardianul și a pornit spre ușă.

– Ah, îți rămân îndatorat pe vecie. Și, dacă nu cer prea mult, poate poți pune deasupra un pic de scorțișoară și zahăr pudră, a strigat Molander după el înainte să se așeze în fața lui Fabian. Știi, există un aparat adevărat pentru espresso în camera personalului, cu siguranță doar ca să ne facă în ciudă nouă, muritorilor de rând. Însă nici măcar nu știau cum să-l folosească până să ajung eu aici. A clătinat din cap, a tăcut și l-a privit pe Fabian în ochi. Ce plăcere să te văd! Nu eram sigur că o să te arăți, dacă ne gândim că eu, așa cum desigur înțelegi, nu ți-am putut trimite mesajul de pe telefonul meu.

– Ce înțeleg este că n-ar fi trebuit să poți trimite nici un mesaj.

– Nu, ce-i drept. Molander a râs. E cam la fel de interzis ca o ceașcă de espresso bun. Însă acum ești aici, oricum, și a trecut ceva vreme.

– Treizeci și nouă de zile, a zis Fabian fără să i se clintească vreun mușchi pe față.

Ultimul lucru pe care îl dorea era să pretindă că asta e plăcut.

– Așadar, și tu ții socoteala. Interesant. Molander a încuviințat din cap. E ca și cum amândouă viețile noastre vor fi asociate pe vecie cu acea dată, 28 iunie 2012. Cine știe? a ridicat el din umeri. Poate că într-o bună zi vom scrie împreună o carte despre asta.

– Nu țin socoteala. N-am făcut decât să verific acum, când veneam aici. Altfel, nu m-am mai gândit la asta sau la tine.

Molander a răspuns cu un zâmbet.

– Îți amintești când ne-am întâlnit prima oară? Erai mutat de curând și ar fi trebuit să fii în concediu, iar eu aveam parte în sfârșit de o scenă a crimei interesantă, în atelierul școlii Fredriksdal. O anchetă care s-a dovedit a nu fi deloc banală, lipsită de fantezie. Și încă de atunci am fost uimit de capacitatea ta de a vedea ceea ce nu vede nimeni altcineva. Și totuși, te-am subestimat. A râs iar și a clătinat din cap. Nu că nu mi-aș fi dat seama că lucrai la mica ta investigație tainică legată de mine. Am știut asta imediat. De fapt, chiar am privit-o ca pe o...

– Ai pomenit ceva despre zvonurile legate de moartea fiului meu, i-a tăiat vorba Fabian.

– De ce atâta grabă?

– Pentru că n-am la dispoziție toată ziua.

– Nu cred că e nevoie să-ți amintesc, dar, de fapt, eu chiar am.

Molander s-a întors spre gardianul care a intrat cu două căni cu cappuccino pe o tavă.

– Oho, Bengan[1], se pare că te-ai întrecut pe tine însuți de data asta. Dacă aș putea, ți-aș da un bacșiș gras.

A împins spre Fabian una dintre căni, a ridicat-o pe cealaltă la gură și a sorbit.

– Mmm... absolut perfect. Am reușit chiar să-i fac să cumpere boabe bune și o râșniță ca lumea. Gustă să vezi.

– Ingvar, nu sunt aici ca să stau, să mă distrez și să depănăm amintiri. Sunt aici pentru că mi-ai trimis un mesaj în care...

---

[1] Nume de alint pentru Bengt

– Știi că ești primul care a venit să mă viziteze? l-a întrerupt Molander și a băut din cafea. Nimeni din echipă n-a trecut pe aici, în ciuda faptului că suntem aproape vecini. Nici măcar Gertrud n-a catadicsit să-mi facă o mică vizită. Vreau să zic, nu-i cam neglijent?

– Știu și eu? Ea e încă internată și face tratament.

– Ce am auzit eu este că e din nou pe picioare și complet restabilită, așa că o plimbare până aici cu siguranță i-ar face bine.

– Așadar, nu crezi că faptul că ai încercat s-o omori îi taie un pic din entuziasm? La urma urmei, ai închis-o într-o pivniță și ai lăsat-o să zacă acolo.

– Nu știu de vreo încercare de omorâre, a ridicat din umeri Molander. Crede-mă. Dacă aș fi vrut să moară, s-ar fi aflat cu totul altundeva decât la recuperare. În plus, n-a zăcut acolo jos decât câteva zile. Asta e nimic în comparație cu cât timp am fost căsătoriți. Aproape treizeci și cinci de ani. E mai mult decât o să apucați tu și Sonja, ascultă ce-ți spun.

– Hai mai bine să vorbim despre zvonuri. Ce anume ai auzit?

– Știi cum e. Cum se șoptește pe coridoare în locuri ca ăsta. Singurul loc care îl întrece este, probabil, o închisoare de femei. Molander a chicotit. Dacă crezi pe jumătate, ești atât de prost, încât nu-i sigur că o să supraviețuiești mai mult de un an. Dacă crezi o zecime, ești doar naiv. A clătinat din cap. Însă când am auzit ce se spunea despre Theodor n-a fost nici o îndoială. Din primăvară încoace, așa cum probabil ești conștient, v-am ținut sub observație pe tine cu familia ta și, din păcate, nu pot spune că am fost prea surprins, atât de rău părea să se simtă băiatul ăla.

– Zvonul, a zis Fabian și s-a străduit să nu lase emoțiile să-l copleșească. Pentru că asta era exact ceea ce urmărea Molander: să se joace cu el și să-l târască în jurul manejului până ce totul dă în foc. Spune mai bine despre zvon. Cu tot restul poți să te duci la terapeut sau la oricine altcineva care te poate asculta.

– De ce ar trebui să fac terapie? Molander a sorbit din cafea. Nu fiul meu s-a sinucis. Nu eu am crezut că orice altceva e mult mai important decât să fiu alături de el când avea cea mai mare nevoie de mine.

– Nu știi despre ce vorbești.

– Nu, asta așa-i. Cine sunt eu să stau aici și să cred că știu ce simți? De fapt, ai avut succes în tot ce ai făcut. Cum ar fi să ne prinzi și pe mine, și pe „ucigașul cu zaruri". Așa că, într-un fel, poți fi pe deplin mulțumit. La naiba cu faptul că te-a costat viața fiului tău. Ne stabilim cu toții prioritățile, nu-i așa?

Fabian s-a ridicat de pe scaun, străduindu-se din toate puterile ca mișcările să-i fie cât mai calme și sobre posibil.

– Cred că cel mai bine ar fi să plec acum.

– Deja? Nici măcar n-ai gustat cafeaua.

– Nu mă dau în vânt după scorțișoară și zahăr.

A pornit spre ușă cu pași calmi și măsurați. Faptul că Molander nu căuta decât să-și bată joc de el nu era nici o surpriză. Pui întâi un picior, apoi pe celălalt. Sigur că avea nevoie să se răzbune, să-l împungă cu degetul unde doare cel mai tare.

– Îl cheamă Preben[1], a zis Molander în clipa în care Fabian punea mâna pe clanță. A fost adus aici după ce a petrecut câteva luni în Helsingør.

Nu voia decât să deschidă ușa, să-și continue drumul și să lase toate astea în urmă. Să încuie și să arunce cheia cât mai departe.

---

[1] Prenume scandinav, dar și un soi de morcovi lungi și groși (în Norvegia)

– Ce crezi? a continuat Molander și a sorbit iar din cafea. Părinții lui aveau umor, sau doar au avut o zi proastă atunci când au ajuns la concluzia că este firesc să-și boteze fiul Preben, din câte nume sunt? Mă întreb care ar fi echivalentul suedez? Ce zici? Sven[1], sau poate chiar Fabian?

Fabian n-a răspuns, a stat doar acolo, cu privirea goală îndreptată spre fostul său coleg.

– Da, da, la naiba cu asta. La ce voiam să ajung este că atunci când a auzit că tu și cu mine am fost colegi a spus că a existat un ordin care a circulat printre gardienii danezi. Un ordin de la cineva din vârful conducerii să-l zdrobească prin orice mijloace pe fiul tău până ce... Ei bine, până ce e distrus, pur și simplu. Molander a izbucnit în râs. Un râs complet nepotrivit. Da, poate crezi că eu am ales cuvintele, dar nu-i așa. Chiar așa au zis. *Până ce e distrus.* Ca și cum ar fi fost o păpușă de porțelan care poate fi călcată în picioare.

Fabian a rămas tăcut.

Pe dinafară.

---

[1] Sven este numele generic dat suedezului „tipic“.

37

Senzația că atârnă ținându-se doar cu vârfurile degetelor a urmărit-o pe Dunja toată noaptea. În clipa în care n-ar mai fi avut puterea să se țină de muchie s-ar fi prăbușit, și totul s-ar fi prăbușit împreună cu ea în hăul negru fără fund. În întunericul veșnic. Faptul că afară soarele era iarăși sus pe cerul fără nori nu schimba nimic. Totul avea să se sfârșească.

Fareed se chinuia la fel ca ea. Să prelucreze și să înțeleagă imaginile de la execuția lui Qiang, care stătea acolo în genunchi și aștepta să se întâmple ceva. Șocul, care a fost total când cuțitul i-a pătruns în gât. Însă pentru ea, Hesk și Fareed, nu era nimic în comparație cu ceea ce trebuie să fi fost pentru Qiang.

Văzuse asta în privirea lui. Durerea cumplită, însă mai presus de toate, o mirare față de ceea ce se întâmpla în realitate. Cum de a ajuns tocmai aici? Și, exact așa cum inima lui neștiutoare continuase să pompeze sângele pe gură și pe gât, Dunja nu putea decât să spere că n-a avut timp să priceapă înainte să se sfârșească.

Până acum nu vorbise cu Fareed despre asta. N-au vorbit deloc unul cu altul. A încercat din când în când să înceapă o discuție, însă a primit imediat semnale clare că el încă nu e pregătit. Așa că a domnit tăcerea și au făcut din ea un fel de acord improvizat care, cel puțin, i-a făcut să treacă nevătămați prin noapte.

Au dormit cu schimbul, câte o oră, în vreme ce celălalt supraveghea zona din jurul dubei cu ajutorul camerelor, sau avea grijă ca mașina să fie în mișcare ca să încarce bateriile și să evite privirile prea curioase.

După două ore s-au întors în oraș și, dintr-un loc de parcare de pe Vester Søgade, aflat la o distanță prudentă, fiecare cu un binoclu, au putut supraveghea „casa șahului" din cealaltă parte a lacului Sankt Jørgens, ca să vadă dacă nu sunt niscaiva musafiri nepoftiți.

N-aveau cum să știe ce pățise Qiang înainte să fie pornită camera de supraveghere. Dacă cei doi bărbați l-au făcut să dezvăluie unde se află ei și cât de multe știu. Însă n-aveau încotro. Chiar dacă riscau să nimerească drept într-o ambuscadă, nu puteau, pur și simplu, să părăsească acea casă și să se lase în voia sorții. Acolo aveau cea mai mare parte a echipamentului și, mai ales, acolo erau dovezile lor, așa că, mânați de același instinct, au luat de la ochi binoclurile și s-au întors unul spre altul.

– Tu ce spui? a zis ea. Riscăm?

Fareed a încuviințat din cap, apoi au ieșit din dubă și au pornit pe malul lacului, pe sub umbra copacilor, pe lângă planetariul Tycho Brahes și mai departe, căutând permanent cu privirea tipare de mișcări nefirești la toți cei pe lângă care treceau. Cum ar fi cei doi care stăteau pe o bancă aplecați unul spre celălalt într-o discuție tainică, sau bătrânul de lângă apă care hrănea rațele, sau alergătorii care gâfâiau, transpirați și roșii la față.

Însă totul și toți păreau complet normali, și curând au putut să-și croiască drum prin gardul viu des din spate şi să-şi continue drumul spre casă, unde au aşteptat un pic înainte să meargă mai departe, după colţ, spre intrare.

Ajunşi înăuntru, s-au uitat în jur după semne că ar fi fost cineva acolo. Însă toate arătau aşa cum le lăsaseră în ziua dinainte. Cana de cafea golită alături de punga de Djungelvrål[1] desfăcută. Cabluri care mergeau de la un aparat la altul în mănunchiuri de diferite culori, imposibil de desluşit. Saltelele cu aşternutul nestrâns de pe podea şi izul de sudoare din aerul neprimenit. Totul era ca de obicei.

– Poate că n-a spus, totuşi, nimic, a zis ea şi a scos din pungă ultimul Djungelvrål.

– Poate că nu.

Fareed s-a dus la staţia sa de lucru, unde a răsucit unul dintre computere, a scos cablul şi a ridicat carcasa.

– Înainte să începem, poate ar trebui să vorbim despre felul în care să mergem mai departe? Dacă rămânem aici sau ne mutăm. Şi, în acest caz, ce trebuie să luăm cu noi.

– Vorbeşte tu, a zis Fareed şi a demontat placa de bază. La asta eşti bună. Eu o să-mi iau doar lucrurile. Apoi am plecat.

– Ce? Cum adică, ai plecat? Ce anume mi-a scăpat? Nu poţi să pleci, pur şi simplu, şi să mă laşi cu toate astea.

– Cu siguranţă pot, şi este exact ce am de gând să fac, a zis Fareed şi a continuat să demonteze placa de circuit şi alte mici componente şi să le pună în rucsac.

– A, da? Şi unde ai de gând să te duci, dacă mi-e îngăduit să întreb? Acasă, în micul tău apartament? Noroc, e tot ce pot să spun.

---

[1] Bomboane cu lemn-dulce şi sare de amoniu

Fareed a oftat, apoi s-a întors în cele din urmă spre ea.

– De acum încolo, cel mai bine e să știm cât mai puțin unul despre celălalt.

– Dar stai așa, să văd dacă am înțeles bine. Cu doar câteva zile înainte erai gata să renunți și să te retragi, pentru că credeai că nu e nimic rău cu Sleizner. Că am epuizat toate posibilitățile și totul nu era decât ceva născocit de mine. Iar acum pleci pentru că știi că adevărul este exact invers.

– Zi-i cum vrei. Cum îți convine. E în ordine. Oricum, o să plec de aici de îndată ce pot.

– Da, am înțeles asta. Însă ce nu pricep este ce naiba e în capul tău. Chiar vrei să zici că-i lași să scape cu fața curată? Că n-au decât să-i ia viața celui mai bun prieten al tău – sau nu, să-l execute – în fața ochilor tăi? Asta vrei să zici? Că singurul lucru care te interesează e să-ți aduni blestematele de plăci de circuite?

Fareed s-a răsucit spre ea.

– Ăsta-i războiul tău. Al tău, nu al meu.

– Poate că a fost al meu. Dar nu mai este. Nu după asta. Mai ales acum ar trebui să fie al nostru.

– Multe ar trebui. De exemplu, eu și Qiang ar fi trebuit să părăsim de mult vaporul ăsta care se scufundă. Și vrei să știi de ce n-am făcut-o? Da? Vrei? Pentru că ne plăteai. Sigur că tu credeai altceva, ca să te facă să te simți mai bine. Însă compensația pe care ai primit-o la plecarea din poliție era singurul motiv ca să stăm. Și acum ghicește dacă a meritat în cazul lui Qiang. Așa că da, mă gândesc la plăcile mele de circuite, dar mai ales mă gândesc la viața mea.

– Bine, așadar chiar crezi că poți, pur și simplu, să pleci de aici și nu mai ai nici o problemă?

– Pe tine te vânează, nu pe mine.

– În acest moment, da. Însă de îndată ce termină cu mine o să fii printre primii pe lista lui. Așa funcționează el. Exact asta îl însuflețește, și pentru el n-o să se termine niciodată. O să meargă tot mai departe până îl oprește cineva.

– Da, nu mă îndoiesc că ai dreptate, a zis Fareed, umplându-și rucsacul cu ultimele lucruri. Și exact de aceea o să mă asigur că nu mă găsește.

Dunja a oftat. Voia să spună ceva. Ceva care l-ar fi putut face să se răzgândească, însă totul fusese spus deja.

– Bine, a zis ea în cele din urmă și a încuviințat din cap. Toate cuvintele fuseseră rostite. Deci, asta este. Și-a desfăcut larg mâinile, mai ales pentru că nu știa ce să facă cu ele. Atunci să-ți fie bine, oriunde ai de gând să te duci.

Fareed a încuviințat și a închis fermoarul rucsacului.

– Și apropo de salariu, încă mi-l datorezi pe iulie.

– Sigur. Nici o problemă. O să rezolv.

– Bine.

Fareed continua să încuviințeze din cap, de parcă n-ar fi știut ce altceva să facă. Apoi s-a întors și și-a pus rucsacul pe umăr. În cele din urmă, a scos mobilul din buzunar și l-a pus pe masă, împreună cu cheile casei și dubei.

– Atunci mă duc.

I-a făcut semn cu mâna un pic stângaci și a pornit spre ușă.

Dunja a rămas acolo uitându-se după el. Voia să-i strige să se întoarcă. Să-l amenințe cu pistolul, dacă ar fi avut vreunul, și să-l silească să-și vină în fire. Însă exact asta făcuse el. Și-a dat acum seama de asta. Nu exista nimic la care să se întoarcă. Nici un plan. Nici un drum înainte. Nimic decât înțelegerea faptului că au pierdut.

Și totuși, s-a oprit și s-a întors spre ea. Nu pentru că uitase ceva sau se răzgândise, ci din cauza vocilor. Vocile care vorbeau în engleză afară.

Nu era timp să chibzuiască și să compare între ele alternativele. Nu exista nici o alternativă. Bărbații încercau deja să deschidă ușa, care avea să cedeze curând. S-au uitat unul la altul, n-a fost nevoie de mai mult ca să cadă de acord asupra hotărârii.

În clipa în care a ajuns la ei zgomotul ușii sparte cu piciorul urcau scara spre mansarda în care dormea ea, unde nu puteau face altceva decât să spere că bărbații vor fi mai interesați de echipamentele de jos și de ce putea fi găsit în ele decât să-i caute pe ei.

Cel puțin nu părea că vreunul dintre ei urcă pe scară. Nu păreau nici măcar să caute prin încăpere. În schimb, ceva a fost pus pe podea, ceva dur, poate metalic, pe când vorbeau, sau mai degrabă mormăiau, între ei. Curând după aceea, ei i s-a părut că aude gâlgâit de apă, ca și cum ar fi umplut cafetiera, sau așa ceva. Însă nu putea să fie adevărat. Erau chiar atât destinși încât și-au făcut timp pentru o ceașcă de cafea?

Apoi s-a făcut liniște. Liniște deplină. Nu se mai auzeau nici măcar vocile care mormăiau.

A schimbat o privire cu Fareed și a văzut că, la fel ca ea, nu îndrăznea să facă nimic, doar aștepta ca bărbații să plece. Între timp, liniștea continua, ca și cum și ea și-ar fi ținut răsuflarea, așteptând să se întâmple ceva.

În cele din urmă, mirosul a făcut-o să-și dea seama că bărbații plecaseră din casă. Mirosul acru al fumului.

– Haide, a zis ea și s-a grăbit să coboare. Până nu se întinde prea mult.

Însă când a ajuns jos a văzut că cea mai mare parte a aparaturii era în flăcări și scotea trâmbe de fum negru care umpleau repede încăperea.

– Mă duc să iau stingătorul! a strigat Fareed și a pornit repede spre bucătărioară.

Însă flăcările se întinseseră atât de mult, încât căldura făcea imposibil să te apropii destul de mult ca să le stingi.

– E prea târziu, i-a strigat lui Fareed. A cuprins deja prea mult!

Nu reușea să priceapă cum a putut înainta atât de repede. De-abia când a văzut focul întinzându-se pe podea și înconjurând-o cu un zid de flăcări. Nu era apă ceea ce auzise. Era benzină.

– Dunja, trebuie să ieșim, a strigat Fareed de la intrare. Trebuie să...

N-a mai avut timp să continue, pentru că intrarea a explodat într-o mare de flăcări și a iscat un val de presiune atât de puternic, încât a trântit-o la podea.

Nu, nu Fareed, a fost primul ei gând când s-a trezit și nu i-a auzit vocea. Nu și el.

– Fareed! a strigat ea și s-a trudit să se ridice iar în picioare. Fareed!

Însă zgomotul flăcărilor tot mai puternice, care înghițeau totul în cale, i-a acoperit glasul.

Ardea peste tot, și când arsura i-a ajuns la picioare și a văzut că flăcările de pe podea i s-au întins pe pantaloni, și-a tras peste cap puloverul și s-a repezit prin marea de făcări afară din casă, unde s-a prăbușit, cu flăcările încă lingându-i picioarele, dar nu mai simțea.

Însă ce a simțit a fost benzina. Benzină încă rece care era turnată pe ea. Așadar, aici au așteptat. Cei doi bărbați. Au stat și au așteptat ca ea să iasă.

Singurul lucru care nu se potrivea era mirosul. Sau, mai degrabă, lipsa mirosului. Și-a dat seama despre ce este vorba când două mâini i-au scos puloverul și cu degetele mari i-au deschis blând ochii, așa că a văzut că e Fareed.

N-avea nevoie de mai mult ca să priceapă.

Nici un cuvânt.

Doar o privire.

De acum încolo, era războiul lor.

38

De fapt, Lone Hesk ar fi trebuit să stea afară, pe terasă. Soarele strălucea și cu siguranță era frumos acolo. Însă nu putea să se arate din cauza vecinilor care treceau pe stradă și probabil începeau să-și dea seama că nu-i totul în ordine. Așa era la ei, la periferie. De cum își scrântea cineva un deget de la picior, începeau bârfele.

De aceea prefera să stea aici, sub hotă, cu perdelele trase, și să-și umple plămânii cu fumul alinător, pe când lăsa noua țigară s-o pupe pe cea veche destul de mult timp ca jarul să se întindă la ea. Apoi a strivit mucul de țigară și a mai tras un fum, în ciuda faptului că nu mai avea gust atât de bun.

Însă avea nevoie de asta. Ca să nu scoată scântei din pricina tensiunii, era silită să se ocupe cu ceva care cel puțin dădea o iluzie de calm. Și ce altceva putea să facă decât să stea aici, în bucătărie, și să aștepte să nu se întâmple nimic?

A mai tras un fum, l-a inspirat cât de adânc a putut și a ridicat privirea spre hota care huruia deasupra. De parcă asta ar fi contat. Filtrul de cărbune nu fusese înlocuit de câțiva ani, și singurul lucru pe care îl făcea era să împrăștie în toată casa mirosul fripturii, sau, în cazul acesta, duhoarea țigării. Faptul că încă nu puseseră la punct conductele care să ducă aerul ventilat până afară din casă era de neînțeles.

Cel puțin Benjamin adormise, iar Katrine plecase cu bicicleta împreună cu o prietenă prin Amager Strandpark. Până acum nu le spusese nimic nici unuia dintre ei, însă Benjamin simțise că e ceva și izbucnea în plâns din orice fleac. Iar aseară, când se uita la știri, Katrine a întrebat dacă vor divorța. Așa, din senin. Ea a reacționat complet aiurea, a ridicat glasul și s-a înfuriat, ceea ce a avut efectul contrar și a arătat că, de fapt, e un punct dureros.

Însă adevărul era, pur și simplu, că simțea lipsa lui Jan mai mult decât de câțiva ani încoace. Brusc, nu-i venea în minte nici un exemplu din milioanele de lucruri care obișnuiau s-o calce pe nervi.

Singurul lucru la care se putea gândi acum era cât de cumsecade și grijuliu era el. Cât de loial și demn de încredere. Și chipeș. Asta îi sărea în ochi ori de câte ori scotea mobilul și se uita la o fotografie cu el. Spre deosebire de atât de mulți bărbați de vârsta lui, îi fusese îngăduit să-și păstreze atât părul, cât și fața fără riduri și pungi sub ochi.

Cu toate acestea, ea fusese atât de furioasă și frustrată, încât se plângea de tot ce făcea el. Până la urmă, era destul să se afle în aceeași cameră ca ea să înceapă.

Până azi-dimineață fusese convinsă că el, din pur instinct de conservare, a luat taurul de coarne și a părăsit-o. Asta fusese obsesia ei, la care se gândea de atâția ani, dar n-a îndrăznit niciodată să-și asume consecințele, iar acum și-o însușise el. Ca și cum i-ar fi înhățat ideea și ar fi făcut pasul spre începerea noii lui vieți.

De-abia când și-a luat inima-n dinți și l-a sunat la serviciu s-a îngrijorat de-a binelea, iar acum era convinsă că i s-a întâmplat cu adevărat ceva grav, ceea ce o îngrozea, pur și simplu.

Cum avea să se descurce? Să luăm doar magazinul pentru bebeluși – nu putea nici măcar să plătească chiria. Va trebui să-l închidă, și poate că era mai bine, chiar dacă o lua cu arsuri la stomac la gândul că va sta iar la casă în supermarketul Føtex. Va fi silită să vândă casa și va trebui să se mute cu chirie într-un apartament înghesuit undeva, departe...

Sunetul puternic al soneriei a făcut-o să scape din mână țigara, care s-a stins cu un scurt sfârâit în cana cu cafea. S-a ridicat și s-a dus în hol să descuie ușa.

Cu siguranță era Adam. Era acasă, ocupându-se de copii, în vreme ce soția lui lucra, și se ajutaseră unul pe altul să facă zilele să treacă. Dacă nu se ducea ea la el, îi bătea el la ușă.

Nu se întâmplase nimic, încă nu, însă flirtau și, de câte ori se vedeau, aerul vibra de ceva care n-avea nimic de-a face cu iubirea. Nu putea continua așa, mai devreme sau mai târziu aveau să meargă prea departe, o știau amândoi. Când avea să se întâmple, se va sfârși. De aceea a încercat să tragă de timp și să se bucure de joaca lor interzisă cât mai mult posibil. Însă nu azi. Azi nu voia decât să fie singură și să stea acolo, sub ventilator.

A deschis, și tocmai dădea să spună că nu se simte bine, când a văzut că nu-i Adam, ci șeful lui Jan, Kim Sleizner.

– Salut, Lone, a zis Sleizner zâmbind. Pot să intru?

Ar fi vrut să zică „nu" și să-i spună să plece. Din acel moment de acum câțiva ani, când au luat cina în patru, se simțea murdară de câte ori se uita la ea. Cu toate acestea, a încuviințat din cap și s-a tras într-o parte ca să poată intra.

-Am venit doar să văd ce mai faci, a continuat el în drum spre bucătărie, unde s-a oprit și s-a întors spre ea. Deci, cum ești?

-Ăăă, da... Nu știu prea bine. A ridicat din umeri și nu-și dorea decât ca el să plece. Este, cum să zic, greu să nu știi ce se întâmplă. Să te învârți prin casă și să te întrebi. Apropo, n-ai auzit nimic, nu-i așa?

Sleizner a clătinat din cap.

-Încă nu. Dar vom afla curând, îți promit. Am folosit toate resursele ca să nu se tărăgăneze. Așa că, orice s-o fi întâmplat, o să ne lămurim curând.

-Aproape că sună ca și cum ai ști deja că s-a întâmplat ceva, a zis ea și a simțit cum o încearcă plânsul. Ceva grav.

-Nu, nu, nu. Sleizner a râs, clătinând iar din cap. În acest moment nu știm nimic. Îți jur, poți sta cu totul liniștită. De cum vom avea vreo veste, o să fii prima care află.

L-a privit în ochi și i s-a părut că vede din nou limpede cum încearcă să ascundă faptul că știe deja, sau cel puțin bănuiește, și nu vrea decât să-i dea timp să se pregătească pentru înștiințare.

-Hei..., a zis el și s-a apropiat. Pur și simplu, așa sunt eu. E o consecință a muncii mele. După toți anii petrecuți în poliție, m-am învățat să pornesc de la ce e mai rău. De cele mai multe ori, tendința e să devină mult mai bine. Dar în rarele situații în care nu este cazul, vreau să fiu complet pregătit. Mă urmărești? Nu m-am priceput niciodată prea mult la surprize.

Lone a încuviințat, cu toate că nu erau decât vorbe. Vorbe care sunau bine, însă nu-i spuneau nimic.

-Lone..., a continuat el și a luat-o în brațe. Înțeleg cât de greu trebuie să fie, dar probabil o să se rezolve, o să vezi. A tras-o aproape și și-a lăsat o mână să alunece în sus și în jos pe șira spinării ei. O să fac tot ce-mi stă în putere ca să aflu ce s-a întâmplat. În caz că s-a întâmplat ceva. Cine știe, ar putea să existe o cu totul altă explicație. Orice o fi, o să aflu.

Ea nu mai auzea nici un cuvânt. Se ciocneau între ele și se contopeau într-un covor gros de zgomot. Ceea ce conta era îmbrățișarea lui. Căldura trupului și bufniturile surde ale inimii lui la câțiva centimetri de urechea ei.

Nu-i plăcea asta, nici îmbrățișarea sau mângâierile pe spate. O făceau să se simtă murdară și dezgustătoare, ca după acea cină care a început cu faptul că el a flirtat cu ea pe sub masă, în fața lui Jan și a soției lui, Viveca. Și totuși, n-ar fi vrut să se termine.

Cu doar un minut înainte, ar fi zis că n-ar accepta nici moartă. Însă, oricât de murdară s-ar fi simțit, exact de asta avea nevoie. O îmbrățișare și un pic de apropiere. Se părea că n-avea nici o importanță de la cine.

După cină, când Viveca era în bucătărie pregătind desertul, el i-a dat lui Jan un pahar cu whisky bun și a dus-o să-i arate o lucrare a lui Jens Jørgen Thorsen pe care tocmai o cumpărase. Avea ca titlu ceva cu Disneyland și un Mickey Mouse excitat. După părerea ei, lucrarea era mai degrabă o grămadă de mâzgăleli de diferite culori, ceea ce a și spus. Însă Kim doar a râs și a condus-o mai departe prin apartamentul uriaș, până într-o baie.

– Hei..., a zis el fără s-o lase din brațe. Mă gândesc la investigația de care se ocupa Jan. Dacă dispariția lui ar putea avea ceva de-a face cu asta. Nu ți-a spus nimic despre ea?

– Nu, nimic, a zis ea și și-a dat seama că mângâierile lui pe spinare au făcut să se trezească ceva în ea. El a fost întotdeauna foarte secretos cu munca sa și nu-mi spunea aproape nimic. Însă era stresat, asta pot s-o spun. Se vedea limpede pe el.

– Înțeleg. Sleizner și-a lăsat mâinile să-și continue drumul până pe fund, unde cea mai mică atingere o făcea să tremure. Și n-a adus nimic acasă de la anchetă?

– Nu, din câte știu eu, a zis ea cu o scârbă de sine care creștea în ea. Ce ar putea să fie?

– Cine știe? Vreo urmă pe care o cerceta sau orice. Poate că asta ar putea să ne dea un indiciu despre ce s-a întâmplat. Cum ar fi un telefon mobil vechi, de exemplu.

– Telefon mobil? Și-a amintit brusc și s-a uitat în ochii lui. Un mobil Ericsson vechi, galben?

– Ei bine, de ce nu? Pe fața lui Sleizner s-a lățit un zâmbet și i-a potrivit părul după urechi. Du-te să-l aduci și vom vedea.

39

După ce în ultimele cincisprezece minute s-a tot învârtit pe acolo, Morten Heinesen a găsit în cele din urmă intrarea garajului subteran de pe Østerbrogade. După ce a plătit la automat, a pus chitanța pe parbriz și a început să se uite împrejur.

Singurul indiciu pe care îl aveau despre garaj era că Jakob Sand obișnuia să parcheze acolo de multe ori noaptea, dacă era să crezi analiza lui Hemmer despre triangulația numărului de mobil. Adesea, câteva ore în șir. Asta, în sine, nu era chiar atât de ciudat. Ciudat era faptul că în acest timp Sand nu părea să iasă din garaj, în afară de cazul în care își lăsa mobilul în mașină, ceea ce ar fi fost, de asemenea, neobișnuit.

După spusele lui Hemmer, Sand fusese aici și cu o seară înainte. Totuși, era greu de spus dacă asta era destul ca Hesk să fi hotărât să vină aici după ședința lor. În esență, Hesk nu era omul care să-și asume riscuri și să pornească singur în misiuni îndrăznețe. Dar cât de îndrăzneață poate fi considerată coborârea într-un garaj public? Chiar dacă se întâmpla să fie acolo și Sand, nu numai mobilul lui, la urma urmei, nu era un ucigaș în serie fioros.

Pe de altă parte, Heinesen nu se simțise niciodată în largul său în garaje, și mai ales în cele în care putea să vină oricine și să stea ascuns în umbră. Oricine, că avea sau nu ce căuta acolo. În plus, era înspăimântător de ușor pentru un făptaș să iasă de acolo la iuțeală.

Se simțea la fel în benzinăriile de lângă autostrăzi, în pustietate. Mai ales în cele din Europa, care erau adesea așezate la intersecția mai multor autostrăzi. Cel mai ușor lucru din lume este să răpești un copil care așteaptă în mașină până plătesc părinții la casă. După aceea nu mai trebuia decât să dispari în orice direcție.

Ce-i drept, el însuși nu pățise niciodată ceva. Însă nu șovăise să plătească în plus pentru o încuietoare în stil american la mașină, la care prima apăsare pe telecomandă descuie doar portiera șoferului, așa că nu putea nimeni să intre pe portiera pasagerului și să-l înjunghie în clipa în care apasă pe încuietoarea centrală și se așază la volan.

Însă acest garaj părea să fie destul de liniștit. Atelierul auto cu cei doi bărbați în salopete albastre l-a făcut să se relaxeze și, întocmai așa cum bănuia Sleizner, erau acolo câteva camere de supraveghere. Câte una la intrare și ieșire, două lângă atelierul auto și încă una la o mică rampă de încărcare.

– Hei, voi de acolo, a zis el după ce a făcut un tur complet. Nu vă supărați.

Și-a fluturat mâna, cu toate că un mecanic era aplecat sub o capotă ridicată, iar celălalt tocmai intrase sub o mașină.

– Știți cumva cine se ocupă de camerele de supraveghere din garaj?

Nici unul dintre bărbați n-a răspuns. În schimb, de sub mașină au început să cadă scântei de la sudură.

– Hei? Nu vă supărați, a repetat el cât de tare a putut fără să strige, ceea ce l-a făcut pe bărbatul de sub capotă să-și întoarcă fața spre el. Sunt de la poliție și trebuie să știu cine...

– *Policja?*

Bărbatul s-a întors spre colegul de sub mașină.

– Krzysztof!

Bărbatul al cărui nume era, evident, Krzysztof, a ieșit de sub mașină, s-a ridicat în picioare și și-a șters mâinile pe salopetă.

– *I'm from the police and would like to know who's responsible for the surveillance cameras here in the garage*[1], a repetat el.

Însă bărbatul n-a răspuns, doar s-a întors spre colegul său și a zis ceva într-o limbă care părea poloneză. Colegul i-a răspuns ceva în aceeași limbă, după care Heinesen și-a scos legitimația de poliție și a ridicat-o, ca să-și întărească vorbele.

– *As I said, I'm from the police, and*[2]...

– *Not me*, l-a întrerupt bărbatul din partea opusă. *My boss*[3].

A arătat din cap spre o ușă aflată mai departe în atelier.

– *Talk to boss*[4].

– *Okay, thank you*[5].

---

[1] Sunt de la poliție și aș vrea să știu cine se ocupă de camerele de supraveghere din garaj. (în limba engleză în original)

[2] Cum spuneam, sunt de la poliție și... (în limba engleză în original)

[3] Nu eu. Șeful meu. (în limba engleză în original)

[4] Vorbește cu șeful. (în limba engleză în original)

[5] Bine, mulțumesc. (în limba engleză în original)

Heinesen a mers mai departe pe lângă ei și a simțit că îl însoțesc cu privirea pe tot drumul până la ușa pe care scria *Recepție*.

Nu era nimeni acolo, însă apa din rezervorul albastru al dozatorului se vălurea ca și cum cineva tocmai umpluse un pahar de plastic. A mers mai departe până la tejgheaua la care nu era nimeni și a apăsat pe soneria de acolo, care, cu sunetul ei puternic, l-a făcut să-și dea seama câtă liniște era, de fapt.

A numărat secundele până să se stingă sunetul, însă au fost atât de multe, că le-a pierdut șirul până să revină tăcerea. Ei bine, n-o să-și aducă niciodată aici mașina la reparat, de asta era sigur. S-a întrebat dacă să sune din nou, de data asta mai insistent, dar s-a oprit când a văzut o gaură de câțiva centimetri, cu contur neregulat, în ușa de dincolo de tejghea și ceva albastru care se mișca acolo, înăuntru, în ceea ce părea spațiul unui birou.

S-a aplecat peste tejghea ca să vadă mai bine și chiar așa, erau două picioare în salopetă albastră sub o masă de lucru aglomerată. Halal serviciu pentru clienți!

– *Hello*, a strigat și a lăsat dinadins să i se observe iritarea. *Can you please come out? I've been waiting here for a while now.*[1]

După o vreme, ușa a fost deschisă de un mecanic mai în vârstă, care ținea la ureche un telefon.

– *Dobrze. Dobrze*[2], a zis bărbatul, apoi a încheiat convorbirea și s-a uitat la Heinesen.

– Cu ce vă pot ajuta?

– Este vorba despre camerele de supraveghere din garaj. Trebuie să știu cine se ocupă de ele.

– Și tu cine ești?

---

[1] Vă rog, puteți ieși? Aștept deja de ceva timp. (în limba engleză în original)

[2] Bine. Bine. (în limba polonă în original)

– Numele meu este Morten Heinesen, şi sunt de la Poliţia Municipală.

– Legitimaţia. Vreau să văd legitimaţia.

Heinesen şi-a scos legitimaţia şi a pus-o pe tejghea în momentul în care uşa din spatele său se deschidea. S-a răsucit şi a văzut un bărbat în costum care stătea cu braţele încrucişate, ca şi cum ar fi trebuit deja să aştepte prea mult. I-a zâmbit bărbatului ca să-i arate că ştie cum e, însă n-a primit nici un răspuns.

Mecanicul vârstnic i-a cercetat legitimaţia ca şi cum ar fi memorat fiecare cifră şi codul numeric personal, apoi a pus-o pe tejghea, s-a uitat pe lângă Heinesen şi a clătinat din cap spre bărbatul în costum.

Heinesen s-a întors spre bărbatul care se apropia de el.

– Nu te supăra, dar n-am terminat aici, nu-i aşa? Nu-i aşa?

S-a răsucit înapoi şi a descoperit că bătrânul tocmai se lăsa pe vine în spatele tejghelei.

– Nu te supăra, dar ce faci? S-a aplecat peste tejghea. Hei, vrei să răspunzi? Cu tine vorbesc. Cine se ocupă de camerele de supraveghere de afară? Cu cine trebuie să iau legătura ca să cercetez ultimele...

S-a întrerupt când bărbatul din spate l-a bătut pe umăr.

– Cum spuneam, n-am terminat, a şuierat el şi a împins deoparte mâna bărbatului. Cât de greu e de înţeles? Sau poate că nici tu nu vorbeşti daneza?

Bărbatul n-a zis nimic, doar a ridicat o mână în care era un stick de memorie.

– Şi cu asta ce mai e?

– Filmările de care întrebai, a zis bărbatul mai în vârstă, care se ridicase la loc şi îi întindea o hârtie şi un pix. Scrie, te rog, aici numele, numărul de telefon şi semnează.

40

Sonja a reuşit cu greu să-şi ascundă surprinderea când Fabian a apărut în faţa firmei de servicii funerare Fonus, aflată la colţul dintre Pålsjögatan şi Föreningsgatan, cu câteva minute înainte de ora pe care o stabiliseră. Probabil nu se aşteptase ca el să vină.

- Salut, a zis ea şi s-a abţinut să-l întrebe unde a fost toată dimineaţa.

El i-a răspuns la salut, însă n-a pomenit de întâlnirea cu Molander, care i-a spus de zvonul că neregulile legate de fiul lor erau din ordinul cuiva din vârful ierarhiei din închisoarea daneză.

- Intrăm? a zis el în schimb şi a luat-o de mână.

Ea a încuviinţat, dar şi-a tras imediat mâna ca să ţină uşa deschisă. O uşă de aluminiu urâtă, care te ducea cu gândul la o şcoală părăginită din anii '70, unde nimeni nu se simţise vreodată bine.

După ce au intrat a vrut din nou să o ia de mână, însă ea mergea deja mai departe după antreprenorul care se prezentase Tjälve şi îşi exprimase condoleanţele într-un fel care părea atât de artificial şi forţat, încât nu putea fi mai limpede cât de puţin îi păsa.

Au fost conduşi într-o sală de şedinţe cu pereţii de un alb ca fildeşul, împodobiţi cu litografii insipide şi o masă de conferințe jerpelită, destul de mare pentru o familie de îndoliați. Lustra de pe tavan, de deasupra mesei, întindea șase brațe de sticlă cu cele mai proaste becuri economice, dintre care două erau arse. Totul era lipsit de inspirație, jerpelit și, mai presus de toate, lipsit de demnitate.

– Sigur, rezolv eu. Așadar, luați loc și relaxați-vă.

Tjälve și-a desfăcut larg brațele.

– Și luați melci cu scorțișoară. Sunt proaspeți, de la Börjes de pe Tågagatan. Cei mai buni din oraș, după părerea mea, și merită fiecare calorie.

Antreprenorul a ieșit, iar ei și-au tras câte un scaun și s-au așezat. El întâi, imediat după aceea, ea, cu un scaun gol între ei. Dacă intenționat sau nu, era greu de spus, însă acum distanța era prea mare ca s-o poată lua de mână.

S-a întors spre ea și a văzut că privește drept înainte. Întotdeauna crezuse că e frumoasă. Însă din profil era absolut uluitoare, cu gâtul delicat și ceafa îngustă, care se vedea atât de bine acum, când era tunsă scurt. Ea fusese întotdeauna, și continua să fie, după toate prin care trecuseră împreună, într-o categorie doar a sa. Chiar și acum, când era tristă, cu privirea în gol, își făcea tot ce putea ca să se stăpânească.

I-a întins cutia cu șervețele, iar ea a luat unul și și-a șters delicat ochii în momentul în care Tjälve s-a întors cu o tavă pe care erau două cești cu cafea și una cu ceai, o cană cu lapte și un bol cu zahăr cubic. Cum de știa că Sonja preferă ceaiul după ce trece ora prânzului? Îi spusese pe când îi conducea înăuntru?

– Bugetul? l-a întrebat Sonja întorcându-se spre el. La cât ne-am gândit?

– Nu știu, a zis el și i-a răspuns cu un zâmbet. Chiar n-am avut timp să mă gândesc prea mult la asta. Însă economisirea nu-i lucrul cel mai important în acest moment, ne descurcăm noi. Lucrul important pentru mine e să fii tu mulțumită.

Singurul care a zâmbit a fost Tjälve. Desigur, i se dăduse ocazia să vândă cel mai scump coșciug și tot restul pentru înmormântare. Însă Sonjei nu i s-a clintit nici un mușchi. Cu toate că el nu dorise decât să-și arate sprijinul, dându-i ei mână liberă.

Dar în ochii ei era exact invers. Vedea asta pe ea. Că el își declina orice responsabilitate și lăsa pe umerii ei fiecare hotărâre și aranjament. Și, într-un fel, avea dreptate. Lui nici că putea să-i pese mai puțin ce căptușeală avea sicriul sau câte feluri de prăjituri ar trebui să fie pe farfurii. Dacă ar fi fost după el, ar fi ales varianta cea mai ieftină și mai proastă. Theodor era mort, și nici o literă îmbârligată și aurită pe o invitație de culoarea fildeșului nu putea să schimbe asta.

Singurul motiv pentru care stătea acolo era de dragul Sonjei. Pentru ea asta era important. Ăsta era felul ei de a procesa durerea. Nu al lui.

El era încă preocupat de întâlnirea cu Molander și presupusul zvon despre jocul murdar din spatele morții lui Theodor. Informația se potrivea atât de bine cu propriile bănuieli, încât nu putea să fie cu totul născocire. La urma urmei, trebuia să fie acolo un sâmbure de adevăr, și asta era adevărata problemă. Sâmburele acela n-avea să-l lase niciodată să-și întoarcă spatele cu totul și să meargă mai departe. Avea să stea acolo și să-l râcâie până la sânge cât timp nu afla o dată pentru totdeauna cum a fost cu adevărat.

Ca la un semnal, Sonja și antreprenorul s-au ridicat în picioare și s-au dus într-o sală de prezentare plină cu modele de coșciuge. I-a urmat și l-a văzut pe bărbat arătând spre unul dintre coșciugele mai puțin mohorâte, lăcuit cu alb și cu mânere cromate. Sonja a încuviințat din cap, poate că a și spus ceva. Sau nu. Oricum, bărbatul și-a notat ceva în dosar.

Nu părea să fie unul dintre cele mai ieftine modele, dar nici dintre cele mai scumpe. Oricum, nu era frumos. Ce ar putea fi considerat frumos când e vorba despre coșciuge? Însă, dacă era cumva, era exact opusul a tot ce îl reprezenta pe Theodor. Ura albul și întotdeauna alegea ce era complet negru, preferabil învelit în piele neagră cu ținte, dacă ar fi avut un cuvânt de spus.

Au fost discuții, încuviințări și însemnări, apoi s-au întors în sala de ședințe, unde au fost schimbate și mai multe replici. Apoi au fost iarăși strângeri de mână și încuviințări, și, în drum spre ieșire, lui i-au venit în minte melcii cu scorțișoară din care nu gustase nici unul, și și-a dat seama cât de flămând este.

– Acum ar fi bine să te duci, a zis Sonja când stăteau pe trotuar în fața intrării, tocmai când el hotărâse să-i propună să meargă la masă într-un loc plăcut.

– Să mă duc? Unde? a zis el, și s-a întrebat ce îi scăpase.

– Nu știu. Ea a ridicat din umeri. În orice caz, aici nu ești, așa că ar fi bine să te duci să cauți ceea ce te chinuiește.

El a încuviințat din cap, crezând că înțelege.

– Însă e pentru ultima dată, a continuat ea. Acum e ultima dată când mă părăsești.

El își jurase că nu va lăsa niciodată să se întâmple asta. Că va face tot ce-i stă în puteri ca să găsească alte soluții, convins că undeva, în față, există o înseninare și pentru ei.

Însă în ultimii ani hotărârea a zăcut acolo și a așteptat momentul potrivit. Cu toate că era interzis, s-a jucat cu ea și a văzut-o în fața ochilor, ca versiuni diferite ale aceleiași scene jucate numai pentru el. Auzise dialogul, propriile argumente. Ale Sonjei. Auzise cum se certau, plângeau și strigau, ca până la urmă să se potolească și să accepte inevitabilul.

Însă nici una dintre versiuni nu fusese atât de laconică și calmă.

Ce-i drept, nu mai era nimic de spus. Totul fusese deja spus de prea multe ori și nu mai rămăsese decât să încuviințeze și să plece.

Pentru ultima oară.

41

Dunja nu știa dacă el terminase relația cu iubitul din Malmö. Acel Balthazar părea să fie un bărbat exact pe gustul lui Michael Rønnings. Când Fareed a mai reușit și să găsească fotografii ale bărbatului din Scania, ei i-a fost imposibil să-și închipuie că Rønning a părăsit de bunăvoie un astfel de tip chipeș după numai trei zile, când se presupunea că va sta acolo două săptămâni întregi.

Sigur, exista și posibilitatea ca Balthazar să fie cel care s-a săturat, însă Rønning nu era bărbatul de care să te saturi. Dacă era cineva care se sătura, el era acela. Întotdeauna, întotdeauna el.

Cea de-a treia și, după părerea sa, cea mai probabilă variantă era că, pur și simplu, îi păruse rău după discuția lor din tren. Ce-i drept, nu-l caracterizau mustrările de conștiință, dar, la urma urmei, era o făptură care gândea logic, și simpla dare în urmărire a ei, sub acuzația de atentat la siguranța națională, ar fi trebuit să fie pentru el un motiv mai mult decât rezonabil ca să-și dea seama că Sleizner trebuie să fie oprit cu orice preț.

Oricum, era înapoi în Copenhaga, și asta îi săltase ei moralul. În ciuda tuturor necazurilor și piedicilor, în ciuda arsurilor de pe fluierele picioarelor, care continuau s-o usture după alifii răcoritoare și ore de ținut pe ele pungi cu gheață, chiar și în ciuda cumplitei sorți a lui Qiang, își recăpătase speranța că încă mai avea o șansă.

Cu câteva ore înainte, Rønning se întorsese în apartamentul său de pe Lille Istedgade. Fareed a fost cel care a descoperit asta când i-a triangulat telefonul, la nimereală. Atunci au căzut de acord să mai încerce o dată să-l convingă. Faptul că au pe cineva în interior care să-l supravegheze pe Sleizner și mișcările lui ar fi schimbat cu totul situația.

Din acest motiv tocmai se ghemuise pe trotuar în față la adăpostul Mændenes Hjem și începuse să se scarpine zdravăn pe antebraț, legănându-se înainte și înapoi, cu gluga trasă peste cap, la fel ca toți ceilalți drogați din zonă. Toate astea, pentru ca Rønning să nu-și oprească privirea asupra ei când ieșea din clădirea de pe cealaltă parte a străzii și să facă obișnuita cercetare cu ochii în jur înainte să meargă mai departe.

Cu cinci minute înainte, Dunja tocmai își croise drum prin învălmășeala de mizerie și bișniță de la colțul cu Istedgade. Planul fusese simplu, avea să urce, să-i bată la ușă și să stea de vorbă în liniște cu el. Să-i povestească tot ce el nu știa. Însă, chiar în clipa în care traversa strada spre poarta lui, Fareed îi spusese că se pare că Rønning era pe cale să plece din apartament.

N-au avut deloc timp să gândească și să improvizeze. Asta nu era o discuție pe care să o poată avea oriunde, pe fugă. Era nevoie de liniște și, mai ales, era nevoie de timp.

„Pe ecran se vede că merge spre Halmtorvet. E adevărat?“, a zis Fareed din duba care era parcată la câteva sute de metri, în față la Øksnehallen din Kødbyen, în zona abatorului.

– Da, a răspuns ea şi l-a urmărit cu privirea pe Rønning.

„Crezi că e în drum spre sediul poliţiei?“

– Păi, nu-i în drum spre complexul DGI ca să joace popice. Propun să-l prindem pe Stoltenbergsgade.

S-a ridicat în picioare de pe trotuar în clipa în care Rønning a dispărut după colţ spre piaţa cu sens giratoriu, unde cu doar câţiva ani înainte se înghesuiau prostituatele ca să ocupe cele mai bune locuri. Acum peria renovării şi revigorării curăţase trotuarele şi le silise să se ducă în partea de est a Istedgade, sau partea dură, cum i se spunea zonei dinspre Gara Centrală.

Faptul că Rønning se ducea la serviciu nu era o ipoteză hazardată. Aproape întotdeauna traversa Halmtorvet, în afară de cazul în care se ducea la restaurantul lui indian preferat, Tandoori Masala.

Asta arăta că avea de gând să-şi întrerupă concediul, ceea ce era exact ce voia ea să-i propună. Tocmai acolo, pe coridoarele din sediul poliţiei, la etajul şase, putea el să fie de cel mai mare folos.

„Trec acum pe lângă el“, s-a auzit vocea lui Fareed. „Şi nu e în căutare de *balti chicken palak*[1].“

– Bine, ne vedem pe Stoltenberg.

Dunja a început să alerge spre Istedgade şi mai departe, spre Gara Centrală. Era un adevărat ocol, însă n-avea încotro. Din fericire, niciodată nu fusese în formă mai bună, spre deosebire de Rønning, care refuza cu încăpăţânare până şi să-şi vâre picioarele în încălţămintea de alergare.

Stoltenbergsgade se afla la numai două străzi de sediul poliţiei, adică era mult prea aproape ca să-l agaţe acolo. Problema era că drumul lui trecea printr-unele

[1] Feluri de mâncare indiană

dintre cele mai aglomerate zone. Cel puțin în acel moment al zilei.

Pe Tietgensgade, care îl ducea peste calea ferată, trecătorii erau la fel de înghesuiți ca pasagerii în sala de sosiri, unde ea a trebuit să alerge în zigzag ca să nu se ciocnească de cineva. Apoi el avea să-și continue drumul în jos, spre colțul de sud-vest al Grădinilor Tivoli, unde trotuarele ar fi trebuit să fie și mai aglomerate.

De-abia când el o lua la dreapta pe Bernstorffsgade lucrurile urmau să se liniștească, iar odată ajunși pe Stoltenbergsgade ar fi trebuit să fie destul de pustiu ca să nu aibă timp nici un trecător să reacționeze la ceea ce se întâmpla.

„OK, am ajuns", s-a auzit vocea lui Fareed, pe când ea își croia drum prin intrarea estică a sălii de sosiri și trecea strada printre mașinile care se pregăteau să accelereze, deoarece stopul tocmai trecuse pe verde.

– Ascunde-te un pic, s-ar putea să vadă mașina.

Pe partea cu Tivoli erau atât de mulți oameni, încât a fost silită să iasă pe pista pentru biciclete, unde, în ciuda tuturor bicicliștilor care veneau din direcția opusă sunând furios din clopoțel, a alergat cât de repede a putut până la următoarea intersecție.

– Bun, îl văd, a zis ea, răsuflând adânc și urmărindu-l cu privirea pe Rønning. Traversează acum Bernstorffsgade.

„Bine, atunci ar trebui să ajungă aici în orice moment."

Dunja s-a pregătit să traverseze de îndată ce Rønning o lua la dreapta pe Stoltenbergsgade. Însă el a mers drept înainte.

– Bun, avem o problemă, a zis ea. Își continuă drumul spre H.C. Andersen.

„De ce? Te-a zărit?"

– Nu, nici măcar nu s-a uitat în direcția mea. Merg după el.

Păstrând față de Rønning distanța maximă la care îl putea vedea cu coada ochiului, Dunja și-a continuat drumul pe H.C. Andersens Boulevard și mai departe, pe Stormgade, în vreme ce încerca împreună cu Fareed să ghicească unde se ducea el. Însă n-aveau nici o idee. Asta nu era deloc zona lui Rønning. Mai ales canalul Fredriksholms, pe care el îl considera atât de pitoresc și drăguț, încât avea un atac al sindromului Tourette de fiecare dată când se nimerea să treacă pe acolo.

Însă de data asta nu părea că doar se nimerește să treacă pe acolo. Dimpotrivă, mergea tot mai hotărât, cu ochii mereu la ceasul de la mână, ca și cum ar fi fost în întârziere. După câteva sute de metri peste piatra cubică de pe Gammel Strand s-a așezat la o masă liberă pe terasă la Café Diamanten.

Ce mama naibii? Dunja s-a oprit și s-a uitat la el. Diamanten era locul ei. Acolo obișnuia să meargă și să se ascundă printre turiști când avea nevoie să fie lăsată în pace. Unui adevărat locuitor din Copenhaga nu i-ar fi dat niciodată prin cap să vină aici.

Numai ei.

Și, se pare, acum și lui Rønning.

Aici îl rugase să vină ultima dată când i-a ajutat. Fusese în urmă cu o lună. După câteva încercări, el reușise să pună mâna pe mobilul lui Sleizner, pe care apoi Fareed și Qiang l-au piratat și au instalat un transmițător GPS. Între timp, au putut schimba între ei câteva cuvinte. Doar cât ea să-i spună că trebuie să dispară și l-a lăsat cu multe întrebări fără răspuns.

Când și-a dat seama cum se legau toate astea a bufnit-o râsul.

„Ce-i atât de distractiv?", s-a auzit vocea lui Fareed.

– Mă duc acolo, a zis și a pornit pe ultimii douăzeci de metri. Mă duc să vorbesc cu el.

Desigur, își bătuse joc de ea. Ticălosul. Era atât de tipic pentru el să meargă până la capăt. Așa că nu și-a dat seama de asta decât acum. Desigur, încă dinainte să plece de acasă fusese pe deplin conștient că ea ar putea să-l urmărească, și unde ar fi putut fi mai potrivită o întâlnire decât aici? Avea să vadă el pe dracu' după ce se termina asta.

După trei pași, totul s-a schimbat.

Din color, în alb-negru.

Din alb, în negru.

Sinapsele din creierul ei n-au putut ține pasul, și a trebuit să-și adune toată energia ca picioarele să-i rămână în mișcare, astfel încât să se poată întoarce într-un fel destul de firesc din drumul spre cafenea fără să riște să rămână pe loc și să atragă privirile.

Nu avusese timp să-l vadă mai mult de o fracțiune de secundă și deja încerca să găsească altă explicație. Însă căutarea era zadarnică. Nu exista nici una.

Asta nu era o coincidență nefericită.

Era Sleizner.

Ca o stafie în plină lumină, venea spre cafenea agale din partea opusă. Erau mai puțin de cinci metri între ei când și-au încrucișat drumurile. Singura parte pozitivă era că privirea lui era îndreptată spre ceva din spatele ei.

Atunci piesele au început să se așeze la locul lor. Una după alta. Însă nu putea fi adevărat. Nu putea fi. Ca și cum ar fi apărut brusc dovezi că pământul era plat, ea refuza să creadă. Nici măcar când, în cele din urmă, a îndrăznit să se oprească, să se răsucească, să-l vadă cum dă mâna cu Rønning și se așază în fața lui. Nici măcar atunci n-a putut să creadă.

„Dunja, mai ești acolo?“, s-a auzit vocea lui Fareed după o vreme. „Ce se întâmplă?“

– Sleizner e ceea ce se întâmplă, Fareed. Kim *fucking* Sleizner.

„Dar, nu înțeleg. Ce are de-a face el cu...“

– N-are rost să încerci să înțelegi. Deschide doar microfonul mobilului lui și pune-l pe difuzor, ca să pot...

„Dar, ca să înțeleg bine. Vorbești serios că Rønning și...“

– Fareed, fir-ar să fie, a șuierat ea. Fă doar ce ți-am spus.

„O fac deja. Numai că nu merge atât de repede. Cel puțin se pare că a pus telefonul pe...“

Fareed a fost întrerupt de un zgomot puternic, urmat de un fond sonor la fel de distorsionat și fragmentat, apoi s-au deslușit vocile.

„Camilla Krystchoff?“, s-a auzit vocea unuia dintre ei, probabil Rønning. „Cu C, H și dublu F?“

„*Exaktemento*“, a răspuns Sleizner, pe când chelnerul turna cu zgomot apă minerală chiar lângă mobil.

„Dă-mi doar codul ei numeric personal și mă ocup eu de asta. Nici o problemă.“

„Excelent“, a zis Sleizner și a sorbit din apă. „Și, sunt sigur că înțelegi, asta e ceva ce noi, cel puțin deocamdată, trebuie să ținem ascuns.“

„Desigur. Câtă vreme nu e...“

„Nu, nu, nu-ți face griji. Nu-i nici o neregulă aici. Nici una. Nu-i vorba decât s-o ajut. Nu vreau decât asta și, așa cum știi și tu, în acest moment ea nu-i o primejdie doar pentru sine, ci și pentru întreaga... Da, înțelegi ce vreau să zic.“

„Nu știu. Chiar nu, de fapt.“

„Michael, ceea ce încerc eu să spun este că, dacă se aude de asta prea repede, o să se dezlănțuie tot iadul, și singura care va avea de pierdut până la urmă va fi ea însăși. Ești cu mine?"

„Da, înțeleg. Mai e ceva ce ar trebui să știu?"

„Deocamdată, nu. Alte amănunte vor fi adăugate pe parcurs. Dar înainte de asta trebuie să știu dacă pot să am deplină încredere în tine."

„Sigur că poți să ai încredere în mine."

„Da, spui asta și e bine. Foarte bine." Sleizner a tăcut o clipă, apoi a vorbit iar. „Ei bine, dacă nu mai e nimic altceva, propun să ne oprim aici."

„În ordine. De fapt, stai un pic, mai am ceva", s-a auzit vocea lui Rønning.

„*Shoot*[1]".

„Poate că îți amintești că acum câteva luni am făcut o actualizare a setărilor de securitate din mobilul tău."

„Da, sigur. Trebuie să le actualizezi iar?"

„Nu, nu-i nevoie. Însă, având în vedere cele întâmplate, și dacă tot suntem aici, m-am gândit să fac doar un control ca să văd dacă totul e în ordine, așa cum trebuie."

„Sigur, nici o problemă. *Be my guest*[2]. Uite-l."

S-a auzit cum mobilul este ridicat și dat altcuiva. Apoi s-a auzit cum Sleizner bea, își mai toarnă în pahar apă minerală și bea din nou.

„Hopa!", s-a auzit vocea lui Rønning după o vreme. „Când l-ai lăsat ultima oară nesupravegheat?"

„Ce, ai găsit ceva?"

„De fapt, multe. Uită-te un pic aici și aici. Vezi?"

„Fir-ar să fie... Ea e? Da? Asta e? Ea e?"

---

[1] (argou) Dă-i drumul. (în limba engleză în original)
[2] Poftim. (în limba engleză în original)

„Se poate. Dar nu-i nici o problemă. Ar trebui să fie destul de simplu să..."

Vocea lui Rønning s-a întrerupt, înlocuită de paraziți timp de câteva secunde, apoi a fost tăcere deplină.

42

– Bun, e deja târziu, aşa că hai să-i dăm drumul, a zis Sleizner intrând în sala de şedinţe. Fără digresiuni lungi şi amănunte lipsite de importanţă, mergem cu toată viteza înainte şi eu sunt la cârmă. Întrebări?

Heinesen avea o grămadă de întrebări, însă a tăcut şi a încuviinţat din cap la fel ca Hemmer şi Julie Bernstorff. Nu voia să se diferenţieze de grup şi să rişte să se uite Sleizner chiorâş la el.

– Bine, a zis Sleizner după o mică pauză. Avem de parcurs multe lucruri şi sfârşitul se apropie.

A închis uşa şi a mers mai departe până la celălalt capăt al mesei ovale.

– Aşa cum ştiţi, acum, în primele ore după dispariţie, când urmele sunt încă proaspete, sunt şanse destul de mari să-l găsim pe Hesk. Însă curând curba se prăbuşeşte drept în pivniţă, şi atunci va fi, practic, imposibil să aflăm ce s-a întâmplat.

– Pot să spun ceva?

Hemmer a ridicat o mână.

– Nu. Nu, decât dacă este despre interogarea lui Jakob Sand. Acum vreau o scurtă relatare despre felul în care am înaintat, apoi trecem la cel mai important punct al şedinţei.

Sleizner s-a întors spre Julie Bernstorff.

– Da, nu-i mult de spus, a ridicat Julie din umeri. Ne-a urmat cuminte la secție, unde a avut loc interogatoriul, așa cum plănuiserăm.

– Și a răspuns de bunăvoie la toate întrebările tale?

– Da, era foarte liniștit și stăpânit și nu părea deloc îngrijorat.

– Nu, nu consideră că are ceva de ascuns.

– Cum a explicat faptul că pielea lui era sub unghiile femeii? a întrebat Hemmer.

– A recunoscut că a fost cu femeia sâmbătă, 28 iulie, adică în ziua morții ei, însă după-amiază, cu patru-cinci ore înainte de ceremonia de inițiere a lui Mogens Klinge de la opt seara.

– Ce fel de ceremonie de inițiere? a zis Sleizner.

– Nu știm exact, însă, dacă ne gândim la faptul că femeia era prostituată, precum și la SMS-urile de pe vechiul lui mobil Ericsson, ar putea fi vorba de un fel de club erotic.

– Bine. Cu alte cuvinte, un adevărat pervers. Sleizner a clătinat din cap. Mda. Revenind la Jakob Sand. Ne poate ajuta s-o identificăm?

– Nu, din păcate. A luat-o de la colțul dintre Istedgade și Viktoriagade și s-au dus la una dintre proprietățile lui de lângă Valby. Se pare că au fost destul de dezlănțuiți, însă, așa cum a subliniat el însuși, el a fost cel căruia i-a dat sângele, nu ea.

Hemmer a încuviințat din cap.

– Și de ce n-a spus nimic până acum, la câteva zile după ce am apelat la public cu fotografiile cu ea și cicatricea ei ciudată?

– Dacă e să-l credem, n-a urmărit rapoartele despre caz și, prin urmare, n-a înțeles că este vorba despre aceeași femeie.

– Ce a spus despre batista care a fost găsită în gâtul ei?

– Că e frumoasă și că are una la fel.

– În paranteză fie spus, asta n-are nici o importanță, pentru că a dispărut dintre probele noastre, a zis Sleizner. Presupun că n-ai avut de ales, a trebuit să-l lași să plece. Dar tu ce părere ai după ce ai vorbit cu el? Crezi că el a fost?

– Și da, și nu. Pe de o parte, era mult prea calm, dacă ne gândim cât de cunoscut este și că, la urma urmei, acestea sunt suspiciuni grave. Era ca și cum ar fi știut exact ce o să întreb și ar fi avut răspunsurile pregătite. Pe de altă parte, trebuie să recunosc că răspunsurile lui erau atât logice, cât și credibile.

– *All right.*[1] Sleizner a dat jos fotografia lui Jakob Sand de pe tablă și a pus-o pe masă. Nu-l scăpăm cu totul din ochi, dar deocamdată îl lăsăm deoparte și ne ocupăm de dispariția lui Hesk.

– Scuze, dar numai pentru că îl lăsăm deoparte pe Sand nu trebuie să lăsăm deoparte întreaga anchetă, a zis Heinesen.

– Cine a spus ceva de lăsarea deoparte a anchetei? Sleizner s-a uitat la el ca și cum ar fi fost o pungă cu resturi de mâncare care stătuse prea mult timp afară, la soare. Eu, în orice caz, nu.

– Mi s-a părut că ai spus că trebuie să ne ocupăm de dispariția lui Hesk, a zis el și s-a străduit să nu-și ferească privirea. Și nu voiam să spun decât că suntem destui ca să lucrăm în paralel la ambele cazuri. Mai sunt multe lucruri în afară de Sand de care ar trebui să ne ocupăm.

– Sigur că sunt, a zis Sleizner. Întrebarea este doar dacă asta e mult mai important decât dispariția colegului

---

[1] Corect (în limba engleză în original)

nostru. Este vorba despre priorităţi, Morten. Stabilirea de priorităţi. Şi acum vreau să ne concentrăm toate forţele pe Hesk. Poţi să-ţi scrii în memorii ce vrei tu să faci.

– E ceva anume pe care crezi că ar trebui să insistăm acum? l-a întrebat Julie pe Heinessen.

– Da, de exemplu acel colţ dintre Istedgade şi Viktoriagade. Dacă e adevărat că de acolo a luat-o Sand, există o şansă ca celelalte fete care obişnuiesc să stea acolo să ştie cine este ea şi să ne poată ajuta s-o identificăm.

Julie a încuviinţat din cap şi s-a întors spre Sleizner, care a încuviinţat şi el.

– Bine gândit, foarte bine, şi sigur că o să facem asta. Absolut. Dar nu acum, bine? Trebuie să mai aştepte o zi sau două.

– De ce? a zis Heinesen.

– Pentru că nu arde! E chiar atât de greu de priceput? şi-a mijit Sleizner ochii spre Heinesen. Pe de altă parte, ceea ce arde este dispariţia colegului nostru. Cu fiecare secundă ce trece, situaţia se încinge tot mai tare.

S-a adresat tuturor.

– Jan Hesk poate că nu înseamnă pentru voi la fel de mult ca pentru mine. În regulă! Totuşi, o să vă rog să vă stabiliţi corect priorităţile, aşa încât, printr-un efort comun, să putem afla ce i s-a întâmplat colegului nostru, în loc să sabotăm puţinul timp pe care îl avem discutând o grămadă de probleme care pot foarte bine să aştepte.

Julie şi Hemmer au încuviinţat din cap, iar Heinesen şi-a dat seama că e singurul lucru pe care îl poate face ca să nu se pomenească în război total cu Sleizner.

– Bine. Atunci începem. Sleizner şi-a împreunat mâinile. Nu ştiu dacă vreunul dintre voi a auzit veştile, însă în această după-amiază a fost găsită mașina lui într-o parcare din Islands Brygge, chiar în față la Café Langebro.

– Cine a găsit-o? a zis Julie.

– Un paznic al parcării care scria o amendă. Dădusem în urmărire numărul de înmatriculare, așa că i-a apărut pe ecran, sau așa ceva. În orice caz, am explicat asta unei echipe de scafandri care deja e în plină cercetare a fundului apei de-a lungul cheiului.

– Așadar, vrei să spui că se poate să fi căzut în apă? a zis Hemmer.

– Nu, nu vreau să spun nimic. Însă e destul să fi băut un pahar prea mult la acel local din Langebro și apoi să se fi dus întâmplător un pic prea aproape de marginea cheiului. Sleizner a ridicat din umeri. Personal, nu-mi pot imagina ceva mai diferit de firea lui Hesk. Însă, din cât am înțeles, în ultimele zile era complet dezechilibrat. În plus, i-am promis soției lui, Lone, că n-o să las nici un ungher nescotocit, și este o promisiune pe care am de gând s-o respect.

Heinesen a urmat iarăși exemplul celorlalți și a încuviințat din cap, chiar dacă nu știa ce să creadă. Erau atâtea întrebări, dar nu era timp să pună nici una. Sleizner nu era acolo ca să scotocească prin vreun ungher. Era evident că o făcuse deja. În plus, fără să piardă o secundă.

– Alo, apel de la Houston. Apel de la Houston pentru Morten.

Heinesen s-a întors spre Sleizner, care s-a luminat la față.

– Hei, ia te uită. Aici era. Pe unde umblai?

Heinesen a încercat să spună ceva.

– N-are importanță, a continuat Sleizner. Chiar dacă păreai să te distrezi acolo mai bine ca aici.

– Scuze, mă gândeam doar cum...

– Nu-i nimic. Toți avem nevoie din când în când să ne pierdem concentrarea și să facem o pauză. A fost o zi lungă și suntem toți obosiți. Însă înainte să ne spunem noapte bună vreau să aud de la tine cum a fost în garajul acela subteran. Erau camere de supraveghere?

Heinesen a încuviințat din cap și a pus stickul de memorie pe masă.

– Mi-au dat asta.

– Excelent. Hai să vedem dacă este acolo ceva interesant. Sleizner s-a întors spre Hemmer. Te ocupi tu de asta?

– Vrei să zici, chiar acum? Hemmer a luat stickul și l-a cercetat. Altfel, pot să mă uit eu la noapte și până dimineață să selectez porțiunile interesante, ca în loc de asta să putem folosi acum timpul pentru...

– De ce să așteptăm? i-a zis flăcăul copilei... Sleizner l-a întrerupt râzând, apoi, fără vreun avertisment, a bătut cu pumnul în masă. Ce mama dracului e cu voi? Dacă nu stați și dormiți pe voi, vreți să așteptăm până mâine. E vorba despre colegul vostru, nu de vreun afurisit de *nobody*[1] pe care nici măcar nu-l putem identifica. E vorba de ore și minute, dacă e să avem vreo șansă. Nu de zile.

– *Sorry*, n-a fost decât o sugestie.

Hemmer a introdus stickul în laptopul său și a conectat proiectorul care, după alte câteva comenzi, a început să arate imagini de la patru camere de supraveghere din garaj pe ecranul pe care Sleizner îl derulase.

Imaginea era împărțită în patru părți egale și arăta câte un unghi din garaj. Evident, camerele erau prevăzute cu senzori de mișcare, când o mașină sau un

[1] (aprox.) Neica-nimeni (în limba engleză în original)

om trecea printr-una sau mai multe dintre cele patru imagini. Sus, în colțul din stânga, era ceasul care arăta *15.00, 05-08-12*.

– La ora trei după-amiaza poate că e un pic cam devreme, a zis Sleizner, în timp ce un Volvo bordo venea în jos pe rampă. Când ați terminat ședința aseară?

Heinesen și ceilalți s-au uitat unul la altul.

– Pe la opt, opt și jumătate, cred, a zis Julie.

– Bine, sari la ora opt. Așa cum ziceam, n-avem la dispoziție toată seara.

Hemmer a încuviințat din cap și a dat înainte până ce indicatorul din colțul stâng a arătat *19.55, 05-08-12*.

Un Lexus argintiu a intrat în garaj și a oprit pe un loc liber, apoi o femeie cu părul blond prins în coc, pantaloni de piele și tocuri înalte a ieșit din mașină și a dispărut din cadru. După aceea nu s-a mai întâmplat nimic și camera trebuie să se fi închis, pentru că următorul clip avea ora *20.48, 05-08-12*, când un Peugeot albastru a coborât pe rampă.

– Corectați-mă dacă greșesc, a zis Sleizner, pe când mașina dădea de câteva ori înainte și înapoi până să parcheze. Dar ăsta nu-i rabla de Peugeot al lui Jan?

Heinesen a încuviințat. Sigur că era mașina lui Hesk și sigur că era Hesk cel care, curând după aceea, a trecut prin fața camerelor de supraveghere, uitându-se la mașinile parcate.

Sleizner a clătinat din cap.

– E cu totul de neînțeles de ce nu-și ia ceva mai ca lumea. La salariul pe care îl are acum ar putea fără probleme să-și ia în leasing un Ferrari.

Prin urmare, Hesk se dusese acolo din proprie inițiativă. Exact așa cum sugerase Sleizner, în drum spre casă trebuie să-i fi venit o idee și a hotărât să vadă dacă e acolo mașina lui Jakob Sand, sau a lui Sleizner, ceea ce a fost evident când pătratul din dreapta, jos, l-a arătat pe Hesk la vreo douăzeci de metri de cameră, cum stătea lângă un automobil sport roșu strălucitor și apoi a dispărut între el și un stâlp de beton.

Următorul clip a fost după câteva minute, când Hesk s-a ițit din spatele stâlpului cu mobilul la ureche. Gura i se mișca, spunea ceva, apoi a pus mobilul în buzunarul hainei și a pornit drept spre camera de supraveghere.

– Torben, poți să verifici cu cine vorbea?

Heinesen s-a întors spre Hemmer, care încuviința din cap.

– Bună idee, Morten, a zis Sleizner și a făcut semn cu degetele mari ridicate.

Nu se vedea pe ce anume îi căzuseră ochii lui Hesk. Dar era acolo ceva, ceva care l-a făcut să-și bage mâna dreaptă în haină, ca și cum ar fi fost pe cale să-și scoată pistolul. Însă trebuie să se fi răzgândit și și-a scos în schimb legitimația de poliție.

Era cineva cu care se confruntase? Cineva din afara cadrului. Da, acum vedea. O a treia persoană care era acoperită de Hesk și nu putea fi văzută decât umbra care i-a apărut pe podeaua de ciment. Aici a luat-o totul razna?

– Mă înșală vederea, sau este cineva chiar în spatele lui? a zis Hemmer.

– Este? Unde?

Sleizner a făcut un pas spre ecran.

– Acolo, a arătat Hemmer cu degetul. Nu vezi umbra de pe podea?

Înainte ca Sleizner să aibă timp să răspundă, umbra s-a repezit la Hesk, care a căzut pe brânci cu un bărbat peste el. Un bărbat care, după ce s-a ridicat, s-a văzut că e femeie.

– Dar, ce naiba?

Sleizner s-a întors spre ceilalți în același moment în care Hesk s-a ridicat cu greu în picioare și iarăși a blocat imaginea femeii.

– Ați văzut cine este? Da? Ați văzut?

Însă n-au văzut decât când Hesk s-a prăbușit din nou, de această dată, leșinat și cu pistolul în mână.

– E Dunja Hougaard, a continuat Sleizner, în vreme ce Dunja s-a aplecat peste Hesk, i-a smuls pistolul, l-a înșfăcat de amândouă mâinile și l-a târât pe podeaua de ciment afară din cadru.

– Pe toți dracii, ea e cea care l-a luat.

Heinesen amuțise. Dunja Hougaard. Chiar s-a întâmplat asta?

Faptul că Sleizner o ura mai mult ca orice pe lume nu-i scăpase nimănui, iar când a dat-o în urmărire generală cei mai mulți au căzut de acord că își dusese răzbunarea personală cu un pas prea departe. Dar se pare că n-o făcuse. În schimb, acum părea că a fost cu un pas înaintea celorlalți.

– Putem să mai vedem asta o dată? a zis el în cele din urmă, și când imaginile s-au derulat din nou, a văzut că ea era, într-adevăr, cea care cu o singură lovitură de cot l-a făcut pe Hesk să-și piardă cunoștința și apoi l-a târât pe podea.

În clipul următor, după o oră și jumătate, se vedeau doi bărbați în costum de camuflaj cărând ceva care nu putea fi altceva decât un corp omenesc înfășurat cu totul în saci de gunoi negri și bandă adezivă solidă.

– Dar ia stați un pic. Julie s-a întors spre ceilalți. Dunja asta, care toți păreți să știți cine este, ce are de-a face cu ancheta noastră?

– Bună întrebare. Sleizner s-a întors spre ea. Foarte bună întrebare. A lucrat în acest departament acum câţiva ani, şi cei care mă cunoaşteţi ştiţi că nu mi-a plăcut niciodată de ea. Lista greşelilor şi ilegalităţilor pure pe care le-a săvârşit ar fi mai lungă decât o rolă de hârtie igienică. Nu-i de mirare că este periculoasă şi poate reprezenta o ameninţare. Este exact motivul pentru care este dată în urmărire. Însă trebuie să spun că asta le pune capac la toate.

– Şi ce are de-a face cu Hesk? a zis Hemmer.

– Şi asta e o întrebare bună.

Sleizner şi-a desfăcut braţele, în vreme ce Peugeot-ul albastru al lui Hesk din partea stângă, sus, a imaginii mergea cu spatele spre intrare şi dispărea în sus pe rampă.

– Nu ştiu decât că au avut nişte neînţelegeri când ea era nouă aici şi lucrau împreună la vreo anchetă. Şi apoi, Jan mi-a fost întotdeauna fidel, şi e limpede că asta poate să irite o făptură ca... A fost întrerupt de propriul telefon. Da, sunt Kim Sleizner... Da... Bine...

A scos un oftat lung şi adânc şi a început să-şi maseze fruntea cu mâna liberă.

– Nu, n-are rost. Cel mai bine e să terminăm şi să închidem cazul... Salut.

A încheiat convorbirea, a lăsat din mână telefonul, a înghiţit în sec, şi-a şters pe rând ochii, apoi s-a răsucit spre ceilalţi.

– I-a fost găsit cadavrul.

43

Adresa de acasă a lui Flemming Friis, şeful închisorii din Helsingør, s-a dovedit a fi la numai câteva clicuri pe ecranul mobilului în timpul traversării cu feribotul până în ţara vecină. Koldingvej, numărul 6, puţin mai la sud de Helsingør, o casă din cărămidă, netencuită, care îi amintea de cea în care locuise bunica sa înainte să fie mutată, împotriva voinţei ei, într-un cămin de bătrâni, unde într-o jumătate de an s-a veştejit şi s-a stins.

Fabian îl întâlnise deja de două ori. Dar în nici una dintre dăţi n-a simţit că i-a răspuns sincer în privinţa amănuntelor legate de sinuciderea lui Theodor. Nu s-a ales decât cu ocolişuri şi plăsmuiri trase de păr.

Prin urmare, nu s-a dus la el la serviciu, la închisoare, ci la el acasă, seara. Asta nu era ceva legat de muncă, ci particular. De aceea îşi lăsase acasă arma de serviciu.

A parcat pe stradă, chiar în faţa casei. Nu s-a gândit să facă o recunoaştere a zonei rezidenţiale liniştite şi să-şi parcheze maşina într-un loc ferit. Nu el era cel care avea ceva de ascuns.

Apoi a deschis torpedoul, a scos bocceluţa cu pistolul cu care venise odată acasă Theodor şi a desfăcut-o, a umplut încărcătorul cu gloanţe, l-a împins în locaş, a pus pistolul cu seria pilită în tocul de la umăr și a ieșit din mașină.

La fel ca la mulți vecini, casa lui Friis era înconjurată de un gard înalt de doi metri năpădit de verdeață care împiedica vederea. E adevărat că existau o poartă de garaj încuiată și o ușă cu interfon, dar el a preferat să se cațăre pe gard și să sară pe partea cealaltă. Doar nu venea într-o vizită, mai degrabă într-o recunoaștere.

Evident, grădinăritul nu era cea mai importantă activitate a lui Friis în timpul liber. Sigur, peluza era tunsă, dar era atât de înnegrită și uscată, încât o rază de soare prin lentila unor ochelari ar fi putut cu ușurință să-i dea foc. Ici și colo erau tufe bătrâne care renunțaseră la orice încercare de a rodi, iar în mijlocul terenului, lângă niște mobilier de grădină, era un uscător plin cu lenjerie de corp. Judecând după obiecte, familia lui Friis era alcătuiră din el, soția lui și doi copii, o fiică spre sfârșitul adolescenței și un fiu de vreo zece ani.

În colțul din dreapta erau un leagăn și o ladă cu nisip pe care natura era pe cale să și le ia înapoi. La câțiva metri mai încolo era o trambulină, pe marginea căreia stătea fiul și se uita la el. Fabian a ridicat o mână și a fluturat-o, zâmbind. Ca și cum ar fi fost cu totul firesc ca un bărbat complet străin să vină peste gard.

– Cine ești? a strigat puștiul în daneză și s-a ridicat de pe trambulină.

– Mă chemă Fabian, a răspuns el și a continuat să-și fluture mâna. Fabian Risk.

Însă puștiul n-a fluturat și el mâna. În schimb, s-a uitat de la casă la el și înapoi, într-o tăcere lungă.

– Am văzut ce ai făcut, și nu trebuia s-o faci.

– Nu, ai dreptate, a zis Fabian și a pornit spre trambulină. Dar uneori tot o faci. Nu-i așa? Tu n-ai făcut asta niciodată? Ceva ce n-ar fi trebuit?

Puștiul a clătinat din cap.

-Sigur? Vreau să zic, uneori poate că n-ai de ales.

-Întotdeauna ai de ales. Cel puțin, asta spune tata.

Fabian a încuviințat.

-Exact asta îi spuneam și eu fiului meu.

-Ai un fiu? Câți ani are? E la fel de mare ca mine?

Fabian a râs și a încuviințat din cap.

-Șaisprezece. La primăvară ar fi împlinit șaptesprezece.

Puștiul s-a uitat la el, plin de întrebări. Însă n-a pus nici una dintre ele, ci s-a dus înapoi și s-a așezat pe marginea trambulinei.

-Mama mea e tot din Suedia.

-Ei, vezi? Și acum vorbești bine și daneza, și suedeza. Impresionant.

-N-am locuit niciodată în Suedia, însă bunica și bunicul trăiesc acolo. Și unchiul, și verii mei. Însă azi am luat o înghețată din congelator fără să cer voie. Băiatul s-a întors spre Fabian și l-a privit în ochi. Tocmai am făcut asta, cu toate că nu-i voie. Dar n-am spus nimănui.

-Promit să nu te pârăsc, dacă tu promiți să nu spui ce am făcut eu adineauri.

Altă tăcere.

-Ești unul dintre cei cumsecade sau unul dintre cei pe care tata îi închide?

-Toată viața am încercat să fac ce trebuie și să fiu unul dintre cei cumsecade, dar n-am prea reușit, iar acum... Fabian a ridicat din umeri. Acum, sincer, nu mai știu.

-Păi, pari destul de cumsecade. Dacă vrei, vorbesc eu cu tata să nu te închidă.

-Drăguț din partea ta, însă...

-Hei! s-a auzit un strigăt din casă.

Fabian s-a întors și l-a văzut pe Flemming Friis cu pieptul gol la fereastra deschisă.

– Ce naiba cauți aici? a continuat el. Pleacă! E o proprietate privată!

– Îl cheamă Fabian Risk și e din Suedia, a strigat băiatul.

Cu toate că erau mai mult de zece metri între ei, Fabian a văzut cum fața lui Friis încremenește.

– Anton! Vino în casă imediat!

– De ce?

– Fiindcă așa zic eu! Vino acum, și gata!

– Dar nu vreau.

– Anton! Ascultă-l pe tata și fă ce-ți spune, a strigat mama, care stătea la fereastra de alături și îi făcea semn cu mâna să se grăbească.

– Poate că-i mai bine să faci ce ți se spune. Fabian i-a ciufulit băiatului părul. Ca să pot vorbi un pic cu tatăl tău.

Puștiul a oftat și l-a lăsat să-l dea jos de pe trambulină.

– Dar jură că nu spui de înghețată. Jură.

– Jur.

Și-au strâns mâinile, apoi puștiul a pornit peste peluză și a dispărut în casă. Curând după aceea a venit spre el Flemming Friis cu pași hotărâți, trăgându-și în jos puloverul peste burtă.

– Nu știu ce ai de gând, a zis și a arătat cu degetul spre el. Însă dacă nu pleci de pe proprietatea mea pe unde ai intrat, va trebui să sun la poliție.

– Ce băiat drăguț ai! a zis Fabian fără să facă cea mai mică încercare să plece. De fapt, foarte drăguț.

– Trebuie să pleci. Mă auzi? Pleacă!

– Trebuie să fie plăcut să vii acasă la o familie din care nu lipsește nimeni. Pentru binele tău, sper că ai timp să te bucuri de asta. Nu știi niciodată cât ține.

– Bine, acum sun la poliție, ca să vină să te ia.

Friis și-a scos mobilul și l-a deschis.

– Am o propunere. Ce-ar fi să lăsăm deoparte telefoanele mobile? Din doi pași, Fabian a ajuns la el, a smuls telefonul din mâna lui Friis și l-a aruncat în iarbă. Oricum, astea nu fac decât să emită o grămadă de radiații cancerigene.

Pumnul încleștat l-a izbit în față cu toată puterea. Însă nu putea să simtă nimic. Doar a auzit cum s-a rupt ceva și a început să-i sângereze nasul.

– Trebuie să pleci de aici, tâmpitul dracului! a răcnit Friis și și-a scos pistolul cu mâna tremurând. Și o să trag. Asta pot să-ți spun. Trag, dacă nu pleci acum.

– Atunci suntem doi. Fabian și-a scos pistolul, i-a tras piedica și l-a îndreptat spre Friis. Întrebarea este doar cine are mai mult de pierdut? Tu sau eu?

Din aceeași mișcare a prins cu mâna stângă țeava pistolului lui Friis și l-a tras într-o parte și i-a izbit picioarele în cealaltă direcție.

Totul s-a petrecut atât de repede, încât Friis n-a apucat să reacționeze înainte să se pomenească pe spate în iarbă, cu Fabian călare pe el și amândouă pistoalele apăsate pe tâmple.

– Mie nu mi-a mai rămas nimic din familie, a continuat Fabian, în vreme ce picături de un roșu-închis îi cădeau din nas pe fața lui Friis. Ai reușit deja să-mi iei fiul. Restul familiei m-a părăsit astăzi. Așa că, fără să știu prea multe despre viața ta, bănuiesc că tu ești cel care are cel mai mult de pierdut. De fapt, foarte mult, după puținul pe care l-am văzut.

– Ce vrei? Friis tremura tot, gata să facă o criză de nervi. Ce mama dracului vrei?

– Vreau să plec de aici, a zis Fabian, pe când sângele din nas picura peste fața de sub el. Nu-mi doresc nimic mai mult decât să te las în pace pe tine, pe soția ta, pe fiica ta și, mai ales, pe fiul tău drăguț. Dar ca să pot să mă ridic și să sar peste gardul ăla trebuie să aud de la tine ce s-a întâmplat în realitate cu fiul meu. De ce a fost expus în repetate rânduri la atacuri grave în închisoarea ta. De ce era izolat într-o debara în care avea la dispoziție tot ce-i trebuia când n-a mai putut să rabde.

– Ți-am spus asta. Ți-am spus că el...

Fabian l-a lovit cu pistolul. O lovitură cu patul peste față, atât de tare, că a țâșnit sângele din rana deschisă de sub un ochi.

– Acum sângerăm amândoi. Depinde de tine ca asta să înceteze.

– Nu știu, la dracu'. Nu pot spune mai mult decât am spus deja...

Următoarea lovitură a fost în același loc și în aceeași rană, care acum era atât de adâncă, încât avea să-i rămână o urmă permanentă.

– Nu, se pare că nu. Fabian l-a privit atent pe Friis, care se lupta cu durerea. Și atunci avem, incontestabil, o mică dilemă. Tu nu-mi poți spune mai mult decât ai spus deja, iar eu nu pot pleca până nu găsesc răspunsuri. Așadar, întrebarea este: cum facem? Există un mic zvon pe care am toate motivele să-l cred. Un zvon care spune că brutalizarea fiului meu s-a întâmplat din ordinul cuiva din vârful ierarhiei. Adică al tău.

– Nu. Friis a clătinat din cap. Nu, nu-i adevărat.

– Acum aș avea mare, mare grijă dacă aș fi în locul tău.

Cu ajutorul unei mâini și al țevii pistolului, Fabian l-a silit pe Friis să deschidă gura, în ciuda împotrivirii și protestelor.

– Vezi tu, am trecut deja peste atâtea limite. Limite de care, cu doar câteva zile înainte, n-aș fi crezut că pot trece. Apoi i-a înfipt țeava pistolului în gură cât de adânc a putut. Așa că, spre binele tău, nu mă sili să mai trec peste una.

Friis a încercat să spună ceva, însă nu se putea desluși ce. Probabil noi scuze și ocolișuri. Plăsmuiri care l-ar fi făcut să apese pe trăgaci dacă le-ar fi auzit.

Ajunsese la capătul drumului. Acum opțiunile erau atât de puține, că era ori, ori. Să continue sau să pună capăt. În același timp, ispita uneia dintre ele nu fusese niciodată mai puternică. Ca și cum n-ar fi depins cu adevărat de el. Ca și cum ar fi gravitat întotdeauna spre ea. Exact așa cum a știut întotdeauna Matilda. Spre o ultimă decizie. Ca și cum totul era predestinat.

Și-a lăsat privirea în jos și a scos țeava pistolului din gura lui Friis, care, transpirat și plin de sânge, a tușit și a început să vorbească.

– N-am fost eu, Fabian. Trebuie să mă crezi. N-am fost eu, a zis el printre gâfâieli, în vreme ce Fabian se ridica în picioare. Am urmat doar ordinele de la Copenhaga. Înțelegi? De la Kim. Știi cine este? Kim Sleizner.

44

Duba era parcată la doar câțiva metri de vechiul siloz convertit în vârful căruia locuia Sleizner. Nu era ascunsă, ci stătea în mijlocul unei piste pentru biciclete din Islands Brygge. O pistă pentru biciclete în continuarea lui Bryggebron, podul care traversa apa spre Vesterbro și, ca atare, era foarte circulat.

Ea propusese să ocupe unul dintre locurile libere de pe strada din spatele silozului, ca să nu fie la vederea tuturor trecătorilor. Însă Fareed insistase și spusese că exact aici era varianta cea mai bună. Etajul lui Sleizner dădea spre apă și, dacă voiau să se conecteze la camerele de supraveghere după ce el intra în apartament, nu trebuia să aibă între ei întreaga clădire.

Cel puțin, acolo era o gură de canal pe care puteau s-o deschidă și s-o blocheze cu conuri de trafic și lumini de avertizare și, ca să-și îmbunătățească acoperirea, au lăsat să atârne în canal niște cabluri. Acum Dunja nu mai putea decât să spere că pregătirile lor din apartamentul lui Sleizner nu aveau să dureze prea mult.

Pe de altă parte, sperase prea mult în ceea ce-l privea pe Michael Rønning. Colaborarea lui cu Sleizner era în continuare un șoc atât de mare, încât întrebarea era dacă își va reveni vreodată din el. Faptul că o făcuse, cu siguranță, având cele mai bune intenții, convins că e spre binele ei, nu schimba faptul că era cea mai mare trădare pe care o suferise vreodată.

Asta, împreună cu incendiul și uciderea lui Qiang, schimbase totul. Dacă fusese un plan cu un set de reguli, acum nu mai era. De aceea, n-avea să mai stea în umbră și să încerce de la distanță să adune destule dovezi care să ducă la prăbușirea lui Sleizner. De acum înainte nu mai voia să respecte cât mai mult posibil legea și să meargă pe drumul cel drept.

În schimb, aveau acum un plan care putea să-l facă să mărturisească imediat. Un plan care era pe cât de simplu și eficient, pe atât de interzis.

„Bun, sunt în hol", s-a auzit vocea lui Fareed în difuzor, și pe ecranul care arăta imagini de pe camera lui din față s-a văzut cum pune șperaclul la loc în etui și intră în clădire.

– Ia liftul, a zis ea. Sunt mai puține riscuri să te întâlnești cu cineva.

„Dar atunci o să pierzi contactul cu mine până ajung sus."

– Atunci să sperăm că nu suntem prea departe unul de altul după ce ajungi sus.

Pe un ecran l-a văzut pe Fareed mergând mai departe și intrând în lift. Pe celălalt se vedea ce e în spatele lui. Dar în clipa în care s-au închis ușile liftului, imaginea a început să se întrerupă și să încremenească, iar în cele din urmă a dispărut cu totul.

În același timp, a sunat alarma pusă la ora nouă, și s-a grăbit să intre pe site-ul poliției, unde a dat clic pe linkul la conferința de presă transmisă în direct pe care o anunțase Sleizner. Nimeni nu știa despre ce este vorba, și în presă au fost tot felul de speculații, de la ceva crucial din ancheta aflată în lucru până la anunțul că își dă demisia.

Ei nu-i păsa prea mult. Singurul lucru care conta era ca el să nu fie acasă. Astfel încât ei să-și poată termina în liniște pregătirile. Din acest motiv, nu era deloc bine că la masa din fața tuturor camerelor de luat vederi și microfoanelor nu era încă nimeni, în ciuda faptului că era trecut de ora nouă.

Sigur că nu era nimic neobișnuit ca o conferință de presă să înceapă după ora stabilită, cel puțin când era vorba de Sleizner. Îi plăcea să-i lase pe ceilalți să-l aștepte. Însă de această dată era îngrijorător. Era spectacolul în realitate o capcană ca să-i atragă în ambuscadă?

Imaginile de la camerele lui Fareed au revenit și au arătat că el ieșise din lift și se îndrepta spre o ușă de apartament pe care scria *K. Sleizner*.

– Auzi, a zis ea și și-a potrivit mai bine căștile. Mă gândeam dacă n-ar trebui să așteptăm.

„De ce?", a întrebat Fareed. „Acum avem ocazia."

– Chestia e că încă n-a început conferința de presă. La masă nu-i nimeni, și dacă totul nu-i decât...

„Bun, m-am prins", i-a tăiat vorba Fareed, și pe ecrane s-a văzut cum se uită în jur după un loc în care să se adăpostească.

– Cred că ar fi cel mai bine să te întorci aici, a zis ea fără să scape din ochi ecranul pe care se vedea masa goală. Cât de repede posibil, înainte să... Dar, stai, acum chiar se întâmplă ceva, s-a întrerupt ea. Da, acum vine, în sfârșit.

Niciodată nu fusese atât de bucuroasă să-l vadă pe Sleizner.

– E în ordine. Continuă.

Pe ecranul de televizor, Sleizner s-a așezat la masă, și-a umplut un pahar cu apă și a luat câteva înghițituri.

În același timp, pe ecranele de alături, Fareed se întorsese la ușa apartamentului, examinând din nou încuietoarea cu cifru.

Deși era pe scenă și toți se uitau la el, Sleizner părea neobișnuit de reținut.

„O să încep prin a vă ura tuturor bun-venit la această conferință de presă la oră târzie. De asemenea, profit de ocazie ca să vă cer iertare că a trebuit să așteptați."

A tăcut și a mai luat o înghițitură de apă.

Dunja nu pricepea nimic. Probabil nu se mai întâmplase niciodată ca Sleizner să-și ceară iertare.

„Așa cum unii dintre voi știu, mă numesc Kim Sleizner", a continuat el. „Eu conduc Departamentul Omucideri din Copenhaga, și azi-dimineață mi-a fost adus la cunoștință faptul că unul dintre colegii mei, pe nume Jan Hesk, lipsește de aseară." A tăcut și a înghițit în sec de câteva ori înainte să continue. „După o căutare intensă, în această după-amiază am primit mesajul de care mă temeam." A mai făcut o pauză și a băut restul de apă. „Astăzi, la ora două douăzeci și cinci, echipa de scafandri a găsit cadavrul lui Jan Hesk pe fundul apei, la est de Islands Brygge."

Jan Hesk era mort. Dunja a rămas cu ochii în gol, clătinând din cap. Hesk, care întotdeauna fusese în Departamentul Omucideri și care avea să fie acolo întotdeauna, ca o lege a firii. Nu se înțeleseseră prea bine pe când lucrau împreună. Ei i se părea că el e demodat și mocăit, iar el a fost iritat când ea, tânără și fără experiență, a venit tropăind și l-a călcat pe bătături. Și totuși, întotdeauna a fost acolo când a avut nevoie de el.

–Jan Hesk e mort, i-a spus lui Fareed, care demonta încuietoarea cu cifru. Despre asta-i vorba în conferința de presă.

„Mort? Dar...? Cum? L-am văzut amândoi aseară, când..."

– Știu. Însă l-au găsit azi după-amiază în dreptul lui Islands Brygge.

„Jan Hesk nu mi-a fost doar unul dintre cei mai competenți colegi", a continuat Sleizner cu glasul întretăiat. „Mi-a fost și unul dintre cei mai apropiați prieteni. De aceea mă doare și mai mult, dacă e posibil, să spun că autopsia a arătat că nu este un accident, ci Jan Hesk a fost ucis."

Ea nu-l mai văzuse de câțiva ani, apoi s-au ciocnit unul de altul cu numai câteva ore înainte de moartea lui. Înainte să fie ucis. Era asta o coincidență, sau doar altă mutare a bărbatului de la masă?

Întrebarea a rămas fără răspuns când a văzut pe unul dintre cele patru ecrane care țineau sub supraveghere spațiul din jurul dubei cum un paznic de parcare se apropie de conurile din jurul gurii de canal. Era exact lucrul de care se temuse, dar nu putea să facă nimic. Dacă voia să-i amendeze, ei bine, s-o facă. În acest moment era cea mai mică dintre grijile lor.

„Uciderea unui polițist este, vă dați seama, un lucru pe care îl luăm cum nu se poate mai în serios, și de aceea ancheta e în plină desfășurare", s-a auzit mai departe glasul lui Sleizner.

„Bun, sunt înăuntru", a zis Fareed în același moment în care ea a văzut cum paznicul a trecut de conuri și a luminat cu lanterna gura de canal, apoi și-a scos mobilul și a fotografiat canalul descoperit, bariera și duba.

„Și cum e la tine?"

– Vrei să zici în afară de faptul că cineva l-a ucis pe Hesk și că afară stă un paznic de parcare zelos și face poze?

„Ce poze?"

– Cu canalul, și mașina, și...

„Trebuie să ieși și să vorbești cu el."

– Despre ce? Nu-s multe de...

„Găsește o explicație, orice o fi, câtă vreme o ia de bună."

– Bine.

S-a ridicat în picioare și a ieșit pe ușile din spate.

– Nu vă supărați, a zis mergând spre paznic, care s-a întors spre ea. E vreo problemă?

– Nu puteți sta aici. E în mijlocul pistei pentru biciclete.

– Suntem perfect conștienți de asta, însă trebuie să instalăm cablurile.

– Care cabluri? Nu scrie nimic în sistemul nostru.

– Nu?

– Nu, așa că trebuie să vă rog să vă strângeți lucrurile și să lăsați cât mai repede posibil locul liber.

– Din păcate, nu se poate. După cum vezi, suntem în plin lucru și nu putem să ne mutăm până ce...

– Asta-i problema voastră. Nu a mea, a întrerupt-o paznicul. Aveți la dispoziție cinci minute. După aceea trebuie să fac raport.

– Dar ia stai un pic. Cum poate să fie problema noastră dacă nu poți să vezi lucrarea în sistemul vostru? Înțeleg că e greu pentru tine, dar, sincer, nu înțeleg ce am eu de-a face cu asta.

– Trebuie să vă strângeți lucrurile și să mutați mașina, pentru că nu aveți un permis să...

– Cine a zis că n-avem permis, doar pentru că nu apare pe ecranul tău? Ce știu eu? a ridicat ea din umeri. Probabil ați instalat un nou sistem de IT sau așa ceva.

– Da, ce-i drept, dar de obicei nu sunt astfel de greșeli. Aproape întotdeauna este vorba despre poziție și timpul de pe tichet care nu...

– Ascultă, îmi pare rău, a zis Dunja desfăcându-și brațele. Dar n-am timp pentru asta. Trebuie să instalăm niște cabluri cu fibră optică și am primit aprobarea pentru asta încă de azi-dimineață. Dacă apare sau nu pe ecranul tău, asta trebuie s-o discuți cu IT-iștii voștri. Și acum trebuie să te rog să ieși din zona cu barieră. Astea sunt regulile de siguranță. Altfel, o să trebuiască să fac eu un raport.

Paznicul s-a tras înapoi până de cealaltă parte a conurilor și a rămas acolo, cu privirea plimbându-i-se între minicomputerul din mână, dubă și canalul deschis, până ce, în cele din urmă, și-a continuat drumul.

Dunja s-a întors în mașină, a închis ușile și s-a așezat să raporteze că problema a fost rezolvată. Însă priveliștea de care a dat a făcut-o să încremenească, cu ochii la unul dintre ecrane, pe care, ca într-o oglindă, s-a văzut pe ea însăși. Peste câteva secunde și-a revenit și a dat sonorul mai tare.

„Dunja Hougaard a lucrat aici, în departamentul meu", s-a auzit vocea lui Sleizner când a revenit în imagine. „De pe atunci avusese câteva ciocniri cu Jan Hesk, și după doi ani, după ce, printre altele, mi-a falsificat semnătura, n-am avut încotro și am concediat-o."

„Hei? Dunja, ești acolo?", s-a auzit vocea lui Fareed, care părea să cerceteze apartamentul luxos.

– Da, sunt aici, Fareed. Însă Sleizner... mă acuză pe mine.

„Pe atunci nu știam că, după numai câțiva ani, va trebui să o dau în căutare națională, ceea ce am făcut chiar acum două zile", a continuat Sleizner. „Și acum, asta."

A tăcut și a clătinat din cap.

„Dunja, uite ce avem aici."

Fareed se afla într-o încăpere fără ferestre, în fața unui aparat complex pentru exerciții fizice, cu cabluri, greutăți și câteva manete de care să tragi.

„Dar e prea mare înghesuială ca să încapă o cameră de filmare și toate celelalte."

- Fareed, mă acuză că l-am omorât, a zis ea. Pricepi? Că eu sunt cea care...

„Însă aici ar trebui să meargă. Nu-i așa? Aici e chiar și o hotă." Fareed a ajuns într-o bucătărie cu o mașină de gătit mare sub o hotă la fel de mare. „Singurul lucru pe care trebuie să-l facem este să dăm într-o parte masa asta de sufragerie", a continuat el. „Ce zici?"

S-a răsucit spre masă, ca ea s-o poată vedea pe ecran.

„Hei? Dunja? Vezi că sunt în bucătărie, da? Sau ai pierdut legătura cu camerele?"

„Și de unde știm că Dunja Hougaard e în spatele crimei?", s-a auzit vocea unuia dintre reporteri.

- Nu, te văd și te aud, a zis Dunja în cască. Dar tu mă auzi?

„Mulțumesc pentru întrebare", a zis Sleizner. „Tocmai ajung la asta."

„Da, te aud clar", a zis Fareed, care se apucase să dea deoparte scaunele din jurul mesei de sufragerie. „Cu mici întreruperi și un pic de întârziere, dar nu-i problemă."

„Aceste secvențe sunt de aseară, mai târziu", a continuat Sleizner. „Sunt descărcate de pe o cameră de supraveghere dintr-un garaj subteran din centrul orașului."

Nu era nici măcar o zi de când se întâmplase. Și totuși, reușise să suprime episodul, ca și cum nu s-ar fi întâmplat. Însă acum revenea totul. Acum, când vedea filmarea în care Hesk stătea cu spatele la camera de supraveghere, cu un pistol în mână.

Pe fundal auzea zgomotul îndepărtat al unui elicopter. Nu-l auzise când stătea acolo jos, în garaj, chiar în spatele lui. Era concentrată cu totul să-l împiedice să intre direct în vizuina leului. Dar când a văzut acum cum s-a prăbușit el după ce l-a lovit, aproape că nu-i venea să creadă că ea făcuse asta.

Zgomotul elicopterului a continuat să se audă tot mai tare, cu toate că acum filmul se terminase și Sleizner era înapoi în imagine, și abia acum și-a dat seama că sunetul nu venea din transmisia de la televizor.

„Așadar, o să punem camera aici și aparatul multifuncțional acolo." Pe ecran se vedea cum Fareed se uită în jur prin bucătărie, unde masa de sufragerie era acum împinsă într-un colț. „Însă e prea greu ca să-l pot muta aici singur."

„Ne folosim acum toate resursele ca s-o prindem, și suntem recunoscători pentru toate informațiile pe care le putem obține de la public."

– Fareed, trebuie să mă asculți, a zis ea, și s-a văzut în imagine cum smulge pistolul din mâna lui Hesk, și-l îndeasă sub cureaua pantalonilor și îi târăște trupul pe podeaua de ciment. Ei au...

„Însă cu ajutorul tău n-ar trebui să fie o problemă."

– Fareed, la dracu', l-a întrerupt, pe când în imagine apărea duba lor.

„Avem bănuieli serioase că folosesc această dubă cu numărul de înmatriculare DH 48 895. A fost deja comunicat tuturor patrulelor..."

„Însă numai așa se poate dacă vrem să aducem aparatul în..."

– Vrei să-ți ții gura și să asculți?

„Alo? Dunja, ai zis ceva?"

Elicopterul se auzea acum atât de clar, că se putea deosebi fără probleme huruitul scos de elice de cel al motorului dubei.

– Da, am zis. Ticălosul m-a dat în urmărire pentru uciderea lui Hesk, a zis ea, încercând să caute pe ecrane unde ateriza elicopterul.

Însă nu l-a văzut pe camerele din față și din spate, nici pe cele laterale.

„Nu te aud bine! Încearcă să vorbești în cască."

– Asta și fac! Însă e un elicopter care caută prin jur.

„Da, acum îl aud și eu. Poate continuă să caute prin apă."

– Nu, deja au un făptaș și acela sunt eu!

„Serios?"

– Da, ticălosul tocmai a fost într-o transmisiune în direct și a arătat imagini din garaj în care se vede cum îl lovesc pe Hesk și îl târăsc în mașină. Au dat publicității până și numărul de înmatriculare al...

„Bine, cobor. Strânge lucrurile, ca să plecăm."

Dunja s-a ridicat în picioare ca să se ducă la ușile din spate când a auzit o bufnitură atât de puternică, încât a făcut duba să se clatine. S-a întors spre ecrane, dar tot n-a putut să vadă nimic afară. A înțeles abia când s-a mai auzit o bufnitură și acoperișul de metal s-a lăsat în jos.

– Ei sunt deja aici. Cu privirea în tavan, s-a tras înapoi spre locul șoferului. Nu mai am timp să aștept. Ne vedem la locul de întâlnire.

S-a așezat la volan și a băgat cheia în contact în clipa în care sirene îndepărtate s-au auzit peste huruitul elicei.

Însă n-a avut timp s-o răsucească până ce bărbatul îmbrăcat în negru din echipa de intervenție a alunecat de pe acoperiș pe parbriz și a aterizat lângă portiera șoferului. După câteva lovituri cu patul armei automate, a spart geamul lateral și a deschis portiera.

Dunja s-a dus cât a putut de repede la ușile din spate, pe care le-a deschis cu o lovitură puternică altă siluetă îmbrăcată în negru, cu vestă antiglonț și cască. A încercat să meargă înapoi ca să iasă pe portiera laterală, însă mâini puternice o înșfăcaseră deja de glezne și o trăgeau afară din mașină până pe pavaj, unde a fost întoarsă pe burtă și brațele i-au fost încătușate la spate.

– Ești Camilla Krystchoff? s-a auzit o voce și au așteptat răspunsul ei, care n-a venit, apoi o mână a silit-o să ridice capul, iar alta o orbea cu o lanternă puternică. Da, ea este.

Apoi a fost ridicată în picioare și dusă spre una dintre mașinile de poliție cu girofarurile pornite care se opriseră în fața lor. Una dintre portierele din spate s-a deschis și ea a fost împinsă pe bancheta din spate, i-a fost pusă centura de siguranță și mașina a pornit pe lângă paznicul parcării, care stătea lângă doi polițiști în uniformă și se uita după ea.

45

Lone Hesk a tras în piept fumul de parcă ar fi vrut să stabilească un record pentru inhalarea cea mai lungă. În acest moment era singurul lucru care dădea rezultat. Nicotina făcea vasele de sânge să se contracte și bătăile inimii să crească. Nu conta că începea iar să se arate vechea tuse. Tutunul era cel care îi ținea în frâu nervii. A mai tras încă un fum lung și țigara s-a încins atât de tare, că i-a ars degetele.

– Lone... nu lăsa niciodată jarul să treacă de linie. Sleizner a clătinat din cap, în vreme ce vira pe Frederik V's Vej, la Rigshospitalet. Îți jur. E un avion în picaj. După ce ai trecut de acea linie, toate celelalte din viață o iau și ele la vale. Nici nu-ți dai seama când începi să nu mai faci patul și să tragi draperiile, și singurul lucru pe care îl mai poți face, pe când înfuleci ravioli reci direct din conservă, este să scormonești prin scrumieră după mucuri de țigară.

Ea ar fi vrut să-i spună să-și închidă gura aia atotștiutoare și să-și țină pentru el comentariile înțelepte. Însă era mașina lui. Cu toate că el era în acest moment unul dintre cei mai ocupați oameni din Copenhaga, făcuse tot drumul până în Amager ca să o ia pe ea, iar acum o mai și lăsa să stea aici și să afume totul. Nu, probabil că ea era cea care trebuia să-ți țină gura, dacă se gândea mai bine. El nu-i voia decât binele, știa asta.

Adevărul era că Sleizner chiar fusese foarte grijuliu după dispariția lui Jan. Nu numai că a trecut pe acolo, ci a și sunat de câteva ori ca să se asigure că ea este bine. Cât de bine putea fi în situația ei. Însă a fost amabil, cu adevărat. De fapt, până și să o aducă cu mașina la morgă ca să identifice cadavrul era mult mai mult decât ar fi trebuit să facă.

Au oprit pe un loc liber, pe pietrișul de sub copacii care, împreună cu tufele dese, făceau un zid verde de frunze spre Fælledparken de vizavi.

– Poftim. Ia mai bine una nouă.

Sleizner i-a întins un pachet abia desfăcut de Prince roșu.

– Nu credeam că ești fumător. Lone a coborât geamul și a aruncat afară mucul fierbinte. Ai perfectă dreptate.

Sleizner a bătut cu degetul mijlociu în fundul pachetului și a împins în afară câteva țigări.

– Astea sunt pentru tine. M-am gândit că ai putea avea nevoie de ele, ținând cont de ce te așteaptă.

Ea a încercat să zâmbească, însă n-a ieșit decât o grimasă, în vreme ce scotea o țigară și îl lăsa pe el să i-o aprindă.

– Ia-ți tot timpul de care ai nevoie, a continuat el și a bătut-o ușor pe picior. I-am anunțat că am ajuns și i-am rugat să aibă grijă ca departamentul să fie pustiu cât suntem aici, ca să nu fie nici o presiune.

– Mulțumesc, a zis ea și a încuviințat din cap. Mulțumesc.

Nu-i venea în minte ce să mai spună. El știa deja, probabil, că ea n-ar fi fost în stare să facă nimic din toate astea.

Cel puțin își luase inima-n dinți aseară și îi spusese lui Katrine vestea. De fapt, se gândise să aștepte până după identificare. Însă, la fel ca mama și sora ei, Sleizner insistase, și sigur că ei aveau perfectă dreptate, chiar dacă fiica ei nu vedea știrile și nu citea vreun ziar, nimic nu garanta că nu află vreunul dintre prietenii ei sau părinții lor.

A încercat să se pregătească, chibzuind cum să prezinte lucrurile în cel mai bun fel. Însă când s-au așezat pe canapea i-a pierit totul din minte și s-a auzit zicând *Tata e mort.* A sunat ca o crainică de la P1. *L-au găsit în urmă cu câteva ore pe fundul apei lângă Islands Brygge și acum se desfășoară o anchetă ca să vadă dacă este vorba despre o crimă.*

Tăcerea care a urmat a produs o implozie în living. Katrine stătea doar acolo și clătina din cap, cu mâinile pe urechi. Apoi s-a ridicat în picioare și a zbierat la ea, acuzând-o că minte și născocește, ca să aibă custodia exclusivă acum, când tatăl a făcut singurul lucru corect și a părăsit-o. Ea n-a putut să facă altceva decât să stea acolo și să încaseze toate acuzațiile, drepte sau nedrepte, până ce a auzit cum Katrine a trântit ușa și s-a încuiat în camera ei.

După aceea n-a mai putut să se înțeleagă cu ea. Toate încercările s-o ademenească să înceapă ceva ce ar putea semăna cu o conversație au fost întâmpinate cu o tăcere neclintită dincolo de ușă. Apoi, când Sleizner a sunat în mijlocul acestei situații ca să vadă cum se simte, s-a prăbușit. El s-a oferit să vină și, cu toate că ea a spus „nu, mulțumesc", exact așa cum făcuse cu mama și sora ei, apoi chiar și cu Adam, el s-a aruncat în mașină și a venit s-o ajute.

Și, cine știe de ce, pe el l-a ascultat Katrine. A reușit chiar s-o facă să iasă din cameră și să se așeze pe canapea lângă ea, așa încât au putut să se cuprindă într-o îmbrățișare lungă și foarte necesară și să plângă una pe umărul celeilalte. După aceea el le-a făcut ceai și li l-a adus, cu miere și câțiva biscuiți pe care i-a găsit în cămară, apoi a plecat și le-a lăsat singure. Iar acum ea stătea aici și irosea timpul său și al lui, pe când jarul dintre degetele ei se furișa tot mai aproape.

Nu era deloc pregătită să intre în morga aia și să-l vadă. Dar când avea să fie? Când ar putea să fie destul de tare ca să-și dea seama că el a fost cel care a părăsit-o pe ea și nu invers? Că acum ea era cea care rămăsese singură, cu ratele la casă pe care nu le mai putea plăti și o afacere care va trebui să intre în faliment cât mai repede posibil? Probabil niciodată, așa că era mai bine să rezolve acum.

O scurtă înclinare a capului. Dar n-a trebuit mai mult ca el să înțeleagă și să iasă din mașină. Înainte ca Lone să fi avut timp să-și desprindă centura de siguranță, el a deschis portiera și a ridicat la loc geamul.

– Dă-mi voie să te ajut. E o baltă chiar aici.

Ea a prins mâna lui Sleizner și a pășit peste băltoaca maro murdar în care plutea mucul țigării ca o bărcuță cu un coș fumegând și tot restul.

La intrarea în departamentul de medicină legală au fost întâmpinați de un bărbat și o femeie în halate albe, fiecare cu un dosar în mână, care i-au condus mai departe la morgă.

Cu cât înaintau pe coridor, pe atât era mai greu. Ca și cum s-ar fi îndreptat direct spre conștiința sa încărcată. Spre toate lucrurile pe care încercase să le suprime, dar de care tot timpul fusese conștientă, și acum ieșeau din umbră.

Ce altceva să fi fost, dacă nu plângerile ei și veșnica nemulțumire, ceea ce l-a făcut până la urmă să-și asume riscuri prea mari, în râvna de a-i dovedi că nu este deloc atât de nefolositor cum îl acuza ea întotdeauna.

Bărbatul cu halat alb din fața lor a tastat un cod și a deschis ușile, iar femeia i-a condus într-o încăpere rece cu uși pătrate de sertare frigorifice pe trei rânduri de-a lungul a doi dintre pereți. Mirosea ca și cum se făcuse curățenie de curând.

Cei doi cu halate albe au deschis unul dintre sertarele frigorifice din al doilea rând, au tras afară targa cu cadavrul acoperit și au făcut câțiva pași într-o parte.

– Aș prefera să ieșiți și să așteptați afară până ce terminăm, a zis Sleizner.

– Dar e nevoie să fim de față ca să ne asigurăm că...

– Nu-i nici o nevoie de asta. Sunt polițist și pot să vă asigur de tot ce aveți nevoie.

S-a dus la ei și le-a luat dosarele.

– Ieșim când am terminat.

Bărbatul și femeia s-au uitat unul la altul, apoi, încuviințând din cap fără tragere de inimă, au ieșit. Sleizner s-a întors spre ea.

– Haide, să trecem peste asta, a zis el și a prins-o de mână.

Piele pe piele, pur și simplu. Depășise limita, dar era plăcut. Totul era derutant și emoțiile voiau să dea buzna afară, însă când a ridicat privirea spre targa lungă pe care conturul trupului soțului său se deslușea sub cearșaful alb, a înțeles că n-are de ales, trebuie să ducă treaba la bun sfârșit.

– Lone, ia-ți tot timpul de care ai nevoie.

Sleizner se întorsese spre ea.

– Așa cum spuneam, nu-i nici o grabă și, dacă vrei să fii singură, pot și eu să aștept afară, și ieși când ai terminat.

– Prefer să rămâi aici, a zis ea și a avut grijă să nu dea drumul mâinii lui.

Fără asta și-ar fi pierdut echilibrul și s-ar fi prăbușit.

– Bine, ești pregătită?

– Cum știi că ești pregătit?

– O să fie bine.

El a luat în mână un colț al pânzei și a tras-o deoparte.

Nu era pregătită pentru lacrimile care au țâșnit în clipa în care i-a văzut fața. Fața lui senină, care, cu acei ochi închiși, arăta că nimic nu-l mai putea îngrijora vreodată. Spre deosebire de ea, care stătea acolo tremurând, de parcă ceva se rupsese în străfunduri.

Aveau un făptaș, măcar atât știa. O femeie pe nume Dunja Hougaard. Însă nu știa de ce și cum îi luase viața lui Jan. Sleizner întrebase cât de multe amănunte vrea să știe și îi răspunsese că vrea cât mai puține posibil. Însă acum voia să știe. Acum voia să audă exact ce i-a făcut acea femeie soțului ei.

– În primul rând trebuie să ne asigurăm că cel de aici este cu adevărat Jan. Sleizner s-a întors spre ea. Așadar, întrebarea este dacă ai nevoie să vezi mai mult ca să poți face asta.

– Ce i-a făcut ea?

– Poftim?

– Dunja aia. Ce i-a făcut lui Jan al meu? Vreau să-mi spui tot ce știi.

– Ah, Lone... Sleizner a oftat și a clătinat din cap. Chiar trebuie să mergem acum pe drumul ăsta?

– Trebuie să știu. Nu poți să înțelegi? Jan al meu e cel care zace aici. Soțul meu care dintr-odată, pur și simplu, nu... nu mai există.

– Ba da, înțeleg. Sleizner a încuviințat din cap și a luat-o în brațe. Înțeleg perfect.

O ținea atât de strâns, încât îi putea mirosi deodorantul. Era la fel cu cel pe care îl folosea întotdeauna Jan, Dior Sauvage, pe care ea i-l făcuse cadou de Crăciun după acea cină în Islands Brygge.

– Însă peste câteva zile vom ști mult mai mult, și cred că și tu vei fi mai pregătită, a continuat el și a mângâiat-o ușor pe spate.

Se tot gândise dacă să-și pună o jachetă sau așa ceva, apoi a ajuns la concluzia că e prea cald. Iar acum stătea aici în rochia ei de vară, subțire, cu decolteu prea mare la spate, și îi simțea mâinile mișcându-i-se în sus și în jos pe șira spinării.

– Pe de altă parte, pot să te bucur cu vestea că am arestat-o, a continuat el, în vreme ce mâinile îi explorau spatele. Însă n-am dat încă publicității asta, așa că trebuie să-mi promiți că ții totul pentru tine deocamdată.

Ea a încuviințat din cap, cu toate că atenția îi era ocupată complet de mâna lui mângâietoare. Nu-și dorea decât să i-o împingă deoparte și să strige la el să înceteze. Dar n-avea destulă putere și n-a reușit decât să clatine din cap.

– Haide, liniștește-te. E în ordine, Lone. E în ordine.

A mângâiat-o pe păr cu o mână, lăsându-și cealaltă mână să alunece mai mult pe sub rochie.

– Kim. Nu vreau.

El a țistuit-o și și-a continuat mângâierile ușoare.

– Înțeleg că e greu. Dar o să fie bine. Asta pot să-ți jur. Cât timp putem avea încredere unul în celălalt, totul o să fie bine. E cel mai important lucru acum. Pricepi ce vreau să zic?

El a încetat s-o mângâie și i-a căutat privirea.

– Nu știu.

– Ceea ce încerc să spun este că nu ești singură în asta. Poate că așa ți se pare, dar nu ești. Sunt aici pentru tine, și o să fac tot ce se poate ca să aflu exact ce s-a întâmplat și să mă asigur că Dunja Hougaard e pedepsită, nu doar o dată, ci de mai multe ori. Așa că în privința asta poți sta liniștită. Îți promit. Absolut liniștită. Mă înțelegi?

Nu știa, totuși a încuviințat.

Sărutul a venit ca o surpriză absolută, și și-a dat seama ce se întâmplă de-abia când el și-a apăsat buzele pe ale ei și a simțit cum vârful limbii lui încearcă să se strecoare înăuntru. A încercat să se tragă înapoi și să-l împingă. Apoi s-a gândit să accepte oferta lui de a o lăsa singură și să se ducă la chiuveta din colț să-și spele gura.

Însă n-a fost decât o încercare. Era atât de sleită de puteri, că n-a putut să se împotrivească și, cu toate că nu era decât o mică deschizătură între buzele ei, limba lui a reușit să pătrundă și i-a umplut gura. Ca să nu se sufoce, și-a lăsat propria limbă să se împotrivească, de parcă ar fi dansat una cu alta. Un dans pe care îl mai dansase o dată în baia lui, la acea cină groaznică, murdară. Și, la fel ca atunci, a fost atât un joc, cât și o luptă, ca doi tigri ridicați pe picioarele din spate, perfect conștienți care dintre ei va fi în viață când se va lăsa jos praful.

Lovitura a fost instinctivă, și ea și-a simțit palma zvâcnind de la fluxul de sânge după ce l-a plesnit.

– Cred că acum ar trebui să pleci, s-a auzit zicând.

Îl pălmuise. Însă a fost, evident, nevoie ca să-l facă să înceteze și să priceapă cât de tare greșea. Era o mare porcărie.

Era pregătită de o reacție. Și totuși, i-a fost greu să priceapă ce s-a întâmplat după lovitură, doar că se simțea ca și cum ar fi suferit un traumatism cervical într-un accident de mașină. Amețită, a încercat să-l împingă, însă el era prea puternic.

Ce s-a întâmplat după aceea a fost ceva ce avea să încerce tot restul vieții să alunge cu pilule, alcool și o pleiadă de relații ratate.

46

La măsuța rotundă din fundul cafenelei, Morten Heinesen s-a silit să mai ia o îmbucătură din sendvișul sec cu salam și brânză Brie, cu mult prea puțin unt, mult prea puțin salam și, mai ales, mult prea puțină Brie. Dar fusese silit să cumpere mai mult decât o cafea ca să poată ocupa un loc în care să lucreze.

Le spusese lui Hemmer și Julie că sare peste prânz, face o plimbare și, ca să nu riște să dea peste vreunul dintre ei, sau oricine altcineva cunoscut, a ales să stea într-una dintre cafenelele din apropiere de Strøget.

Nimic din toate astea nu-i stătea în fire. Dar în ultimele zile lucrurile se desfășuraseră atât de repede. Au fost luate hotărâri și au fost făcute progrese, iar el de-abia izbutise să țină pasul cu toate.

Acum avea nevoie să cugete și să încetinească ritmul ca să poată gândi limpede, așa că nu putea să stea la biroul său, unde toți țineau morțiș să-l bombardeze cu părerile lor.

Sendvișul s-a umflat ca o spumă în gură și, când nu se uita nimeni la el, a profitat de ocazie ca să scuipe ghemotocul de pâine într-un șervețel pe care, la rândul lui, l-a îngropat sub alte șervețele. Laptopul era deja deschis pe masă. Nu mai trebuia decât să introducă stickul de memorie ca să poată revedea în liniște filmările camerelor de supraveghere din garajul subteran.

Faptul că Hesk nu numai că dispăruse, dar fusese găsit mort și, în plus, omorât de fosta lor colegă Dunja Hougaard, părea un film mult prea prost ca să fie prezentat altundeva decât pe un canal obscur, în timpul nopții. Însă văzuseră toți cu ochii lor cum ea l-a lovit și l-a târât ca pe un sac de cartofi.

O întâlnise de multe ori pe când lucra în departamentul lor. Însă nu putea pretinde că o cunoștea. Cel puțin, nu mai mult decât că o văzuse competentă și muncind cu dăruire, și că venise în echipă cu o energie și o vervă neobișnuite.

În același timp, avea în ea ceva nemilos, ca și cum ar fi putut să calce fără să clipească peste cadavre ca să-și impună voința. Nu știa dacă asta era ceea ce îl enervase pe Hesk.

Hesk era cel cu experiență și urma să culeagă, în sfârșit, roadele după toți acei ani, când Dunja a apărut brusc și l-a eclipsat. Timp de câteva luni, relația dintre ei s-a înrăutățit până la otravă pură, cu rezultatul că aveau probleme până și dacă se aflau în aceeași încăpere.

De aceea părea de neînțeles ca ei doi să fi luat iar legătura, ceea ce era unul dintre marile semne de întrebare din jurul morții colegului său. Își dăduseră întâlnire în garaj? Și, în acest caz, ce rol juca Dunja în ancheta lor?

Întrebările erau în sine o contradicție, pentru că nu fuseseră niciodată multe semne de întrebare când era vorba de Hesk. Rar găseai o carte mai deschisă decât el. Aproape toate acțiunile lui erau ancorate în echipă. Spre deosebire de Dunja, care putea să acționeze singură, Hesk pledase întotdeauna pentru munca de grup și o comunicare deschisă, clară.

Însă era evident că nu și de această dată, când a hotărât să acționeze singur, fără să-i informeze pe el, pe Hemmer și Julie Bernstorff, și cu atât mai puțin pe Sleizner. Cea mai probabilă explicație era înfrângerea suferită în ședința de la el de-acasă, când Hesk fusese convins că totul e o mare conspirație împotriva lui și a anchetei lor.

Nici unul dintre ei, inclusiv el însuși, nu l-a luat cu adevărat în serios pe Hesk. Nici în această privință, nici în privința bănuielilor lui legate de Sleizner. Ca și cum ar fi fost prea mult pentru ei să digere asta, nici măcar nu l-au lăsat să explice până la capăt, și nu era nevoie să fi absolvit o facultate ca să înțelegi cât de frustrat trebuie să se fi simțit.

Acestea fiind spuse, cele mai multe indicii erau că Jakob Sand a fost cel care a ucis femeia, nu Sleizner. Însă asta nu schimba faptul că era ceva suspect la șeful lor. Ceva care clocea dedesubtul fațadei lui zâmbitoare. Mai ales în legătură cu felul în care s-a ocupat de dispariția lui Hesk.

Heinesen reacționase deja la asta în timpul ședinței. Nu numai că a mers foarte repede, mai presus de toate a mers prea ușor. Era aproape ca și cum Sleizner știuse că Hesk s-a dus la garaj și a fost văzut pe camerele de supraveghere cu Dunja, dar și că ar arăta mai bine dacă cineva din echipă s-ar duce în locul lui acolo să ia stickul de memorie. Însuși felul în care primise el însuși stickul părea oricum, numai firesc nu.

Iar faptul că reușiseră să dea de cadavru după numai câteva ore era și el remarcabil. Putea foarte bine să se datoreze unei solide munci de poliție combinate cu un mare noroc. Sleizner avusese întotdeauna o capacitate intuitivă de a trage investigațiile în direcția bună, și niciodată statisticile despre rezolvarea cazurilor de omucidere nu fuseseră atât de bune ca sub conducerea lui. Nu voia să se gândească la cealaltă explicație. Nu până nu avea totul negru pe alb.

Primul lucru pe care avea să-l facă era să afle cu cine vorbea Hesk la telefon când s-a ițit din spatele stâlpului de beton. Hemmer reușise să afle că numărul era suedez și, în vreme ce semnalele treceau granița, s-a pregătit să scoată la lumină suedeza ruginită pe care o învățase cândva de la tatăl său.

„Da, alo, sunt Malin Rehnberg."

– Salut, numele meu este Morten Heinesen. Sun de la poliția din Copenhaga.

„A, da", a zis ea după o scurtă pauză. „Bine."

A auzit-o cum se așază.

– Scuze că întreb, dar cu cine vorbesc?

„Se pare că suntem colegi scandinavi."

– Înțeleg. Și, apropo de colegi, e adevărat că ai vorbit la telefon cu Jan Hesk sâmbătă seara, târziu?

„Da, eu l-am sunat." S-a auzit cum oftează. „Am văzut aseară știrea despre moartea lui. Îngrozitor."

– Da, încă suntem șocați.

„Înțeleg. Pe de altă parte, ce nu înțeleg este cum ar putea să fie Dunja Hougaard în spatele acestui lucru."

– De ce nu? a zis el, străduindu-se că sune cât mai neutru posibil.

„Ce-i drept, nu pot pretinde că o cunosc. Însă din puținul timp petrecut împreună mi se pare extrem de improbabil."

– Pot spune doar că nu ești singura, și de aceea aș vrea să știu despre ce ai vorbit cu Jan sâmbătă.

„Era cu totul altceva, n-avea nimic de-a face cu asta."

– Bine, dar era legat de muncă?

„Da, Dumnezeule mare, da. Nu ne cunoaștem direct. Era vorba despre anchetarea unei crime la care lucrez eu aici, la Stockholm. Am avut o victimă şi acum... Da, sincer, nu ştiu unde o să se termine."

– Şi cu ce te putea ajuta Jan?

„Problema a fost că el n-avea timp să vorbească în acel moment. A promis că mă sună, apoi s-a întâmplat ce s-a întâmplat." A oftat din nou. „E vorba despre cicatricea pe care o are una dintre victimele din ancheta la care lucra el. A reieşit că făptaşii noştri au cicatrice asemănătoare."

– Făptaşii? Vrei să zici victimele?

„Păi, aş zice amândouă. Făptași, pentru că au săvârşit câteva crime. Victime, pentru că sunt victimele unei rețele de traficanți cu legături în Copenhaga și toată Danemarca. N-am timp acum să explic tot, pentru că trebuie să plec. Însă, de exemplu, am găsit un document care sugerează că femeia din maşina voastră a fost cumpărată din Suedia, iar cumpărătorii danezi n-au fost cu totul mulțumiți când au văzut acea cicatrice."

– Dar, stai un pic. Heinesen i-a zâmbit chelneriței, care, cu dezgust prost ascuns, îi lua de pe masă farfuria cu ghemotocul de pâine mestecat. Ca să fiu sigur că am înțeles bine. Așadar, ați reușit s-o identificați?

„Da, o cheamă Elaya Goodluck."

– Goodluck?

„Da, se pare că e un nume de familie obişnuit în Nigeria, de unde vine ea."

– Şi acel document pe care l-ați găsit. Ce este?

„O foaie imprimată dintr-un mesaj cu fotografia cicatricei ei, de la un număr danez anonim. Dacă vrei, ți-o trimit."

– Ar fi grozav. Şi m-aş bucura şi de acel număr danez.

„Sigur. Nici o problemă. Atunci, bine. Acum trebuie să te las. Impresionantă suedeza ta, *by the way.*"

Heinesen n-a apucat să mulțumească înainte să se încheie convorbirea, iar când a lăsat din mână telefonul a avut impresia că de-abia a zgâriat un pic suprafața unui lucru pe care nici vorbă să-l înțeleagă. Nu faptul că femeia din mașină era victima traficanților era ceea ce îl surprindea. Și nici faptul că era cumpărată din Suedia, sau vreo altă țară. Așa acționau ei. Să-și trimită victima peste o graniță după alta, ca să nu i se poată lua urma.

Dar să fie mai multe femei cu cicatrice asemănătoare, ca acelea pe care polițista suedeză le mai numise și „făptași", era ceva cu totul nou. Asta însemna că, la urma urmei, Elaya Goodluck a fost cea care l-a împușcat pe Mogens Klinge? Sau doar a auzit el greșit? La urma urmei, nu era prea obișnuit cu limba suedeză.

Va trebui s-o sune și să vorbească mai mult cu ea. S-ar putea ajuta unul pe celălalt. Însă nu acum. Și-a trezit laptopul și a pornit de la început secvența de la camerele de supraveghere.

Așa cum văzuseră ieri, în colțul stâng de sus era marcat timpul, *15.00, 05-08-12*, când un Volvo bordo a coborât pe rampă și a intrat în garaj, unde a oprit pe un loc liber. În clipul următor, peste optsprezece minute, s-a văzut un bărbat în blugi și geacă descheiată peste un tricou ducându-se la un Opel.

A urmărit totul până la 20.48, când Peugeot-ul albastru al lui Jan Hesk a intrat și a mers încet până la un loc liber, unde a reușit să parcheze după câteva încercări. Ca să nu-i scape nimic, a folosit încetinitorul în restul secvenței, în care Hesk a dat un ocol căutând cu privirea printre mașini până ce a găsit automobilul sport al lui Jakob Sand și a început să-l cerceteze, ca după câteva minute să fie lovit de Dunja și lăsat fără cunoștință.

Dar nu putea nicicum să vadă ceva suspect. Era cu adevărat Dunja și era cu adevărat cea care îl lovise. Lumina, umbrele, totul era în ordine. Trupul înfășurat pe care cei doi bărbați în haine de camuflaj îl duceau într-un clip de mai târziu putea, cu siguranță, să fie al oricui, însă imaginile pe care le văzuse de la dragarea de lângă Islands Brygge arătau că tocmai așa fusese împachetat Hesk.

Alții poate că ar fi fost dezamăgiți. El se simțea mai ales ușurat. Nu sperase să găsească în filme ceva suspect. Oricum, se temuse că va găsi și apoi va fi silit să suporte consecințele. Însă teama fusese nejustificată. Ceea ce putea să vadă era că nici una dintre secvențe nu fusese manipulată, ceea ce însemna că își făcuse datoria și putea să se relaxeze cu conștiința împăcată.

Cu toate acestea, a mutat indicatorul înapoi la început ca să mai vadă o dată filmul. Nu putea explica de ce, doar că simțea că e singurul lucru corect. *Simțea*... A clătinat din cap. Întotdeauna recomanda faptele solide, dovezile și raționamentul logic, nu să „simți" o mulțime de lucruri. Acum stătea aici doar cu simțitul ca unic argument.

Explicația a venit deja în prima secvență în care acel Volvo intra în garaj. Însă de această dată nu îl interesa imaginea de la camera la care se uita, ci una dintre celelalte trei, pe care nu se întâmpla nimic.

Dintr-odată a fost atât de evident, încât nu pricepea cum a putut să-i scape lui și celorlalți din echipă. Explicația era probabil că trecuseră peste asta repede, prea repede. Sleizner îi amăgise, punându-l pe Hemmer să sară la momentul în care apărea în imagine Hesk.

Însă lucrul interesant aici, în prima secvență, nu era ceea ce apărea în imagine. Era ceea ce nu apărea.

Și anume, automobilul sport roșu strălucitor al lui Jakob Sand.

În cadrul din dreapta, jos, locul de parcare era gol pe când Volvoul cobora în cadrul din stânga, sus. La fel și în următoarele cinci secvențe, în care mașini intrau sau ieșeau. Dar mai târziu, în clipul în care se vedea acel Lexus argintiu coborând în garaj, pe locul gol apărea brusc automobilul lui Sand.

Ceasul arăta *19.55*. Adică șaisprezece minute după clipul anterior, ceea ce însemna că Sand trebuie să fi ajuns cândva în jurul orei opt fără douăzeci și cinci seara.

O explicație putea fi faptul că senzorii de mișcare nu se declanșaseră ca să pună în mișcare din nou cele patru camere de supraveghere când el a intrat în garaj și a ieșit din automobilul său sport. Alta era că cineva avusese grijă să elimine acel clip.

47

Kim Sleizner...

Fabian a repetat numele în timp ce pășea pe dalele de piatră spre intrarea în sediul poliției din Copenhaga.

Kim Sleizner...

Una era că șeful departamentului de criminalistică danez îl ura și făcuse totul ca să-l împiedice în muncă. Asta înțelesese de mult. Dar să-i împingă fiul la sinucidere însemna să ducă ura la un nivel cu totul nou.

Kim Sleizner...

Era cu totul de neînchipuit ca el, unul dintre oamenii cu rangul cel mai mare din poliția daneză, să fie cel care a ordonat ca Theodor să fie agresat fizic, să fie torturat psihic și ținut la izolare. O izolare într-o încăpere în care, în plus, avea posibilitatea să urce până la un cablu electric destul de solid și lăsat la suprafață. Însă dacă știai cel mai mic lucru despre Sleizner, asta era, dimpotrivă, ceva complet logic.

– Salut, numele meu este Fabian Risk, a spus după ce a trecut de ușile automate și s-a dus spre bărbatul de la recepție, unde și-a arătat legitimația de polițist din Suedia. Sunt de la poliția din Helsingborg și îl caut pe Kim Sleizner. E aici?

– Kim Sleizner. Un moment.

Bărbatul a tastat numele în computer..

– Da, ar trebui să fie aici. Să-l sun?

– Ar fi bine, dar nu încă. Mai întâi am nevoie să merg la toaletă.

– Este o toaletă pentru vizitatori la celălalt capăt al coridorului, pe dreapta.

Bărbatul a arătat cu degetul spre coridor.

După ce a intrat în toaletă, Fabian și-a scos haina și cămașa, le-a atârnat într-un cârlig de pe perete și s-a spălat la subsuori și pe față.

După ce ajunsese cu o seară înainte în capitala daneză, se dusese cu mașina până la Langelinie, unde se vedea micuța sirenă, și adormise în mașină, frânt de oboseală. Nu se trezise decât la nouă și jumătate dimineața, când un autocar plin cu turiști asiatici înarmați cu aparate de fotografiat și prelungitoare pentru selfie îl silise să plece din zona cu parcare interzisă.

S-a șters cu un prosop de hârtie și a respirat adânc de câteva ori, încercând să se liniștească, în timp ce își încheia cămașa și îmbrăca haina. Însă creierul insista să bubuie ca o alarmă de accident nuclear, și probabil că n-avea să se potolească până când nu-și termina treaba. O termina deplin.

După ce a ieșit din toaletă, a intrat într-unul dintre lifturi după o femeie care avea card de acces și a urcat la Departamentul Omucideri, la etajul șase.

Ultima dată fusese acolo când venise la Dunja Hougaard, care l-a ajutat într-o anchetă. Nu trecuseră decât doi ani de atunci, și acum fața ei era în toate ziarele sub titlul UCIGAȘĂ DE POLIȚIST.

– Scuze, dar ce faci aici? a auzit o voce în spate.

S-a întors și i-a arătat legitimația de polițist bărbatului cu ochelari și părul vopsit cu stângăcie.

– Numele meu este Fabian Risk și sunt aici ca să mă întâlnesc cu Kim Sleizner.

– Ai o programare? Nu l-am văzut toată ziua. Și fără programare trebuie să...

– Ar trebui să fie aici. Am vorbit cu cel de la recepție, așa că n-ar trebui să fie vreo problemă. Dar fii bun și condu-mă la biroul lui.

Bărbatul s-a gândit un pic și, în cele din urmă, a încuviințat.

– Bine, vino cu mine.

După câteva coridoare derutant de asemănătoare, s-a oprit în fața ușii lângă care era pe perete o plăcuță cu numele lui Sleizner, deasupra unui beculeț aprins de culoare roșie.

– După cum vezi, e ocupat, a zis bărbatul și și-a potrivit ochelarii pe nas.

– Nici o problemă. Oricum, am ajuns cu opt minute mai devreme. Fabian s-a uitat la ceasul de la mână. Nu trebuie să întârzii când ai o programare. I-a zâmbit bărbatului. Dar mă așez aici și aștept.

Cu privirea bănuitoare a bărbatului în ceafă, s-a dus să se așeze pe un scaun. Apoi și-a scos telefonul și a început să dea clicuri la nimereală prin meniu, până ce bărbatul și-a pierdut răbdarea și s-a făcut nevăzut.

Fabian s-a întors la ușa închisă a biroului, a prins clanța și a apăsat-o în jos. Așa cum se așteptase, ușa era încuiată, așa că, după ce s-a asigurat că e în continuare singur pe coridor, a făcut un pas în spate și a lovit-o cu putere cu piciorul.

Biroul era unul dintre cele mai mari pe care le văzuse într-o secție de poliție. Nici măcar șeful poliției suedeze nu se putea lăuda cu atâția metri pătrați. Însă nu stătea nimeni la masa de lucru. Nici pe canapea sau pe vreunul dintre fotolii. Oricât de tare strălucea beculețul care arăta că e ocupat, Sleizner strălucea prin absență. Fabian a închis ușa cât de bine a putut și a înaintat pe parchetul scârțâitor până la masa de lucru așezată între două ferestre cu perdele.

În afară de un monitor și o tastatură, câteva pixuri și un blocnotes, mai erau acolo două teancuri de documente prin care s-a uitat.

Multe dintre ele erau despre moartea subită a lui Jan Hesk. Erau rapoarte medico-legale, fotografii în care se vedea cum este ridicat din apă cadavrul împachetat, cu câteva însemnări scrise de mână, cu data și ora, și comentarii cum ar fi „păstrează“ și „elimină“. Erau chiar și multe fotografii ale Dunjei Hougaard. Fotografii făcute de departe, în întuneric, imprimate de pe camere de supraveghere.

Însă nimic din toate astea nu i-a trezit interesul, așa că a tras unul dintre sertare, l-a golit pe birou și a căutat prin grămadă, de la radiere și pastile pentru durere de gât până la câteva documente cu însemnări așternute în grabă, cum ar fi *M. Rønning resetare înregistrări, ai grijă să crească temperatura* și *camerele-b sala de interogatoriu 4*. Mai era și o listă cu *Persoane date în urmărire*, pe care numele *Camilla Krystchoff* era încercuit.

Nici acolo nu era nimic interesant, și după ce a răsturnat și celelalte sertare i-au căzut, în sfârșit, ochii pe unul dintre dosarele din vraf. Unul roșu, cu inițialele *T. R.* scrise cu marker negru.

Priveliștea l-a făcut să se clatine, și ca să nu se prăbușească s-a așezat la birou, a desfăcut elasticul din jurul dosarului și l-a deschis.

Documentul de deasupra avea titlul „Motivații pentru amânarea procesului“. Documentul de dedesubt era un raport de la un psiholog, cu cuvinte ca „depresie“, „închis în el“ și „tendință suicidară“. Au urmat câteva fotografii scoase la imprimantă ale unor carcere, cu o scurtă scrisoare însoţitoare.

> Salut, Kim,
> Dacă crezi în continuare că astea sunt prea „plăcute şi confortabile", avem şi o încăpere care cu siguranţă nu este o carceră reglementară, însă, pe de altă parte, are tot ce ai cerut tu.
> Toate cele bune,
> F. Friis

48

Colțarele care țineau masa în loc aveau un capăt fixat în podeaua de beton cu șuruburi solide, pentru desfacerea cărora era nevoie de unelte speciale. La celălalt capăt erau prinse de picioarele mesei, câte unul pentru fiecare picior. Pe tăblia dreptunghiulară era o bară de oțel de care erau prinse cătușele de la încheieturile Dunjei.

Era îmbrăcată cu pantaloni lăbărțați și o bluză cu glugă, cenușii. Nu era nici un ceas în încăpere, însă ea numărase secundele și ajunsese la cinci mii două sute patruzeci și trei, ceea ce însemna că în curând avea să fie o oră și jumătate de când stătea aici așteptând.

Fără apă sau mâncare.

Fără absolut nimic de când fusese adusă în arest pe o ușă dosnică despre care nici măcar nu știuse că există.

Probabil că stăteau de cealaltă parte a oglinzii și așteptau ca ea să fie destul de șubrezită după ce s-a uitat până a orbit la bidonul cu apă de băut din fundul camerei. Să se dea bătută și să fie o pradă ușoară în viitorul interogatoriu. Dar să se dea bătută era ultimul lucru pe care avea de gând să-l facă. Cu toate că nu-și dorea nimic mai mult decât să se aplece în față, să-și pună capul pe brațe și să închidă ochii, fie și numai câteva minute, stătea cu spatele drept şi avea grijă să rămână trează, hotărâtă ca nici măcar să nu se rezeme de spătarul scaunului.

Scopul era să inverseze rolurile şi să-i facă pe cei din cealaltă parte să obosească. Cei care stăteau şi aşteptau. O aşteptau pe ea. Prăbuşirea. În clipa în care ei aveau să se dea bătuţi şi să vină aici, victoria era a ei.

La cinci mii cinci sute nouă, uşa s-a deschis brusc, ceea ce era mult mai devreme decât cele zece mii de secunde la care se aştepta ea.

– Măi, să fie, a zis vocea mult prea cunoscută înainte ca ea să aibă timp să se uite. E Dunja Hougaard în carne şi oase.

Fiecare muşchi din ea voia să se arunce asupra lui. Însă a reuşit să-şi abată forţa de la umilinţa de a fi încătuşată, folosind-o ca să-şi păstreze un aer impenetrabil.

– Salut, Kim.

– N-ai nimic altceva de spus după atâta timp? a zis Sleizner închizând uşa, şi a făcut câţiva paşi înăuntru. „Salut, Kim." A pufnit şi a clătinat din cap. Sper cu adevărat că n-ai devenit plictisitoare la bătrâneţe. Ne distram atât de bine împreună. Nu-i aşa? Tu şi cu mine.

– N-a fost aşa niciodată şi n-o să fie niciodată un „tu şi cu mine".

Sleizner a zâmbit şi s-a apropiat de ea.

– Nu cred că înţelegi cât de mult am aşteptat asta. Cât am tânjit după această clipă. A fost luminiţa de la capătul tunelului meu gândul că într-o bună zi o să dau iar de tine. *The one and only*[1] Dunja.

Sleizner şi-a desfăcut larg braţele.

– Îmi pare rău că trebuie să te dezamăgesc.

---

[1] Unica, inconfundabila (în limba engleză în original)

– Cine a zis ceva de dezamăgire? În ce mă privește, nici că putea să înceapă mai bine. Mă rog, ar fi acel „Salut, Kim". Ai fi putut veni cu ceva mai entuziast. Dar o să te pornești tu. Avem la dispoziție toată ziua. Toată noaptea, dacă vrem.

– Am dreptul la un avocat.

– Avocat? Sleizner a izbucnit în râs. Ți-am zis că o să fie distractiv. În primul rând, ăsta nu-i un interogatoriu în care să ai nevoie de un tip cu costum care stă rău pe el. Nu mi-ai putea spune nimic ce nu știu deja. În al doilea rând, n-ai dreptul la absolut nimic. S-a aplecat până ce aproape că i-a atins urechea. Asta, pentru că se întâmplă să fie terenul meu și aici eu fac regulile.

A scos limba, i-a vârât vârful în urechea ei, apoi l-a plimbat mai departe în sus, pe tâmplă și pe frunte.

– Înțelegi, încă n-am anunțat că ai fost arestată. Aseară am arestat pe cineva care semăna foarte mult cu tine. Dar s-a dovedit că numele ei este Camilla Krystchoff, nu Dunja „Târfoștina" Hougaard.

Apoi a ridicat din umeri.

Așadar, despre asta vorbiseră el și Rønning când s-au întâlnit la Diamanten. „Krystchoff" și „să ținem ascuns pentru binele ei". Oricât ar fi încercat, nu putea digera asta. Pentru ea era evident că Sleizner e în stare de orice, însă Michael Rønning, pe care acum nu mai mult de o jumătate de an îl considera cel mai bun prieten al său? Fie el nu înțelegea ce se întâmplă, fie Sleizner îl avea cu ceva la mână.

– Așa că, din nefericire, nu știe nimeni că ești aici, a continuat Sleizner. De fapt, nu știe nimeni nici măcar că eu sunt aici. Poate crezi că e cineva dincolo de oglindă, dar nu e nimeni. Iar camerele de supraveghere... A arătat spre cele două camere de supraveghere de pe tavan. Nu mă întreba de ce, dar se pare că amândouă sunt scoase din funcțiune. El și-a desfăcut brațele. Ce ghinion! Pentru tine. Nu pentru mine. Pentru că acum pot să fac exact ceea ce am chef.

Din senin, a pocnit-o peste față atât de tare, încât, cu sângele țâșnindu-i din nas, a fost azvârlită în spate și ar fi căzut de pe scaun dacă nu ar fi fost prinsă în cătușe.

– Ca, de exemplu, asta, a continuat el. Este exact ceea ce am chef să fac în acest moment. Și, de fapt, a fost tare plăcut. A ridicat mâna și și-a mângâiat încheieturile degetelor pline de sânge. Așa de plăcut că, de fapt, cred că o s-o fac din nou. A pocnit-o iar. În același loc, cu aceeași mână strânsă în pumn, însă acum mai tare. Vai de mine! Cred că s-a rupt nasul. În orice caz, e cu totul într-o parte. Nasul tău, care a fost întotdeauna așa de drăgălaș. Biata Dunja, cu năsucul ei drăgălaș! Puf, și ea a dispărut. A pus arătătorul pe nasul rupt și a apăsat. În schimb, aici stă dintr-odată o Camilla cu nasul ăsta strâmb și plin de sânge. Sleizner și-a tras unul dintre scaune, s-a așezat în fața ei și s-a aplecat. Cu toate că, trebuie să recunosc, îmi place noua ta înfățișare. Îți stă bine după ce ai scăpat de acele rotunjimi de copil și ai în privire ceva mai mult tupeu. A întins mâna dreaptă și a început să-i frământe sânii, pe rând. Însă trebuie să faci ceva cu ăștia. Niciodată n-au putut fi acuzați că sunt deosebit de mari, însă nu-i posibil așa ceva. I-a ridicat bluza și a privit. Te-ai uitat în ultima vreme în oglindă? Te-ai antrenat mult prea mult. Arată ca și cum ai fi alăptat jumate din lumea a treia. Ți-a mai rămas măcar un pic de simțire în ei? I-a strâns un sfârc între degetul mare și arătător. Consideră asta doar o explorare mamografică obișnuită și spune-mi când începi să simți ceva.

Durerea creștea pe măsură ce Sleizner strângea mai tare, și după o vreme a fost atât de mare, încât ea a început să transpire. Însă n-a zis nimic. Nici un sunet. Era complet concentrată să se întărească și să nu spună nimic, iar când el a renunțat, în cele din urmă, ea nu era departe de leșin.

– Exact așa cum bănuiam, a zis el și s-a lăsat pe spate pe scaun. Prea mult antrenament și prea puțin sex. Apropo, ți-e sete?

N-a răspuns, doar l-a privit în ochi. În ochii ăia verzi, mici și pociți, care nu renunțau niciodată să caute un semn de slăbiciune. A numărat până la o sută patruzeci și doi până ca el să renunțe la înfruntare, cu un zâmbet.

– Știu exact ce gândești, a zis el și a început să-și curețe unghiile. Asta am făcut în tot timpul acestui joc de-a șoarecele și pisica. De aceea am fost întotdeauna cu un pas înainte, dacă te întrebi. A râs. De exemplu, acum îți închipui că, dacă taci destul de mult timp, eu o să obosesc în cele din urmă, așa că se termină. Însă, la fel ca în multe alte privințe, te înșeli. Chestia e că, în ce te privește, nu se va termina niciodată. Acum, poate crezi că mint, și presupun că e bine să crezi în continuare că soarele o să iasă iar cândva de după nori. Însă adevărul e că ție n-o să-ți fie mai bine decât acum. Așa că profită de ocazie și delectează-te. S-a ridicat în picioare. Sigur tot nu vrei să bei ceva? Ce-i drept, le-am spus să dea căldura mai mare, dar mă întreb dacă nu cumva au exagerat un pic. S-a dus la bidonul cu apă așezat cu gura în jos, a luat un pahar de plastic, l-a umplut și a băut. Mmm, câteodată nimic nu întrece câteva înghițituri de apă rece ca gheața. A umplut iar paharul și a băut. Spune-mi dacă te răzgândești. A umplut paharul a treia oară, apoi s-a întors și l-a pus pe masă în fața ei. Stă aici și te așteaptă.

– Patruzeci și opt de ore. Nu poți să mă ții mai mult de atât fără să mă acuzi de ceva, a zis ea.

– E absolut corect. Sleizner nu-și putea ascunde încântarea că ea a dat, în sfârșit, un semn de viață. În orice caz, ar fi putut să fie corect. S-a așezat pe marginea mesei și s-a aplecat spre ea. Îmi pare rău că trebuie să spun asta. Sau nu, apropo, nu-mi pare deloc. Însă chestia e că pentru tine nu va fi nici o punere sub acuzare sau proces. Ciudat, nu? Și-a desfăcut larg brațele. Din câte am înțeles, se pare că te pricepeai atât de bine să te dai la fund, că n-am reușit niciodată să te găsim, și până la urmă n-am avut încotro, a trebuit să încetăm căutarea. Așadar, felicitări. A bătut de câteva ori din palme. Din nefericire, lucrurile nu merg prea bine pentru Camilla Krystchoff. Sigur, va fi eliberată și va părăsi închisoarea în noaptea asta. Însă, vai, nu vom putea vorbi de prea multă libertate în ceea ce o privește. Doar dacă nu consideră libertate o pivniță în vreun loc necunoscut. Poate să uite de lumina zilei, ceea ce cu siguranță va fi greu la început. Însă după destul de mult timp va fi uitat cum arată lumina, și singura ei dorință va fi să se termine odată. Ca existența ei să ia sfârșit, așa încât viermii să-și poată face lucrarea. A râs. O vreme chiar am plănuit s-o crestez. Știi tu, în sus și-n jos cu cuțitașul meu. Cu o mișcare rapidă a scos cuțitul de luptă cu lama curbată caracteristică și i l-a proptit în gât. Asta ar fi fost, cu siguranță, minunat și satisfăcător pe moment. Știi tu, cam ca o ejaculare prematură. Așa că am hotărât să prelungesc totul cât de mult posibil și în loc de asta să-i dau o adevărată, cum să-i zic, moarte tantrică. A pus cuțitul înapoi în teacă. Recunoaște că e mai bine. Vreau să zic, dat fiind că este o târfuliță, ar trebui să mă distrez un pic cu ea mai întâi. Cel puțin cinci-zece ani. După aceea cu siguranță că o să fie mult prea urâtă și dezgustătoare, când o să înceapă încetul cu încetul să se scofâlcească. Pentru că, desigur, mă aștept ca ea să refuze mâncarea, făcând greva foamei. Însă în lumea mea eu sunt cel care hotărăște cât de mult sau de puțin mănâncă. Așadar, va fi hrănită cu pâlnia printr-o sondă. A ridicat din umeri. Poate că nu-i prea elegant, dar ce nu face omul? Iar uneori, când se așteaptă mai puțin, în mâncare va fi ceva ce poate că n-ar trebui să se afle acolo. Știi tu, poate fi orice, de la un strop de șoricioaică până la detergent. Nu prea mult, doar cât să-i fie ei din ce în ce mai rău. Unul dintre primele lucruri pe care și le va pierde o să fie părul. Însă asta aproape că nu se simte. Mai rău o să fie când o să i se desprindă unghiile. La naiba, zic și eu. Ca să nu mai vorbim de momentul în care încep să cedeze organele interne. Însă asta va fi după câțiva ani și atunci, cel puțin, va scăpa de mine, pentru că îmi voi fi pierdut deja de mult interesul față de ea. Probabil mă voi mulțumi să intru pe computer din când în când și să arunc o privire prin intermediul camerei de supraveghere când am chef să mă înveselesc. A băut ce mai rămăsese în pahar. Mmm, ce mai apă! Știu că te-am pisălogit cu asta, dar uneori apa poate să fie, pur și simplu, așa de gustoasă, că întrece orice. Nu-i așa? Nu știu de ce. Poate sunt mineralele, sau doar faptul că aici e atât de cald și sufocant, că orice ar avea gust...

– Bine, atunci dă-mi un pahar, l-a întrerupt ea oftând.

– Uau, e adevărat? Aproape că am crezut o clipă că ai renunțat. Dar sigur că o să capeți un pahar.

Rânjind, şi-a desfăcut prohabul, şi-a scos penisul, a tras înapoi prepuţul, a vârât glandul în pahar şi a început să urineze.

– Ah... Să urinezi e uneori la fel de plăcut ca băutul. Dacă nu chiar mai plăcut. Hait, s-a umplut repede, a zis şi a oprit curgerea. Nu vrem să dea pe dinafară.

A pus paharul în faţa ei, cu mădularul încă atârnând afară. Apoi l-a şters pe bluza ei, l-a vârât înapoi şi şi-a închis prohabul.

– Haide, bea.

Dunja s-a uitat la paharul care era plin până la buză cu urină de un galben-deschis.

– Ce mai aştepţi? Bea odată. Ţi-e atât de sete. Aşa-i, ce prost sunt. Ai nevoie de ajutor. Mare noroc ai, pentru că o să te ajut atât de bucuros, atât de bucuros.

A luat iar în mână paharul şi i l-a dus la gură.

– Apropo, ştii bine că urina este absolut sterilă. Nici o bacterie sau aşa ceva. Ba chiar sunt mulţi care zic că e folositoare. Uite, chiar Madonna, de exemplu, şi-a vindecat ciuperca piciorului cu propria urină, aşa că bea.

Cu mâna liberă i-a apăsat capul pe spate, prinzându-i între degete nasul strivit.

Durerea era insuportabilă, însă după câteva minute asta nu era nimic în comparaţie cu lipsa de oxigen.

– Acum fă ce zice unchiuleţul doctor şi cască gura mare.

Până la urmă n-a mai avut încotro decât să se dea bătută şi să deschidă gura ca să respire.

49

Cu numai câteva ore înainte, Heinesen fusese convins că ceea ce făcea era cu adevărat o idee bună. Acum șovăia, și oricât de bună ar fi fost ideea, probabil că el era cel mai puțin potrivit s-o pună în fapt.

El, care primise porecla *Good Cop*[1] pentru că își făcuse o virtute din a căuta întotdeauna pacea și înțelegerea, era silit acum să facă exact invers.

Casa lui Jakob Sand de pe Frydendalsvej era imensă. Așa de mare, că îți trebuiau cel puțin câteva averi ca s-o poți cumpăra, și asta, fără să pui la socoteală taxele anuale pe proprietate și toate mașinile fițoase parcate afară.

Heinesen nu votase niciodată Enhedslisten[2] sau vreun partid de extremă stângă, însă gândul că cineva este atât de bogat încât își poate permite o casă ca asta în centrul capitalei l-a pus serios pe gânduri.

Însuși faptul că interfonul avea pe el trei butoane cu același nume l-a călcat rău pe nervi și l-a făcut să le apese pe toate trei deodată. Dacă îți poți permite asta, cu siguranță ești vinovat de tot soiul de chestii.

---

[1] Polițistul bun (în limba engleză în original)

[2] Partid socialist din Danemarca

„Cine este?“, s-a auzit o voce somnoroasă, cu toate că după-amiaza era pe cale să devină seară.

– Numele meu este Morten Heinesen, a zis el și și-a dres glasul ca să sune mai autoritar. Sunt de la Departamentul Omucideri din Copenhaga și am câteva întrebări la care vreau răspuns.

„Am răspuns deja la toate întrebările.“

– Ați răspuns la întrebări, dar nici pe departe la toate.

„Și dacă refuz?“

– Desigur, puteți face asta, însă atunci mă întorc rapid cu trupele de intervenție și tipii ăia nu sună și așteaptă cuminți să vii să deschizi. În plus, va fi consemnat în dosar, iar în cazul punerii sub acuzare refuzarea unei interogări nu va fi în avantajul tău.

A tăcut și a făcut un pas înapoi, atât impresionat, cât și speriat de propria capacitate de a înghesui atâtea minciuni într-o singură frază fără măcar să se gândească. Dar se pare că a fost exact ceea ce trebuia, căci a auzit un oftat, apoi ușa a fost deschisă de Jakob Sand, desculț, în pantaloni albi și cămașă de bumbac deschisă la culoare, pe jumătate descheiată.

– Să nu dureze mult.

Sand și-a trecut mâna prin părul pieptănat pe spate și i-a făcut semn cu capul să intre.

– Mă duc la o ședință. Dacă nu terminăm, va trebui să lăsăm pe altă dată.

– Să sperăm că e suficientă o întrebare.

Heinesen a intrat într-un hol spațios cu lambriuri până la înălțimea pieptului, tablouri cafeniu-verzui cu păsări și o scară interioară cu balustradă de lemn adevărat, pe care puteai aluneca în jos dacă aveai chef.

– Este vreun loc în care putem să ne așezăm și să vorbim între patru ochi?

– Dacă asta e întrebarea ta, atunci răspunsul e „nu“. Aici e bine.

– Avem oaspeți? a zis o femeie mult prea slabă care privea în jos de la etaj, și ea îmbrăcată în haine ușoare de bumbac.

– Salut, a zis el și și-a fluturat mâna. Morten Heinesen, de la Departamentul Omucideri din Copenhaga.

– Omucideri? Cum adică, omucideri? Femeia și-a întors privirea spre Sand. S-a întâmplat ceva? A murit cineva?

– Nimeni pe care să-l cunosc, a zis Sand și și-a desfăcut larg brațele. Dar du-te înapoi la yoga și lasă-mă pe mine să mă ocup de asta, și sper să-ți pot explica mai târziu.

I-a întors spatele femeii, ca un semnal că trebuie să-i lase în pace.

– Ai omorât această femeie? a zis Heinesen destul de tare ca să se audă pe scară, scoțând o fotografie a victimei Elaya Goodluck.

– Dar, pentru Dumnezeu, Jakob! Doar nu ești suspectat de crimă?

– Nu. Sand a oftat și a clătinat din cap. Sigur că nu.

– Ba da, chiar este. Heinesen a ridicat privirea spre femeie. De fapt, sunt multe lucruri care indică...

– Ia stai un pic, l-a întrerupt Sand. M-ați scos de pe lista suspecților, ce mama dracului!

– Scos? a zis femeia. Jakob, când ai...

– Acum cred că trebuie să pleci și să-ți faci afurisita aia de salutare a soarelui, ca să lămuresc neînțelegerea. Bine?

Femeia a zăbovit, plimbându-și privirea de la Sand la Heinesen și înapoi, după care, în sfârșit, s-a răsucit, a pufnit și a dispărut.

– Şi ce rost a avut s-o amesteci pe ea în asta, dacă-mi este îngăduit să întreb?

– Nici unul, a minţit el. Aşa cum spuneam, eu aş fi preferat să stăm într-un loc mai izolat.

– Da, multe ar fi fost de preferat. Sand şi-a dat părul după urechi. Dar acum trebuie să trecem la subiect. Cum ziceam, mă aşteaptă o şedinţă.

Heinesen a ridicat din umeri.

– În acest moment eu sunt cel care aşteaptă.

– Zău, ce dracu-i asta?

Sand părea că ar vrea să spargă ceva.

– O întrebare la care aştept în continuare răspunsul.

– La ce mama dracului să răspund?

– Dacă ai omorât-o pe această femeie.

Heinesen a arătat din nou fotografia.

Sand şi-a dat ochii peste cap.

– Nu, n-am făcut-o, ceea ce am lămurit deja în interogatoriul de ieri. A făcut un pas spre Heinesen şi şi-a coborât glasul. Totuşi, m-am întâlnit cu ea mai devreme în acea zi, şi atunci mi-a făcut asta. Şi-a tras în jos gulerul cămăşii şi a arătat zgârieturile de pe gât. Deci, ţi-ai primit răspunsul. Din nou. Acum am terminat?

– Unde te-ai întâlnit cu ea?

Sand a oftat şi s-a întors cu spatele.

– Hai cu mine.

Heinesen l-a urmat într-o cameră de lucru de alături, care avea într-un colţ o canapea îmbietoare şi fotolii.

– Nici măcar să nu te gândeşti să te aşezi. Sand a închis uşa. Acest interogatoriu e ca şi terminat.

– Lasă-mă pe mine să hotărăsc asta.

Sand a pufnit şi şi-a dat ochii peste cap.

– Cum crezi că mi-am făcut afacerea să fie una dintre cele mai profitabile din această ţară? Ei? Cum crezi că se face că îmi pot permite o casă ca asta? Și-a desfăcut larg brațele. Crezi că e pentru că sunt complet dus cu pluta? Asta crezi? Că nu pricep că n-aveți nimic împotriva mea? Păi atunci te înșeli, fir-ar să fie, pentru că pot să termin chestia asta și să te arunc afară în orice afurisită de secundă. Nu trebuie decât să pocnesc din degete și o să zaci acolo, pe trotuar, întrebându-te ce mama naibii s-a întâmplat.

– Să interpretez asta ca pe o amenințare?

– Interpretează-o cum mama dracului vrei. Sand a respirat adânc. Ce vreau să spun este că singurul motiv pentru care te-am lăsat să-mi intri în casă este că mă bucur să fiu de ajutor în anchetă. Nu-mi doresc nimic mai mult decât să puneți mâna cât mai repede pe vinovat. Așadar, ca să răspund la întrebare, am cules-o de pe Istedgade, la colțul cu Viktoriagade. Apoi am mers cu mașina la una dintre clădirile mele de birouri din Valby.

– Are vreo adresă acea clădire?

– Gammel Køge Landevej, numărul 65.

– Și pe unde ați ajuns acolo?

– Habar n-am. Sand a ridicat din umeri. Pe drumul obișnuit.

– Pe la sud sau pe la nord de Vestre Kirkegård? Sunt cam la fel de rapide, diferența e de vreo două minute.

– Atunci probabil am ales traseul cel mai scurt.

– Adică pe la nord, prin Vigerslev Allé.

– Întocmai. E adevărat.

– Interesant. Heinesen a încuviințat din cap. Atunci cum explici că nu apare nici una dintre mașinile tale pe camerele de supraveghere din intersecția Vigerslev Allé cu Enghavevej?

– Ce camere de supraveghere?

– Nu ești singurul. E ușor să nu le observi. Revenind la întrebare. De ce nu apare acolo nici una dintre mașinile tale?

– Pentru că n-am mers cu vreuna dintre mașinile mele.

– Atunci nu se potrivește cu ceea ce ai spus la interogatoriu. Conform raportului, ai spus explicit că ai condus...

– Nu știu câte mașini ai tu. Însă eu am...

– Treisprezece. Înmatriculate în Danemarca. Apoi ai...

– Bine, am zis greșit! *Big deal*[1].

– Da, de fapt, chiar e mare. Așadar, cu care mașină ai fost?

Sand era pe cale să spună ceva, dar s-a stăpânit. Poate voia să pomenească de mașina soției, sau vreuna dintre toate mașinile firmei, dar și-a dat seama că nici una dintre ele nu apărea pe camerele de supraveghere.

– Exact, stai un pic. A fost un taxi, a zis el în cele din urmă, și s-a silit să zâmbească. Așa a fost, da. Am luat un taxi. De fapt, mi-a ieșit cu totul din minte. *My bad. Sorry*[2].

– De la care firmă?

– Din păcate, nu-mi amintesc.

– Ai vreo chitanță?

– Nu.

– Dar poate ai un extras bancar pe care se vede plata cu cardul?

– Am plătit în numerar și l-am luat de pe H.C. Andersen, lângă Rådhuspladsen.

Heinesen a încuviințat din cap.

---

[1] (aprox.) Mare scofală. (în limba engleză în original)
[2] E greșeala mea. Scuze. (în limba engleză în original)

- Da, atunci este greu de dovedit una sau alta.

- Da, din păcate așa este. Asta-i tot, sau mai ai vreo nedumerire?

- Nu, e în ordine. Deocamdată. Dacă mai apare ceva, știm unde să te găsim.

- Mi-ar plăcea să sunați înainte data viitoare. Aș putea chiar să am pregătită niște cafea.

- Sună plăcut, însă prefer să vin neanunțat. Știi cum e când omul e luat pe nepregătite. Spune ceva, dar arată cu totul altceva cu privirea și limbajul corporal. Îți urez o seară frumoasă.

Heinesen a ieșit din camera de lucru și a mers spre ușă. Nu-l auzea pe Sand în urmă. Însă dacă ăsta era un semn că e puternic și sigur pe sine, rămânea de văzut. În orice caz, el era cum nu se poate mai mulțumit de ceea ce făcuse.

Când a ajuns înapoi la mașina parcată la distanță de două străzi de casă, și-a pus căștile și l-a sunat pe Hemmer.

„Cum a fost?", a întrebat Hemmer.

- Bine, cred. La tine cum e?

„Da, sunt conectat la telefonul lui mobil și la cel al nevestei, la numerele lor fixe, precum și la două cartele preplătite care se află prin apropiere. Stai așa, acum e folosit unul dintre ele."

- Care?

„Una dintre cartele."

- Poți vedea pe cine sună?

„În curând, să sperăm, dacă totul funcționează așa cum trebuie." Se auzeau degete lucrând pe tastatură. „Am aici numărul, dar, din păcate, n-am găsit nici o potrivire. Probabil și asta e o cartelă anonimă preplătită."

- Mă conectezi?

„Sigur“, a zis Hemmer, în vreme ce se auzea cum sună un telefon.

„Alo. Nu-i momentul potrivit“, s-a auzit brusc o voce binecunoscută. „Te sun de îndată ce închei aici.“

„Ai zis că s-a terminat. Că tu controlezi total situația“, a zis Sand, care părea exact atât de furios cum sperase el.

„Potolește-te, Jakob. Ce s-a întâmplat?“

„Unul dintre colegii tăi de serviciu tocmai a fost aici și m-a hărțuit.“

„Cine?“

„S-a prezentat Morten Heinesen și mi-a pus o grămadă de întrebări despre drumul pe care am mers și cu ce mașină am fost cu fata aia. Se pare că nici una dintre mașinile mele nu apare pe camera din Vigerslev Allé.“

„Care cameră?“

„Vreo cameră de supraveghere a traficului, în mă-sa, ce știu eu? Fir-ar să fie! M-am salvat zicând că de fapt am luat un taxi și am plătit în numerar. Chestia e că dacă mai continuă așa ne-am ars, pricepi? Vor adulmeca totul până la capăt.“

„Bine, însă cred că acum ar trebui să închidem și să ne ocupăm de asta când ne vedem, diseară.“

Un clic și convorbirea s-a încheiat. O convorbire în care aproape toate bănuielile erau confirmate negru pe alb. Sigur că Hemmer o înregistrase, dar, cum nu aveau autorizație pentru interceptare, n-ar fi putut fi folosită niciodată ca dovadă la un proces.

Însă nu acesta era scopul lui. Pentru el, era mai mult decât suficient să știe că Sleizner era cel pe care îl sunase Sand.

50

Kim Sleizner a pus telefonul Nokia vechi la loc în buzunarul hainei și s-a întors spre Dunja, care stătea la masă cu spatele drept, mâinile încătușate și fața lovită.

– Scuze, unde rămăsesem?

Dunja a păstrat tăcerea și s-a străduit să-și țină privirea fixată pe un punct vag din fața sa. Întocmai cum spusese el, se afla în puterea lui, în lumea lui, și nu putea face nimic ca să schimbe asta. Orice ar fi răspuns, el avea să meargă mai departe pe drumul lui, să continue s-o umilească și s-o rănească, sau orice îi mai dădea prin cap. Singurul lucru pe care n-avea să-l reușească niciodată era să o înfrângă. Orice i-ar fi făcut, ea avea să țină flacăra vie.

– Da, da, continui să te joci de-a tăcerea. Fă-o. Cel puțin ți-ai potolit setea, așa că nu mai ai nici o nevoie.

S-a apropiat, dar a trecut pe alături și a rămas în picioare chiar în spatele ei.

N-avea de gând să se uite în spate. Doar stătea acolo și aștepta să se întâmple ceva. Știa deja că o să doară. Că se va alege cu altă rană pentru vindecarea căreia era nevoie de timp și de îngrijiri.

De aceea a fost surprinsă de mâinile de pe umeri. Mâini care au început cu grijă să o maseze, cu mișcări line, calme. La început pe umeri, apoi, încet, spre gât și spre toată înțepeneala care cerea cu disperare să fie alungată.

– Îți amintești dacă ți-am făcut vreodată masaj pe când eram prieteni și colegi? Știi tu, în vremea în care te-am ajutat și am avut grijă să ai toate șansele la o carieră strălucită.

Sleizner a așteptat un răspuns, fără să-și întrerupă masajul. Însă n-a venit nimic.

– Nu, probabil că nu, pentru că altfel ți-ai fi amintit, a continuat el. Pentru că, dacă e ceva pentru care sunt renumit, este tocmai capacitatea mea de a face masajul perfect. Ce-i drept, se întâmplă ca picioarele să fie specialitatea mea, însă umerii și gâtul vin pe un meritoriu loc secund. Recunoaște că e plăcut.

Dunja n-a răspuns. Însă asta nu însemna că el nu avea dreptate. În altă realitate, dacă mâinile acelea ar fi fost ale altcuiva, ar fi fost plăcut, poate chiar incredibil de plăcut. Acum se simțea doar rău, în ciuda faptului că degetele lui aveau priceperea să se ocupe exact de toate punctele dureroase care tânjeau de atâția ani după atingere. Atât de rău, încât era pe punctul să vomite de scârbă că Sleizner era cel care stătea în spatele ei.

– Ești tare înțepenită, trebuie să spun, a zis el și a continuat să lucreze la umerii și gâtul ei. Ai grijă de tine? Văd că te antrenezi, dar întrebarea este dacă îți întinzi și relaxezi un pic corpul din când în când. Ca aici și aici. Simți nodurile? A apăsat cu amândouă degetele mari și le-a ținut pe acele noduri din mușchi până ce au început să se relaxeze, apoi a continuat un pic în jos pe șira spinării, între omoplați. Gândește-te ce bine că putem avea asta, tu și cu mine, a continuat Sleizner din spate. Nu-ți face griji, știu cât de mult ne urâm și că niciodată nu se va întâmpla. Dar haide, în glumă, să aruncăm la gunoi toată porcăria asta și să ne jucăm cu gândul că suntem cu adevărat făcuți unul pentru altul.

Era evident că el o amăgește să se simtă în siguranță destul de mult timp ca să îndrăznească să se destindă și să-și recapete încrederea că ar putea, totuși, să iasă la liman, la urma urmei.

– Măi, ce mai pereche de milioane am fi! Ne-am completa unul pe altul ca *yin* și *yang*. Trebuie să recunoști asta. Tu, cu încăpățânarea ta de a nu renunța niciodată când te-ai hotărât să faci ceva, și eu, cu toate relațiile mele și creativitatea. Îți jur, am putea face minuni tu și cu mine.

Era modul de operare clasic al unui psihopat. La început e rău și strivește. Apoi îți cere iertare și trebuie să-l ierți și să declari cât de mult îl iubești. Apoi te lovește iar, tocmai când începeai să crezi că totul va fi bine. Totul nu-i decât un joc cu victima pe care, exact așa cum spusese Sleizner însuși, vrea cu orice preț să-l prelungească oricât de mult posibil.

– Aș putea să te masez în fiecare seară. Sleizner ajungea tot mai adânc în țesutul ei muscular. Iar tu, tu ai putea...

A trecut destul timp până ca tăcerea lui Sleizner s-o facă să reacționeze și să deschidă ochii. Era pregătită pentru aproape orice, pentru ce-i mai rău, pentru orice în afară de ceea ce vedea acum.

– Nu vă supărați, a zis un bărbat bărbos, îmbrăcat în costum, care intra în încăpere. Aceasta este Camilla Krystchoff?

– Ăăă...? Da, e adevărat, a zis Sleizner în cele din urmă și și-a luat mâinile de pe ea. Și tu cine ești, dacă mi-e îngăduit să întreb?

– Avocatul ei.

– Dar... Nu cred că înțeleg. Sleizner și-a dres glasul. Cum se face că...?

– Așadar, suntem doi care nu înțelegem, i-a tăiat vorba bărbatul și a închis ușa. Din câte văd eu, ai început interogarea clientei mele, ceea ce este împotriva tuturor...

– Nu, nu, nu, n-am început nici un interogatoriu. Sleizner s-a îndepărtat cu un pas de Dunja. Nici vorbă. Mă aflu aici doar ca să văd ce face și să mă asigur că totul e cum trebuie. Nu eu sunt cel care o interoghează. Dar poate că nu știi cine sunt eu.

– Ba da, știu exact cine ești, și asta cu siguranță nu îmbunătățește prea mult lucrurile. Bărbatul a înaintat spre Sleizner. Tu ești cel care a brutalizat-o?

– Nu, nu, trebuie să fi fost ea. Este, cum se spune, foarte autodistructivă, ceea ce este și unul dintre motivele pentru care am venit să văd ce face.

Bărbatul stătea acum chiar în fața lui ținând în mână o seringă, și împingea ușurel pistonul ca să facă să dispară orice bule de aer.

– Și asta ce mai este? a zis Sleizner.

Răspunsul a venit în forma unui ac care i-a străpuns haina și i-a pătruns în piept, ceea ce l-a făcut să se prăbușească pe podea.

– Fareed, cum naiba ai reușit să ajungi aici? a zis ea.

– Va trebui să lăsăm pe altă dată chestionarul. Fareed s-a dus repede înapoi la ușă. Tot ce trebuie acum este să faci ce îți spunem noi și să speri că avem noroc.

– „Noi"? Care „noi"?

Fareed a deschis ușa și a intrat Michael Rønning. În uniformă.

– Michael? Dar...

– Îmbracă-te cu astea, i-a tăiat vorba Rønning și a pus pe masă în fața ei niște haine, în timp ce Fareed îi scotea cătușele. Tot restul va trebui să aștepte.

Ea a încuviințat din cap, și-a înghițit întrebările și i-a lăsat să lucreze mai departe în tăcere.

Curând după aceea era liberă și îi fusese șters sângele de pe față, apoi a putut să-și pună pantalonii albi și halatul de medic peste celelalte haine.

În cele din urmă și-a atârnat la gât un stetoscop și a șters cea mai mare parte a sângelui de pe podea, pe când Fareed și Rønning se ajutau unul pe altul să-l ridice pe o targă pe Sleizner, care era leșinat. L-au așezat în poziția de recuperare, i-au pus un monitor cardiac și i-au acoperit fața cu o mască de prim ajutor cu balon, după care au ieșit repede cu toții.

51

– Sleizner? Procurorul general Mads Jensen s-a lăsat pe spătarul scaunului de la birou, cu cămașa lui curată, bretelele cu dungi albe și negre și cravata asortată, și părea că tocmai i se spusese o glumă proastă. Adică vrei să zici „Sleizner“, ca în „Kim Sleizner“?

În fața lui, pe scaunul vizitatorului, stătea Morten Heinesen și încuviința din cap, încercând să înghită. Însă nodul din gât era prea mare, sau cravata pe care și-o pusese era prea strânsă.

– Și, ca să văd dacă am înțeles eu bine, a continuat Jensen. Vrei să spui, cu toată seriozitatea, că Sleizner ar putea fi implicat într-un fel sau altul în uciderea lui Mogens Klinge și a acelei fete?

Heinesen a încuviințat iar din cap. Nu mai avusese niciodată o discuție cu procurorul general. Cel puțin nu de unul singur. În situațiile normale, era întotdeauna Sleizner sau cineva de rang mult mai înalt decât el însuși cel care se ocupa de asta. Acum nu era nimeni altcineva. În plus, cazul era atât de important și, mai presus de toate, delicat, încât și dacă s-ar fi dus cu dosarul la un procuror de nivelul său, tot ar fi parcurs drumul în sus ca să aterizeze pe acest birou.

– Dar sună ca și cum... Jensen s-a întrerupt și a clătinat din cap. Ce pot să zic? Sună cu totul nebunește.

– Știu. Și mie mi-e greu să cred. A reușit în sfârșit să-și înghită o mare parte din nervozitate. Însă, din păcate, sunt o mulțime de indicii în acest sens.

Procurorul general a încuviințat din cap, și-a trecut degetele peste mustața îngrijită și a încercat să spună ceva. Însă n-a făcut decât să stea acolo și să încuviințeze din cap, în vreme ce nodul din gâtul lui Heinesen a început iar să crească.

Se așteptase să fie întrebat pe ce își bazează bănuielile și acuzațiile. Ce l-a făcut să tragă o concluzie atât de gravă. În schimb, a fost întâmpinat de tăcere și o privire bănuitoare, care deveneau tot mai stresante de câte ori încerca să înghită și nu reușea.

– Iată un rezumat, a zis în cele din urmă și a pus pe birou documentul pregătit de el, în care apărea tot ce indica implicarea lui Sleizner, pe puncte.

Erau acolo bănuiala lui Hesk că Sleizner l-a drogat la conferința de presă și faptul că ținuse legătura cu Mogens Klinge prin intermediul unui număr anonim de mobil. Însă erau acolo și propriile idei despre faptul că șeful lor a știut de la bun început că Hesk a fost în garajul subteran și a fost văzut de camerele de supraveghere în timpul atacului, precum și faptul că era foarte probabil ca el să fi avut grijă ca secvența în care Jakob Sand sosea în automobilul lui sport să fie una dintre cele câteva care fuseseră tăiate din filmare.

Procurorul general a citit lista, cu o cută de îngrijorare între sprâncene, iar Heinesen aștepta să termine și să ridice privirea de pe document.

– Aici nu-s decât multe presupuneri vagi. Jensen a lăsat din mână documentul. Ce pot să văd este că nu există nici măcar o dovadă concretă care să-ți susțină afirmațiile.

– Așa este. Nu există nici o dovadă. Însă din punctul meu de vedere nu sunt presupuneri vagi. Dimpotrivă, aș zice că toate sunt foarte relevante și concrete. Asta, împreună cu faptul că există atât de multe coincidențe, înseamnă că nu putem, pur și simplu, să le ignorăm. Cu alte cuvinte, e prea mult fum ca să nu fie vreun foc.

– Poate c-o fi așa. Însă în munca mea nu-i suficient fumul. Am nevoie de foc ca să pot acționa, iar într-un caz ca acesta mi-ar trebui o întreagă pădure în flăcări.

Heinesen a încuviințat și și-a permis să zâmbească.

– Este exact motivul pentru care n-am venit la dumneavoastră până acum. Pentru că de ceva mai mult de o oră flăcările au devenit perfect vizibile.

Și-a pus mobilul pe masă, a apăsat pe „Redare" și a examinat reacția procurorului general în timp ce se derula înregistrarea.

„Potolește-te, Jakob. Ce s-a întâmplat?", s-a auzit vocea lui Sleizner, și Jensen arăta exact atât de confuz cum sperase el.

– Și vrei să spui că ăsta e Sleizner? a zis Jensen, iar Heinesen a încuviințat.

„Unul dintre colegii tăi de serviciu tocmai a fost aici și m-a hărțuit."

– Iar aici îl avem pe Jakob Sand.

„Cine?", a întrebat Sleizner.

„S-a prezentat Morten Heinesen și mi-a pus o grămadă de întrebări despre drumul pe care am mers și cu ce mașină am fost cu fata aia. Se pare că nici una dintre mașinile mele nu apare pe camera din Vigerslev Allé."

Nu încăpea nici o îndoială că Jensen era șocat de-a binelea. Fața lui își pierduse culoarea, iar gura îi era căscată de parcă mușchii mandibulei nu mai erau prinși de țeastă.

„Care cameră?", s-a auzit vocea lui Sleizner.

„Vreo cameră de supraveghere a traficului, în mă-sa, ce știu eu? Fir-ar să fie! M-am salvat schimbând declarația că de fapt am luat un taxi și am plătit în numerar. Chestia e că dacă mai continuă asta ne-am ars, pricepi? Vor adulmeca totul până la capăt."

„Bine, însă cred că acum ar trebui să închidem și să ne ocupăm de asta când ne vedem, diseară."

Heinesen a luat mobilul, l-a închis, l-a pus la loc în buzunar și a așteptat. De data asta, tăcerea nu l-a tulburat. Dimpotrivă, îl liniștea. Desigur, Jensen avea nevoie să digere totul și să-și acorde câteva minute ca să se gândească la consecințe înainte să spună ceva.

– Asta e o interceptare, a zis Jensen după o vreme. Cine a autorizat-o?

– Nimeni, a zis Heinesen. Nimeni în afară de mine însumi.

– Atunci nu e ceva ce se poate folosi.

– Nu, dar asta e cu totul altă chestiune.

– Atunci trebuie să întreb: care era rostul?

– Să primesc permisiunea să merg mai departe.

– Și în ce fel vrei să mergi mai departe?

– O să-i aduc la interogatoriu atât pe Sleizner, cât și pe Sand. Să le cercetez telefoanele mobile și computerele și să le percheziționez casele și birourile. Să blochez acel garaj și să efectuez o căutare amănunțită ca să aflu ce se ascunde acolo. Și preferabil cât mai repede posibil, înainte să aibă timp să-și șteargă urmele. Este singura procedură corectă.

– Da, așa s-ar zice, a încuviințat Jensen. Și aș putea să fiu de acord, chiar aș putea. A continuat să încuviințeze din cap ca pentru sine. Și totuși, trebuie să resping ideea.

– S-o respingeți? Heinesen și-a îndreptat spatele. Nu înțeleg. De ce?

– Kim Sleizner este unul dintre cei mai buni și mai plini de succes dintre șefii noștri.

– Dar putem s-o facem în secret. Fără conferințe de presă sau așa ceva. Avem grijă să ținem totul pe plan intern până știm mai multe.

– Și după aceea? Ce crezi că se va întâmpla după aceea?

– Păi, fie reiese că el e vinovat, fie reiese...

– Că e nevinovat, i-a tăiat vorba Jensen. Însă, chiar dacă ar fi așa, va ieși un scandal care, în cele din urmă, va face mai mult rău decât bine întregii forțe polițienești.

Lui Heinesen nu-i venea să creadă ceea ce tocmai auzise.

– Așadar, asta înseamnă că, pur și simplu, iese cu fața curată?

– Scuze, cum te cheamă?

– Morten. Morten Heinesen.

– Morten, îl cunoaștem cu toții pe Kim și știm cum este. Dar ca el să fi... Da, orice spui că a făcut împreună cu acel Jakob Sand, care, apropo, a fost absolvit de toate bănuielile, este, cum să-i zic, cu totul inimaginabil.

– Inimaginabil? Așadar, despre ce vor vorbi când se întâlnesc în seara asta?

– Nu știu. Jensen a ridicat din umeri. Ar putea fi orice. Numai pentru că nu vor să se știe nu înseamnă că trebuie neapărat să fie ceva ilegal. Știi cum e cu zvonurile și scandalurile când se încing spiritele. Atunci tot și toți sunt trecuți prin sită, și asta poate să-l facă și pe cel mai bun dintre noi să se prăbușească, chiar și când n-a făcut nimic rău.

Heinesen s-a ridicat în picioare. Nu mai era nimic de adăugat. Fusese pus punctul, fraza era terminată. Nu-i mai rămânea decât să se îndrepte spre ușă și să plece. Să rămână calm și stăpânit până pune mâna pe clanță, deschide ușa și iese din încăpere.

Pe drum spre ieșire, și-a simțit mobilul vibrând în buzunar. Însă nu l-a scos decât după ce a închis ușa, și a văzut că era un mesaj de la polițista daneză, Malin Rehnberg, cu care vorbise mai devreme. A dat clic pe el și a văzut fotografia documentului despre care îi spusese ea și îi promisese că i-l trimite. Într-adevăr, era o fotografie în care se vedea cicatricea în formă de cruce de pe partea interioară a coapsei femeii, împreună cu un mesaj că prețul era prea mare, dacă ne gândim că marfa era defectă.

Însă nu asta a fost ceea ce l-a făcut pe Heinesen să rămână încremenit în mijlocul coridorului și să mărească fotografia ca să vadă mai bine. A fost mâna de la marginea fotografiei, care desfăcea picioarele femeii. Sigur, nu era foarte clară și nu se vedea decât într-o anumită măsură, dar tot era de-ajuns ca să poată recunoaște ceasul de la încheietură. Un Rolex Day-Date, cu care Sleizner obișnuia să se laude că este exact modelul purtat de Tony Soprano.

Nu putea fi mai concret decât atât. Sleizner nu era doar în legătură strânsă cu cineva bănuit de crimă. Mai era și atât de adânc amestecat, încât nu mai era vorba despre bănuieli mai mult sau mai puțin serioase, ci doar despre cum se va termina asta.

Ar fi trebuit să se întoarcă în biroul procurorului general și să-i prezinte noua dovadă pe care, oricât ar fi vrut, nu putea s-o treacă cu vederea. Însă ceva îi spunea că este absolut ultimul lucru pe care trebuie să-l facă.

52

Era în continuare arşiţa din miezul verii, aproape tropicală. Dar semnele că vara se apropia de sfârşit erau tot mai multe. Cum ar fi aerul încărcat. Dura de atâta timp, încât era vremea să fie mişcat de o furtună puternică sau, cel puţin, de o ploaie torenţială. Umbrele erau încă un semn. În timpul după-amiezii, erau de trei-patru ori mai lungi.

Însă mai presus de toate era faptul că noaptea venea devreme. De la aproape niciodată întuneric de-a binelea, acum soarele cobora sub orizont curând după ora nouă, iar peste zece minute era noapte.

Era, fără îndoială, frumos. Priveliştea din camera de hotel, la etajul optsprezece al SAS Radisson din mijlocul oraşului, era spectaculoasă. Luminile sutelor de mii de felinare de dedesubt, care alcătuiau imaginea în oglindă a bolţii înstelate de deasupra, putea face pe oricine să înceapă să creadă că există ceva mai presus de înţelegerea noastră.

Însă nu pentru a sta acolo ca să privească universul şi să se umple de o viziune extraterestră dăduse Fabian mulţi bani pe o cameră aflată atât de sus. Nu voia decât să se îndepărteze de toate, fie şi numai pentru câteva ore. Cât de mult posibil, fără să plece din Copenhaga.

O pauză. Nici vorbă să fi terminat. Înălțimea fusese cea mai bună variantă, iar bugetul nu i-a permis mai sus de etajul optsprezece.

Primul lucru pe care l-a făcut a fost să se culce. Somnul l-a cuprins aproape imediat și nu i-a dat drumul decât după cinci ore, fără nici un vis.

Fusese complet deconectat, ca la o pană de curent, și poate că de aceea amestecul de furie și panică încă predomina când s-a trezit și și-a dat seama unde se află. Ce s-a întâmplat și cine s-a dovedit că a fost în spatele acelui lucru.

Apoi și-a pregătit o baie caldă cu toate uleiurile din flaconașe, și încă zăcea acolo, cu ochii în tavan și urechile sub apă.

A citit de la cap la coadă dosarul cu inscripția *T. R.* A citit până și cea mai mică însemnare, și nu o dată, ci de câteva ori, și în cele din urmă a tras concluzia că nu încape nici o îndoială. N-avea cum să înțeleagă sau să interpreteze greșit. Nu exista nici o cale să explice sau să găsească vreo altă posibilitate.

Lui Theodor i-a fost greu. Atât de greu, încât s-a sinucis. Însă gândurile și încercările de sinucidere sunt un lucru. Punerea în fapt e cu totul altceva.

În spatele acestui lucru era Sleizner.

El a fost cel care a blocat toate celelalte ieșiri și a făcut ca Theodor să fie împins tot mai mult spre margine. El a fost cel care a pregătit și a orchestrat totul, astfel încât, în cele din urmă, n-a mai trebuit decât o ușoară împingere, dacă o mai fi trebuit, ca să se termine totul.

Nu că el însuși ar fi fost scutit de vinovăție. Nici vorbă. După ce și-a silit fiul să aleagă adevărul, nu minciuna, avea o vină de care nu va putea scăpa niciodată. Întocmai așa cum spuseseră Sonja și Matilda, astăzi totul ar fi fost diferit dacă el ar fi ales să acționeze altfel. Departe de a fi bine, dar cel puțin mai bine decât asta.

Ce era *asta*?

Punct sau virgulă.

Exista măcar o urmare, sau ajunsese la sfârşit? La sfârşitul drumului, zăcând într-o cadă la etajul optsprezece al unui hotel din Copenhaga, fără să-i mai fi rămas nimic de pierdut?

53

După ce Dunja și Fareed au cercetat amănunțit apartamentul lui Sleizner și au găsit amprente, pete de sânge și fire de păr, au trecut la pregătirile propriu-zise.

Aparatul multifuncțional pentru antrenament a fost mutat din mica încăpere fără ferestre în bucătăria de alături, în fața mașinii de gătit. Pe un stativ din fața aparatului au fixat camera de luat vederi cu bateriile încărcate și obiectivul reglat. Înregistrarea sunetului a fost testată și reglată astfel încât să se audă orice silabă, indiferent cât de încet ar fi murmurat el.

L-au așezat pe Sleizner, încă leșinat, pe banca de antrenament și i-au legat cu cătușe de plastic picioarele sub bancă. I-au fixat mâinile pe bara pentru antrenarea spatelui și brațelor, iar bara au legat-o de un set de greutăți care, la rândul lor, îl țineau în poziție șezând. Arăta ca și cum urma să fie răstignit și, într-un fel, nu era prea departe de asta.

Pe când Fareed testa cât de mare trebuia să fie o contragreutate ca Sleizner să fie ridicat de pe bancă, ea s-a uitat prin colecția de CD-uri din living. Ocupa câțiva metri pătrați de pe un perete, dar, cu toate astea, nu reușea să găsească măcar un album care să-i placă.

Totul era din anii ’80. Optzeci, optzeci, optzeci. Un deceniu care, după părerea ei, ar trebui să fie șters din istoria muzicii. În plus, aici erau cele mai proaste dintre toate, și până la urmă a pus la nimereală *Diesel and Dust* cu Midnight Oil în combina muzicală Bang & Olufsen, care acum era pregătită ca la apăsarea unui buton de pe telecomandă să pornească, dacă era nevoie.

Revenind în bucătărie, a schimbat o privire cu Fareed, care, cu o scurtă aplecare a capului, a semnalat că e pregătit. Nu mai trebuia decât să aștepte ca Sleizner să deschidă ochii.

– Ce zici? Dunja s-a lăsat pe vine în fața lui Sleizner. N-ar trebui să-l trezim?

– Nu fi așa nerăbdătoare. Îl mai putem lăsa câteva minute.

Fareed s-a dus la camera de luat vederi și a pornit-o.

Însă ea chiar era nerăbdătoare. Cumva, acesta era exact lucrul pentru care luptaseră în ultimele săptămâni. Ce-i drept, nimic nu mersese conform planului, și cu numai câteva ore înainte își considerase răzbunarea o fantezie naivă, imposibil de îndeplinit.

Și așa ar fi fost dacă nu era Michael Rønning. I-a luat o vreme ca să-și dea seama, însă el era cel căruia trebuia să-i mulțumească pentru tot. Sigur, și Fareed avusese rolul lui. Însă Rønning era cel care avea totul de pierdut dacă o ajuta și, mai ales, cel care a fost creierul întregii evadări.

Se părea că Sleizner se ținuse de capul lui săptămâni în șir, căutând informații despre ea, știind foarte bine că ei doi fuseseră cel puțin prieteni. Apoi, când Rønning a văzut directiva internă de dare în urmărire, în care ea era considerată teroristă, a hotărât să facă totul pentru a câștiga încrederea lui Sleizner.

Despre asta a fost vorba în întâlnirea de la Diamanten. Acolo l-a făcut pe Sleizner să-l lase pe el să răspundă de păstrarea secretului în cazul în care ea era prinsă. Dacă n-ar fi fost asta, ea ar fi continuat să stea în acea celulă sau ar fi fost în drum spre o pivniță undeva, departe.

Faptul că el a reușit și să ia legătura cu Fareed, a șters toate informațiile despre arestarea numitei Camilla Krystchoff, a făcut rost de haine și echipament și a făcut planul amănunțit de scoatere a ei din închisoare fără să stârnească o droaie de întrebări inutile nu făcea decât să-i sporească recunoștința față de el. Pe lângă asta, el a chemat o ambulanță care a așteptat în fața închisorii cu girofarul pornit, ca să convingă gardienii că e o urgență.

După câțiva kilometri, a pus ambulanța să tragă pe dreapta și i-a părăsit, zicând că era mai bine să știe cât mai puțin. Dunja n-a avut nici timp să-i mulțumească și să-l îmbrățișeze înainte ca el să plece grăbit și să dispară în noapte.

Ea nu i-a spus nimic, nimic din toate la care se gândise. Însă nu i-a fost deloc greu să-l înțeleagă. Sigur că trebuia să se țină cât mai departe cu putință de ea. Nu doar din pricina a ceea ce tocmai se întâmplase, ci, mai ales, în privința a ceea ce urma.

Când Sleizner a dat, în sfârșit, un semn de viață, a fost un geamăt slab, aproape neauzit, după care a părut să adoarmă la loc. Era mult prea încet pentru răbdarea ei, și în cele din urmă n-a mai putut să-și țină degetele departe de telecomandă; a îndreptat-o spre living și a apăsat pe „Redare“.

Cei de la Midnight Oil n-au apucat să cânte decât primele trei acorduri din „Beds are Burning“ la volumul maxim în difuzorul din bucătărie înainte ca Sleizner să deschidă ochii.

– Măi, să fie! Dacă nu-i însuși Kim *fucking* Sleizner, în toată măreția lui, a zis ea, în vreme ce Peter Robert Garret cânta că a venit vremea. Sper că ai dormit bine.

Sleizner s-a uitat în jur, atent, chiar dacă încă pe jumătate absent, ca și cum nu-i venea să creadă că e cu adevărat legat fedeleș în propria casă, în bucătărie, în fața unei camere de luat vederi puse pe stativ, doar în chiloți, cu Dunja în picioare în fața lui.

– Ce dracu' ai făcut? a zis el când a început să priceapă. Ce? Ce mama dracului ai făcut, târfoștină afurisită?

S-a smucit în toate părțile, încercând să se elibereze, însă n-a reușit decât să se răsucească un pic într-o parte și în cealaltă.

– Doar să ne spui când ai terminat, ca să putem începe.

Dunja s-a întors la scaunul de lângă aparatul de filmat și s-a așezat călare pe el.

– Ce să începem? Și cum mama dracului ai ieșit din închisoare?

– La prima întrebare răspunsul este mărturisirea ta. Cât despre a doua, probabil că e mai bine s-o întrebi pe Camilla Krystchoff. Nu așa o cheamă?

Sleizner a pufnit.

– Ai o șansă. Îți dau o șansă să-mi dai drumul și să facem ordine aici. Aparatul merge înapoi unde era și...

– Că altfel? l-a întrerupt Dunja și s-a aplecat în față pe spătarul scaunului.

Sleizner a oftat.

– Ești chiar mai proastă decât credeam. Nu-i nici un „altfel". O să mori, în orice caz. Singurul lucru care depinde de tine în acest moment este în ce fel.

– Ești cam obraznic, în ciuda faptului că tu ești cel care se află în lumea mea, chiar dacă asta seamănă mult cu bucătăria ta.

Sleizner a clătinat din cap.

– Ești atât de naivă, că aproape mi-e milă de tine. Asta este evident bucătăria mea. Dar nu e numai ea. Chiar și ce e dincolo de ea îmi aparține, dincolo de acest apartament, de cealaltă parte a portului. Amager, sau ce mama dracului. Totul este lumea mea. Orice pas faceți tu și indianul ăsta care duhnește a curry e pe teritoriul meu.

– Trebuie să recunosc că sunt impresionată. Dunja a încuviințat din cap și s-a întors spre Fareed. Tu ce zici? N-are nici o idee la ce trebuie să se aștepte. Și totuși îi dă înainte, ca și cum ar avea vreun cuvânt de spus.

– Aș zice mai degrabă că e drăguț, a zis Fareed.

– Drăguț? Hm, poate că este. S-a întors iar spre Sleizner și l-a privit în ochi. Dacă n-aș ști cine este.

– Vorbind despre ceea ce urmează, a zis Sleizner. Crezi cu adevărat că o să scapi din asta nepedepsită? Deci, serios. Ajută-mă să pricep cum gândește o târfuliță naivă ca tine.

– N-are rost nici măcar să încerci. N-o să pricepi niciodată.

– Singura ta șansă e să-mi dai drumul. Nu acum sau în cinci minute, ci acum o afurisită de jumătate de oră. Am prieteni și relații. Am oameni care lucrează pentru mine nonstop, și de cum trec mai mult de două ore fără să tastez codul de siguranță se declanșează alarma. Nu știu cât e ceasul acum, dar ei cu siguranță sunt deja pe drum. Așadar, pot spune că, din păcate, ai dat-o în bară. Ai dat-o în bară al dracului de rău.

– Pari cam disperat. Nu-i așa că pare? Dunja s-a uitat Fareed, care a încuviințat. Ei bine. Om trăi și-om vedea care dintre noi a dat-o în bară cel mai tare. Hai să începem, dacă nu mai ai întrebări. Dacă ai, ar fi bine să le lămurim acum.

Dunja a așteptat, însă Sleizner n-a zis nimic.

– Așadar, cu alte cuvinte, nici o nedumerire. Ce bine! Atunci propun să trecem la întrebările mele. A oprit muzica înainte să înceapă iar refrenul și i-a făcut semn cu capul lui Fareed, care a pornit înregistrarea. Hai să începem cu garajul și subsolul de pe Østerbrogade. Cu ce vă îndeletniciți acolo tu și Jakob Sand?

Sleizner a ridicat din umeri.

– Nu știu despre ce subsol vorbești. Însă un garaj pare să fie un loc în care îți poți lăsa mașina.

– Amuzant. Dar mă refer mai degrabă la spațiul dinăuntrul garajului subteran.

– Poți să te referi cât poftești. Asta nu schimbă faptul că n-am nici o idee despre ce vorbești.

– Vorbesc despre spațiul secret în care le-ai ordonat oamenilor tăi să-l omoare pe Qiang Who[1].

– Qiang care?

Sleizner a râs.

– Foarte amuzant. Dar acum vreau să-mi răspunzi la întrebări și, dacă nu ți-ai dat seama deja, pot să-ți spun că avem dovezi pentru cea mai mare parte. Ca, de exemplu, că te-ai aflat de multe ori în subsolul în care a fost ucis Qiang. Avem convorbiri înregistrate și fotografii care arată legătura ta cu Jakob Sand, care, în plus, este proprietarul clădirii. Mai știm și că tu, și Jakob, și Mogens Klinge vă aflați acolo în noaptea în care a murit el. Sau a fost ucis, putem spune.

– Dacă aș putea să aplaud, aș face-o, a zis Sleizner. Aproape că a sunat cu totul credibil. Ca și cum ați avea

[1] „Who“ înseamnă în limba engleză „cine/care“.

tot soiul de dovezi, când, de fapt, n-aveți nimic, pentru că nu există nimic de avut.

– Nu? Și ce te face să fii atât de sigur de asta? Incendiul ordonat de tine? Pe el te-ai bazat că o să distrugă totul? Sigur, au dispărut multe în flăcări, asta pot să recunosc, însă, din fericire, nimic din ce conta cu adevărat.

– Blufezi. Sleizner a privit-o în ochi și a schițat un zâmbet. Nu mă surprinde deloc. Ce altceva ai putea face? Ceea ce mă surprinde este cât de prost o faci. Privirea, tonul, tot limbajul tău corporal. Faci aproape toate greșelile clasice.

Nimeni nu reușea ca Sleizner să facă în așa măsură din minciună o parte integrantă a personalității sale. Dacă putea să facă ceva, era să servească o minciună fără să clipească. Și acum reușea să vadă limpede în ea și să-i citească gândurile ca pe o carte deschisă.

– Hai să vorbim un pic despre Jan Hesk, a zis ea după o vreme. Mica ta șmecherie să mă acuzi pe mine cu ajutorul acelei filmări în care îl dobor a fost de-a dreptul impresionantă, trebuie să recunosc. A fost executată frumos și eficient, chiar dacă știm amândoi că n-are nimic de-a face cu adevărul.

– N-are?

– La început am crezut, pur și simplu, că mă vizai pe mine. Lucru pe care, într-un fel, nu-mi era prea greu să-l înțeleg. Însă tot părea ciudat faptul că a fost așa de repede. Așa-zisa anchetă, felul în care ai găsit cadavrul, faptul că ai putut să mă acuzi pe mine. De fapt, incredibil de repede. Cred că vorbim despre ore, ceea ce trebuie să fie un fel de record. Așa că după aceea am înțeles că tu știai deja totul și nu mai trebuia decât să trimiți echipa unde voiai ca să poată găsi cadavrul.

Sleizner a clătinat din cap.

–Ar fi trebuit să scrii cărți polițiste. Nu că am avea nevoie de încă un fost polițist care scrie penibil și are prea multă fantezie. Însă, la fel ca jucăriile proaste din plastic și suvenirele urâte dintr-un pasaj pietonal, cu siguranță s-ar vinde.

–Atunci cum explici că am găsit amprentele lui Hesk aici, în apartamentul tău? Și nu doar într-un loc, ci în mai multe, ca, de exemplu, pe unul dintre paharele tale de whisky.

Sleizner n-a răspuns, doar stătea acolo și o privea în ochi, încercând să-i citească gândurile.

–Dacă te întrebi, am găsit și mult păr care ar putea fi al lui, pe covorul din living. Dar rămâne de văzut. De obicei, durează câteva zile până să vină rezultatele analizelor.

Mărul lui Adam al lui Sleizner s-a mișcat în sus și-n jos în timp ce încuviința din cap, și Dunja aproape că simțea cum se înfiripă în el o hotărâre. Dar în loc să spună ceva, el și-a dres glasul, nu doar o dată, ci de câteva ori, până a adunat destulă salivă pe care a scuipat-o drept spre aparatul de filmat. Că o fi fost noroc sau iscusință, flegma bej-gălbuie s-a lipit de obiectiv.

–Înțeleg din asta că n-ai de gând să recunoști sau să povestești nimic.

–Poate că nu ești chiar atât de proastă, la urma urmei.

–Bine. Dunja a oftat și s-a întors spre Fareed. Hai să nu irosim memoria de pe card.

Fareed a închis aparatul și a luat un șervețel ca să curețe obiectivul. În acest timp, Dunja s-a ridicat în picioare și s-a dus la Sleizner, unde s-a lăsat pe vine ca să fie la înălțimea ochilor lui. Până acum, nimic din purtarea lui n-o surprindea. Nu se bazase niciodată pe faptul că el avea să recunoască totul, pur și simplu.

Deocamdată nu fusese vorba decât de încălzire și să-l facă să priceapă ce îl așteaptă. De-abia acum urma să-l facă să vorbească de-a binelea.

- Îți amintești prima dată când ai mers cu montagnes russes? a zis ea și a așteptat o reacție care n-a venit. Știi tu, când urci prima pantă, încet, încet, spre vârf. Ești îngrozit și îți pare rău că ai stat la coada aia, și nu-ți dorești decât să sari jos. În același timp, e ceva atrăgător în asta. Ceva care te face să aștepți cu nerăbdare ceea ce se va întâmpla când treci de vârf și o iei iar în jos. Când îți îngădui să pierzi controlul și să te lași dus de val. Exact ca mine acum.

- Niciodată nu m-am dat în vânt după montagnes russes, a zis Sleizner. Dar bravo ție!

- Da, o să vedem cât de distractiv este. Niciodată nu mi-a plăcut tortura. Nici măcar în tinerețe, când ești silit să mergi la cinematograf să vezi un film horror. Nu știu ce făceai tu, dar eu întotdeauna mă uitam în altă parte când erau tăiate degetele și scoși ochii cuiva. Scenele alea păreau întotdeauna atât de inutile și exagerate și, chiar dacă închideam ochii, nu pierdeam nimic din poveste. Și încă gândesc așa. Însă cu tine cred, de fapt, că o să fac o mică excepție. Sigur, am sperat că o să mărturisești și că încă mai există o șansă să cobor înainte să fie prea târziu. Însă o părticică din mine nu se poate abține să aștepte cu nerăbdare ceea ce se va întâmpla când trecem de vârf și începem să ne prăbușim.

Sleizner nici măcar n-a părut că trebuie să se gândească în ce fel să reacționeze până ca alt scuipat s-o nimerească în frunte și să alunece în jos pe nasul umflat. Fareed a venit iute cu un șervețel și ea s-a șters, însă răul fusese deja făcut. Cu toate că ea era cea care se putea mișca în voie, Sleizner era cel care triumfase.

Poate că el avusese dreptate că nu se pricepe să mintă. În orice caz, îi ghicise cacealmaua, iar ei nu-i mai rămânea decât să pretindă că nu-i nici o problemă și să-i dea lui Fareed semnalul pe care îl aștepta.

Fără o vorbă, el a ridicat o bilă cu mâner de douăzeci de kilograme și a pus-o peste teancul de greutăți aflate în partea din spate a aparatului multifuncțional. Teancul a coborât, făcându-l pe Sleizner să se ridice cu câteva zeci de centimetri de pe bancă.

– Pot să întreb ce ai de gând?

Sleizner a încercat să se uite în spate ca să vadă ce face Fareed.

– Aici eu sunt cea care pune întrebări, a zis ea și s-a dus la chiuvetă, de unde a luat ceva. Dacă aș fi în hainele tale, pardon, în chiloții tăi, m-aș concentra mai mult asupra răspunsurilor.

S-a întors cu un scutec pentru adulți, cu părțile laterale tăiate, și a tras chiloții lui Sleizner în jos până la genunchi.

– Cum ar fi, de exemplu, un raport complet despre implicarea ta în uciderea lui Mogens Klinge și a femeii din mașină.

Pe undeva, ea trebuie să se fi așteptat, totuși, să meargă atât de departe. Și-a dat seama de asta acum, când l-a văzut atârnând acolo, despuiat și neajutorat. Își pregătise chiar și un comentariu batjocoritor despre mădularul lui mic. Că îi amintește de un pui de broască țestoasă atacat care se ascunde în carapace.

Din păcate, nu se ascundea deloc. Dimpotrivă, atârna acolo umflat și pe jumătate în erecție. Trebuie să fie o greșeală, a fost primul ei gând. Ceva ce el nu înțelesese. Sau luase Viagra?

– Frumos, nu-i așa? a zis el rânjind.

Viagra sau nu, ticălosul era excitat. Probabil pentru că și-a făcut cu răceală socoteala că ea nu are decât amenințări goale. Și totuși. Chiar dacă el avea dreptate, Dunja nu se putea abține să recunoască faptul că încrederea lui în sine și în superioritatea sa era impresionantă.

– Nu aveți nimic pentru că nu există nimic. Singura mea implicare în toate astea a fost să demarez o anchetă ca să aflăm cine sau ce se află în spatele crimelor.

– Hai mai bine să vorbim un pic despre prânzul de vineri, a zis ea și a prins flaconul cu lichid inflamabil pe care i l-a aruncat Fareed. Știi tu, când te-ai întâlnit cu Jakob Sand la Zeleste. Apoi, cu mișcări grijulii și calme, a stropit scutecul cu butan lichid. Cine era a treia persoană?

– Nu știu despre ce prânz vorbești.

– Nu? Acela când de fapt te duceai la dentist. Scuze, dar ar putea fi un pic rece. I-a pus scutecul în chiloți și i-a tras până sus. Dar numai la început.

I-a făcut semn cu capul lui Fareed, care, la rândul său, a reglat la maximum hota.

– Mads Jensen, nu așa îl cheamă? Pe procurorul general.

– Nu știu despre ce vorbești.

– Nu? Dunja a luat un aprinzător și l-a pornit cu o simplă apăsare de buton. Telefonul lui s-a nimerit să se afle și el acolo la prânz, exact în același timp cu tine și Jakob, și, dacă nu mă înșel cu totul, sunteți prieteni la cataramă încă de când erați amândoi în scutece.

– În acest caz, n-ar fi nici pe departe prima dată când te înșeli.

Sleizner și-a plimbat privirea între ea și flacăra galbenă lungă de un centimetru de la țeava aprinzătorului și, judecând după privirea lui, se schimbase ceva. Ca și cum abia acum îl izbise posibilitatea ca ea să nu blufeze, totuşi.

– Aşadar, nu eşti decât o târfoştină împuţită care n-are nici cea mai mică idee în ce s-a băgat, a zis el în cele din urmă şi a rânjit.

Cuvintele lui îşi pierduseră de mult înţelesul. Dar cu privirea era altceva. Privirea lui provocatoare, pătrunzătoare, care o încolţea şi îi ghicea cacealmaua. Nu ştia dacă de aceea a coborât spre vintrele lui aprinzătorul cu mica flacără. Tot ce ştia era că îşi pierduse controlul şi nu putea decât să meargă mai departe.

– Dunja, ce faci? a zis Fareed. Ce naiba faci? Noi ar fi trebuit doar să...

– Sunt atât de multe care am crezut că trebuie doar să, i-a tăiat ea vorba, fără să-l scape din ochi pe Sleizner. Nu-i aşa, Kim? Ca să nu mai vorbim de tot ce am crezut că n-o să facem niciodată.

Dispăruse zâmbetul lui mulţumit de sine. Evidenta lui convingere că şi de data asta va ieşi învingător. Pentru că aşa fusese întotdeauna. Orice ar fi fost, el câştiga întotdeauna bătălia.

Dar acum nu mai era aşa şi, ca un adult rămas copil care pentru prima dată nu-şi căpăta prăjitura de sâmbătă, în privire îl licărea dezamăgirea. O dezamăgire care, pe când flacăra îi mângâia partea de jos a chiloţilor, s-a transformat în nesiguranţă.

– N-o s-o faci, a zis el şi a clătinat din cap. Doar n-ai să...

– Tu eşti cel care l-a omorât pe Hesk? l-a întrerupt ea, în timp ce focul se întindea pe pânza cu dungi roşii şi albe a chiloţilor. Pentru că era pe urmele tale.

Întâi a fost o mică pată cafenie, apoi a devenit un cerc tot mai mare.

- Dunja, la dracu'! a strigat Fareed. Nu așa ne-am înțeles!

- Ce, arde? Sleizner s-a întors spre Fareed. Mi-a dat foc? În sfârșit, în ochii lui se citea îngrijorarea. Da? Ai făcut asta? Mi-ai dat foc?

O îngrijorare care curând s-a transformat în spaimă.

- Tu ești cel care l-a omorât pe Hesk? a zis ea, pe când focul se întindea pe chiloți. Da? Răspunde odată! Tu ești cel care a ordonat uciderea lui Qiang?

Ca și cum durerea ar fi ajuns brusc de la zero la o sută, Sleizner a răcnit.

- Bine, recunosc! a țipat el printre gâfâieli. Doar stinge-l, și recunosc!

- Ce anume recunoști? a zis ea, iar duhoarea de păr și piele arse se împrăștia prin bucătărie.

- Totul, a zbierat el cu nasul curgându-i. Jur! Recunosc totul!

54

Morten Heinesen a tras sertarul cu un strop de melancolie. Într-o zi obişnuită de lucru o făcea cu siguranţă de vreo cincisprezece ori ca să ia un creion sau altceva. Asta însemna că îl trăsese de peste cincizeci de mii de ori în cei doisprezece ani petrecuţi la Omucideri. De cincizeci de mii de ori, fără să se fi gândit la asta. Dar acum era altfel.

Carnetele ocupau cel mai mult spaţiu, şi pe ele voia să le păstreze, aşa că le-a pus în cutia de carton care stătea în mijlocul mesei de lucru. La fel şi pixurile care mai erau bune şi ceasul de mână pe care nu-l mai purta de când avea telefon mobil. Nici radierele parfumate în forma unor personaje din *Star Wars*, pe care le primise de la Frank, nu le putea arunca. Însă restul a ajuns în coşul de gunoi. Chiar şi bateriile expirate, care de fapt trebuiau sortate şi aruncate separat.

Însă nu era timp.

N-avea importanţă că îl durea şi se simţea ca şi cum s-ar fi debarasat de o parte din sine. Era silit să scurteze procesul. Nu pentru că fusese concediat sau la vreun ordin al superiorilor la care era silit să se supună. Nu, asta era complet pentru el însuşi. Pentru ca să se asigure că îndrăzneşte să meargă până la capăt şi să fie pregătit pentru consecințe. Să-și dea seama că nu există cale de întoarcere.

Pașii de pe coridor urmați de un scurt scârțâit al ușii l-au făcut să ridice ochii spre Julie Bernstorff și Torben Hemmer, care veneau spre el prin biroul comun, cu priviri întrebătoare.

– Iată-vă. Bine, a zis el și a luat ultima carte de pe raft. Tocmai terminam.

– Ce faci? a zis Julie. Doar nu pleci?

– În orice caz, nu încă. Dar o să vedem cum se termină asta. A aruncat ultimele lucruri în coș și a stins lampa de pe birou. Dar puteți fi liniștiți. Asta e în întregime pe răspunderea mea. Nu faceți decât să vă supuneți ordinelor unui superior.

– Poate că ne spui despre ce este vorba, a zis Hemmer.

– Hai să-i zicem așa, a spus el cu voce scăzută și s-a uitat prin birou, unde mai erau și alții muncind. S-au întâmplat o grămadă de lucruri. Nu pot să vă spun mai multe înainte să ieșim din clădire.

A ridicat cutia de pe birou și a pornit spre ieșire.

– Dar, Morten. Stai un pic.

Julie și Hemmer s-au repezit după el.

– Nu-i vreme de pierdut.

– N-ai spus nici măcar unde mergem.

– Ieșim de aici pe coridor.

S-a oprit lângă ușă și s-a întors spre ei.

– Poate unul dintre voi s-o deschidă?

Hemmer a ținut ușa deschisă, ca el să poată merge mai departe cu cutia în brațe.

– Bine, și acum? a zis Julie și s-a grăbit să-l ajungă din urmă. Ce se întâmplă acum?

– Acum mergem mai departe până la lifturi, a zis el fără să se oprească.

– Morten, n-am nici cea mai mică idee ce faci, a zis Hemmer când au ajuns la lifturi. Însă dacă crezi că eu și Julie o să ne supunem, pur și simplu, ordinului, și o să te urmăm cu ochii legați, atunci crezi...

S-a întrerupt când ușa unui lift s-a deschis și doi polițiști în uniformă au ieșit și au trecut pe lângă ei.

– Deci, ori spui ce înseamnă toate astea, a continuat el cu voce scăzută de îndată ce polițiștii nu-i mai puteau auzi și ei pășeau în lift. Ori...

– Julie, vrei să apeși pe butonul garajului? i-a tăiat vorba Heinesen.

Julie a apăsat pe butonul cel mai de jos, pe când Hemmer a oftat iritat și dat să spună ceva. Însă când Heinesen l-a privit în ochi și apoi și-a ridicat privirea spre camera de supraveghere de pe tavan, n-a mai încercat.

– Julie, tu vii cu mine în mașina mea, a continuat el când liftul a ajuns jos și și-au putut continua drumul prin garaj, pe lângă mașini de poliție cu însemne și fără. Și Torben, tu iei duba cu echipamentul tău și te ții după mine.

– Și ai de gând în continuare să nu ne spui despre ce este vorba? a zis Hemmer în timp ce mergeau mai departe spre o unitate de intervenții complet echipată cu veste antiglonț, căști și arme automate, care tocmai urca într-un transportor negru.

– Salut, Magnus. Sunteți pregătiți? i-a zis Heinesen șefului unității, care era pe cale să se așeze lângă șofer.

– Da, mergem și așteptăm în locul stabilit.

Bărbatul a închis portiera, apoi transportorul a pornit spre ieșire.

– Bine, așadar ei știu unde merg, dar noi, nu.

Hemmer a pufnit și a clătinat din cap.

Heinesen s-a oprit și s-a întors spre ei. A privit în spate, și într-o parte, și în cealaltă, apoi s-a uitat iar în ochii lor.

– Magnus e aici de tot atâția ani ca mine și, îmi pare rău că trebuie să spun asta, voi mai aveți drum de parcurs.

– Și ce înseamnă asta? a zis Julie. Că n-ai încredere în noi?

– Înseamnă că, spre deosebire de el, după ce vă spun o să întrebați de ce, și în clipa asta nu-i timp de...

Brusc, a început să-i sune mobilul. L-a scos și a văzut că e Sleizner.

– Da, alo. Sunt Morten Heinesen.

„Nu te face că nu știi cine sunt“, s-a auzit Sleizner bolborosind. „Așa de al dracului de jalnic.“

– Kim, tu ești? Aproape că nu ți-am recunoscut vocea.

„Crezi că n-am priceput ce faci? Ha? Crezi că nu m-am prins?“ S-a auzit cum bea ceva. „Javra dracului...“ A sughițat și a băut iar. „Dar, ca să știi, am mărturisit deja. Sunt alții care ți-au luat-o înainte, așa că atunci când ajungi aici...“ Iar s-a auzit cum soarbe. „O să fie prea târziu.“

S-a auzit un clic și convorbirea s-a încheiat.

55

Peste o jumătate de oră, Fabian a plecat de la SAS Radisson şi a mers spre sud, pe lângă Tivoli, în jos, până pe chei, unde a luat-o la dreapta şi a mers mai departe pe podul de lemn de-a lungul apei, până a putut s-o ia la stânga pe o pasarelă peste apă până în Islands Brygge.

Clădirea arăta aşa cum se aşteptase să arate o casă în care locuieşte Sleizner. Grotescă şi dezgustătoare, şi totuşi interesantă. Ca şi cum, în ciuda faţadei un pic arcuite şi a tuturor balcoanelor care dădeau spre apă, era închisă în ea şi departe de toate. De lumea din afară. De parcă locul ei n-ar fi fost printre clădirile din jur, ci ar fi venit dintr-o civilizaţie cu totul diferită de a noastră şi s-a nimerit să aterizeze tocmai aici.

A găsit intrarea luminată în spatele clădirii şi, cu mâna pe obiectivul interfonului, a apăsat pe butonul de sub numele *K. Sleizner*.

Difuzorul a piuit tare de şase-şapte, apoi s-a făcut iar linişte. Poate că nu era acasă, sau poate că dormea. La urma urmei, era miezul nopţii. A mai sunat o dată şi a numărat până la cinci până s-a făcut linişte.

– Da, alo? a zis după o vreme. E cineva acolo?

„Morten, tu eşti?", s-a auzit o voce care ar fi putut să fie a lui Sleizner. „Heinesen, ştiu că tu eşti."

Dar părea împleticită, de bețiv.

– Da, eu sunt, a zis el în cea mai bună daneză de care era în stare. Mă lași să intru?

„Și de ce să fac asta?" S-a auzit cum bea ceva. „Cât de prost crezi că sunt? Crezi că n-am priceput că vrei să mă prinzi? Așa ai fost de când ne cunoaștem, și acum, în sfârșit, ai ocazia." A băut iar, cu înghițituri mari. „Dar știi care-i chestia? Așa cum am zis mai devreme, e prea târziu pentru asta. Aici nu mai e nimic de prins. Au fost alții mai iuți ca tine. Foarte iuți. Și eu am mărturisit deja tot." A oftat, mai-mai să dărâme difuzorul. „Așa că nu, nu deschid. În ruptul capului! Nu mai deschid niciodată vreo ușă. În vecii vecilor. Nimănui, pricepi? S-a terminat. Totul s-a terminat. Așa că poți să te întorci acasă. Cară-te dracului acasă."

Nu înțelesese prea multe cuvinte. Doar că Sleizner era acasă și se părea că refuză să-i deschidă și să-l primească. Și ceva despre cineva care i-a luat-o înainte. Însă asta nu conta. Important era că se află în apartament.

N-a avut nevoie decât de câteva încercări cu șperaclul ca să facă cilindrii încuietorii să se alinieze, apoi a putut să deschidă ușa. Înainte să meargă mai departe, a îndoit covorul de la intrare și l-a vârât sub ușă.

Într-o realitate paralelă, s-ar fi oprit și s-ar fi uitat cu ochii mari în jur, la scara frumoasă care îți dădea impresia că ai nimerit drept într-un film de Stanley Kubrick care n-a fost făcut niciodată. Dar în această realitate, gândurile lui erau ocupate cu amplasamentul butoanelor de pe interfon, și locul butonului lui Sleizner arăta că locuiește la ultimul etaj.

Nu era decât la jumătatea drumului spre lift când acesta a început brusc să coboare. Ar fi putut să fie un locatar care tocmai venise acasă târziu de la serviciu și trimisese liftul jos, însă, ca să nu riște să se întâlnească cu cineva, a ales scara care ducea la coridorul de la parter. A stat acolo ca să se asigure că nu e Sleizner care pleacă.

Aşa cum se aştepta, n-a ieşit nimeni, uşa liftului a rămas închisă. Şi-a continuat drumul pe coridor mai departe, până la scara care l-a dus la coridorul de deasupra. Apoi s-a dus repede la a treia scară care, la fel ca celelalte, părea să fie amplasată la nimereală. Ceea ce a însemnat multă alergătură înainte şi înapoi pe paliere până să ajungă la coridorul cel mai de sus şi la uşa apartamentului lui Sleizner, care avea încuietoare cu cod.

Însă fără să se gândească, instinctiv, a pipăit clanţa, iar uşa s-a deschis aproape de la sine. Cu pistolul pregătit, a intrat în apartament şi a închis uşurel uşa după el. Lumina din hol era aprinsă şi a văzut că e lumină şi în mare parte din apartament. N-a auzit nici un sunet. Doar şuieratul slab al ventilaţiei de pe tavan.

Imediat la dreapta era o uşă întredeschisă. A deschis-o cu piciorul, gata să tragă dacă era cineva în spatele ei. Spaţiul nu era mai mare decât un dulap şi conţinea, printre altele, îmbrăcăminte pentru exterior, o scândură de călcat şi un aspirator. A mers mai departe pe hol, pe ai cărui pereţi erau diplome şi premii din anii de şcoală ai lui Sleizner, de când juca handbal şi din anii petrecuţi în poliţia daneză.

Uşa spre ceea ce părea să fie un dormitor era larg deschisă. A intrat şi s-a uitat în jur, a văzut că patru dintre dulapurile de pe un perete aveau uşile deschise şi erau trase câteva sertare cu lenjerie de corp. Câteva cămăşi zăceau pe podea printre costume şi cravate, iar lângă pernele din patul dublu nefăcut, sub oglinda de pe tavan, care avea în mijloc un candelabru de cristal, era o sticlă de vodcă Absolut.

A pus mâna pe cearșaf și a constatat că patul, în ciuda ferestrei deschise a dormitorului, este cald încă. Asta, împreună cu sticla de vodcă pe jumătate goală, însemna că aici se afla Sleizner când a sunat și l-a trezit, acum ceva mai mult de douăzeci de minute. Apoi probabil că s-a dus la interfonul de pe peretele holului ca să răspundă. Probabil că a luat cu el sticla de alcool, pentru că era departe de a fi goală. Se auzise clar că bea în timpul discuției lor.

Dar ce a făcut după asta? Sleizner părea beat turtă, dar, cine știe de ce, s-a întors aici, în dormitor, ca să lase sticla. De ce a făcut asta, și de ce nu s-a dus, pur și simplu, la culcare, după discuția lor în care nici prin gând nu-i trecea să deschidă și să-l primească în casă? Și, mai ales, unde era acum?

S-a dus la baia de alături, a vârât capul pe ușă și a văzut că e pustie, când ușa dormitorului s-a închis cu un pocnet. A tresărit și s-a aruncat pe burtă, pregătit, cu pistolul ținut cu amândouă mâinile. Însă cum nu s-a întâmplat nimic, s-a ridicat, s-a dus la ușă și a deschis-o cu grijă.

O pală de vânt i-a lovit fața, și a înțeles că trebuie să fi fost curentul de la fereastra deschisă ceea ce a făcut ușa să se trântească. Nu observase curentul. Nici mirosul de ars. Însă când s-a întors în hol, a simțit clar mirosul un pic înțepător care devenea tot mai puternic pe măsură ce înainta prin apartament.

S-a dovedit că mirosul venea din bucătărie. Dar n-a putut să înțeleagă de ce în fața mașinii de gătit era așezat un aparat multifuncțional de antrenament sau de ce deasupra lui tavanul era afumat. Nici ce era cu cătușele de plastic tăiate care zăceau pe podea, împreună cu ceea ce părea să fie bucățele arse de pânză cu dungi roșii și albe.

Era evident că arsese ceva aici, însă n-avea timp să afle ce anume, şi, mai ales, de ce. Venise după Sleizner. Tot restul putea să aştepte.

Şi livingul era pustiu. Combina stereo cu amplificator, care trebuie să fi costat salariul pe o jumătate de an, era deschisă, dar fără sunet. A mers mai departe prin spaţiul arcuit. Aici, o cameră de lucru şi dincolo, o cameră de oaspeţi. Mai departe, un coridor şi alte câteva uşi.

S-a oprit în faţa altei uşi de baie, pe sub care lumina aprinsă se întindea un pic pe podea. Nu exista vreo modalitate evidentă de a intra. Uşa era, cu siguranţă, neîncuiată, dar oricât de rapid ar fi fost, n-avea nici o şansă în cazul în care Sleizner era acolo, pregătit de atac. Dar ce altă soluţie avea? s-a întrebat smucind uşa şi năpustindu-se înăuntru.

Nu era nici un Sleizner, nici în jacuzzi, nici în cabina de duş. În schimb, era harababură. Nu harababura lăsată de cineva care nu-i în stare să-şi ţină lucrurile în ordine, ci aceea iscată de ceva pentru care cea mai apropiată descriere era panica pură.

Într-una dintre cele două chiuvete era o trusă de prim ajutor deschisă. Sertarele de dedesubt erau trase şi conţinutul împrăştiat pe podeaua de mozaic. Erau foarfece, periuţe de dinţi şi prosoape cu pete de sânge. Flacoane de medicamente golite, tot soiul de pilule şi cioburi de la oglinda din podea până în tavan de pe un perete. Pe lângă asta, apa nu era trasă la toaletă, vasul era plin de urină şi fâşii lungi de hârtie igienică, iar pe colac nu se vedea doar sânge, ci şi bucăţi mari de un centimetru de ceea ce părea să fie piele arsă.

Pe când se trudea să pună la un loc impresiile în ceva care să poată fi înţeles, a luat de pe podea unul dintre flacoane şi a văzut că este de Oxikodon Actavis, unul dintre cele mai puternice și creatoare de dependență analgezice pe care le putea prescrie un doctor.

O ușă s-a trântit din nou pe undeva în apartament. Poate că era iarăși ușa dormitorului. Din cât își amintea, o lăsase deschisă. Însă pentru a se face curent e nevoie de două deschizături, și până acum nu văzuse altceva decât fereastra din dormitor. Explicația se afla în încăperea cu ținta pentru *darts*, masa de biliard și un mic bar într-un colț.

Ușile de sticlă care dădeau spre balcon erau doar întredeschise, însă era destul ca să se creeze un curent puternic prin apartament și, în plus, suficient ca să se strecoare cineva printre ele.

Balconul, care dădea spre apă și Vesterbro de cealaltă parte, avea cam un metru și jumătate adâncime și se întindea pe toată lungimea apartamentului. În afară de o masă cu patru scaune, un vraf de perne pentru scaune, un grătar cu gaz, câteva vrejuri de roșii și două șezlonguri strânse, se mai aflau acolo două ghivece goale, trei saci cu lemne de foc și o cutie de depozitare din plastic.

Nici urmă de Sleizner însuși.

S-a așezat pe capacul umed al cutiei și a simțit cum revine oboseala. În ciuda tuturor orelor de somn, era o luptă să-și țină ochii deschiși. Nu era doar obosit ca și cum ar fi fost pe cale să adoarmă. Simțea sleiala în fiecare încheietură și mușchi. De la toată porcăria asta. Să vâneze și să tot vâneze și niciodată să nu prindă prada. Să-i pese.

Poate că de aceea la început n-a reacționat la vraful de perne care zăceau neprotejate pe podeaua de lemn de lângă el și nu s-a întrebat de ce nu stau unde ar trebui să fie, adică în cutia pe care stătea el.

Din cât vedea, erau două șezlonguri și patru scaune de balcon obișnuite, ceea ce se potrivea cu numărul pernelor din vraf. Cu alte cuvinte, explicația nu era că nu este loc. Doar dacă nu...

S-a ridicat, s-a răsucit spre cutia pernelor și s-a aplecat să o deschidă, cu pistolul pregătit în mână. A deschis capacul cu o smucitură, atât de repede și puternic, încât Sleizner să aibă cât mai puțin timp posibil să se pregătească.

L-a izbit un miros de stătut, dar în afară de asta și un lănțișor care strălucea pe fund, cutia era goală. S-a aplecat, ținându-și răsuflarea ca să se ferească de miros, și a luat lănțișorul.

Kim Sleizner putea foarte bine să fie genul care umblă cu un lănțișor de aur pe sub cămașă. Singurul lucru care nu se potrivea în imagine era medalionul cu Ganesha care atârna de el. Zeul-elefant hindus care reprezenta înțelepciunea, inteligența și învățătura.

Și-a întors privirea spre vraful de perne și a pipăit-o pe cea de deasupra, care era cam la fel de umedă ca și capacul pe care se așezase. Așadar, pernele stătuseră neprotejate, afară din cutie, toată seara, poate și mai mult. Însă era prea obosit ca să-și dea seama ce însemna acest lucru. Dacă măcar însemna ceva.

După ce a pus la loc capacul, s-a dus la balustradă și a privit apa care licărea acolo jos, departe, în lumina numeroaselor felinare. La depărtare de o eternitate, și totuși complet vizibil, hotelul său se înălța ca un mare bloc Lego deasupra tuturor celorlalte clădiri din centru. Putea chiar să ghicească punctișorul luminos de la lampadarul pe care îl lăsase aprins la fereastră.

Nu erau doar casele mari, luminile tuturor felinarelor și mirosurile ceea ce deosebea Helsingborgul de un oraș cum e Copenhaga. Până și sunetele erau diferite. Era o metropolă, cu tot ce însemna asta. Cum ar fi scârțâitul ascuțit al șinelor din cealaltă parte a apei, veșnicul zgomot al mașinilor și sirenele, veșnicele sirene.

Nu era ca la New York, dar nici prea departe. N-avea importanță ce oră din zi sau din noapte ar fi fost. Aproape în orice moment puteai auzi urletul îndepărtat, ca și cum întotdeauna ar fi fost pe undeva un incendiu sau o bancă spartă.

Nu știa despre ce era vorba de această dată. Însă, după ce se auzise în depărtare și se integrase în peisajul sonor general, sunetul devenise mai puternic și acum părea să fie la numai câteva sute de metri. S-a aplecat peste balustradă și a văzut clipirile albastre reflectate pe chei și pe suprafața mișcătoare a apei.

Acum erau aproape. Atât de aproape, încât s-au oprit.

Gândul că poate pe el îl căutau nu fusese până atunci decât un embrion, până a fost întrerupt de cu totul altă idee, legată de faptul că mașinile fără alte însemne decât girofarurile au venit pe cheiul pietruit și s-au oprit în fața clădirii.

Acolo, în lumina farurilor, a văzut corpul aflat chiar dedesubt, într-o poziție care, de fapt, nu era o poziție, mai degrabă o grămadă de ceva care fusese cândva om.

Nu știa cum să reacționeze și a rămas doar acolo, holbându-se. Ca și cum un virus din soft l-ar fi făcut să încremenească. Ca și cum toate emoțiile contradictorii s-ar fi anihilat reciproc și tot ce putea face era să se uite în jos la cei doi polițiști care, cu lanterne puternice în mâini, se apropiau de cadavru, iar o dubă albastru-deschis frâna în spatele lor.

Vocea a fost ceea ce l-a trezit și l-a făcut să se întoarcă spre camera cu biliardul și spre palier. Vocea care anunța tare și clar că e de la poliție.

56

Morten Heinesen a ieşit din maşină, şi-a aprins lanterna şi a pornit pe piatra cubică. Aceleaşi pietre inegale pe care acum câţiva ani îşi scrântise piciorul pe când făcea jogging. A auzit-o în spate pe Julie Bernstorff cum închide portiera şi vine după el. Sunetul tocurilor ei pe pietrele rotunjite a făcut durerea din partea exterioară a piciorului drept să învie iar. De parcă ar fi fost acolo tot timpul şi nu aştepta decât ca el să revină aici şi să calce iar strâmb.

Alarma a ajuns la ei la câteva minute după ce au urcat în maşină şi au ieşit din garajul poliţiei. Un vecin de la două etaje mai jos de apartamentul lui Sleizner stătea şi lucra la computer când a văzut deodată pe cineva căzând cu capul înainte de la un balcon de deasupra.

Heinesen le-a ordonat celor din unitatea de intervenţie să urce pe scară până la apartament, ca să se asigure că nici un vecin curios nu-şi vâră nasul înainte să înconjoare ei cu bandă perimetrul. Se afla aici pentru prima dată. Spre deosebire de câţiva colegi, nu fusese niciodată invitat la legendara petrecere din decembrie dată în apartamentul de lux din vârful spectaculosului siloz convertit.

S-a lăsat pe vine și a îndreptat lanterna spre ceea ce fusese cândva capul lui Sleizner. Întocmai cum spusese vecinul, lovise primul pământul și, în plus, cu atâta forță, încât nu mai rămăsese mult din el. Însă cel puțin costumul și cravata în pătrățele roșii și verzi le recunoștea. La fel și Rolexul ca al lui Soprano, care ticăia ca și cum nu s-ar fi întâmplat nimic neobișnuit.

Să fi fost asta vina sa? De aceea se simțea atât de stingherit? Vinovăția pentru că și-a încolțit atât de rău șeful, încât el n-a mai văzut altă cale decât să-și ia viața? Făcuse tot ce putea ca să nu știe de planul său de arestare decât cercul cel mai restrâns. În ciuda acestui lucru, informația a ajuns cumva la Sleizner.

S-a întors și a văzut că Hemmer scosese valizele metalice cu echipamentul și aștepta lângă Julie.

– Știți ce aveți de făcut. Mă duc sus să arunc o privire prin apartament, a zis și a pornit spre intrarea de pe cealaltă parte a clădirii, pe lângă ambulanța care aștepta să ia cadavrul.

Altă ambulanță stătea pe stradă un pic mai departe. Asta, în ciuda faptului că el nu sunase decât la una și, judecând după sirenele din depărtare, alte resurse și personal erau pe drum. Vestea se răspândise deja.

A luat liftul până sus, a primit confirmarea șefului unității de intervenții că apartamentul a fost asigurat și a trecut pragul.

– Apropo, Magnus.

S-a oprit și s-a întors spre el.

– Cel mai bine ar fi să facem un cordon jos.

– Bine. Dar să nu las aici doi oameni?

– Nu, e în ordine. Ai grijă doar să ții sub observație casa scării, să nu intre nimeni neautorizat.

Când șeful unității le-a făcut semn celorlalți doi oameni din echipă să vină cu el și l-au lăsat singur, adică exact ce voia el, a intrat și a început să se uite în jur.

Spațiul era extravagant și excesiv de mare pentru o singură persoană. Mobilat cu un buget pentru care nici măcar salariul mare al lui Sleizner nu era de ajuns. Acum nu era timp de toate astea. Avea să se ocupe a doua zi Hemmer, împreună cu niște asistenți.

Așa că a mers mai departe pe hol până în living și în continuare, până la ușile de sticlă care dădeau spre balcon. De acolo hotărâse să înceapă. Cu sfârșitul, sfârșitul absolut, ca apoi să meargă înapoi în timp prin apartament.

După ce și-a pus mănuși, a tras într-o parte una dintre uși și a ieșit în noapte. Până și aici părea să fie cam la ce te-ai fi așteptat de la un balcon de așa mărime. Câteva mobile ici și acolo, un vraf de perne pentru scaune, ghivece de diferite mărimi, cu toate plantele din ele ofilite, iar într-un colț, un sac de gunoi cu sticle reciclabile. Cu alte cuvinte, nimic care să iasă în evidență și să atragă atenția.

Încercând să vizualizeze ultima parte a evenimentelor, s-a dus la balustradă și s-a uitat la locul căderii. Care era la câțiva metri mai la dreapta, așa că și-a corectat poziția până a ajuns chiar deasupra.

A estimat distanța la vreo patruzeci de metri și l-a izbit gândul la tăria de care trebuie să fi avut nevoie Sleizner ca să treacă peste balustradă și să se arunce. Văzuse imagini de la atentatul terorist din World Trade Center. Cum oamenii săreau pe ferestre ca să scape de flăcări, unii la fel ca Sleizner, cu capul înainte, spre o moarte sigură. El n-ar cuteza niciodată să facă acest pas. Nici măcar dacă ar vrea să se sinucidă.

Acolo jos, departe, mai sosise o ambulanță și trei persoane se îndreptau spre Hemmer și Julie Bernstorff, care, în salopetele de protecție, cercetau locul și fotografiau rămășițele. Nu putea să audă ce vorbeau între ei. Însă limbajul corporal al lui Hemmer a arătat cum în câteva secunde a devenit din un pic nedumerit de-a dreptul indignat.

Și-a scos mobilul și a sunat-o pe Julie, care părea să stea la o lungime de braț de discuție.

„Da, sunt Julie", s-a auzit vocea ei, și el a văzut-o că se mai îndepărtează cu câțiva pași de ceilalți.

- Sunt Morten. Ce se întâmplă?

„Sunt câțiva de la medicina legală care zic că preiau ei controlul."

- Cine?

„Oscar Pedersen".

- Pedersen? Ce naiba caută aici la ora asta?

„Zice că el face autopsia."

- Da, el răspunde de întregul departament de medicină legală. Însă asta nu înseamnă că poate, pur și simplu, să vină aici și să preia controlul. O să aștepte frumușel, la fel ca toți ceilalți, să terminăm cu cercetarea locului. Așa că tu doar vezi-ți de treabă și ia-ți tot timpul de care ai nevoie.

„Bine, dar acum trebuie să închid."

Convorbirea s-a încheiat și a văzut-o că se întoarce la ceilalți.

Era normal ca Pedersen să facă el însuși câte o autopsie, din când în când. Dar, din cât știa el, nu se mai întâmplase niciodată ca el să meargă la locul faptei ca să ia cadavrul, și încă în toiul nopții, și asta arăta foarte clar că vestea despre moartea lui Sleizner ajunsese până la vârful conducerii.

Însă poate că nu era chiar atât de ciudat. Totuşi, Sleizner a fost unul dintre personajele reprezentative ale poliţiei din Copenhaga, iar acesta era un eveniment care avea să eclipseze aproape tot restul. Marea întrebare era dacă el şi ceilalţi din echipa sa vor putea să continue investigaţia, sau vor fi siliţi să...

S-a întrerupt după ce privirea i s-a oprit pe cutia de depozitare, sau, mai exact, pe capacul ei. Ceva era ciudat la strălucirea umezelii, iar când s-a apropiat şi s-a lăsat pe vine ca să cerceteze roua care acoperea capacul cu mii şi mii de picături minuscule, a văzut clar că cineva tocmai şezuse acolo.

În acel moment, a dat semn de viaţă telefonul din buzunarul pantalonilor. I-a trecut prin cap să ignore apelul, dar şi-a dat seama că n-are de ales când s-a dovedit că este şeful poliţiei municipale, Henrik Hammersten.

– Da, sunt Morten Heinesen, a zis cu telefonul lipit de ureche, examinând cutia pernelor şi porţiunea uscată din mijlocul capacului.

„Salut, Morten, nu ştiu dacă ne-am întâlnit vreodată. Numele meu este Henrik Hammersten. Cu siguranţă ştii cine sunt."

– Fireşte.

S-a aplecat să prindă capacul cu mâna liberă.

„Tocmai am primit vestea tragică a sinuciderii lui Kim Sleizner şi am înţeles că eşti deja la faţa locului cu echipa ta."

– Aşa este. Suntem în plin...

„E bine, Morten. Foarte bine", i-a tăiat vorba Hammersten, în timp ce Heinesen se pregătea să ridice capacul. „Motivul pentru care te-am sunat este ca să-ţi spun că de acum încolo este altă echipă care preia cazul, aşa că vreau ca tu şi oamenii tăi să părăsiţi imediat..."

Convorbirea s-a întrerupt în clipa în care telefonul a alunecat din mâna lui Heinesen și a căzut pe podeaua de lemn.

N-a avut nici o șansă să reacționeze înainte ca bărbatul înarmat să țâșnească din cutia de depozitare și să-l lovească atât de tare cu tocul pistolului, încât totul s-a întunecat.

57

Fabian a ocolit masa de biliard și s-a grăbit să se întoarcă pe palier. Poate că erau acolo câțiva polițiști, poate nu. Câte o problemă pe rând. Acum era vorba să încerce să plece de aici cât de repede posibil.

Lovitura dată polițistului cu pistolul fusese mai puternică decât ar fi vrut. Dar să se întoarcă să se asigure că nu-i ceva grav ar fi însemnat să se predea. Fie că omul ar fi în continuare inconștient, fie că nu, ar fi fost prins. N-ar exista nici un argument care să-l absolve de bănuiala că el a fost cel care l-a aruncat pe Sleizner peste balustradă. Că el a fost cel care, până la urmă, orbit de furie, s-a răzbunat. Oricât de fals ar fi, era prea aproape de realitate. Ce căuta acolo în toiul nopții? Cum a intrat? De ce se afla, de fapt, la Copenhaga? Orice încercare de a răspunde ar fi fost ca o mișcare necugetată pe nisipurile mișcătoare de sub el.

Mult prea multe arătau că el a fost. Totul, de la motiv până la acțiunile lui din ultimele zile. Aproape că era deja condamnat, și singura sa șansă era să aibă grijă nu fie prins.

– Stai! a auzit cum strigă polițistul în spatele său. Oprește-te imediat!

Într-un fel, a fost o ușurare să audă că omul era bine, chiar dacă asta părea să implice alte probleme.

– La podea! Am zis, la podea, acum!

Fabian și-a văzut de drum, pe lângă canapele, rafturile cu cărți și mese de sufragerie cu sfeșnice pe ele, după colț și mai departe pe următorul coridor prin apartamentul labirintic.

Glonțul tras spre el l-a ratat cu câțiva centimetri și a găurit peretele din față. Exact așa cum ar fi făcut el însuși dacă rolurile ar fi fost inversate, polițistul din spate a țintit spre picioare. De următoarea împușcătură a reușit să scape aruncându-se pe podea spre stânga, în holul care ducea spre intrare. Glonțul s-a înfipt într-un contact electric care, cu o jerbă de scântei, a făcut să se stingă lumina din apartament.

Din nou în picioare, Fabian s-a repezit spre intrare, unde acum era prea întuneric ca urmăritorul lui să mai poată trage cu pistolul. Însă n-a fost decât un scurt răgaz. În clipa în care deschidea ușa, lumina de pe scară avea să-l facă cea mai ușoară dintre ținte. Dar ce avea de ales?

Glonțul trebuie să-l fi nimerit în partea de sus a brațului stâng în momentul în care s-a aruncat pe scară, chiar înainte ca de pe podea să închidă cu un șut ușa apartamentului. Nu simțea nici o durere. Pe de altă parte, vedea că glonțul făcuse o gaură de intrare și una de ieșire prin țesătura hainei.

Și de îndată ce s-a ridicat în picioare, a început să curgă sângele. La început doar câteva picături, care au răsărit dinăuntrul mânecii și au căzut pe podea ca niște insulițe. Dar curând s-au transformat într-un șuvoi de sânge. Așa că și-a sfâșiat jacheta, a înfășurat cu ea rănile de la braț și a ținut-o cu dinții în vreme ce făcea un nod dublu ca să oprească hemoragia. Totul, în timp ce cobora în grabă scara la etajul de dedesubt.

-Hei! Tu, de acolo, s-a auzit o voce de undeva, de jos. Stai pe loc cu mâinile ridicate!

Fabian n-a văzut decât că este un polițist din unitatea de intervenție, echipat cu cască, vestă antiglonț și armă automată, înainte să se arunce în spatele balustradei. Curând, vocile de jos s-au înmulțit și, cu toate că nu putea să audă ce spuneau, a înțeles că erau pe cale să-l înconjure.

La adăpostul balustradei, s-a târât pe podea spre lift, iar vocile se auzeau tot mai tare. Ajuns acolo, a întins brațul teafăr și a apăsat butonul, în care s-a aprins o lumină albastră slabă, s-a auzit un semnal electronic scurt și ușile liftului au alunecat în lături.

-Culcă-te pe burtă cu mâinile deasupra capului, a strigat primul polițist care venea în fugă cu pistolul automat ridicat.

Fabian era deja în lift și apăsa cel mai de jos buton, iar ușile au început să se închidă, pe când gloanțele săpau gropi adânci în peretele liftului. Tipii ăștia nu încercau să imobilizeze un posibil suspect cu un simplu glonț în picior. Ei vânau un terorist.

Din păcate, nu vedea nici un semn că liftul coboară. Nici mișcare, nici vibrație. Nu era vreun afișaj cu numărătoarea în jos. A apăsat iar butonul cel mai de jos, dar nu s-a întâmplat nimic. În schimb, strigătele bărbaților de afară care își spuneau unul altuia că „subiectul“ coboară cu liftul au fost ceea ce l-a făcut în cele din urmă să îndrăznească să dea drumul aerului din piept și să se ridice în picioare.

În timpul coborârii a profitat ca să înfășoare mai strâns jacheta plină de sânge în jurul rănilor și a aranjat curelele tocului de la umăr ca să-i susțină brațul.

În cele din urmă, a scos pistolul și s-a pregătit să tragă în holul de la intrare de cum se deschideau ușile liftului.

Era el sau ei.

Teroristul sau eroii.

Ușile s-au deschis și el s-a năpustit afară. Însă nu în holul de la intrare. S-a oprit, s-a uitat în jur și și-a dat seama că se află în garajul de sub clădire. Nu se gândise la asta. Sigur că o astfel de clădire are propriul garaj.

Cu privirile cercetând pe lateral și în spate, s-a dus spre o ușă pentru pietoni de lângă poarta garajului. Ajuns afară, și-a umplut plămânii de aerul umed al nopții și a pornit încet să urce rampa spre strigătele îndepărtate și zgomotul câtorva stații de emisie-recepție.

Parcursese o treime când o mașină a intrat pe rampă și a pornit în jos cu farurile aprinse. S-a întors și a coborât, auzea cum mașina din spate accelerează și, în ciuda faptului că pierduse deja mult sânge, a sprintat pe ultima porțiune, doar ca să descopere până la urmă că ușa garajului nu se deschidea din interior.

Cu mâna tremurând a scos șperaclul, însă l-a scăpat pe jos în momentul în care s-au auzit din spate un scrâșnet de cauciucuri și o portieră deschisă. Ca și cum ar fi fost singurul lucru pe care putea să-l facă, a continuat să lucreze la încuietoare fără să se întoarcă. De parcă era silit să încerce, în ciuda faptului că soarta îi era deja pecetluită.

– Ai face mai bine să te lași păgubaș și să vii cu noi, s-a auzit o voce într-o suedeză destul de bună.

O voce căreia îi dusese dorul și n-o mai auzise de câțiva ani.

S-a răsucit spre Dunja, care aștepta lângă ambulanță. Era pe cale s-o întrebe ce a făcut în ultimii ani. De ce nu i-a răspuns la mesaje. Cum de știa că el este chiar acolo. Însă nu știa de unde să înceapă și, fără să spună nimic, s-a dus repede spre ea și a urcat în ambulanță.

– Culcă-te pe targă și strânge legăturile.

Dunja a închis ușile după el și s-a dus să se așeze pe locul pasagerului.

– Pornește sirena și girofarul.

– Ești sigură? a zis indianul de la volan.

– Nu, dar fă-o, totuși.

Indianul a pornit sirena și girofarul, a întors ambulanța și a pornit înapoi în sus pe rampă. Între timp, Fabian s-a legat de targă cât de bine a putut și a stat acolo, încercând să se destindă. Lucru care s-a dovedit a fi mai ușor decât crezuse. Simplul fapt că putea să stea acolo culcat, să închidă ochii și să lase în urmă cele întâmplate îl umplea de liniște.

După o vreme a observat că mașina încetinește, ca până la urmă să se oprească. Dar era prea sleit ca să-i pese. Vocile din cabină și informațiile schimbate cu cineva de afară. Era prea obosit ca să stea cu sufletul la gură, pregătit să evadeze încă o dată.

Când sirena a amuțit și au încetinit din nou a înțeles că trebuie să fi adormit.

– Ești rănit, s-a auzit vocea Dunjei, și când a deschis ochii a văzut că e aplecată deasupra lui, desfăcându-i legăturile. Ridică-te să văd.

– De când vorbești atât de bine suedeza?

– Cine a zis că am vorbit-o vreodată prost?

I-a desfăcut haina din jurul brațului și s-a uitat la rănile de glonț.

– Cum ai putut să știi că sunt tocmai acolo?

– Cum ai putut să știi că numai pe acolo trebuia să ieși?

– Tocmai asta-i chestia. N-am avut nici o...

– Vezi ecranul de acolo? l-a întrerupt ea și a arătat cu capul spre un ecran pe care apăreau pe rând holul de la intrarea apartamentului lui Sleizner, bucătăria lui și garajul de la subsolul clădirii. După ce a mărturisit, l-am ținut sub observație, ca să ne asigurăm că nu-i dă prin cap vreo tâmpenie. N-am fi crezut niciodată că o să se arunce. Dunja a clătinat din cap. Și dintr-odată apari și tu.

Fabian s-a uitat la ecranul pe care imaginea a început să se întrerupă, să pâlpâie și, în cele din urmă, a dispărut cu totul în paraziți.

– Ai zis ceva de o mărturisire. Ce a mărturisit?

– Fabian, nu ești singurul care are întrebări, a zis ea și i-a tăiat mâneca. Îți propun să aștepți cu ele până vom sta în fața unui șemineu, fiecare cu un pahar de whisky în mână.

A dat să protesteze, dar n-a avut timp, pentru că ea i-a stropit rănile cu dezinfectant și l-a copleșit o durere arzătoare.

– Ca să știi, nu m-am dat niciodată în vânt după cusături, a zis Dunja și a desfăcut un pachet steril cu ceva ce părea să fie un ac curbat și un fel de ață.

– Chiar e nevoie de asta?

– Alternativa e hemoragia. A ridicat acul la lumină. Și atunci la ce mi-ai folosi?

– Să-ți folosesc? Ce vrei să zici cu...

– Uite, tocmai te-am ajutat să nu-ți petreci restul vieții într-o închisoare daneză. Așa că a venit rândul tău să ne ajuți pe noi.

– Sărise deja când am ajuns acolo.

– Se poate. Dar la ce ajută asta când eu sunt dată în urmărire ca teroristă suspectată de crimă, iar tu ești un om aflat în locul nepotrivit la momentul nepotrivit?

Dunja a înfipt acul în rana de intrare şi a început să coasă.

– Ce i-aţi făcut? a zis el, încercând să se gândească la altceva. La interfon, când l-am sunat, a zis că altcineva a ajuns mai devreme. Că am venit prea târziu. Iar în apartament mirosea a ars, ca şi cum ceva...

– A luat foc? i-a tăiat vorba Dunja, în vreme ce se întindea după un cleşte şi tăia firul. Asta îmi aminteşte lucrul asupra căruia am căzut de acord. Poate nu-ţi aminteşti, dar eu am hotărât să aşteptăm cu toate întrebările până suntem în faţa unui foc zdravăn, cu pahare de whisky în mâini.

I-a îndoit braţul ca să ajungă mai bine la gaura de ieşire a glonţului şi a continuat să coasă.

– În orice caz, poţi să fii bucuros că nimeni n-a reuşit să priceapă cine eşti. În staţiile de emisie-recepţie apăreai sub două nume, „bărbatul" sau „subiectul". Aşadar, cu un pic de noroc, poţi, pur şi simplu, să te duci acasă şi să te faci că plouă, de îndată ce isprăvim aici.

– Şi acum, că veni vorba, ajungem curând, a zis indianul de la volan.

– Unde anume? a zis Fabian şi şi-a plimbat privirea între Fareed şi Dunja. Unde mergem, de fapt?

– Într-un garaj de pe Østerbro, a zis Dunja.

– Sau, mai exact, la sediul din subsol care nu există, a zis Fareed.

– Ce subsol? Nu pricep la ce aveţi nevoie de ajutor. Sleizner e deja mort.

– Asta aşa-i. Însă avea doi complici care încă mai trăiesc şi, după spusele lui Sleizner, locuiesc într-un spaţiu aflat la subsolul unei clădiri renovate acum şapte ani. Atunci nu numai că au fost modificate scările şi liftul ca să nu mai ajungă la subsol. Au profitat de ocazie ca să mute întregul subsol. Cel puțin, pe planurile trimise municipalității.

Fabian ar fi vrut să întrebe ce rost avea să facă așa ceva, însă a păstrat tăcerea.

– Acum te întrebi, cu siguranță, de ce ar cheltui cineva atât de mulți bani și resurse ca să elimine orice posibilitate de a ajunge la subsol altfel decât printr-un garaj aflat de cealaltă parte a străzii, a continuat Dunja tăind ultimul fir, apoi i-a înfășurat brațul în tifon.

– Dunja, eu nu mai sunt cel pe care l-ai cunoscut acum doi ani.

– Bine. Atunci suntem doi care ne-am schimbat. Cine știe la ce ar putea duce asta?

El a privit-o drept în ochi. A văzut că ea, exact la fel ca el, timp de câteva secunde, s-a gândit la un viitor cu totul diferit.

– Mulțumesc pentru ajutor, a zis el după ce și-a dat seama de propria naivitate. Și chiar gândesc asta. Din toată inima. Însă acum aș prefera să trageți pe dreapta și să opriți.

S-a dat jos de pe targă și s-a răsucit spre ușile din spate.

– Asta e a doua oară când îmi mulțumești. Îți dai seama de asta?

– Dunja, ce ai vrea să spun?

– Nimic. Cel mai bun lucru pe care poți să-l faci e să-ți ții gura și să asculți. Ea a tăcut și a respirat adânc de câteva ori ca să se liniștească. Prima dată când te-am ajutat, urmarea a fost concedierea mea de către preferatul tuturor, Sleizner. De atunci încoace, am fost silită să trăiesc mai mult sau mai puțin în afara legii. Dar asta nu trebuie să te împiedice să dormi liniștit. Aș face exact la fel dacă de asta ar fi nevoie. Ai rezolvat acel caz și ai prins făptașul. Fără ajutorul meu, ucigașul ar fi rămas liber și probabil v-ar fi făcut de petrecanie ție și celorlalți colegi de clasă, unul după altul.

– Și acum vrei să te ajut eu pe tine.

– Ne lipsește un om și, din cât am văzut, nici tu, exact ca mine, n-ai nimic de pierdut.

– Am venit ca să-i cer lui Sleizner răspunsuri. Acum e mort, și nu mai am nimic de făcut aici.

– Și ăștia doi, atunci?

Dunja i-a înmânat o fotografie în lumină slabă făcută de o cameră de supraveghere, în care erau doi bărbați în haine de camuflaj.

– La ordinul direct al lui Sleizner, l-au executat pe Qiang Who, unul dintre noi, sub ochii noștri. I-au înfipt un cuțit în gât și l-au lăsat acolo până s-a golit de sânge. Poți să-ți imaginezi? Cu un afurisit de cuțit în gât. Poți vedea cu ochii tăi, dacă nu mă crezi.

– Dunja, te cred, a zis Fabian când ea i-a mai dat o fotografie de pe ecran, în lumină slabă, în care se vedea un bărbat asiatic în genunchi, cu mâinile legate la spate, care se lupta să supraviețuiască, cu un cuțit înfipt în beregată.

– Și tu crezi că ei ar trebui să scape nepedepsiți.

– Nu, a zis el după ce a aruncat o privire rapidă fotografiei. Nu de aceea nu pot să te ajut.

– A, nu? Bine. Atunci pot să întreb...

– Pentru că te înșeli, a întrerupt-o el. Theodor nu mai este.

– Cum? Dunja și-a dus mâna la gură. Ce vrei să...

– S-a sinucis acum o săptămână.

– Oh, Dumnezeule mare!

Dunja s-a dus la el și l-a îmbrățișat.

– N-am știut. A fost Sleizner?

– Nu mai are importanță, a zis el. Singurul lucru care contează este că am o fiică. Probabil că e dezamăgită și supărată pe mine. Însă ea există în continuare, și o să fac tot ce-mi stă în puteri ca să nu risc s-o pierd. Înțelegi?

Dunja l-a privit în ochi fără să spună nimic, apoi, în cele din urmă, a încuviințat din cap.

- Dar mulțumesc pentru tot.

- Asta ai spus deja, a zis ea și a deschis ușile din spate.

- Poate fi spus din nou.

- Cu plăcere din nou. Pentru tot.

El a încuviințat din cap, încercând să umple tăcerea pe când ieșea din ambulanță și pășea pe stradă.

- Cine știe, poate că ne mai întâlnim.

- Om trăi și-om vedea.

Ea a închis la loc ușile, apoi ambulanța a semnalizat și și-a continuat drumul până ce, în cele din urmă, a pierit în noapte.

58

Semaforul a trecut de pe roşu pe verde în intersecţia de obicei aglomerată. Însă la ora aceea, când întunericul era cel mai adânc, părea un spectacol în faţa unor şiruri de scaune goale. Intersecţia, la fel ca toată Østerbrogade, era pustie. Nu se vedea vreo maşină sau bicicletă. Nici un pieton singuratic care să umble pe stradă în drum spre casă, după o noapte cu prea multă băutură.

Pustietatea aşternea peste toate o pătură sufocantă. De parcă întreaga omenire ar fi fost exterminată peste noapte şi semafoarele îşi vedeau mai departe de treabă ca şi cum nu s-ar fi întâmplat nimic.

Excepţia era ambulanţa care a trecut încet prin intersecţie şi a virat în piaţa Gunnar Nu Hansen, apoi a luat-o la dreapta spre coborârea în garajul cu orar nonstop, a cărui poartă s-a deschis fără zgomot, ca fălcile unei balene destul de mari ca s-o înghită.

După ce a intrat, ambulanţa s-a oprit pe un loc cât mai departe posibil de atelierul auto, iar când s-a stins lumina şi motorul s-a oprit, Dunja şi Fareed au ieşit, au închis portierele şi au pornit repede, cu spatele aplecat, la adăpostul stâlpilor şi maşinilor.

N-aveau vreun plan concret. Acţionau doar instinctiv. Convingerea comună că Sleizner spusese adevărul în mărturisirea sa din fața camerei de filmare, că cei doi bărbați în haine de camuflaj se află aici. Că aici, în sediul secret din subsol, își aveau baza.

Nu exista nici un motiv să nu-l creadă. Dunja nu-l mai văzuse niciodată atât de prăbușit și distrus ca atunci când ei, în cele din urmă, au luat de pe el acel scutec în flăcări. Nu încăpea nici cea mai mică îndoială că durerea trebuie să fi fost de nedescris și că avea să treacă o vreme până să mai aibă el chef să violeze pe cineva.

Dar n-a fost decât atât. Sleizner avea să supraviețuiască, iar rănile aveau să se vindece. Avea să fie nevoie de timp, însă dacă era să aibă ceva în restul vieții sale, acela era timpul.

În schimb, el alesese să-și ia viața. Dunja n-avea să afle niciodată dacă era din pricina arsurilor sau fiindcă, pus în fața unei noi runde cu scutecul, recunoscuse fără ocolișuri totul, de la uciderea lui Hesk până la faptul că el a fost cel care a ordonat executarea lui Qiang. Poate era o combinație a celor două.

Fareed a ridicat o mână și s-a lăsat pe vine în spatele unei mașini. Dunja i-a urmat exemplul, însă n-a înțeles de ce decât când s-a ridicat iar ca să poată privi prin geamurile mașinii după care se ascunsese.

În fața lor era un camion cu un container pe platformă, parcat cu spatele spre rampa de încărcare. Nu se vedea nici o mișcare, nici pe rampă, nici în jurul containerului. În plus, lumina tuburilor fluorescente se reflecta în geamurile cabinei și n-aveai cum să vezi dacă este cineva acolo.

I-a făcut semn lui Fareed, apoi au mers mai departe spre camion în reprize scurte și rapide, la adăpostul mașinilor. Când au ajuns acolo, au constatat că are cabina goală și, după ce au încercat ambele portiere, că e și încuiată.

„Un club“, răspunsese Sleizner la întrebarea ce fac ei în spațiul din subsol. „Un club pentru foarte puțini aleși“. Avea bănuielile ei ce fel de club este, chiar dacă a fost singura întrebare la care răspunsul lui a fost un pic criptic. Iar camionul cu container nu lămurea mai mult lucrurile.

Fareed urcase scara de metal a rampei și își dăduse deja rucsacul jos ca să scoată șperaclul când a ajuns și ea sus.

– Ce crezi? a întrebat el studiind diferiți cilindri la lumina tuburilor fluorescente de pe tavan. Să intrăm?

Ea n-a răspuns. Sincer, nu știa ce ar trebui să facă. Cum să acționeze ca să nu cadă în aceeași ambuscadă ca Qiang. S-a dus la container, a pipăit lacătul solid și și-a lipit urechea de ușile metalice. Tocmai își împachetau lucrurile și părăseau sediul? Dar de ce nu erau aici? Își luaseră, pur și simplu, o pauză peste noapte? Sau moartea lui Sleizner făcuse totul să se oprească?

Nu se auzea nici un sunet înăuntru, însă tăcerea n-o liniștea. Dimpotrivă.

– Hai să începem cu containerul, a zis ea în cele din urmă și s-a tras cu un pas într-o parte ca să-i facă loc lui Fareed, care s-a apucat imediat să meșterească la lacăt.

Lucru care, în ciuda belșugului de unsoare pentru lacăte și a celor trei șperacle folosite simultan, i-a costat o grămadă de timp până ca Fareed să se poată întoarce spre ea cu lacătul în mână. Apoi el a picurat unsoare pe balamale, Dunja a tras zăvoarele și au deschis împreună ușile.

În afară de o cutie de metal aflată într-un colț, containerul era gol. Și totuși, a intrat cu o neplăcere tot mai intensă și a lăsat interiorul dur, ruginit, să se închidă în jurul ei. Când a ajuns în colț, a deschis cutia cu piciorul. Înăuntru erau un vraf de prelate, un sul de saci de gunoi negri, câteva flacoane de plastic cu apă, o cutie cu tampoane și trei suluri mari de prosoape de bucătărie.

Era departe de a fi sigură, însă imaginile pe care le avea în fața ochilor erau exact atât de dezgustătoare cum se așteptase întotdeauna în adâncul său în privința lui Sleizner. Dar poate că tocmai așteptările o împiedicau să vadă limpede. Poate că prelatele erau doar pentru ca mobila să nu fie zgâriată, iar apa pentru cărăuși.

Sau poate nu.

Răspunsul a devenit evident în clipa în care a zărit scrijeliturile de pe pereții ruginiți. Mici litere zgâriate, care aproape că nu se vedeau, dar se găseau peste tot în jurul ei. *Makeba* scria într-o parte a unei inimioare, și *Tatiana* în cealaltă parte. Iar dedesubt, în diagonală, continuau cu *Oksana*, *Elaya*, *Polina*, *Zendaya*, *Ramineh* și așa mai departe, părând să acopere mari părți din pereți.

A ieșit repede din container.

– Fareed, nu mai putem aștepta. Trebuie să intrăm.

Fareed s-a dus la ușa de fier și a vârât în încuietoare pistolul-șperaclu. După câteva încercări să așeze cilindrii la locurile lor, a reușit să descuie și a apăsat pe clanță. Dar, nu se știe de ce, ușa tot nu s-a deschis.

– Stai, o să te ajut.

Dunja s-a dus repede la Fareed, și-a proptit un picior în perete și a tras cât de tare a putut de ușă, care a refuzat să se deschidă mai mult de câțiva milimetri.

– Nu merge, a zis Fareed. Probabil e blocată pe dinăuntru.

– Asta înseamnă că ei sunt acolo. Vino, a zis ea și a coborât repede scara. Există altă cale de intrare.

59

Heinesen își ținea strâns pometele care zvâcnea, urmărind la lumina lanternei petele de sânge afară din lift și mai departe, pe podeaua de ciment. Obrazul se umflase zdravăn după lovitura cu pistolul. Rana avea nevoie să fie curățată și bandajată, poate chiar cusută. Însă, la fel ca discuțiile cu Hemmer și Julie, asta trebuia să mai aștepte. În acest moment, trebuia să aștepte tot ce nu era sângele picurat pe podea din fața lui.

Dâra l-a condus pe lângă câteva mașini parcate până la ușa de lângă poarta garajului și mai departe, pe rampa care ducea în sus, la nivelul solului. Acolo, pe partea stângă a rampei, dâra continua. Dar se oprea brusc, sau nu, stai așa...

S-a lăsat pe vine, a plimbat lumina lanternei peste petele de un roșu întunecat de pe beton și și-a dat seama că bărbatul care sângera trebuie să se fi întors în jos. Dacă te uitai de aproape, puteai desluși două dâre alăturate. Una, cu distanță destul de mică între picături, iar cealaltă, cu distanță mult mai mare.

Dacă era adevărat că glonțul l-a nimerit în partea de sus a brațului stâng, indiciile arătau că el a urcat încet și, după cam o treime din drum, s-a întors și a fugit înapoi în jos. Apoi dâra se oprea.

Cu alte cuvinte, acea persoană nu avusese propria mașină care să stea aici și să aștepte, ci fusese luată de altcineva. Cineva care a venit pe când el urca, și de care apoi a încercat să fugă.

Când Heinesen a plecat din sediu cu echipa sa și unitatea de intervenție, a fost ca să-l prindă pe Sleizner și să-l aducă la interogatoriu. Însă când au ajuns acolo, l-au găsit mort chiar sub balconul lui. Era atât de evident că a fost sinucidere, încât nici el, nici Julie Bernstorff sau Hemmer n-au pus asta sub semnul întrebării.

Sleizner se pusese singur la zid prin asocierea cu Jakob Sand. N-avea cum să scape din asta și, ca să nu trebuiască să fie umilit și să răspundă la toate întrebările, a preferat să se sinucidă. Era drastic, însă, într-un fel, era tipic pentru Sleizner ca mai bine să termine cu totul decât să-și piardă reputația.

Însă nu mai era atât de convins.

În acest moment înclina mai degrabă spre ideea că bărbatul de pe balcon era în spatele căderii. Însă niște presupuneri vagi nu-i dădeau răspunsul la întrebarea cine era el, cum a intrat și, mai ales, ce motiv avea.

Cu mâna la obrazul dureros, a urcat mai departe pe rampă și s-a uitat la zona înconjurată de bariere din jurul clădirii. Nu era mai mult de o jumătate de oră de când ajunsese aici. Și totuși, zona era deja plină de oameni, în civil și în uniformă, care umblau grăbiți și păreau să știe exact ce au de făcut printre toate mașinile de poliție și ambulanțele care clipeau din girofaruri.

Era o mobilizare prea mare ca să vină de la altcineva decât șefii cei mari, și evident că Hammersten îl sunase ca să-i spună asta. Și, desigur, era grav că Sleizner nu mai era în viață, și poate chiar fusese ucis. Însă această desfășurare de forțe semnala altceva. Ceva mult mai important.

– Uite-l, a strigat cineva din spate. Torben, e acolo.

Heinesen s-a întors și i-a văzut pe Julie și Hemmer venind grăbiți pe asfaltul negru ca noaptea.

– Morten, ce se petrece? a zis Hemmer, trăgându-și sufletul. De ce au venit toți oamenii ăștia? E ca și cum ar fi aruncat cineva în aer palatul regal.

– Știu. A făcut un pas spre ei și și-a coborât vocea. Răspunsul e că n-am nici cea mai mică idee. Bănuiesc că ordinul a venit de foarte sus, dar rămâne de văzut. Cum e cu cercetarea cadavrului și a zonei din jur? Ați terminat?

– Nici vorbă.

Hemmer a schimbat o privire cu Julie.

– Am fost întrerupți și siliți să părăsim zona, a zis Julie.

– De către cine?

Hemmer s-a uitat în spate înainte să continue.

– Brusc, a apărut alt criminalist și a preluat controlul, cu o șleahtă de asistenți. Acum nu mai avem nici măcar acces la apartament.

– Trebuie să fi fost Mads Jensen.

– Procurorul general?

Heinesen a încuviințat.

– Mi-a spus un „nu“ categoric la propunerea să-l aducem pe Sleizner la interogatoriu. N-a contat ce am spus eu, că nu dezvăluim nimic până nu știm mai multe. Argumentul a fost că s-ar scurge informații și ar fi în detrimentul întregii poliții. Și uite acum ce mobilizare.

S-a uitat la mașinile cu girofaruri care clipeau, unde începuseră să se adune reporteri și fotografi.

– Dar știți ceva? a zis și s-a răsucit spre Julie și Hemmer. Îi lăsăm să continue cât poftesc. Tot nu se găsesc aici răspunsurile. Aduceți mașinile, iar eu iau legătura cu Magnus.

– Bine, însă de data asta poți să spui unde ne ducem? a zis Hemmer. Adică, dacă ai un pic de încredere în noi.

– Desigur, a zis el, încuviințând din cap.

Înainte să înceapă, a fost întrerupt de sunetul telefonului și a văzut că e iarăși Henrik Hammersten.

– Sunt Morten Heinesen, a zis, încercând să sune cât mai neutru posibil.

„Presupun că știi cine e la telefon și n-am să mai pierd vremea prezentându-mă încă o dată."

– Bine, a zis el și a făcut un semn cu arătătorul în sus, ca să știe ceilalți cine îl sunase.

„Așa cum am spus când am vorbit mai devreme, mi s-a adus la cunoștință că tu și echipa ta ați ajuns primii la locul din Islands Brygge."

– Da, este adevărat.

„Și am înțeles că asta era pentru că făceați propria anchetă despre Kim Sleizner. O anchetă care, din câte știu, nu era autorizată de superiori și nici nu era implicat vreun procuror."

– Este corect. Din motive evidente, nu-l puteam informa pe Sleizner, care era șeful meu. Așa că am luat legătura cu Mads Jensen ca să...

„Cu cine zici că ai luat legătura?"

– Cu Mads Jensen. Procurorul general, însă el...

„Știu cine este Jensen", i-a tăiat vorba Hammersten, oftând enervat. „Și se mai întâmplă să știu că ți-am dat în mod explicit ordinul să pleci imediat împreună cu echipa ta de acolo. În ciuda acestui lucru, tu, din cât am înțeles, ai continuat, ca și cum nu s-ar fi întâmplat nimic."

– Pur și simplu n-am văzut altă...

„Ce ai văzut sau n-ai văzut tu n-are importanță. Ai primit un ordin clar. Însă, în loc să te supui, ai dat buzna în ceva care s-ar fi putut termina cu o catastrofă."

– Dar stați un pic, acum nu mai înțeleg.

„Nu, sigur că nu, și de vreme ce nu pari să fii în stare să asimilezi și să prelucrezi informațiile, o s-o fac eu pentru tine. Suntem cu ochii pe Sleizner de aproape doi ani. Din motive evidente, de asta s-a ocupat cu totul altă unitate, ceea ce înseamnă că norocul tău în acest moment este că el s-a sinucis înainte să apari tu și să strici totul. Așadar, ca să nu mai fie și alte neînțelegeri, o să-ți spun clar cele două opțiuni pe care le ai. Ori te conformezi și iei legătura cu șeful unității de la fața locului, ca să vadă dacă tu și băieții tăi puteți ajuta cu ceva, ori îmi pui pe masă demisia cel mai târziu în această dimineață la ora opt. S-a înțeles?

– Sigur, a zis el și i-a făcut semn lui Hemmer să-i arate ceasul antiacvatic, care arăta patru și jumătate. Asta înseamnă că mi-au mai rămas trei ore și jumătate, și, ca să nu mai fie neînțelegeri, am de gând să-mi continui munca până atunci.

Răspunsul a venit sub forma tăcerii urmate de un clic.

60

Încuietoarea atelierului auto era un adversar mult mai slab pentru Fareed decât lacătul containerului și, curând, el și Dunja pășeau prin aerul cu miros de ulei, printre cricuri, alte unelte și mașini.

Mergeau repede ca două umbre prin sala de recepție întunecată, pe linoleumul ros, dincolo de scaunele pentru vizitatori și mai departe, până în spatele tejghelei și pe ușa cu găurile de glonț.

– Așadar, prin peretele ăsta a intrat Qiang.

Fareed s-a uitat în jur prin biroul ticsit.

– În spatele acelui poster.

Dunja a arătat spre blonda goală, culcată pe spate, cu sânii ei enormi, pe capota unui Jaguar E, cu textul *No airbags needed*[1].

Fareed l-a smuls de pe perete și a tastat codul 7895, despre care Sleizner, când l-au interogat, a jurat că încă mai funcționează. S-a auzit un clic slab în fișet, și Dunja n-a avut nevoie decât să-l împingă un pic ca să dispară în perete și să lase în loc o gaură.

S-au ghemuit și au intrat în deschizătura în care întunericul i-a înghițit exact așa cum trebuie să i se fi întâmplat lui Qiang. Din spate s-a auzit cum fișetul

---

[1] Nu-i nevoie de airbaguri. (în limba engleză în original)

alunecă înapoi și se oprește cu un clic. Ea sperase ca intrarea să rămână deschisă, așa încât la nevoie să se poată retrage repede pe același drum. Dar avea să lase problema asta pentru mai târziu.

Și-a scos mobilul ca să-l folosească pe post de lanternă, dar s-a răzgândit când a văzut că nu-i mai rămăseseră decât câteva procente din baterie. Așa că și-a continuat drumul prin întuneric cu mâinile pe pereții zgrunțuroși, care se apropiau tot mai mult unul de altul pe măsură ce înaintau. Până la urmă, au ajuns într-o fundătură, iar ea s-a oprit și și-a plimbat privirea în jur, cu toate că nu se putea vedea nimic în întuneric.

Qiang dăduse de o ușă, de asta era sigură, o ușă care era întredeschisă și dădea într-un soi de cameră de control. Văzuse pe ecrane și își amintea fiecare pas pe care îl făcuse el. Însă asta fusese cu mai mult de două zile înainte, și sigur că se putuseră întâmpla multe de atunci. Era greu de crezut că Sleizner și oamenii lui au stat cu brațele încrucișate, așteptând să treacă totul.

Nu se gândise la asta mai devreme. Cât de ciudat e că încuiaseră pe dinăuntru ușa de metal și, în același timp, lăsaseră neschimbat codul fișetului! Ținând cont de faptul că erau pe deplin conștienți că pe acolo intrase Qiang, ar fi trebuit cel puțin să schimbe codul.

Să fie ceva ce doar neglijaseră în stresul lor de a-și șterge urmele, sau era cu o anumită intenție? Care îi implica pe ea și Fareed. Avea cu adevărat rostul să-i ademenească tocmai în acest loc? Fără îndoială, Sleizner făcuse totul ca să-i conducă aici.

– Fareed, a zis ea și s-a răsucit, dar s-a întrerupt în momentul în care o lumină plăcută, caldă, a pătruns pe o ușă care se deschidea tot mai mult pe diagonală, în spatele ei.

– Cred că aici intrăm, a zis el și a deschis ușa complet.

A recunoscut spațiul cu pereții cenușii și covorul albastru de la un perete la altul, iar ușa spre camera de control alăturată în care Qiang fusese atacat și lăsat inconștient înainte să fie întreruptă legătura cu camerele lui de luat vederi era, exact ca de data aceea, întredeschisă.

Dar, spre deosebire de atunci, acum câteva spații din stativele cu computere erau goale și din loc în loc atârnau cabluri deconectate. Totuși, mai era acolo ceva ce părea să fie un pupitru de control cu ecranele lui și niște dispozitive care licăreau.

Însă, la fel ca intersecția pustie cu semafoarele ei, toate astea păreau părăsite. Ca și cum diodele ar fi putut să clipească în continuare o veșnicie sub stratul tot mai gros de praf.

Fareed s-a dus la un ecran pe care o bară de progresie albastră aflată la *89* a trecut la *90*.

– Tocmai copiază ceva, a zis el și a început să caute printre echipamentele rămase, ca după o vreme să vâre brațul prin spațiul dintre două computere și să scoată un hard-disk extern care era conectat și funcționa la capacitate maximă.

– Ce memorie are?

– Doi tera.

– Atunci cât timp i-ar trebui ca să copieze ultimele zece procente?

– Greu de spus cu precizie, a ridicat Fareed din umeri. Vreo oră sau două.

– E cu siguranță codificat, dar crezi că e posibil să iei între timp o parte din conținut?

– Pot să fac o încercare.

Fareed și-a scos laptopul și l-a conectat la unul dintre porturile libere ale hard-diskului.

Dunja a încercat să urmărească ce se întâmpla pe ecranul lui Fareed, însă când înșiruirea de litere și cifre de neînțeles a devenit prea lungă a început să se uite în jur. Însă nu pricepea la ce se uită. Doar că erau aparate cu cabluri, ecrane și câteva module care afișau combinații de litere la fel de nesemnificative ca acelea de care se ocupa Fareed.

Așteptându-l să termine, s-a așezat pe scaunul din fața panoului de control și a cercetat șirurile lungi de butoane și potențiometre care se întindeau până la butonul din dreapta, sus, pe care scria *power*. A fost primul lucru pe care l-a înțeles și, ca atare, a îndrăznit să apese pe el.

Panoul de comandă s-a luminat ca un pom de Crăciun, cu toate diodele, iar pâlpâirea de pe trei dintre ecranele din fața ei a încetat. În schimb, au arătat o strălucire albastră fixă. În plus, s-au deschis câteva afișaje, câte unul lângă fiecare potențiometru de pe întregul panou de comandă. Afișaje cu semne alcătuind cuvinte pe care ea chiar le înțelegea.

Pe primul canal scria *Intrare*, și după ce a tras potențiometrul și a apăsat la nimereală pe câteva dintre butoane s-a trezit ecranul din mijloc și s-a văzut încăperea întunecată cu canapeaua rotundă de pluș violet în care intraseră Fareed și Qiang. Pe cel de alături scria *Sacrificii*, și după ce a nimerit butonul potrivit s-a trezit și ecranul pe care se vedea încăperea cu masa sculptată în piatră înconjurată de sfeșnice. Apoi erau *H1* și *H2*, însă pe ele imaginile erau prea întunecate ca să poată desluși ceva.

A apăsat pe butonul marcat *Bar*, și pe unul dintre ecrane a apărut o tejghea de bar lungă, slab luminată, cu vreo zece taburete înalte și fotolii de piele adânci pe fundal. A continuat așa cu *Recreere*, *Salon de înfrumusețare* și *Sala de cristal*, care s-a dovedit a fi o sală de festivități cu candelabre mari de cristal, draperii violet groase de-a lungul pereților și un grup de mese rotunde în fața unei scene.

A urmat o serie de canale cu nume de femei, cum ar fi *Amelia*, *Charlotte*, *Emma*, *Aria*, *Stella* și *Delilah*. Toate păreau să fie camere individuale fără ferestre, cu culori întunecate și detalii aurii, oglindă pe tavan și în mijloc, un pat dublu.

Unul dintre butoanele pe care a apăsat a făcut afișajele mici de pe panoul de control să se schimbe în *C1*, *C2*, *C3* și așa mai departe până la *C16*.

O parte din ea a știut imediat la ce serveau încăperile mici, sufocante, cu podeaua murdară, scaun de toaletă metalic și paturi suprapuse, cu așternuturi pătate.

Ceea ce se vedea pe ecran nu putea să fie ignorat. Erau celule în care cel puțin două persoane erau închise în condiții inumane. Cu mici deosebiri, toate arătau la fel până la *C8*. Celule goale care, judecând după cât de murdare erau, fuseseră folosite timp de câțiva ani.

Însă *C9* era diferită. Nu prin felul în care arăta. Dimpotrivă, celulele erau atât de derutant de asemănătoare, încât la început n-a fost sigură că sunt într-adevăr camere diferite și, chiar dacă era ușor să nu observi diferențele în lumina slabă, totul s-a schimbat când perna și așternuturile încâlcite din patul de deasupra au început să se miște.

– Dunja, ia uite aici! a zis Fareed din spate.

Dar ea nu voia să scape din ochi ecranul. Voia să vadă dacă era cu adevărat cineva...

– Dunja!

În cele din urmă s-a întors totuși spre laptopul lui Fareed, unde se derula o secvență de film în care se vedea cum opt bărbați violau o femeie tânără.

– Am crezut că e codificat.

– A și fost. Dar, evident, nu suficient.

Privirea goală a femeii arăta că în gând era cu totul în altă parte și îi lăsa pe bărbați să facă ce vor ei până obosesc și o lasă în pace. Numai că ei nu oboseau, ci continuau să pătrundă în orice orificiu pe care îl găseau. Uneori doar unul dintre ei, pe când ceilalți fumau o țigară și paharele de șampanie le erau umplute de o femeie înaltă, aproape despuiată și cu părul strâns în coc, alteori toți deodată.

– Asta nu-i Jenny Nielsen?

Fareed a încuviințat.

– Iar aici îl avem pe însuși procurorul general.

Fareed a arătat spre unul dintre bărbați, care tocmai se așeza călare pe fața tinerei.

– Cum îl cheamă?

– Mads Jensen, a zis ea și și-a dat seama că îi recunoaște pe cei mai mulți dintre bărbați. Și uite-l pe Ryan Frellesen de la Danske Bank, dacă nu mă înșel.

Era vorba despre cei mai importanți oameni din Danemarca, toți, de la Stig Paulsen, președintele concernului TDC Group, până la Kai Mosendahl, directorul general al Skat[1], și ministrul de externe Morten Steinbacher.

– Și ăsta nici vorbă să fie singurul film. Par să fie aici o mulțime.

Fareed a dat clic pe o listă de fișiere plină cu filme MPEG-4 cu titluri ca *Petrecerecrăciun2009*, *S&M-Ryan3* și *Jensenmergepreadeparte*.

---

[1] Skattestyrelsen: Agenția Fiscală Daneză

– Încearcă-l pe ăsta.

Dunja a arătat spre fișierul cu titlul *Klinge1*.

În film se vedea directorul executiv al DSIS culcat pe spate într-una dintre camerele individuale și încălecat de femeia pe care au găsit-o moartă în mașină împreună cu el.

Ea îl călărea, și dintr-unul dintre difuzoare se auzea cum el geme în același ritm cu mișcările ei. Savura totul cu ochii închiși și era atât de absorbit, că n-a observat când femeia a luat brusc în mână un pistol.

De-abia când ea i-a înfipt țeava pistolului în gură a deschis ochii și a încercat să se împotrivească, însă glonțul pornise deja și i-a făcut o parte din creier să împroaște patul și oglinda de pe perete.

Împușcătura nu s-a auzit mai tare decât un foc de artificii de Anul Nou, și femeia n-a avut nici măcar timp să coboare de pe trupul neînsuflețit când ușa din spatele ei s-a deschis și s-a văzut cum năvălește Jakob Sand. Ea a mai tras o dată, însă n-a nimerit, iar când a încercat să mai tragă, magazia pistolului era goală.

Jakob Sand a ajuns repede la ea și i-a smuls pistolul din mână, apoi i-a înfundat în gură batista din buzunarul său. Femeia l-a izbit cu picioarele și cu brațele și l-a zgâriat. Dar Sand era mai puternic și a smuls-o de pe pat cu o smucitură, iar în clipa în care a ajuns pe podea a fost peste ea, înșfăcând-o de gât cu amândouă mâinile. Când brațele și picioarele ei au căzut moi, în cele din urmă, pe podea, el s-a ridicat în picioare, și-a aranjat părul și smochingul și a ieșit din cameră.

Încă nu era clar de ce femeia l-a împușcat brusc pe Klinge. În afară de asta, filmul rezolva pe loc cazul de omucidere la care lucra Hesk. Faptul că Jakob Sand o omorâse pe femeie avea să explodeze ca o bombă și, în plus, să reînvie vechea suspiciune că el a omorât o prostituată.

Cu toate acestea, nu la Sand s-a gândit ea în primul rând, ci la Sleizner şi la faptul că el nu apărea în film. Şi nici în titlurile filmelor. În nici unul dintre ele nu-i văzuse numele.

S-a răsucit spre Fareed ca să-i audă părerea despre asta când a auzit o voce de femeie din difuzorul aflat în spatele lor.

– *Get down. I said, get down!*[1]

S-a răsucit şi a văzut pe unul dintre ecranele de deasupra panoului de control că femeia blondă cu părul strâns în coc, acum în costum de trening strâmt, se apropia de paturile suprapuse din C9.

– Uite-o iar, a arătat Dunja spre spinarea femeii. Jenny Nielsen.

– Dar ia stai un pic.

Fareed şi-a plimbat privirea între ecranele de deasupra panoului de comandă şi laptopul său, unde Klinge şi femeia zăceau în continuare fără suflare.

– Acolo este în direct?

– Da, nu-i cinci şi cinci minute?

Dunja a arătat spre timpul afişat într-un colţ al ecranului.

Fareed s-a uitat la ceasul de la mână şi a încuviinţat, în timp ce tânăra din patul de sus încerca să scape, înghesuindu-se cât de mult putea într-un colţ.

Însă n-avea cum să scape. Jenny Nielsen a reuşit repede s-o prindă de picioare şi a tras-o din pat jos, pe podeaua de ciment, de care a izbit-o cu capul până a leşinat, ca s-o poată târî mai uşor din celulă.

---

[1] Dă-te jos. Dă-te jos, am zis! (în limba engleză în original)

61

Luna nu răsărise complet, dar tot i se datora cea mai mare parte din sclipirea de pe lacul săpat în mijlocul orașului cândva, prin secolul al XVI-lea, ca șanț de apărare împotriva suedezilor, printre alții. Fabian stătea la capătul estic și privea apa. Un pic mai încolo, o pereche de tineri își scosese hainele ca să se răcorească în apă, prea beți și, poate, chiar prea îndrăgostiți ca să le pese cât de murdară era, de fapt, aceasta.

I-a venit în minte că el și Sonja au avut o vară asemănătoare în 1994, la Stockholm. Fiecare zi bătuse un nou record de căldură și în fiecare noapte stătuseră să se uite la Campionatul Mondial de fotbal din SUA, iar când Suedia a câștigat locul trei, au ieșit în noapte și, amețiți de căldură și de dragoste, s-au despuiat lângă Skeppsholmen.

Acum nu era nici beat, nici îndrăgostit, doar pe drum înapoi spre hotelul unde avea să achite șederea și apoi să plece spre casă. Spre casă, să salveze ce se putea salva. Sonja hotărâse deja, și el nu putea s-o învinuiască.

Încercaseră amândoi. Nu doar cât de mult au putut. Au făcut mai mult de atât. Au făcut compromisuri, au iertat, au luat-o de la capăt, au discutat, s-au certat, s-au împăcat. S-au luptat. Împreună și separat. Spre sfârșitul inevitabil. În adâncul său, el a știut tot timpul că într-acolo se îndreaptă, și era convins că și ea.

Însă întrebarea fusese când era bine să renunțe. Când sunt copiii destul de mari? Când unul dintre ei se îndrăgostește de altcineva? Când e mai bun eșecul decât viața în minciună? Și poate, poate ajunseseră acum acolo.

Cu Matilda era altceva. N-avea cum să ia, pur și simplu, o hotărâre, să rupă contractul și să-și împartă bunurile. Poate că n-o să mai vrea niciodată să-l întâlnească. Poate că n-o să-i mai răspundă niciodată la telefon. Însă asta n-avea să schimbe faptul că era fiica lui și el avea să fie tatăl ei pentru totdeauna.

Cu mâna teafără a scos pistolul din buzunarul hainei ca să-l arunce cât de departe putea în lac, și atunci a căzut fotografia cu Qiang plin de sânge, cu cuțitul în gât. A ridicat-o și era pe cale s-o rupă când, după o clipă, și-a dat seama că îi scăpase esențialul.

Și în loc să arunce arma, să se debaraseze de fotografie și să meargă mai departe spre hotel, s-a răsucit și a luat-o la fugă înapoi spre Østerbrogade. Înapoi spre garajul despre care vorbea Dunja. Cât de repede putea.

Nu cuțitul, sângele sau fața chinuită a lui Qiang a fost ceea ce l-a făcut să înțeleagă în cele din urmă cum toate indiciile din apartamentul lui Sleizner puse cap la cap puteau să povestească ceea ce s-a întâmplat cu adevărat pe balcon. A fost lănțișorul de aur cu micul elefant, abia vizibil la gâtul lui Qiang. Asta l-a făcut să priceapă ce s-a întâmplat. Unde a fost ținut Qiang și, mai ales, de ce. Întrebări pe care nu și le pusese până acum, când cunoștea răspunsul.

Un răspuns care l-a făcut să-și dea seama că nu terminase.

Că îi mai rămăsese un lucru de făcut.

Un ultim lucru.

62

Una dintre încăperi avea două bănci, oglinzi pe pereți și un sac de box care atârna din tavan. Și greutăți. Gantere, bile cu mâner și haltere arcuite. În alta au găsit o chicinetă cu masă și două cești cu cafea băută pe jumătate. Ambele, reci. În a treia erau două dulapuri față în față. Înăuntru erau costume, salopete albastre, lenjerie de corp și obiecte de toaletă, iar pe un umeraș era o vestă de pescar, cu pălăria asortată, plină de momeli de pescuit. În două camere mici, fără ferestre, erau două paturi nefăcute și, judecând după hainele de camuflaj azvârlite pe podea, aici locuiau cei doi bărbați, întocmai așa cum spusese Sleizner.

Însă nu era nimeni acum. După ce l-a lăsat pe Fareed în camera de control, a scotocit peste tot în spațiul ascuns din spatele atelierului auto. Singurul semn de viață pe care l-a văzut a fost cel din celulă, pe ecran. Acolo era murdar și rudimentar. Aici, dimpotrivă, era dichisit, cu pereții în nuanțe de gri și covor de la un perete la altul.

A încercat din răsputeri să alunge bănuiala că poate nu aici se află celulele, ci în cu totul alt loc. În schimb, și-a pus toată încrederea în ușa din celălalt capăt al coridorului, spre care se îndrepta grăbită.

Era ultima, şi dacă n-o ducea mai departe, nu ştia ce-i rămâne de făcut. Nu exista vreun al doilea plan. Şi nici vreunul prim, dacă-i pe-aşa. Singurul lucru asupra căruia căzuse de acord cu Fareed până la urmă a fost ca el să rămână în camera de control, aşteptând să se termine copierea de pe hard-disk şi, dacă ea n-avea timp să se întoarcă înainte de asta, el să plece cât mai departe posibil şi să aibă grijă să ajungă conţinutul în mâinile cui trebuie.

Ea avea să găsească celulele. Era singurul lucru care conta acum. Jos, la celule şi la Jenny Nielsen aia. Ce avea să se întâmple după aceea rămânea de văzut.

Cel puţin n-a trebuit decât să apese pe clanţă ca să se deschidă uşa, şi când s-a aprins automat lumina din partea cealaltă a recunoscut din prima cercetare făcută de Fareed şi Qiang tunelul lung, care se întindea pe sub Østerbrogade.

Când a ieşit pe coridor, a văzut că uşa de metal care dădea pe rampa de încărcare era într-adevăr blocată pe dinăuntru. Însă ea nu se întorcea în garaj, ci se ducea în spaţiul din subsol care nu exista.

După ce a mers vreo cincizeci de metri până la capătul coridorului a tastat codul 7895, care încă funcţiona chiar şi aici şi, la fel cum făcuseră Qiang şi Fareed, a dat deoparte draperia groasă şi a intrat în camera slab luminată cu pereţi întunecaţi şi canapeaua de pluş violet, rotundă, în mijloc.

Uşa spre camera cu masa de sacrificiu şi uneltele de tortură era întredeschisă. Însă o văzuse deja, de aceea s-a îndreptat spre cealaltă uşă, care dădea în alt coridor. Aici erau uşi pe tot peretele din dreapta. Uşi cu nume pe plăcuţe de alamă. *Amelia, Charlotte, Emma.* Nu era nevoie să deschidă şi să vadă, ştia deja ce se ascunde înăuntru, şi a mers repede mai departe prin labirintul de coridoare și spații care duceau cu gândul la un cazinou proiectat în așa fel încât după ce intrai să nu mai poți găsi niciodată ieșirea.

După un salon de înfrumusețare, o sală de recreere, alte coridoare șerpuitoare și o sală de masaj, a ajuns în încăperea numită pe panoul de control *Sala de cristal*. Era exact atât de măreață și atemporală cum sugera numele. Cu tavanul înalt, candelabre mari de cristal și mese rotunde cu veioze mici roșii, precum și o tejghea de bar lungă, cu grupuri de canapele în capătul din spate.

Tot decorul evoca un amestec de decadență și budoar, dar mai ales evoca bani. Bani cu nemiluita. Bani care pot să cumpere totul. Însă în spatele unei draperii grele de pe scena luminată a găsit, în sfârșit, ceva ce arăta că este pe calea cea bună.

Un lift.

Un lift care nu mergea decât în jos.

Pentru că jos trebuia să ajungă.

Jos, unde era răul cel mai mare.

Când a ieșit din lift, era în altă lume. Cu siguranță părea la fel de abandonată ca etajul de deasupra. Dar dispăruseră lumina slabă și pereții întunecați, cu modele aurite. Aici pereții erau albi ca de spital și lumina puternică, pătrunzătoare, de la lămpi aflate în pereți.

A intrat într-o sală strălucitor de curată, văruită în alb, cu un șir de cinci dușuri fixate de-a lungul unui perete și la fel de multe pisoare pe peretele din fața lor. Pe al treilea perete era un șir de chiuvete, iar în mijlocul sălii erau cinci bideuri.

A recunoscut locul și și-a dat seama că aici s-a întâmplat. Exact în această sală au fost surprinse imaginile pe care n-avea să și le scoată niciodată din minte. Însă nu s-a oprit, ci a trecut pe lângă un duș cu presiune mare și câteva canistre cu triunghiuri roșii de avertizare pe etichete.

Încăperea care se afla în continuarea sălii de duș, și ea complet albă, avea o lampă mare prinsă pe tavan cu un braț solid și o masă de metal pe roți, pe care o duzină de instrumente lungi și înguste erau așezate ordonat pe un prosop, alături de un scaun ginecologic.

Urma un coridor scurt, pe lângă o fereastră mare spre o cameră cu un pat învelit în plastic înconjurat de camere de luat vederi pe stative, până la alt lift care, la fel ca cel dinainte, nu putea s-o ducă decât în direcția bună.

În jos.

Cât de jos, era greu de spus, însă mai mult decât se așteptase. Poate că liftul era doar extrem de lent. Poate nu mergea drept în jos, ci oblic. Era greu să-ți dai seama în lumina care pâlpâia ușor. Însă până la urmă, după ce au părut să treacă vreo câteva minute, liftul s-a oprit și, după ce a ieșit, aerul închis, greu, cu miros înțepător, i-a spus că a ajuns unde trebuie. Că era ceea ce căuta ea.

Pereții, podeaua și tavanul din jur erau din beton brut. Cu condens care s-a format și a picurat, s-a uscat și a curs iar. Depuneri care, când vor fi analizate, le vor da tehnicienilor insomnii.

Pe tavan străluceau becuri goale, departe unul de altul, pe un coridor îngust, ca într-un submarin. De amândouă părțile, uși cu gratii întredeschise spre celule lipsite de viață. De demnitate. De orice. Alte coridoare. Alte celule. Într-un colț, un morman de pantaloni, pulovere și rochii, chiloți și ciorapi. Toate pătate și zdrențuite. Gândaci negri de un soi pe care nu-l mai văzuse niciodată mișunau în jur.

Și totuși, s-a lăsat pe vine ca să caute indicii. Orice ar fi putut să identifice. Să găsească nume. Însă niște voci îndepărtate au făcut-o să se ridice în picioare, să-și continue drumul pe coridoare, urmând mirosul înțepător după un colț și apoi încă unul, prin altă încâlceală de pasaje, și până la urmă a fost nevoie de o împușcătură ca să poată găsi locul.

Și iată-l, la vreo zece metri, cu o mână căreia îi lipsea inelarul, cu bocanci grei, haine de camuflaj și o mască de gaze. Într-o mână ținea o canistră de cinci litri pe care o golea într-o gaură de câțiva metri pătrați din mijlocul podelei de ciment crăpate.

Fiecare celulă din trupul ei era pregătită să se repeadă înăuntru și să se arunce pe el. Să facă orice, câtă vreme asta l-ar face pe el să sufere la fel ca Qiang. Însă nu se putea. Încă nu. Nu înainte să înțeleagă ce se petrece.

Dar cum să faci asta?

Cum poți să înțelegi ceea ce este de neînțeles?

Încăperea era mare, cu siguranță șaizeci de metri pătrați, și, la fel ca restul etajului, era în întregime din beton. Un freamăt puternic, aproape un clocot, se auzea din gaura mare din podea, ceea ce explica cel puțin duhoarea, insuportabila duhoare înțepătoare care făcea fiecare respirație să pară cu un pas mai aproape de pieire.

La un metru și ceva deasupra găurii, un capac de lemn rotund și gros atârna de o sârmă de oțel care, printr-un troliu de pe tavan, ducea mai departe la un vinci fixat în perete la stânga ei, deasupra unui șir lung de canistre cu triunghiuri de avertizare roșii.

În fundul încăperii era celălalt bărbat, și el în haine de camuflaj. La lumina unei lanterne, cerceta cu atenție tinerele care stăteau în șir, complet goale, cu mâinile și gâtul prinse într-un lanț lung fixat în peretele din spatele lor.

Groaza din privirile lor pe când el se uita la trupul uneia dintre ele spunea mai mult decât putea asimila Dunja. La fel şi ţipetele, care nu se auzeau decât ca un vaier slab, îngânat de gurile astupate cu bandă adezivă, când el, cu o simplă mişcare a mâinii, a desfăcut lanţul de la gâtul şi mâinile femeii.

–*Here's another one*[1].

Bărbatul a arătat cu capul spre cicatricea în formă de cruce dintre sânii femeii şi a îmbrâncit-o spre colegul său de lângă groapă.

Femeia a clătinat din cap şi a strigat ceva pe sub banda adezivă. Ceva neauzit, într-o limbă de neînţeles pe care o puteau înţelege cu toţii. Se ruga pentru viaţa sa. Să scape de condamnare. Însă n-a avut nici o şansă. Împotriva muşchilor lui. Împotriva glonţului din frunte. Împotriva mâinilor care au împins-o peste buza gropii.

Totul s-a terminat în câteva secunde, şi în clipa în care din groapă s-a auzit o bufnitură îndepărtată, bărbatul de lângă femei a strigat:

–Wratlov. *Behind you*[2].

Însă Dunja era deja chiar în spatele bărbatului de lângă groapă, i-a prins strâns braţul stâng şi i l-a sucit la spate şi în sus cu atâta forţă, că umărul lui a ieşit din încheietură şi pistolul i-a căzut.

Bărbatul, care evident se numea Wratlov, a scos un ţipăt sub mască şi a încercat, cu toate că avea braţul paralizat, să se răsucească şi să o doboare, însă pistolul era deja în mâna Dunjei, cu ţeava înfiptă în tâmpla lui.

---

[1] Uite încă una. (în limba engleză în original)
[2] În spatele tău. (în limba engleză în original)

-*Okay, let's calm down*, a zis ea și i-a blocat la spate mâna teafără. *And you, drop your weapon*, i-a strigat celuilalt. *Your weapon! On the floor!*[1]

-*Famous last words*[2].

Bărbatul de lângă femei a lăsat pistolul să cadă pe podea, rânjind.

-Dar, ca să știi, n-ai să ieși de aici vie.

-Se poate.

Dunja a tras un glonț și pistolul de la picioarele bărbatului a ajuns mai departe pe podea.

-Însă hai să luăm lucrurile pe rând și să începem cu eliberarea lor.

Bărbatul a șovăit, și-a plimbat privirea între femei, colegul său și Dunja.

-Poți să te tot socotești cât vrei. Ia în calcul toți factorii și completează toate căsuțele goale ca să ajungi la cea mai mare probabilitate. Sau îți pot spune simplu că, la orice concluzie ajungi, eu n-am nimic de pierdut.

Bărbatul a mai chibzuit o vreme, apoi s-a întors și a început să desfacă una după alta cătușele, când ceva a lovit-o pe Dunja în ceafă. Ceva dur, care i-a spart țeasta, sau poate că asta a fost când s-a izbit cu capul de ciment. Nu știa. Știa doar că dintr-odată zăcea pe spate cu capul explodând de durere și privirea atât de încețoșată, încât bărbatul de deasupra ei nu era decât o umbră vagă.

-Hei, salut. Cum te simți?

A încercat să-și dea seama a cui este vocea, însă gândurile nu voiau s-o asculte și rătăceau care încotro.

---

[1] Bun, potolește-te. Și tu, aruncă pistolul. Pistolul! La podea! (în limba engleză în original)

[2] Grozave ultime cuvinte. (în limba engleză în original)

– Ar trebui să fii bucuroasă că n-am folosit decât ticălosul acesta mic.

Umbra încețoșată i-a întins ceva care părea o bilă de marmură lucioasă și s-a aplecat până ce ea a putut să vadă cine îi zâmbește.

Însă nu putea să creadă și a clătinat din cap instinctiv. A simțit cât de tare o doare ceafa. Dar nu se putea abține. N-avea cum să fie adevărat. O înșela vederea, asta era singura explicație rezonabilă. Nu era adevărat. Poate că de aceea capul ei sfida durerea și continua să se clatine. Ca pentru a o convinge că ceea ce vedea era o minciună. Un miraj răsturnat ivit din cel mai urât coșmar al ei.

– Mi-aș dori să te poți vedea. Sleizner a râs și a clătinat din cap, maimuțărind-o. Aproape că pari să fi văzut o stafie. '*Oh, I see dead people.*'[1]

Însă nu era minciună. El trăia. Dunja nu putea să priceapă cum. Dar Jigodia trăia. Nu era vorba că ea însăși murise și nu avusese timp să-și dea seama de asta. Era ca și cum ar fi fost ultimele clipe înainte să-și piardă cu totul cunoștința.

– Da, întocmai. Sunt eu, pur și simplu. Sleizner și-a desfăcut brațele. Așadar, ne vedem din nou. Drăguț, nu-i așa? Nu știu cum ești tu. Eu n-am fost niciodată un credincios adevărat. Însă când mă privesc în oglindă, este lucrul cel mai apropiat de înviere la care poate ajunge un om. Ce zici?

Ea n-a răspuns. N-avea de gând să se prindă în micul lui joc. În schimb, a întins mâna spre cracul pantalonilor lui. O smucitură, nu era nevoie de mai mult. El era prea ocupat să se felicite singur ca să-i vadă mâna.

---

[1] „Oh, văd morți". Aluzie la filmul *Al șaselea simț*. (în limba engleză în original)

O mică smucitură urmată de o lovitură, și el ar putea să-și piardă echilibrul și să cadă peste buza gropii.

– A, nu. Și-a tras piciorul. Nu așa o să...

Însă ea n-a auzit decât atât înainte ca bila din mâna lui s-o lovească iar.

63

Fabian gonea pe lângă fațade pe Østerbrogade, căutând ceva care să-i amintească de acel garaj public, în timp ce creierul încerca să recapituleze cele întâmplate în apartamentul de pe Islands Brygge.

Discuția de la interfon, în care Sleizner a presupus că e altcineva. Pe care, evident, îl aștepta. Un anume Morten Heinesen. Probabil polițistul care a ajuns după douăzeci și cinci de minute. Liftul care cobora, dar n-a ieșit nimeni la parter. Dulapul deschis, hainele pe podea și sticla de băutură care era la locul nepotrivit. Lănțișorul cu micul pandantiv Ganesha.

Și mirosul.

Mai presus de toate, mirosul pe care l-a simțit în cutia pernelor.

Totul sugera că e imposibil. Că nu era decât el, care, din pură disperare, a văzut o legătură între piesele din puzzle. O legătură care în realitate nu exista. Care n-avea nici un sens, oricum ai fi luat-o. Însă bănuiala pusese stăpânire pe el și, că era sau nu ceva în ea, era silit să afle cum stau lucrurile cu adevărat înainte să poată merge acasă și să-și înceapă restul vieții.

Până atunci trecuseră pe lângă el patru mașini. Toate taxiuri, iar unul dintre ele a tras pe dreapta și a oprit pe pista bicicletelor, crezând că el vrea o mașină de vreme ce s-a uitat în spate și l-a petrecut cu privirea când a trecut pe lângă el.

De această dată, n-a fost vreun taxi ceea ce l-a făcut să se oprească și să se întoarcă, ci girofarurile unor vehicule de intervenție. Erau încă departe ca să vadă cât de multe, însă bănuia că sunt cel puțin trei.

N-ar trebui să fie el cel pe care îl căutau. Mobilul îl lăsase în camera de hotel și ambulanța n-o urmărise nimeni. Desigur, cineva putuse să facă un raport. Cineva care l-a recunoscut, ceea ce însemna că poliția daneză l-a identificat.

Din păcate, se afla în mijlocul unei piețe deschise, în care avea să fie complet vizibil când treceau pe alături mașinile cu girofaruri. Așa că s-a grăbit să se ascundă după o tufă, ca să descopere că tufele ascundeau coborârea în garajul pe care îl căuta.

Auzea cum mașinile se apropie, și când și-a dat seama că opresc girofarurile și virează la stânga spre piață n-a mai văzut altă cale de scăpare decât să coboare rampa de beton și să se ducă repede la ușa pentru pietoni de lângă poarta garajului.

Prima mașină o mai văzuse o dată, din balconul lui Sleizner, când a frânat și s-a oprit în fața cadavrului, în Islands Brygge. Așadar, acela era Heinesen, despre care Sleizner credea că o să vină și care mai târziu l-a fugărit prin apartament. În transportorul de după ea era, probabil, unitatea de intervenții care se grăbea să tragă în oameni.

S-a bucurat că ușa garajului care funcționa nonstop era descuiată, iar el a putut să intre fără probleme. Însă i-a oferit cel mult câteva secunde în plus, apoi s-au auzit motoare și scrâșnet de cauciucuri de la mașinile care coborau pe rampă afară.

Încercând să mai câștige un pic de timp, s-a cățărat pe un extinctor de pe perete și a decuplat cablurile motorului care deschidea poarta. Apoi a fugit la atelierul auto, unde era o mătură pe care putea s-o vâre prin mânerele ușii pentru pietoni, ca să nu poată fi deschisă nici ea.

Curând s-au auzit voci furioase, apoi cineva a început să zgâlțâie ușa. Mătura a rezistat, iar Fabian a putut să se îndepărteze, conștient că ceasul ticăie.

Cum Dunja pomenise faptul că garajul e legat de un subsol secret printr-un pasaj pe sub Østerbrogade, a început să caute în acea direcție.

Un pic mai departe era un camion care avea pe platformă un container. Asta în sine nu însemna neapărat ceva, însă când și-a dat seama că ușile containerului sunt larg deschise n-a mai șovăit să înainteze și a tras siguranța pistolului pe când urca scara de metal.

Însă acolo nu era nimeni, nici pe rampa de încărcare, nici în container și, pe fundalul bubuiturilor polițiștilor care încercau să intre, s-a dus la ușa de metal. Așa cum se aștepta, era încuiată, așa că s-a întors la container și a făcut un pas înăuntru.

Întrebările despre ce fusese sau avea să fie transportat au primit răspunsul de la sine în clipa în care ochii i s-au adaptat la întuneric și a văzut toate numele de femei scrijelite pe pereții ruginiți. Sleizner trecuse deja de orice limită și făcuse ceea ce toată lumea credea că nu-i cu putință. Așadar, de ce nu și asta?

Pe de altă parte, ceea ce l-a surprins a fost numele din colțul stâng, în fundul containerului, cam la un metru de podea. Era singurul nume de bărbat pe care l-a văzut. În plus, era un nume pe care l-a recunoscut din ultimul său an la Stockholm.

Diego Arcas.

Acum se afla în închisoarea Hall și își executa condamnarea ca unul dintre conducătorii unei mari rețele de traficanți pe care ei reușiseră s-o distrugă în 2009. Însă, evident, rețeaua era în continuare activă, printre altele, cu ajutorul lui Sleizner.

Pe de altă parte, n-a priceput ce însemna crucea scrijelită deasupra numelui, și n-a avut timp să se gândească, pentru că a auzit cum se deschide ușa de metal de pe rampa de încărcare, în spatele său. S-a răsucit, dar în lumina care bătea din spate n-a deslușit decât conturul unui trup de femeie cu părul strâns în coc care venea spre el.

- Culcă-te pe podea! Pe burtă! Cu brațele și picioarele depărtate, a strigat și a îndreptat pistolul spre femeia care s-a oprit chiar lângă container. *Down on the floor*[1], a repetat el și abia acum a descoperit cele două proiectile care, cu cozile lor de metal lungi, spiralate, veneau prin aer drept spre el.

Primul și-a înfipt cârligele în piciorul lui stâng, iar celălalt, în șoldul drept. Șocul electric care a urmat a făcut timpul să se oprească și, în ciuda faptului că era în continuare pe deplin conștient când picioarele s-au îndoit sub el în spasme, n-a mai fost în stare să facă altceva decât să se prăvălească pe podea ca un buștean.

[1] Pe podea (în limba engleză în original)

64

Fareed avea ochii înroşiţi de la atâta privit ţintă la ecran şi aştepta ca bara albastră care pulsa să treacă de la 99 la 100. O aşteptare care îl costase până în acel moment douăzeci şi cinci de minute şi jumătate şi optzeci şi trei de clipiri. Douăzeci şi şapte de minute îi trebuiseră barei ca să ajungă de la 98 la 99, aşa că trebuia să fie aproape de capăt. Pe de altă parte, diferitele procente avuseseră nevoie de intervale între două şi treizeci şi trei de minute, ceea ce însemna că ultima etapă ar putea foarte bine să dureze mai mult de o oră.

Cu alte cuvinte, n-avea nici o idee cât timp mai rămăsese până să se termine copierea, aşa încât să poată deconecta hard-diskul, să plece din camera de control şi să se întoarcă la ambulanţă. Singurul lucru pe care îl ştia sigur era că, dacă nu se auzea curând acel *ping*, ochii riscau să i se scurgă din orbite.

Ca şi cum tocmai ar fi explodat ceva departe, s-a auzit o bufnitură surdă care a cutremurat podeaua. Dar poate nu era decât o uşă grea închisă cu prea multă forţă. Spera că este Dunja care se întoarce. Într-o lume ideală, ea îi găsise pe cei doi bărbaţi şi îşi vărsase furia pe ei, aşa încât acum putea să plece împreună cu el din blestemata asta de văgăună.

Nu-i plăcuse ideea să se despartă în acest loc. Fiecare pe cont propriu nu era nici măcar pe jumătate atât de puternic ca împreună. Nu trebuia decât să vezi ce pățise Qiang ca să-ți dai seama că era o idee proastă. Însă Dunja n-a vrut să asculte și a jurat pe ce avea ea mai sfânt că se va întoarce înainte să termine de copiat.

Însă vorbele au fost la fel de lipsite de sens și de substanță ca promisiunile electorale într-o dezbatere finală. Ea îi dăduse chiar un pupic pe buze înainte să plece grăbită. Nu se mai întâmplase niciodată și nu putea fi interpretat altfel decât ca un ultim rămas-bun. De aceea a fost foarte surprins când i s-a părut că aude pași îndepărtați pe coridor.

S-a dus la ușă și a scos capul. Se auzea ceva. Din nefericire, părea că sunt mai multe persoane. Era greu de spus câte, dar cel puțin două. Acum mai auzea și voci. Glasuri de bărbați care comunicau sporadic prin cuvinte de o silabă, ca militarii care își dau unul altuia ordine.

Semnalul electronic l-a făcut să se răsucească spre ecran, unde bara care pulsa ajunsese în cele din urmă la capăt. A smuls cablul din hard-disk, l-a pus în rucsac împreună cu laptopul și, cu rucsacul pe umăr, s-a grăbit iar spre ușă, însă a fost silit să se întoarcă din prag.

Bărbații erau deja prea aproape. Îi auzea clar. Ca și cum n-ar fi fost la mai mult de zece metri de el. Poate chiar mai puțin.

S-a uitat în jur prin încăperea mică după o ascunzătoare. El, care de obicei nu intra în panică, acum aproape că nu se putea mișca. Cu atât mai puțin să aibă vreun gând limpede.

Totul era din vina Dunjei. După ce intrase în viața lui, n-a mai avut timp să-și facă ședințele de yoga și să mediteze nici măcar o dată. Acum stătea aici, transpirând tot, și, de parcă s-ar fi jucat de-a v-ați ascunselea, s-a târât sub panoul de control și s-a ascuns acolo.

Însă nu era de-a v-ați ascunselea. Nu știa ce este. Știa doar că s-ar putea sfârși cu un cuțit în gât dacă îl găseau, așa că s-a înghesuit și mai tare în spatele unui computer și al unui morman de cabluri neconectate. Sau ei ar inventa altceva ca să-l surprindă? Să-l înjunghie în ochi, poate. Sau, de ce nu...

N-a fost deloc în mod conștient, însă în clipa în care i-a auzit pe bărbați pe coridor în fața ușii și-a oprit și gândurile, și respirația și a stat acolo ca un Houdini încremenit care își dă seama în timpul marelui său număr final că nu asta ar fi trebuit să facă cu propria viață.

De-abia când s-a convins că pașii și-au continuat drumul pe lângă ușă a cutezat să dea drumul aerului din piept și să se destindă, dar curând a auzit cum pașii se opresc brusc și sunt înlocuiți de voci care din nou schimbă între ele câteva propoziții.

Nu mult după aceea, doi bocanci grei au intrat și s-au oprit în mijlocul camerei mici. Putea chiar să audă respirația bărbatului și cum își scărpina țepii de pe obraz. El își ținea iarăși răsuflarea și își controla toți mușchii, ca să nu atingă ceva care ar fi putut să producă vreun zgomot.

Tăcerea părea o înfruntare în care primul dintre ei care scotea un sunet pierdea. O întrecere pe care a câștigat-o când dinspre bărbat s-au auzit două pocnete puternice.

De faptul că în realitate a pierdut și-a dat seama când i-a picat fisa că auzise genunchii bărbatului lovind podeaua. Însă atunci era prea târziu. Omul era deja în patru labe și îl privea drept în ochi.

65

Fabian n-a văzut decât încă o lampă scumpă trecând pe deasupra capului său înainte să se întunece totul. Când a reuşit din nou să-şi silească ochii să se deschidă, femeia blondă din faţa lui, cu mâna pe funia care îi lega picioarele, îl târa mai departe prin labirintul întunecat de coridoare al clubului de noapte. Apoi iar s-a lăsat întunericul, ca un scurtcircuit dinăuntrul său.

De fiecare dată când se întuneca îşi pierdea şi controlul muşchilor de la mijloc în jos. Ca şi cum s-ar fi aflat într-o lungă criză de epilepsie în care corpul era cuprins de spasme dictate de curentul care pulsa între cele două cârlige cu sârme.

-Ascultă, s-a auzit cum blonda înaltă din faţa lui spune în cască. Tocmai pregăteam transportul, bine? Şi numai ce îl văd în container.

Însă ceva se schimbase. Poate că trupul său începuse să se deprindă cu şocurile. Sau poate încărcătura pistolului electric începuse să scadă după ce fusese folosit mai multe minute ca să-l ţină pe el sub control.

-Nu ştiu, a continuat femeia. Pur şi simplu, era deschis.

Însă de fiecare dată simţea că şocurile sunt mai slabe, iar când şi-a revenit după încă un atac a putut chiar să-şi mişte un pic braţul drept.

– Nu, n-avea permis de conducere sau altceva. Însă cred că este poliţistul suedez, Risk.

Dacă s-ar putea apleca măcar, ar trebui să fie în stare să smulgă cârligele şi să-şi recapete controlul. Însă era imposibil, muşchii trunchiului aveau viaţa lor separată.

– De unde dracu' să ştiu? Nu răspund eu de asta. Acum îl duc la spălătorie şi tu îl preiei de acolo, bine?

Totuşi, în ciuda faptului că din nou s-a întunecat totul, a reuşit să se agaţe de una dintre draperii şi să se ţină de ea destul timp ca s-o audă până la urmă cum cade pe podea, cu bară cu tot.

– *Fuck*... Hei, acum trebuie să închid.

Femeia din faţă s-a oprit şi s-a răsucit spre el cu un oftat obosit, complet nepregătită pentru lovitura cu bara draperiei.

Care a nimerit-o deasupra urechii.

– Ce mama dracului?

Nici măcar prea tare, însă destul ca să ea să fie mai absorbită de urechea însângerată decât să se apere de următoarea lovitură când el, fără să se sinchisească de rana de glonţ din braţ, cu amândouă mâinile şi cu toată puterea, i-a înfipt capătul barei drept în faţă. Ea a scos un geamăt slab, apoi s-a clătinat şi s-a prăbuşit pe podea.

66

– N-am nici o idee. Am încredere că vă ocupați voi de asta... Bine... Maximum încă un sfert de oră. N-am nevoie de mai mult. Era la doar câțiva metri de ea. Da, dacă nu dau nici un semn în cincisprezece minute, puteți coborî. Dar nu înainte. S-a înțeles? Vocea înviată din morți. Nu, e încă inconștientă, așa că mergeți mai departe așa cum am plănuit. Vocea care ar fi trebuit să amuțească pe vecie. Mă doare-n cot de ce a zis sau n-a zis el. Aici eu sunt cel care hotărăște și în clipa asta hotărăsc că eu mă ocup de ea. În felul meu. Bine?

Ea zăcea pe o parte, cu brațele legate la spate și ceva rece și dur în jurul gâtului. Mirosul înțepător îi spunea că este aproape de gaura din podea. Ieșea din discuție încercarea de a scăpa de acolo. Cea mai mică mișcare risca să-i atragă lui atenția.

– Asta-i problema voastră. Trebuie s-o rezolvați. Eu o să stau un sfert de oră aici singur cu ea.

Dunja a încercat să deschidă ochii, dar nu știa dacă a reușit. Nu vedea nimic. Doar porțiuni cenușii. Ca și cum ar fi privit direct în propriul creier.

– Hei, ascultă aici.

Însă durerea, ea era acolo. Pe undeva. Ca o furtună în depărtare. Dar de ce nu era mai puternică, dacă se gândea cât de tare a lovit-o? Să-și fi pierdut simțirea? Asta era explicația? Putea măcar să se miște?

– Nu, acum o să mă asculți tu pe mine. Nu merg nicăieri până nu termin aici, și nu termin până ce ea nu își revine și pot să văd cu ochii mei când o să... Vocea s-a întrerupt și a fost înlocuită de un pas pe podeaua de ciment. Măi, să fie. Vocea era acum mai aproape. Dacă nu-i însăși Frumoasa din Pădurea Adormită care s-a trezit din somnicul ei de frumusețe.

Mult mai aproape.

Dunja a întors capul și a simțit cum lanțul rece din jurul gâtului se mișcă. A simțit cum lanțul continuă în jos pe spate și îi leagă mâinile și picioarele. A simțit răsuflarea bărbatului.

– Indiferent cât de tare te urăsc, de fiecare dată când te văd nu pot să nu mă gândesc ce bine ne-ar fi fost împreună, a continuat el, și l-a auzit cum își îndreaptă spatele și se îndepărtează cu un pas.

Dunja a clipit, și-a dat seama că are ochii deschiși și a clipit iar. Zonele cenușii și-au precizat cu încetul contururile și curând a putut să vadă mai mult decât o siluetă încețoșată. Fruntea lui transpirată, buzele crăpate și rânjetul. Acel rânjet superior al cuiva care are un as în mânecă și debordează de bucurie pentru ce va urma.

– Dar am vorbit deja despre asta, și nimic nu-i mai neplăcut decât cineva care se repetă. Eu o să fiu bine. Însă tu, nu prea.

– Te-ai sinucis, a zis ea, în vreme ce el își agăța haina pe mânerul vinciului de pe peretele din spate.

– Da, așa am făcut.

A luat masca de gaze de lângă șirul de canistre de plastic cu acid fluorhidric și a controlat-o înainte să se răsucească spre ea.

– Nu te simți câteodată obosită de tine însăți? Știi tu, acea senzație că nu faci altceva decât să conduci mașina pe aceleași vechi făgașe de tractor și te repeți ca un papagal senil.

A așteptat un răspuns, dar ea tăcea în continuare.

– Păi, bine. Dar, în orice caz, mie mi se întâmplă, și cu siguranță mi s-ar întâmpla dacă aș fi în locul tău.

Nu mai era altcineva în încăpere. Nici o tânără înlănțuită. Nici un bărbat în haine de camuflaj. Doar ea și Sleizner. Și rânjetul. Blestematul ăla de rânjet voios, care ar fi strepezit dinții oricui.

– Așadar, chestia asta cu moartea este, de fapt, o idee cu care mă joc de mult timp. Ce frumos ar fi să pot, pur și simplu, să iau totul de la capăt. Și-a descheiat nasturii manșetelor și și-a suflecat mânecile. Știi tu, să-ți lepezi pielea și să devii cu totul altcineva. Vreau să zic, cu numai o sută de ani înainte, oricum aș fi fost mort și îngropat la vârsta mea. Nu-i de mirare că avem criza de la jumătatea vieții. Unii încearcă s-o rezolve prin terapie. Alții divorțează, își schimbă cariera și se mută la țară ca să se ocupe de fermentație sau să înceapă cine știe ce căcat de curs de olărit. Se pare că eu am fost silit să mor ca să pot reînvia. A râs și a clătinat din cap. Mulțumită ție și lui Jan Hesk, toate piesele s-au așezat la locul lor. Ce-i drept, un pic mai devreme decât era planul. Dar ce contează, în tabloul general? Și apoi micul tău prieten chinez, se înțelege. Nu trebuie să-l uităm, pentru toți elefanții din lume.

Ei i-a părut rău că vorbise. Că i-a oferit marea plăcere de a putea să povestească și să se umfle în pene la propria genialitate. Însă tăcerea ei n-ar fi fost de folos. Nimic nu-l putea împiedica să se împăuneze. Exact acesta era motivul pentru care se afla aici. Pentru care ea era încă în viață.

– Așa cum știi deja, avem câțiva membri faimoși în micul nostru club, a continuat el și a destupat o sticlă cu apă. Era doar un bluf, sau el știa că ea și Fareed au găsit filmele? Dunja, zău așa, a oftat Sleizner și a băut. Chiar te-am supraestimat atât de tare? S-a dus la ea și s-a lăsat pe vine. Sau tu m-ai subestimat iarăși? Sigur că știu ce filme ați văzut pe hard-disk tu și micul tău prieten plin de curry. N-ar trebui să fii atât de surprinsă. De ce altceva crezi că v-am desfășurat la picioare covorul roșu și am avut grijă să păstrez același cod la încuietori? Uite, mai bine bea un pic de apă. A împins deschizătura sticlei spre gura ei și a ținut-o acolo. Nu există nici un motiv să mori însetată.

Mai mult i-a curs pe obraji, însă ceea ce a înghițit i-a curățat cel puțin cea mai mare parte a prafului din gât.

– Fareed. L-ați prins pe Fareed?

– Fareed Cherukuri. Nu așa-l cheamă? Sleizner s-a ridicat, a băut ce mai rămăsese din apă și a aruncat sticla cu boltă peste ea, în groapă. Sau poate că ar trebui să spui „îl chema".

– Răspunde. Ce i-ați făcut?

Sleizner a râs și a aplaudat cu trei lovituri obosite.

– *And the Oscar goes to*[1]... Haide, zău. Pentru cine joci teatru? Pentru tine însăți? Pe mine cu siguranță nu mă convingi. Adevărul, dacă e să fim sinceri, e că nu-ți pasă nici cât negru sub unghie de micul tău indian sorbitor de ceai ori de tipul ăla cu elefanții. În ochii tăi n-au fost decât un mijloc pentru un scop. Două sticle pentru care nu primești înapoi garanția. Așa că sugestia mea e să încetezi cu asta. A aruncat o privire la ecranul vechiului Nokia. N-avem la dispoziție toată

[1] Și Oscarul îl câștigă... (în limba engleză în original)

noaptea, aşa că hai să rămânem la subiect. Adică mica mea plecare de pe lume.

– Kim, uită că am întrebat. Sincer, nu-mi pasă.

Sleizner a râs.

– Ce amuzantă eşti! În fine, aveam nevoie de două lucruri ca să reuşesc. Un cadavru şi un scenariu credibil. A ocolit-o şi s-a oprit în spatele ei. Cadavrul n-a fost niciodată o problemă. Putea fi aproape oricine. L-a auzit cum îşi desface prohabul şi urinează direct în groapă. Acum, s-a nimerit să fie micul tău prieten dolofan. Sigur, nu era nici pe departe ca mine de atletic şi pielea lui era mai galbenă ca diareea. Însă de amănunte s-a ocupat Oscar Pedersen. El a fost întotdeauna un membru de încredere al micului nostru club şi a identificat deja cadavrul meu. Apropo, n-aţi lucrat împreună în prima ta anchetă?

Ea a încuviinţat. N-o surprindea deloc că Pedersen era unul dintre ei. Prima dată când s-au întâlnit şi a dat mâna cu el a avut timp de câteva zile senzaţia de ceva lipicios şi dezgustător.

– Mi-a zis să-ţi transmit toate cele bune când a sunat să-mi spună că sunt incinerat şi gata de îngropăciune, a continuat el, a golit ultimii stropi din vezică şi şi-a încheiat prohabul. Şi, dacă te întrebi, pot să-ţi confirm că n-a fost nici pe departe atât de dureros ca mica ta încercare de ardere.

– El trăieşte?

– Cine?

– Fareed.

Sleizner şi-a dat ochii peste cap.

– Tocmai începeam să povestesc cum am izbutit să găsesc un scenariu credibil, şi tu iar mă baţi la cap cu...

– Kim, vreau să-mi răspunzi. Fareed e sau nu în viaţă?

Sleizner a clătinat din cap.

– Nu încerca să mă păcălești că îți pasă de, cum îi zice, starea lui. Singurul lucru care te interesează e să mă vânezi pe mine. Ai face bine să recunoști asta.

– Crezi că mă cunoști, a zis ea. Însă adevărul, dacă despre el vorbim acum, este că n-ai nici cea mai mică idee cine sunt eu.

Sleizner a izbucnit în râs și a clătinat din cap.

– Drăguța de Dunja. S-a lăsat în genunchi, s-a aplecat spre ea și i-a dat un pupic pe obraz. Adevărul e că știu tot ce e de știut în ce te privește. Probabil știu mai mult decât tine însăți. Sigur te întrebi cum pot face asta.

– Nu, nu mă întreb, a clătinat ea din cap. Nu mă întreb nimic. Așa că putem foarte bine să ne oprim aici. Nu știu ce ai plănuit, dar dă-i drumul și termină odată.

– Singurul lucru pe care trebuie să-l fac ca să te citesc perfect, a continuat el ca și cum n-ar fi auzit-o, este să mă privesc în oglindă. Să-mi întorc privirea înăuntru, cum se zice. S-a ridicat iar și s-a îndepărtat cu câțiva pași. Înțelegi, tu și cu mine nu suntem atât de diferiți cum s-ar putea crede, când tragi linia. Aș spune mai degrabă că sunt mai multe asemănări decât deosebiri. Să luăm, de exemplu, sexul. Mă excit și-mi place să iau ce vreau, și nu mă rușinez de asta. Iar tu. A arătat spre ea. Ești exact la fel. Când îți vine cheful, consideri că e dreptul tău să ieși în oraș într-o seară obișnuită de marți și să agăți pe cineva. Singura diferență este că tu ești femeie și eu bărbat, ceea ce înseamnă că tu poți face asta în continuare, nepedepsită.

– Nu ți-a dat niciodată prin cap că a face sex cu mine ar putea fi mai plăcut pentru cineva decât să fie violat de tine?

– Păi, n-am avut niciodată timp să duc la bun sfârșit acel mic exercițiu de la petrecerea de Crăciun de acum câțiva ani. Ce îmi amintesc este că de-abia începusem când a venit Hesk și a făcut pe eroul. Însă, dacă n-ar fi fost el, ai fi trăit ceva complet diferit de toate marțile tale jalnice. Bag mâna-n foc.

- Nu mă-ndoiesc.

Sleizner i-a răspuns cu un zâmbet și s-a răsucit să ia altă sticlă de apă.

- Așa de aproape de moarte și încă atât de obraznică! Trebuie să fie plăcut să fii atât de mulțumit de sine și de convins că ești de „partea cea dreaptă“ și te numeri printre „cei buni“.

A răsucit capacul și a băut.

- Nu știu dacă sunt sau nu printre cei buni. Dar în nici un caz nu sunt un monstru ca tine.

- Monstru? S-a gândit și, în cele din urmă, a încuviințat. Da, de ce nu? Nu m-am considerat niciodată un om bun. Asta recunosc bucuros. S-a dus iar la ea, s-a lăsat pe vine și a turnat cu grijă apă în gura ei. Să fii cumsecade e o chestie care, cumva, m-a plictisit întotdeauna. „Cumsecade“. Adică, ce naiba mai e și asta? El a clătinat din cap. Cuvântul însuși e enervant. Să te gândești la toți ceilalți și să stai la sfârșitul cozii. „Cine sunt eu ca să...“. Haide, zău. Așa te poți descrie tu însăți? De aceea ești aici? Ca să-i ajuți pe toți cei slabi din jur? Pe toți cei care n-au puterea să muncească și nu vor decât subvenții și viață ușoară, până ajung atât de grași că nu mai încap pe ușă? De aceea zaci aici legată fedeleș și te gândești la ce te așteaptă după ce te-am rostogolit peste buza gropii? Pentru că ești atât de grozav de cumsecade? Nu cred.

S-a ridicat și a băut restul de apă, apoi a aruncat sticla. De această dată ea a numărat secundele.

- Răul, pe de altă parte, a continuat el. Despre asta putem vorbi. Acolo se întâmplă lucrurile.

Cinci... Șase...

– Acolo se află mersul înainte.

Șapte... apoi a auzit cum atinge fundul.

– Selecția naturală, în care cel mai puternic învinge. Vorbim de Charles *fucking* Darwin. Vorbim de dezvoltare. Progres. Evoluție. *You name it*[1]. Totul se sprijină pe un fundament imens de rău. Lui trebuie să-i mulțumim pentru tot. Cum ar fi asta. Sleizner și-a desfăcut brațele. Dacă n-ar fi fost el, n-ar fi fost nimic din toate astea.

– Asta sună bine, dacă mă întrebi pe mine.

– Dunja, n-ar fi fost nimic. Nici Copenhaga, nici case, nici mașini sau telefoane. Nici măcar un mic vibrator pe care să-l vâri între picioare. Și cât de distractiv ar fi fost? Cu toate că asta n-ar fi avut nici o importanță, pentru că n-am fi existat nici tu sau eu, și nici ceilalți, de fapt, buni sau răi. Nici un animal. Nici o plantă. Nimic. Lumea, universul, sau cum vrem să-i zicem, n-a fost clădit pe bunătate. Dimpotrivă. Și o știi la fel de bine ca mine. Și știi de ce? S-a așezat lângă ea. Știi de ce nimic din ce am spus eu nu-i vreo noutate pentru tine? S-a aplecat deasupra ei și a privit-o în ochi. Pentru că oricare ar fi imaginea de sine deformată pe care o ai, răul a fost întotdeauna o parte importantă din tine. Dacă nu cea mai mare. Am văzut asta în ochii tăi în clipa în care ai pășit în departamentul meu, și am văzut asta acum câteva ore, când ai dat foc scutecului ăluia. Ce bine te-ai simțit când m-ai văzut că sufăr și cum, în ciuda faptului că nu era ce plănuiseși, ai savurat asta cum n-ai mai savurat nimic vreodată. Că m-ai învins. Că ai izbutit, în cele din urmă, să te răzbuni. Nu știu dacă ești de acord, însă cred că n-ai fost niciodată

[1] Zi-i cum vrei. (în limba engleză în original)

atât de sinceră cu tine ca atunci. Și oricât de tare m-a durut, și Dumnezeu știe că încă mă doare, a fost minunat să văd că accepți și tu o dată și nu lupți împotriva firii tale. A fost, cum să-i zic, o armonie deplină.

A vrut să spună ceva. Să protesteze și să-i scuipe în față argumentele. Să-i arate cât de mult greșește. Să-i dovedească ce departe sunt unul de celălalt. Însă tot ce a putut să facă a fost să încuviințeze din cap. Orice altceva ar fi fost o minciună.

Și-a savurat răzbunarea. S-a încărcat de energie când l-a văzut cum suferă. Fără nici o umbră de remușcare, a depășit limită după limită. Renunțase de mult la cerința de a fi ceva legal. Câtă vreme avea de partea sa morala, gândise ea. Câtă vreme făcea ceea ce e bine.

Însă a uitat de morală în clipa în care i-a dat lui foc. În acel moment a trecut peste o limită de la care nu mai exista cale de întoarcere.

Devenise ca el.

Nu fusese niciodată mai clar.

Ca bărbatul pe care îl ura mai mult ca orice.

– De aceea ne-am făcut polițiști, în primul rând. Nu-i așa? A mângâiat-o ușurel pe obraz cu dosul palmei. Nu ca să fim oameni buni sau să facem lumea mai bună. E exact la fel ca la militari. Nici unul dintre ei nu dorește pace pe pământ. Dimpotrivă, s-ar plictisi așa de tare, că n-ar trece mult până să înceapă să se împuște între ei. Tu și cu mine suntem exact la fel. Poate că sună frumos să fii de partea bună și să muncești pentru bine, și cei mai mulți dintre colegii noștri au spus și repetat asta de atâtea ori, că până la urmă au început s-o creadă ei înșiși. Numai că adevărul, dacă e să vorbim despre el, este că răul e cel care atrage. Nu-i așa?

Ea a încuviințat din nou, iar el s-a aplecat.

– Apropierea de ceea ce e interzis.

Tot drumul până jos.

– De lupta pe viață și pe moarte.

Față în față.

– De mirosul de sânge și duhoarea de cadavru.

Respirație în respirație.

– Cu cât mai aproape, cu atât mai bine.

Ea a deschis gura, a întâlnit-o pe a lui într-un sărut, i-a lăsat limba să pătrundă. La început, el a șovăit, ca și cum n-ar fi vrut să fie prea îndrăzneț, ca și cum n-ar fi îndrăznit să creadă că de această dată totul era altfel. Că ea nu-și dorea nimic mai mult decât ca limba lui să se joace cu ea și să-i ia în stăpânire gura. S-o umple. Așa că în cele din urmă s-a destins și și-a dat frâu liber. Ea i-a răspuns la mișcare, oferind împotrivire. Oferind exact ceea ce-și dorea el.

Dunja citise undeva, nu-și mai amintea unde, că mușchiul cel mai puternic al omului era cel al maxilarului. Nici măcar mușchii coapselor, care sunt mult mai mari, nu pot acționa cu aceeași forță asupra unui obiect exterior. Și totuși, a fost surprinsă de gustul brusc de sânge când dinții ei l-au străpuns, i-au străpuns limba.

La fel și cu țipătul lui nestăpânit. Nu era pregătită pentru asta sau pentru încercarea lui violentă de a se elibera. Dar mai mult ca orice a fost surprinsă de propria reacție. De faptul că nu i-a dat drumul și și-a înfipt dinții și mai adânc în el. Că respira fără probleme pe nas, ca să poată înghiți sângele lui fără să se înece.

El nici că putuse să aibă mai multă dreptate, și-a zis înainte să mai apese pentru ultima oară. Dreptate că răul o făcea să fie una cu sine și cât de mult se bucura de suferința lui.

Dunja a scuipat bucata de limbă. S-a minunat ce mică părea când a aterizat pe podea într-o baltă de sânge. Mică față de răcnetele lui Sleizner, care stătea în genunchi aplecat în față, cu mâinile la gura plină de sânge, de parcă ar fi trebuit să pipăie ca să priceapă ce s-a întâmplat. Răcnetele pătrunzătoare, fără cuvinte, care erau atât de pline de durere, încât durerea s-a întins până la ea.

Dunja s-a rostogolit o dată pe podea și l-a izbit cu putere cu amândouă picioarele. Totul s-a petrecut atât de repede, că n-a avut timp să se gândească. Însă el a amuțit, ca și cum cineva ar fi apăsat pe un buton, în clipa în care a dispărut peste marginea gropii.

Ea a numărat iarăși secundele.

Patru... Cinci... Șase...

Însă nu l-a auzit izbindu-se de fund.

Șapte... Opt... Nouă...

În schimb a auzit altceva. Era răsuflarea lui? Neregulată, cu inspirații scurte, superficiale. Aproape gâfâită. Întocmai ca a ei.

Cu mâinile și picioarele încă legate la spate, s-a aplecat spre gaura din podea. I-a luat ceva timp, dar când a privit peste margine l-a văzut cam la un metru mai jos, cu mâinile încleștate de niște adâncituri din perete. Sub el, gaura continua într-o întunecime fără capăt.

– Te rog... Vocea suna ca și cum el ar fi fost beat. Te rog, ajută-mă... Împleticită, necontrolată. Fac orice... Orice, doar ajută-mă... Te rog, te implor... Sângele îi izvora din gură și se prelingea pe gât în jos. Nu vreau să mor... Nu așa... Trebuie să mă ajuți. Auzi? Am nevoie de ajutorul tău...

Ea nu trebuia decât să stea acolo și să aștepte. Să-l vadă cum se luptă să se țină. Să vadă cum i se albesc unghiile înainte să-l lase puterile. Asta putea să dureze două minute sau zece. Era mai puternic decât s-ar fi crezut. Poate că o oră întreagă.

– Cheia..., a continuat el. E în haină... în spatele tău...

Ea s-a răsucit, a văzut haina de pe manivela vinciului și a început să se târască pe podea. De data asta, a mers mai repede. Ca și cum umerii, mușchii stomacului, spatele, întregul său trup începuse să se deprindă cu faptul că are mâinile și picioarele legate. Când a ajuns, s-a rostogolit pe spate, a tras jos haina cu picioarele și a scotocit prin buzunare cu mâinile la spate.

A găsit cheia aproape imediat. Peste câteva momente, a reușit s-o vâre în încuietoarea cătușelor și le-a desfăcut. Restul a mers ușor și curând s-a putut ridica în picioare.

A asaltat-o durerea de cap și i-a amintit de lovitura din ceafă. A pipăit ușor cu o mână și a constatat că îi cursese o grămadă de sânge din cele două răni și era pe cale să se închege pe scalp. Probabil avea o ușoară comoție. Dar nu ceva care să nu se rezolve cu două cusături și câteva săptămâni de odihnă.

S-a întors la gaura din podea și s-a uitat în jos la Sleizner, care era în continuare încleștat de perete.

– Te rog..., a repetat el cu vocea de bețiv și a ridicat privirea spre ea. Ești liberă... poți să faci ce vrei... dar scoate-mă de aici, te rog. Fac tot ce vrei. Am mărturisit deja. Pentru că asta ai vrut, nu-i așa? Să mă dobori.

Ea s-a întors și a pornit spre ieșire.

– Nu, Dunja. Nu pleca... Întoarce-te. Nu pleca. Asta nu ești tu. Știu că nu ești așa, a strigat el. Vrei să faci ceea ce se cuvine... Asta ai vrut întotdeauna, și dacă faci asta o să-ți pară rău... Îți jur... Tot restul vieții...

S-a oprit lângă vinci, a prins manivela și a început s-o rotească. La fiecare răsucire, capacul gros de lemn care atârna de sârmă mai cobora cu câțiva centimetri spre buza gropii.

– Nu, Dunja... nu-l închide... Te rog... Nu vreau să mor. Auzi? Nu vreau să...

A încercat să-și alunge gândurile și să continue, pur și simplu, să rotească. Să coboare capacul și să-l lase pe el să dispară pe veci. Oricum, era deja mort.

Dar ce avea să-i facă asta ei?

Cine era ea?

De fapt.

Nu doar acum. După toate astea.

Când totul se va termina.

Cine va fi devenit?

67

Fareed stătea pe podea, cu mâinile încătușate și spatele la perete, și nu mai fusese niciodată atât de speriat că o să facă vreo greșeală. Cea mai mică mișcare risca să-l înfurie pe bărbatul în haine de camuflaj care stătea pe vine în fața lui și îi scotocea prin rucsac.

Până acum, nici unul dintre ei nu spusese nimic, și el n-avea de gând să rupă tăcerea. Să vorbești fără să ți se vorbească mai întâi însemna să-ți cauți necazul cu lumânarea. Pe de altă parte, dacă i se punea o întrebare, oricare ar fi fost, avea de gând să răspundă sincer, fără șovăială. În situația sa, era de neconceput să încerce să facă pe deșteptul.

Dacă îi cereau parola laptopului, avea de gând să le-o dea imediat. Nu va fi fără probleme, și nu putea decât să tragă nădejde că nu vor descoperi că le-a decriptat hard-diskul și a copiat o parte din conținut.

Dacă o făceau, șansele lui de supraviețuire erau nule. Și nu era pregătit să moară. Nu încă. Îl lichidaseră deja pe Qiang, poate chiar pe Dunja, și acum nu mai rămăsese decât el. Singurul punct luminos era că el era totuși în continuare în viață. Poate că își dăduseră seama că le este mai de folos viu decât mort. Sau poate că doar tărăgănau lucrurile ca să se joace cu el. Pentru ca, așa cum făcuseră cu Qiang, să-i dea lovitura finală când se aștepta mai puțin.

Bărbatul și-a ridicat privirea de la rucsac și l-a privit în ochi. El a reacționat prea târziu și ar fi trebuit să-și lase imediat privirea în jos. Să-l privească și el în ochi era ca și cum l-ar fi înfruntat. Dar simțea că dacă își lasă acum ochii în jos e ca și cum i-ar da cu tifla bărbatului. Așa că a stat acolo, într-o înfruntare fără vorbe, care nu s-a întrerupt decât când colegul bărbatului a intrat în camera de control.

Spre deosebire de primul, nu purta bocanci grei și haine de camuflaj, ci pantaloni obișnuiți și haină. Își închipuise că amândoi sunt militari, dar poate că cel de aici nu era al doilea dintre cei doi pe care îi văzuseră mai devreme, ci al treilea. Poate că era șeful lor, care acum trebuia să hotărască ce vor face cu el.

Cum, când și unde.

– Lucrezi pentru Dunja Hougaard?

Bărbatul a mai făcut un pas în față și s-a uitat în jos la Fareed, care a încuviințat.

– Cum te cheamă?

– Fareed. Fareed Cherukuri, a zis el și a simțit cum efortul de a sta nemișcat îi face tot trupul să se cutremure.

Bărbatul s-a lăsat pe vine, l-a cercetat și a încuviințat din cap cu un aer sumbru.

– Numele meu este Morten Heinesen, a zis el și i-a desfăcut cătușele. Sunt de la poliția din Copenhaga.

– Poliția? Cine era omul ăsta? Cum de nu știuseră de el? Ești de la poliție?

Fareed nu știa ce să creadă.

– Exact, a zis Heinesen și a încuviințat din cap. Avem să ne spunem o mulțime de lucruri tu și cu mine, dar mai întâi aș vrea să-mi spui pe unde e Dunja.

– Nu ştiu. Fareed a clătinat din cap. N-am nici o idee. Nu ştiu nici măcar dacă mai e în viaţă. I-am zis tot timpul că nu trebuie să meargă. Că e prea primejdios şi trebuie să rămânem împreună. Însă, ca de obicei, n-a ascultat. Aşa a făcut întotdeauna. Cu toate că ştia că l-au omorât pe Qiang, când el...

– Bine, hai să ne liniştim şi să luăm lucrurile pe rând, i-a tăiat vorba Heinesen.

– Să ne liniştim? Fareed s-a uitat la el. E ultimul lucru pe care trebuie să-l facem. Trebuie s-o ajutăm. Nu pricepi?

– Şi cum putem face asta dacă nu ştii unde este?

– E pe aici, pe undeva. Trebuie să fie. Şi-a întors privirea spre intrare. A dispărut, pur şi simplu, de aici şi după aceea eu n-am...

– Fareed, am scotocit peste tot şi nu mai e nimeni în afară de tine.

– Atunci n-aţi căutat destul. Pentru că sunt pe undeva, pe aici. Ştiu că sunt... S-a întrerupt şi şi-a fixat privirea pe unul dintre cele trei ecrane de deasupra panoului de control. Uite-l. Vezi? Uite-l pe unul dintre ei.

A arătat spre ecran, unde se vedea silueta unui bărbat mergând repede prin umbrele unuia dintre coridoarele întunecate.

68

Dunja a dat drumul vinciului și s-a întors la gaura din podea. Ce era bine și ce era rău, cum putea să știe? Ce conta, când ea n-avea de ales? Ca să trăiască mai departe cu conștiința sa, singura opțiune a fost să ia lanțul care zăcea pe podea și să și-l înfășoare pe un braț în vreme ce se îndrepta spre margine, unde a lăsat în jos celălalt capăt până la Sleizner, care, cu o forță neomenească, reușea să stea agățat de perete.

– Ești pregătită? a zis cu vocea lui împleticită, și ea a încuviințat din cap. Trebuie să stai în picioare și să ții bine... Jură-mi că faci asta... Că te ții bine... Altfel cădem amândoi.

– Hai odată, a zis ea și și-a dus piciorul drept în spatele celuilalt. Până nu mă răzgândesc.

Sleizner, care tremura tot de efort, a îndrăznit până la urmă să apuce lanțul, mai întâi cu o mână, apoi cu cealaltă, și a început să urce. Ca și cum tocmai pentru asta făcuse ea antrenamentul intens.

Nu era în ea nimic care să se încreadă în omul ăsta. Nimic care să-i spună că e bine ceea ce face. Îl cunoștea mult prea bine și știa de ce e în stare, așa că a avut grijă să-l țină la distanța cuvenită, cu lanțul ca singura legătură dintre ei. Dacă el încerca ceva, putea, pur și simplu, să-i dea drumul și să-l lase să dispară în groapă.

Însă el n-a încercat nimic. Doar se ținea cu disperare de lanț. Când a ajuns sus, la margine, era prea obosit ca să mai aibă puterea să urce pe ultima porțiune. Ea a încercat să tragă mai tare, însă n-a fost de folos.

– Nu mai pot..., a zis el, gata să cedeze. Trebuie să vii aici... Trebuie să mă ajuți... Te rog...

I-a întâlnit privirea rugătoare și a încuviințat din cap, chiar dacă o durea. Însă nu vedea altă cale. Dacă nu făcea nimic, curând el nu s-ar mai fi putut ține și ar fi căzut.

– Încearcă tu ceva, scârnăvie, a zis ea și s-a apropiat cu pași mici, fără să scape din mână lanțul. Ajungi direct jos.

– Te rog, până nu cad..., s-a văicărit el cu sângele curgându-i din gură. Nu mă mai pot ține mult...

Cu piciorul stâng chiar lângă el, s-a aplecat cu grijă, l-a prins de sub braț și l-a ajutat să ajungă pe margine.

Sleizner s-a năruit pe podea într-un morman tremurător.

– Ah, la dracu'... Mulțumesc... Fir-ar dracu-al dracului...

– Kim, vreau să te culci pe burtă cu mâinile la spate, a zis ea și a pregătit cătușele de pe lanț.

– Sigur, a zis el și a încuviințat din cap. Trebuie doar... S-a trudit să se ridice în patru labe. Limba mea... Bucata pe care ai mușcat-o... Trupul lui s-a cutremurat și s-a legănat înainte și înapoi ca un animal rănit. Trebuie s-o găsim, înainte să... Înainte să... Unde-i? Știi tu, vârful limbii? Poate că o pot coase. Nu crezi? Nu? Că o pot coase la loc? Cu siguranță ar trebui să poată face asta. Trebuie doar s-o găsim...

– Rezolv eu, a zis ea și a încuviințat din cap. Tu culcă-te acolo, că mă ocup eu.

A scos din buzunar o batistă și s-a dus la grămăjoara însângerată aflată un pic mai departe pe podea.

Nu încăpea nici o îndoială ce era cu târșâitul pe care l-a auzit în spate când s-a aplecat să ridice vârful însângerat al limbii. Sleizner se mișca. Deocamdată doar o încercare, însă probabil era pe cale să se ridice în picioare.

Reacția ei a fost pur instinctivă. În nici un caz n-avea de gând să-l lase să scape. Și totuși, s-a înșelat total. Atât în privința unghiului impactului, cât și a centrului său de greutate, dar mai ales a direcției. Pentru că în loc să fugă și să încerce să dispară, Sleizner a țâșnit de pe podea drept spre ea, iar brațul lui drept a făcut un arc prin aer la numai câțiva centimetri de fața ei.

Ratarea a fost șansa ei să riposteze. Însă nu s-a întâmplat așa, pentru că a văzut tăișul încovoiat care strălucea în mâna lui. Cuțitul de luptă cu care o amenințase în arest.

Atunci a descoperit tăietura de pe burtă.

La început, ca o linie subțire.

Curând după aceea, a fost sânge peste tot.

Pe de altă parte, nu simțea nimic. Nu, până ce a văzut tăietura lungă de treizeci de centimetri nu doar prin hanorac și tricou, ci și prin piele, care s-a desfăcut ca un șanț mare și roșu până la stomac și intestine.

S-a prăbușit pe podea cu mâinile pe burta tăiată. Sânge peste tot. Organe care voiau să iasă. Sleizner, care era tot mai încețoșat pe când se apropia de ea.

– Măi, măi... frumos..., a zis el. Cezariană pură... ce păcat că nu ești gravidă! Aș fi nimerit doi iepuri dintr-un foc.

Auzea râsul lui ca după o glumă proastă de la televizor.

– Dacă m-ai fi ascultat, a continuat el și s-a așezat lângă ea. Dacă ai fi acceptat răul și l-ai fi lăsat pe el să hotărască.

L-a văzut că vine tot mai aproape. În același timp, devenea tot mai încețoșat, ca și cum era pe cale să se topească în cenușiu.

– Însă n-ai putut. Nu-i așa? Cu toate că știai, ai fost silită să întinzi o mână.

Ea a vrut să spună ceva, dar n-a reușit. Nici măcar un sunet.

– Cu toate că știai că așa se va sfârși, îți doreai atât de tare să-ți poți purifica aura și să te privești în oglindă cu conștiința împăcată.

Acum nu-l mai vedea, doar îl simțea aproape, poate că nici asta. Ca și cum toate simțurile erau pe cale să se scurgă din ea, unul după altul.

– Ca atunci când îi arunci o monedă de cinci coroane unui om al străzii și te simți așa un înger bun și cumsecade, că ești pe cale să explodezi. Cât de jalnic! Jalnic și la fel de grețos de dulce ca atunci când bagi în tine două kile de bomboane.

Cumva, simțea că tăișul arcuit sclipea în lumina fluorescentă chiar lângă fața sa.

– Așadar, nu meriți altceva decât să nu mai exiști.

Însă când el și-a coborât brațul și a apăsat lama rece pe gâtul ei dezgolit, Dunja s-a dat bătută și și-a pierdut cunoștința.

– Dispari în neant. Nimeni nu-ți va simți lipsa.

Prin urmare, ea n-a știut nici de pocnet, nici de glonțul care, ca o făptură extraterestră, a țâșnit din fruntea lui și a lăsat în urmă un crater. Nici că el, în ciuda găurii din cap, a izbucnit într-unul dintre râsetele lui tipice și a rămas călare pe ea. Nici că Fabian, care intra în încăpere, a mai tras o dată în Sleizner, care doar a continuat să râdă.

Ea n-a știut nimic din toate astea.

Nici măcar de al treilea glonț, care, tras de aproape, a sfârtecat tot în calea lui prin țeasta lui Sleizner și, cu toate acestea, n-a izbutit să-l amuțească. De parcă mușchii gâtului și ai feței lui erau într-un șanț de disc stricat, și a fost nevoie de încă două gloanțe până ce, în cele din urmă, el a amuțit.

Însă Dunja era deja cu totul altundeva.

69

După cele cinci împuşcături, Fabian s-a simţit golit complet. Un gol în care totul era pus în aşteptare. O coajă uscată umblătoare, care ar fi trebuit de mult să se aşeze şi să renunţe. Dar stătea în continuare în picioare şi, cu toate că nu mai făcuse niciodată ce făcea acum, părea că e ceva obişnuit. Ca şi cum totul ar fi fost programat.

Impresiile din lumea exterioară erau sporadice. Din când în când, rafale de informaţii care erau filtrate până nu mai rămânea decât absolut minimum. Ca sfârâitul care aminteşte de o tabletă efervescentă într-un pahar cu apă. De obicei slab, abia auzit. Aici, era o bolboroseală corozivă de la Sleizner, care undeva departe, jos, în întuneric, era pe cale să se dizolve.

Aproape că se auzea cum acidul fluorhidric mânca din trupul lui. Sau emanaţiile toxice care, în ciuda faptului că erau mai grele decât aerul, se încăpăţânau să-şi croiască drum în sus din groapă şi mai departe, prin toate filtrele măştii de gaze. Mai departe, în el.

Şi totuşi, a golit în groapă a patra canistră.

Ca să alunge orice îndoială.

Cea mai mică posibilitate.

Haina şi-o scosese deja după ce s-a asigurat că Dunja trăieşte. De asemenea, cămaşa şi pantalonii.

O înfășurase cât de strâns a putut cu hainele. Ca să oprească sângerarea. Să câștige timp.

Și-a scos masca de gaze, a coborât cu vinciul capacul peste groapă și a ridicat-o pe Dunja de pe podea. Cu toate că, de fapt, n-avea putere, și cu toate că sângele a început iar să-i curgă din rana de glonț, a ieșit cu ea în brațe din încăpere și a mers pe coridoarele înguste, prin duhoare, pe lângă celule.

Ușile liftului erau deschise, exact așa cum le lăsase. A intrat și, după ce a apăsat cu cotul cel mai de sus buton, s-a aplecat spre ea. Însă n-a simțit nici răsuflare, nici puls. Nimic, în afară de mușchi moi, fără viață. Un singur ton prelung de la cine știe ce instrument de măsură care spunea că e prea târziu. Că ar face bine să renunțe.

A pus-o pe podea, în timp ce liftul urca încet. Mult prea încet. Ca și cum n-ar fi vrut și făcea totul ca să încetinească și să se întoarcă jos. Tărăgăna. Și-a apăsat gura pe a ei, a simțit căldură și a alungat gândul că ea o să fie curând rece. Că n-avea nici un rost. I-a umplut plămânii cu aer și a văzut că pieptul i se înalță. O dată, apoi încă o dată. A încercat să-și spună că trebuie să reușească și i-a pus în mișcare sângele cu apăsări bruște și puternice pe piept. De treizeci de ori la rând.

Trebuie să reușească.

Trebuie să reușească, pur și simplu.

A văzut cum sângele se prelinge de sub hainele din jurul burții. Apoi mai departe, pe podea, într-o mică baltă. Acea baltă de pierdere. De moarte. Liftul continua să se miște încet. Clătinări abia simțite în urcarea care nu se mai termina. Nu-i rămânea decât să continue resuscitarea. Să continue să pompeze. Să lupte cu timpul. Cu vocile din capul său care strigau una mai tare ca alta că e prea târziu.

Poate că au fost vibrațiile liftului, care s-a oprit în cele din urmă, sau a fost inima ei care s-a trezit. Nu știa. Nu putea decât să spere pe drumul său prin coridoarele ca de spital, luminate, de la următorul etaj. Să spere imposibilul.

Nu mai era nimeni acolo. Doar el și Dunja. Și apoi următorul lift. Acesta mergea mai repede. Ușile s-au deschis aproape imediat și nu i-au lăsat timp să-i mai controleze o dată pulsul. A coborât în grabă de pe scenă, prin sala mare cu candelabre de cristal și mai departe, pe hățișul de coridoare slab luminate.

A simțit cum îi sângerează rana de glonț. Cum curge pe braț și îi sleiește puterea cu fiecare picătură care cădea de pe cot. Dar nu era nimic în comparație cu ea. Nu trebuia nici măcar să-și coboare privirea ca să știe că pierduse câțiva litri. Era destul să simtă că trupul ei e pe cale să-i alunece din brațe.

Întocmai ca mai devreme, brusc s-a întunecat totul, iar când și-a revenit era pe cale să cadă, însă a izbutit să-și regăsească echilibrul și a mers mai departe prin labirintul de coridoare. Oprirea nu era posibilă. Așa că a clipit de câteva ori, încercând să rămână conștient. Dar asta nu i-a fost de folos. Vederea îi era tot mai încețoșată pe margini. La fel și auzul, care nu prindea decât cele mai joase frecvențe.

Pasajul lung era atât de îngust, încât era silit să meargă într-o parte ca să n-o lovească cu capul de pereți. În partea cealaltă, l-au întâmpinat lumini albastre orbitoare și bărbați cu veste de protecție și arme, care strigau la el. Îi ordonau s-o lase din brațe și să se întindă pe burtă cu mâinile deasupra capului. Amenințau că altfel trag. Aceiași care deja îl urmăriseră și îl împușcaseră.

Însă nu putea s-o lase din brațe. Nu încă. Nu îndrăznea să facă altceva decât să-și continue drumul, în sunetul propriei respirații și al vocilor tot mai îndepărtate. Spre scara abruptă. La stânga era un grup de tinere înfășurate în pături și în fața lor, doi bărbați în haine de camuflaj culcați pe burtă, cu mâinile prinse în cătușe la spate, lângă femeia în trening.

Îi auzea cum zbiară. Nu la el. Unul la altul. A încercat să strige după o ambulanță, dar nu era sigur că l-a auzit cineva. A fost silit să se oprească la mijlocul scării, care i-a dispărut de sub picioare când s-a clătinat și a căzut în întuneric.

L-au trezit vocile. Voci care strigau. Tuburi fluorescente care defilau pe tavan, deasupra lui. A dat să se ridice, însă legăturile l-au ținut pe targa care îl ducea cu capul înainte pe un drum cu hopuri. Nu putea decât să-și întoarcă un pic capul.

De o parte erau mașini de poliție cu girofarurile pornite și agenți în uniformă care blocau locul. De cealaltă, Dunja, înconjurată de oameni care mânuiau din mers perfuzii și instrumentul care îi făcea corpul să se ridice spasmodic când trecea prin ea curentul dintre cei doi electrozi.

A simțit vibrația motorului ambulanței când a pornit, în vreme ce se închideau ușile. De-abia atunci, când ieșeau din garaj, în sus pe rampă și în lumina zorilor, de-abia atunci a venit lucrul pe care îl aștepta de atâta timp. Lucrul la care încercase tot timpul să ajungă. Sinele.

În tăcere, aproape imposibil de observat de cineva din afară.

O simplă lacrimă, atât de mică, încât era de mult uscată până să vină următoarea.

Dar procesul se declanşase, imposibil de oprit, şi când ambulanţa a luat viteză şi a pornit sirena, pe Østerbrogade, Fabian a plâns.

Pentru tot ce a fost şi tot ce urma. Pentru toate încercările sale niciodată duse până la capăt. Eşecurile sale care au stricat atât de multe lucruri pe drum. Înţelegerea faptului că nimic nu putea fi schimbat. A plâns pentru Matilda, care tot timpul avusese dreptate, şi pentru că orice ar fi făcut, orice hotărâre ar fi luat, aşa avea să se termine.

Şi pentru Theodor.

Dragul său Theodor.

În sfârşit, putea să-l jelească.

EPILOG

În următoarele ore a fost o liniște eficientă, în care au arestat suspecții, au percheziționat subsolul și s-au ocupat de grupul de tinere. S-a dovedit că unele dintre ele sunt subnutrite, iar altele, profund traumatizate. Toate au primit îngrijirile de care aveau nevoie.

Cu toate că efectivul polițiștilor s-a mărit în cursul dimineții, pe măsură ce vestea despre raid ajungea la toate unitățile și organele, toți cei implicați știau exact ce au de făcut sub conducerea lui Morten Heinesen. Era un rol pe care el nu-l mai avusese niciodată și, pentru prima dată, și-a dat seama că este făcut pentru asta.

Amenințarea cu concedierea făcută de șeful poliției naționale n-a avut nici o urmare. În loc de asta, Heinesen a fost pus să conducă ancheta care a urmat, împreună cu Julie și Hemmer, și mulțumită faptului că toate materialele pe care le-a obținut Fareed au ieșit la lumină și au fost analizate, au început arestările importante.

După aceea, nimic n-a mai fost la fel. Jakob Sand și procurorul general Mads Jensen au fost primii prinși, urmați de Oscar Pedersen, șeful departamentului de medicină legală. Apoi le-a venit rândul lui Ryan Frellesen, directorul executiv al Danske Bank, lui Stig

Paulsen, preşedintele concernului TDC, şi lui Kai Mosendahl, directorul general al Skat.

Arestările au continuat până la nivelul guvernului, cu ministrul de externe Morten Steinbacher, care era unul dintre cei mai activi membri ai clubului. Toate dezvăluirile au stârnit un scandal care nu numai că a azvârlit întreaga poliție daneză în cea mai mare criză de credibilitate prin care trecuse vreodată, dar a implicat mari părți ale elitei din Danemarca, şi cu atâta forță, încât întregul episod avea să fie numit „Măcelul din Copenhaga".

Un episod care, mulțumită faptului că tinerele au putut să fie identificate şi audiate, s-a dovedit că se întindea de la trafic de carne vie, luare de mită, infracțiuni economice şi evaziune fiscală până la crimă şi complicitate la crimă. Avea şi ramificații în afara țării, printre altele, la Stockholm, şi ancheta la care lucra Malin Rehnberg. Însă asta e cu totul altă poveste.

După câteva zile fără somn, cu interogatorii nesfârşite, Fabian şi Fareed au fost absolviți de orice acuzație şi eliberați. Cu toate acestea, mai rămâneau câteva nelămuriri legate de moartea lui Kim Sleizner, de vreme ce nu i-a fost găsit cadavrul.

Totuşi, cu ajutorul probelor recoltate până jos pe pereții gropii, au reuşit să stabilească faptul că el a fost cu adevărat acolo. Însă apoi dispărea orice urmă a lui, întrucât s-a dovedit că groapa era legată direct de rețeaua de canalizare din Copenhaga.

Nimeni nu ştia unde s-a dus Fareed. La fel şi în ceea ce priveşte urna cu cenuşa lui Qiang, care a dispărut brusc din locul unde aştepta înmormântarea.

Unul dintre zvonurile care au circulat era că Fareed se află în Sri Lanka, unde, pe lângă faptul că a împrăştiat cenuşa lui Qiang într-o rezervație de elefanți orfani, a preluat conducerea unei plantații de ceai. Altul era că s-a dat la fund ca să înființeze rețeaua internațională de hackeri *Insidious Elephant*. Al treilea era că toate zvonurile erau create de el însuși.

Singura persoană care în momentul scrierii cărții nu putea fi audiată este Dunja, care, după câteva operații complicate, continuă să fie conectată la un plămân artificial în unitatea de terapie intensivă din Rigshospitalet, unde este ținută permanent sub supraveghere. Nu doar de către personalul spitalului, ci și de către Michael Rønning, care o vizitează de cel puțin trei ori pe săptămână.

De fiecare dată face același lucru timp de aproximativ două ore. Primul lucru este să arunce florile de pe noptiera ei și să le înlocuiască cu un nou buchet, în apă proaspătă. Apoi se așază pe marginea patului, o prinde de mână și îi povestește tot, de la ultimele întorsături ale anchetei și ce capete au mai căzut, până la persoana cu care se vede el acum, convins că undeva, departe înăuntru, ea aude fiecare cuvânt și curând o să fie iar pe picioare.

Când Fabian s-a întors acasă, pe Pålsjögatan, numărul 17, din Helsingborg, era pregătit patul din camera de oaspeți. Acolo a dormit aproape o zi întreagă până să fie gata să se scoale și să cineze împreună cu Sonja și Matilda.

Nici una dintre ele nu l-a întrebat despre cele petrecute la Copenhaga. Poate pentru că deja ocupau atât de mult loc la știri. În schimb, au vorbit despre pregătirile de înmormântare. Cum voiau ei să fie și ce credeau că și-ar fi dorit Theodor. Pentru prima dată după multă vreme au putut să stea împreună fără să se certe, iar în următoarele două săptămâni s-au ajutat unul pe altul ca înmormântarea să fie cât de frumoasă putea fi.

Timpul avea să arate dacă ăsta era un nou început al relației lor. Poate că nu era decât un sfârșit un pic mai bun.

La începutul lui septembrie, Fabian a hotărât să cumpere un Maxi 108, un iaht care să poată face față greutăților dintr-o călătorie în jurul lumii. Sonja a renunțat după câteva încercări, avea rău de mare. Însă Matilda s-a dovedit că are o înclinație firească pentru navigație, și în cea mai mare parte a toamnei și-au petrecut weekendul pe vas, pe care au căzut de acord să-l boteze *Theo*.

În rest, nu trecea o zi fără ca el să se ducă la mormântul din cimitirul Pålsjö. Adesea se întâmpla să stea ore în șir. Era acolo ceva, între morminte și capelă, care îl ajuta să-și găsească pacea. O armonie interioară de care nici măcar nu se mai apropiase vreodată.

Acolo nu era nimic care să tragă de el. Nimic care să îi ceară cu insistență atenția și să vrea să-l ducă altundeva. Și, pentru prima dată, a simțit un fel de comunicare. Cu Theodor sau cu sine, era imposibil de spus.

Însă era cu ceva.

Ceva tămăduitor.

MULȚUMIRI

Cea mai mare parte din carte am scris-o în timpul pandemiei din 2020 și 2021. Nu era ceva care să-l afecteze pe Fabian Risk, întrucât evenimentele se petrec în 2012. Totuși, m-a afectat pe mine și lucrul meu la carte, chiar dacă până acum am reușit să nu mă molipsesc și aștept în continuare vaccinul.

În mod normal, haosul e în poveștile mele. Acolo, în lumea fictivă, totul se dă peste cap, și treaba mea e în mare parte să încerc să rezolv problemele și să fac ordine. Ca să fac asta am nevoie cel puțin de iluzia că există o structură în lumea reală.

După părerea mea, niciodată n-a fost mai limpede decât anul trecut că realitatea reușește întotdeauna să întreacă ficțiunea. Dacă mă îndoiam vreodată de asta, nu trebuia decât să-mi mut privirea de la manuscrisul meu la primul articol din ziare ca s-o văd negru pe alb, ceea ce, ca s-o citez pe Erica din prolog, funcționa ca o kriptonită pentru scrisul meu.

În plus, a fost cu adevărat greu să nu pot călători ca să-mi văd copiii adulți aflați în Stockholm, pe mama în Helsingborg (cu toate că locuiește chiar de cealaltă parte a strâmtorii) sau pe prietenii din Spania, unde stau de obicei în cele mai intense perioade de scris.

Și nici faptul că nu m-am putut întâlni cu voi, cititorii, n-a făcut să fie mai ușor.

Și totuși, până la urmă, a ieșit o carte. O carte de care, în plus, sunt de-a dreptul mândru, și pentru asta vreau în primul rând să le mulțumesc tuturor celor care îmi sunt cel mai aproape și care (nu mă întrebați cum) au reușit să se descurce cu mine și, mai ales, cu toate nevrozele mele, într-un fel care m-a ajutat în muncă.

Fără voi n-aș fi reușit.

Mi, tu nu ești aici doar ca să mă sprijini și să mă încurajezi. Tu citești, spui ce gândești și discuți cu mine povestea și, chiar dacă uneori nu suntem de acord, întotdeauna se dovedește până la urmă că tu ai avut dreptate.

Sander, îți mulțumesc pentru că ai întrebat atât de des cum merge și ai promis să citești toate cărțile când o să fii destul de mare.

Noomi, îți mulțumesc pentru toate pauzele pe care le fac de la scris când vii cu un nou desen sau vreun personaj fantastic pe care le pot pune lângă celelalte de pe pervaz. De câte ori mă uit la ele simt că totul e posibil.

Filippa, anul acesta am vorbit mai ales la telefon și, chiar dacă întotdeauna discuțiile noastre îmi dau o nouă energie, aștept cu imensă nerăbdare să fim din nou față în față.

Kasper, îți mulțumesc că ești prezent când am nevoie de un sprijin în plus. Când mă plâng ce greu este și că povestea nu merge cum vreau eu, iar tu îmi amintești că așa mi se pare de fiecare dată.

De asemenea, vreau să mulțumesc echipei de la Forum, cu editorul meu Adam Dahlin la cârmă. Cu toții ați făcut o treabă minunată. Andreas, redactorul tuturor cărților mele, ai fost întotdeauna o stâncă, însă de această dată chiar te-ai întrecut pe tine.

Un mare mulțumesc și lui Tor, Juliei și lui Marie de la Salomonsson pentru că ați consumat atâta energie ca să scoateți în întreaga lume cărțile despre Risk și v-ați îngrijit de toate, de la detaliile coperților până la ceasul pe care îl poartă Kim Sleizner.

În sfârșit, vreau să vă mulțumesc vouă, tuturor cititorilor, care anul trecut ați arătat clar că, orice-ar fi, e întotdeauna nevoie de o poveste bună.

Stefan Ahnhem
Copenhaga, martie 2021